YVY KAZI
A Curse Unbroken

Die Romane von Yvy Kazi bei LYX:

Die *St. Clair Campus* Reihe:
1. The Dream Of Us
2. The Reason Of Love
3. The Feeling Of Forever

Die *Magic & Moonlight* Reihe:
1. A Curse Unbroken
2. A Spell Unspoken *(erscheint 29. 09. 2023)*

Yvy Kazi

A CURSE UNBROKEN

Roman

LYX in der Bastei Lübbe AG
Dieser Titel ist auch als E-Book und als Hörbuch erschienen.

Die Bastei Lübbe AG verfolgt eine nachhaltige Buchproduktion.
Wir verwenden Papiere aus nachhaltiger Forstwirtschaft und verzichten darauf,
Bücher einzeln in Folie zu verpacken. Wir stellen unsere Bücher in Deutschland
und Europa (EU) her und arbeiten mit den Druckereien kontinuierlich
an einer positiven Ökobilanz.

Originalausgabe:
Copyright © 2023 by Bastei Lübbe AG, Köln
Copyright © 2023 by Yvy Kazi.
Dieses Werk wurde vermittelt durch die
Literarische Agentur Thomas Schlück GmbH, 30161 Hannover.

Textredaktion: Ulrike Gerstner
Umschlaggestaltung: © Alexander Kopainski unter Verwendung von Motiven
von © Murhena; Thammanoon Khamchalee; SWEviL; maximmmmum;
kaisorn; APM STOCK; LuFeeTheBear; Gurov/Shutterstock
Satz: Greiner & Reichel, Köln
Gesetzt aus der Adobe Caslon
Druck und Verarbeitung: GGP Media GmbH, Pößneck

Printed in Germany
ISBN 978-3-7363-1984-4

3   5   7   6   4   2

Weitere Informationen unter:
lyx-verlag.de
luebbe.de | lesejury.de

Liebe Leser:innen,

dieses Buch enthält Elemente,
die potenziell triggern können. Diese sind:

*Mord, Schilderungen von schweren Erkrankungen
und Tod von Familienmitgliedern.*

Außerdem möchten wir darauf hinweisen,
dass dieses Buch folgendes Thema erwähnt:

Pandemie (in der Vergangenheit liegend).

Wir wünschen uns für euch alle
das bestmögliche Leseerlebnis.

Eure Yvy und euer LYX-Verlag

Für Ursula Anna
In Gedenken an die Ordner voller Geschichten,
die ich nie beendet habe.

Wir alle sind Perfektion.
D.H.

PLAYLIST

L. I. F. E. – *Remady, Manu–L*
Fuck it I love you – *Lana Del Rey*
Yeah! – *Oscar Lang*
Break My Broken Heart – *Winona Oak*
Cornflower Blue – *Flower Face*
On Repeat (feat. Cigarettes after Sex) – *Goody Grace,*
Cigarettes After Sex, Lexi Jade
Pretty Boy – *Lennon Stella*
Back to You – *Flower Face*
I Love You – *The Post Nobles*
Another Life – *Flower Face*
Ways to Go – *Zeph*
The same – *mehro*
Season Of The Witch – *Lana DelRey*
Devil I Know – *Allie X*
Legends Never Die – *League of Legends, Against The Current*
I Love You – Acoustic – *Woodkid*
Rather Be – Acoustic Version – *Matt Johnson*
Make me feel so … – *(feat. Dadi Feyr)*
Become the Beast – *Karliene*
Could you love me while I hate myself – *Zeph*

PROLOG

»Nur zu, essen Sie. Sie müssen ja halb verhungert sein.« Die junge Frau mir gegenüber deutet lächelnd auf den Teller, der vor mir steht. Der Duft von Brathähnchen und Pommes steigt mir in die Nase, lässt mir das Wasser im Mund zusammenlaufen.

Wenn ich weniger verzweifelt wäre, würde ich sie vielleicht fragen, warum das Innere dieser komischen Einrichtung wie eine Mischung aus Gefängnis und Labor aussieht. Überall weiße Wände, geschlossene Türen und Metalloberflächen. Auch in der Mitte der weißen Tischplatte glänzt ein silbernes Symbol. Ist das ein Pentagramm? Mit diesen Dingen kenne ich mich nicht aus, aber es sieht irgendwie ... *spirituell* aus.

Scheiße. Wen kümmert es? Mein Magen knurrt wie ein hungriger Wolf.

Gierig greife ich nach dem Fleisch. Jackpot! Die Mahlzeit ist noch heiß. Nach fünf Jahren auf den Straßen New Yorks ist eine warme Mahlzeit wie ein Stück Himmel auf Erden. Es ist schon eine Weile her, dass jemand gut zu mir war und sich um mich gesorgt hat. Die meisten Menschen eilen mit ausdrucksloser Miene an mir vorbei, ohne mir Beachtung zu schenken. Und wenn sie mich doch ansehen, dann, als wäre ich der letzte Abschaum. Nicht besser als das, was die Ratten in den Straßen zurücklassen.

Ich versenke meine Zähne in dem Fleisch. Verdammt, ist das *gut*.

»Meinen Sie, ich kann mich hier vielleicht irgendwo waschen?«, frage ich mit vollem Mund und vermeide jeden Blick in Richtung der verspiegelten Raumwand. Beim Eintreten habe ich den Fehler gemacht, mich anzusehen, und habe mich selbst nicht wiedererkannt. Mein Spiegelbild bestand nur aus verfilzten Haaren, riesigen Augen und einer Dreckkruste. Auf dem Papier bin ich vielleicht fünfundzwanzig Jahre alt, doch dank der verdammten Kälte New Yorks würde mich wahrscheinlich nicht einmal meine eigene Mom erkennen, wenn ich vor ihr stünde. Vom Wetter gegerbt, abgemagert, krank. Aber egal, wen interessiert's?

Nur am Rande nehme ich zur Kenntnis, dass die Frau mir nicht geantwortet hat. Sie legt etwas auf den Tisch. Ist das ein schwarzer Stein?

Mit klarer Stimme spricht sie Worte, die in meinen Ohren keinen Sinn ergeben.

»Magic of damnation and death, we offer you his life and his last breath.«

»Was?«, frage ich verwirrt und kaue weiter. Doch das Huhn schmeckt mit einem Mal wie Sand, und meine Hände beginnen zu zittern. Eine eiskalte Klaue scheint sich um mein Herz zu legen, drückt es langsam zusammen, während aller Atem meinen Lungen entweicht. Purpurne Punkte tanzen vor meinem Sichtfeld. Ich brauche Luft!

»Hilfe.« Meine Worte sind kaum mehr als ein Röcheln. Aber wir sind allein. Wenn sich jemand jenseits der Spiegelwand aufhält, reagiert er nicht.

Sieht denn niemand, dass hier irgendetwas nicht stimmt? Meine Hände klammern sich an den Tisch, wie meine Seele an ihren Körper. Vergeblich.

Ich werde ersticken.

Das Letzte, was ich höre, ist die Stimme dieser Frau, während sie sich in Richtung der Spiegelwand wendet. »Er ist schwach. Es lohnt sich kaum.«

Mir wird schwarz vor Augen, bevor das Gewicht der Welt schließlich von mir abfällt.

So fühlt es sich also an – das Sterben.

Glücklicherweise zieht mein klägliches Leben nicht an mir vorbei – wenigstens diese Demütigung erspart man mir. Stattdessen sehe ich *ihr* Gesicht. Nicht das der Frau mir gegenüber, sondern einer Fremden, der ich nur ein Mal begegnet bin. Ich erinnere mich bis heute an ihre gütigen Augen, ihr mitfühlendes Lächeln, höre ihre glasklare Stimme durch die Dunkelheit, die mich jetzt umfängt.

»Brauchst du sonst noch etwas?«

Sie war der einzige Funken Wärme in den eiskalten Straßen New Yorks. Warum habe ich sie eigentlich nicht nach ihrem Namen gefragt?

TAGEBUCHEINTRAG

Gemma Stone. – Ich weiß nicht, ob ihr bewusst ist, dass ich ihr schon seit Monaten folge. (Rein virtuell versteht sich.)

Irgendwie verbringe ich momentan zu viel Zeit damit, über sie nachzudenken.

Sie hat irgendetwas an sich, das mich reizt. Ich kann nicht einmal sagen, ob im positiven oder negativen Sinne. Da ist zum Beispiel die Art, wie sie die Wimpern niederschlägt, wenn sie lächelt. Oder dieser Tick, bei dem sie den Kopf zur Seite neigt und mit ihren Haaren spielt, während sie über etwas nachdenkt. Gibt es Leute, die so etwas unbewusst tun, oder nutzt sie ihre schauspielerischen Fähigkeiten, um Menschen in ihren Bann zu ziehen?

Es gibt nur zwei Möglichkeiten:

1.) Sie manipuliert wissentlich Menschen für Ruhm und Geld.
2.) Sie hat nicht den Hauch einer Ahnung davon, was sie ist.

So oder so: Ich werde herausfinden, welche der beiden Möglichkeiten der Wahrheit entspricht. Denn sie ist die Nächste auf meiner Liste.

D. H.

1. KAPITEL

Samstag, 10.9.

»Entschuldige, aber das ist Unfug«, versichere ich lächelnd in die Handykamera und streiche mir eine roséfarbene Haarsträhne hinter das Ohr. Dies ist nicht mein erstes Interview via Livestream, und ich weiß mittlerweile, was die Leute für gewöhnlich von mir erwarten: Freundlichkeit, Nachsicht und eine engelsgleiche Geduld. »Ich tanze bei Vollmond nicht nackt über Lichtungen. Und das nicht nur, weil es in Williamsburg wenig Wälder gibt.«

»Aber Spitzhut, Zauberstab und schwarze Katzen gehören schon zur Standardausrüstung einer Hexe?«, vermutet Hank und greift nach einer Tasse mit bemerkenswert hässlichem Aufdruck: dem Logo des Lokalsenders W'R'NY. Vermutlich hat niemand Lady Liberty gefragt, ob sie damit einverstanden ist, dass eine Comicversion von ihr in einem Kellnerinnen-Kostüm das Kürzel W'R'NY auf der Handfläche serviert. Die gelb-rote Farbwahl des Logos unterstreicht den aufdringlichen Eindruck, den ich auch von Hank habe. Er schluckt sein Getränk derart geräuschvoll herunter, dass ich kurz versucht bin, die Lautstärke meines Headsets herunterzuregeln.

»Sei mir nicht böse, aber ich glaube, du hast vollkommen falsche Vorstellungen«, korrigiere ich. »Für moderne Hexerei braucht es keinen Dresscode. Ich sitze zum Legen von Tarotkarten auch nicht in einem Sternenzelt auf dem Jahrmarkt.

Jeder von uns – egal ob Mensch, Tier oder Pflanze – ist ein Teil dieses Universums. Alles um uns herum besteht aus denselben schwingenden, unsichtbaren Teilchen. Das, was wir Menschen von der Umwelt wahrnehmen können, liegt an der grundlegenden Beschaffenheit unseres auf vier Dimensionen beschränkten Wesens, allerdings sind diese Beschränkungen individuell sehr unterschiedlich ausgeprägt und können ...«

»Aha«, unterbricht mich Hank und schlürft aus der Tasse, bevor er sie so energisch auf dem Tisch abstellt, dass ihm die Brille verrutscht. Er richtet sie und seinen Pferdeschwanz mit zwei Handgriffen, die so beiläufig wirken, als würde er das öfter tun. »Das klingt ja alles eher physikalisch als mystisch. Was hat es dann mit den Edelsteinen auf sich, die du ständig in die Kamera hältst?«

»Also, genau genommen, sind Bergkristalle und Rosenquarze keine Edelsteine, sondern Minerale.« Ob das wohl etwas ist, was die Zuschauenden dieses Livestreams interessiert? Meine Mom sagt immer, dass Aufklärung die beste Möglichkeit ist, um Vorurteile abzubauen, aber manchmal habe ich den Eindruck, dass die Menschen damit eigentlich ganz glücklich sind. Es gibt schließlich gute Gründe dafür, dass die meisten Leute mit Bezug zur arkanen Welt sich eher im Verborgenen halten. Einer davon ist, dass die Menschheit Minderheiten jeder Art gegenüber noch nie besonders aufgeschlossen war. Dass ich jetzt hier vor der Kamera sitzen kann, ohne Konsequenzen befürchten zu müssen, liegt vor allem daran, dass Hexerei heutzutage zumindest in gewissen Kreisen durchaus anerkannt ist. Ziemlich ironisch, wenn man bedenkt, dass es ausgerechnet meine Vorfahrinnen waren, die man in Salem öffentlich hingerichtet hat. Aber Zeiten ändern sich. Und während unsere Welt immer technisierter wird, sehnen sich viele nach Wundern und der Nähe zur Natur. Was soll ich sagen? Solange man nur die harmlosen, hübschen Seiten unserer Künste zeigt, lässt sich damit in den sozialen Medien einige Reichweite generieren. Vielleicht besitzen nicht alle angeblichen Hexenden, die auf *WitchTok* unterwegs sind, wirkliches Talent für die Hexerei, aber mich stört es nicht. Im Gegenteil: Irgendwie spielt es mir sogar in die Hände. Und das nicht nur, weil sie den momentanen Hype aufrechterhalten, der mir einen lukrativen Nebenjob sichert. Je mehr unfähige Hexende es gibt, umso überzeugter sind die Skeptiker davon, dass wir allesamt harmlose Spinner sind, die lediglich zu viel Salbei geraucht haben. Die Betonung liegt hierbei auf *harmlos*. Solange das so bleibt und die vorherrschenden politischen und religiösen Institutionen uns nicht als Bedrohung auf dem Schirm haben, droht keine Gefahr.

Aber Fakt ist: Magie existiert, und manche Menschen spüren eine Verbindung zu ihr. Andere wünschen sich, sie würden es. Und wieder andere glauben prinzipiell an nichts, was sie nicht selbst wahrnehmen können. So wie Hank und ein Großteil seiner Zuhörenden. Als ich vorhin versucht habe, den Unterschied zwischen weißer und schwarzer Magie zu erklären, haben sich prompt einige Menschen im Chat lustig gemacht, dann ausgeloggt. In dem Fall liegt es vielleicht auch an der Besonderheit der weißen Magie: Wenn man sich nicht wirklich darauf einlässt, funktioniert sie nicht. Böse Zungen behaupten, dass es sich bei den Zaubern höchstens um einen Placeboeffekt handeln kann, aber tatsächlich ist weiße Magie einfach zurückhaltend. Sie will sich niemandem aufdrängen, der sie nicht willkommen heißt. Das ist der grundlegende Unterschied zur schwarzen Magie: Damit kannst du Menschen verfluchen. Sie schadet und schert sich nicht darum, was sie anrichtet oder ob sie erwünscht ist. Logisch: Wer lässt sich schon freiwillig verfluchen? Aber manche Menschen sind nicht offen für Dinge, die sie nicht selbst wahrnehmen können. Da bin ich im wahrsten Sinne des Wortes machtlos.

»Stein bleibt Stein«, bestätigt Hank meine Gedanken so entschieden, dass ich fast wünschte, mich mit einem solchen zu unterhalten. Vielleicht täusche ich mich, aber ich habe den Eindruck, dass das Gespräch in etwa genauso produktiv wäre.

»Was Steine angeht: Ja und Nein. Es gibt Unterschiede zwischen einem simplen Stein und einem Kristall. Um einen Kristall herzustellen, und die Atome in solch einer perfekten Form anzuordnen, braucht es viel Energie. Enorm viel sogar. Wenn wir – rein physikalisch – davon ausgehen, dass Energien niemals verloren gehen, sondern nur ihre Erscheinungsform ändern, lautet die logische Schlussfolgerung: Die seit der Entstehung der Erde in ihr verborgenen Kristalle sind hochenergetisch. Sie haben quasi die in sie gefahrene Energie absorbiert und gespeichert und warten nur darauf, von uns geborgen und genutzt zu werden. Sehr vereinfacht ausgedrückt natürlich.«

»Natürlich«, äfft Hank mich nach. »Jetzt wird es also doch noch esoterisch. Oder wie soll ich mir das vorstellen? Die Energie eines Steins nutzen? Kann ich damit mein Handy aufladen?« Er hält sein Smartphone in die Kamera, als wollte er unterstreichen, wie lächerlich er die Idee findet. Dabei ignoriert er vollkommen, dass auch in Laptops und Smartphones Kristalle verbaut werden.

»Das wird so eher nicht funktionieren, weil Kristalle und Handys nicht auf einer Wellenlänge liegen«, erkläre ich und ignoriere Hanks süffisantes Grinsen. »Ich sehe, dass es dir zu abstrakt wird. Also sind wir ehrlich: Wenn du an die unterstützende Wirkung von Rosenquarzen glaubst, kannst du damit keinen Schaden anrichten. – Wenn du den Quarz nicht gerade dazu nutzt, um ihm jemanden an den Kopf zu werfen, versteht sich. Wenn du mir nicht glaubst, schadest du damit höchstens dir selbst. Das ist der Vorteil meiner Philosophie: Du kannst mich fragen, wie man Mondwasser herstellt und wofür man es benutzt – oder du lässt es bleiben und alles ist gut.«

»Für eine neunzehnjährige Schauspielstudentin, die in den sozialen Medien als ein …«, er wirft einen Blick auf seine Unterlagen und setzt die nächsten Worte in Gänsefüßchen, ›esoterisches Phänomen der Neuzeit‹ gefeiert wird, klingst du recht abgeklärt.«

Esoterisches Phänomen, hallen seine Worte in meinem Kopf nach. Wie das klingt. Allein die Formulierung lässt sich mir alle Nackenhaare aufstellen. Meine Hexerei ist nicht düster und elitär, sondern bodenständig, intuitiv und für jeden geeignet. Zumindest für jeden, der sich darauf einlässt. Hank gehört offensichtlich nicht dazu.

»Nur, um das noch mal klarzustellen: Die Schauspielerei und die Hexerei haben nichts miteinander zu tun. Die Schauspielkurse helfen mir vielleicht bei meinen Videos, aber ich bin keine Schwindlerin, falls du das andeuten möchtest. Ich stelle hier nichts dar, was ich nicht bin.«

»Und was bist du?«

»Eine von vielen Repräsentantinnen für Achtsamkeit, Selbstliebe und ganzheitliche …«, beginne ich und werde erneut unterbrochen, da ich Hank offensichtlich nicht die Antworten liefere, die er sich von diesem Interview erhofft hat. Mittlerweile habe ich ohnehin den Eindruck, dass ich nur eingeladen wurde, damit die Zuhörenden etwas zum Lachen haben. Es kostet mich einige Selbstbeherrschung, nicht zu seufzen. Warum habe ich dem Livestream überhaupt zugestimmt? Habe ich an einem Samstagabend wirklich nichts Besseres zu tun, als das hier? Ich bekomme nicht einmal Geld dafür, mich Hanks Spott auszusetzen. Dass sich irgendjemand von diesem Gespräch inspiriert fühlt, wage ich auch zu bezweifeln.

»Apropos andere Netzphänomene: Kennst du den *Dark-Duke?*« Hanks Blick ist auf irgendetwas gerichtet, das sich außerhalb des Bildschirmausschnitts befindet, den ich einsehen kann. Vermutlich ein zweiter Monitor.

DarkDuke. Schon der Name sorgt bei mir für ein erneutes Seufzen, das ich mühsam unterdrücke. Ganz sicher gibt es in den sozialen Medien keinen, der noch nie etwas von dem Kerl gehört hat. Zumindest keiner, der auf *WitchTok* unterwegs ist. *DarkDuke* zeigt sich nie selbst vor der Kamera und klingt dank eines Stimmenverzerrers, als hätte er jahrelang nichts anderes getan, als nachts in zwielichtigen Bars Unmengen an Alkohol zu trinken. Wir haben beide in etwa gleich viele Follower, aber aus vollkommen verschiedenen Gründen. Während ich versuche, Menschen zu unterstützen, nutzt er seine Reichweite lieber dafür, sie vorzuführen.

»Ich kenne ihn nicht persönlich«, erwidere ich, »habe aber ein paar seiner Videos gesehen und weiß, dass er Heilkräuter, Minerale und Tarotkarten ebenso glaubwürdig findet wie Berichte über Ufo-Sichtungen, das Monster von Loch Ness oder den Yeti. Und dass er sich gelegentlich einen Spaß daraus macht, übersinnlich begabte Menschen im Internet vorzuführen, damit andere Leute sich daran erfreuen können.«

»Was sagst du dazu?«

»Wozu? Zu dem Yeti oder den Ufos?«, antworte ich ausweichend, weil ich meine Meinung über den *DarkDuke* lieber für mich behalte. »Dazu würde ich sagen, dass ich es anmaßend fände, davon auszugehen, dass wir die einzigen Lebewesen in diesem und allen anderen Universen sind.«

»Also glaubst du an Aliens?«

»Ich glaube zumindest nicht *nicht* an außerirdisches Leben.« Wenn ich nicht gleich gespürt hätte, dass dieses Interview mies läuft, hätte ich es wohl spätestens jetzt bemerkt. Da ich Hank nicht die Antworten gebe, die er für seinen Sender will, versucht er auf anderem Wege, mich aus der Reserve zu locken. Er ist nicht der Erste, der meine Ansichten ins Lächerliche ziehen möchte. Es gibt Menschen, die dankbar dafür sind, neue Impulse für ihr Leben zu bekommen und Menschen, die meine Ansichten vollkommen albern finden. Solange man mich nicht persönlich angreift, kann ich mit der Kritik umgehen. Wer Probleme mit Gegenwind hat, übt die Hexerei für sich allein im Wohnzimmer aus, statt seine Erfahrungen im Netz über *WitchTok* oder *Instagram* zu teilen. Im Gegensatz zum *Dark-Duke* trage ich dabei keine Verkleidung, sondern halte mein ungeschminktes Gesicht in die Kamera. Ich mache es freiwillig, da ich weiß, dass es vielen Menschen die Kraft gibt, ebenfalls zu sich selbst zu stehen. Und das nicht nur in Bezug auf die Hexerei, sondern allen Bereichen des Lebens. So sitze ich also hier und übe mich in Selbstbeherrschung, die mir leider manchmal fehlt.

»Ich sehe gerade, wir haben eine Anfrage im Chat.« Hank hebt eine Augenbraue. »Von einem gewissen *DarkDuke*. Er schreibt: *Überzeug mich davon, dass du keine Hochstaplerin bist. Leg mir die Karten. Nächsten Samstag. Live. In deinem Kanal. Wenn du dich traust.*«

Irritiert blinzele ich zweimal. Ich kann die Mitteilung ebenfalls auf meinem Monitor lesen, bin mir aber nicht sicher, ob sie tatsächlich von dem richtigen *DarkDuke* stammt – oder sich jemand seinen Usernamen geliehen hat, um sich einen Scherz zu erlauben. Zumindest hat er bisher nie Interesse an meinem Kanal gezeigt, wir lebten in friedlicher Koexistenz nebeneinanderher. Wobei *friedliche Koexistenz* in dem Fall bedeutet, dass wir den jeweils anderen ignoriert haben. Aber wenn er das ändern möchte, bin ich bereit – auch wenn ich das Timing etwas seltsam finde. Er hätte sich jederzeit bei mir melden können und macht es gerade jetzt? Warum so öffentlich? Ob ihn der Radiosender auf mich angesetzt hat, um diesem Stream zu mehr Aufmerksamkeit zu verhelfen? Das wäre zwar möglich, aber es ändert nichts an meiner Antwort.

»Ich lege dir die Karten, wenn du die dafür üblichen fünfundsiebzig Dollar überweist«, sage ich direkt in die Kamera und schenke ihm ein Lächeln.

Die Antwort erfolgt prompt.

DarkDuke: Ich zahle dir sogar 750 Dollar, wenn du den Livestream nicht abbrichst. Was auch immer passiert.

»Tut mir leid. Die fünfundsiebzig Dollar sind ein Festpreis und nicht verhandelbar«, lehne ich ab, weil ich nicht vorhabe, mich von ihm provozieren zu lassen. Auf welche Art und Weise auch immer. »Aber ich lege die Karten für niemanden, der zu feige ist, seine Kamera einzuschalten.«

DarkDuke: Keine Sorge. Die Kamera wird eingeschaltet sein.

Auch wenn mich das Gefühl beschleicht, dass diese ganze Aktion irgendein Trick ist, um mich vorzuführen, willige ich ein.

»Dann haben wir wohl ein Date.«

DarkDuke: Du wirst dir noch wünschen, es wäre eines, Gemma.

Wie meint er das? Es ist eine harmlose Online-Tarot-Session. Was sollte währenddessen passieren, dass ich meine Einwilligung bereue?

Selbst wenn ich mich unwohl fühle, zwinge ich mich weiterhin dazu, in die Kamera zu lächeln. Ich habe im Chat gesehen, dass uns einige meiner Fans zusehen und möchte nicht, dass sie mir anmerken, dass auch ich manchmal zweifle. Vielleicht ist das die Schattenseite hinter meiner Internetpräsenz: Ich plädiere so oft für Selbstliebe und dass meine Followerinnen ihre vermeintlich schwachen Momente annehmen und ausleben sollen. Und dann? Ertappe ich mich dabei, dass ich für sie stark sein will, um sie nicht zu enttäuschen. Dass ich für sie eine Art *Safe Space* kreiere, an dem das Motto *Good vibes only* herrscht. Auch in Augenblicken, in denen ich mich frage, worauf ich mich gerade eingelassen habe. Ich kenne den Begriff toxische Positivität. Natürlich ist es nicht okay, meine Schauspielkurse dafür zu nutzen, meinen Followerinnen vorzuspielen, dass nichts und niemand mich erschüttern kann. Aber ich habe noch nicht die richtige Mischung aus positiver Bestärkung und Authentizität gefunden, um mich geschickt unliebsamen Momenten wie diesem hier zu entziehen. Also bleibt mir nur eins: Augen zu und durch. Oder in dem Fall: lächeln und nicken.

Nach dem Livestream fahre ich meinen Rechner herunter, schalte mein Handy auf stumm und atme tief durch. *Geschafft.* Irgendwie war das überraschend unangenehm. Mein Blick zuckt zu dem rosafarbenen Plakat an meinem Kleiderschrank. *WITCHES SUPPORTING OTHER BITCHES* steht darauf in Großbuchstaben geschrieben. Das ist mein Motto. Der Grund dafür, dass ich Interviews wie diesem zustimme. Doch für den Rest des Abends werde ich nur noch Dinge machen, die mir guttun. Vielleicht tanze ich bei Vollmond nicht nackt auf Lichtungen, aber ich habe meine eigenen Rituale.

Ich streiche mir mit dem Zeigefinger über den linken Unterarm – über die Stelle, unter der mein Puls schlägt und wohin ich mir die Worte *radical delicacy* habe tätowieren lassen. *Radikale Zartheit* ist das Lebensmotto meiner Mom und ihrer Partnerin Laura. Es bedeutet eigentlich nichts anderes, als dass man versuchen soll, sanft zu sich selbst und den Menschen in der Umgebung zu sein, weil das Leben schon hart genug ist, auch wenn wir es uns nicht gegenseitig zur Hölle machen. Kurz bin ich versucht, meine Moms anzurufen, aber ich habe das Gefühl, dass es mir danach nicht besser gehen wird, weil mich ihre Stimmen daran erinnern, wie sehr sie mir manchmal fehlen. Sie und mein Leben in Michigan. Das Haus mit der immer offenen Tür. Der Blick auf den See. Die Ruhe in der Nacht und das Schlafen bei geöffnetem Fenster. Ich mag New York, aber der permanente Geräuschpegel in einer Weltmetropole wie dieser ist für mich auch nach einem Jahr immer noch gewöhnungsbedürftig.

Glücklicherweise haben meine Moms Verständnis dafür, dass sich unser einziger Kontakt manchmal auf kommentarlose Schnappschüsse von meinem Tag beschränkt. Sie machen mir deswegen nie Vorwürfe und unterstützen mich bei all meinen verrückten Ideen – ganz egal, ob es dabei um die Gründung eines Onlineshops für Kunstdrucke oder das Schauspielstudium in New York geht.

Seufzend erhebe ich mich vom Stuhl und verdränge den Gedanken an mein altes Leben. Ich bin freiwillig hierhergezogen, weil es eine riesige Chance ist. Und dafür, dass ich früher nie besonders viel Kontakt zu Dad oder meinem Bruder hatte, läuft es mit unserem Zusammenleben echt gut. Die beiden sind cool, nur eben nicht Mom oder Laura. Dads Wohnung im Loftstil ist kein ehemaliges Kinderheim am See. Und statt ständig wechselnde Besucher zu empfangen, ist er aufgrund seines Berufes als Reportagefotograf selbst andauernd auf Reisen. Mein neues Leben ist anders, aber *anders* muss ja nicht verkehrt sein.

2. KAPITEL

»Mau.«

Erschrocken fahre ich herum und blinzele die große, schwarze Katze an, die soeben auf die Balustrade der Dachterrasse gesprungen ist. Kopfschüttelnd umfasse ich ihren Brustkorb und setze sie auf dem Gartenstuhl neben mir ab. Selbst mit der Geschicklichkeit einer Katze sollte man so hoch oben nicht auf Umrandungen herumlaufen, wenn man nicht wirklich über sieben Leben verfügt.

»Musst du dich immer so anschleichen?«, frage ich – rein rhetorisch, da ich weiß, dass Taro mir nicht antworten kann. Nicht heute Nacht. Denn in Vollmondnächten ist mein Bruder ganz dem tierischen Teil seiner Natur als Wertier unterworfen. In fast allen anderen Nächten hingegen kann er seine Erscheinung frei wählen. Mit einer Ausnahme: Der Neumond unterbindet seine besondere Magie und macht ihn für vierundzwanzig Stunden menschlich.

Während ich also auf der Terrasse stehe und mit Wasser gefüllte Phiolen im Mondlicht wende, beobachtet mich Taro mit zur Seite geneigtem Kopf und zuckt ab und an mit einem Ohr. Es gab schon Momente, da habe ich ihn um seine gestaltwandlerischen Fähigkeiten beneidet, aber Vollmondnächte und der darauf folgende Tag gehören nicht dazu. Selbst wenn manche Menschen von übernatürlichen Dingen fasziniert sind, passen Wertiere selten in ihr Weltbild. – Und so hält mein Bruder diesen Teil seines Ichs geheim. Er achtet immer sehr penibel darauf, dass bloß kein Katzenhaar in unserer Wohnung oder an der Kleidung zu finden ist. Nichts, was auch nur die harmloseste Rückfrage provozieren könnte. Normale Menschen fänden es vermutlich nicht abwegig, mal ein Katzenhaar irgendwo zu haben, aber Taro ist eben Taro. Und wenn er es so wünscht, bewahre ich sein Geheimnis.

Vielleicht habe ich auch nur so gut reden, weil ich mit dem Ausleben meiner Begabung momentan kaum Konsequenzen zu befürchten habe, außer vom Rest der Welt als verschroben abgetan zu werden. Ein Wertier hingegen könnte in der Tat einige Wissenschaftler auf den Plan rufen, die sich Taros DNA gerne mal im Labor ansehen würden. Und selbst wenn es heutzutage weitaus bessere Untersuchungsmethoden gibt, als jemanden in feine Scheibchen zu schneiden, um ihn zu mikroskopieren, kann ich verstehen, dass er ein halbwegs normales Leben vorzieht.

Dad, der recht wenig zu unseren Begabungen beigetragen hat – außer einer sehr interessanten Wahl seiner Sexualpartnerinnen natürlich –, unterstützt uns bei allem, was wir tun. Wenn er gerade mal nicht verreist ist, hilft er Taro beim Putzen der Wohnung und seinen Studienprojekten und mir beim Fotografieren der Sachen für meinen *etsy*-Shop. Er steht auch dann zu uns, wenn ich Dinge tue, die andere Menschen seltsam finden. Zum Beispiel bei herbstlichen Temperaturen Kristalle, Tarotkarten und Phiolen auf der Dachterrasse auslegen und Taro hinter dem Ohr kraulen, während er dem Mond ein leises Lied singt. Von wegen Katzenmusik – seine Melodie berührt etwas tief in mir. Etwas, was mich dazu bringt, kurz die Augen zu schließen. Farbige Explosionen in Purpur und Orange glimmen in meinem Inneren auf, während ich Taros Gesang lausche. Synästhesie nennen es die Wissenschaftler, wenn bei einem Sinneseindruck ein zusätzlicher Reiz ausgelöst wird. Es ist eine Spielart der Evolution, die in verschiedenen Varianten und Ausprägungen existiert. Bei mir ist es vor allem Musik, die Farbeindrücke hervorruft. Ebenso wie das Gen, das Taro zur Werkatze macht, wird auch die Synästhesie vererbt – nur eben sehr viel häufiger.

Ich lasse mich für ein paar Sekunden in Taros Welt entführen und kraule weiterhin sein Ohr. Er hat unglaublich weiches und seidiges Fell, aber er duldet Streicheleinheiten nur, wenn er an Vollmond ganz seiner tierischen Natur unterworfen ist. An den übrigen Tagen des Monats, an denen er sein Erscheinungsbild frei wählen kann, verwandelt er sich zurück, bevor meine Hand auch nur in seine Nähe kommt. Es gibt ohnehin nur wenige Menschen, denen er sich in seiner felinen Gestalt je gezeigt hat: unserem Dad, seiner Mom und mir. Mit seinen neunzehn Jahren hatte er laut eigener Aussage noch nie eine feste Freundin, obwohl sich einige junge Studierende der Akademie auf dem Flur nach ihm umdrehen. Eigentlich kein Wunder: Er hat Dads Größe und helle Augen geerbt, dazu den eher athletischen Körperbau seiner Mom und ebenso ihre dichten, dunklen Haare. Selbst meine beste Freundin Hazel, die normalerweise nicht zu Schwärmereien neigt, ist ihm und seiner zurückhaltenden Art verfallen. Auch wenn ich schwören könnte, dass in seinem Blick jedes Mal ein Funke aufglimmt, sobald er sie ansieht, weist er all ihre Annäherungsversuche ab. Dementsprechend geschmeichelt sollte ich mich wohl fühlen, dass er mich hier freiwillig besuchen kommt, obwohl im Lexikon unter dem Eintrag *Einzelgänger* bestimmt sein Name steht: Taro Takahashi.

»Du hast mir noch immer nicht verraten, wie sich die Verwandlung für dich anfühlt«, murmle ich und wende mich wieder den im Sternenlicht schimmernden Phiolen zu, um sie sacht zu drehen.

Dies ist eines meiner Rituale: Meinen Vorrat an Mondwasser aufstocken, weil sich das durch die Energie des Mondes belebte Wasser nun einmal nur an Voll- oder Neumond herstellen lässt. Das wäre eigentlich auch eine schöne Anekdote für den Livestream gewesen. »Hey, Hank. Wusstest du, dass Vollmondwasser kräftigend und Neumondwasser reinigend wirkt?« Dann hätte er gleich noch mehr gehabt, über das er sich in seiner Engstirnigkeit lustig machen kann. Seufzend verdränge ich den Gedanken und beobachte Taro dabei, wie er mit der Pfote einen schimmernden Mondstein vom Tablett angelt. Manchmal leistet er mir hier oben Gesellschaft, manchmal sitzt er auf der Fensterbank seines Zimmers und starrt hinaus, in anderen Nächten ist er regelrecht unauffindbar. Ich weiß nicht, was ihn umtreibt, denn er redet nie über seine tierische Natur. Zumindest nicht mit mir.

· · ✦ · ·

Als ich mitten in der Nacht mit dem Körbchen voll schillernder Phiolen und aufgeladener Kristalle zurück hineingehe, da sie ausreichend Energie getankt haben und mir langsam kalt wird, fällt mein Blick auf Dads Piano. Manchmal, wenn er mal wieder wochenlang am anderen Ende der Welt unterwegs ist, kommt mir diese Wohnung viel zu groß vor. Die roten Backsteinwände mit den gerahmten Schwarz-Weiß-Fotografien, das senfgelbe Ledersofa, die Coffee Table Books auf dem Glastisch … Alles hier schreit förmlich nach Dad, aber es ist nur Stille, die antwortet.

Um das Gefühl der Einsamkeit zu unterdrücken, stelle ich das Tablett mit den leise aneinanderklirrenden Phiolen auf dem Tresen der offenen Küche ab und setze Taro und mir einen Topf mit Hafermilch auf.

Ich habe kaum damit angefangen, in der Küche herumzuhantieren, da springt Taro neben mir auf die Arbeitsplatte und betrachtet die schillernden Phiolen. Er stupst mit seiner Pfote immer wieder eines der Glasfläschchen an, weil der sich darin spiegelnde Mond Lichtreflexe ins Wasser zaubert, die ihn faszinieren. Irgendwie ist sein Verhalten süß, vor allem deswegen, weil es eigentlich so gar nicht zu meinem vorbildlich erwachsenen Bruder passt.

Wenige Minuten später sitzen wir nebeneinander auf der Theke in der vom Mondschein erhellten Küche. In den Händen halte ich meinen warmen Becher und baumele mit den Füßen, während Taro seine Milch aus einem Schälchen schleckt.

Auch wenn ich mir an Vollmond manchmal einsam vorkomme, weil ich niemanden zum Reden habe und ich meine Rituale allein abhalten muss, statt sie mit meinen Moms zu zelebrieren, fühlt es sich in diesem Moment absolut richtig an, hier zu sein. Nicht nur, weil die beiden so keine Chance dazu haben, jeden meiner Handgriffe mit Argusaugen zu bewachen, sondern weil ich es spüre. Da ist diese Stimme, tief in mir, die mir sagt, dass ich genau hierher gehöre. Nach New York. Und wenn man seiner eigenen Intuition nicht vertrauen kann, wem denn dann?

3. KAPITEL

Montag, 12.9.

»Bis später, Taro!«, rufe ich gewohnheitsgemäß durch den Flur, schnappe mir meinen Wollschal von der Garderobe und lasse die metallene Eingangstür unserer Wohnung hinter mir ins Schloss fallen.

Da keine Antwort kam, ist mein Bruder bestimmt schon früh zur Akademie aufgebrochen. Den gesamten gestrigen Tag war er noch bis Mitternacht an seine tierische Gestalt gebunden. Meistens kann er es am nächsten Morgen kaum erwarten, das Haus wieder zu verlassen. Diesen unbändigen Drang nach Freiheit hat er bestimmt von seiner Mom. Ich weiß nicht viel über sie, aber dass sie eine Weltenbürgerin ist, steht außer Frage. Als sie bemerkt hat, dass sie mit Taro schwanger ist, hat sie Japan verlassen und versucht, in New York sesshaft zu werden. Doch am Ende war ihre Sehnsucht nach der Welt größer und sie hat Taro bei Dad gelassen, der allerdings genauso gern reist wie sie. Dieses Gen ist definitiv an mir vorübergegangen. Ich bevorzuge das Verweilen an einem Ort – und möglichst spätes Aufstehen. Also gehe ich heute allein zur *Allbright Academy Of Modern Arts*. Der Künstlerakademie, die Taro und ich gemeinsam besuchen, wenn auch in unterschiedlichen Studiengängen. Taro lernt wie unser Dad Reportagefotografie. Da auch seine Mom Journalistin ist, liegt ihm das Beobachten und Dokumentieren irgendwie im Blut. Zumindest sind seine studentischen Leistungen herausragend, und ich wünschte, ich könnte dasselbe über meine behaupten.

Mir den Schal um den Hals wickelnd nehme ich die Treppe nach unten und werde an der Haustür vom typischen Geruch unserer Straße begrüßt: Smog und geröstete Kaffeebohnen. Es gibt durchaus Schlimmeres, als direkt neben einem Café zu wohnen.

Dass Dads Wohnung in Brooklyn, genauer gesagt dem wunderschönen Williamsburg, liegt, ist kein Zufall, sondern seinem Pragmatismus zu verdanken. Vor einigen Jahren hat er die Wohnung von den Preisgeldern gekauft, die er als prämierter Reportagefotograf erhalten hat. Heutzutage wäre sie mindestens viermal so teuer und absolut unerschwinglich für uns, obwohl Dad nicht schlecht verdient.

Wie viele New Yorker gehe ich gern kurze Wege zu Fuß und die Akademie ist von hier aus nur einen Katzensprung #nopunintended entfernt.

Das ist tatsächlich eine der Sachen, die ich an New York liebe: Man braucht nicht für jede Strecke ein Auto. Ja, der Umzug aus einer eher ländlichen Gegend in Michigan direkt in die pulsierende Weltmetropole war ein kleiner Kulturschock, aber im Großen und Ganzen liebe ich das Stadtleben und vor allem unser Viertel. Hier reihen sich schicke Boutiquen, trendige Cafés und lebhafte Restaurants aneinander. Straßenkunst verleiht den Wohngebäuden und umfunktionierten Fabriken neuen Glanz, während der Uferbereich am East River einen atemberaubenden Blick auf Manhattan bietet. Williamsburg ist, auch dank der Gründung der *Academy* und dem Zuzug Kunstschaffender aller Art, zu einer der coolsten Wohngegenden New Yorks geworden. Zugegeben: Nicht alle Alteingesessenen sind darüber erfreut. Ultraorthodoxe Juden und Hipster sind in ihren Ansichten selten kompatibel, aber wir leben friedlich nebeneinanderher. – Ja, auch mit den Investmentbankern in teuren Maßanzügen, die mittlerweile ihren Weg aus Manhattan hier rüber gefunden haben.

Das Café neben der ehemaligen Fabrik, in der wir wohnen, heißt *Beans&Herbs*. Ich beschließe, einen kleinen Abstecher zu machen, und mein herbstliches Outfit mit einer Pumpkin Spice Latte abzurunden. Wie der Name erraten lässt, stehen auf der Getränketafel über dem Tresen des Cafés überwiegend Kaffee- und Teespezialitäten. Der Einrichtungsstil ist eine Mischung aus dem industriellen Flair dieses ehemaligen Fabrikviertels, warmen Holztönen und Grünpflanzen, die jeden freien Zentimeter ausfüllen. Selbst von den Wandregalen und der Decke hinab wachsen Ranken, die dem Wort *Großstadtdschungel* eine ganz neue Bedeutung verleihen. Die Geruchsmischung der verschiedenen Teesorten, durchzogen vom Duft frisch gemahlener Kaffeebohnen und täglich wechselnder Backwaren, ist beim Betreten jedes Mal wieder ein wenig gewöhnungsbedürftig, mir aber mittlerweile so vertraut, als würde ich nach Hause kommen.

Um diese Uhrzeit – für die meisten Menschen irgendetwas zwischen Frühstück und Mittag – ist es recht leer. Nur ein junger Mann sitzt am Tresen, liest auf seinem Tablet und nippt an einem Kaffee. Seine Aura ist unauffällig, aber leicht getrübt, was vermutlich bedeutet, dass er wegen irgendetwas mies drauf ist. Blonde Haare (in der Mitte länger als an den Seiten), hellblaues Hemd (mit hochgekrempelten Ärmeln), dunkelblaues Sakko über der Stuhllehne (dazu allerdings keine Anzughose, sondern Jeans) und rote Chucks. Er wirkt auf mich wie ein Typ der Marke BWL-Student, hipper Immobilienmakler oder verarmter Investmentbanker. Jemand, der mit Geld zu tun hat, aber bodenständig wirken möchte, oder den Leitspruch *Fake it till you make it* verinnerlicht hat.

»Eine Pumpkin Spice Latte mit Hafermilch, bitte«, bestelle ich bei der freundlichen Barista, die laut ihrem Namensschild Beryl heißt. Mir ist schon ein paarmal aufgefallen, dass auch ihre Aura besonders ist, in dem Fall allerdings besonders kräftig. Leider kann ich es nicht wirklich deuten, weil mir meine Synästhesie beim Aurensehen ständig dazwischenfunkt und die Farbeindrücke verfälscht. Eine kräftige Aura könnte bedeuten, dass mein Gegenüber mit mindestens einem Fuß in der arkanen Welt beheimatet ist oder aber einfach nur sehr gute Laune hat. Ihrem strahlenden Lächeln nach ist es vielleicht Letzteres. Sie trägt heute ein Kleid mit Sonnenblumenmuster, das nicht nur perfekt zu ihren leuchtenden Augen passt, sondern sie wie den personifizierten Sommer wirken lässt. Sie ist fast jeden Tag hier und hat stets alles bestens im Griff, obwohl sie manchmal ein wenig entrückt wirkt. Zumindest habe ich sie schon mehrfach Selbstgespräche führen gehört. Leise summend nickt sie mir zu und greift eine Packung Hafermilch aus dem Kühlschrank hinter dem Tresen.

Auf ein Handzeichen hin überreiche ich ihr meinen Mehrwegbecher und höre, wie der Typ neben mir leise schnaubt. Noch während ich mich frage, ob das Timing Zufall war, weil vielleicht gerade in ebendieser Sekunde sein Aktienkurs gefallen ist, schaut er von seinem iPad auf. Er sieht mir in die Augen, so forschend und direkt, als würde er darin etwas suchen, doch bevor er es gefunden hat, wandert sein Blick zu meinem Wollschal weiter.

»Ist alles okay?«, vergewissere ich mich, weil mich irgendetwas an seiner intensiven Musterung irritiert.

»Sicher doch. Das Getränk passt perfekt zu deinem Schal«, antwortet er mit einer tiefen Stimme, die älter klingt als er aussieht. Er neigt leicht den Kopf zur Seite, was einen Ohrring an seinem rechten Ohr aufblitzen lässt. Es ist eine kleine, schlichte Creole. Ein ungewöhnlicher Schmuck für einen jungen Mann im Anzug.

»Danke«, versuche ich meine Verwirrung zu überspielen. »Mein Schal fühlt sich geschmeichelt. Er bekommt selten solche Aufmerksamkeit.«

»Kannst du ihn mal fragen, ob er mit einem plötzlichen Wintereinbruch rechnet?«

»Und wenn es so wäre?«

Schulterzuckend widmet er sich wieder seinem iPad. »Wäre ich vollkommen falsch gekleidet und würde beim Verlassen des Cafés entsetzlich frieren.«

»Darren?«, bittet Beryl. »Sei nett zu ihr. Viele Menschen lieben Pumpkin Spice und frischen Kürbis in ihrem Getränk.«

»Menschen, die beim ersten gelben Blatt am Baum ihre Stiefel und Karoschals auspacken vielleicht«, stimmt er zu und wirft einen vielsagenden Seitenblick auf meinen karierten Minirock.

Ob er das Kleidungsstück auch in ein Gespräch verwickeln will?

Ich sehe ihn herausfordernd an, doch er wendet sich kopfschüttelnd ab.

Der Herbst ist meine liebste Jahreszeit: karierte Röcke, Stiefel, buntes Laub, Kuschelschals, klare Luft, warme Getränke und goldene Sonne. – Wenn er nicht in der Lage dazu ist, die Schönheit darin zu erkennen, ist es sehr bedauerlich, aber geht mich nichts an. So beschließe ich, ihn zu ignorieren, und warte, bis mein Getränk fertig ist. Ich zahle mit meinem Smartphone, nehme den Becher und wende mich zum Gehen, als der Fremde erneut aufsieht.

Er zögert, bevor er Worte sagt, die mich irritieren. »Pass auf dich auf.«

Verwundert verharre ich in der Bewegung. Meint er mich? Da wir allein sind und er vermutlich nicht ebenfalls zu Selbstgesprächen neigt, ist das wahrscheinlich. Aber warum? Wieso macht er sich erst über mich lustig, nur um mich anschließend zu bitten, auf mich aufzupassen?

»Danke, gleichfalls. Mein Schal und ich werden aufeinander achtgeben«, ist alles, was mir spontan dazu einfällt.

Ich habe das Café schon fast verlassen, da höre ich, wie er noch etwas sagt.

»Auf einer Skala von 1 bis 10 war das maximal eine Zwei«, resümiert er.

Sekunde. Bewertet er ernsthaft unsere Begegnung?

Wie charmant.

Mit einem Lächeln im Gesicht drehe ich mich zu ihm herum. »Eine Zwei? Wie überaus schade, denn die Aussicht auf dieses ausgesprochen unsägliche Herbstgetränk hebt meine Laune dermaßen, dass ich dir sicher mindestens eine Fünf gegeben hätte.«

»Eine Fünf?«, wiederholt er, legt das iPad auf dem Tresen ab und erhebt sich von seinem Hocker. Mit einer Hand in der Hosentasche kommt er zu mir herübergeschlendert. So entspannt, als wäre er sich seiner Wirkung auf Menschen durchaus bewusst. Bis eben habe ich mir nicht die Zeit genommen, ihn eingehend zu betrachten, doch er ist groß, athletisch und so gestylt, als käme er gerade von einem Businessmeeting. Ich bin mir sicher, dass sein beinahe arrogantes Schmunzeln absolut dazu geeignet wäre, Geschäftspartner in die Knie zu zwingen – oder aber Herzen zu brechen. Zumindest meines schlägt bei jedem seiner Schritte schneller. Nicht als hätte es Angst vor ihm, sondern als wollte es sich für einen Schlagabtausch wappnen.

Keine Armlänge entfernt bleibt er vor mir stehen. Selbst wenn ich wollte, könnte ich nicht ignorieren, dass er bemerkenswert gut riecht. Frisch geduscht, nach teurem Aftershave und mit einem Hauch von … Ist das Salbei?

Er mustert mich. Fast zu aufmerksam für meinen Geschmack. Ich spüre seinen intensiven Blick förmlich auf meiner Haut kribbeln. Er gleitet über mein Outfit, verharrt kurz an den gefärbten Haaren und endet bei meinen Augen. *Wow.* Seine sind nicht einfach nur dunkelblau, denn unzählige helle Sprenkel lassen seine Iriden wie ein Stück des Nachthimmels wirken. Ein Mundwinkel des Fremden zuckt, als würde es ihn einige Mühe kosten, mein Lächeln nicht zu erwidern. »Vielleicht gebe ich dir und deinem Getränk einen Sonderpunkt für Schlagfertigkeit.«

»Vielleicht ziehe ich dir im Gegenzug einen für akute Unhöflichkeit ab«, erwäge ich und neige den Kopf zur Seite, während ich mir eine Haarsträhne hinter das Ohr streiche. Es ist nur eine winzige Geste, aber sie entgeht seiner Aufmerksamkeit nicht.

»Also treffen wir uns in der Mitte?«, schlägt er mit lockendem Unterton vor.

Für den Bruchteil einer Sekunde unterliege ich einem geistigen Aussetzer und stelle mir vor, dass er es wortwörtlich gemeint hat. Dass wir den letzten Abstand zwischen uns überwinden und ... Und was? Uns küssen? Das wäre ziemlich absurd. Wer küsst schon einen völlig Fremden? Warum verschwende ich überhaupt einen Gedanken daran? Und wieso ist die Vorstellung davon so überaus reizvoll? Nur weil er ganz attraktiv aussieht und gut riecht?

Räuspernd befeuchte ich meine Lippen und verdränge das eigenartige Kopfkino. »Wir einigen uns also auf eine Dreikommafünf?«

»Ein bemerkenswert mutiger Vorschlag von jemandem, der nicht einmal weiß, worum es geht.«

»Dann wolltest du also nicht deine Meinung über mein Aussehen oder mein Outfit kundtun?«, hake ich nach.

Es fühlt sich wie ein kleiner Sieg an, als er den Kampf verliert und mir tatsächlich ein Lächeln schenkt. Die Geste, mit der er nach seinem Ohrring tastet und daran herumspielt, wirkt beinahe verlegen. »Das Aussehen meiner Mitmenschen benoten? Hältst du mich für dermaßen oberflächlich?«

»Was wolltest du denn sonst bewerten?«

»Finde es heraus, Gemma«, schlägt er vor, hebt provozierend eine Augenbraue und wendet sich von mir ab.

Finde es heraus. Er sagt es, als würden wir uns wiedersehen. Als wäre das hier mehr als nur eine ebenso flüchtige wie bedeutungslose Begegnung in einem Coffeeshop. Dabei habe ich ihn noch nie zuvor im *Beans&Herbs* gesehen, obwohl ich seit einem Jahr fast täglich hier bin.

Ich sollte einfach gehen, stattdessen sehe ich ihm hinterher, als könnte ich die Antwort auf meine Frage von seinem Rücken ablesen.

»Sekunde!«, rufe ich ihm nach, als ich aus meinem Bewunderungsmodus erwache. »Hast du mich gerade Gemma genannt? Folgst du mir etwa auf *TikTok?*«

»Naheliegende Vermutung«, ist alles, was er dazu sagt.

»Verrätst du mir vielleicht auch deinen Namen?«

Er zögert, bevor er sich doch noch einmal zu mir herumdreht. »Für dich? Einfach nur Darren.« Das Lächeln, das er mir dieses Mal schenkt, ist eindeutig dafür geschaffen, um Herzen zu brechen.

Also beschließe ich, meines in Sicherheit zu bringen, das Café zu verlassen und in meinen zwei Millionen Followern nicht nach einem mit blonden Wuschelhaaren und faszinierend blauen Augen zu suchen. Nur um ihn zu blockieren natürlich. Nicht, weil mich der Gedanke reizt, ihn anzuschreiben, um dieses Gespräch fortzuführen.

· · ✦ · ·

Auf dem Weg zur Akademie rede ich mir ein, dass der Tag von nun an nur besser werden kann. Von einem Follower mit einer Zwei bewertet zu werden (auf welcher Skala auch immer), war kein großartiger Start. Zumindest behalte ich meinen Optimismus, bis ich eines der Backsteingebäude betrete, die zur Akademie gehören, und im Flur alles andere als freundlich begrüßt werde.

»Du wirst in der Hölle landen, Stone!«, ruft mir eine Kommilitonin entgegen, die ihrer perfekten Körperhaltung und dem fliederfarbenen Wickeljäckchen nach zu urteilen vermutlich irgendetwas mit Tanz studiert.

»Ich teile in den sozialen Medien Sprüche für mehr Selbstbewusstsein. Wenn ich dafür in der Hölle lande, dass ich anderen Menschen helfen will, sagt das mehr über die Auslegung deiner Religion aus als über mich. Und besonders kreativ war deine Verwünschung auch nicht. Wie wäre es stattdessen mit: Ich wünsche dir, dass die Verfilmung deines Lieblingsbuches eine grauenvolle Besetzung bekommt?«, erwidere ich das Erste, was mir in den Sinn kommt. Die Sprüche, die ich poste, sind nicht einmal Zauber, keine Affirmationen. Sie sind nur Erinnerungen daran, sanft zu sich selbst zu sein. *Nein* zu sagen, wenn die Antwort auf eine Frage nicht wirklich *vielleicht* lautet. Dass es okay ist, sich eine Pause zu nehmen, wenn der Akku leer ist. Was soll daran bitte verwerflich sein? Davon abgesehen, glaube ich nicht an eine Hölle, sondern daran, dass wir alle dorthin zurückgehen, woher wir kamen. So wie alles auf der Erde auch wieder zur Erde zurückkehrt und sich unser Universum in den Zyklus aller Universen einreiht, die je existiert haben und noch existieren werden.

Es ist, wie ich Hank sagte: Im Grunde bestehen wir alle aus Sternenstaub. Das ist nicht esoterisch, sondern eine physikalische Tatsache.

»Du bist einfach nur schräg«, antwortet sie kopfschüttelnd und wendet sich ihren Freundinnen zu, die bestätigend kichern.

Okay, zugegeben: Manche dieser Partikelkonstellationen sind fieser als andere. Und solange es Menschen gibt, die nicht müde werden, sich über mich und andere lustig zu machen, werde ich weiterhin in den sozialen Medien aktiv sein, um meinen Followerinnen den Rücken zu stärken. Manchen von ihnen geht es längst nicht so gut wie mir. Sie haben keine Familien, die sie täglich und bedingungslos unterstützen. Ob mich die Worte meiner Kommilitonin verletzen? Ja, klar. Aber nicht so sehr, dass ich einknicke.

Ich schüttle den Kopf, als könnte ich damit den Nachhall des Gekichers wie lästiges Wasser aus meinem Ohr schütteln und gehe durch den Flur bis zum schwarzen Brett hinüber, vor dem sich bereits einige meiner Mitstudierenden versammelt haben. Kurz nach Beginn des Wintersemesters werden die Besetzungslisten für die in diesem Semester anstehenden Projekte ausgehängt. Da an der *Allbright* oft interdisziplinär gearbeitet wird, ist es üblich, dass sich die Studierenden unterschiedlicher Studiengänge bei ihren Projekten gegenseitig aushelfen. Meist gibt es zu Semesterbeginn kurze Einführungen in all das, was ansteht und man tauscht sich untereinander aus. Die Studiengänge Darstellendes Spiel, Kreatives Schreiben, Dramaturgie, Szenografie und Kostümdesign planen ein gemeinsames Theaterstück, um Spenden für die Akademie zu sammeln. Mediendesigner suchen Darsteller für ihre Kurzfilme, und auch Modedesigner und Fotografen können quasi immer Models für ihre Imagefilme brauchen. Für uns Schauspielerinnen gibt es reichlich zu tun. Also bewirbt man sich für die Projekte, die einen interessieren. Und dann?

Steht man eines Montagmorgens vor den Besetzungslisten, scannt sie nach seinem Namen ab und weiß schon anhand der

Art und Weise, wie einem die beste Freundin zur Begrüßung die Arme um den Hals schlingt, dass es für keine der Hauptrollen gereicht hat. Vermutlich nicht einmal für eine Nebenrolle in den wirklich vielversprechenden Projekten.

»Tut mir leid, Gem«, murmelt Hazel und legt ihren Kopf auf meiner Schulter ab.

Ihren Namen muss ich auf den Listen gar nicht lange suchen. Sie hat die Hauptrolle im anstehenden Theaterstück, wurde für eine Modenschau, zwei Fotoshootings und einen Kurzfilm gebucht. Außerdem wird sie an einigen Stellen als Zweitbesetzung angegeben. Dass sie nicht die Hauptbesetzung wurde, liegt vermutlich einzig und allein daran, dass die Dozierenden ein Auge darauf haben, dass niemand übermäßig viele Aufträge bekommt. Schließlich brauchen wir auch noch Zeit, um uns um die eigenen Studieninhalte zu kümmern. Das werde ich in diesem Semester ausreichend erledigen können. Im Theaterstück spiele ich eine so unbedeutende Nebenrolle, dass sie nicht einmal einen Namen hat (alias *Dämon Nummer 4*) und bei einem Fotoshooting steht ein Sternchen hinter meinem Namen: *wenn sie Kleidergröße 6 oder kleiner trägt.* Was ich zwar tue, trotzdem hinterlässt der Zusatz einen schalen Beigeschmack.

Da Taro dieses Semester nur Reportagen fern der Akademie aufnimmt, braucht auch er meine Hilfe nicht. Wer die Aushänge sieht, kann zumindest nicht behaupten, dass ich durch Dads Einfluss Vorteile im Studium hätte. Definitiv nicht. Ich musste dieselbe Aufnahmeprüfung wie alle anderen absolvieren und jetzt mit ihnen um die interessantesten Rollen kämpfen.

Hazel seufzt und lässt die Arme sinken. »Ich weiß, wie gern du beim Imagefilm gegen Mobbing mitgemacht hättest. Die Leute sind einfach schrecklich oberflächlich. Lass dich durch die nicht davon abbringen, deinen eigenen Weg zu gehen.

Okay?«, versucht sie mich zu unterstützen. »Du bist eine tolle Schauspielerin.«

Ob sie mit *eigenem Weg* meinen Kleidungsstil, die roséfarbenen Haare oder meine öffentlich ausgelebte Hexerei meint, lässt sie offen. Wahrscheinlich ist nichts davon hilfreich, auf den Besetzungslisten weiter nach oben zu wandern.

»Ist schon okay«, versichere ich und drücke leicht ihre Hand. »Wer weiß, wozu es gut ist? So habe ich wenigstens Zeit für meine eigenen Sachen.« Für meinen *etsy*-Shop, Tarot-Sessions – und all die anderen Dinge, die mir wichtig sind, aber nicht unbedingt massenkompatibel. Man sagt an der Akademie zwar, dass Individualität und Kreativität im künstlerischen Bereich großgeschrieben werden, doch dabei geht es eher um das Tragen von Jutebeuteln mit Statement-Aufdruck oder die Fähigkeit, am Lagerfeuer eine Gitarre auszupacken und spontan ein Jack-Johnson-Lied anzustimmen, das alle verzaubert. Sich zu weit abseits der Norm zu bewegen kommt auch hier nicht überall gut an.

»Ich habe übrigens eine Kleinigkeit für dich«, sagt Hazel so unvermittelt, als wollte sie mich aufmuntern. »Meine Mom hat beim Aufräumen etwas gefunden und möchte, dass ich es dir gebe.« Sie sucht kurz in ihrem Rucksack und zieht einen eiförmigen Rosenquarz hervor. »Er ist ganz hübsch. Sie meinte, vielleicht kannst du ihn für deine Kristallsammlung brauchen.«

Alles, was mir über die Lippen kommt, ist ein nicht sehr eloquentes »Äh«, während ich das Ei entgegennehme und vorsichtig auf der Hand wiege. »Das ist ... Wo hat deine Mom es her?«, frage ich und betrachte den Quarz, der an seinem oberen Ende ein kleines Loch aufweist.

»In irgendeiner Schublade wiedergefunden. Warum guckst du so irritiert?«

Wie soll ich Hazel das nur erklären? »Dann hoffe ich mal,

dass es nicht die Nachttischschublade war«, scherze ich. »Ich glaube, das ist ein Yoni Ei.«

»Ein was?« Hazel sieht mich so verwirrt an, dass ich mich zu einer Ergänzung genötigt fühle.

»Die benutzt man beim Beckenbodentraining, um sich mit seiner Weiblichkeit zu verbinden. Hier oben kann man ein Rückholbändchen anbringen. Falls du verstehst, was ich meine.«

»Oh.« Hazel starrt auf das Ei in meiner Hand. Ihre Wangen laufen so hochrot an, dass ich wünschte, nichts gesagt zu haben. »Ich denke nicht, dass Mom ... Sie würde nicht ... Und wenn doch, hätte sie es bestimmt gründlich gereinigt.«

»Alles gut. Wenn sie es nicht mehr benötigt, nehme ich es gern.« Da Hazel noch immer unangenehm berührt wirkt, plaudere ich einfach weiter. »Kristalle jeder Art werden oft gebraucht gekauft. Das ist unschlagbar nachhaltig. Und man sagt, dass die Kristalle sich selbst ihre Wege suchen. Wenn dieser also zu mir wollte, werde ich ihm ein gutes Zuhause geben. Obwohl ich mich noch immer frage, warum das Universum mir Beckenbodentraining empfiehlt. Mein Sexleben ist momentan nicht existent, und mit Inkontinenz hatte ich bisher auch keine Probleme.«

Hazel schließt die Augen und legt sich eine Hand vor das Gesicht, als würde das dabei helfen, die Bilder aus ihrem Kopf zu verdrängen. »Können wir vielleicht einfach so tun, als hätte Mom den Rosenquarz gekauft, weil sie ihn hübsch fand und dachte, es wäre ein Kettenanhänger? Bitte? Themawechsel: Begleitest du mich am Freitag auf die Demo?«

»Demo?« Aus meinen Gedanken gerissen lasse ich den Quarz in meine Manteltasche gleiten. Wenn wir uns nicht verspäten wollen, müssen wir ohnehin zu unserem Seminar, also setzen wir uns in Bewegung.

»Hast du es noch nicht mitbekommen?«, fragt Hazel, ohne jeden Vorwurf in der Stimme. »Am Freitag findet eine groß-angelegte Demo gegen Bürgermeister Caden und die L.I.F.E. Inc. statt.«

»Du meinst diesen neuen Energiekonzern, der gerade die gesamte Stadt mit seinen Werbeplakaten tapeziert? – *Für ein besseres Morgen*«, zitiere ich den Slogan und mache eine weit ausholende Geste, um die Botschaft zu untermalen. Kleinlaut entschuldige ich mich, als ich dabei fast einer anderen Studie-renden den Kaffee aus der Hand schlage.

Hazel hakt sich bei mir unter, damit ich nicht erneut auf die Idee komme, mit dem Arm durch die Luft zu fahren. »Genau der. Caden und die L.I.F.E. Inc. wollen gemeinsam das Ge-setz gegen Fracking ändern und in New York wieder Schiefer-gas fördern. Ist das zu fassen? Angeblich haben sie ein super-umweltschonendes Verfahren entwickelt. Wer's glaubt.« Hazel verdreht ihre grünbraunen Augen und öffnet uns die Tür zum Seminarraum. Die meisten sind bereits anwesend und natür-lich gibt es auch hier kein anderes Thema als den Aushang der Besetzungslisten. Als Hazels Name mehrfach fällt, wird es ihr zu viel.

»Leute? Können wir uns bitte um wirklich wichtige Dinge kümmern? Wie zum Beispiel die Demo am Freitag? Die Zu-kunft der Umwelt geht uns schließlich alle an!«

»Ihr und euer Öko-Kram«, stöhnt Felix, was wohl bedeuten soll, dass er uns nicht begleitet.

Uns – denn ich für meinen Teil habe mich schon entschie-den: Ich werde Hazel unterstützen. Nicht nur, weil mir die Umwelt und die Zukunft New Yorks am Herzen liegen, son-dern auch, weil ich weiß, wie wichtig ihr diese Sache ist. Vor-sichtshalber werde ich uns ein paar Schutzzauber anfertigen. Spontan kommen mir kleine Zaubersäckchen in den Sinn.

Manche nennen diese Talismane *Grigri*. Sie werden zum Beispiel mit einem schützenden Kristall, ein paar unterstützenden Kräutern und einer Spruchrolle zur Manifestation gefüllt und am Körper getragen. Vielleicht habe ich diese Art von Vorsicht von meinen Moms, aber man weiß schließlich nie, was auf Demonstrationen so passiert.

4. KAPITEL

Mittwoch, 14.09.

»Na, was macht ihr Schönes?«, fragt Taro, als er aus seinem Zimmer geschlendert kommt, um sich etwas zu trinken aus dem Kühlschrank zu holen.

Hazel zuckt beim Klang seiner Stimme so unwillkürlich zusammen, dass sie ihr soeben begonnenes Plakat noch einmal neu anfertigen muss, weil der Filzstift in ihrer Hand einen ungewollten Schlenker zeichnet.

Der Esstisch, an dem wir sitzen, ist unter den Papieren, Stiften, Pappen und Holzstäben kaum noch zu erahnen.

»Wir basteln Protestschilder für die Demo am Freitag.« Ich halte mein fertiges Exemplar hoch. Zugegebenermaßen ist der Spruch darauf nicht sehr kreativ. Er lautet einfach nur:

~~L.I.F.E.~~ *– for a better tomorrow.*

Hazel war etwas erfindungsreicher. Auf ihrem aktuellen Entwurf steht: *What I stand for is what I stand on.* – Die Worte werden um ein paar gezeichnete Füße ergänzt, die auf einer Miniaturausgabe unserer Erde stehen. Wenn auch einer Erde, die dank Taros Auftritt eine markante Kurve aufweist.

»Wir gehen am Freitag auf diese Demo gegen die L.I.F.E. Inc. Möchtest du auch mit?«, fragt Hazel beinahe schüchtern, obwohl sie normalerweise alles andere als zurückhaltend ist.

Taro zuckt mit einer Schulter, schlägt die Kühlschranktür zu und gießt sich Melonenlimonade in ein Glas. »Sicher. Warum nicht? Vielleicht ergeben sich ein paar interessante Fotomotive.«

»Cool.« Hazels Stimme rutscht in ungeahnte Höhen, was bei der angehenden Schauspielerin selten der Fall ist. Selbst wenn sie nervös ist, ist sie Meisterin darin, so zu tun, als wäre alles in bester Ordnung. Sie räuspert sich leise, als wären ihr die Worte unserer Dozierenden in den Sinn gekommen: *Sprechen Sie langsam und mit tiefer Stimme, das suggeriert Macht. Niemand nimmt Sie ernst, wenn Sie in diesem piepsigen Tonfall reden.* »Ich meine, das wäre großartig. Diese Demo ist immerhin wichtig und deine Fotos sind …« Sie verstummt, als Taro neben sie tritt, das Chaos auf dem Tisch mustert und sie schließlich anlächelt. »Heiß«, platzt sie heraus.

»Meine Fotos sind heiß?«, fragt er amüsiert und nippt an seiner Limo, ohne sie aus den Augen zu lassen.

»Habe ich das gerade laut gesagt?« Prompt bilden sich rote Stressflecken an ihrem Hals.

»Aber du hast ja recht. Meine letzte Fotoreportage war über Restaurants in Williamsburg, in den Küchen ging es wirklich heiß her«, bestätigt Taro noch immer lächelnd und mustert Hazel. »Oder meinst du die über Feuerwehrmänner im Einsatz? Die war auch sehr schweißtreibend.« Als wäre der zunehmende Rötegrad von Hazels Haut noch nicht bedenklich genug, lehnt Taro sich gegen den Tisch und winkelt ein Bein an, sodass es wie zufällig Hazels Oberschenkel berührt. »Aber nichts von all dem war wohl so eruptiv wie Dads Reportage über Vulkanausbrüche.«

Für einen Moment wirkt es, als wollte Hazel am liebsten auf die Toilette flüchten, doch sie besinnt sich eines Besseren. »Du weißt genau, wie ich das meinte«, gesteht sie kleinlaut und bringt Taro zum Lachen, aber er hat sich sofort wieder gefasst.

»Ja, und es ist süß von dir, nur weißt du genau, dass du für mich wie eine kleine Schwester bist.«

»Autsch«, murmle ich mit Blick auf mein Plakat, lege es beiseite und nehme mir ein neues Blatt.

»Aber in meiner Rolle als großer Bruder werde ich euch Freitag gern begleiten«, sagt er erneut. »Und falls ihr nachher Hilfe beim Nageln braucht, gebt Bescheid. Ihr wisst ja, wo mein Zimmer ist.« Er stößt sich vom Tisch ab und verabschiedet sich so lautlos, wie er erschienen ist. Ein Hoch auf seine Katzengene.

»Ich hasse es, wenn er das tut«, murrt Hazel.

»Sich anzuschleichen? Oder dich kleine Schwester zu nennen? Das würde jede nerven«, bestätige ich. »Es nervt sogar mich. Ich meine, ich bin nur drei Monate jünger als er. Als ob ihm diese drei Monate einen ungeahnten Vorsprung an Lebenserfahrungen bieten würden.«

An der Stelle werfen mir die meisten Menschen einen irritierten Blick zu, doch es stimmt: Dad hat bei seinen Reisen um die Welt zwar nicht die Frau fürs Leben gefunden, es aber dennoch geschafft, in kurzem Abstand Kinder mit zwei Hexen zu zeugen, die nicht einmal auf demselben Kontinent beheimatet sind. Da Hazel die Geschichte schon kennt, überhört sie den Teil geflissentlich.

»Warum tut er das?«, fragt sie seufzend. »Mich abzuweisen, nur um dann in der nächsten Sekunde wieder eine Anspielung fallen zu lassen. Ich meine, er dürfte mich jederzeit nageln, wenn er es so gut tut, wie er küsst.«

Naserümpfend zeichne ich die Silhouette eines Bären auf mein Papier. Ich weiß, dass Hazel und Taro sich vor ein paar Wochen einmal geküsst haben. Obwohl sie mir beide unabhängig voneinander davon erzählt haben, kann ich immer noch nicht nachvollziehen, wie es dazu kam. Hazel hat bei mir übernachtet, wollte nachts auf die Toilette, ist dabei zufällig Taro über den Weg gelaufen – und dann haben sie sich geküsst. Einfach so, obwohl normalerweise keiner von beiden zu impulsivem Verhalten neigt. Dass der Kuss alles andere als harmlos war und beinahe zu spontanem Sex auf dem Flur geführt hätte, ist eine Information, auf die ich verzichten könnte. Es gibt Details, die möchte ich über meinen Bruder nicht hören. Seit dem Zusammentreffen ist Hazel Taro endgültig verfallen, während er sie davon zu überzeugen versucht, dass es nicht auf Gegenseitigkeit beruht. Da er ebenfalls keine Antwort darauf finden kann, warum er und Hazel aneinanderkleben geblieben sind wie zwei Magnete, schiebt er es auf eine Mischung aus ungünstigem Mondstand und Hormonen.

»Bist du eigentlich nervös?«, wechselt Hazel so unvermittelt das Thema, dass ich ihr nicht ganz folgen kann.

»Du meinst wegen der Demo? Nein. Unsere Schutzzauber habe ich schon vorbereitet und vertraue darauf, dass uns nichts passieren wird.«

»Nein, ich meinte wegen deines Livedates mit diesem *Dark-Duke*-Typen. Ich kenne mich in der Szene nicht so gut aus wie du, aber selbst ich habe bereits Artikel darüber gelesen, dass er sich einen Spaß daraus macht, Hexen und alle, die sich für übernatürlich begabt halten, vorzuführen. Letztens lief im Fernsehen sogar eine Doku über eine Wahrsagerin, ein Medium und einen Heiler, die absolut am Boden und pleite sind, nachdem er sie live auseinandergenommen hat.«

»Was wohl nichts anderes bedeutet, als dass er ein unsympathischer Typ ist, der kein Problem damit hat, die Existenzen von Menschen zu zerstören, um sein übergroßes Ego noch weiter aufzublasen. Ich meine: Warum tut er das? Was hat er davon? Und selbst wenn diese Leute Schwindler waren: Was geht es ihn an?«

»Auf jeden Fall bekommt er viel Aufmerksamkeit in den sozialen Medien. Wie du. Nur irgendwie auf der anderen Seite der Macht, falls du verstehst, was ich meine. Du bist rosa und positiv und lebendig. Und sein ganzer Kanal ist düster und gruselig und gesichtslos.«

»Eben. Was will er mit der Aufmerksamkeit, wenn er nie sein Gesicht zeigt?« Ich verstehe ihn nicht. Aber wie soll man jemanden begreifen, der kaum mehr als ein Phantom ist? Seufzend widme ich mich lieber wieder meiner Skizze. »Da ich nicht vorhabe, dauerhaft von den Einnahmen meines *etsy*-Shops zu leben, kann er gern versuchen, mich vor laufender Kamera auseinanderzunehmen, wenn es ihm damit besser geht. Die meisten Leute halten mich eh für seltsam, da kommt es auf den Livestream auch nicht mehr an.«

»Also bist du nicht einmal ein klein wenig neugierig? Kein klitzekleines bisschen? Hast du gar nicht vor, dir die Karten zu legen, um abzuschätzen, was dich erwartet?« Sie schaut mich mit diesem Ausdruck in den Augen an, den auch ihr Hund Bina perfekt beherrscht und immer dann nutzt, wenn er mich zum Ballspielen überreden will. Wer könnte dazu schon *Nein* sagen?

Ergeben lege ich den schwarzen Filzstift aus der Hand, weil ich weiß, dass Hazel ohnehin keine Ruhe geben wird.

Seitdem ich letztes Jahr bei der Einführungsveranstaltung an der Akademie in einem Nebensatz meinen *TikTok*-Account erwähnt habe, folgt sie mir. Vollkommen vorurteilsfrei hat sie sich alle Videos angesehen und mich und die Hexerei in ihrem Leben willkommen geheißen. Hazel glaubt an meine Erzählungen, so wie sie auch davon überzeugt ist, dass Tiere eine Seele besitzen oder Sternschnuppen ihr Wünsche erfüllen. Tarotkarten, Kristalle und Kräuter faszinieren sie. Doch obwohl ich ihr vertraue, habe ich mich noch nicht dazu überwinden können, ihr zu sagen, dass Hexerei sehr viel mehr als das ist. Dass es die düsteren, unheilvollen und schädlichen Tendenzen ebenfalls gibt. Eben jene Teile, die ich auf meinen *Social-Media*-Kanälen meist ausblende. Nicht zuletzt, weil es die Praktizierenden der dunklen Künste nicht gern sehen, wenn man ihre Geheimnisse preisgibt. Manche zählen allein ihre Existenz schon in diese Kategorie. Und das ist wirklich nichts, womit ich Hazel belasten möchte.

»Okay, zu deiner Beruhigung werden wir jetzt die Karten befragen und klären, was mich in der Livesession erwartet. Zufrieden?«

»Yeah.« Auf ihr zustimmendes Klatschen hin gehe ich in mein Zimmer, um mein Lieblingskartendeck zu holen. Es ist das *Modern Witch Tarot* von Lisa Sterle. Ich feiere das Deck für seine wunderschön illustrierten Figuren. Sie sind selbstbewusste, starke und ganz unterschiedliche Frauen aller Kulturen, die stylische Kleidung tragen, Handys benutzen oder Motorrad fahren. Frauen, die die Betrachterin dazu ermuntern, Vorurteilen und Ängsten zu trotzen und ihre eigenen Stärken zu leben. Für mich verkörpert das Deck all das, was ich gern wäre und meinen Followerinnen auf den Weg mitgeben möchte. Momentan ruht es in meinem Bücherregal auf einer Amethystdruse, die es mit Energie versorgt hat, seitdem ich es beim letzten Neumond mit Salbei ausgeräuchert habe, um es mal wieder energetisch zu reinigen. Das ist wohl eine dieser Sachen, die andere seltsam finden. Für mich ist es total alltäglich, dass ich die Mondphasen nutze, um Altes loszulassen oder neue Kräfte zu tanken. Und genauso selbstverständlich ist es, dass ich beim Tarotlegen die Kraft der Kristalle in Anspruch nehme. Sie sind mein Zugang zu höherer Energie – zumindest mehr oder weniger. Mittlerweile besitze ich zwar eine kleine Sammlung, aber die meisten meiner *Steine* (wie Hank sagen würde) sehen lediglich schön aus oder reichen gerade aus, einen durch den Alltag zu begleiten. Die Kristalle, die rein genug dafür sind, ausreichend Energie zu speichern, um die Realität zu verbiegen, kosten ein wahres Vermögen. Und selbst dann kommt es auf die hexende Person an, wie viel dieser Kraft sie effektiv nutzen kann oder nutzlos verpufft. Aber da ich bisher nie das Verlangen gespürt habe, die Gesetze der Physik im großen Stil zu umgehen, komme ich mit meiner bescheidenen Sammlung zurecht. Instinktiv greife ich einen der Minerale von der Selenitplatte auf meiner Fensterbank. Die Wahl fällt auf einen Sodalith, der mich bei der Legung begleiten soll. Es ist, wie ich Hank gesagt habe: Alles in unserem Universum besteht aus denselben Atomen und ist miteinander verwoben. Meistens sind wir uns dessen nicht bewusst, weil unser Gehirn die Sinneseindrücke für uns filtert. Aber auch wenn wir die Anordnung der Atome unverändert lassen – deren Manipulation wäre der Inbegriff von Hexerei – heißt es nicht, dass wir nicht trotzdem lernen können, zumindest die Grenzen unserer Wahrnehmung kurzfristig zu verschieben. Dafür nutze ich gern Kristalle, andere schwören auf die Macht besonderer Kräuter oder Meditationstechniken. Wahrscheinlich gibt es etwa so viele Möglichkeiten wie Hexende.

Mit Kartendeck und Kristall kehre ich an den Tisch zurück, schiebe rasch meine Entwürfe beiseite, mische das Deck und versuche mich dabei auf meine Frage zu konzentrieren. In dem Fall lautet sie wohl: *Sollte ich mich vor der Konfrontation mit DarkDuke sorgen?*

Nachdem ich den Kartenstapel abgelegt habe, nehme ich den Kristall in die linke Hand. Man sagt, dass Sodalithe einem dabei helfen können, die Wahrheit herauszufinden, aber so simpel ist das nicht. Jeder Kristall hat gewisse Eigenschaften, die man berücksichtigen muss, wenn man ihn mit der weißen

Magie verbinden will. Es ist, als würden sie eine eigene Sprache sprechen, die man der weißen Magie übersetzen muss, damit die beiden miteinander harmonieren. Dass ich einfach eine Karte lege und sie mir wirklich meine komplette Zukunft offenbart, ist leider auch nicht mehr als ein Gerücht. Schön wäre es. Aber immerhin können die Karten mir einen Weg aufzeigen und mir eine mögliche Antwort auf eine Frage anbieten, die mich beschäftigt. Ich brauche nur eine Bitte, die sowohl der weißen Magie erklärt, was ich mir von ihr wünsche, als auch zu der Besonderheit des Sodaliths passt. Wobei ich es mir in dem Fall leicht gemacht habe, weil Sodalithe nicht umsonst für Wahrheit und Kommunikation stehen. Sie sind dankbare Energieträger, wenn es um Tarot geht.

Wie wäre es also einfach mit: *Hilf mir, die Wahrheit zu erkennen.*

»Dear energy of eternity and youth, please help me out to see the truth.«

Zufrieden verspüre ich ein leichtes Vibrieren in meiner Hand und merke, wie meine Finger warm werden, so wie es immer passiert, wenn ich Magie anwende. Es hat funktioniert. Mit geschlossenen Augen lege ich den Kristall beiseite, atme tief durch und greife den Kartenstapel. Ich splitte ihn in drei Teile und bringe ihn wieder zu einem zusammen. Die Karten nehme ich in die rechte Hand und lasse den Zeigefinger der linken – der Herzhand – darüber gleiten, bis ich einen Impuls spüre. Mein Herzschlag beschleunigt sich, mein Finger wird schwer und zieht mich unweigerlich zu einer bestimmten Karte, die ich wähle und auf dem Tisch ablege.

Erst jetzt öffne ich wieder die Augen und sehe: *die Welt.*

»Was bedeutet sie?« Hazel rutscht bis auf die vordere Kante ihres Stuhls vor und sieht zwischen mir und der Karte hin und her.

»Gute Frage«, murmle ich. Bei der *Welt* geht es primär um Intuition, neues Terrain sowie Entwicklung. Man sagt, die Karte zeigt eine Art Heimkommen an, dass der Platz in der Welt gefunden wird oder man sie den eigenen Bedürfnissen entsprechend optimiert. *Nimm dein Leben selbst in die Hand. Du wirst die kommenden Prüfungen bestehen. Du bist auf dem richtigen Weg.* Im negativen Sinne, hätte ich die Karte also falsch herum abgelegt, bedeutet sie vielleicht, dass man sich selbst im Weg steht oder man seinen Platz in der Welt noch nicht gefunden hat. So oder so bestärkt die Karte meine Ansicht, dass nichts passieren wird, vor dem ich Angst haben müsste. Alles wird sich so ergeben, wie es soll. »Was auch immer geschehen, wird mir dabei helfen, meinen Platz in der Welt zu finden. Kein Grund zur Sorge also.«

»Reicht denn eine Karte, um das sicher zu wissen?«, hakt sie nach.

»Mein Gefühl sagt Ja.« Es gibt diverse Legesysteme für verschiedene Arten von Fragestellungen, aber an diesem Punkt lasse ich es gut sein. Der *DarkDuke* hat mich lediglich um eine Tarot-Livesession gebeten. Was sollte dabei schon schiefgehen?

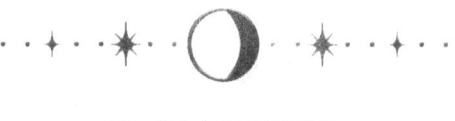

5. KAPITEL

Freitag, 16.09.

»Schau, die habe ich uns mitgebracht.« Hazel hängt mir eine Trillerpfeife um den Hals und überreicht Taro ebenfalls eine, die er in seiner Hosentasche verstaut. Im Gegenzug schenke ich ihr eines der vorbereiteten Zaubersäckchen, die uns vor unliebsamen Überraschungen schützen sollen. Wir stehen zu dritt in einem Waggon der U-Bahn der Linie L, die Williamsburg mit Manhattan verbindet. Jede von uns mit einem gebastelten Pappschild in der Hand, während Taros Daumen schon wieder über das Rad zum Einstellen der Belichtungszeit seiner Kamera gleitet. Es ist mir ein Rätsel, wie er so entspannt in der Bahn stehen kann, als wäre er ein Surfer, der lässig die nächste Welle nimmt, wohingegen ich mich an einer Haltestange festklammere, um nicht das Gleichgewicht zu verlieren und keinen der Mitfahrenden anzurempeln.

Hazel übergibt mir kurzerhand ihr Schild und stopft ihre kastanienbraunen Haare in die Kapuze ihres schwarzen Hoodies. In den ebenfalls schwarzen Skinny Jeans mit den kaputten Knien sieht sie wie die Sängerin einer Rockband aus und passt damit optisch perfekt zu Taro, der ohnehin ausschließlich schwarze Kleidung trägt. Schwarzer Rucksack, schwarze Kamera in der Hand – eigentlich kein Wunder, dass sein Alter Ego ausgerechnet eine *schwarze* Katze ist.

Nebeneinander wirken wir, als wollten wir auf sehr verschiedene Partys gehen. Kann man mein Outfit überhaupt als das bezeichnen? Strickschal, Wollmantel, nudefarbene Spitzenbluse und hellblaue Skinny Jeans – ohne Löcher. Wenn ich die Flowercrown und die Kette mit Turmalin-Anhänger nicht tragen würde, könnte ich in der Kleidung sicher auch meine zukünftige Schwiegermutter kennenlernen. Zumindest wenn sie darüber hinwegsehen würde, dass ich *witches supporting other bitches* auf die Rückseite meines Mantels gestickt habe.

Ein Klicken holt mich aus den Gedanken zurück aber Taro fokussiert sich darauf, Hazel zu fotografieren.

»Soll ich für dich posieren oder wird das eine deiner Reportagen, bei der alle Anwesenden so tun, als wärst du gar nicht da?« Sie schenkt ihm ein Lächeln, das er prompt festhält, und nimmt ihr Schild wieder an sich.

»Ignorier mich«, schlägt er vor und betrachtet das geschossene Foto auf dem Display seiner Kamera. Er blinzelt und schaut über Hazels Schulter hinweg, als hätte er auf der Aufnahme etwas entdeckt, das seine Aufmerksamkeit auf sich zieht.

»Ist alles okay?«, frage ich besorgt, da mich seine angespannte Körperhaltung irritiert.

»Sicher. Der Typ da hinten verfolgt uns schon seit dem *Beans&Herbs*, aber vielleicht will er auch zur Demo.«

Mein Blick folgt Taros, doch ich sehe lediglich einen älteren Herrn, der die Ruhe besitzt, in der U-Bahn zu stricken, und einen Mann, der desinteressiert auf seinem Handy scrollt. Daneben sitzt eine junge Mutter, die mit ihrem Kleinkind ein Video auf dem Smartphone anschaut. Keine dieser Personen hat eine Aura, die auf zwielichtige Absichten hindeuten würde, oder wirkt, als wäre sie an uns interessiert.

»Er ist gerade gegangen.« Taro hält mir seine Kamera hin, damit ich einen Blick auf das Display werfen kann, aber wen auch immer er fotografiert hat, war eine Person in einem schwarzen Hoodie, die die Kapuze weit ins Gesicht gezogen hat. Keine Chance, auf dem Foto jemanden zu identifizieren.

· · ✦ · ·

An der U-Bahn-Station 3rd Avenue steigen wir aus und lassen uns in dem Menschenstrom treiben. Ob es ein Zufall ist, dass die L.I.F.E. Inc. ausgerechnet heute gratis Wasserflaschen mit Werbebotschaften verteilt? *Für ein besseres Morgen, trinkt dieses Wasser, das so rein ist, wie die Energie der L.I.F.E. Inc.* Wer's glaubt. Als ob Werbegeschenke irgendetwas ändern würden. Wir lehnen dankend ab – im Gegensatz zu einigen anderen. Wie kann man gegen eine Firma demonstrieren und gleichzeitig deren Bestechungsversuche gutheißen?

Frei nach dem Motto: *Ich mag euch nicht, also trinke ich euch euer Wasser weg.*

Auf dieser Demo tun sich offensichtlich Gegner der L.I.F.E. Inc. mit Menschen zusammen, die generell auf den Klimawandel aufmerksam machen wollen. So wirken zumindest die Botschaften auf den Protestplakaten, die uns umgeben:

Nieder mit der L.I.F.E. Inc.! – Rettet den Planeten!

Es ist ein surreales Bild, wie die glänzenden Glasfronten der Wolkenkratzer Manhattans (mit ihren omnipräsenten, bunten Leuchtreklamen) auf selbst gebastelte Schilder treffen, die wütend gen Himmel gestreckt werden, als wäre die drohende Umweltzerstörung ein Drache, den man mit improvisierten Lanzen erstechen könnte.

Taro ist irgendwo in der Menge verschwunden und macht Fotos, während Hazel voll in ihrem Element ist – wie immer, wenn sie Natur oder Tiere von der Menschheit bedroht sieht. Als Tochter einer Tierärztin ernährt sie sich nicht nur vegan, sondern bloggt in ihrer spärlichen Freizeit leidenschaftlich über Themen wie nachhaltige Mode und Fairtrade-Süßigkeiten. Normalerweise bin ich voll und ganz bei ihr, aber irgendwie habe ich heute ein eigenartiges Gefühl. Es ist eine Vorahnung, dass dieser Nachmittag nicht komplett wie erhofft verlaufen wird. Unwillkürlich greife ich nach meinem Kettenanhänger und hoffe, dass es nicht so sein wird. Man sagt, dass schwarze Turmaline einen vor bösen Energien bewahren, doch wovor mich der Kristall beschützen soll, weiß ich selbst nicht. Da ist lediglich diese unterschwellige Unruhe, die ich nicht ganz unterdrücken kann. Vielleicht ist sie aber auch nur ein schwacher Widerhall der Tausenden Stimmen um mich herum.

Die von der Polizei begleitete Demo zieht sich ein paar Blocks weit, soll vor dem neuen Gebäude der L.I.F.E. Inc. enden und den Firmeninhaber zu einem Statement zwingen – so lautet zumindest der Plan.

Erst vor wenigen Wochen hat der Energiekonzern – dessen Name ein Akronym für *Living In Full Energie* ist – seinen Hauptsitz nach New York City verlegt und es in kürzester Zeit geschafft, dass seine Werbebotschaften das Straßenbild dominieren. An Hausfassaden und Bussen, im Fernsehen oder Radio – überallhin verfolgt einen der Slogan. Vermutlich auch dank der sehr guten Beziehungen zwischen Bürgermeister Caden und dem Firmeninhaber.

»Alles in Ordnung bei dir?«, reißt mich Hazel aus meinen Gedanken. »Du wirkst irgendwie abwesend.«

»Alles bestens«, versichere ich, sehe mich um und bin fest entschlossen, nicht von ihrer Seite zu weichen. Irgendetwas fühlt sich falsch an, ich kann dieses Gefühl jedoch nicht näher definieren. Es ist eine Art Instinkt, der mir flüstert, dass wir beobachtet werden. Obwohl in New York City ohnehin jeder Schritt von den stummen Linsen Hunderter Überwachungskameras begleitet wird, ist es heute anders. Wie von einem inneren Zwang getrieben, hebe ich den Kopf und schaue mich nach der nächsten Kamera um.

»Wenn ich du wäre – was ich offensichtlich nicht bin –, würde ich das lassen«, höre ich eine tiefe Stimme zu meiner Rechten und drehe mich überrascht herum.

Blinzelnd sehe ich zu dem jungen Mann auf, der an meiner Seite geht. Dunkelblaue Augen, blonde Haare, schwarze Kleidung – aber rote Chucks. Ich erinnere mich an unser Zusammentreffen im *Beans&Herbs*, allerdings nicht an seinen Namen.

»Was genau würdest du lassen, Nummer dreieinhalb?«, frage ich geradeheraus, um ihn zu necken.

Dem Lächeln nach nimmt er mir den Spitznamen nicht übel, doch statt mir direkt zu antworten, zieht er sich die Kapuze seines Hoodies tiefer ins Gesicht. »Dein Outfit bettelt laut genug um Aufmerksamkeit, da würde ich nicht auch noch Augenkontakt mit den Kameras suchen. Aber ich bin nicht du. Also tu dir keinen Zwang an.« Sein Blick gleitet über mein Outfit. Täuscht es oder wird sein Lächeln breiter?

»Was bedeutet dieses Grinsen?«

»Nichts Bestimmtes. Interessanter Kopfschmuck übrigens. Ich frage mich nur gerade, ob du jeden Tag aussiehst, als hättest du dein Outfit einem Pinterest-Inspirationsbild entnommen oder ob es das Schicksal besonders gut mit mir meint.«

»Soll das so etwas wie ein Kompliment sein?«

»So etwas wie«, bestätigt er mit einem amüsierten Funkeln in den Augen und zuckt mit einer Schulter. »Aber wie gesagt: An deiner Stelle würde ich keinen Blickkontakt mit den Kameras suchen. Es sei denn natürlich, du möchtest unbedingt für die Nachwelt dokumentiert wissen, dass du hier warst. Nicht, dass du am Ende noch auf irgendwelchen FBI-Listen landest. Und außerdem würde ich mich mit deiner Freundin bekanntmachen.« Er sieht an mir vorbei und streckt eine Hand in Richtung Hazel aus. Es scheint ihn überhaupt nicht zu stören, dass sein Arm dabei meine Brüste streift. »Darren.«

Hazel starrt ihn einen Moment überrascht an, bevor sie die Geste erwidert und seine Hand ergreift. »Hazel.«

»Sehr erfreut, Hazel.« Er nickt ihr zu – oder vielleicht ist es sogar eine kleine Verbeugung. Als wollte er sagen, dass ihm ihr Wunsch Befehl ist.

Vorsichtig schiebe ich seinen Arm beiseite. »Wenn du weiterhin mit Hazel Händchen halten möchtest, könnten wir die Plätze tauschen«, biete ich an.

»Tatsächlich?« Statt meinem Vorschlag zu folgen, zieht er seine Hand zurück und schiebt sie lässig in die Gesäßtasche seiner Jeans. »Wenn ich will? Und sie hat in dieser Sache gar nichts zu sagen?«

»So meinte ich das nicht«, versichere ich rasch. »Nimmst du alles so wörtlich?«

»Was soll ich sagen? Worte spielen eine große Bedeutung in meinem Leben.«

»Dann studierst du also Philosophie statt BWL?«, rate ich ins Blaue hinein und ernte seinen verwirrten Blick.

»Weder noch. Keins von beidem. Nicht einmal annähernd. Sehe ich so aus?«

»Ich finde, du siehst aus wie ein …« Hazel mustert ihn eingehend. »Ein Künstler auf jeden Fall. Vielleicht ein Musiker. Studierst du mit uns an der *Allbright*?«

»Leider nicht, allerdings würde mir Musiker sehr viel besser gefallen als philosophierender BWL-Student. Wobei ein Teil von mir gerade darüber philosophiert, warum Gemma zwar einen Wollschal, aber bauchfrei trägt. Die Logik dahinter erschließt sich mir nicht wirklich.«

»Meine Outfits fühlen sich echt geschmeichelt, dass du ihnen immer so viel Beachtung schenkst. Und obwohl es dich eigentlich nichts angeht, kann ich dir verraten, dass ich meine Kleidung spontan nach Gefühl und nicht nach logischen Gesichtspunkten aussuche. Dein Outfit sieht übrigens aus, als hättest du bei Pinterest danach gestöbert, was man auf einer Demo trägt, um nicht aufzufallen.« Ich deute auf seinen schwarzen Hoodie, auf dem in Großbuchstaben *BE THE CHANGE* steht. Kann ein Spruch provozierend und nichtssagend zugleich sein?

Darren folgt meinem Blick, als wäre er sich selbst nicht mehr ganz sicher, was auf seiner Brust abgedruckt ist. »Spricht etwas dagegen, unauffällig zu sein? Immerhin bin ich hier. Ist das nicht Statement genug, auch ohne Aufmerksamkeit auf mich zu ziehen? Oder findet das Leben nur dann statt, wenn man es auf den sozialen Medien teilt?«

Sagt er das nur so oder ist es eine weitere Anspielung? Hat er gesehen, dass ich vorhin Fotos von der Menschenmenge gemacht habe, um sie in meinen Status zu stellen? Gehört er zu den Menschen, die das albern finden? Aber wenn es so ist, kann er mir gern jederzeit entfolgen.

»Es ist auf jeden Fall schön, dass du hier bist«, unterbricht Hazel meine Gedanken. »Unsere Erde kann alle Unterstützung brauchen.« Sie fährt kaum merklich auf, als Taro sich uns wieder anschließt. »Und? Schon genug Fotos für dein nächstes Studienprojekt geschossen?«

»Vorerst.« Er schenkt ihr ein flüchtiges Lächeln und mustert Darren. »Kennen wir uns irgendwoher?«

»Ich denke nicht, dass wir uns schon einmal begegnet sind. Sonst könnte ich mich sicher daran erinnern.« Täuscht es oder rückt Darren kaum merklich von mir ab, als hätte er Respekt vor Taro?

»Dann verfolgst du uns also grundlos seit dem *Beans&*
Herbs?«, hakt Taro nach und zieht eine Augenbraue hoch, was
Darren dazu bringt, abwehrend die Hände zu heben.

»Ich verfolge euch nicht, ich teile lediglich euren Weg. Das
ist ein Unterschied. Gemma, entschuldige. Du hast da etwas
in deinem Kranz, das mich die ganze Zeit ablenkt. Darf ich?«

Nickend neige ich ihm den Kopf entgegen. Vielleicht hat
sich ein Käfer auf meinen Kopf verirrt? Erschrocken zucke ich
zusammen, als Darren mir ein Haar ausreißt.

»Pardon, ich dachte, es wäre lose.«

»War es nicht.« Mit schmerzverzerrter Miene massiere ich
mir die ziepende Kopfhaut und weiß nicht, was ich dazu sagen
soll. Es war sicherlich keine Absicht.

»Du kannst dich gern revanchieren«, bietet er an.

»Das Letzte, was ich tun werde, ist dir Haare auszureißen«,
versichere ich, weil es lächerlich und kindisch wäre, mich für
sein Versehen zu rächen.

»Oh. Wenn es das Letzte wäre, was würdest du dann davor
tun?«

Wenn er mich so provozierend ansieht, könnte ich mir tatsächlich einiges vorstellen. Ich weiß nicht, was es ist, aber sobald er mich auf diese Weise anlächelt, spüre ich das gleiche
verwirrende Gefühl wie im Café. Als könnte in seiner Nähe
einfach alles passieren, wenn ich es zulasse. Allerdings werden
meine aufkommenden Fantasien sofort von Hazel unterbrochen, die so energisch in ihre Trillerpfeife bläst, dass Taro sich
erschrocken ein Ohr zuhält.

»Vielleicht sehen wir uns ja noch einmal wieder und du hast
bis dahin eine Antwort für mich«, stichelt Darren. »Ich lasse
euch dann mal allein. Hat mich gefreut, euch kennenzulernen,
Hazel und …?« Er sieht meinen Bruder auffordernd an, aber
Taro reibt sich noch immer ein Ohr, als hätte Hazels Triller-

pfeifen-Intervention bleibende Schäden an seinem Trommelfell hinterlassen. Ob er wohl das herausragende Gehör einer Katze teilt? Bei dem Lärmpegel hier hoffe ich es nicht. Vermutlich hätte ich ihn längst danach gefragt, wenn er nicht jedes Mal unter einem Vorwand den Raum verlassen würde, sobald ich ihn auf sein Dasein als Teilzeitkatze anspreche.

Noch bevor ich dazu komme, mir eine passende Verabschiedung für Darren einfallen zu lassen, streicht er mit zwei Fingern über den Rand seiner Kapuze, als wäre es eine Hutkrempe. Kaum hat er sich von mir abgewandt, reißt der Strom der Menge ihn mit und er ist im Menschenmeer verschwunden.

»Komischer Typ«, murmle ich leise, doch offensichtlich nicht leise genug.

»Ich weiß nicht, auf mich wirkte er eigentlich ganz nett«, wirft Hazel ein.

»Nett«, wiederholt Taro gedehnt und lässt endlich von seinem Ohr ab.

»Ja, nett. Du weißt, wie ich das meine. Nett genug, um sich mit ihm auf einer Demo zu unterhalten und ein paar Meter neben ihm zu gehen. Nicht nett genug, um ...« Hazel verstummt und wendet den Blick ab. »Keine Ahnung. Ihn in der Menge zu suchen und auf einen Kaffee einzuladen oder so.«

»Vielleicht solltest du genau das tun«, schlägt Taro vor und bringt Hazel für einen Moment aus dem Tritt, aber sie hat sich sofort wieder gefangen.

»Hör auf damit«, bittet sie. »Ich habe verstanden, dass du kein Interesse an mir hast. Du brauchst mich nicht ständig dazu ermutigen, mich mit anderen zu treffen, als würde es mir dann besser gehen. Das tut es nicht, okay?«

Es tritt ein unangenehmes Schweigen ein, das im Chor aus Hunderten von protestierenden Stimmen um uns herum noch gewichtiger wirkt.

»Du bist für mich wie eine kleine Schwester«, wiederholt Taro seine Worte von letztens. »Und nach meinem Studium werde ich New York verlassen.«

»Sicher. Aber du hörst selbst, was du da tust?«, fragt Hazel, ohne ihn anzusehen. »Du suchst Ausreden. Denn wenn du für mich wirklich nichts empfinden würdest, müsstest du deine Worte nicht mit weiteren Argumenten stützen. Jedes Mal, wenn wir uns sehen, wird deine Kontra-Liste länger. Ich bin für dich wie eine kleine Schwester. Ich bin Gemmas beste Freundin. Du willst wegziehen. Weißt du was? Das ist okay. Irgendwann finde ich jemanden, der meine Gefühle erwidert. Und der mich so gegen eine Wand vögelt, wie ich es verdient habe.«

Oh Mann. Ich wünschte, ich hätte das nicht gehört. Ich bin mir ziemlich sicher, dass Hazels Worte ihre Wirkung bei Taro nicht verfehlt haben, aber ich muss nicht alles wissen. Also greife ich Hazels Interventionstechnik auf und blase demonstrativ in die Trillerpfeife um meinen Hals, als könnte das schrille Geräusch meine Gedanken übertönen.

· · ✦ · ·

Unser Protestmarsch endet direkt vor dem Firmengebäude der L.I.F.E. Inc., deren riesiges, grün leuchtendes Logo allen Anwesenden selbst im Tageslicht einen ungesunden Teint verleiht. Auf mich wirkt es eher giftig als naturverbunden.

Die Polizei hält die Leute hinter einer Absperrung zurück, doch obwohl der Geräuschpegel beachtlich ist, benehmen sich die Teilnehmenden anständig. Wenn mich nicht alles täuscht, haben sie vor dem Eingang des Gebäudes eine improvisierte Bühne aufgebaut. Von meinem Platz aus würde ich kaum etwas sehen, wenn nicht einige der riesigen Monitore an den Hausfassaden ihre endlose Werbeschleife pausiert hätten, um das Podest in hundertfacher Vergrößerung zu zeigen. Offensichtlich sind nicht nur Vertreter der hiesigen Presse hier, sondern auch ein eigens von der L.I.F.E. Inc. beauftragtes Kamerateam, das just in diesem Moment einfängt, wie ein dreiköpfiges Gespann das Haus verlässt.

»Der in der Mitte ist Mr Hunter«, erklärt Hazel. »Der beste Freund des Bürgermeisters.«

Selbst ohne ihre Erklärung hätte ich mir denken können, dass er der Firmengründer der L.I.F.E. Inc. ist. Nicht, weil der Mann mittleren Alters besonders aussehen würde – großgewachsen, blond, im Maßanzug –, sondern weil ihn seine Körperhaltung verrät. Die Art, wie er entschiedenen Schrittes und mit erhobenem Kopf vor die Tür tritt und vorangeht, vollkommen unbeeindruckt von den Buhrufen, die ihm entgegenschallen. Die protestierende Menschenmenge scheint ihn nicht im Mindesten einzuschüchtern. Im Gegenteil: Vor dem Betreten des Podestes zieht er ein dunkelblaues Sakko aus, obwohl es, wie Darren schon festgestellt hat, heute nicht besonders warm ist. Es ist eine eigenartige Geste, beinahe als wollte sich Mr Hunter bewusst verletzlich und nahbar geben. Er dreht sich um, scheint seine Jacke der jungen Frau zu seiner Rechten überreichen zu wollen und vertraut sie dann doch dem Mann in seiner Begleitung an. Ganz als wäre ihm noch in der letzten Sekunde bewusst geworden, dass es vor den Kameras nicht gut aussieht, die einzig anwesende Frau als Garderobenständer zu nutzen. Von der kurzen Irritation unbeirrt, betritt Mr Hunter lächelnd das Podest und winkt mit einem Arm der Menge zu, als sei er ein frisch gewählter Politiker und somit ein Vertreter des Volkes. Dass die Geste nur zu weiteren Buhrufen führt, ignoriert er. Mit routinierten Handgriffen krempelt er die Ärmel seines hellblauen Hemdes hoch, als wollte er keine Rede halten, sondern tatkräftig anpacken. Er räuspert sich und hebt erneut die Hände, um die pöbelnde Menge zur Ruhe zu bewegen, aber die zeigt sich davon wenig beeindruckt.

»Für ein besseres Morgen, bitte ich Sie, mir Ihr Gehör zu leihen!«, ruft er den Werbeslogan der L.I.F.E. Inc. in das Mikrofon. »Nur für eine kurze Rede. Eine Ankündigung, die Ihnen mit Sicherheit einige Ihrer Bedenken nehmen wird.«

Und tatsächlich: Als seine Stimme ertönt, verstummen die Menschen. Es ist, als würden alle gebannt die Luft anhalten, um einer Bekanntmachung zu lauschen, die ganz New York City erschüttern wird.

»Wir von der L.I.F.E. Inc. sind uns Ihrer Sorgen durchaus bewusst. Fracking hat in den USA einen schlechten Ruf. Wenn wir das Wort hören, denken wir an die erschreckenden Bilder aus der Vergangenheit. Aufnahmen junger Mütter, die ihr Baby im Arm halten, den Wasserhahn aufdrehen … Und was passiert dann? Statt frischem Wasser dringen Gas oder sogar Flammen aus der Leitung. Wir alle hörten von verseuchtem Trinkwasser und Erdbeben in Fracking-Gebieten. Schrecklich. Dieses Kapitel ist zu Recht beendet. Aber es ist wahr: Unter dem Staat New York gibt es immense Schiefergasvorkommen, die wir nicht ungenutzt lassen sollten. Die wir nicht ungenutzt lassen *können*. Unsere besten Wissenschaftler haben Jahre damit verbracht, sicherzustellen, dass Fracking nun ein absolut umweltschonendes Verfahren ist. Glauben Sie mir: Wir von der L.I.F.E. Inc. arbeiten unermüdlich daran, die Welt mit reiner und sicherer Energie zu versorgen. Als liebender Vater ist mir die Zukunft der Erde mindestens so wichtig wie Ihnen. Deswegen möchte ich die Chance hier und heute nutzen, um Ihnen vorzustellen, woran wir geforscht haben. Ich möchte Ihnen beweisen, dass Ihre Sorgen absolut unbegründet sind. Sie –

die zu Recht skeptisch hier aufgetaucht sind, um ihr Anliegen vorzutragen – werden die Ersten sein, die von unserem neuen, zukunftsweisenden Produkt erfahren.«

Mit einer dramatischen Geste hebt er die Arme. Just in der Sekunde zeigt ein Teil der riesigen Werbetafeln am Firmengebäude der L.I.F.E. Inc. nur ein einziges Wort an: S.P.E.L.L.

Spell. – Wie der Zauber. Ob das ein Zufall ist?

»Sie fragen sich zu Recht, was dieser Projekttitel bedeuten soll. Ich sage es Ihnen. S.P.E.L.L. ist unser Akronym für *Super Powerful Energy – lasts a lifetime.* Denn zukünftig werden Sie nur noch einen Energieanbieter brauchen – nur einen Vertrag –, der Ihnen und Ihren Kindern lebenslange, saubere Energie verspricht. Kein Vertragswirrwarr mehr. Beendet ist die Suche nach dem günstigsten und grünsten Energieanbieter, denn das sind wir. Unser neustes Produkt – unser Service für Sie – vereint die Vorteile von Fracking und dem hiesigen Wasserdruck. Wie Sie sicher wissen, bezieht diese Stadt ihr Trinkwasser aus den Catskill Mountains. Durch ein System von Rohren fließt das Wasser nur durch das Gefälle mit einem solchen Druck nach New York City, dass es ohne Pumpe bis in den sechsten Stock steigt. Früher wurde durch einen simplen Druckminderer der Wasserdruck in der Leitung verringert. Diese Aufgabe übernimmt zukünftig ein neuartiges Reduzierventil, das die frei werdende Energie in elektrische Energie umwandelt. Grüne Energie, die sonst ungenutzt verloren gehen würde. Schon vor ein paar Tagen haben wir damit begonnen, die ersten Ventile in den Leitungen einzusetzen – vollkommen problemlos. Und genauso reibungslos wird auch das Fracking vonstattengehen. Wir starten mit unserem Pilotprojekt in New York City. Später erobern wir die ganze Welt. Ich kann verstehen, wenn Sie dazu Fragen haben. Zögern Sie nicht und sprechen Sie uns an. Wir – mein Team und ich – nehmen uns den kompletten Tag Zeit für Ihre Fragen. Für ein besseres Morgen – geben Sie uns eine Chance.«

Damit endet die Rede von Mr Hunter – und irgendwie auch die Demo. Es fühlt sich an, als hätte man den Demonstrierenden den Wind aus den Segeln genommen. Wie fremdgesteuert lassen sie die Schilder sinken. Statt Pfiffen und Rufen erfüllt nun ein leises Gemurmel den Platz. Irgendwo ertönt sogar ein einzelner Applaus, der jedoch sofort wieder verstummt. Die Stimmung ist eigenartig. Wohin ich auch blicke, sehe ich betretene Mienen. Als wären wir Besucher eines Open-Air-Konzerts, das soeben wegen Starkregen abgesagt wurde.

Ein leises Klicken ertönt, als Taro Hazels enttäuschtes Gesicht fotografiert.

»Was ist hier gerade passiert? Warum knicken die Leute so schnell ein?« Sie sieht sich niedergeschlagen um, während sich die Demo auflöst. Friedlich und ohne den Einsatz der Polizei zerstreuen sich die Demonstrierenden in die umliegenden Straßen. Einfach so. Als wäre nie etwas gewesen. Als hätten die Menschen vergessen, warum sie überhaupt hier waren. Die Ruhe, mit der sich die Demo auflöst, hat beinahe etwas Beängstigendes an sich.

»Ihr lasst euch wirklich von den paar Worten einlullen?«, ruft Hazel verständnislos in die Menge, die sie schlichtweg ignoriert. Desillusioniert sieht sie sich um und lässt die Schultern hängen. Es ist offensichtlich, dass sie sich von diesem Nachmittag mehr erhofft hatte. »Wow, was für ein Reinfall. Dann los, wir gehen auch nach Hause.«

»Wollen wir einen Kaffee im *Beans&Herbs* trinken? Oder kommst du noch mit zu uns?«, schlage ich vor, um sie auf andere Gedanken zu bringen.

»Sicher«, antwortet sie wenig enthusiastisch und wendet sich zum Gehen.

»Hey.« Taro knufft sie in die Schulter. »Schau doch nicht so deprimiert. Auf eine gewisse Weise war die Demo ein Erfolg. Wie oft kommt es vor, dass sich so viele New Yorker gemeinsam auf die Straße begeben?«

»Erfolg«, wiederholt Hazel stumpf, zerlegt ihr Schild und versenkt es im nächsten Mülleimer.

»Hazel, warte«, bittet Taro und berührt sie erneut an der Schulter. Er sieht sie eindringlich an, bis sie seufzend zu ihm aufschaut, erst dann spricht er weiter. »Die Welt zu einem besseren Ort zu machen geht nicht von heute auf morgen. Egal, was dieser dusselige Werbeslogan uns auch einzureden versucht. Was du tust, ist wichtig. Lass dich davon nicht abbringen.«

»Aber was nützt es, wenn …« Statt den Satz zu beenden, deutet sie hinter sich. »Wenn die Leute eigentlich gar keine Lust darauf haben, etwas zu ändern? Wenn sie zwar mitleidig gucken, während der Eisbär auf seiner schmelzenden Scholle verhungert, doch ihre Wohnung trotzdem lieber auf fünfundzwanzig Grad aufheizen und sich auf dem Heimweg von dieser Demo einen Eimer Chicken Wings für 2 Dollar 99 holen?«

»Wir überlegen uns was. Okay?« Taro zögert, bevor er ihr eine abstehende Haarsträhne hinter das Ohr streicht. »Wir …« Er verstummt, als Hazel den Kopf zur Seite neigt, um sich seiner Berührung entgegenzulehnen. Statt sich der Annäherung zu entziehen, streichelt er mit dem Daumen über ihre gerötete Wange. »Du darfst die Welt nicht aufgeben, sonst verliere ich den Glauben an die Menschheit.«

Sie schließt die Augen, nickt und atmet tief durch, bevor sie seine Hand abstreift. »Okay.«

Da war er wieder: Einer dieser Drittes-Rad-am-Fahrrad-Momente, in denen ich mir neben den beiden überflüssig und fehl am Platz vorkomme. Aber wahrscheinlich ist das so, wenn der Bruder und die beste Freundin krampfhaft versuchen, so zu tun, als wäre da nichts zwischen ihnen, obwohl sie bei jeder Gelegenheit das Gegenteil beweisen.

Für einen Wimpernschlag glaube ich, im Augenwinkel zu sehen, wie sich jemand in schwarzer Kleidung und roten Schuhen an einem Nebeneingang Zutritt zum Gebäude der L.I.F.E. Inc. verschafft. Doch als ich den Kopf wende, ist die Person verschwunden und die Tür geschlossen.

»Lasst uns was trinken gehen«, wiederhole ich und schlage den Weg zur U-Bahn-Station ein, während Hazel und Taro irgendetwas mit Blicken ausdiskutieren, das höchstens sie allein verstehen.

6. KAPITEL

»Es ist so eklig, wie dieser Typ selbst die Demo für Werbezwecke missbraucht hat. *Für ein besseres Morgen.* Von wegen.« Mit einem Schnauben legt Hazel ihre Füße auf der Balustrade der Dachterrasse ab und lehnt sich im Klappstuhl zurück. Sie lässt den Kopf in den Nacken fallen und sieht zum Sternenhimmel auf. Wir haben uns vorhin Kaffee und Tee geholt und den restlichen Abend zusammen in unserer Wohnung verbracht. Bei viel zu lauter Musik haben wir zu dritt die Küche ins Chaos gestürzt. Eigentlich wollte Taro uns nur zeigen, wie man Sushi zubereitet, aber die Stimmung war dermaßen seltsam, dass ich ihm ein Stück Seetang an den Kopf geschnipst habe, um ihn von seinen finsteren Gedanken abzulenken. Ich hätte ahnen sollen, dass er sich revanchieren würde. Nach kürzester Zeit sah unsere Küche aus, als hätte ein Monster aus der Tiefsee dort gewütet. Also haben wir alles wieder eingesammelt und in einer Suppe verarbeitet, weil keiner von uns es über das Herz bringt, Lebensmittel wegzuwerfen.

»Abnehmender Mond. Ist dir mal aufgefallen, dass Taro immer an Vollmond Migräne bekommt?«, fragt Hazel aus heiterem Himmel. »Es ist immer der Tag nach Vollmond, an dem er sich in seinem Zimmer verkriecht.«

»Tatsächlich?« Ich lasse mich auf die Balustrade gleiten und sehe ebenfalls zu den Sternen auf.

»Es gibt ja auch Menschen, die bei Vollmond nicht gut schlafen. Schlechter Schlaf kann ein Auslöser für Migräne sein.

Wusstest du das?«, fährt sie fort, als hätte sie ausführlich darüber nachgedacht.

Mir fällt darauf keine Antwort ein. So ungern ich meine beste Freundin belüge, aber ich kann ihr unmöglich die Wahrheit sagen: *Der Typ, auf den du stehst, verwandelt sich einmal im Monat in eine Katze. Ich hoffe, du leidest nicht an einer Katzenhaarallergie.*

»Gem?«

»Mhm?« Ich sehe sie fragend an, aber sie weicht meinem Blick aus. »Was ist los?«

»Es tut mir leid, dass ich ständig wieder davon anfange. Ich habe verstanden, dass Taro kein Interesse an mir hat. Es ist nur … Keine Ahnung. Irgendwie seltsam. Ich habe noch nie so für jemanden empfunden. Natürlich war ich schon verliebt und habe Männer geküsst, aber bei deinem Bruder ist es anders. Ich spüre, wenn er sich mir nähert. Es klingt total bescheuert, doch es ist, als wäre er ein Magnet, der mich anzieht. Manchmal denke ich, dass es auf Gegenseitigkeit beruht. Nur dann ist er wieder so …« Offensichtlich fehlt ihr ein Wort und sie belässt es bei einem frustrierten Knurren. »Wenn ich meine Gefühle für ihn abschalten könnte, würde ich es sofort tun.«

»Du musst dich dafür wirklich nicht entschuldigen. Das Herz spricht manchmal eine Sprache, die der Verstand nicht versteht.«

»Ja, und manchmal muss man es in eine dunkle Gasse zerren und verprügeln, bis es daraus lernt. Ich weiß. Du kennst nicht zufälligerweise einen Trank, der uns den Teil mit der Gasse erspart?«

»Du meinst eine Art Anti-Liebestrank?«, frage ich überrascht. Es kommt manchmal vor, dass Menschen mich um Hilfe bitten, doch bisher wollte sich noch nie jemand entlieben.

»Ich glaube nicht, aber wenn du es wirklich willst, kann ich in meinen Notizen nachsehen, ob ich etwas Hilfreiches finde.«

Hazels Seufzen klingt wie eine Zustimmung.

Ich glaube ihr, dass sie unter der Situation leidet, doch Gefühle mit Zaubern zu manipulieren, halte ich generell für keine gute Idee. Emotionen existieren nicht ohne Grund, sie sind unser moralischer Kompass für dieses undurchsichtige Dickicht namens Leben. Was passiert, wenn wir sie ausschalten? Ich weiß nicht, ob ich es herausfinden möchte.

Als Hazel schließlich nach Hause aufbricht, ist es schon spät, dennoch klopfe ich noch einmal bei Taro an. Meistens ist er lange wach, manchmal jedoch draußen unterwegs, um Nachtaufnahmen zu machen. Ich habe anfangs nicht verstanden, warum er im Dunkeln durch die Straßen zieht und die Reflexionen von Lichtern in Pfützen dokumentiert, aber es ist seine Art von Meditation. Genauso wie Hazel und ich bloggt er. Allerdings nicht über Umweltschutz oder moderne Hexerei, sondern um seine Fotografien mit der Welt zu teilen und den Menschen die Schönheit der Nacht näherzubringen. Aus Winkeln, die nur er sieht, weil ihm sein Teilzeitdasein als Katze andere Perspektiven eröffnet.

»Taro?«, rufe ich leise, als er nicht reagiert. Er ist zwar mein Bruder, aber wir kennen uns nicht so gut, dass ich ohne Erlaubnis sein Zimmer betreten würde. Erst als ein verhaltenes *Herein* erklingt, öffne ich die Tür.

Er sitzt mit seinem Laptop auf der mondbeschienenen Fensterbank und schließt ein Foto, das er soeben mit der Bildbearbeitungssoftware optimiert hat. »Ich bearbeite die Fotos der Demo«, erklärt er, ohne aufzusehen.

Da er es nicht leiden kann, wenn man sich in Straßenkleidung auf sein Bett setzt, lehne ich mich gegen den Schreibtisch. Taros Zimmer ist immer tadellos aufgeräumt. Diesen Hang zur

Ordnung hat er mit Dad gemeinsam. Die Laptops der beiden sind ein Vorbild an gut durchdachter Ordnerstruktur und der optimalen Nutzung automatischer Backups. Es nervt sie beide gleichermaßen, wenn sie mal an meinen müssen, und nach dem Hochfahren von einem vollkommen überladenen Desktop begrüßt werden. Ich vertraue auf halbwegs sinnvoll benannte Dateien und die Suchfunktion. Nicht so Taro, in dessen Zimmer nichts – wirklich gar nichts – darauf hinweist, dass er übersinnliche Begabungen besitzt. Mein Reich ist dagegen eine wilde Mischung aus Gegenständen, mit denen ich mich wohlfühle: Makramees, Kissen, Kerzen, Pflanzen, Minerale. Es ist bunt, es ist voll, Taro fühlt sich davon erschlagen, aber ich steige durch. Meistens zumindest. Manchmal wünschte ich mir die Tastenkombination *Strg + f* allerdings auch im wahren Leben.

»Hast du auch Fotos gemacht, auf denen Hazel nicht drauf ist?«, necke ich ihn, als er ein weiteres Bild öffnet, um die Gradationskurve zu überprüfen – oder den Tonwert oder die Belichtung oder eine der anderen Sachen, von denen er und Dad ständig reden. Meine Bildbearbeitungskünste beschränken sich auf alles, was mein iPhone kann.

Taro schließt das Bild und öffnet eines von der Demo. Schilder und Wolkenkratzer aus einer ungewöhnlichen Perspektive. »Wie du siehst, ist Hazel nicht auf allen Fotos. Ich bin nicht besessen von ihr.«

»Okay, aber ich verstehe einfach nicht, warum du so vehement leugnest, dass du sie magst. Dein Verhalten verletzt sie.«

»Denkst du, ich weiß das nicht?« Er sieht kurz auf, nur um sich kopfschüttelnd wieder seiner Arbeit zuzuwenden. »Ich hätte von dir mehr Verständnis erwartet.«

»Verständnis wofür?«

»Denkst du, dass es mir leichtfällt, sie immer wieder abzuweisen? Sie ist nicht nur verdammt attraktiv, sie ist … nett und umsichtig und engagiert und … Wenn sie vor mir steht, würde ich nichts lieber tun als sie erneut zu küssen und ihr all ihre Fantasien zu erfüllen. Doch ich bin mir sicher, dass keine einzige davon vorsieht, dass sich der Mann vor ihr in eine Katze verwandelt. Das ist einfach nur verstörend und das Gegenteil von sexy.«

»Aber es ist doch nur für einen Tag im Monat«, werfe ich ein.

»Es ist ein Tag in *jedem* beschissenen Monat. Hast du eine Ahnung davon, wie anstrengend es ist, alle Reisen so zu legen, dass sie auf keinen Fall auf Vollmond fallen? Alle Termine. Für den Rest meines Lebens. Jede einzelne Beziehung – zu jedem Menschen um mich herum – basiert auf einer Lüge. Der Lüge, dass ich normal bin. Kein Wertier. Niemand, der ständig die Tage bis Vollmond zählt. Ich kann Hazel nicht das geben, was sie will, weil ich nicht der bin, den sie zu sehen glaubt. Ich hasse mich dafür. Und wenn ich ehrlich sein soll, hasse ich manchmal mein ganzes Leben.«

Taros Worte fühlen sich an, als würde er mich ohrfeigen. Sie tun mir körperlich weh, weil ich spüre, wie sehr sie ihn selbst verletzen. Ich möchte zu ihm hinübergehen und ihn in die Arme schließen. Ihn festhalten, bis er aufhört, so finstere Sachen zu denken, doch seine abweisende Körperhaltung macht deutlich, dass er das nicht möchte. Wir sind vielleicht Geschwister, aber wie lange kennen wir uns schon? Was wissen wir übereinander? Mir war bis eben nicht bewusst, dass Taro seine Existenz als Wertier dermaßen verabscheut, weil er es mir gegenüber nie hat durchblicken lassen.

Die Zähne zusammenbeißend widmet er sich erneut seiner Arbeit, als wäre nichts gewesen, also beschließe ich, ihn allein zu lassen und das Thema so schnell nicht wieder anzusprechen.

Nur eine Sache möchte ich noch loswerden, bevor ich das Zimmer verlasse und die Tür hinter mir schließe: »Taro? Ich habe dich lieb.«

Er hebt den Kopf, sieht mich an und nickt. Ob das heißen soll, dass er es zur Kenntnis genommen hat oder es erwidert, bleibt wohl meiner Fantasie überlassen.

Ich ziehe mich in mein Zimmer zurück, wo ich mich auf die Fensterbank setze, ein Bein anziehe und den Arm darumlege. Die Aussicht aus meinem Fenster ist eher ernüchternd: Ich weiß, dass in der schmalen Flucht zwischen den Häusern einige Müllcontainer stehen und wenn ich nicht ganz so weit oben säße, könnte ich durch eines der Seitenfenster ins *Beans&Herbs* schauen. Aber so bleibt mir nur der Ausblick auf eine Backsteinwand und ein schmales Fenster. Wer in der Wohnung gegenüber wohnt, weiß ich bis heute nicht, da immerzu die Vorhänge zugezogen sind. Mein Fenster besitzt nicht einmal welche, da ich tagsüber meinen Pflanzen Sonnenlicht und nachts meinen Kristallen das Mondlicht gönne.

Eine Weile sitze ich auf meiner Fensterbank, starre auf die Mauer, hänge Gedanken nach – und bin das erste Mal in meinem Leben tatsächlich versucht, so etwas wie einen Anti-Liebeszauber zu entwerfen, um Hazel zu helfen.

Aber wäre es eine Hilfe? Wenn ich das nur wüsste … Resigniert hole ich eines meiner alten – und beinahe auseinanderfallenden – Notizbücher aus dem Regal und durchstöbere es nach Zutaten, die für einen solchen Zauber in Frage kommen könnten. Rosenquarz für mehr Selbstliebe. Salz, um Altes loszulassen. …

Meine Aufmerksamkeit zuckt zu dem gegenüberliegenden Fenster, als ein Licht eingeschaltet wird. Ein Schatten huscht am Vorhang entlang, als jemand dahinter vorbeigeht. Das Licht erlischt und zurück bleibt nur ein schwacher Schein.

Dem unregelmäßigen Flackern nach vermute ich, dass unsere Nachbarin eine Kerze entzündet hat. Zumindest stelle ich mir vor, dass dort eine Frau wohnt. Vielleicht liegt es daran, dass ich nur wenige Männer kenne, die den Abend bei Kerzenschein ausklingen lassen. Eine Weile betrachte ich das schwache Licht und döse vor mich hin, bis ich aufschrecke. Plötzlich wird es gleißend hell. Für eine Sekunde sticht die Helligkeit schmerzhaft in meinen Augen. Ein paarmal muss ich blinzeln, bis ich glauben kann, was ich vor mir sehe: Flammen schlagen hoch. Ein orangefarbener Funkenregen hinter dem Vorhang. In der Wohnung gegenüber brennt es!

Erschrocken lasse ich das Notizbuch fallen, springe von der Fensterbank und stoße einen der Blumentöpfe um. Klirrend zerbricht er auf dem Holzboden. Mein Herz schlägt mir bis zum Hals. In Gedanken bin ich bereits dabei, den Notruf zu wählen, doch als ich erneut aus dem Fenster sehe, ist alles gut. Die Kerze flackert friedlich hinter der Gardine. Kein Feuer. Kein Brandloch im Stoff. Gar nichts. Dabei hätte ich schwören können, einen Blitz und eine Stichflamme gesehen zu haben. Es muss eine Täuschung gewesen sein. Vielleicht war ich kurz weggenickt?

Mit immer noch zu schnell schlagendem Herzen starre ich auf die Kerze, die just in dem Augenblick erlischt. Nur das schwache Licht des abnehmenden Mondes fällt in mein Zimmer und verleiht allem silbrige Konturen. Allem voran dem Chaos aus Erde und Pflanze zu meinen Füßen.

Ein paarmal atme ich tief durch, bis mein Puls sich beruhigt. Es war nur Einbildung. Alles ist gut.

Als ich einen Schritt zurücktrete, drückt sich eine stumpfe Tonscherbe in meine Kuschelsocke und holt mich ins Hier und Jetzt zurück.

»Warte hier. Ich kümmere mich um dich«, verspreche ich

meiner grünblättrigen Mitbewohnerin, hole einen der Keramiktöpfe aus dem Gewächshaus auf unserer Dachterrasse und bin fest entschlossen, nach dem Umtopfen ins Bett zu gehen. Es ist sicher besser so.

Nachdem ich mein Werk beendet habe, schaue ich vollkommen paranoid ein letztes Mal aus dem Fenster, aber es hat sich nichts geändert. Alles ist dunkel. Wer auch immer gegenüber wohnt, ist bestimmt längst schlafen gegangen. Also tue ich es auch und frage mich lieber nicht, warum ich mir sicher war, einen Funkenregen gesehen zu haben. Denn selbst für Hexen ist es nicht immer ein gutes Zeichen, Sachen zu sehen, die nicht existieren.

7. KAPITEL

Samstag, 17.09.

Pling.

Mein Handy bestätigt einen neuen Geldeingang – Absender: *DarkDuke.* Pünktlich um Viertel vor acht. Auch wenn ich nicht damit gerechnet habe, dass er seine Bitte für eine Tarot-Livesession ernst meint, bin ich bereit. Mein Zimmer ist aufgeräumt, der Laptop ans Stromnetz angeschlossen und mein Handy ist aufgeladen. Es gibt nichts, was einem Livestream im Weg stehen würde.

Ich streiche mit den Fingern über mein Tarot-Deck und warte. Normalerweise würde ich meinen Kunden das Kartenset aussuchen lassen, zu dem er instinktiv die größte Bindung verspürt, aber in diesem Fall habe ich für ihn gewählt.

»Wollen wir mal sehen, ob *DarkDuke* sich tatsächlich die Ehre gibt«, sage ich in die Kamera. Als hätte er nur darauf gewartet, erscheint prompt eine Beitrittsanfrage. Ich nehme sie an und unterdrücke einen Anflug von Nervosität, während der Bildschirm geteilt und die Verbindung hergestellt wird. Doch in der nächsten Sekunde entfährt mir ein Schnauben. Der Livestream läuft – und mir gegenüber sitzt ein Pappschild. Auf ihm steht in Großbuchstaben: »Die Kamera ist eingeschaltet.«

Scherzkeks. So kann man seine Versprechen natürlich auch halten.

»Ich nehme mal an, mehr bekommen wir von dir nicht zu sehen?«, vergewissere ich mich, greife nach dem Kartenstapel und beginne zu mischen. Mir war doch klar, dass er sich nie zeigt. Bin ich wirklich davon ausgegangen, dass er für mich eine Ausnahme machen würde? Warum hätte er das tun sollen?

»Du wüsstest mein hübsches Gesicht ohnehin nicht zu schätzen«, versichert eine Stimme aus dem Off, die dank des Stimmverzerrers einen Gruselfaktor hat, den selbst ich nicht leugnen kann. Aber davon lasse ich mich nicht einschüchtern. Zumindest bin ich fest entschlossen, es nicht zu tun, und ignoriere die Gänsehaut, die beim Klang seiner Stimme über meinen Rücken rieselt.

Wie sagt man? Angriff ist die beste Verteidigung.

»Das Phantom hält sich also für attraktiv?«, stichle ich und hebe provozierend eine Augenbraue.

»Ist etwas, was man begehrt, aber nicht haben kann, nicht automatisch attraktiv?«

Irgendetwas an seinem Tonfall irritiert mich so sehr, dass meine Handbewegung beim Mischen der Karten außer Takt gerät. »Ich könnte es dich wissen lassen, sollte ich je etwas außerhalb meiner Reichweite begehren«, schlage ich vor. »Ich weiß allerdings beim besten Willen nicht, wie du darauf kommst, dass ich jemanden anschmachten könnte, der mich mit einem albernen Pappschild abspeist.«

»Dabei habe ich mir solche Mühe gegeben, für dich extra schön zu schreiben. Wie dem auch sei: Was sagen die Karten?«

»Sie warten ebenso wie unsere Zuschauenden darauf, dass wir den Small Talk beenden. Also: Auf welche Frage erhoffst du dir von mir eine Antwort?«

»Sie ist simpel: Ist Gemma Stone eine Hochstaplerin?«

»Was?« Ich ziehe die Augenbrauen zusammen und schaue in die Kamera. Ist das sein Ernst?

»Gab es eine akustische Störung? Soll ich meine Frage für dich wiederholen?«

»Nicht nötig«, gebe ich zurück. »Ich habe dich schon verstanden, aber so funktioniert Tarot nicht. Nur falls du es wirklich nicht wissen solltest: Um dir die Karten legen zu können, musst du eine Frage wählen, die dich selbst betrifft.«

»Nun gut. Ich habe ein Problem und möchte erfahren, ob ich dafür in nächster Zeit eine Lösung finde. Gefällt dir das besser?«, erwidert er so leichthin, als hätte er genau gewusst, dass ich ihm auf die erste Frage keine Antwort geben würde.

»Ich nehme an, du möchtest dein Problem nicht präzisieren?«

»Korrekt.«

»In Ordnung. Dann musst du allerdings mit einer sehr vagen Antwort leben.«

»Das Risiko gehe ich gern ein.«

Er ist ein Scherzkeks und ein Großkotz. Meine Lieblingskombination. Nicht.

Atme tief durch und bleib entspannt, mahne ich mich selbst.

Gewohnheitsgemäß stelle ich die Kamera um, damit die Zuschauenden im Stream meinen Händen folgen können. Für die heutige Legung habe ich einen Bergkristall als Energieträger bereitgelegt. Man sagt, seine Energie bringe Klarheit und könne das Bewusstsein schärfen. Irgendwie hatte ich das unbestimmte Gefühl, dass er genau das Richtige ist, um gegen jemanden wie *DarkDuke* gewappnet zu sein. Komischer Gedanke eigentlich. Wieso fühle ich mich, als müsste ich etwas beweisen? Ich habe schon Hunderte Male die Karten gelegt. Was sollte diesmal anders sein? Und warum bin ich so unterschwellig nervös?

Seufzend greife ich nach dem Kristall, bette ihn auf meine Handfläche und streiche mit dem Daumen über die glatte Oberfläche.

Verleihe mir Klarheit und Weitsicht. Klingt das nach einer passenden Bitte für diese Legung? Ich denke schon.

»*Power of eternity and boundless might, grant me some clarity and more foresight*«, murmle ich, warte einige Herzschläge lang und spüre schließlich, wie meine Finger wärmer werden und sich die brodelnde Anspannung in meinem Inneren ein wenig legt. Meine Nervosität weicht etwas anderem; einer Mischung aus Aufmerksamkeit und Argwohn.

Behutsam lege ich den Kristall beiseite und widme mich dem Kartendeck. Ich mische es noch einmal, ziehe eine Karte mit der linken Hand und platziere sie so auf dem Tisch, dass sie von der Kamera eingefangen wird. Ich werfe einen flüchtigen Blick auf die Zuschauerzahl.

Fünfstellig. Danke, DarkDuke. So viel Beachtung habe ich für eine simple Tarot-Legung schon lange nicht mehr bekommen.

»Es ist die Gehängte. In anderen Tarot-Sets heißt diese Karte auch der Gehängte.« Sie zeigt eine junge Frau, die an einem Fuß gefesselt kopfüber von einem Baum hängt. Das Motiv muss an sich nichts Schlechtes bedeuten. Meist weist uns die Gehängte darauf hin, dass wir eine Pause einlegen und einen Perspektivwechsel in Betracht ziehen sollten. Aber diese Karte liegt verkehrt herum, und das wiederum repräsentiert eine tiefe Krise. »Die umgekehrte Gehängte bedeutet, dass du in der Vergangenheit in eine Situation geraten bist, die bis heute festgefahren und erstarrt ist. Alle Versuche, selbst etwas zu ändern, sind gescheitert und deine Bemühungen weiterzukommen, sind vergeblich gewesen.«

»Was du nicht sagst«, spottet der Duke. »Da ich bereits erwähnte, dass ich ein Problem habe, war deine Deutung nicht besonders kreativ.«

Da mag er recht haben.

Unbeirrt ziehe ich die nächste Karte und runzle die Stirn. Ich lege sie auf dem Tisch ab und streiche mit einem Finger darüber. Das kann nicht sein. Schon wieder die umgekehrte Gehängte? Die Karte befindet sich nur ein einziges Mal im Deck. Wie kann sie doppelt vor mir liegen? Das ist schlichtweg unmöglich. Aber egal, wie oft ich auch blinzle: Der Anblick ändert sich dadurch nicht.

»Stimmt etwas nicht?«, fragt der Duke scheinheilig.

»Nein, alles gut. Scheint ja eine sehr festgezurrte Situation zu sein, wenn du gleich doppelt gefesselt bist«, scherze ich und hoffe, dass man mir meine Verwirrung nicht allzu deutlich anmerkt. »Wenn ich diesen Karten glaube, würde es bedeuten, dass dein Problem aus der Vergangenheit dich heute noch immer nicht loslässt. Dann lass uns doch spaßeshalber sehen, was deine Zukunft für dich bereithält«, schlage ich vor und ziehe eine dritte Karte. Mir entweicht ein leises Schnauben, als ich die Abbildung darauf erkenne. *Die Gehängte.* Ein drittes Mal. Und wieder über Kopf. Etwas geht hier definitiv nicht mit rechten Dingen zu, und ich habe nicht den Hauch einer Ahnung, was es sein könnte. Ich drehe meinen Kartenstapel um und fächere ihn auf, um mir die Motive anzusehen. *Die Gehängte.* Jede einzelne Karte zeigt das gleiche Bild.

»Stimmt etwas nicht?«, wiederholt der Duke mit süffisantem Unterton. Er scheint sich ja prächtig zu amüsieren. Über mich.

Aber was auch immer hier passiert, liegt nicht an mir. Das Deck befand sich die ganze Zeit auf der Amethystdruse. Ich bin es vorhin durchgegangen, um sicherzugehen, dass keine Karte fehlt. Es ist absolut ausgeschlossen, dass jemand das Deck in der Zwischenzeit ausgetauscht haben könnte. Niemand war in unserer Wohnung. Ich erinnere mich daran, dass Hazel von einer Doku erzählte, in der der Duke ahnungslose Menschen vorgeführt hat, ich bin allerdings nicht bereit, mich so schnell geschlagen zu geben. Ich bin keine Hochstaplerin! Doch was wäre die Alternative? Schwarze Magie. Sie ist die Einzige, die mit Manipulation und Täuschung arbeitet. Aber was würde das bedeuten? Dass der *DarkDuke* selbst ein Hexer ist oder sich zumindest Hilfe von einer magiebegabten Person gesucht hat. Ergibt das Sinn?

Fokus, Gemma. Es ist nicht der richtige Moment für Detektivspiele, ermahne ich mich.

»Ich würde ja sagen, dass deine Situation recht ausweglos aussieht, wenn du selbst in der Zukunft an den Strick gefesselt bist, aber gib mir einen Moment«, bitte ich.

»Sicher. Ich habe den ganzen Abend Zeit für dich.«

Meiner Eingebung folgend erhebe ich mich und suche den Sodalith aus meiner Mineralsammlung. Jeder Stein hat seine besonderen Eigenschaften und dieser soll mir dabei helfen, die Wahrheit herauszufinden. Er ist seit der letzten Legung nicht mehr vollkommen aufgeladen, aber das Beste, was ich zur Hand habe. So weit, so gut. Ich öffne die Türen einer Kommode und fahre sanft mit den Fingern über die feinsäuberlich beschrifteten Fläschchen mit Mondwasser, bis ich eines finde, zu dem ich eine besondere Bindung spüre. Mit den beiden Sachen und einer schwarzen Kerze kehre ich an meinen Schreibtisch zurück.

Wollen wir doch mal sehen, mit was für einem faulen Zauber ich es zu tun habe.

»Na? Hast du dir Salz aus der Küche geholt, um böse Geister zu vertreiben?«

»Auch eine nette Idee, aber ich glaube nicht, dass das nötig sein wird. Probieren wir es erst einmal mit seinem simplen Reinigungsritual.« Fest entschlossen lege ich den Kristall zu den Karten, entzünde die Kerze und öffne die Phiole mit Mondwasser. Jetzt fehlt mir noch nur ein Wunsch an die weiße Magie. Was könnte mir weiterhelfen und passt zu einem Kristall, der für Wahrheit steht? Vielleicht einfach das: *Offenbare mir das wahre Gesicht der Karten.*

»*Solemn power of souls and hearts, show me the true color of these cards.* – Ich halte dich übrigens nicht für einen bösen Geist. Für einen Quälgeist, das vielleicht, aber mehr auch nicht.«

»Du klingst ziemlich selbstsicher für jemanden, dessen Karten sich offensichtlich gegen ihn verschworen haben.«

»Das würden sie nie tun«, widerspreche ich, öffne die Phiole, gebe einen Tropfen Wasser auf meine Fingerspitze und zerreibe ihn zwischen Daumen und Zeigefinger. Vorsichtig streiche ich über die erste Karte, aber es bleibt die Gehängte. Meine Entschlossenheit gerät ins Wanken. Was ist, wenn das hier nicht funktioniert? Wenn der Duke einen Weg gefunden hat, mich vorzuführen, wie all die anderen vor mir?

Das sehen wir dann, wenn es so weit ist, beantworte ich mir die Frage. *Wenn du dir selbst schon nichts zutraust, wer soll es denn dann?*

»Was macht dich sicher, dass du auf deine Karten zählen kannst?«, hakt der Duke nach, als hätte er mir meine Verunsicherung angemerkt.

»Ich liebe sie«, sage ich mit so viel Nachdruck, als wollte ich nicht nur ihn, sondern mich gleich mit überzeugen. »Und Liebe basiert auf Vertrauen. Genau wie weiße Magie. Sie hat die Macht dazu, jeden Fluch zu brechen, wenn unser Glaube an sie groß genug ist.«

Heuchlerin. An deinen eigenen Fähigkeiten zweifeln, aber in der gleichen Sekunde einen über Liebe und Vertrauen in die Magie erzählen.

Doch kaum hat mein Finger die zweite Karte berührt, da beginnen die Konturen der Zeichnung zu verschwimmen, als hätte ich ein Glas Wasser über eine Aquarellzeichnung gegossen. Ich wusste es! Es war nichts weiter als eine Illusion. Schwarze Magie; und keine besonders mächtige. Die Farben zerfließen, nur um sich in neuen Formen wieder zu vereinen.

»Tod«, lese ich vor und streiche anschließend sacht über die dritte Karte. Das Schauspiel wiederholt sich, um mir das wahre Motiv zu offenbaren. »Die acht Kelche. Interessante Kombination.«

»Du wirkst noch immer ziemlich gelassen«, wirft der Duke ein.

»Ich habe schon Erstaunlicheres gesehen als Karten, die ihr Motiv verändern.« Ich werfe einen kurzen Blick in den Chat unseres Streams. Die Zuschauenden scheinen von dieser winzigen Magie-Einlage sehr viel beeindruckter zu sein als ich. Vermutlich waren die wenigsten von ihnen Augenzeugen der Transformation eines Wertiers, sonst wären sie weniger euphorisch.

»Und? Was offenbaren mir deine Karten jetzt?«, fordert der Duke meine Aufmerksamkeit zurück.

Während ich die Legung betrachte, spüre ich, wie der letzte Rest Anspannung von mir abfällt und sich ein Lächeln auf mein Gesicht stiehlt. Ich fühle mich, als hätte ich soeben erfolgreich eine Abschlussprüfung absolviert und was noch fehlt, sind nur ein paar Hausaufgaben.

»*Tod* bedeutet, dass dir ein Abschied bevorsteht. Vielleicht ist es auch ein Neuanfang. Im Tarot ist der Tod prinzipiell nichts Schlechtes. Vor allem nicht in dieser Kombination, denn deine Zukunftskarte ist *Die acht Kelche*. Sie besagt, wenn du bereit bist, etwas loszulassen und neue Wege zu beschreiten, kannst du dich zukünftig eventuell deines Problems entledigen.« Schweigend betrachte ich die Motive und lasse sie auf mich wirken. Alles, was ich sehe, ist die Bestätigung seiner Worte: Er hat ein Problem und braucht Hilfe, um sich davon zu befreien. Allein kommt er nicht weiter. Wenn er mich einfach nur hätte provozieren wollen, hätte er für seine Illusion jedes andere Motiv wählen können. Den *Tod*, um mich einzuschüchtern. Oder die *Närrin*, um sich über mich lustig zu machen. Stattdessen war es die *Gehängte*. Aber warum? Ich weiß es nicht. Nur bei einer Sache bin ich mir sicher: Die Illusion stammte von ihm. Was zwei Schlüsse zulässt: *DarkDuke* ist selbst ein Hexer. Und zwar einer, der den Pfad der weißen Magie verlassen hat. Niemand sonst beherrscht diese Art von Manipulation.

Aber wie kann das sein? Hat Hazel nicht gesagt, dass er Menschen vorführt? Ich bin immer davon ausgegangen, dass er ein Skeptiker ist, der all die arkanen Dinge lächerlich und verachtenswert findet. Und nun? Stellt sich heraus, dass er selbst Magie benutzt, um andere Hexende vorzuführen. Wieso tut er das?

»Loslassen, verzichten, Opfer bringen«, murmle ich und streiche mit den Fingern über die letzte Karte. »Was auch immer dir bevorsteht, wird nicht leicht. Siehst du die Silhouette auf der Karte der acht Kelche? Die Person, die diesen Weg beschreitet, ist von dir abgewandt, man sieht ihr Gesicht nicht. Das spricht für viel Ungewissheit. Um ehrlich zu sein, weiß ich nicht, in was für einer verfahrenen Situation du steckst, doch es könnte sein, dass du Hilfe brauchst, um dich daraus zu befreien. Vielleicht von jemandem, der noch im Verborgenen ist. Den du nicht kennst.«

So würde ich zumindest diese Legung interpretieren, aber es kommt keine Antwort.

»Bist du noch da?«, frage ich mit Blick auf das Pappschild und ignoriere all die Nachrichten im Chat. Darüber, dass ich den Duke erfolgreich vorgeführt hätte und er es gar nicht anders verdient. Oder dass wir beide Schwindler sind, die sich abgesprochen hätten. Oder wo ich mein Kartendeck gekauft habe, weil es supercool ist. Der Chat kommt gar nicht zur Ruhe, aber die Stille meines Gegenübers beunruhigt mich. »Brauchst du Hilfe, Dar...« Ich stolpere über meine eigenen Worte. Wieso kann ich mir selbst nicht erklären. »DarkDuke.«

»Wenn du dir vorstellen könntest, mir zu helfen, komm morgen zu dem Ort, an dem wir uns das erste Mal gesehen haben, um die Uhrzeit, zu der wir das erste Mal Kontakt hatten.«

Bevor ich etwas antworten kann, loggt er sich aus. Er ist einfach fort. Verwirrt starre ich auf den Monitor und damit einzig und allein auf mein blinzelndes Abbild.

Wie soll ich jemanden treffen, von dem ich nicht weiß, wer er ist?

Mein Handy klingelt, und im Chat häufen sich die unbeantworteten Nachrichten. Im Sekundentakt gehen neue ein. »Ich beantworte eure Fragen später. Ich muss kurz weg.« Ohne mich weiter zu verabschieden, beende ich die Übertragung, puste die Kerze aus und greife nach meinem immer noch klingelnden Handy. Es ist Hazel.

Kaum habe ich auf den grünen Button gedrückt, quietscht sie mir ins Ohr.

»Was war das denn?«, fragt sie vollkommen aufgebracht. »Wie hast du das gemacht? Mit den Karten. Das war so abgefahren.«

»Das war Hexerei«, antworte ich ehrlich, erhebe mich vom Stuhl und gehe zum Fenster hinüber, um nach draußen zu sehen. Meine Finger streichen über die Blätter der frisch umgetopften Pflanze. Sie zu berühren, erdet mich augenblicklich ein wenig. »Ich sage doch, sie ist real.«

»Ja, ich weiß und ich habe nie daran gezweifelt, aber wie geht das mit den Karten? Und heißt das, der Typ hat dein Deck manipuliert? Wenn ja, wie? Und hat er auf diese Weise auch die anderen Leute aus der Doku vorgeführt? Das ist alles so krass.«

»Ich habe keine Ahnung«, gestehe ich. »Vielleicht ist es, wie du sagst, und er hat sich einen Spaß daraus gemacht, Hochstapler zu überführen.« Weil er es kann. Weil er selbst ein Teil der arkanen Welt ist. Es klingt zumindest logisch. Wenn auch auf eine etwas verdrehte Weise. Alles, was ich bisher von ihm oder über ihn gehört habe, erschien mir unsympathisch. Aber warum kontaktiert er mich, um mich um Hilfe zu bitten? Warum? Ich verstehe es nicht. Wenn ich auf die Karten vertraue, hat er nicht gelogen. Er hat ein Problem. Eines, von dem er sich selbst nicht befreien kann. Vielleicht die Folgen eines missglückten Zaubers? Ich wünschte, ich könnte einfach eine Kristallkugel befragen, um Antworten zu erhalten, aber so funktioniert das leider nicht.

»Das ist so aufregend. Triffst du dich mit ihm? Weißt du, wo er meinte? Wo ihr euch gesehen habt … Soll ich dich dorthin begleiten?«

Kopfschüttelnd lasse ich den Blick zu den Sternen hinaufgleiten. Ich weiß nicht, was hier vor sich geht, daher möchte ich sie in diese Sache nicht mit hineinziehen.

»Bist du noch dran?«

»Ja, entschuldige.« Ich habe mich in den letzten Jahren so an Videotelefonie gewöhnt, dass ich manchmal vergesse, dass mich das Gegenüber bei einem normalen Telefonat nicht sehen kann. »Wenn ich gehe, kläre ich das allein.«

»Aber du erzählst mir, wenn es etwas Neues gibt?«

»Natürlich.« Solange ich nicht das Gefühl habe, sie in etwas Zwielichtiges zu verwickeln, werde ich sie auf dem Laufenden halten. Taro würde es mir nie verzeihen, wenn ich sie in potenziell gefährliche Dinge hineinziehe. Und ich mir auch nicht.

»Hazel? Eine Sache noch«, füge ich an.

»Egal, was du mir sagst, ich werde es nicht herumerzählen«, verspricht sie.

Das ist nett, aber darum geht es mir nicht. Ich vertraue ihr.

»Ich wollte dir nur danken. Dafür, dass du immer für mich da bist, auch wenn es viele Menschen gibt, die mich und Hexerei für schräg und sonderbar halten.«

»Erzähl keinen Unsinn. Das ist echt cool. Die Leute sind nur neidisch. Hör nicht auf sie.«

Das ist einer von tausend Gründen, aus denen ich Hazel mag. Nichts und niemand kann ihre positive Art erschüttern – außer der Ungerechtigkeit in der Welt. Manchmal wünschte ich, ich wäre mehr wie sie. Oder zumindest mehr wie die Internetpräsenz von mir, denn in diesem Moment fühle ich mich vor allen Dingen verunsichert.

Wie soll ich jemandem helfen, der sich nicht zu erkennen gibt?

Nach unserer Verabschiedung greife ich den blauen Sodalith vom Schreibtisch und wiege ihn auf meiner Hand. Ich hätte ihn gern unter mein Kopfkissen gelegt, damit er mir dabei hilft, der Wahrheit ein Stück näherzukommen, aber das Aufheben des Zaubers hat ihn so weit entladen, dass er bis zum nächsten Vollmond vollkommen wirkungslos ist.

Dann muss ich meine Gedanken wohl anderweitig sortieren. Wie immer, wenn ich nicht weiterweiß, entzünde ich ein paar Kerzen, die mein Zimmer in ein gemütliches Licht tauchen – dieses Mal nicht aus rituellen Gründen, sondern weil sie mir dabei helfen, mich wohlzufühlen. Schnell schlüpfe ich in mein bequemstes Paar Kuschelsocken, greife mein Journal und einen Füller aus dem Nachttisch und lasse mich damit auf mein mit Kissen überladenes Bett fallen. Gedankenverloren streiche ich mit dem Zeigefinger über die goldenen Monde, die das violette Notizbuch zieren. Wenn der *DarkDuke* behauptet, dass wir uns schon einmal gesehen haben, ist die Begegnung vielleicht irgendwo in meinem Unterbewusstsein verankert. Wer könnte er sein? Wo könnte ich ihn getroffen haben? Ich schlage eine leere Doppelseite auf, schließe die Augen und lasse meinen Füller locker über das Papier gleiten. *Écriture automatique* – automatisches Schreiben – ist eine der Techniken, die ich von meinen Moms gelernt habe. Es kann einem nicht nur dabei helfen, die Kreativität fließen zu lassen, manchmal kommen dabei Gedanken oder Gefühle zum Vorschein. Ängste, Sorgen, Emotionen. Botschaften des Unbewussten.

Meine Hand fährt wie von selbst über das Papier, formt lose Worte und schwungvolle Linien, bis ich mich wieder darauf fokussiere, was mich beschäftigt: Wer ist der *DarkDuke*?

Ohne darüber nachzudenken, schreibe ich ein Wort. Ein Name. Glasklar.

Blinzelnd betrachte ich ihn, als es endlich *klick* macht und ich auflache. Ha! Dieser Fuchs von einem Lügner hat mir gestern bei der Demo absichtlich ein Haar ausgerissen, um die Tarot-Legung zu manipulieren. Und mein Unterbewusstsein hat es die ganze Zeit gewusst, hätte beinahe *Darren* statt *Dark-Duke* gesagt – und mir ist es nicht einmal aufgefallen.

Trotzdem verstehe ich es nicht: Wenn er Hilfe sucht, warum sagt er es nicht einfach, statt solch einen Zirkus zu veranstalten?

Was verbirgt der Mann mit der Abneigung gegen Pumpkin Spice und Kameras? Warum zeigt er der Welt nie sein Gesicht?

Wieso hat er sich auf der Demo die Kapuze des Hoodies fast bis zur Nasenspitze heruntergezogen?

Ich klopfe mit dem Füller auf mein Notizbuch und muss wohl einsehen, dass Darren meine Neugierde geweckt hat. Und wie ich mich kenne, bekomme ich ihn jetzt erst wieder aus dem Kopf, wenn ich die passenden Antworten auf die Fragen gefunden habe.

TAGEBUCHEINTRAG

Irgendwie war mir immer klar, dass Gemma keine der üblichen Hexen-Hochstaplerinnen ist, die ich sonst im Internet enttarne.

Üblich im Sinne von: Kann nichts, aber verlangt eine Menge Geld für nicht erbrachte Leistungen.

Ich habe allerdings noch immer nicht durchschaut, ob sie nur zauberhaft unschuldig tut – oder tatsächlich nicht weiß, wie besonders sie ist.

Ich meine: Sie hat zum Brechen meines Fluchs was gebraucht? Eine Kerze, drei Tropfen Mondwasser und einen winzigen Sodalith.

Ich kann doch nicht ernsthaft der Einzige sein, dem klar ist, dass das zu wenige Hilfsmittel zum Brechen eines solchen Fluches sind. Lassen sich alle anderen so sehr von ihrem bezaubernden Lächeln einlullen, dass keiner hinterfragt, wie sie das vollbringt? Es wäre zumindest denkbar. Ich will mir gar nicht vorstellen, wie viele Typen ihren Stream einfach nur laufen lassen, ohne ihr wirklich zuzuhören.

Gott, Darren. Warum tust du es dann? Was stimmt nicht mit dir? Du hast Gemma zweimal persönlich getroffen und beide Male liefen katastrophal, weil du erstens deine vorlaute Klappe nicht halten kannst und ihr zweitens ein Haar ausgerissen hast, um sie im Internet vorzuführen. Es wäre ein Wunder, wenn sie danach noch bereit ist, dir zu helfen.

Wobei ein Wunder ohnehin genau das ist, was ich suche.

Ich sollte einfach ins Bett gehen, stattdessen habe ich mich erneut in Gemmas Chat eingeloggt und verfolge anonym die Nachrichten der Zuschauenden. Vielleicht, weil ich irgendwie darauf stehe, beleidigt zu werden. Zumindest sind sich alle einig, dass Gemma unsere Auseinandersetzung gewonnen hat. Ich überfliege die Kommentare – Hämisches in meine Richtung, Bewunderung für Gemma, sehr eindeutige Angebote von Typen, die nicht einmal ein Profilbild besitzen (wenn ich mich der Reihe ihrer Verehrer anschließen wollte, müsste ich mich ziemlich weit hinten anstellen) –, doch ich lese nicht eine einzige Spekulation darüber, warum ich ausgerechnet sie kontaktiert habe.

Vielleicht ist es aber selbst ihren magieunbegabten Fans unterbewusst längst klar: Gemma ist mehr als die freundliche Hexe von nebenan. Sie hat Zugriff auf eine Art von Magie, die die wenigsten von uns beherrschen.

8. KAPITEL

Als ich am nächsten Morgen aufwache, spüre ich vor allem eines: eine tief sitzende, nicht enden wollende Unruhe. Keine Nervosität, kein aufgeregtes Kribbeln, sondern den unbeirrbaren Drang, mir jetzt sofort einen Kaffee im *Beans&Herbs* zu holen und durch die Nachbarschaft zu spazieren. Da dieses unnachgiebige Gefühl auch nach einer Dusche nicht verstummt, werfe ich einen Blick auf mein Handy. Wann habe ich Darren das erste Mal im *Beans&Herbs* getroffen? Es war ganz sicher nicht um acht Uhr morgens, dennoch ergebe ich mich und ziehe mich an. Jeans, Hängerkleid, Strickcardigan, Wollschal. Was mir mein Unterbewusstsein mit dieser eigenwilligen Mischung an Kleidungsstücken sagen möchte, weiß ich selbst nicht. Offensichtlich wünscht es sich Geborgenheit. Ich flechte meine Haare, nur um sie wieder zu öffnen, sie zu einem Dutt zu knoten, das Ergebnis zu verwerfen und schließlich die vorderen Haarsträhnen zu einem lockeren Half Bun zusammenzustecken. Was ist nur los mit mir? Nicht einmal für eine Frisur kann ich mich heute entscheiden? Genervt greife ich nach einem blauen Calcit und stecke ihn in meine Hosentasche. Der Kristall ist zwar ganz hübsch, aber so minderwertig, dass er nicht zum Zaubern taugt. Vielleicht reicht seine Kraft wenigstens dazu, mir ein wenig der Ruhe zu schenken, die mir heute offensichtlich fehlt.

»Ich gehe eine Runde spazieren!«, rufe ich durch die Wohnung und schlüpfe in meine Stiefeletten.

»Verlauf dich nicht!«, kommt Taros Antwort aus dem Wohnzimmer, wo er allem Anschein nach an einem Moodboard für einen seiner Kurse bastelt.

Das *Beans&Herbs* ist wie jeden Sonntag gut besucht, trotzdem fällt mein Blick sofort auf den jungen Mann, der allein am Tresen sitzt. In seinen Händen hält er einen Becher und plaudert mit Beryl, die nebenbei sämtliche Bestellungen abarbeitet, als wäre sie ein achtarmiger Krake, der alles im Griff hat. Statt mich an die Schlange der Getränkeausgabe zu stellen, lasse ich mich auf den freien Hocker neben Darren gleiten.

»Guten Morgen«, grüße ich möglichst freundlich, auch wenn meine Gefühle etwas ambivalent sind.

Darren fährt so überrascht herum, dass ihm beinahe der Kaffee über den Becherrand schwappt. »Gemma?«

»Hast du eine andere erwartet?«, frage ich geradeheraus und nehme nur am Rande meiner Wahrnehmung zur Kenntnis, dass das drängende Gefühl, das mich hierhergeleitet hat, tiefer Ruhe weicht. Interessant. Ich bin also genau dort, wo ich sein sollte. Ob mir das gefällt? Das wird sich noch zeigen. Eine leise Stimme des Zweifels merkt zwar an, dass es nicht allzu klug ist, sich ohne Begleitung mit einem Fremden zu treffen, aber ich vertraue meiner Intuition – und in dem vollen Café sind wir zumindest alles andere als allein.

Darren sieht zur Uhr über dem Tresen hinauf. »Du bist ziemlich früh.« Unruhig klopft er mit dem Zeigefinger gegen den Becher, als würde er überlegen, noch etwas zu sagen.

»Zu früh? Soll ich später wiederkommen?« Oder habe ich mich geirrt? Ist mein Unterbewusstsein auf der falschen Fährte? Steckt der blonde Wuschelkopf mit dem Ohrring und der Vorliebe für bunte Schuhe vielleicht gar nicht hinter der düsteren Internetpräsenz? Ich mustere ihn und nehme mir die Zeit, ihn in Ruhe anzusehen. Seine honigblonden Locken sind vollkommen verstrubbelt, auf seinen Wangen zeigt sich ein Bartschatten, und sein dunkelgraues Shirt sieht so verknittert aus, als hätte er darin geschlafen.

»Ich möchte dich ungern wieder wegschicken, wenn du dir schon die Mühe gemacht hast, herzukommen, doch ich bin gerade erst aufgestanden und war noch nicht einmal duschen«, gesteht er und streckt sich der Länge nach. »Gibst du mir zehn Minuten?«

»Sicher, aber wo willst du hier duschen?«

»Einfach durch die Tür am Tresen und die Treppe rauf. Ich wohne quasi hier.« Er schiebt mir einen Becher zu, der schon die ganze Zeit unangetastet neben ihm stand. »Frag mich nicht, warum ich vor drei Minuten das Verlangen gespürt habe, eine Pumpkin Spice Latte mit Hafermilch zu bestellen, obwohl ich das Zeug ekelhaft finde. Beryl und Granny fanden es amüsant genug.«

»Danke, lieb von dir«, bringe ich überrumpelt hervor und rieche vorsichtshalber an dem Becher, aber der Inhalt duftet einfach nur verführerisch nach gewürztem Kaffee.

Darren schnaubt belustigt. »Hast du gerade an dem Kaffee gerochen, um sicherzugehen, dass er nicht vergiftet ist?«

»Nicht unbedingt vergiftet, aber manipuliert«, korrigiere ich.

»Ich verstehe zwar immer noch nicht, was du an Kürbisgewürz in Haferkaffee findest, doch was anderes sollte dort nicht drin sein. Ich bin zurück, bevor der Becher leer ist«, verspricht er, klopft zum Abschied auf den Tresen und erhebt sich.

Ich nippe an dem Getränk und sehe ihm nach, wie er durch eine unscheinbare Tür nahe des Tresens verschwindet, bis Beryl mir einen Teller mit Cookies zuschiebt und mir bedeutet, mich ruhig zu bedienen.

»Mein Mitbewohner war sich nicht sicher, ob du nicht gleich wieder umdrehst, wenn du ihn siehst. Aber er ist ganz okay. Meistens. Bisschen große Klappe vielleicht.«

Damit arbeitet sie weiter die Schlange ab.

Ganz okay. Möglicherweise ist er das. Möglicherweise hat er tatsächlich nur meine Nähe gesucht, weil er Hilfe braucht. Aber wobei? In was für einer verzwickten Situation könnte er stecken?

· · ✦ · ·

Eine Viertelstunde später taucht Darren wieder auf. Frisch rasiert, in weißem Hemd, schwarzer Jeans, roten Chucks, mit einer abgewetzten Lederjacke in der Hand. Irgendwie sieht sein Kleidungsstil immer so aus, als würde er versuchen, sich an einen imaginären Dresscode zu halten, nur um ihn dann wieder zu brechen. Ich kann spontan nicht einmal sagen, ob ich das eher irritierend oder attraktiv finde. Ich mag Menschen, die ihr eigenes Ding machen. Aber es scheint nicht, als wäre es sein Ding, sondern eine sorgsam kalkulierte Provokation. Ein wohldosierter Stilbruch. Gerade genug, um nicht glatt zu wirken, doch zu angepasst, um in den Straßen New Yorks aufzufallen. Was hingegen definitiv attraktiv auf mich wirkt: Er duftet bereits wieder viel zu gut. Bisher war mir nie bewusst, wie anziehend der Geruch von Salbei sein kann. *Salbei.* Darrens Verbindung zur Hexerei hätte mir schon bei unserer ersten Begegnung auffallen können, immerhin nutze ich das Heilkraut selbst häufig zum Ausräuchern.

Darren lässt sich wieder neben mich gleiten und schenkt mir ein Lächeln. »Hast du schon gefrühstückt? Ich war irgendwie noch nicht wach genug dafür. Such dir gern was aus, ich lade dich ein. Die Scones hier sind echt lecker.«

»Nach einem Familienrezept von Granny!«, ruft Beryl herüber, die uns offensichtlich zugehört hat und neben sich deutet, als würde dort jemand stehen. »Grandma hat es damals aus London mitgebracht. Einmal in der Woche backe ich unter ihrer Anleitung.«

»Nur bevor du dich wunderst: Beryls *Granny* ist seit sechs Jahren tot, aber ihr Geist hat offensichtlich nichts Besseres zu tun als ihrer Enkelin Gesellschaft zu leisten«, flüstert Darren und hebt eine Augenbraue, als würde er an Beryls Verstand zweifeln.

Das erklärt zumindest, weshalb sie zu vermeintlichen Selbstgesprächen neigt: Sie redet mit Geistern. Warum auch nicht?

Da ich selbst noch nichts gegessen habe, bestelle ich tatsächlich einen Scone mit Clotted Cream und Erdbeerkonfitüre, dazu noch einen Hafermilchkaffee.

»Wenn du mich zum Essen einlädst, meinst du also, dass Geld nicht dein Problem ist?«, vermute ich, als Darren erneut darauf besteht, zu bezahlen. »Wohnst du eigentlich schon länger hier? Ich habe dich vorher noch nie gesehen, obwohl ich mir fast jeden Tag etwas aus dem *Beans&Herbs* hole.«

»Beantwortet das nicht deine Frage?«, erwidert er ausweichend und nimmt von Beryl einen Cappuccino entgegen.

»Redest du gern in Rätseln?«

»Was wäre, wenn die Antwort Ja lautet?«

»Dann würde ich dich ziemlich anstrengend finden.«

Darren lacht so offen, dass es etwas Entwaffnendes an sich hat. Es wirkt gar nicht anstrengend, sondern im Gegenteil durch und durch charmant – und das schon, bevor er abwehrend die Hände hebt, als gelobe er Besserung. »Okay, dann werde ich versuchen, zumindest etwas weniger nervtötend zu sein. Und was deine Frage betrifft: Ich wohne erst seit Kurzem in New York. Beryl war eine der ersten Adressen, an der ich nach Hilfe gesucht habe. Und wenigstens bei einem meiner Probleme konnte sie mir tatsächlich helfen: Nachdem ihr Ex-Freund sie kürzlich verlassen hat, war in ihrer Wohnung ein Zimmer frei. Seitdem lebe ich in einer spontan gegründeten WG über dem *Beans&Herbs*. Zusammen mit ihr – und Granny, versteht sich.«

Er wohnt über dem Café? Doch wohl nicht dort, wo ich vorgestern die Stichflamme gesehen habe? Oder heißt das, ich war Augenzeugin meiner eigenen Verzauberung? So der so: Zum ersten Mal spüre ich das Verlangen, mir Gardinen zu kaufen.

»Beryl war *eine* der ersten Adressen?«, hake ich nach, nehme dankend mein zweites Getränk entgegen und rühre den Milchschaum unter. »Dann suchst du also schon länger nach jemandem, der dir helfen kann?«

»Vor New York habe ich es andernorts versucht«, stimmt er zu. »Bisher erfolglos.« In seiner Stimme schwingt ein resignierter Unterton mit, der mich aufhorchen lässt. Er nimmt einen großen Schluck Cappuccino, als wollte er damit irgendetwas herunterspülen, doch so schmerzerfüllt, wie er das Gesicht verzieht, war er zu heiß.

»Wie viele andere Hexende hast du bereits um Hilfe gebeten?«

»Inklusive der Schwindler, die einzig und allein Ahnungslosen das Geld aus der Tasche ziehen wollten? Einige.«

Einige? Mit einem Mal bin ich mir nicht mehr so sicher, ob ich ihm helfen kann. Sein Problem scheint es in sich zu haben. Worum könnte es sich handeln?

»Verrätst du mir etwas über diese Sache, die dich nicht loslässt?«, bitte ich.

»Vielleicht, sobald wir uns etwas besser kennen.«

»Dann werde ich vorerst also nicht erfahren, wie weit du dich vom Weg der weißen Magie abgewandt hast?«

»Sekunde.« Darren verschluckt sich beinahe an seinem Getränk und mustert mich. »Du denkst, ich könnte gefährlich sein und triffst dich dennoch mit mir auf einen Kaffee?«

»Offensichtlich.«

»Okay. Ich weiß noch nicht, ob ich diesen Leichtsinn vorteilhaft oder alarmierend finden soll.«

»Du besitzt also noch ein Gewissen«, schlussfolgere ich. Der schockierte Ausdruck in seinen Augen wirkt durch und durch harmlos. »Für jemanden, der es sich zum Hobby gemacht hat, sich in der Hexerei-Branche sehr unbeliebt zu machen, schaust du gerade reichlich schockiert. Denkst du, es wäre ungefährlicher, es sich mit Dutzenden Hexenden zu verscherzen als einen von ihnen in der Öffentlichkeit auf einen Kaffee zu treffen?«

»Die Menschen, bei denen ich mich unbeliebt gemacht habe, waren allesamt Hochstapler, über die ich bei meinen Recherchen gestolpert bin. Keine einzige dieser Personen hatte auch nur irgendeinen Draht zu Magie.«

»Und du hast sie vorgeführt, weil ...? Sie dem Ruf der arkanen Künste schaden? Oder ist es etwas Persönlicheres?«

»Wenn die Leute ihr Geld rauswerfen wollen, weil sie bei einem Scharlatan einen vagen Blick auf eine mögliche Zukunft erhaschen wollen, sollen sie das tun. Nicht, dass du eine Schwindlerin wärst. Ich glaube dir, dass du das Tarot beherrschst. Aber dort, wo Menschen anfangen, anderen das Geld aus der Tasche zu ziehen und ihnen Wunder zu versprechen ... Hier einige Dollar für ein Heilwasser, und der Krebs ist besiegt. Kaufen Sie diesen überteuerten Kristall aus schnödem Glas und all ihre Geldsorgen werden der Vergangenheit angehören. Bei absurden Dingen, die Menschenleben kosten oder Seelen zerstören, wird es kriminell. Lieber ruiniere ich eine Existenz, als dass ich zusehe, wie diese Person weitere unschuldige Menschen in den Abgrund zieht.«

»Verstehe.« Ich schmiege die Wange an meinen Schal, nippe an meinem Getränk und denke über seine Worte nach. »Dein Ruf ist also schlechter als deine Absicht, trotzdem war das gestern ein Illusionszauber. Meines Wissens gehört das Täuschen von Menschen in einen Bereich der Hexerei, der mindestens dunkelgrau ist.«

»Kennst du das Sprichwort: Der Zweck heiligt die Mittel?«

Natürlich kenne ich es, dennoch hilft es mir nicht dabei, Darren einzuschätzen. »Wenn du also eventuell meine Hilfe brauchen könntest, mir aber nicht sagen magst, wobei, was genau sollen wir dann tun? Wie kann ich dich aus deiner festgefahrenen Situation befreien?«

»Wir könnten nach dem Frühstück eine Runde am East River drehen und uns in Ruhe unterhalten. Kennst du den Charlotte Beach?«

»Ja, und ich liebe ihn.« Wann immer meine Sehnsucht nach dem See meiner Kindheit zu groß wird, gehe ich dorthin. »Die Aussicht ist atemberaubend. Man kann von dort aus bis nach Manhattan rüber schauen.«

»Du stehst also auf den Anblick von Hochhäusern?«

»Glaub mir, wenn du direkt am Strand stehst, die rote Sonne langsam hinter den Wolkenkratzern untergeht und der Himmel in pures Violett getaucht wird, um an die Nacht zu übergeben … Wenn die ersten Lichter in den Hochhäusern erstrahlen und Manhattan wie ein irdischer Sternenhimmel aussieht, der sich zusammen mit den echten Sternen im Wasser spiegelt … Das wird dich selbst dann berühren, wenn du nicht auf Hochhäuser stehst.«

»Lassen wir es auf einen Versuch ankommen«, schlägt er vor und spielt mit einer Hand an seinem Ohrring.

»Heute Abend? Ich muss erst noch ein paar Dinge für die

Uni erledigen, aber wenn du nachher Zeit hast, könnten wir uns treffen.«

»Es klingt, als hätten wir ein Date. Du weißt ja, wo du mich findest. Hol mich einfach hier ab.«

»Und du willst mir wirklich noch gar nichts über dein Problem erzählen?«, vermute ich.

»Selbst wenn ich wollte, könnte ich nicht.«

Wie auf eine stillschweigende Übereinkunft hin, lassen wir das Thema vorerst ruhen und widmen uns dem Rest unseres Frühstücks. Es ist wahnsinnig lecker.

Schon nach wenigen Minuten habe ich fast vergessen, dass ich das erste Mal Zeit mit Darren und Beryl verbringe. Beryl schafft es, neben dem Bedienen noch Kommentare zu unserer Unterhaltung beizusteuern, nur damit Darren mit zynischen Antworten kontert. Obwohl sie sich erst seit Kurzem kennen, wirken sie wie ein altes Ehepaar und bringen mich mehrfach zum Lachen. Viel zu schnell muss ich wieder in meine Wohnung zurück, da Hazel mich besuchen will.

»Ich muss los. Also sehen wir uns nachher?«, vergewissere ich mich.

»Wenn du mich nicht versetzt.«

»Das ist nicht meine Art, aber lass uns kurz Handynummern austauschen, falls einem von uns etwas dazwischenkommt«, biete ich an, überreiche ihm mein iPhone und lasse ihn seine Nummer eintippen. Ich klingele einmal durch und schwinge mich anschließend vom Barhocker. Da ich nicht weiß, wie ich mich von ihm verabschieden soll, belasse ich es bei einem unverbindlichen Winken.

»Pass auf dich auf«, murmelt er.

Ich bezweifle zwar, dass mir auf dem kurzen Weg ins Nachbargebäude etwas zustoßen wird, aber ich muss zugeben, dass nicht nur sein Geruch, sondern auch sein Lächeln irgendetwas an sich hat, das attraktiv wirkt. Um sicherzugehen, dass die Anziehungskraft kein Resultat einer Manipulation ist, werde ich heute Abend vorbereitet sein. Ich meine: Wer Karten verzaubert, macht vielleicht auch vor Menschen nicht halt. Aber wozu gibt es Schutzzauber?

Als ich das Café verlasse, sehe ich aus dem Augenwinkel eine Vogelfeder zu Boden gleiten. Instinktiv bücke ich mich danach, hebe sie auf und streiche das Gefieder mit den Fingerspitzen glatt. Die graue Färbung mit der schwarzen Spitze sieht sehr nach Taubenfeder aus, aber das ist es nicht, was mich daran fasziniert. Eine mehrfarbige Feder bedeutet Veränderung. Vielleicht ist es ein Zufall, dass sie gerade jetzt vor meine Füße fiel, doch Viola sagt immer: »Nichts in diesem Universum hat keine Bedeutung.«

Vorsichtig schließe ich meine Hand um die Feder. In Ordnung. Darren bekommt seine Chance. Allerdings erst, wenn ich mich mit ausreichend Schutzzaubern präpariert habe, um ausschließen zu können, dass das Interesse, das er in mir weckt, auf einem weiteren Fluch beruht. Kurz zucken meine Gedanken zu dem Yoni Ei, aber ich möchte mir nicht vorstellen, dass das Universum mir tatsächlich den Vorschlag unterbreitet hat, Beckenbodentraining zu absolvieren, weil ich demnächst einem Mann begegnen werde, der mich reizt. So verquere Verbindungen entspringen sicher eher meinem Gehirn (oder anderen, in letzter Zeit etwas unterforderten, Körperregionen ...) als der kosmischen Energie.

9. KAPITEL

Ich habe Darren nicht belogen, ich muss wirklich noch etwas für das Studium erledigen. So lümmeln Hazel und ich auf der Sofalounge in dem gläsernen Gewächshaus auf unserer Dachterrasse. Ihre Corgihündin Bina liegt zu unseren Füßen und schläft. Da die Tierarztpraxis ihrer Mom dieses Wochenende Notdienst hat, hat Hazel Bina kurzerhand mitgebracht, damit sie nicht allein zu Hause bleiben muss, denn Hazel und ihre Mom leben nur zu zweit. Hazel hat mir mal erzählt, dass ihr Dad kurz nach ihrer Geburt verstarb, aber ich habe mich bis heute nicht dazu überwinden können, sie zu fragen, was damals passiert ist. Manchmal vergesse ich, dass wir uns erst seit einem Jahr kennen und es noch so einiges gibt, das wir nicht übereinander wissen.

Als die Sonne rauskommt und die Luft in unserem gläsernen Rückzugsort erwärmt, duftet es verführerisch nach den Kräutern, die in großen Tontöpfen wachsen. Tagsüber wird es mir hier drinnen schnell zu warm, doch nachts, mit einigen Kerzen, Lichterketten und kuscheligen Decken, ist dieser Ort beinahe magisch.

»Ich habe übrigens etwas für dich.« Ich deute auf ein von Hand beschriftetes und mit rosafarbenem Wachs versiegeltes Fläschchen, das ich auf dem Tisch bereitgestellt habe. Es trägt den reißerischen Namen: *Anti-Taro*, aber genau genommen ist es einfach ein Zauberglas für mehr Selbstliebe. »Es ist eine Ölmischung aus Lavendel, Rosenblüte und Orange. Mit ein wenig Rosmarin, rosa Salz und der Unterstützung eines Rosenquarzes. Gegen Liebeskummer, für mehr Selbstliebe, und es hilft dabei, Altes loszulassen. Ich habe den Inhalt mit ein paar Tropfen Vollmondwasser angereichert, um seine Wirksamkeit zu verstärken. Du kannst das Glas einfach auf deinen Nachttisch stellen.«

»Und dann?«, fragt Hazel und streicht behutsam darüber.

»Dann sagst du dir jeden Morgen nach dem Aufstehen: *Ich liebe mich selbst.* Das war's. Sobald der Inhalt des Glases unansehnlich wird, ist die Magie aufgebraucht, du kannst es öffnen und den Inhalt entsorgen.«

Während ich vorhin hier im Gewächshaus saß und den Zauber vorbereitet habe, habe ich die ganze Zeit an Hazel gedacht und mich gefragt, wobei die weiße Magie ihr helfen könnte. Über Taro hinwegzukommen? Jemand anderen kennenzulernen? Aber es kam mir nicht richtig vor, mich in ihr Liebesleben einzumischen. Wie aus einem Reflex heraus strich ich mit den Fingern über das Tattoo an meinem Unterarm und musste an meine Moms denken. Vielleicht haben sie recht, und das Beste, was man tun kann, ist sanft zu sich selbst zu sein. Auch dann – oder gerade dann – wenn wir das Gefühl haben, uns in eine ausweglose Sache verrannt zu haben.

»Danke dir. Du bist die Beste.« Hazel fällt mir erleichtert um den Hals, dabei kann ich ihr nicht garantieren, dass der Zauber helfen wird, um die Gefühle für Taro zu überwinden. Denn dafür muss sie es vor allem wollen. »Aber weswegen ich eigentlich hier bin: Mr Miller hat es ja letztes Semester schon angekündigt und plant tatsächlich eine Liveperformance zum Thema *Orpheus in der Unterwelt* für die jährliche Spendensammlung der Akademie.« Hazel steckt das Glas in ihre Umhängetasche, zieht eine Mappe daraus hervor und breitet ein paar Ausdrucke zwischen uns aus. Als Studiengangssprecherin hat sie alle Unterlagen zuerst ausgehändigt bekommen und nun die Aufgabe, uns einzuweihen. »Du kennst Orpheus? Weißt schon: Spießiger Geigenlehrer Orpheus würde seine Frau Eurydike gern loswerden, aber die öffentliche Meinung hält ihn davon ab. Eurydike lässt sich bereitwillig von Pluto in die Unterwelt entführen, weil sie ihr langweiliges Leben satthat. Die öffentliche Meinung zwingt Orpheus dazu, seine Frau zurückzuholen, die übrigen Götter schließen sich ihm an und am Ende sind alle in der Unterwelt, und es gibt eine große Party, bevor wir es damit enden lassen, dass Jupiter mit einer List die schöne Frau für sich gewinnt und Pluto und Orpheus leer ausgehen lässt.«

»Schöne Frau«, wiederhole ich schmunzelnd, weil Hazels Name bereits für die Rolle der Eurydike vermerkt ist.

»Das steht so im Skript und ist garantiert nicht meine Wortwahl«, erklärt sie kleinlaut und läuft dezent rot an. »Ist ja auch egal. Wir haben die Aufgabe zugewiesen bekommen, eine Location zu finden, die wir in eine riesige Party der Unterwelt verwandeln können. Die Zuschauenden sollen quasi als *Vertreter der Öffentlichen Meinung* – so heißt die Rolle – das ganze Schauspiel aktiv begleiten und verfolgen können.«

»Also wird es eine Sponsorenparty mit Schauspielenden als Kulisse und gelegentlichen Schauspieleinlagen zur Unterhaltung«, schlussfolgere ich. Die *Allbright Academy* finanziert sich und ihre Stipendien vor allem durch Spenden. Nichts anderes wird diese Veranstaltung: Eine gut inszenierte Spendengala mit Unterhaltungsprogramm.

»Zumindest, wenn ich das Konzept richtig verstanden habe. Die Studierenden aus der Szenografie kümmern sich bereits um die Kostüme und Masken, die Grafik- und Mediendesign-Leute haben letztes Semester Ideen für ein Leitkonzept entwickelt, damit die Menschen wissen, wann sie wo sein müssen.

Die Musik- und Tanzstudiengänge steuern ihren Teil zur Abendgestaltung bei. Es wird also mal wieder ein interdisziplinärer Kraftakt.« Hazel blättert durch die Unterlagen. »Und natürlich soll die Aufführung schon vor Ende des Semesters stattfinden, als hätten wir alle Langeweile. Am liebsten wäre es ihnen kurz vor Thanksgiving, weil die Menschen zu der Zeit oft in Spendierlaune sind. Miller sagte, dass es Extra-Credits für diejenigen gibt, die bei der Organisation aushelfen. Punkt eins wäre Locationscouting. Ich weiß, dass das nicht unbedingt dein Lieblingspart ist, weil du erst seit einem Jahr in dieser Stadt wohnst, aber …«

»Aber da ich dieses Semester kaum gebucht wurde, kann ich Extrapunkte dringend brauchen«, unterbreche ich ihre Ausführungen.

Sie sieht mich schuldbewusst an, doch im Grunde hat sie ja recht: Ich brauche die Bonuspunkte tatsächlich dringend. Mit einem mittelmäßigen Abschluss und nichtexistierenden Referenzen kann ich die Schauspielerei gleich an den Nagel hängen.

»Uns bleibt kaum Zeit, um eine Location zu finden und auszuarbeiten, wie das Stück dort im Rahmen der Möglichkeiten inszeniert werden kann. Wie groß muss die Örtlichkeit sein? Wo finden die Szenen statt? Wo die Party? Wie viele Schauspielende brauchen wir für die Atmosphäre der Unterwelt? Du weißt schon«, zählt Hazel auf.

»Ich weiß schon.« Ich war letztes Jahr mit Dad als Zuschauerin bei einem dieser interdisziplinären Theaterstücke, bei dem sie eines der Gebäude der Akademie in eine Art Zeitreisebahnhof verwandelt haben. Schauspielende in Kleidung aller Epochen irrten umher, ständig suchte jemand seinen verlorenen Koffer, eine projizierte Anzeigetafel informierte über verspätete Flüge in alle Zeiten. Es war ebenso imposant wie chaotisch. Wenn es eine Rahmenhandlung gab, war sie verloren gegangen. Vielleicht ist es keine schlechte Idee, sich dieses Jahr wieder eines bekannten Motivs zu bedienen. »Und du meinst nicht, dass du dieses Semester auch so bereits genug zu tun hast?«, vergewissere ich mich.

Schulterzuckend sammelt Hazel die Unterlagen wieder ein. »Schon, aber das muss ja nicht heißen, dass ich dich nicht trotzdem ein wenig unterstützen kann.«

Mom sagt immer, dass eine Freundschaft nichts ist, was einfach existiert. Sie ist eine Blume, die regelmäßig gegossen werden muss – und darin ist Hazel echt gut. In Momenten wie diesen frage ich mich, was ich ohne sie tun würde. Und dann? Durchzuckt mich mein schlechtes Gewissen, weil ich nie vollkommen ehrlich zu ihr sein kann, solange Taro einen Teil seines Selbst vor ihr geheim halten will.

Da hilft nur eine Sache: Ablenkung. Und so stöbern wir im Netz nach Räumlichkeiten, die wir vielleicht anfragen könnten, bis Hazel uns unterbricht.

»Musst du mal auf die Toilette? Sollen wir eine Pause einlegen? Du hibbelst so unruhig herum, das ist irgendwie ansteckend.« Sie mustert mich aufmerksam, bis ich den Kopf schüttle und einen flüchtigen Blick auf die Uhr meines Handys werfe.

»Alles gut, ich bin nur nachher noch verabredet.«

»Mit wem?«, fragt sie geradeheraus, weil wir – abgesehen von dem meines Bruders – keine Geheimnisse voreinander haben. Auch Bina hebt den Kopf und sieht mich aufmerksam an, als erwarte sie eine Antwort von mir.

»Du erinnerst dich an den Livestream mit *DarkDuke?*« Ich mache eine auffordernde Geste und überlasse den Rest ihrer Fantasie.

Es arbeitet sichtlich hinter Hazels Stirn, bis sie auffährt. Ihre

Augen weiten sich, während sie mich ungläubig mustert. »Ihr trefft euch also wirklich? Warum sagst du denn nichts? Soll ich dich begleiten?«

»Alles gut, du musst dir keine Sorgen machen. Ich glaube nicht, dass er gefährlich ist. Zumindest nicht direkt. Kannst du dich an den Typ von der Demo erinnern? Darren.«

»Der, von dem Taro behauptet hat, dass er uns gefolgt ist?«

Ich warte einige Sekunden, bis ein Funke der Erkenntnis in Hazels Augen tritt.

»Nicht dein Ernst! Bist du dir sicher? Der Typ ist *Dark-Duke*? Er lebt in New York?«

»Gleich nebenan«, stimme ich zu und deute flüchtig auf das Nachbargebäude.

»Jetzt veralberst du mich.« Hazel starrt mich an, doch es ist kein Scherz. »Dieser Typ ist dein Nachbar? Das ist echt schräg. Ich meine, er könnte überall auf der Welt wohnen.«

Könnte er, aber er lebt hier.

»Und er sah ... nett aus«, fährt Hazel sichtlich überfordert fort. »Wirklich. Wie jemand, den man gern auf einen Kaffee trifft. Nicht wie ein gesichtsloses Monster, das Existenzen zerstört.«

»Er sagte, er tut es, um Schlimmeres zu verhindern. Keine Ahnung, was ich davon halten soll.«

»Das hat er dir erzählt? Das heißt, ihr hattet nach dem Live-stream noch Kontakt?« Hazel greift nach ihrer Mappe und schlägt mir damit spielerisch gegen den Arm. »Gemma! Warum erzählst du so was denn nicht gleich?«

»Keine Ahnung. Wir haben heute nur spontan gemeinsam gefrühstückt und ...«

»Ihr habt *was?*« Hazel lässt die Mappe auf das Sofa fallen und hebt die Arme, als würde sie kapitulieren. »Ehrlich, Gem. Das ist die Art von Neuigkeit, auf die ich als deine beste

Freundin ein sofortiges Anrecht habe. Du hast dich in dem ganzen letzten Jahr mit keinem einzigen Kerl getroffen. Und man geht nicht einfach so mit irgendwem frühstücken. Kino ist ein unverbindliches Erstes-Date-Ding. Beim Frühstücken muss man miteinander reden, sich in die Augen sehen und offenbart, ob man ein Kaffee-oder-Tee-Mensch ist. Ob man lieber Vollkornbrot mit Käse oder Croissant mit Marmelade isst. Das ist *intim*.«

»Er hatte einen Cappuccino und Scones mit Marmelade«, antworte ich, um ihren Vortrag zu unterbrechen. »Aber ...«

»Kein Aber. Ich fasse es einfach nicht, dass du und *Dark-Duke* gemeinsam frühstücken wart. Wenn eure Follower das erfahren, drehen sie durch.«

»Weil sie schockiert wären, dass ein Phantom frühstückt?«

»Nein, das ist, als wäre Darth Vader mit Prinzessin Leia frühstücken gewesen.«

»Korrigier mich, aber sind das nicht Vater und Tochter?«

»Ja, schon. Du weißt, wie ich das meine. Und ihr trefft euch nachher noch einmal?«

»Erstens hatten *DarkDuke* und ich nie persönliche Probleme miteinander, also kannst du mit den ›Dunkle Seite der Macht‹-Vergleichen aufhören. Und zweitens gehen wir nur eine Runde spazieren und sehen uns den Sonnenuntergang am Charlotte Beach an, weil er mir nicht glauben wollte, wie schön es dort ist«, fasse ich zusammen.

»Gemma. Ist das dein Ernst? Ihr geht frühstücken und trefft euch am Abend, um euch gemeinsam einen Sonnenuntergang anzusehen?«

»Es klingt romantischer, als es ist. Du hast den Livestream doch gesehen. Er braucht bei irgendetwas Hilfe und will nicht mit der Sprache rausrücken, worum es geht, solange wir uns nicht kennen.«

»Okay. Es gäbe wahrscheinlich tausend andere Möglichkeiten, einander kennenzulernen außer Frühstück und Sonnenuntergang, aber wie du meinst. Hast du meine Nummer auf Kurzwahl? Meldest du dich, sobald du zurück bist? Ich liege sonst die ganze Nacht wach und mache mir Sorgen um dich. Wenn du dich unwohl fühlst, schreib mir. Bina und ich eilen sofort zu deiner Rettung. Oder bringen euch Kondome vorbei. Je nachdem. Der Typ sah echt gut aus. Wusste er auf der Demo eigentlich schon, wer du bist? Weil … So, wie er dich angesehen hat. Das war nicht, als würde er seinen potenziellen Feind betrachten.«

»Er weiß, wer ich bin«, bestätige ich. Zumindest weiß er wohl mehr über mich als ich über ihn. Denn selbst wenn er mir noch nicht lange folgen sollte, kann er die Videos der letzten vier Jahre abrufen. Die meisten Aufnahmen aus meiner Michigan-Zeit zeigen mich beim Kristallesammeln am See, wie ich Zeichnungen für meinen *etsy*-Shop anfertige oder über Kristalle und Tarotkarten rede. Ab und zu habe ich mal einen der aktuellen *TikTok*-Trends aufgegriffen und versucht, ihn auf die Hexerei umzumünzen, aber das ist auch alles. Bisher kam es mir nie seltsam vor, wenn die Menschen nach dem Schauen meiner Videos meinten, ein Bild von mir im Kopf zu haben. Also warum fühlt es sich dann so seltsam an, wenn ich mir vorstelle, dass Darren das auch tun könnte? Dass er die Makramee-Anleitungen, lustigen Tänze und Aufnahmen aus meinem damaligen Kinderzimmer ansehen und sich einbilden könnte, dass er mich dadurch kennt?

Weil es nur Facetten deines Lebens sind, beantworte ich mir die Frage selbst. Sollte er die Gemma suchen, die er von *WitchTok* zu kennen glaubt, werde ich ihn enttäuschen. Und das nicht allein, weil ich prinzipiell immer nur den aufgeräumten Teil meines Zimmers zeige.

Die Zeit mit Hazel vergeht viel zu schnell. Als ich mich am späten Nachmittag von ihr verabschiede, haben wir noch keine konkrete Idee, aber immerhin eine Liste von Locations, die ich für eine Begehung anfragen könnte.

Auf dem Weg zur Haustür laufen wir Taro über den Weg, der einen erschrockenen Satz macht, als Bina ihn lautstark verbellt.

»Bina, aus!« Vollkommen irritiert nimmt Hazel ihren Hund beiseite, der sich davon herzlich wenig beeindruckt zeigt. »Aus!«

Bina verstummt zwar, lässt Taro allerdings keine Sekunde aus den Augen, als er an uns vorbei in Richtung des Kühlschranks geht. Auch Taro behält den Hund im Blick, als könnte er sich jede Sekunde losreißen und ihm in die Wade beißen.

»Entschuldige«, murmelt Hazel. »Ich weiß gar nicht, was das soll. Eigentlich ist sie total lieb.«

»Kein Ding«, erwidert Taro, öffnet die Kühlschranktür und verschanzt sich dahinter, als wäre sie ein Schutzschild.

»Wirklich. Normalerweise regen sie nur Katzen so auf. Wir haben sie aus dem Tierschutz, vielleicht hatte sie mal ein unschönes Erlebnis. Wir wissen es nicht, aber Katzen können ja ganz schön gemein sein«, versucht Hazel ihre Hündin in Schutz zu nehmen, hockt sich neben sie und krault sie liebevoll hinter den Ohren, bis sie sich tatsächlich etwas entspannt.

»Ja«, antwortet Taro gedehnt, nimmt sich ein Getränk und schlägt die Tür zu. »Katzen sind wirklich widerliche Tiere.« Sein Blick zuckt zwischen mir und dem Hund hin und her, als sollte ich dafür sorgen, dass Hazel endlich geht und ihren Vierbeiner mitnimmt.

»Im Moment siehst du eher aus, als hättest du Angst vor Hunden«, analysiert Hazel Taros Verhalten.

»Vielleicht bin ich generell kein Tiermensch«, stimmt er zu und nippt an seiner Limonade, ohne sich vom Fleck zu rühren. »Sie sind instinktgetriebene und unberechenbare Wesen.«

»Tatsächlich? Komisch. Ich hätte dich immer für einen Tierfreund gehalten. So kann man sich irren.« Schulterzuckend sieht sie mich an und schenkt mir ein Lächeln, als wollte sie sagen: *Ich glaube, dein Anti-Liebeszauber wirkt bereits. Taro ist gerade sehr viel unattraktiver geworden.*

Seufzend bedeute ich ihr voranzugehen, weil ich wirklich nicht weiß, was ich dazu noch sagen soll, außer: *Du hast ihn vollkommen falsch verstanden.*

Als Hazel sich wieder erhebt, fällt das Zauberglas aus ihrer Tasche. Glücklicherweise überlebt es den Sturz, weniger glücklicherweise rollt es über den Boden zu Taro hinüber und stößt gegen seinen Fuß. Mit erhobener Augenbraue hebt er es auf und liest die Beschriftung laut vor.

»Anti-Taro?«

Sofort errötet Hazel bis unter den Haaransatz.

Mein Bruder zögert, ehe er das Glas kommentarlos auf den Tresen stellt und in Hazels Richtung schiebt. Es scheint, als wollte sie sich rechtfertigen, aber mein Bruder kommt ihr zuvor.

»Ich hoffe, es wirkt«, ist alles, was er dazu sagt, bevor er sich an Bina vorbeidrückt und in seinem Zimmer verschwindet.

· · ✦ · ·

Ich wiege die Kette mit dem schwarzen Turmalin-Anhänger auf der Hand und schließe die Augen. Wenn ich mich darauf konzentriere, kann ich ihn vibrieren spüren. Seine Ladung sollte auch ohne zusätzliche Schutzzauber noch ausreichen, um mich vor Manipulationen durch Darren zu bewahren.

Ich bin gerade dazu gekommen, mir die silberne Kette umzulegen, da nehme ich den Impuls wahr, das Haus zu verlassen. Eigentlich ist es noch ein wenig zu früh für ein Sonnenuntergangsdate, dennoch schnappe ich mir im Flur Schal und Mantel und mache mich auf den Weg nach unten. Meinem knurrenden Magen nach wäre es eine gute Idee, eine Kleinigkeit zu essen, bevor ich zum Strand gehe.

Offensichtlich sieht es das Universum genauso. Ich habe die Straße kaum betreten und überlege, worauf ich Appetit hätte, da kommt mir Darren entgegen. Für einen Moment frage ich mich, ob es wohl Zufall ist, aber er steuert direkt auf mich zu und schenkt mir ein Lächeln.

»Was hältst du von einem vorgezogenen Spaziergang zum Wasser? Ich hätte Proviant, falls du Falafel magst.« Demonstrativ hebt er die Papiertüte in seiner Hand und schon beim Anblick des Logos von *Humus Kitchen* läuft mir das Wasser im Mund zusammen.

»Mag ich«, bestätige ich lächelnd, ziehe meinen Schal höher und sehe zu ihm auf, während er eine Falafel-Rolle aus der Tüte hervorzieht und mir überreicht. »Danke. Perfektes Timing.«

»Sehr gern. Es ist immer ein gutes Gefühl, zur rechten Zeit zu kommen.«

»Du stehst also auf flache Wortwitze?«, schlussfolgere ich, aber er sieht mich so ratlos an, als wäre ihm die Doppeldeutigkeit seiner Worte nicht bewusst. Vielleicht hat er sie tatsächlich nicht so gemeint? Bilde ich mir jetzt schon ein, er würde flirten, obwohl er nur nett sein möchte? Was ist nur los mit mir? Ich spüre förmlich, wie ich bis unter den Haaransatz erröte, während er mich noch immer mustert. »Du meintest es nicht als Anspielung.«

»Eigentlich nicht«, behauptet er und kann ein Grinsen dann doch nicht unterdrücken. »Aber ich finde es irgendwie charmant, dass du denkst, ich wäre so mutig, dich dermaßen plump anzugraben. – Wollen wir gehen?« Er sieht flüchtig zum Café und nickt in Richtung der Straße. »Ich habe mich mit Beryl gestritten und kein Interesse daran, ihr in den nächsten Stunden ständig über den Weg zu laufen.«

Überrascht hebe ich die Augenbrauen. Sie haben sich gestritten? Dabei wirkten sie vorhin noch so vertraut miteinander. Aber sein Geständnis lenkt mich zumindest davon ab, dass mir meine vorschnelle Äußerung noch immer ein wenig peinlich ist.

Gemeinsam setzen wir uns in Bewegung, gehen Seite an Seite in Richtung East River. So eng nebeneinander, dass sich unsere Arme berühren, als wollten wir sichergehen, dass sich kein Passant zwischen uns hindurchquetscht, was dennoch gelegentlich passiert. New York ist einfach alles: romantisch, kreativ, voller Leben. Aber auch schlaflos, laut und stellenweise dreckig. Die Geruchsmischung aus den Speisen der Streetfoodstände, der Autoabgase und den überfüllten Mülltonnen in den Seitenstraßen ist für mich noch immer speziell.

»Willst du über euren Streit sprechen?«, biete ich nach einer Weile an.

»Da gibt es nichts zu reden. Ich erwarte nicht viel von den Menschen um mich herum«, behauptet Darren, »aber Vertrauen gehört dazu.«

»Und Beryl hat es missbraucht?«, vermute ich, doch traue mich nicht, zu fragen, inwiefern.

»Sehen wir es positiv: Da ich es zu Hause nicht mehr ausgehalten habe, war ich eine Runde spazieren, bis ich das Verlangen gespürt habe, uns Proviant zu besorgen.«

Offensichtlich möchte er sich nicht weiter über Beryl auslassen, also wickle ich die Falafel-Rolle aus dem Papier und beiße genüsslich hinein. Frisches Gemüse und fluffige Falafel mit knuspriger Hülle. Es schmeckt himmlisch. »Wenn du mich fragst, macht *Humus Kitchen* die besten Falafel der Stadt.«

»Mhm.« Darren nimmt sein Essen aus der Tüte, die er anschließend im nächsten Mülleimer versenkt. Statt hineinzubeißen, betrachtet er seine Mahlzeit, als sollte sie ihm etwas flüstern. Es ist ziemlich offensichtlich, dass ihn etwas beschäftigt. Vermutlich der Streit. Auch wenn meine Neugierde sich brennend dafür interessieren würde, werde ich nicht weiter nach den Gründen fragen.

Mir fällt jetzt erst auf, dass Darrens Outfit gar nicht recht zu ihm passt. Jogginghose, Lederjacke und Chucks. Der Style steht ihm, aber es sieht aus, als wäre er vorhin sehr überstürzt aus der Wohnung aufgebrochen.

»Bist du dir sicher, dass wir nicht noch einmal zurückgehen und dir wenigstens eine wärmere Jacke holen sollen? Am Strand kann es abends recht kühl werden.«

»Alles bestens. Ich werde schon nicht erfrieren.« Er schüttelt den Kopf, als wollte er einen lästigen Gedanken vertreiben, bevor er einen Bissen von seinem Essen nimmt. Aufmerksam beobachte ich seine Reaktion, aber er starrt kauend ins Nichts.

»Und?« Entweder hat er nur das beste Essenspokerface der Welt oder keinen rechten Appetit. »Nicht gut?«

»Doch«, antwortet er unbestimmt und schüttelt erneut den Kopf, bevor er mir ein Lächeln schenkt. Wo auch immer er gerade mit seinen Gedanken war, dem Funkeln in seinen Augen nach ist er wieder zurück. »Ist wirklich lecker. Im Gegensatz zum Pumpkin Spice könnte ich mich hieran gewöhnen.«

»Meine Güte, das Zeug hat es dir mehr angetan als mir.« Warum sonst fängt er immer wieder davon an? »Isst du eigentlich Fleisch?«, frage ich zusammenhanglos zwischen zwei Bissen. Ich weiß, dass es ziemlich indiskret ist, nicht umsonst führt dieses Thema des Öfteren zu hitzigen Diskussionen – auch in der Hexenwelt. Ist es respektlos, andere Lebewesen zu töten, um daraus Energie zu gewinnen? Oder spielt es keine Rolle, wenn wir ohnehin alle demselben Kreislauf unterliegen?

»Manchmal«, gesteht er. »Vor allem dann, wenn Dad gekocht hat. Ich habe keine Lust auf Grundsatzdiskussionen mit ihm. Er hat bei einigen Themen eine sehr festgefahrene Meinung und akzeptiert keinen Widerspruch. Laut ihm sind Menschen dazu geschaffen, die Erde zu beherrschen – inklusive der Tiere. Wer sich nicht nimmt, was er braucht, ist selbst schuld.«

Darren beißt so lustlos in sein Essen, als wäre es eine Bestrafung.

»Es hört sich ein wenig so an, als wärt ihr euch bei mehr als diesem einen Thema nicht ganz einig«, sage ich vorsichtig und lasse ihn nicht aus den Augen, aber Darrens einzige Reaktion ist ein kurzes Blinzeln.

»Wir sind selten einer Meinung«, stimmt er zu und zupft ein Salatblatt aus der Rolle, das er nachdenklich betrachtet, bevor er es isst.

»Hat dein Problem etwas mit ihm zu tun?«, folge ich einer spontanen Eingebung.

Darren schweigt.

Und das ist eindeutig kein Nein.

TAGEBUCHEINTRAG

Es fällt mir leicht, Zeit mit Gemma zu verbringen. Warum, kann ich nicht näher benennen. Sie hat einfach ein Talent dafür, die entscheidenden Fragen zu stellen, und spürt, wenn sie dabei ist, eine Grenze zu überschreiten. Sie redet, aber lässt einen in den richtigen Momenten schweigen.

Ich habe allerdings keine Ahnung, was sie an Pumpkin Spice Latte findet.

(Echt nicht. Kürbisse werden für mich immer diese Dinger bleiben, die sich nicht entscheiden konnten, ob sie nun ein Obst oder doch lieber Gemüse werden wollen.)

Aber wenn sie einen Schluck von ihrem Kaffee nimmt und versucht, mit der Zunge den Milchschaum von ihrer Nasenspitze zu lecken, nur um anschließend selbst über diesen misslungenen Versuch zu lachen, spielt das auch keine Rolle.

Sie hat irgendetwas an sich, das mich anzieht.

Klar, spirituell, weil sie verdammt gut ist in dem, was sie tut. Aber auch körperlich. Und das ist echt eine bescheidene Kombination. Ich brauche Hilfe, keine weiteren Dramen in meinem Leben. (Und sind wir mal ehrlich: Lovestorys, in denen ich der Protagonist bin, eignen sich nur für Dramen.)

Obwohl ich das weiß, ändert es nichts. Sobald ich sie ansehe, frage ich mich, ob Mom früher auch so war. So lebendig. So charismatisch. So bezaubernd. Falls es so ist, kann ich zum ersten Mal in meinem Leben erahnen, warum Dad tut, was er tut. Auch wenn das natürlich keine Entschuldigung ist.

Manche Menschen haben die Macht dazu, die seltsamsten Gefühle in uns zu wecken, auch wenn es wirklich dämlich ist, sich von ihnen faszinieren zu lassen.

10. KAPITEL

»Und? Habe ich dir zu viel versprochen?« Ich ziehe die Beine an und schlinge einen Arm um meine Knie, als eine kühle Brise in meinen Mantel fährt und mich zum Frösteln bringt. Vor uns erstreckt sich der East River, darüber wechselt die Farbe des Himmels von Flieder zu Dunkelblau, während die Lichter der Hochhäuser Manhattans wie ein irdischer Sternenhimmel aussehen. Es ist wunderschön. Ich liebe die Aussicht auf das Wasser, mit dem auf den Wellen tanzenden Abbild des Sternenhimmels.

»Die Aussicht ist ganz nett, aber du hast verschwiegen, dass hier etwa hundert Menschen neben uns sitzen werden.« Darren deutet demonstrativ um sich und damit auf die unzähligen Pärchen, die eng aneinandergeschmiegt und in Wolldecken gekuschelt den Sonnenuntergang betrachten. Wenn er einen verlassenen Strand mitten in New York City erwartet hat, muss ich ihn enttäuschen. Der *Charlotte Beach* grenzt an einen Park, der vor allem bei Familien sehr beliebt ist. Er wird in Stadtführern als absoluter Geheimtipp angepriesen, was bedeutet, dass er nicht mehr sonderlich geheim ist. »In der Nähe gibt es eine Rooftopbar direkt am Wasser. Ich war mit Beryl einmal da. Die Aussicht ist mindestens ebenso schön, aber man sitzt deutlich bequemer.«

Vielleicht hat er recht, und ein großer Stein ist keine besonders komfortable Sitzgelegenheit, doch ich mag es, mit den Fingern über die Oberfläche zu streichen. An manchen Stellen ist sie hart und rau, an anderen von einem weichen Moos überzogen, das an den Fingerspitzen kitzelt.

»Du bist also wirklich nicht in der Lage dazu, die Schönheit dieses Moments zu erkennen?«, stichle ich und schaue zu ihm auf. Ein Teil von mir wünscht sich fast, dass er mich ansieht, aber sein Blick verliert sich irgendwo in der Ferne. Ich frage mich, was er betrachtet.

»Schönheit zu sehen, ist keine meiner Stärken«, murmelt er nach einer Weile. Er schweigt, doch langsam stiehlt sich ein Lächeln auf sein Gesicht.

»Woran denkst du jetzt gerade?«, hake ich nach, weil ich zu gern wüsste, was in seinem Kopf vor sich geht.

»Das kann ich dir nicht sagen«, lehnt er ab. »Ich war kurz davor, anzumerken, dass es hier nur eine schöne Sache gibt. Aber Menschen zu objektivieren, gehört sich nicht.«

»Ich nehme an, du redest über dich selbst?«

»Du bist ganz schön frech«, erwidert er grinsend und sieht weiterhin aufs Wasser hinaus.

»Frech genug, um dich erneut danach zu fragen, wobei du Hilfe brauchst«, stimme ich zu und stoße sacht mit einem Bein gegen seins. »Komm schon, *DarkDuke*. Du kannst nicht meine Tarot-Session manipulieren, mich mit Essen und Kaffee umgarnen und dann nicht mit der Sprache rausrücken. So läuft diese Sache nicht.«

»Ich suche keine Hilfe, sondern Verbündete«, korrigiert er. »Das Problem, das mich beschäftigt, ist nicht ganz einfach. Es braucht vielleicht mehr als eine Person, um es zu lösen. Und leider drängt die Zeit.«

»Okay, aber weswegen kann dir zum Beispiel Beryl nicht helfen?«

»Ich sage es dir, wenn du es ihr nicht verrätst. Sie weiß nicht, warum ich sie ursprünglich aufgesucht habe. Im Internet wird sie nicht nur als verdammt gute *Kitchen Witch*, sondern vor allem als das wohl beste Medium New Yorks gehandelt. Ich dachte, ihre Fähigkeit mit Geistern zu kommunizieren, könnte hilfreich sein, aber das Gefühl hat nicht gestimmt. Seit dem heutigen Tag weiß ich, dass es richtig war, ihr nicht zu vertrauen. Bei den anderen war es ähnlich. Es hat bisher nie gepasst. Doch ich fürchte, ich kann es mir nicht erlauben, noch lange weiterzusuchen.«

»Es klingt, als ginge es um Leben und Tod.«

»Ja und nein. Es geht nicht um mein Leben, sondern das Leben vieler. Und irgendwie auch um den Tod.« Er beißt sich so fest auf die Unterlippe, als wollte er sich dafür bestrafen, dass er das ausgeplaudert hat.

»Deine Geheimnisse sind bei mir sicher«, verspreche ich und kann mich nur mühsam zusammenreißen, meine Hand nicht nach seiner auszustrecken und sie sanft zu drücken, um meine Worte zu bekräftigen. »Ich schwöre, ich werde nichts hiervon im Internet veröffentlichen.«

»Ich kann trotzdem nicht viel mehr sagen als das.«

»Das ist ja nicht sehr hilfreich.«

Statt mir zu antworten, starrt Darren noch immer auf die Lichter der Hochhäuser, als sollten sie ihm etwas zuflüstern. »Du hattest übrigens recht: Die Aussicht ist nett, aber sobald die Sonne weg ist, wird es ganz schön kalt. Sollen wir woanders hingehen?«

Woanders? Wieso verspüre ich den Impuls, ihn zu mir nach Hause einzuladen? Ist es leichtsinnig? Vielleicht. Doch es ändert nichts daran, dass sich Darrens Nähe gut anfühlt. Fast zu vertraut dafür, dass ich ihn kaum kenne. Immer wieder ertappe ich mich dabei, zu ihm aufzusehen, um sein Profil im Mondschein zu betrachten. Und genauso oft frage ich mich, wo er mit seinen Gedanken ist. Oder wie es wäre, ihn zu küssen. Lächerlich, ich weiß. Wobei Fantasien von und mit ihm vermutlich nicht sehr kreativ sind. Er sieht im klassischen Sinne attraktiv aus, und es wäre einfältig, anzunehmen, dass das nur mir auffällt. Vielleicht ist das ein Grund für seine Maskerade? Dass er keine Lust darauf hat, dass ihm noch mehr Frauen nachlaufen als ohnehin schon, wenn er sein hübsches Gesicht auch noch im Netz präsentiert. Oder ist es genau das Gegenteil? Hat er Angst davor, dass es dann endet? Dass die Menschen ihn für seltsam halten, wenn sie wissen, was er ist? Dass sie auch ihm in Fluren Beleidigungen an den Kopf werfen? Vielleicht bin ich hier die Einzige, die die Hexerei einsam macht, weil nur ich so naiv bin, mein Gesicht in den sozialen Medien zu zeigen.

Als würde er spüren, dass ich ihn betrachte, wendet er mir den Kopf zu und sieht mich schweigend an.

»Was sagt dein Gefühl jetzt?«, frage ich – viel zu leise. Meine Worte sind kaum mehr als ein Flüstern. Unwillkürlich legen sich meine Finger um den Turmalin-Anhänger meiner Kette, als wäre es böse Magie, dass meine Wangen zu glühen beginnen.

Aber Darren antwortet nicht. Sein Blick gleitet von meinen Augen zu meinen Lippen und verharrt dort, als würde er ebenfalls darüber nachdenken, mich zu küssen. Mit jeder Sekunde, die verstreicht, schlägt mein Herz schneller. Angespannt warte ich darauf, was Darren als Nächstes tut, doch er räuspert sich kaum merklich und wendet sich von mir ab.

»Mein Gefühl meint immer noch, dass es hier wahnsinnig kalt ist.«

Oh. Zumindest seine Worte wirken wie ein Eimer eisiges Wasser auf mich. Wieso denke ich in seiner Gegenwart ständig daran, ihm nahezukommen? Was stimmt nicht mit mir? Wir kennen uns wie lange? Einen halben Tag? Ich weiß noch nicht einmal, wie sein Problem aussieht. Vielleicht hatte Hazel recht und ein Sonnenuntergangsdate war keine gute Idee. Die Wirkung dieses Ortes ist sehr zweifelhafter Natur.

»Wenn es dir hier zu frisch ist, können wir zu mir gehen. Mein Dad ist verreist und Taro heute Abend auf einer Vernissage«, schlage ich vor und stutze, kaum dass ich es ausgesprochen habe.

Super, Gemma. Das klang jetzt in etwa so bedürftig, wie du dich fühlst.

»Du lädst einen Mann, den du kaum kennst, zu dir nach Hause ein?« Darren schafft es, synchron eine Augenbraue und einen Mundwinkel zu heben, ohne lächerlich auszusehen.

Ich kann ein Lächeln nicht unterdrücken. »Schon allein, weil du mich dermaßen schockiert ansiehst, bin ich mir sicher, dass ich es nicht bereuen werde. Ehrlich. Denn im Gegensatz zu deinem Ruf wirkst du bisher sehr anständig.«

Irgendetwas an meinen Worten scheint ihm nicht zu gefallen. Er beißt die Zähne zusammen und zeigt den Ansatz eines Naserümpfens. »Ja, mein Ruf eilt mir oft voraus.«

»Ich meinte es nur nett.«

»Autsch!« Er sagt es so plötzlich und unvermittelt, dass ich ihn besorgt ansehe.

»Hat dich etwas gestochen?«, frage ich, denn Mücken gibt es hier am Wasser mehr als genug.

Darren erhebt sich und streckt sich der Länge nach. »Nein, aber du hast mich gerade *anständig* und *nett* genannt. Also bist du offensichtlich dabei, mich in die Friendzone zu verbannen, und ich bin mir nicht sicher, ob es mir dort gefällt.«

Schmunzelnd schüttele ich den Kopf. »Keine Sorge. Du bist noch sehr weit von der Friendzone entfernt. Ich freunde mich normalerweise nicht mit Menschen an, die mir auflauern und mir Haare ausreißen, nur um mich im Internet vorzuführen.«

»Glaub es oder nicht, aber das ist der erste beruhigende Satz aus deinem Mund.«

»Jetzt klingst du wie mein Bruder Taro«, necke ich ihn.

»Klasse. Kann ich bitte wieder zurück in die Friendzone? Die Brozone gefällt mir noch weniger.«

»Dann hör damit auf, dich um mich zu sorgen. Ich kann auf mich selbst aufpassen«, schlage ich vor, springe von dem Stein und streiche meinen Mantel glatt.

Darrens Antwort ist ein Laut irgendwo zwischen Seufzen und Stöhnen, aber es ist mein Ernst. Ich habe bereits einen großen Bruder und brauche nicht zwei von der Sorte. Während meiner Schulzeit gab es immer wieder Momente, in denen die anderen Kinder mich gehänselt haben. Weil ich anders war oder sie es seltsam fanden, dass ich zwei Moms hatte. Das war verletzend. Aber noch unangenehmer war es, wenn meine Moms in der Schule aufgetaucht sind, um diese Kinder zur Rede zu stellen. Sie lieben mich und haben es gut gemeint, doch ihr Verhalten machte alles nur schlimmer. Also habe ich damit angefangen, meine Kämpfe selbst auszutragen. Nicht mit Fäusten, sondern durch gut gewählte Worte und antrainierte Gelassenheit. Ich möchte niemanden, der sich dazu berufen fühlt, auf mich aufzupassen. In welcher Zone auch immer.

· · ✦ · ·

»Seid ihr verwandt?« Darrens Blick ruht auf einer Schwarz-Weiß-Fotografie, die in der Bildergalerie im Flur von Dads Wohnung hängt. Es ist ein Foto, das Dad von Taro und mir geschossen hat, während Taro wiederum damit beschäftigt war, mich für eines seiner Studienprojekte zu fotografieren. Dad hat ein Händchen dafür, scheinbar unwichtige Momente so einzufangen, dass sie bedeutsam wirken. Nicht umsonst ist er dermaßen erfolgreich in seinem Metier

»Meinst du Taro? Habe ich ihn dir auf der Demo gar nicht vorgestellt? Er ist der Bruder, von dem ich vorhin sprach.«

»Interessant.« Darren betrachtet das Motiv so aufmerksam, als sollte es ihm etwas flüstern. »Halbbruder oder Stiefbruder?«

»Spielt das eine Rolle? Falls du gerade überlegen solltest, ihn in deine Hilfesuche zu integrieren, muss ich deine Euphorie dämpfen. Ich kann dir nicht sagen, zu was er imstande ist.« Es ist nicht einmal gelogen. Dass Taro ein Teil der arkanen Welt ist, lässt sich nicht abstreiten. Aber wie weit seine Kenntnisse und Fähigkeiten gehen? Das hat er mir gegenüber noch nie durchblicken lassen. Er ist in allen Bereichen seines Lebens eher zurückhaltend. Ich weiß lediglich, dass er das Wertier-Gen von seiner Mom geerbt hat, mehr hat er mir bisher nicht anvertraut.

»Wie bedauerlich. Dann muss ich wohl weiterhin mit der Schwester vorliebnehmen.« Darren seufzt theatralisch und zwinkert mir anschließend zu, als wollte er sichergehen, dass der Scherz bei mir angekommen ist.

Ich bedeute Darren, mir ins Wohn-Ess-Zimmer hinüberzufolgen.

Dort sieht er sich um, bis sein Augenmerk auf Dads Klavier fällt. »Darf ich?«, fragt er und deutet auf die schmale Bank, die davorsteht.

Nickend schalte ich die Stehlampe am Sofa ein, die alles in goldenes Licht taucht. »Dad hat sicher nichts dagegen. Er ist der Einzige von uns, der spielen kann.«

»Tatsächlich?« Dass Darren weiß, was er tut, sehe ich schon an der Art, wie er sich setzt, und die Finger auf die Tasten legt. Bestimmt und behutsam zugleich.

Das Lied, das er anstimmt, kenne ich nicht, denn es ist keines aus Dads üblichem Repertoire. Es ist ruhig, als wollte es die Stille in der Wohnung nicht stören, obwohl es sofort alle Räume erfüllt.

Ich stelle mich neben das Klavier, der Dachterrasse zugewandt, und schließe die Augen. Die sanfte Melodie erzeugt farbige Wolken im Schwarz meines Sichtfelds. Die meisten von ihnen sind Blau, Cyan, Indigo, Petrol. Ton-in-Ton mit einem kleinen Tupfer Grün. Warum nur denke ich schon wieder an den See in meiner Heimat? Wie es war, im kalten Wasser zu tauchen und mit den Fingern durch die grünen Algen zu streichen, während die Sonnenstrahlen das trübe Nass durchbrechen. Alles an dieser Melodie ist ebenso harmonisch wie bezaubernd. Ein Moment Auszeit, der nur uns gehört. »Wie heißt das Lied?«

»Ich weiß es nicht. Es ist nur die Erinnerung an ein Schlaflied, das meine Mom mir früher vorgespielt hat. Bevor sie meinen Dad kennengelernt hat, war sie Musikerin.«

»Die Melodie ist wunderschön.« Es fällt mir schwer, mich ihr zu entziehen.

»Nicht so schön wie Mom. Und nicht so schön wie du.«

Blinzelnd öffne ich die Augen und sehe auf ihn hinab. »Wieso sagst du so etwas?«

»Ich spreche nur die Wahrheit. Zwangsläufig. Aber du hättest nicht so viele Follower, wenn du nicht so eine faszinierende Ausstrahlung hättest – und das weißt du.«

»Faszinierend«, wiederhole ich spöttisch. »Danke gleichfalls.«

Ich bin mir sicher, dass es nicht an seinem Äußeren liegt, dass er der Welt sein Gesicht nicht zeigt. Sofort zucken meine Gedanken zurück zur Demo. Auch dort wollte er lieber unerkannt bleiben. Aber warum?

Ich gebe mir einen Ruck und setze mich neben ihn auf die Bank. Einen Moment lasse ich die Musik auf mich wirken und

beobachte, wie Darrens Finger geschickt über die Tasten gleiten – sie anschlagen, darüberstreichen. Ein perfektes Zusam-
menspiel von Muskeln und Sehnen. »Ich bewundere Menschen, die ein Instrument beherrschen.«

»Beherrschen«, wiederholt Darren schmunzelnd. »Manchmal, wenn ich lange nicht geübt habe, beherrscht meine Geige
wohl eher mich, trotzdem danke für das Kompliment. Spielst
du auch ein Instrument? Oder singst du?«

»Nein, gar nichts. Ich höre beim Zeichnen gern Musik, aber
damit endet mein Interesse.«

»Bedauerlich. Die Welt der Musik hat viel Schönes zu bieten.«

»Das da wäre?«

»Ihre eigene Art von Zauber?«, schlägt Darren vor und ver-
lagert leicht das Gewicht, wodurch sein Bein plötzlich gegen
meins drückt. Ich spüre seine Körperwärme, bin eingehüllt in
seinen Duft und lausche der Melodie, während alles in goldenes Licht getaucht ist. Unwillkürlich greife ich erneut nach
dem Turmalin-Anhänger um meinen Hals, als wollte ich sichergehen, dass mein Wohlbefinden in Darrens Nähe nicht auf
Magie beruht. Aber vielleicht hat er recht, und dies ist eine andere Art von Zauber.

Ich verfolge noch immer seine Finger, wie sie über die Tasten streichen, betrachte seine langen Wimpern, als er die Augen
schließt, um sich der Melodie hinzugeben. Vielleicht liegt es an
der Intimität dieses Moments, denn ob ich will oder nicht, fühle ich mich zu ihm hingezogen. Wieso muss ich jetzt an Hazel
denken? An ihre Schilderung, dass Taro wie ein Magnet auf sie
wirkt und sie eine Verbindung spürt, die ihr bisher fremd war.

»Eine eigene Art von Zauber«, murmle ich, unterdrücke
meine unangebrachten Gefühle und sehe wieder auf die Dachterrasse hinaus.

»Apropos Zauber: Wie gut kennst du dich mit dem Grundsatz von Geben und Nehmen aus?«, wechselt Darren ebenso abrupt das Thema, wie seine Finger ein neues Lied anstimmen. Es ist wie ein Weckruf, mich auf die wichtigen Dinge zu konzentrieren.

»Du meinst, dass man für jeden gewirkten Zauber etwas opfern muss? Viola sagt immer, Energien befinden sich stets im Fluss; sie gehen nie verloren, können aber auch nicht aus dem Nichts gewonnen werden. Wirkt man einen Zauber ohne Gegenleistung, entzieht er die Energie demjenigen, der ihn wirkt«, fasse ich zusammen, was sie mir seit meiner Kindheit vorgebetet hat. »Sie hat mir beigebracht, wie man mit Kristallen arbeitet und sie als Energiespeicher nutzt. – Und sie hat mir erklärt, dass nicht jeder Zauber zu jedem Kristall passt.«

Darren öffnet die Augen und seinem zufriedenen Lächeln nach, war es in etwa die Antwort, die er sich erhofft hat. »Hübsch, mutig und belesen.«

»Aber nach deinem Kompliment noch immer kein bisschen klüger. Worauf willst du hinaus?«

»Sag mir erst, wer diese Viola ist.«

»Meine biologische Mom. Ich nenne meine Moms oft Viola und Laura, weil *Mom* andauernd zu Verwirrungen geführt hat. Zumindest bei den beiden, ich wusste ja immer wen ich meine und für mich sind sie alle zwei meine Mütter, wenn du verstehst, was ich meine.«

»Ich kann es erahnen. Du hast in deinen Videos ab und an erwähnt, dass du bei zwei Frauen aufgewachsen bist.« Unvermittelt bricht er das Stück ab und lässt langsam die Hände auf seine Oberschenkel sinken. Stille beherrscht den Raum. »Was würdest du tun, wenn ich dir sage, dass es Möglichkeiten gibt, den Tod zu überwinden?«, fragt er leise, aber nachdrücklich, wendet sich mir zu und mustert aufmerksam mein Gesicht.

»Dich für verrückt erklären«, antworte ich und suche in seinen Augen nach Zeichen des Wahnsinns. »Den Tod überwinden? Das ist unmöglich. Es ist, als wollte man den Regen abschaffen.«

»Weswegen?«

»Weil … Schon rein physikalisch. Wenn du dir vorstellst, dass der menschliche Körper ein Gefäß für kosmische Energie ist, ist sie irgendwann verbraucht, um all unsere Körperfunktionen über Jahre aufrechtzuerhalten. Selbst während du schläfst, arbeiten Gehirn, Herz und Lunge permanent weiter. Und mal angenommen, dass du es irgendwie schaffen würdest, Energie in diesen geschlossenen Kreislauf einzubringen, ist der menschliche Körper nicht für die Ewigkeit gebaut. Fleisch und Blut sind nicht annähernd so beständig wie Kristall.«

»Tatsächlich?« Ein Lächeln zupft an seinen Mundwinkeln, doch erlischt sofort wieder. »Wenn du mich für verrückt hältst, endet unsere Zusammenarbeit wohl an dieser Stelle.«

»Was?« Vollkommen irritiert sehe ich ihn an. »Warum?«

»Du bist einfach nicht die Richtige.« Er erhebt sich und mustert mich ein letztes Mal, bevor er sich zum Gehen wendet. »Auch wenn sich ein kleiner Teil von mir fast gewünscht hätte, du wärst es.«

»Sekunde«, bitte ich und setze ihm nach. »Wie meinst du das? Es ist schlichtweg nicht möglich, den Tod zu überlisten. Das wäre …« Mir fehlen die Worte, weil ich mir ein solches Szenario nicht einmal vorstellen kann. »Du sprichst von ewigem Leben. Das ist undenkbar. Ich wüsste wirklich nicht, wie das gehen soll oder welche Gegenleistung dafür erbracht werden müsste. Das sind Dinge, die sind sehr weit vom Pfad der weißen Magie entfernt.«

»Zerbrich dir darüber nicht den Kopf. Du bist nicht die Erste, die nicht infrage kommt, also nimm es nicht persönlich.

Mach dir keine Umstände, du brauchst mich nicht zur Tür zu bringen, ich finde den Weg allein.«

»Ist das dein Ernst?« Erst stellt er derart absurde Fragen – und geht dann einfach? »Darren, du kannst dich nicht in mein Leben drängen und mich dann fallen lassen wie eine heiße Kartoffel.«

»Eine sehr heiße Kartoffel«, stimmt er widerstrebend zu. »Denn komischerweise macht mich dein trotziger Tonfall fast ein wenig an, aber ich werde jetzt trotzdem gehen.«

Und das tut er. So plötzlich wie Darren in meinem Leben aufgetaucht ist, ist er auch wieder verschwunden. Allerdings nicht spurlos. Ja, er hat irgendwas an sich, das mich anzieht. Und ich spüre fast so etwas wie Wut darüber, dass er mir erst einen magischen Mondlicht-Musik-Moment schenkt, nur um mich in der nächsten Sekunde hier stehen zu lassen, als wäre nichts gewesen. Aber viel wichtiger ist: Er hat ein Geheimnis. Und ein Teil von mir würde zu gern wissen, worum es geht.

Ich zucke zusammen, als die schwere Eingangstür ins Schloss fällt. Wie ein dickes Buch, das man energisch zuklappt, als wäre diese Geschichte beendet.

Und vielleicht wäre sie das, wäre ich nicht Gemma Stone, denn meine Neugierde drängt mich zu einem weiteren Kapitel.

TAGEBUCHEINTRAG

Der Weg von Gemmas zu meiner Wohnung ist glücklicherweise recht kurz. Ehrlich. Noch drei Schritte länger und ich wäre auf dem Absatz umgekehrt, um mich vor Gemma auf den Fußboden zu werfen und sie anzubetteln ... um keine Ahnung was zu tun.

Obwohl es sehr unwahrscheinlich ist, dass sie mich erhört hätte, nachdem ich sie eine Kartoffel genannt habe. Eine heiße Kartoffel.

Auf einer Skala von 1 bis 10: Wie peinlich war das bitte?

Wie gut, dass ich unsere Zusammenarbeit davor schon beendet habe. Aus akuter Überforderung. Anders kann ich mir mein Verhalten auch nicht erklären.

Sie hat alles gesagt, was ich hören wollte. Was ich hören musste, um zu wissen, dass sie die perfekte Wahl ist. Gemma Stone wäre der verdammte Jackpot gewesen: Sie beherrscht Kristallenergie. Sie kennt den Grundsatz von Geben und Nehmen. Wenn ich mir die Zeit genommen hätte, ihr alles zu erklären – sie hätte es sicher verstanden.

Stattdessen hänge ich mich daran auf, dass sie mich verrückt genannt hat, kneife wie ein Welpe den Schwanz ein und lasse sie stehen.

Und der einzige Grund, den ich für mein zwischenmenschliches Versagen finde, ist: Ich habe im Laufe des Abends ein paar Mal paarmal zu oft darüber nachgedacht, sie zu küssen. Als ob irgendjemand in meiner Familie jemals gut darin gewesen wäre, Privates und Geschäftliches zu trennen. Die Firma meines Dads existiert immerhin nur aufgrund seiner bedingungslosen Liebe zu Mom. (Nicht, dass Besessenheit irgendwie erstrebenswert wäre …)

Vielleicht sollte ich mich selbst verfluchen, um diese Blamage zu vergessen?

Mein Abgang war ein bescheidener Abschluss eines wirklich bescheidenen Tages. Der toppt sogar noch den Streit mit Beryl.

Aber alle Achtung: Es sich an einem Tag mit der Mitbewohnerin und der Nachbarin zu verscherzen, muss man auch erst einmal schaffen. Vor allem wenn sie noch dazu das beste Medium und die beste Energiehexe New Yorks sind. Vielleicht hat Dad recht, und ich bin die geborene Enttäuschung. Jemand, der anderen nur Unglück bringt. Aber was soll's? In Selbstmitleid zu versinken, hat noch niemandem geholfen. Die Zeit drängt.

Statt in mein Kissen zu heulen, werde ich mir woanders Hilfe suchen müssen.

Und ich sollte dringend damit aufhören, Ausflüchte zu finden, um den Menschen nicht vertrauen zu müssen. Darin bin ich echt gut. Und das wiederum ist schlecht.

11. KAPITEL

Es klingelt an der Tür, und ich bin noch immer allein in der Wohnung. Wer könnte so spät am Abend etwas von mir wollen? Taro würde nie seine Schlüssel vergessen, dafür ist er viel zu gewissenhaft. Ob Darren etwas liegen gelassen hat? Doch als ich mich umsehe, kann ich nichts entdecken.

Also unterdrücke ich mein Unbehagen und werfe einen Blick auf die Videoanzeige der Überwachungskamera.

»Ja?«, frage ich verwirrt, als ich auf der verrauschten Schwarz-Weiß-Aufnahme die freundliche Barista von nebenan erblicke. Was will Beryl hier?

»Hey.« Sie sieht sich flüchtig auf der Straße um, dann in die Kamera und schiebt die Hände in die Taschen ihrer Collegejacke. »Hier ist Beryl. Die aus dem Café. Die mit der Geisteroma. Du weißt schon. Es klingt komisch, aber ich dachte, ich probiere mein Glück. Du hast dich vorhin mit Darren getroffen, richtig? Und ich will dich vor ihm warnen. Ich habe zwar gesagt, dass er okay ist, doch ich glaube jetzt, dass irgendwas mit ihm nicht stimmt.«

»Tatsächlich?«, frage ich irritiert. Was könnte sie herausgefunden haben? Oder geht es vielleicht um den Streit, den Darren angesprochen hat?

»Darf ich raufkommen? Ich habe etwas dabei.« Sie deutet auf eine Umhängetasche und zieht etwas hervor, das wie ein Schnellhefter aussieht. »Ich habe recherchiert, aber es ist schwierig zu erklären.«

Vielleicht bin ich naiv, dennoch folge ich meiner Intuition und öffne einer fast fremden Hexe gerade die Tür. Ohne zu zögern, betätige ich den Summer und lasse sie herein. »Dachgeschoss.«

»Tausend Dank!« Sie wirkt erleichtert und winkt ein letztes Mal, bevor sie das Treppenhaus betritt.

Also öffne ich ihr die Wohnungstür und warte, bis ich Schritte auf der Treppe höre.

»Tut mir leid, dass ich so spät noch hier auftauche, aber meine Recherche hat ein paar Stunden gedauert, und ich muss einfach mit jemandem darüber reden«, erklärt sie etwas außer Atem. »Jemandem, der sich mit Hexerei auskennt. Und deinem TikTok-Kanal nach, tust du das.«

»Sicher. Aber von was für einer Art von Recherche sprichst du?«, frage ich überrascht und bedeute ihr einzutreten.

Gleich hinter der Tür schlüpft sie aus ihren Stiefeletten, fährt sich mit der freien Hand durch die schwarzen Locken und geht ungefragt zu unserem Esstisch hindurch, wo sie lose Zettel aus der Mappe nimmt und auf dem Tisch verteilt. »Irgendwas kam mir an Darren von Anfang an komisch vor.«

»Seine übertriebene Abneigung gegen Pumpkin Spice? Oder die Vorliebe dafür, Chucks mit Anzügen zu kombinieren?«, scherze ich halbherzig.

Kopfschüttelnd deutet sie auf die Blätter, als würden die alles erklären. »Er hat irgendein Geheimnis aus seiner Vergangenheit. Ich spüre das, aber er weigert sich ständig, mit mir darüber zu reden. Also habe ich ihm ein Wahrheitsserum gebraut. Ein ziemlich starkes sogar.«

»Du hast *was*?«, frage ich ungläubig und trete an den Tisch heran. Darren hatte etwas von Vertrauensmissbrauch erzählt, jetzt habe ich zumindest eine Ahnung davon, worüber er sprach.

Sie blinzelt irritiert. »Du hältst mich doch nicht für verrückt, wenn ich dir sage, dass es in der Natur Mittel mit gewissen Wirkungen gibt?«

»Nein, Darren hat schon angedeutet, dass du eine *Kitchen Witch* bist. Und mir ist durchaus bewusst, dass sich interessante Tränke herstellen lassen. Ich weiß nur nicht, was ich davon halten soll, dass du deinem Mitbewohner Drogen untermischst.«

»Es war nur ein Mal«, versichert sie und hebt abwehrend die Hände. »Und ich hatte gute Gründe. Doch darum geht es nicht. Er redet ständig davon, dass er etwas sucht, was er mir nicht sagen kann, also wollte ich seine Zunge ein wenig lockern. Aber aus ihm war nichts herauszubekommen. Wirklich gar nichts. Es wirkte fast, als würde er durch irgendetwas gehemmt. Also habe ich ein bisschen recherchiert, unter welchen Voraussetzungen das Wahrheitsserum versagt, und eine Möglichkeit wäre …« Sie tippt auf einen der Ausdrucke.

Von der Geschwindigkeit ihrer Worte und ihrer energischen Präsenz leicht überfordert, greife ich nach dem Zettel und lese eine markierte Zeile.

»Ein Blutfluch?«

»Die Foren im Internet sind sich einig. Wenn ich keinen gravierenden Fehler beim Ansetzen des Tranks gemacht habe, ist der logischste Grund für die Unwirksamkeit des Tranks …«

»Verbotene Magie«, beende ich ihren Satz und lege das Papier zurück auf den Tisch, als hätte ich mir die Finger daran verbrannt.

»Ja, verboten, weil sie moralisch nicht einwandfrei ist, aber es gibt genügend Hexende, die sie trotzdem benutzen. So wie es auch magieunbegabte Menschen gibt, die die Gesetze brechen.«

»Du denkst also, dass Darren verflucht wurde?«, fasse ich zusammen. Aber ist das der ganze Grund für seine Geheimniskrämerei? Irgendwie klang es, als stecke mehr dahinter. Was sollte sonst die Andeutung mit dem ewigen Leben?

»Er sagte, dass er Hilfe braucht. Hilfe von einer mächtigen Hexe. Ein Fluch klingt nach einer plausiblen Lösung.« Sie verschränkt die Arme vor der Brust, bevor sie stutzt. »Er hat dir doch davon erzählt? Mach mich jetzt nicht schwach, indem du behauptest, dass er dich nur auf einen Kaffee einladen wollte.«

»Er hat mir gestanden, dass er Hilfe braucht, aber nicht verraten, wobei.«

»Siehst du? Das meine ich. Er macht immer nur Andeutungen, sagt allerdings nie etwas Konkretes. Vielleicht, weil er es nicht kann?«

Ich überfliege die anderen Ausdrucke und kann ein Seufzen nicht unterdrücken. Beryls Worte klingen logisch, sie würden so vieles erklären. Womöglich ist es aber auch nur mein Wunschdenken, weil ich einen plausiblen Grund für Darrens Verhalten suche. Denn alternativ ist er einfach nur ein überheblicher Typ, dem es Spaß bereitet, sich interessant zu machen. »Weißt du, was mich hieran am meisten nervt? Dass ich gerade darüber nachdenke, einem Kerl zu helfen, der mich vorhin hat abblitzen lassen.«

»Mich hat er auch abgewiesen«, stimmt Beryl zu. »Er wollte erst gar nicht mehr mit mir reden, nachdem ich ihn auf einen Fluch angesprochen habe. Doch vielleicht ist es nicht seine Entscheidung, wer ihm hilft.«

»Du meinst, wir sollen uns ihm aufdrängen? So, wie ich ihn einschätze, wird er davon nicht begeistert sein«, prophezeie ich. »Aber rein hypothetisch: Gehen wir einfach mal davon aus, dass sein Problem ein verbotener Fluch ist, den er loswerden will. Dann bleiben die Fragen, wer ihn verflucht hat und zu welchem Zweck. Wenn der Zauber noch immer aktiv ist, wird der Verursacher noch leben und nicht begeistert davon sein, wenn wir ihm ins Handwerk pfuschen. Was ist, wenn Darren in Dinge verwickelt ist, die unsere Kompetenzen übersteigen? Wenn wir den Fluch brechen und damit Leute auf uns aufmerksam machen, denen wir nicht gewachsen sind? Menschen, die offensichtlich nicht vor schwarzer Magie zurückschrecken.« Wenn wir vielleicht sogar andere in diese Sache hineinziehen, die damit nichts zu tun haben. Taro. Hazel. »Was ist, wenn Darren gute Gründe dafür hat, uns aus dieser Sache herauszuhalten?«

»Und selbst wenn er sie hat: Sollen wir ihn einfach seinem Schicksal überlassen?« Beryl sieht mich forschend an. Der Ausdruck in ihren obsidianfarbenen Augen wirkt vorwurfsvoll.

»Du bist hier diejenige, die ihm Drogen untergemischt hat«, erinnere ich sie und verschränke ebenfalls die Arme vor der Brust.

»Aber doch nicht, um ihm zu schaden, sondern weil ich ihm helfen will.«

»Also heiligt der Zweck die Mittel?«, hake ich nach.

»Witzig. Genau das hat er während unseres Streits auch gesagt.«

»Weil es naheliegend ist.«

»Komm schon, Gemma. Ich habe mit eigenen Augen gesehen, wie ihr euch anschaut. Und Granny hat es mir ebenfalls bestätigt. Du kannst mir nicht erzählen, dass er dir egal ist. Oder kennst du vielleicht gar keine Wege, um einen schwarzmagischen Fluch zu brechen?« Der Ausdruck in ihren Augen schwankt zwischen Hoffnung und Skepsis.

»Doch, theoretisch schon, aber ich weiß nicht, ob Darren sich darauf einlassen wird.«

Wie groß ist die Wahrscheinlichkeit, dass er einwilligt, wenn wir ihn bitten, sich nackt in einen Salzkreis zu setzen, bevor er im Schein einer schwarzen Kerze ein rituelles Bad durchführt?

»Du kennst ihn besser als ich«, sage ich widerwillig. »Er müsste mindestens dreißig Minuten in einer Badewanne verbringen und dürfte während der gesamten Zeit keine negativen Gedanken haben, wenn das Reinigungsritual die größtmögliche Wirkung entfalten soll. Denkst du, dass das jemand durchhält, der laut eigener Aussage nicht dazu in der Lage ist, die Schönheit des Lebens zu erkennen?«

»Müsste er denn allein baden?«, fragt Beryl, neigt den Kopf zur Seite und lächelt.

»Nicht unbedingt, aber um das Ritual nicht zu stören, müsstest du ebenfalls …«, beginne ich und werde prompt von Beryls Schnauben unterbrochen.

»Ich hatte nicht vor, mit ihm in die Wanne zu steigen«, gibt sie zurück. »Nichts gegen zwanglosen Spaß, er ist nur nicht mein Typ. Aber ich kenne da vielleicht eine andere junge Frau, die ihn dazu motivieren könnte.«

»Wie gesagt, um das Ritual nicht zu stören, müsste sie sich ebenfalls nackt in einen Salzkreis setzen, bevor sie zu ihm in die Wanne steigt.«

Beryl sieht mich schweigend an und macht eine auffordernde Geste.

»Was?«, frage ich verunsichert, da sie nicht damit aufhört.

»Du verstehst, dass ich dich meinte?«, vergewissert sie sich und hält ihre Hand hoch, als sollte ihre Geisteroma ihr dafür ein Highfive geben.

Ich? Mit Darren in einer Badewanne? Das fühlt sich aus zu vielen Gründen nicht richtig an.

»Ich dachte ja nur, falls er eine Motivation für schöne Gedanken braucht.« Sie zuckt mit den Schultern. »Es war mein Ernst. Die Art, wie ihr euch anseht, ist irgendwie … anders. Und soweit ich das aus Sicht seiner Mitbewohnerin beurteilen kann, ist er Single.«

Anders. Ist es so offensichtlich, dass ich schon seit unserer ersten Begegnung viel zu oft darüber nachdenke, ihn zu küssen? Aber zwischen einem harmlosen Kuss und einem gemeinsamen Bad besteht durchaus noch ein kleiner Unterschied, also schiebe ich den Gedanken lieber sofort beiseite, bevor er sich in meinem Kopf festsetzen kann. Ich laufe auch so bereits Gefahr, dass mein Unterbewusstsein Darren zukünftig als Protagonist in die unartigen Träume einschleust, denn im Gegensatz zu Beryl kann ich nicht behaupten, dass er nicht mein Typ wäre.

»Wie auch immer«, ermahne ich mich selbst zur Konzentration. »Wenn wir wollen, dass er unseren Vorschlag überhaupt in Erwägung zieht, sollten wir erst einmal überlegen, wie wir ihn dazu bringen, uns zu vertrauen. Denn als er vorhin gegangen ist, hat er ziemlich deutlich gemacht, dass unsere Zusammenarbeit an dieser Stelle beendet ist. Und auf dich ist er noch immer wütend wegen eures Streits.«

Nickend sammelt Beryl ihre Ausdrucke vom Tisch. »Ist mir aufgefallen, als er mir eben seine Zimmertür vor der Nase zugeschlagen hat, aber ich kriege das wieder hin. Notfalls mit einer Sonderportion warmer Scones nach Grannys Rezept, denen kann er nicht widerstehen. Was dich betrifft, würde ich mir keine allzu großen Sorgen machen. Seitdem er von eurem Treffen zurück ist, ist er permanent am Fluchen. Und ich meine damit keine Blutflüche, sondern dass er sich selbst schon diverse Male einen elendigen Vollpfosten genannt hat. Die Wände unserer WG sind ziemlich dünn. – Also lassen wir uns etwas einfallen und bleiben in Kontakt?«, schlägt sie vor und gibt mir ihre Handynummer.

Als sie schließlich geht, lässt sie ein komisches Gefühl in mir zurück. Ist es richtig, sich Darren aufzudrängen? Ob er tatsächlich bereut, mich stehen gelassen zu haben? Aber was ist, wenn sie recht hat und er wirklich verflucht ist? Wenn wir uns in Dinge einmischen, die uns nichts angehen? Vielleicht sogar gefährliche Dinge? Doch die Augen zu verschließen, während Darren die Zeit davonläuft, bringe ich auch nichts übers Herz. Also: Was nun?

Da ich mit mir nichts anzufangen weiß, gehe ich in mein Zimmer und lasse mich aufs Bett fallen. Seufzend greife ich nach meinem Handy und verharre mit dem Daumen über dem Display. Aber es ist egal, wie lange ich über die Worte nachdenke, mir fällt keine kluge Formulierung ein.

Gemma: *Wenn du denkst, dass ich nicht die Richtige bin, um dir bei deinem Problem zu helfen, akzeptiere ich das. Doch nur für den Fall, dass es einen Fluch geben sollte, den du brechen möchtest: Du weißt, wo ich wohne – und wie eine Klingel funktioniert. Ich bin für dich da. Zu jeder Tages- und Nachtzeit.*

Ist es übergriffig, jemandem seine Hilfe anzubieten, obwohl er sie nicht will? Ich zögere, bevor ich über meinen Schatten springe und den Text abschicke. Das kleine Symbol im Messenger verrät, dass Darren die Nachricht liest, aber eine Antwort bleibt aus.

Und im Gegensatz zu Beryl bin ich noch nicht davon überzeugt, dass ich mich jemandem aufdrängen sollte, der mich offensichtlich nicht in seinem Leben haben will. Aus welchen Gründen auch immer.

Bevor ich einschlafe, melde ich mich bei Hazel. Theoretisch habe ich mein Treffen mit Darren unbeschadet überstanden, tatsächlich habe ich so einige Fragezeichen in meinem Kopf, die mich nicht zur Ruhe kommen lassen. Von meiner inneren Anspannung genervt, schlage ich die Bettdecke beiseite, lege sie mir um die Schultern und setze mich damit auf die Fensterbank. Wie von selbst gleitet mein Blick zum Nachbarhaus, doch bei Darren brennt kein Licht. Alles ist dunkel.

Darren hat mir noch immer nicht geantwortet. Vielleicht ghostet er mich. Vielleicht geht er Beryl aus dem Weg. Wer wäre nicht wütend oder enttäuscht, wenn einem jemand ein Wahrheitsserum unterschiebt? Denn er hat recht: Es ist ein Vertrauensmissbrauch.

Hätte ich vorhin richtigstellen sollen, dass ich ihn nicht für verrückt halte? Hat er meine Worte vielleicht so falsch verstanden, dass er sich gekränkt fühlt? Aber wenn ich ihm jetzt eine weitere Nachricht hinterherschicke, um das klarzustellen, wirkt es auch seltsam. Oder nicht?

Der Nachrichtenton meines Handys lässt mich auffahren. Offensichtlich rechnet mein Unterbewusstsein mit einer Antwort von Darren, denn ich fühle einen Stich der Enttäuschung, als ich Hazels Namen auf dem Display lese.

Hazel: Cool. Er wirkte auf mich ganz nett, aber man weiß ja nie ... Und? Trefft ihr euch noch einmal?

Was soll ich darauf nur antworten?

Gemma: Das liegt wohl an ihm.

Hazel: Sorry, aber du bist zauberhaft. Wenn er sich nicht bei dir meldet, ist er ein Vollpfoten.

Hazel: Ich meinte Vollpfosten. Doch Vollpfoten ist auch schön.

Unwillkürlich zucken meine Gedanken zu Taro und irgendwie hoffe ich, dass sie nicht ein Schimpfwort zu etablieren versucht, das das Wort *Pfoten* enthält. Das hat mein Bruder wirklich nicht verdient.

12. KAPITEL

Montag, 19.9.

»Gemma?«

Mit einem Zucken schrecke ich aus meinen Gedanken auf. So erwartungsvoll, wie mich meine Dozentin ansieht, sollte ich an dieser Stelle wohl eine Frage beantworten können, doch leider ist sie vollkommen an mir vorbeigegangen. Mein Blick schnellt zum Whiteboard und den letzten Notizen, aber auch daraus kann ich mir unmöglich zusammenreimen, worum es gerade ging: *New York. 1920er Jahre. Margie Hart.*

Ich bin komplett verloren. Und warum? Weil meine Gedanken zum gefühlt hundertsten Mal an diesem Vormittag zu einem Typ gewandert sind, der vielleicht – oder vielleicht auch nicht – verflucht wurde und mir nicht antwortet. Was mich weder stören noch beschäftigen sollte. Es aber offensichtlich tut, weil ich nicht den Hauch einer Ahnung habe, wer Margie Hart ist.

»Ich habe das Gefühl, du möchtest bis nächste Woche einen Aufsatz darüber schreiben, ob du heutige Burlesque-Shows sexistisch findest.«

Es ging um Burlesque? Waren wir nicht eben noch bei Pantomimen?

Kleinlaut stimme ich zu, mache mir eine Notiz in meinen Block und hoffe darauf, dass Hazel mir während der Mittagspause erzählen kann, was ich soeben verpasst habe. Doch ich

145

komme nicht einmal dazu, sie zu fragen. Wir haben kaum das Gebäude verlassen, um nach dem Seminar zur Mensa hinüberzugehen, da fängt Darren mich ab.

»Können wir kurz reden?« Er trägt eine Lederjacke und hat sich die Kapuze seines Hoodies so tief ins Gesicht gezogen, dass ich zweimal hinsehen muss, um sicherzugehen, dass er es ist.

»Natürlich.« Mehr bekomme ich nicht heraus. Es ist vollkommen absurd. Viel zu oft habe ich in den letzten Stunden an ihn gedacht und gehofft, dass er mir eine Antwort schickt. Stattdessen steht er nun vor mir – und ich bin überfordert. Warum? Weil er mich mit seinem perfekten Klavierspiel eingelullt hat, nur um mich dann stehenzulassen? Weil er Andeutungen gemacht hat, die meine Neugierde befeuert haben, die noch immer vor sich hin schwelt? Oder weil ich mir nach Beryls Worten einbilde, dass zwischen uns tatsächlich so etwas wie eine besondere Anziehungskraft existieren könnte? Ich weiß es nicht!

»Hi, Hazel«, grüßt er sie knapp und nickt ihr zu, als wäre es nichts Außergewöhnliches, dass er hier an der Tür auf uns wartet.

Sie schenkt ihm ein Lächeln, dreht sich zu mir herum und zieht eine Augenbraue hoch, als wollte sie sagen: *Wusste ich doch, dass er sich meldet. Er ist also kein Vollpfo(s)ten.*

»Wenn es geht, allein«, bittet er leise und beugt sich zu mir hinab. »Es ist … privat.«

Der vertrauliche Unterton in seiner Stimme beschert mir eine wohlige Gänsehaut, die er hoffentlich nicht bemerkt oder auf den eisigen Wind schiebt, der heute durch die Straßen fegt.

»Natürlich«, wiederhole ich.

Sehr eloquent. Super, Gemma. Die vielen Dramaturgie- und Sprechkurse machen sich gerade echt bezahlt. Du solltest dringend noch mehr Dramen der Weltliteratur lesen, um dann bei Darrens Anblick alle Wörter zu vergessen. Du bist ein Vorbild weiblicher Emanzipation.

Von mir selbst genervt, räuspere ich mich.

»Wir haben eine Stunde bis zum nächsten Seminar. Wie wäre es mit einer Pumpkin Spice Latte im *Campus Café?*«, schlage ich vor.

»Pumpkin Spice. Was sonst.« Er seufzt so theatralisch, als wäre allein die Vorstellung davon eine Strafe. »Das habe ich wohl verdient.« Ergeben bedeutet er mir, voranzugehen.

Rasch verabschiede ich mich von Hazel und zeige ihm den Weg.

Das *Campus Café* heißt nur so, da es sich inmitten eines Viertels befindet, in dem sich einige private Schulen und Colleges angesiedelt haben. Es gibt hier keinen Campus im klassischen Sinn, dennoch ist das Café immer gut besucht. Die rot-goldene Einrichtung ist eine schräge Mischung aus edel, Grandmas Wohnzimmer und Kantinenflair. Anders kann ich die roten Wände mit goldenen Akzenten, Stehlampen mit Stoffschirmen, bunten Sessel mit Fransenbehang und leicht abwischbaren Plastiktische nicht beschreiben. Wir haben Glück, dass wir einen Platz am Fenster finden. Für einen Moment fühlt sich eine Mittagspause bei Pumpkin Spice Latte und veganem Schokoladenkuchen gar nicht so verkehrt an, zumindest bis Darren schwer seufzt und widerwillig an seinem Getränk nippt.

»Du hättest dir irgendetwas anderes zu trinken bestellen können«, versichere ich.

»Nein. Ich versuche immer noch zu ergründen, was du an dem Zeug findest.« Schulterzuckend nimmt er einen weiteren Schluck, nur um sich danach unauffällig zu schütteln. »Gemüse und Gewürze im Kaffee. Also ehrlich, Gemma. Das ist eine Verschwendung von guten, ehrlichen Kaffeebohnen. Ich weiß nicht, wie wir in diesem Punkt jemals zusammenkommen sollen.«

»Ich bin mir sicher, wir finden etwas anderes, bei dem wir zusammenkommen können«, schlage ich vor, bevor ich selbst höre, was ich da sage.

Wow, Gemma. Das läuft heute richtig gut bei dir.

Vielleicht liegt es an meinen unbedachten Worten oder der Tatsache, dass ich gerade mal wieder hochrot anlaufe, aber Darren bricht in schallendes Gelächter aus.

»Ich meinte: Statt dich über meinen Geschmack lustig zu machen, könntest du die Zeit nutzen, um dir einen anderen Kaffee zu holen oder mit der Sprache rauszurücken, worüber du reden möchtest.« Seinem Blick ausweichend nippe ich an meinem Getränk, bis er sich wieder zusammengerissen hat.

Er atmet tief durch und sieht zum Fenster hinaus, aber es kostet ihn einige Mühe, ein Schmunzeln zu unterdrücken. Zumindest bis seine Gedanken weiterwandern und der amüsierte Funke in seinen Augen erlischt. Einen Moment beobachtet er vorbeieilende Passanten, bevor er leise fragt: »War das gestern Abend dein Ernst?«

»Dass ich dir helfen würde, obwohl du mich hast abblitzen lassen?«, vermute ich. »Ja. Auch wenn ich mir nicht ganz sicher bin, worauf ich mich da einlasse.«

»Warum?« Er trinkt erneut einen Schluck und kräuselt leicht die Nase, alles an seiner Körperhaltung verrät, wie eklig er das Getränk findet. Warum also bestellt er sich nicht einfach etwas anderes oder hört zumindest damit auf, es zu trinken?

»Weil du Hilfe brauchst. Und allein dieses Wissen macht es mir unmöglich, dich zu ignorieren. Auch wenn du mich zurückweist, werde ich mich ewig fragen, ob es dir gut geht. Und ob ich dir nicht hätte helfen sollen. Es ist wie …« Ich suche einen

Vergleich, den ich nicht finde. »Ich habe mir einmal etwas zu essen gekauft und wurde auf der Straße von einem Obdachlosen angesprochen, ob er die Mahlzeit haben könnte. Also habe ich sie ihm gegeben, auch wenn ich in dem Moment Hunger hatte. Weil ich wusste, dass ich zu Hause etwas anderes finden würde. Als ich ihm das Päckchen mit Bratnudeln überlassen habe, fragte er nach etwas zu trinken. Und für einen Augenblick fand ich ihn dreist. Aber ich habe ihm auch meine Wasserflasche geschenkt. Vielleicht habe ich mich kurz über meine Nachgiebigkeit geärgert. Vielleicht hätte ich mich andernfalls den Rest des Tages gefragt, ob er wirklich einfach nur eine Kleinigkeit zu trinken gebraucht hätte, die ich ihm verweigert hätte. Was wäre schlimmer gewesen? Gutgläubig oder ein Arschloch zu sein?«

Darrens Lippen verziehen sich zu einem angedeuteten Lächeln. »Du bist zu gut für diese Welt.«

»Bin ich nicht. Aber ich werde dir jetzt trotzdem ein anderes Getränk kaufen und dir deines abnehmen, weil ich dir nicht länger dabei zugucken kann, wie du dir das da reinzwingst, obwohl ich es gern trinken würde. Also: Was magst du lieber?«

»So ziemlich alles auf der Karte«, antwortet er ausweichend und stellt den Becher auf meinen Platz.

Wenige Minuten später überreiche ich ihm einen Cappuccino, weil er sich nach einer unverfänglichen Option angefühlt hat. Er ist nicht so bitter wie schwarzer Kaffee und enthält keine anderen Zutaten, über die Darren sich lustig machen kann.

Seinem Lächeln nach war es eine gute Wahl. Dankend nimmt er den Becher entgegen. »Als ich gestern nach Hause kam, hat Beryl mich abgefangen. Sie meinte, dass ihr darauf besteht, mir zu helfen. Notfalls gegen meinen Willen. Aber ich wollte deine Sicht der Dinge hören.«

Ich nehme ein Stück von dem Kuchen und versuche meine Gedanken und Gefühle zu sortieren. »Wie ich sagte: In dem

Augenblick, in dem du gestanden hast, dass du Hilfe brauchst, hast du mir die Wahl abgenommen. Ich könnte es nicht mit meinem Gewissen vereinbaren, abzulehnen.«

»Und du meinst, du kannst das?«

»Das, was ich dir in meiner Nachricht angeboten habe? Nach allem, was ich bisher darüber gelesen habe, sollte ich es zumindest können.« Unbestimmt nickend nehme ich einen weiteren Bissen und lasse mir die Schokolade auf der Zunge zergehen. Als ich Darrens Blick bemerke, trenne ich noch ein Stück ab und halte ihm die Gabel hin. »Möchtest du probieren?«

Er zögert, bevor er zugreift. Dieses Mal sehe ich gleich, was er denkt. Sein seliges Seufzen lässt keine andere Interpretation zu.

»Gut?«, frage ich und kann ein Lächeln nicht unterdrücken.

»In dem Fall sind wir einer Meinung«, bestätigt er und reicht mir die Gabel zurück.

Wie in stiller Übereinkunft wird in dem Moment mein Kuchen zu unserem Kuchen und was auch immer sein Problem ist, wird auch meins.

Es ist, wie ich ihm gesagt habe: Ich könnte es nicht mit meinem Gewissen vereinbaren, ihm nicht zu helfen.

Als der Kuchen aufgegessen ist, lehnt sich Darren in seinem Sessel zurück und schaut erneut aus dem Fenster. »Vor vier Jahren hätten wir das hier nicht tun können.«

»Du meinst, entspannt in einem Café zu sitzen und uns leichtsinnigerweise eine Gabel zu teilen?«, vermute ich. Ich weiß, worauf er anspielt. Wie könnte ich nicht? »Ich glaube, die Pandemie war einer der Gründe dafür, dass ich damit angefangen habe, mehr Zeit in den sozialen Medien zu verbringen.«

Darren hebt einen Mundwinkel an und schenkt mir ein spöttisches Lächeln. »Andernfalls hättest du während deiner Highschool-Zeit bestimmt Besseres zu tun gehabt, als stundenlang in einem Zimmer zu hocken und Videos aufzunehmen.«

»Nicht Besseres, nur anderes«, korrigiere ich. »Ich mag den Austausch mit Gleichgesinnten. In Michigan …« Kopfschüttelnd greife ich nach meinem Becher, lehne mich zurück und beobachte ebenfalls die vorbeieilenden Menschen. Ein leichter Nieselregen setzt ein und beschleunigt den Takt der Schritte. Regenschirme in allen Farben öffnen sich, als wären sie Blüten exotischer Großstadtpflanzen. »Selbst in einer riesigen Stadt wie New York gelte ich als exzentrisch. In Michigan war es nicht anders. Das Haus meiner Mütter ist ein *Safe Space* für alle, die eine Pause vom Alltag und einen Rückzugsort brauchen. Egal weswegen. Jeder ist dort zu jeder Tages- und Nachtzeit willkommen. Aber außerhalb dieser vier Wände hatte ich nicht viele Freunde. Ich hatte irgendwann welche, doch wir haben heute kaum noch Kontakt.«

»Aber jetzt hast du Hazel?«

»Und Taro und tolle Onlinekontakte«, stimme ich zu und denke vor allem an meinen Hexen-Zirkel, der mir in den vergangenen Jahren viel Halt gegeben hat. Es ist vielleicht ungewöhnlich, dass wir über die ganze Welt verteilt leben und uns immer nur virtuell treffen, aber gerade diese Distanz hat es mir anfangs leicht gemacht, mich ihnen anzuvertrauen. Plötzlich hatte ich Gleichgesinnte, die mich mit offenen Armen empfangen haben. Vielleicht wäre es anders gewesen, hätten sie gewusst, dass ich zu dem Zeitpunkt die unbeliebteste Außenseiterin der ganzen Schule war. Aber das sind keine guten Gedanken für ein Kuchendate, also beschließe ich, das Thema zu wechseln. »Wie sieht es bei dir aus? Wo hast du vor New York gelebt?«

»Los Angeles. Davor Houston. Davor Pittsburgh. Bisher hat es meine Eltern nie lange an einem Ort gehalten.«

»Also leben deine Eltern auch in New York?«, frage ich überrascht.

Darren nickt – und das ist seine einzige Antwort. Offensichtlich hat er kein Interesse daran, mir etwas über sein Privatleben zu erzählen. Ob es an dem schwierigen Verhältnis zu seinem Dad liegt?

»Was ich gestern Abend gesagt und getan habe, tut mir übrigens leid«, gesteht er, ohne mich anzusehen. »Das mit der Kartoffel und dass du nicht die Richtige bist, um mir zu helfen. Ich war … Keine Ahnung. Es fällt mir generell schwer, Menschen zu vertrauen, aber ich glaube, wenn es in dieser Stadt jemanden gibt, der mir helfen kann, dann bist du es.«

Ich würde ihn gern damit aufziehen, dass er mit seiner Entschuldigung bis jetzt gewartet hat, doch seiner verkrampften Körperhaltung nach, hat sie ihn einige Überwindung gekostet, also belasse ich es bei einem anerkennenden Nicken. »Diese mysteriöse Sache, bei der du Hilfe brauchst: Ist sie mit dem Aufheben des Fluchs erledigt oder gibt es noch mehr, das dich beschäftigt? Zum Beispiel Dinge, die mit dem Tod zu tun haben und über die du aufgrund eines Blutfluches nicht sprechen kannst.«

Ein Schweigen kam mir noch nie so laut vor. Ich verbuche es als Zustimmung.

Darren ringt mit sich, bevor er doch noch mit der Sprache herausrückt. Unruhig klopft er mit dem Daumen gegen seinen Becher. »Diese *Dinge* sind vielleicht nicht ganz ungefährlich. Sie bewegen sich in Bereichen der Magie, über die du nicht im Internet sprechen solltest, wenn du nicht die falschen Leute auf dich aufmerksam machen willst. Falls du Zeit brauchst, um dir zu überlegen, ob du dich wirklich auf mich einlassen willst: Nimm sie dir. Ich möchte dir nicht das Gefühl geben, dich zu Sachen zu drängen, die du später bereust.«

»Also momentan habe ich eher das Gefühl, dass du mich auf Abstand hältst«, werfe ich ein und bringe Darren zum Schnauben.

»Abstand?« Er stößt sachte seinen Fuß gegen meinen. »Das sind nicht einmal drei Zentimeter.«

»Du bist echt ein Meister im Umgang mit Worten.« Amüsiert verdrehe ich die Augen.

»Ich meine es ernst. Es gibt Menschen, die es merkwürdig finden werden, wenn man uns zusammen sieht.«

»Was für Menschen? Kaum jemand weiß, wie *DarkDuke* im echten Leben aussieht«, werfe ich ein.

»Und dafür gibt es gute Gründe.«

»Was für Gründe? Wovon redest du?«

»Das kann ich dir nicht sagen, du musst es selbst herausfinden. Aber nicht jetzt. Wir sollten zur Akademie zurückgehen. Ich glaube, dein nächstes Seminar erwartet dich.«

Auch wenn ich das Gefühl habe, dass er nur das Thema wechseln will, muss ich ihm zustimmen. Die Zeit mit ihm ist viel zu schnell vergangen und die Mittagspause fast beendet.

· · ✦ · ·

Nachdem er mich bis zur Tür der Akademie begleitet hat, strecke ich mich und hauche ihm zum Abschied einen Kuss auf die Wange. Erst in dem Moment wird mir bewusst, dass sich die Geste falsch anfühlt. So verabschiede ich mich vielleicht von Hazel, aber als meine Lippen Darrens Haut beinahe berühren und mir sein Duft in die Nase steigt, ist es unbestreitbar verkehrt. Es wird auch nicht besser, als er leicht den Kopf in meine Richtung dreht und eine Augenbraue hebt. Wenn das eine unausgesprochene Frage sein soll, kann ich sie nicht deuten. Sie könnte »*Was tust du da?*« lauten. Oder: »*Wie wäre es, wenn du deine Lippen zwei Zentimeter weiterbewegst und mich richtig küsst?«*

Vielleicht interpretiere ich auch zu viel hinein. Ich bin heute echt durch. Rasch ziehe ich mich zurück.

»Also sehen wir uns?«, versichere ich mich.

»Wir sehen uns«, wiederholt er entschieden, schnipst sich zur Verabschiedung gegen den Rand seiner Kapuze und wendet sich von mir ab. Er geht und lässt mich im Nieselregen zurück.

Eigentlich sollte ich das Gebäude betreten, aber vielleicht lege ich auch einfach den Kopf in den Nacken und lasse die kühlen Tropfen auf meine Stirn fallen, bis mein überdrehtes Hirn wieder Betriebstemperatur erreicht hat.

Ich trage mindestens zwei Schmuckstücke, die vor bösen Geistern schützen sollen, aber keines von ihnen hilft gegen die anziehende Wirkung, die Darren auf mich hat.

Verflucht!

· · ✦ · ·

Im Seminarraum angekommen erkundige ich mich bei Hazel nach den Inhalten, die ich vorhin verpasst habe, aber sie ist heute ebenfalls abgelenkt.

»Geht's dir gut?«, frage ich besorgt.

Sie macht eine Kopfbewegung, die alles und nichts heißen könnte. »Weil du nicht da warst, habe ich mich vorhin in der Mensa zu Taro und seinen Kommilitonen gesetzt, und er hat mich quasi ignoriert. Wir haben kaum miteinander gesprochen, also vielleicht wirkt dein Zauber. Oder denkst du, er ist deswegen wütend auf mich? Irgendwie geht er mir seit der Sache in eurer Küche aus dem Weg. Ich meine, ich wollte, dass sich zwischen uns etwas ändert, aber ich dachte, wir könnten dennoch Freunde bleiben.«

Vielleicht ist Taro auch einfach Taro und redet sich ein, dass du ihn spätestens dann hassen würdest, wenn du sein Geheimnis kennst. Weil du Katzen hinterhältig genannt hast und er sich einbildet, dass du das Gleiche über ihn denkst.

»Falls es dich belastet, könntest du mit ihm reden«, antworte ich ausweichend, weil ich nicht weiß, was ich zu dieser Sache sagen soll. »Vertrau auf dein Gefühl.«

Und das tue ich ebenfalls: Am Abend rufe ich das erste Mal seit drei Wochen bei meinen Moms an. Weil sie mir fehlen – und manchmal auch der Trubel in unserem Haus. Das ständige Geräusch von zuknallenden Türen und die Schritte auf den Fluren, weil immer irgendjemand kommt und geht.

»Du weißt, dass du jederzeit zurück zu uns kannst?«, fragt Laura nach einigen Minuten und ich habe sofort ein schlechtes Gewissen. Vielleicht habe ich ein paarmal zu oft erwähnt, wie unfassbar voll und laut New York ist. Ich möchte nicht, dass sie sich um mich sorgt.

»Das weiß ich, aber mir geht es gut. New York ist nur einfach … anders.«

»Du könntest uns auch für ein Wochenende besuchen«, wirft Viola ein und lässt mich vermuten, dass sie den Lautsprecher eingeschaltet haben.

»Ich weiß«, murmle ich erneut, setze mich auf die Fensterbank und sehe nach draußen. »In den Semesterferien komme ich vorbei. Versprochen. Aber im Moment habe ich hier zu viel zu tun. Es fühlt sich nicht richtig an, jetzt zu gehen.«

»Ha! Ich sag's ja: Sie hat jemanden kennengelernt. Die Karten haben es verraten!«, ruft Viola.

Laura bringt sie mit einem *Shht* zum Schweigen. »Dräng sie doch nicht. Aber nur, falls es so sein sollte, kannst du uns natürlich von ihr oder ihm erzählen. Wir sind offen für alles.«

»Mhm.« Mehr fällt mir dazu nicht ein. *Offen für alles* – das ist ein typischer Spruch meiner Moms. Es ist auch nicht so, dass ich Darren nicht gern helfen würde, aber seine Worte klingen noch immer in meinen Ohren nach. Was ist, wenn ich mich auf ihn einlasse und dadurch Menschen auf mich aufmerksam mache, die mir nichts Gutes wollen?

Finde es heraus, drängt mich meine Intuition. Und im Grunde weiß ich, dass ich diese Diskussion längst verloren habe.

Also suche ich nach dem Telefonat in meinen Notizen alles zusammen, was ich über das Brechen von Flüchen weiß. Ich wünschte, ich hätte so ein stilvolles Grimoire wie einige meiner Kolleginnen, die in YouTube-Videos zeigen, wie liebevoll sie ihre Bücher Seite um Seite gestalten und füllen. Tatsächlich sind meine Aufzeichnungen in schmucklosen Heften verteilt, die teilweise bereits beim Angucken auseinanderfallen. Schicke Illustrationen? Fehlanzeige. Das kommt davon, wenn Mom darauf besteht, die ersten Lektionen in der Grundschulzeit weiterzugeben und man für seine Notizen nichts außer Schulheften im Haus hat. Ich habe mir schon vor Jahren vorgenommen alle Skizzen und sonstigen Bemerkungen mal in einem schöneren Buch zu sammeln, aber wie es mit Provisorien so ist: Sie überdauern ewig. Oder zumindest, bis sie die letzte Seite verloren haben und auch der Zauber von Klebeband nicht mehr weiterhilft.

13. KAPITEL

Donnerstag, 22.9.

Wahrscheinlich wäre es klüger gewesen, meine Zeit zu nutzen, um mich an meine Strafarbeit zu setzen, stattdessen habe ich die letzten Abende damit verbracht, über Blutflüche zu recherchieren.

Die gute Nachricht lautet: Die meisten von ihnen lassen sich mit Reinigungsritualen aufheben und die vielversprechendsten Zutaten habe ich nicht nur notiert, sondern bereits besorgt.

Die schlechte Nachricht ist: Ein Fluch, dem man dem eigenen Blut (sprich: seiner Verwandtschaft) angetan hat, kann nicht gebrochen werden – es sei denn, der Verfluchende nimmt ihn selbst zurück oder stirbt. Dummerweise kann ich nicht ausschließen, dass es ein Verwandter von Darren war, der den Fluch ausgesprochen hat. Eher im Gegenteil. Dass er Themen rund um seine Familie ausweicht und mir nie konkrete Antworten über seinen Dad gibt, erscheint mir verdächtig.

Wenn ich jetzt allerdings meine Moms anrufe und frage, ob sie irgendetwas über Blutflüche wissen, werden sie vermutlich so besorgt sein, dass sie in das nächste Flugzeug steigen und mich persönlich aus New York abholen.

Aber ich habe Darren nicht belogen: Glücklicherweise habe ich in den letzten Jahren großartige Onlinekontakte gefunden; andere Hexen, mit denen ich mich regelmäßig austausche. Wir sind quasi die moderne Form eines Zirkels, der dank der

Medien über die ganze Welt verteilt existiert. Auch wenn wir uns noch nie persönlich getroffen haben, würde ich den anderen mein Leben anvertrauen.

Obwohl ich um diese Uhrzeit nicht mehr mit einer schnellen Antwort rechne, schreibe ich meine Frage in unseren Gruppenchat.

Gemma: Ich brauche euer Schwarmwissen: Gibt es wirklich keinen Weg einen Blutfluch aufzuheben, wenn er dem eigenen Blut angetan wurde?

Da wir alle in verschiedenen Zeitzonen leben, zieht sich die Kommunikation manchmal ein wenig hin, aber Melissa aus Paris ist online. Sie scheint ohnehin so gut wie nie zu schlafen. Soweit ich weiß, arbeitet sie tagsüber als Model und nachts als Softwareentwicklerin. Sie ist quasi *Beauty and the Nerd* in einer Person, außerdem mit ihrem Smartphone verheiratet, ständig unterwegs und leidet gefühlt unter Dauerjetlag. Ihre Antwort trifft ein, kaum dass ich meine Nachricht abgeschickt habe.

Melissa: Doch, sicher. Du kannst den Verflucher einfach umbringen, das beendet jeden Zauber augenblicklich. (Es gibt Arten von Magie, die nicht umsonst verboten sind.)

So steht es auch in allen Foren. Wie unbefriedigend.

Gemma: Ich kann mir einfach nicht vorstellen, dass es wirklich eine Art von schwarzer Magie gibt, die nicht aufgehoben werden kann. Müsste es in dem Spektrum der weißen Magie nicht irgendetwas geben, das dem ebenbürtig ist?

Melissa: Ganz ehrlich: Wenn du auf jemanden in deiner Verwandtschaft so verdammt wütend bist, dass du ihn mit deinem eigenen Blut verfluchst und dafür indirekt deinen eigenen Tod riskierst (immerhin bleibt ja die Option dich umzubringen, um den Fluch zu beenden.) ... Was sollte das Pendant dazu sein? Wenn es so etwas gibt, hat es bis heute noch niemand gefunden.

Schade, aber was habe ich auch erwartet? Wenn zu diesem Thema jemals jemandem etwas Hilfreiches eingefallen wäre, hätte er es sicher mit der Welt geteilt. Seufzend lese ich Melissas nächste Nachricht.

Melissa: Ich fand übrigens deinen Lösungsansatz für den Anti-Liebeszauber sehr interessant. Also den Fokus zu verschieben, statt die Liebe tatsächlich aufzuheben. Vielleicht kannst du damit arbeiten?

Nachdenklich lege ich mein Handy neben mir auf das Bett und gehe alle Notizen der vergangenen Tage durch.

Ich sortiere sämtliche Aufzeichnungen zum Thema *Fluchbrechen* auf meinen Fußboden.

Den Fokus verschieben, statt den Fluch aufzuheben. Wie soll das funktionieren? Wenn Darren über gewisse Dinge partout nicht reden kann, wie soll ich das umgehen? Oder aber ... Ich tue es gar nicht. Zumindest nicht direkt. Noch immer bin ich fest davon überzeugt, dass die helle Magie ebenso stark ist wie die dunkle. Es ist einer der Grundsätze unserer Lehre. Es muss so sein. Nur weil wir Menschen bisher kein Pendant zu einem solchen Blutfluch gefunden haben, heißt es nicht, dass es keines gibt. Oder? Was ist also, wenn ich es der Magie selbst überlasse, zu wählen, wie sie den Fluch austricksen will? Normalerweise versuche ich, zwischen einem Kristall und der Magie zu vermitteln, um meine Wünsche durchzusetzen. Was ist, wenn ich ihr dieses Mal mehr Freiraum gewähre? Wenn sie sich selbst das Schlupfloch in dem Fluch sucht?

Zugegeben: Das Ganze ist vermutlich hart an der Grenze zur Chaosmagie, aber vielleicht einen Versuch wert.

Wie sagt man? Verzweifelte Situationen erfordern verzweifelte Maßnahmen.

Während ich meine Gedanken in einen Zauber verpacke, schicke ich ein Dankesgebet an die weiße Magie. Wofür? Unter anderem dafür, nicht mehr bei meinen Moms zu leben. Sie würden vermutlich durchdrehen, wenn sie erfahren, was ich vorhabe. Aber wie soll man etwas Neues entdecken, wenn man immer nur den ausgetretenen Pfaden seiner Vorfahrinnen folgt?

Ich werde für dieses Ritual all meine Kristalle benötigen. Und einige Sicherheitsmaßnahmen, die Darren vor unerwünschten Nebenwirkungen beschützen, die ich schon bei normalen Kreuzzaubern nicht ausschließen kann. Zum Beispiel Wächterkerzen, um fehlgeleitete Magie oder auch die negativen Energien des Fluches von Darren fernzuhalten.

Und ich bleibe dabei: Es wäre gut, wenn er sich zur Eröffnung des Rituals nackt in einen Salzkreis setzt.

TAGEBUCHEINTRAG

Gemma hat sich bei mir gemeldet. Nach fast einer Woche Funkstille ist es das erste richtige Lebenszeichen von ihr.

Ich habe keine Ahnung, was sie in der Zwischenzeit getan hat, sie war die ganze Woche nicht online. Dass ihr nichts zugestoßen ist, folgere ich daraus, dass bei ihr in den vergangenen Tagen bis spät in die Nacht noch Licht brannte. Nicht, dass es mich etwas anginge. Es ist mir nur aufgefallen, während ich abends an meinem Schreibtisch saß. Trotzdem habe ich mich immer wieder dabei ertappt, wie ich ihre letzte Nachricht im Messenger aufgerufen und auf ihren Namen gestarrt habe, bis die Buchstaben vor meinen Augen verschwammen. Am Ende habe ich das Handy jedes Mal wieder weggelegt, weil mir kein plausibler Grund eingefallen ist, aus dem ich ihr schreiben sollte. Ich kann sie schlecht bitten, sich Bedenkzeit zu nehmen, nur um sie dann doch zu kontaktieren.

Aber nun hat sie mir zuerst geschrieben.

Gemma: Hey, DarkDuke. Ich hoffe, du bist dazu bereit, dich nackt in einen Salzkreis zu setzen und anschließend ein entspannendes Bad zu nehmen. Natürlich rein im Dienste der Wissenschaft. ;-) Melde dich, falls ja. Um alles Weitere kümmere ich mich. Nächstes Wochenende wäre übrigens gut. Der September-Neumond ist perfekt, um Altes hinter sich zu lassen.

Und jetzt? Sitze ich hier und schreibe Tagebuch, anstatt ihr zu antworten. Generell habe ich kein Problem mit Nacktheit oder meinem Körper. Vermutlich bin ich auch nicht der erste Mann, der sich vor ihr auszieht. Aber ich habe sie nicht belogen: Sie hat diesen einen Tonfall, der mich unfassbar anmacht. (Und vielleicht ist es nicht nur der.) Was kein Problem wäre, wenn mein Körper nicht unmittelbar darauf reagieren würde. Während eines Rituals kann ich leider schlecht fluchtartig den Raum verlassen.

Dazu kommt: Ich soll baden. Wie scheiße unelegant sieht es aus, in eine Badewanne zu steigen? Es ist kein Wunder, wenn sie mich spätestens nach der Sache unwiderruflich in die Friendzone verbannt. Und einem Teil von mir (der, dem das Ausziehen nicht ganz geheuer ist) gefällt die Aussicht darauf überhaupt nicht.

Klingt das bemitleidenswert? Vielleicht. Aber es ist, wie es ist. Selbst Supermann wurde nicht nur bei Kryptonit schwach.

Nach zweistündiger Grübelei sieht mein Nachrichtenentwurf übrigens wie folgt aus: Neumond passt.

Und Gemma hat ernsthaft überlegt, ob ich Philosophie studiere? Ich wünschte, es wäre so.

14. KAPITEL

Sonntag, 25.9.

»Und du bist dir ganz sicher, dass ich mich für das Ritual komplett ausziehen muss?«, fragt Darren und knöpft langsam sein Hemd auf.

Beryl hat uns die Wohnung für die nächsten Stunden überlassen, da sie ohnehin unten im Café arbeiten muss, trotzdem ist die Situation noch seltsam genug. Das Badezimmer der WG ist recht klein, nun stehen überall Kerzen und Fläschchen mit Ölen und Salzen. Ich musste selbst den Toilettendeckel zur Ablage umfunktionieren, um alle Zutaten unterbringen zu können.

Unschlüssig streiche ich mir eine Haarsträhne hinter das Ohr und greife nach einer Streichholzschachtel, um irgendetwas zu tun, was mich von Darrens zunehmend nacktem Körper ablenkt. Dabei gibt es keinen rationalen Grund dafür, dass mich der Anblick von ein wenig Haut so nervös macht.

Behutsam entzünde ich eine schwarze Kerze, stelle sie auf eine Ablage am Waschbecken und puste das Hölzchen in meiner Hand aus. Sofort steigt mir der beißende Geruch von Rauch in die Nase. Der ist zumindest kurzfristig unangenehm genug, um mich von der Eigenartigkeit dieser Situation abzulenken.

Mir fällt jetzt erst auf, dass Darren zwar seinen Gürtel geöffnet hat, aber in der Bewegung verharrt.

Ich schenke ihm ein kleines Lächeln und bedeute ihm, fortzufahren.

»Du hast gesagt, du bist bei zwei Frauen aufgewachsen?«, fragt er vollkommen zusammenhanglos.

»Richtig. Und jetzt wohne ich mit meinem Bruder zusammen.«

»Der sich hoffentlich nicht vor dir auszieht?«

Schnaubend verdrehe ich die Augen. »Ich habe schon mehrere Menschen nackt gesehen. Es gibt keinen Grund dafür, dich so zu zieren. Nackt zu sein, ist etwas vollkommen Natürliches.«

»Hast du nicht behauptet, dass du nicht unbekleidet über Lichtungen tanzt?«

Lächelnd wende ich den Blick ab. Er hat also den kompletten Livestream mit Hank verfolgt, bevor er sich im Chat gemeldet hat? Gut zu wissen. »Ich tanze nicht über Lichtungen. Zumindest bisher habe ich es nicht ausprobiert, aber wenn du dich gerade als meine Begleitung angeboten hast, könnten wir es beim nächsten Vollmond versuchen.« Mein Blick zuckt zu Darren, der sich noch immer nicht gerührt hat. »Das war nur ein Scherz.«

»Und er hilft kein Stück dabei, dass ich mich besser fühle.«

»Wenn es dir dabei hilft, dich zu entspannen, kann ich mich wegdrehen. Denk einfach daran, dass das hier ein Ritual ist. Wie ein Arztbesuch.«

»Der Gedanke an Doktorspiele ist wirklich sehr hilfreich. Danke.« Mit einem leisen Murren zieht er seine Hose aus.

»Bitte, gern. Um einen Fluch zu brechen, braucht man nun mal ein Reinigungsritual. Das funktioniert am besten ohne Kleidung.« Die Arme vor dem Oberkörper verschränkend wende ich mich von ihm ab, nur um festzustellen, dass an der Tür vor meiner Nase ein Spiegel hängt. In Lebensgröße.

Ertappt sehe ich auf meine Füße hinab, als mich Darrens Blick im Spiegel streift, aber auch über dem Waschbecken ist einer befestigt. Irgendein Bewohner dieser Wohnung scheint sich gern von allen Seiten zu betrachten.

Während Darren endlich seine Boxershorts auszieht, schiebe ich mich an ihm vorbei und verteile einige kleine Fläschchen auf dem Badewannenrand.

»Noch mal zum Ablauf«, wiederhole ich und drehe mich so unvermittelt zu ihm herum, dass er erschrocken zurückweicht und sich den Hintern am eiskalten Waschbecken stößt.

Ihm entweicht ein Laut zwischen Zischen und Fluchen. »Dieses Bad ist irgendwie zu klein für uns beide.«

»Es wird schon gehen«, versuche ich abzuwiegeln und lasse mich auf den Badewannenrand gleiten. Nicht der klügste Schachzug, wie ich einsehen muss, da sich mein Kopf dadurch auf einer verfänglichen Höhe befindet und die Situation auf ein neues Level von *Seltsam* hebt. Es liegt vermutlich nicht an der Flamme einer einzelnen Kerze, dass mir plötzlich so heiß wird. Mit einem Räuspern hebe ich den Kopf und sehe zu Darren auf. »Ich werde gleich Schritt für Schritt wiederholen, was du zu tun hast. Es ist nur wichtig, dass du an die Wirksamkeit des Rituals glaubst. Okay? Weiße Magie lebt von Affirmation. *In you I put my trust, magic of infinity and golden dust.* Du verstehst schon. Ich vertraue dir und du vertraust mir. Richtig?«

»Sonst hätte ich wohl spätestens den Kontakt zu dir abgebrochen, als du mir geschrieben hast, dass ich mich nackt in einen Salzkreis setzen soll«, entgegnet er und bringt mich zum Schmunzeln.

Wieso hat er solche Probleme damit, unbekleidet zu sein? Darrens Körper sieht sehr viel sportlicher aus, als ich es vermutet hätte. Was mich daran erinnert, dass ich ihn noch gar nicht gefragt habe, was er tut, wenn er nicht gerade Leute im Netz bloßstellt. Aber das können wir später klären.

»Für den zweiten Teil des Rituals werde ich dir ein Bad vorbereiten. Du musst mindestens eine halbe Stunde in dem Wasser bleiben. Wichtig ist, dass du versuchst, alle negativen Gedanken zurückzulassen, bevor du in das Wasser steigst. *Good vibes only.*«

»Dir ist aber schon aufgefallen, dass ich kein besonders positiver Mensch bin?«

Ich lache kurz auf, fange mich allerdings sofort wieder. »Ist mir nicht entgangen. Lass es mich anders sagen: Gib dir einfach Mühe, dir eine halbe Stunde lang schöne Gedanken zu machen. Was auch immer dir dabei hilft, dich zu entspannen: Tu es. Hast du noch Fragen?«

»Keine, die uns akut weiterhelfen.«

»Perfekt. Bitte einmal hinsetzen.« Ich stehe auf, streiche mein Kleid glatt und deute auf das Handtuch, das auf dem Badezimmerteppich ausgebreitet liegt.

Seufzend kniet er sich hin, während ich mir eine Schüssel mit violettem Salz vom Toilettendeckel greife.

»Und du meinst wirklich, Beryls Küchenkräuter helfen uns weiter?«

Ich verharre in der Bewegung. »Es geht nicht darum, was ich meine. Du musst es selbst glauben. Wenn du davon ausgehst, dass ich dir nicht helfen kann, können wir es gleich lassen.«

»Was ist, wenn der Fluch so stark ist, dass er nicht gebrochen werden kann?«

Ich zögere, bevor ich einen Salzkreis um ihn ziehe und mich vor ihn hocke. In seinen dunkelblauen Augen liegt ein Zweifel, den ich nicht ignorieren kann. »Denkst du, der Fluch ist stärker als ich? Denn wenn es so ist, wird es so sein. So funktioniert Affirmation. Weiße Magie kommt zu demjenigen, der sie ruft. Du musst ihr die Tür öffnen und sie einlassen. Sie drängt sich dir nicht auf. Sie ist zurückhaltend. Doch wenn du ihr vertraust, kann sie alles. Und tut mir leid, dich daran erinnern zu müssen, *DarkDuke:* Aber ich habe deinen Fluch im Livestream gebrochen, und das werde ich auch mit diesem tun, wenn du mich nicht sabotierst.« Darren sieht so unschlüssig aus, dass ich mich leicht vorbeuge und den Kopf zur Seite neige. »Vertrau mir«, wispere ich lockend.

Sein Blick zuckt zu meinen Lippen.

Ich kann ein Lächeln nicht unterdrücken, als er mir kaum merklich näher kommt, als wäre er versucht, mich zu küssen. Daraus wird nichts. Nicht jetzt. Ich greife in die Schüssel und streue ihm Salz auf die Haare, um ihn zu ärgern. Vielleicht werde ich der Versuchung irgendwann nachgeben, meine Lippen auf seine drücken und seine Reaktion abwarten, aber für diesen Moment ist die Nähe nicht mehr als ein Spiel. Eine Ablenkung, um seine Zweifel zu zerstreuen so wie ich das Salz.

Mit einem leisen Murren schüttelt Darren die Kristalle von seinem Kopf.

Ich stelle die Schüssel ab und greife nach einem Blatt Papier, das ich auf dem Toilettendeckel bereitgelegt habe. Zusammen mit einem Stift überreiche ich es ihm.

»Falls du den Namen der Person kennst, die dich verflucht hat, schreib ihn auf. Außerdem alles andere, was dich belastet. Alles, von dem du dich befreien und was du loslassen willst. Ich werde nicht hinsehen.« Demonstrativ schließe ich die Augen, erhebe mich und drehe ihm den Rücken zu. »Wenn du fertig bist, roll den Zettel zusammen.«

Ich höre das Kratzen des Stiftes auf dem Papier, dann ein Rascheln.

»Und nun?«

»Verbrennst du es.« Ich nehme behutsam die schwarze Kerze von der Ablage am Waschbecken, achte darauf, kein flüssiges Wachs zu vergießen, und knie mich vor Darren. »Noch eine Sekunde.« Mit der freien Hand ziehe ich mir eine Kette über den Kopf und bedeute Darren sie entgegenzunehmen. »Das ist der stärkste schwarze Turmalin, den ich besitze. Er wird dich für den Rest des Rituals vor bösen Energien schützen. Halt ihn fest, während du das Papier in der Flamme der schwarzen Kerze entzündest.«

Darren folgt der Anweisung.

Ich greife nach einer silbernen Schüssel und bedeute ihm, das brennende Papier hineinfallen zu lassen, ehe er sich noch die Finger daran verbrennt.

Er sieht mich an, als wollte er erneut fragen: *Und jetzt?*

»Jetzt siehst du dabei zu, wie deine Sorgen immer kleiner werden, während ich dir ein Bad vorbereite. Versuch, dich zu entspannen. Konzentrier dich auf deinen Atem. Auf die Energie, die unaufhörlich durch deinen Körper fließt.« Ich erhebe mich und lasse Wasser einlaufen, während er seufzt. Es klingt nicht erleichtert, sondern resignierend. Diese kurze Unmutsäußerung reicht mir, um zu wissen, dass das Ritual unter dieser Voraussetzung nicht seine ganze Kraft entfalten wird. Er glaubt nicht daran. Noch immer nicht. Was lässt ihn nur dermaßen zweifeln?

»Ich gebe dir Patschuli, Wermut und Meersalz ins Wasser. Sie haben eine hohe Reinigungskraft«, fahre ich fort und versuche so überzeugend wie möglich zu klingen. Mit einer raschen Bewegung entfache ich ein zweites Streichholz und entzünde eine weitere schwarze Kerze, die ich auf den Badewannenrand stelle. »Diese ist deine Wächterkerze, sie hält schädliche Energien von dir fern. Ich habe sie mit Schutzrunen versehen, die seit Generationen in Violas Familie weitergegeben werden. Zusätzlich habe ich sie mit etwas Patschuli-Öl eingerieben. Es wirkt …«, ich zögere und muss dann über meine eigene Verunsicherung lachen, »angeblich stimmungsaufhellend auf Männer.«

»Du meinst sexuell anregend.«

»Erwischt. Was allerdings nichts ist, wofür man sich schämen muss. Aber wenn du das eh alles weißt, warum erzähle ich es dir dann? Pass einfach auf, dass die Kerze nicht ausgeht. Sobald du dich gesammelt hast, ist dein Bad bereit.« Ich platziere noch schnell einen entladenen Kristall neben der Wächterkerze. Er ist eine zusätzliche Schutzmaßnahme. Sollte die Magie keinen Weg finden, den Fluch zu umgehen, kann er die freigewordene Energie auffangen. Was auch immer während des Rituals passieren wird: Ich habe mich bemüht, alle Eventualitäten vorherzusehen.

Darren murmelt etwas, das ich nicht verstehe.

»Darren? Zwei Sachen noch, bevor ich dich mit deinen Gedanken allein lasse«, werfe ich ein und hocke mich erneut vor ihn.

Er hat die Zähne zusammengebissen und sieht mich an, als sollte er eine Prüfung ablegen. Seine ganze Körperhaltung wirkt alles andere als optimistisch und positiv gestimmt.

»Erstens: Neumond ist der perfekte Tag und September der perfekte Monat, um Altes zurückzulassen und von vorn zu beginnen. Ich bin stärker als ich aussehe. Vertrau darauf, dass das hier klappt.«

Es ist egal, wie gut ich ihm zurede, ich sehe in seinen Augen immer noch nur eines: Zweifel.

Nachdenklich neige ich den Kopf zur Seite, wodurch eine Haarsträhne von meiner Schulter gleitet, der er mit dem Blick folgt. Sofort schlägt mein Herz einen anderen Takt an. Irgendetwas an der aufmerksamen Art, mit der Darren mich betrachtet, macht mich nervös. Meine Lippen werden trocken und mein Atem klingt in meinen Ohren unnatürlich laut. Dabei tun wir nichts, außer einander anzusehen. Oder ist es die Aussicht darauf, was ich sagen möchte, die mich verunsichert?

Räuspernd schlage ich einen anderen Ton an. So lockend und verheißungsvoll, wie ich kann, fahre ich fort. »Nur falls ich in einem deiner positiven Gedanken auftauchen sollte … geh davon aus, dass es mir gefällt.« Lächelnd hauche ich ihm einen flüchtigen Kuss auf die Wange und ziehe mich sofort zurück. Ich gebe ihm nicht die Chance zu reagieren. Mir reicht zu sehen, dass der Zweifel aus seinen Augen verschwunden ist, um Platz für etwas anderes zu machen. Keine Skepsis. Kein Ekel. Keine Überraschung. Mit diesem flüchtigen Anflug von Verlangen können wir arbeiten.

Darren muss nicht zwangsläufig an die Macht des Rituals glauben. Nach allem, was ich darüber gelesen habe, sollte es auch so stark genug sein, um ihn von dem Fluch zu befreien – sofern ihn kein Mitglied seiner Familie ausgesprochen hat.

»Genieß dein Bad. Ich warte im Wohnzimmer auf dich«, teile ich ihm mit.

Darren hebt eine Augenbraue. »Und du denkst wirklich, dass ich mit Fantasien von dir dreißig Minuten füllen kann?«

»Kannst du nicht?« Ich sauge die Unterlippe zwischen meine Zähne und hoffe sehr, dass er mir nicht ansieht, wie verzweifelt ich über eine passende Erwiderung nachdenke.

Komm schon, Gemma. Improvisation ist ein Teil deines Studiums.

»Dann widme die restlichen fünfundzwanzig Minuten …« Darren sieht mich auffordernd an.

»… der Fantasie von niedlichen, herumtollenden Hundewelpen«, schlage ich vor und bringe ihn zum Lachen. Ich liebe dieses Geräusch. Irgendetwas daran erinnert mich an zu

Hause und an die Wellen, die sich am Seeufer brechen. Es ist ein komischer Vergleich, aber Gefühle müssen nicht logisch sein.

»Du schaffst das«, wiederhole ich mit Nachdruck und hauche ihm einen Kuss auf die Stirn, bevor ich mich erhebe und von ihm abwende.

Im Spiegel an der Badezimmertür sehe ich, dass sein Blick mir folgt.

Für den Bruchteil einer Sekunde erliege ich einem geistigen Aussetzer und stelle mir vor, wie ich ihm vorschlage, ihm in der Badewanne Gesellschaft zu leisten. Doch selbst wenn zwischen uns so etwas wie Anziehung existieren sollte, wäre es keine gute Idee – und alles andere als professionell. Dieses Ritual soll Darren von einer Last seiner Vergangenheit befreien. Nicht mehr und nicht weniger.

Also lasse ich ihn allein und schließe sorgsam die Tür hinter mir.

15. KAPITEL

Seufzend setze ich mich mit meinem iPad auf das Sofa und beginne eine Skizze für meinen Onlineshop. Ich zeichne eine Phiole, die Zutaten des Anti-Liebeszaubers, den ich für Hazel entwickelt habe, dazu einen Rosenquarz und einen Lavendelzweig. Die Kunstdrucke mit Anleitungen für Tränke und Rituale verkaufen sich in meinem Shop am besten, und normalerweise entspannt es mich, die wunderschönen Pflanzen und Blüten festzuhalten. Immer wieder zeichne und lösche ich einzelne Teile, verschiebe sie, damit am Ende eine stimmige Gesamtkomposition entsteht. Doch die beruhigende Wirkung bleibt heute aus. Ich starte eine zufällige Playlist mit Meditationsmusik, die mir hoffentlich dabei hilft, mich zu entspannen. Auch wenn ich mich bemüht habe, es mir nicht anmerken zu lassen, bin ich unterschwellig nervös. Natürlich vertraue ich der Magie, aber ich habe nie einen Zauber mit offenem Ausgang initiiert.

Lächelnd horche ich auf, als ein Lied abgespielt wird, das mich an das Schlaflied von Darrens Mom erinnert. An das Lied, das er mir auf Dads Klavier vorgespielt hat. Mit geschlossenen Augen lasse ich es auf mich wirken. Die farbigen Wolken vor meinem geistigen Auge nehmen mich mit, zurück zu dem beinahe magischen Moment in unserer Wohnung. Zu den Erinnerungen an die zauberhafte Melodie, an das silberne Mondlicht auf Darrens Haaren und Wimpern, an die Bewunderung für sein Talent. Mir wird augenblicklich warm ums Herz, wenn ich daran denke, wie er sich in der Musik verloren hat – zumindest bis es einen spürbaren Stolperer einlegt. Die blauen Wolken kehren zurück, überlagern die Erinnerung und reißen mich mit sich, zu einer Erinnerung, die definitiv nicht meine ist. Ich sehe vor meinem geistigen Auge eine Szene, die mir vollkommen fremd, aber zu glasklar für eine Fantasie ist. Ich wüsste auch nicht, warum ich von einer jungen Frau tagträumen sollte, die in einer marmorgefliesten Eingangshalle steht und sich aufgebracht mit einem Mann unterhält. Ein cremefarbenes Kleid umspielt ihre Beine, viel mehr sehe ich von ihr nicht. Der Perspektive nach bin ich klein – ein Tier oder Kleinkind vielleicht. Die Gesichter der Personen erkenne ich nicht, auch die Umgebung ist mir ein Rätsel. Manchmal glaube ich, Bruchstücke einer Stadtvilla zu erahnen, doch immer, wenn ich mich umsehen will, verschwimmt alles in meinem Sichtfeld, als sollte ich meine Aufmerksamkeit auf das Paar richten.

»Was hast du getan?«, fragt die Frau mit einer Stimme, die mir fremd ist, aber trotzdem irgendetwas in mir berührt.

»Das einzig Richtige.« Der Mann tritt an sie heran, umfasst ihre Oberarme. Will er sie schütteln oder stützen? Auf jeden Fall wirken sie vertraut miteinander. »Ich tue es nicht nur, um dich zu schützen, sondern auch ihn. Wir können nicht riskieren, dass er Dinge ausplaudert. Weder jetzt noch später.«

»Aber er ist doch noch fast ein Baby.«

»Für dich wird er immer ein Baby bleiben. Aber er spricht, Ligeia. Er plappert alles nach, was er irgendwo hört. Das Risiko kann und will ich nicht eingehen.«

Seufzend befreit sie sich aus seinem Griff und lässt sich auf einen Sessel sinken. Ich verspüre den Impuls, ihr zu folgen, aber kann es nicht.

»Jetzt sieh mich nicht so an. Ich habe es getan, weil es das Beste für uns alle ist«, rechtfertigt sich der Mann.

»Wie sehe ich dich denn an? Wie eine Mutter, die gerade erfahren hat, dass ihr Partner ihr einziges Kind verflucht hat?«

»Es war – verdammt noch mal – die bestmögliche Variante!«, ruft er irgendwo zwischen Verzweiflung und Wut.

Ich höre, dass sie etwas erwidert, aber ihre Stimme wird von einem aufdringlichen Geräusch überlagert.

Es dauert einen Moment, bis ich es einordnen kann: mein Handytimer. Die halbe Stunde ist rum.

Blinzelnd schalte ich den Alarm aus und sehe mich irritiert um. Noch immer sitze ich auf dem Sofa in Darrens Wohnzimmer. Ich bekomme gar keine Chance dazu, diesen seltsamen Tagtraum zu verarbeiten. Das Geräusch aufgewühlten Wassers erklingt, kurz bevor Darren die Badezimmertür aufreißt, ins Wohnzimmer hastet und mich anstarrt.

»Hast du …?«, beginnt er und verstummt schwer atmend.

»Ich weiß nicht genau, was ich getan habe, aber *du* hast dein Handtuch vergessen«, erwidere ich und versuche mich an einem entschuldigenden Lächeln.

Mit einer Hand durch seine Locken streichend, sieht Darren an sich herunter, als wollte er meine Aussage überprüfen. Er nickt und kehrt ins Bad zurück. Statt sich in Ruhe abzutrocknen, zieht er sich nur eine Jogginghose an, kommt zu mir herüber und lässt sich mir gegenüber auf das Sofa fallen.

»Und? Ist der Fluch gebrochen?«, frage ich vorsichtig.

Darren öffnet den Mund, als wollte er etwas sagen, doch kein Wort kommt ihm über die Lippen. »Ich fürchte nicht. Nur als ich eben in der Wanne an dich gedacht habe … Ich habe keine Ahnung, was passiert ist. Vielleicht bin ich im warmen Wasser kurz weggenickt, aber ich habe mich an eine Sache aus meiner Kindheit erinnert – und du warst auch da. Klingt das verrückt?«

»Nicht viel verrückter als ein Vater, der seinen eigenen Sohn verflucht, damit er keine Geheimnisse ausplaudert«, gestehe ich zögerlich und lege mein iPad beiseite. Ich kenne Darren nicht gut genug, um einschätzen zu können, wie er auf mein Geständnis reagieren wird, aber ich kann unmöglich für mich behalten, was ich getan habe. »Sei mir nicht böse, doch man kann einen Blutfluch, dem man seinem eigenen Kind zugefügt hat, nicht brechen. Also habe ich die weiße Magie gebeten, einen Weg zu finden, den Fluch zu umgehen. Ich meine, ich wusste nicht, wer dich verflucht hat, aber es war schon irgendwie naheliegend, dass es jemand aus deiner Familie gewesen sein könnte. Und offensichtlich war diese Art von Channeling die bestmögliche Variante, mir meinen Wunsch zu erfüllen. Wenn du diese Erinnerung nicht ganz freiwillig mit mir geteilt hast, tut es mir aufrichtig leid.«

Darren mustert mich, als würde er an meinem Verstand zweifeln, bevor er in schallendes Gelächter ausbricht.

Ich habe ihn noch nie so ausgelassen lachen gesehen – doch fröhlich zu sein, steht ihm. Vielleicht täusche ich mich oder aber seine Aura ist gerade eine Nuance intensiver geworden.

»Du bist mir also nicht böse?«, frage ich hoffnungsvoll.

Mit einem Kopfschütteln lässt er sich gegen die Rückenlehne des Sofas sinken und betrachtet mich mit sanfter Faszination. »Kennst du den Spruch *Genie und Wahnsinn liegen nahe beieinander?* Bei dir scheinen sie sich zwar gelegentlich ein Bett zu teilen, aber …« Räuspernd verstummt er. »Entschuldige. Das klang vollkommen falsch. Eigentlich sollte es ein Kompliment werden, doch offensichtlich bin ich besser darin, Menschen vor den Kopf zu stoßen, als mich bei ihnen zu bedanken.«

»Gern geschehen. Und ich wurde noch nie so voller Bewunderung beleidigt«, ziehe ich ihn auf.

»Gern geschehen«, wiederholt er meine Worte schmunzelnd. In der nächsten Sekunde ist jede Belustigung aus seinem Gesicht verschwunden. »Denkst du, wir könnten diese Sache eventuell wiederholen? Nicht das Beleidigen, sondern das Channeling. Es gibt andere Dinge, die ich dir gern zeigen würde. Wichtigere Dinge. Nur falls du noch immer dazu bereit bist, mir zu helfen.«

»Sicher. Ich weiß zwar nicht ganz genau, wie es funktioniert hat und ob es sich rekonstruieren lässt, aber wir könnten probieren, es herauszufinden.«

Darren nickt gedankenverloren, den Blick ins Leere gerichtet, bis er auffährt. Etwas blitzt in seinen Augen auf, als wäre ihm soeben ein Gedanke gekommen. »Es gibt eine Sache, die ich dir auch so zeigen könnte. Hast du zufällig Sonntagmorgen Zeit?«

»Zeigen? Sicher. Außer ein paar Sachen fürs Studium und einer Tarot-Legung habe ich noch nichts geplant.«

»Besitzt du ein Kleid? Dann hole ich dich ab.«

»Sag mir eine Uhrzeit und ich bin fertig«, antworte ich, obwohl ich unsicher bin, worauf ich mich gerade einlasse. Was hat er vor? Und was spielt es für eine Rolle, wie ich dabei gekleidet bin?

»Perfekt.« Darren schenkt mir ein Lächeln und schlägt mit einer Hand auf die Sofalehne, als wäre damit alles gesagt. Schon bevor er den Mund öffnet, weiß ich, dass er das Thema wechseln wird. »Möchtest du zufällig etwas essen? Ich werde vom Baden immer hungrig. Soll ich uns etwas kochen?«

»Du willst mich also mit etwas zu essen abspeisen, statt mit der Sprache rauszurücken, was du am Sonntag vorhast?«, stichle ich. Zur Antwort zwinkert er mir zu.

Zauberhaft.

Ich beobachte Darren dabei, wie er zum Kühlschrank schlendert und einen Blick hineinwirft. Wie hypnotisiert folge ich jeder seiner Bewegungen. Vielleicht war es doch keine so gute

Idee, ihn nackt zu sehen. Oder warum fasziniert mich mit einem Mal das Muskelspiel an seinen Unterarmen? Kann es sexy aussehen, sich gegen eine Kühlschranktür zu lehnen und durch die feuchten Haare zu fahren – oder was stimmt nicht mit mir?

»Ich könnte uns Omeletts braten. Isst du Eier?«, reißt mich Darren aus meinem Bewunderungsmodus.

»Manchmal, wenn ich weiß, wie die Hühner gehalten werden«, antworte ich wie auf Autopilot und erhebe mich vom Sofa, ohne genau zu wissen, warum ich es tue. Ein Teil von mir würde gern zu Darren hinübergehen, um ihm nahe zu sein. Vielleicht habe ich es mit den aphrodisierenden Badezusätzen ein wenig übertrieben? Jemanden ausziehen zu wollen, ist definitiv keine normale Reaktion auf ein Reinigungsritual.

»Ich habe sie bei einem neu gegründeten Ökokollektiv gekauft. Ich schwöre, dass diese Eier von den glücklichsten Hühnern ganz New Yorks stammen.«

»Na dann.« Mehr fällt mir nicht ein. Da ich noch immer sinnlos herumstehe, setze ich mich mit meinem iPad an den kleinen Tresen, der Küche von Wohnbereich trennt, und sehe Darren dabei zu, wie er die Eier aufschlägt und Gemüse abwäscht. Auf der Suche nach einer Bratpfanne stellt er diverse Töpfe auf dem Tresen ab.

»Wenn ich dir einen Tipp geben darf: Ziehe nie mit einer *Kitchen Witch* zusammen«, erklärt er grinsend. »Die Hälfte der Utensilien dieser Küche hat Beryl einzig und allein zum Herstellen von Tränken freigegeben. Wir besitzen drei Mörser, aber wehe du nutzt einen davon zum Zubereiten von Pesto. Nein, sie sind nur dafür da, um magische Kräutermischungen anzurühren.«

»Schade. Eigentlich hatte ich vor, eine magische WG zu gründen – und ganz oben auf meiner Wunschliste stand jemand, der kochen kann.«

»Gemma Stone – Möglichmacherin des Unmöglichen – scheitert also an banalen Dingen wie dem Kochen?«

Ich würde ihm gern widersprechen, aber laut Taro sind meine Kochkünste unterirdisch. »Niemand ist perfekt.«

Darren verharrt in der Bewegung und schenkt mir ein Lächeln. Diese neue, offene Art, die ich vorhin zum ersten Mal bei ihm gesehen habe. »Niemand ist perfekt, aber manche von uns sind verdammt nah dran.«

Am liebsten würde ich ihm dasselbe sagen, wie letztens am Wasser: Ich nehme an, du redest von dir? – Doch ich kann es nicht. Irgendetwas an seinem Blick hält mich gefangen und untergräbt jede Schlagfertigkeit. Ich spüre förmlich, dass meine Wangen warm werden.

»Könnte ich vielleicht meine Kette wiederhaben?«, bitte ich kleinlaut, weil ich das Bedürfnis nach etwas habe, das mich vor Darrens Anziehungskraft schützt.

»Sicher.« Er greift sie aus seiner Hosentasche und reicht sie achtlos herüber.

Ich weiß nicht, was ich mir davon erhoffe, doch auch als sie wieder um meinen Hals hängt und ich den Anhänger umfasse, verfliegt meine Faszination für Darren nicht. Und vermutlich liegt es nicht nur daran, dass der Kristall mittlerweile vollkommen entladen ist. Schade. Oder aufregend? Ich bin mir nicht so sicher. Aber wenn ich ihm bei einer Aufgabe helfen soll, ist es vor allem eines: unangebracht. Er hat sich vor mir ausgezogen, weil es zum Ritual gehörte. Unsere geistige Verbindung war Teil eines Zaubers. Das ist alles. Mein Kopfkino muss dringend enden.

»Hältst du Burlesque-Tanz eigentlich für sexistisch?«, frage ich aus heiterem Himmel, weil mir gerade einfällt, dass ich bis morgen eine Hausarbeit abgeben muss, für die ich noch keinen einzigen Satz geschrieben habe. Eine Hausarbeit, die ich allein deswegen verfassen muss, weil ich auch während meines Seminars zu viele Gedanken an ihn verschwendet habe, statt mich auf die Realität zu fokussieren.

»Das kommt wohl darauf an, wie du es betrachtest«, erwidert er und sieht mich irritiert an, bevor er sich wieder der Zubereitung des Essens widmet. »Ich dachte, es geht dabei um Kunst, weibliche Selbstbestimmung und *Body Positivity*.«

»Aber wenn es das Ziel ist, andere zu verführen, wie empowernd kann das sein?«

Während Darren die Omeletts in der Pfanne brät, denkt er darüber nach. »Zum Verführen gehört es dazu, dass man sich selbst attraktiv findet. Und wenn du anderen vermittelst, dass jede Körperform attraktiv sein kann, ist das eine Definition von *female empowerment*. Denke ich. Ich bin kein Profi in diesen Dingen. Weil … auf der anderen Seite gibt es ja auch asexuelle Menschen. Ich bin mir sicher, dass die weibliche Selbstbestimmung anders definieren würden.«

»Aber es ist ein interessanter Ansatz, danke dir.« Ich mache mir eine kurze Notiz und sehe ihn aus dem Augenwinkel schmunzeln. »Was?«

»Nichts. Hast du noch mehr Fragen auf deiner Checkliste, um dich davon zu überzeugen, dass ich tatsächlich ein anständiger Kerl bin?«

»Oh, das war nicht …«, stammle ich wenig eloquent. »Ich meine, ich muss eine Hausarbeit zu dem Thema schreiben. Es war kein Verhör.«

Und ob er wirklich ein anständiger Kerl ist, muss sich erst noch zeigen. Wobei mindestens ein Teil meines Ichs offensichtlich auch zu unanständigen Dingen bereit wäre.

· · ✦ · ·

Während des Essens und in all den Stunden danach reden wir nicht mehr über den Fluch und das Channeling – vielleicht, weil wir beide das Erlebnis erst verarbeiten müssen –, aber als ich mich von Darren verabschiede, habe ich dennoch das Gefühl, dass sich etwas zwischen uns geändert hat.

»Ich hole dich Sonntagmorgen um halb zehn ab«, erinnert er.

Mit einem Nicken wende ich mich zum Gehen. Ich habe zwar keine Ahnung, zu was wir uns verabredet haben, aber ich vertraue ihm. Und vielleicht freue ich mich sogar darauf, erneut Zeit mit ihm zu verbringen.

»Gemma?«

Ich hebe fragend die Augenbrauen und drehe mich noch einmal zu ihm herum. Es wirkt, als wollte er etwas sagen, stattdessen lehnt er sich gegen den Türrahmen und betrachtet mich.

»Was?«, gebe ich meiner Neugierde nach.

»Nichts. Pass einfach auf dich auf.«

»Ich wohne nur eine Haustür entfernt.«

»So nah und doch so fern«, erwidert er zwinkernd und nickt mir zum Abschied zu.

Irgendetwas an dieser Geste lässt mein Herz kurz flattern, aber ich unterdrücke den Impuls, ihn zu fragen, wie er es meint.

Er braucht meine Hilfe. Nicht mehr und nicht weniger als das, ermahne ich mich.

Es scheint, als ob das mein neues Mantra wird, denn ich wiederhole die zwei Sätze wieder und wieder. Auch dann noch, als ich wenig später im Bett liege und nach wie vor meinen unanständigen Gedanken nachhänge.

TAGEBUCHEINTRAG

Ich habe noch nie versucht, einen Tagebucheintrag zu schreiben, für den mir die Worte fehlen. Aber ... Verdammt! Das heute war intensiv.

Normalerweise bin ich kein Mensch fürs Baden, doch die ätherischen Öle der Kräuter, die Wärme, die Kerzen ... Irgendwie bin ich tatsächlich eingedöst – und habe dabei an Gemma gedacht. Was kein Wunder ist. Ihr Duft lag noch in der Luft, und ihre Worte hallten in meinem Kopf nach: Nur falls ich in einem deiner positiven Gedanken auftauchen sollte ... geh davon aus, dass es mir gefällt.

Das, was wir danach erlebt haben, war ... Besonders? Ich weiß noch immer nicht, wie ich es beschreiben soll.

Die Erinnerung, die wir miteinander geteilt haben, liegt so weit zurück, dass ich im ersten Moment gar nicht begriffen habe, dass es überhaupt meine war. Mom sah damals noch jünger und gesünder aus, als ich sie jemals bewusst vor Augen hatte. Im Gegensatz zu Dad. Er hatte schon immer diese strengen Züge um den Mund.

Es war seltsam, diesen Tag noch einmal zu durchleben. Gemma dabei an meiner Seite zu haben, war zusätzlich verwirrend, aber auf eine eigenartige Art und Weise beruhigend. Ich habe sie nicht gesehen, nur gespürt. Ihr Duft, ihre Nähe, ihre Aura. Sie war da, obwohl sie es damals nicht war.

Wow. Es klingt selbst beim Schreiben noch eigenartig.

Ich kenne Gemma kaum, aber vertraue ihr. Vermutlich mehr als jedem anderen auf der Welt. Vielleicht ist das Teil ihrer besonderen Magie: Menschen ein gutes Gefühl zu geben.

Doch bei aller Euphorie: Ich bin fest entschlossen, mich nicht in meine Fantasien zu verrennen. Es besteht immerhin eine realistische Chance, dass sie mir am Sonntag postwendend die Freundschaft kündigt. Und wenn nicht sofort, dann vielleicht, sobald sie versteht, in was ich verstrickt bin.

Meine Tarotkarte mag der Gehängte sein, aber wenn ihr die Sache zu heiß wird (in welcher Hinsicht auch immer), werde ich sie sofort gehen lassen. Sie muss nicht mit mir am Galgen enden.

Und ich will nicht wie Dad werden. Besessen von etwas, an das er sich ohne Rücksicht auf Verluste klammert.

Das ist nicht okay. Und nicht fair.

Ich werde jetzt kalt duschen gehen, bis Gemmas Stimme in meinem Kopf verstummt, weil ich sonst irgendwann durchdrehe.

16. KAPITEL

Sonntag, 2.10.

»Bis später!«, rufe ich durch die Wohnung, als es unten an der Haustür klingelt.

»Viel Spaß bei deinem Date!«, ertönt Taros Stimme aus seinem Zimmer.

»Es ist keins! Trotzdem danke!« Schnell greife ich meinen Schal und meine Tasche von der Garderobe und laufe die Treppe hinab. Kaum habe ich die Wohnungstür aufgerissen, erstarre ich.

»Oh«, ist alles, was mir bei Darrens Anblick über die Lippen kommt.

Darren steht vor der Tür, aber er sieht nicht wie Darren aus. Sondern wie eine Version von ihm, die sich die Haare geglättet und sich in einen dunkelblauen Maßanzug geworfen hat. Statt roten Chucks trägt er braune Schnürschuhe – immerhin mit blauen Schnürsenkeln und Nähten. Wenn mich nicht alles täuscht, hat er eine matt schimmernde Seidenkrawatte umgebunden. Alles an seinem Outfit verkündet: *Gemma, du bist völlig falsch angezogen. Du siehst wie jemand aus, der in Michigan auf dem Land aufgewachsen ist.*

»Als du gefragt hast, ob ich ein Kleid besitze, dachte ich nicht an …« Was auch immer das Pendant zu dem wäre, was er heute darstellt. Etuikleid und Perlenkette? Ich finde es fast tröstlich, dass er noch immer seinen Ohrring trägt, der ist wenigstens et-

183

was Vertrautes an seinem Anblick. »Haben wir Zeit, damit ich mich noch einmal umziehen kann?«, schlage ich vor und zupfe demonstrativ an einem Volant meines Blümchenkleids.

»Weswegen?«, fragt er unbedarft und deutet zur Begrüßung einen Wangenkuss an. Es ist nur ein Hauch, keine Berührung, dennoch fließt ein wohliger Schauer meinen Rücken hinunter, als würde mein Körper sich nach Darrens Nähe sehnen.

Räuspernd verdränge ich diese Art von Gefühlen und überlasse meinem akuten Zweifel das Feld.

»Warum ich mich umziehen möchte? Weil ich ein Blümchenkleid trage, das ich bei einer Kleiderbörse ertauscht habe.« Darüber einen Strickmantel, einen Wollschal und eine Baskenmütze. Ich könnte in diesem Outfit Gänseblümchen auf einer Wiese pflücken oder zur Uni oder in ein Café gehen, aber sicher nicht dorthin, wo Darren in seinem Anzug aufkreuzen will. Im Lexikonbeitrag des Wortes *underdressed* steht heute definitiv *Gemma Stone*.

»Du siehst wunderschön aus«, versichert er und wendet sich zum Gehen. »Hast du eigentlich deine Hausarbeit pünktlich abgegeben?«

Er plaudert so zwanglos, als wäre ihm noch immer nicht aufgefallen, dass wir aussehen, als wollten wir auf sehr verschiedene Partys gehen. Mein Unbehagen nimmt auch nicht ab, als er mir die Beifahrertür eines dunkelblauen Teslas öffnet, der am Straßenrand parkt. Es könnte sogar sein, dass ich schon mehrfach daran vorbeigegangen bin, aber ich hätte dem Sportwagen keine Beachtung geschenkt.

»Ist das dein Auto?«

»Sehe ich wie jemand aus, der Autos stiehlt? Wenn ja, bin *ich* hier derjenige von uns, der sich noch einmal umziehen sollte.«

»Und du bist dir ganz sicher, dass sie mich in diesem Outfit reinlassen? Wohin auch immer wir fahren.«

»Sie haben gar keine andere Wahl«, erwidert er zwinkernd. Zumindest einer von uns scheint sich seiner Sache sicher zu sein. Wie beruhigend.

»Wenn du dich nicht wohlfühlst und dich noch einmal umziehen möchtest, warte ich hier im Auto auf dich. Aber wenn du mich fragst ...« Er mustert mich, zuckt schließlich mit einer Schulter. »Gefällt dir ein anderes Wort als wunderschön besser? Süß? Liebenswürdig? Stilvoll? Was stand unter dem Pinterest-Beitrag, der dich zu deinem Outfit inspiriert hat?«

»Ich style mich nicht nach Pinterest-Vorschlägen«, erkläre ich nicht zum ersten Mal, lasse mich auf das hellbraune Leder sinken und atme tief durch. »Aber du hättest mir sagen können, dass du ...« Statt den Satz zu beenden, deute ich auf seine Krawatte, dann das Auto.

»Ich dachte, wir hatten schon geklärt, dass Geld nicht mein Problem ist«, erinnert er, als wäre all das hier keine große Sache, schließt die Beifahrertür, umrundet das Auto und steigt ein. »Mach es dir bequem. Die Fahrt dauert anderthalb Stunden.«

Nicht ganz überzeugt schlüpfe ich aus meinen Stiefeletten, ziehe ein Bein an und lege die Arme darum. Worauf habe ich mich hier eigentlich eingelassen?

· · ✦ · ·

Mit Darren zu fahren, ist relativ entspannend. Er navigiert das Auto sicher und besonnen durch den Großstadtverkehr. Wir fahren in Richtung Manhattan, über die George Washington Bridge, dann am Hudson River entlang. Die Aussicht auf das Wasser vermittelt mir den Eindruck von Freiheit und Heimat. Vielleicht weil mich das Spiel der Sonne auf den Wellen an meine Kindheit in Michigan erinnert.

Wir folgen einer Interstate, bis ich meine Neugierde nicht länger zurückhalten kann.

»Sagst du mir jetzt, wohin wir fahren?«

»Zum Harriman State Park.«

Normalerweise fährt man zum Wandern in den National-park, aber dafür erscheint mir Darrens Outfit wenig geeignet.

»Und du verrätst mir noch immer nicht, weswegen?«

Er schenkt mir einen kurzen Seitenblick, ein Lächeln und spielt mit einer Hand an seinem Ohrring. »Ich fürchte, wenn ich dir sage, worum es geht, wirst du mich bitten, umzukehren. Aber wir müssen nicht lange bleiben, wenn du dich nicht wohlfühlst. Manches erklärt sich leichter, wenn man es mit eigenen Augen sieht.«

»Okay.« Damit beschließe ich, mich meinem Schicksal zu ergeben. Mit den Fingern gleite ich an der Kette entlang, die ich heute trage, und stoße den Bergkristallanhänger sachte an. Ähnlich wie der Ausblick auf das Wasser hat auch er etwas Beruhigendes an sich. Nicht weil Bergkristalle Ruhe vermitteln würden, sondern weil er etwas Vertrautes ist.

Ich richte mich in meinem Sitz auf, als die ersten Bäume des Nationalparks am Fenster vorbeigleiten. Der Harriman State Park ist das zweitgrößte Wanderareal im Staat New York. Eine hügelige Landschaft, schlanke, hohe Bäume, die in den Himmel ragen. Jetzt, im Herbst, leuchten die Blätter der Laubbäume rot-golden, als stünden sie in Flammen.

»Ich frage mich noch immer, wie du die Schönheit des Herbstes nicht erkennen kannst«, murmle ich mit Blick aus dem Fenster. Ist es nicht magisch, wie das Sonnenlicht auf die Blätter fällt und sie zum Leuchten bringt, als würden wir unter einem brennenden Dach entlangfahren?

»Ich weiß nicht, was du siehst, aber ich sehe jede Menge

absterbende Blätter, die demnächst von den Straßen gefegt werden wollen, bevor sie für rutschige Fahrbahnen sorgen.«

»Darren, du bist so ein elendiger Pessimist.«

»Realist, aber ich bewundere deinen Optimismus beim Anblick des baldigen Todes. Der ist sicher nützlich. Wir sind übrigens gleich da.«

Ich schaue aus dem Fenster und hebe eine Augenbraue. Wo sind wir? Wir folgen einem Kiesweg und halten schließlich auf einem Schotterplatz am Rande des Parks. Ein paar Autos leisten uns Gesellschaft. Und sonst? Was gibt es hier?

Erst beim Aussteigen erkenne ich ein Haus, das dank seines grasüberwachsenen Dachs perfekt mit der hügeligen Landschaft verschmilzt. In den gläsernen Fassaden spiegeln sich die umgebenden Bäume und selbst die mattschwarzen Metallträger passen irgendwie zu den dunklen Baumstämmen.

Das Haus sieht nicht besonders groß aus, trotzdem wirkt es exklusiv. Nicht zuletzt wegen eines beheizten Außenpools, über dem Dampf aufsteigt. Ist das ein Restaurant?

»Eine Sache habe ich … vergessen, dir zu sagen«, gesteht Darren, nachdem auch er ausgestiegen ist. »Ich habe dich als meine Begleitung angegeben, damit sie dich auf die Gästeliste setzen. Schafft es die Schauspielstudentin in dir für die nächsten Stunden, so zu tun, als wäre ich mehr als eine Dreikommafünf auf deiner Hotness-Skala?«

»Deine Begleitung?«, frage ich überrascht. »Im Sinne von *wir haben ein Date?*«

»Wie gesagt: Es war der einfachste Weg, dich auf die Gästeliste setzen zu lassen.«

»Deine Geheimniskrämerei in allen Ehren, aber wenigstens das hättest du mir sagen können«, murmle ich mit Blick auf das Haus.

»Bist du dabei oder sollen wir wieder fahren?«

Zumindest eines muss ich ihm lassen: Darren versteht es meisterhaft, mit meiner Neugierde zu spielen.

Ich schenke ihm ein Lächeln und schlendere zu ihm hinüber. Mit einer Hand zupfe ich den Kragen seines Jacketts zurecht und lege sie auf seine Brust. Ich kann seinen Herzschlag durch den dünnen Stoff hindurch spüren. Er schlägt einen anderen Takt an, als ich erst durch die Wimpern zu ihm aufsehe, dann den Kopf hebe und ihm das süßeste Lächeln schenke, zu dem die Schauspielstudentin in mir in der Lage ist. Ich schlage den zuckrigsten Tonfall an, den ich beherrsche. »Wie gesagt: Du hättest mir das gleich sagen können, ich hätte nicht gekniffen. Um meine Neugierde zu befriedigen, würde ich so einiges tun. Und außerdem bist du auf der Hotness-Skala locker eine Neun.«

Räuspernd greift er nach meiner Hand und schiebt seine Finger zwischen meine. »Eine Neun? Tatsächlich? Wenn du mich so ansiehst, würde ich sogar noch mehr als deine Neugierde befriedigen, sobald wir allein sind.«

»Was für große Worte von jemandem, der mich damit aufgezogen hat, dass ich mir von ihm ein Date wünschen würde«, stichle ich und ignoriere, dass Darrens Worte meinen Puls in die Höhe schnellen lassen, als könne mein Körper es gar nicht erwarten, dass er seiner Verheißung Taten folgen lässt. »Weswegen wir auch hier sind: Ich bin bereit.«

So bereit man eben sein kann, wenn man vollkommen falsch gekleidet ist und keine Ahnung hat, was einen erwartet.

· · ✦ · ·

Überfordert ist das erste Wort, das mir beim Betreten des Hauses in den Sinn kommt. Als Darren die gläserne Eingangstür hinter uns schließt, fühle ich mich, als hätte ich soeben eine vollkommen neue Welt betreten. Nichts hier erscheint mir vertraut.

Es beginnt schon bei der musikalischen Untermalung: Im Hintergrund spielt leise Violinenmusik. Ich höre zwar, dass das Lied melodisch klingt, doch die farbigen Sinneseindrücke, die es in mir erzeugt, bilden eine unschöne Disharmonie aus Rot- und Grüntönen. Wir betreten einen Flur, der nur durch eine gläserne Wand vom Wohnzimmer getrennt ist. Menschen in schicker Kleidung plaudern dort in kleinen Grüppchen und nippen an Champagnerflöten. Sie alle tragen Anzüge oder Cocktailkleider als wäre das hier ein offizieller Empfang. Aber in einem Punkt habe ich mich geirrt: Dieses Haus sieht eher nach Privatbesitz als Restaurant aus.

»Darf ich dir aus dem Mantel helfen?«, fragt Darren.

Nickend überreiche ich ihm das Kleidungsstück und begleite ihn anschließend ins Wohnzimmer, wobei ich die Wärme seiner Hand bestärkend zwischen meinen Schulterblättern spüre.

Während ich mich umsehe, fühle ich mich wie damals, als ich Dads Wohnung betreten habe. Der Moment, in dem man etwas zum ersten Mal mit eigenen Augen sieht, das man bislang nur von Bildern oder aus Filmen kannte, ist immer wieder faszinierend. Diese Art der Architektur war mir bisher fremd. Sämtliche Wände und Einrichtungsgegenstände dieses Hauses sind in Anthrazit gehalten und bilden einen Kontrast zu dem hölzernen Boden in warmen Brauntönen. In der Mitte des Raums wurde eine Sitzecke in den Boden eingelassen. Durch das pyramidenförmige Glasdach darüber wirkt es, als wäre dieses Haus ein Teil des Waldes. Eine Glaswand gibt den Blick auf den Außenpool und den dahinter liegenden Wald frei, doch dem gegenüber befindet sich eine rohe, dunkelgraue Steinwand, die aussieht, als wäre das Haus direkt in den Hügel getrieben worden. Noch nie habe ich etwas gesehen, das so stimmig und unharmonisch zugleich erscheint.

Erdrückend und offen. Irdisch und kosmisch. Alles hier ist von puren Gegensätzen beherrscht. Einklang im Widerspruch.

Mein Blick fällt auf ein riesiges Gemälde. Flüchtig betrachtet sieht es aus, als hätte jemand wild mit einem Pinsel rote Striche über die Leinwand gezogen, aber irgendetwas daran lässt mich stutzig werden. Jedes Bild hat die Macht dazu, Betrachtende zu beeinflussen, doch das, was ich spüre, geht darüber hinaus. Dieses Bild macht etwas mit mir. Es fühlt sich an, als würde es mit unsichtbaren Tentakeln nach mir tasten. Ich kneife leicht die Augen zusammen, bis meine Sicht verschwimmt. Diese Striche. Sie wurden nicht wahllos angeordnet. Es sind Runen. Allerdings kenne ich ihre Bedeutung nicht, weil Viola sie mich nicht gelehrt hat. Sie gehören zu einem Spektrum der Magie, das ich nicht beherrsche.

Dies ist das Haus eines Hexers der schwarzen Magie.

»Darren, wo sind wir hier?«, frage ich unruhig und fahre auf, als sich uns jemand nähert. Jemand, den ich schon einmal gesehen habe. Erneut schießt mein Puls in die Höhe, doch nicht vor Freude. »Mister Hunter?« Ich weiß nicht, womit ich gerechnet habe, aber sicher nicht damit, hier plötzlich dem Geschäftsführer der L. I. F. E. Inc. gegenüberzustehen.

Mir ist bei seiner Ansprache auf der Demo schon aufgefallen, dass er recht groß sein muss. Von Nahem wirkt er regelrecht einschüchternd. In dem Maßanzug und mit dem gewinnenden Lächeln scheint er wie der perfekte Geschäftsmann.

»Darren.« Er sagt nur ein Wort, aber es verrät, dass selbst sein Tonfall wie dafür geschaffen ist, Menschen zu umgarnen. Doch viel wichtiger ist die Frage: Woher kennt er Darren? Warum nennt er ihn beim Vornamen?

Darren lässt mich los und – umarmt Mr Hunter. Es ist eine kurze, vertraute Geste, bei der sie sich gegenseitig auf den Rücken klopfen, während alles in mir zur Flucht drängt.

»Dad? Darf ich dir Gemma vorstellen?«

Dad? Für eine Sekunde entgleisen mir die Gesichtszüge, bevor ich mein Lächeln wiedergefunden habe.

Wie kann Darren der Sohn von Mr Hunter sein? Das ergibt doch keinen Sinn. Er hat an der Demo gegen die L.I.F.E. Inc. teilgenommen. Allerdings inkognito.

Alles, was ich fühle, ist akute Überforderung. Der Mann, der ihn verflucht hat, war Mr Hunter? Sein Vater. Aber warum umarmen sie sich dann so freundschaftlich? Noch bevor ich eine plausible Antwort auf nur eine dieser Fragen gefunden habe, ergreift Mr Hunter meine Hand und legt die andere darüber. Es ist eine eigenartige Geste. Ist sie übergriffig oder soll sie beschützend wirken?

»Gemma, Darren hat kein bisschen übertrieben, als er sagte, wie bildhübsch du bist. Es freut mich sehr, dich kennenzulernen.«

Ich sehe kurz zu Darren auf. Er hat von mir erzählt? Vermutlich als er mich auf die Gästeliste setzen ließ.

»Oh, mach dir keine Sorgen.« Mr Hunter tätschelt meine Hand, als hätte er meine Gedanken erraten. »Er sagte nur Gutes über dich.«

»Wie könnte ich nicht? Sie ist zauberhaft«, stimmt Darren zu und legt seinen Arm um mich. Zwar lässt Mr Hunter dadurch von mir ab, dennoch fühle ich mich, als wäre ich beim Betreten des Hauses in die Fänge des Feindes geraten.

»Schön, dass ihr hier seid. Fühlt euch wie zu Hause«, sagt Mr Hunter. »Darren wird dir sicher gern alles zeigen. Bedient euch. Habt Spaß. Ich muss mich heute um meine Gäste kümmern, aber wir werden gewiss noch die Gelegenheit dazu bekommen, uns näher kennenzulernen.« Mit einem flüchtigen Nicken verabschiedet er sich wieder und begrüßt zwei Neuankömmlinge. Erst jetzt wird mir bewusst, wo ich hineingeraten bin: in einen Brunch mit dem Firmeninhaber der L.I.F.E. Inc., sicherlich ebenso einflussreichen Menschen – und seinem Sohn.

Darren ist der Sohn des Mannes, der New York mit seinem Fracking-Vorhaben schaden will. Schlimmer noch: *Dieser Mann ist ein schwarzer Hexer.*

Diese Erkenntnis fühlt sich für mich wie ein Schlag in die Magengrube an. Fassungslos scanne ich Mr Hunters Aura ab. Mir ist bewusst, dass ich mies darin bin, sie zu deuten, doch seine wirkt so überaus durchschnittlich, dass es schon fast absurd ist. Vermutlich hat er einen Weg gefunden, sie zu tarnen. Verfluchte dunkle Künste!

»Warst du deswegen inkognito auf der Demo? Weil deinem Dad die beschissene L.I.F.E. Inc. gehört?«, frage ich, kaum dass Mr Hunter außer Reichweite ist, und streife wütend Darrens Hand ab. »Oder warst du überhaupt nur da, weil du ein Haar von mir brauchtest, um mich im Internet vorzuführen? Bist du mir an dem Tag einfach gefolgt, bis du eine passende Gelegenheit hattest? Warst du danach deswegen so schnell verschwunden?« Und vielleicht hat er tatsächlich das Gebäude der L.I.F.E. Inc. betreten. Alles, was ich bisher über ihn zu wissen geglaubt habe, erscheint mit einem Mal in einem anderen Licht. Mir war bewusst, dass er schwarze Magie beherrscht. Sicher. Aber habe ich mich von seinem attraktiven Äußeren und den Flirtereien so umgarnen lassen, dass ich mir eingeredet habe, dass es nichts Schlechtes sein muss? Dass er sie vielleicht nur einsetzt, um Hochstapler zu überführen – und nichts weiter. Mein Bild von Darren hat gerade gewaltige Risse erhalten. »Worauf habe ich mich hier eingelassen?« Frage um Frage sprudelt nur so aus mir heraus, doch statt mir zu antworten, hebt er abwehrend die Hände und sieht sich flüchtig im Raum um.

Er will nicht, dass ich ihm eine Szene mache? Das hätte er sich früher überlegen und mich einweihen können, statt mich hier vor vollendete Tatsachen zu stellen. Ich habe schon verstanden, dass ihn der Fluch gewisse Sachen nicht aussprechen lässt, aber den Namen seines Dads hätte er mir wenigstens anvertrauen können. Ich bin dermaßen aufgebracht, dass mir das Herz buchstäblich bis zum Hals schlägt. Es kostet mich alle Selbstbeherrschung, ihn nicht stehen zu lassen und wieder zu gehen. Selbst zu Fuß in die Stadt zurücklaufen zu müssen, erscheint mir verlockender als hierzubleiben.

»Gemma, bitte.« Er sieht sich noch einmal im Raum um, bevor er mich mit dem Blick fixiert. »Ich verstehe, dass du irritiert bist, aber ich bin nicht dein Feind, okay? Ich kann dir alles erklären, wenn du bleibst und dich beruhigst. Für …«

»Für was?«, frage ich provozierend, da er den Satz unbeendet verklingen lässt und kaum merklich den Kopf schüttelt.

»Vergiss, was ich sagen wollte. Es ist kompliziert und wir würden vermutlich mehr als eine Channeling-Session brauchen, um es zu klären. Gib mir nur eine Antwort: Schaffst du es, für die nächsten Stunden so zu tun, als würdest du mich nicht umbringen wollen?«

Ich atme tief durch und wende den Blick ab. »Sicher«, bringe ich mühsam beherrscht hervor.

»Sieh mich bitte nicht so an, als hättest du gerade beschlossen, mich zu hassen.«

Mir entfährt ein abfälliges Schnauben. »Ich sehe dich gar nicht an«, widerspreche ich und zucke zusammen, als Darren mit seinen warmen Fingern sacht über meine Wange streicht. Wo auch immer er meine Haut berührt, hinterlässt er ein wohliges Kribbeln. Das ist ein Teil des Problems: Ich weiß nicht, ob ich ihm wirklich vertrauen kann, aber es ändert nichts daran, dass mir irgendetwas an seiner Nähe gefällt. Nur widerwillig sehe ich zu ihm auf. »Ich reiße mich zusammen und du lieferst mir Antworten. Ist das der Deal?«

Darrens Mundwinkel zucken. »Du reißt dich zusammen und ich liefere dir, was auch immer du dir wünschst. Deal?«

»Enttäusch mich nicht«, warne ich und bohre ihm meinen Zeigefinger in die Brust.

»Ich werde mich bemühen.«

Nickend nehme ich die Hand herunter und sehe mich im Raum um. Also gut. Dann verbringen wir wohl den Vormittag mit den Geschäftspartnern von Darrens Dad.

Darren Hunter.

Warum habe ich ihn auch nie nach seinem Nachnamen gefragt? Ob er recht hat? Hätte ich abgelehnt, wenn ich gewusst hätte, was mich hier erwartet? Er hat mal gesagt, dass er und sein Dad sich nicht immer einig sind. Aber worin? Was bedeutet es?

»Was auch immer du gerade denkst, ich bin auf deiner Seite«, sagt Darren leise und legt einen Arm um meine Taille.

»Oh, dann glaubst du also auch, dass du ein elendiger Lügner bist?« Ich schenke ihm ein Lächeln und klimpere so liebreizend mit den Wimpern, wie ich kann, damit es von Weitem aussieht, als würde ich mit ihm flirten.

Er reibt mit dem Daumen über den Stoff meines Kleides und beugt sich leicht zu mir herab. »Ich habe dich nie absichtlich belogen, dir höchstens Teile der Wahrheit vorenthalten. Das ist etwas anderes.«

Wir werden von einer Frau unterbrochen, die ich ebenfalls von der Demo kenne. Sie stand mit Mr Hunter vor dem Gebäude. Heute trägt sie ein dunkelblaues Etuikleid, eine Strumpfhose – aber keine Schuhe. Mit einem Lächeln im Gesicht kommt sie auf uns zu. In einer Hand hält sie ein Champagnerglas, die andere legt sie auf Darrens Oberarm und küsst ihn flüchtig auf eine Wange.

»Darren, Darling. Wie schön, dich mal wieder zu sehen«, säuselt sie und spielt mit dem blutroten Anhänger ihrer Halskette, als wäre sie verlegen.

Darren, Darling – hallen ihre Worte in meinem Kopf nach. Was für eine eigenartige Wortwahl. Welche Frau, die nicht einmal wie dreißig aussieht, nennt ihr Gegenüber *Darling*?

Sie mustert mich aufmerksam und schenkt mir ein Lächeln, als sie meinem Blick zu ihren Füßen folgt. Unruhig klopft sie mit dem Zeigefinger gegen ihr Champagnerglas. *Pling. Pling. Pling.* »Ich hatte vergessen, wie sehr Mr Hunter High Heels auf dem teuren Holzboden verabscheut. Also werde ich den Rest des Vormittags wohl oder übel ohne Schuhe laufen.«

Sie sieht mich noch einen Moment an, aber wirkt nicht beeindruckt. Weder von meiner Erscheinung noch meiner Kleidung. Mit einer leicht erhobenen Augenbraue wendet sie sich wieder Darren zu. »Dein Dad sagte mir bereits, dass du heute eine Begleiterin mitbringst. Es dürfte das erste Mal seit ... Wie viele Jahre kennen wir uns jetzt? Du hast bisher nie jemanden mitgebracht. Zumindest nicht zu öffentlichen Anlässen.«

»Fünf Jahre kennen wir uns«, antwortet Darren so trocken, dass ich irritiert zu ihm aufsehe. Diesen Tonfall kenne ich von ihm noch gar nicht. Er klingt fast, als würde eine unausgesprochene Warnung zwischen seinen Worten mitschwingen. »Gemma? Das ist übrigens Kristen. Die Assistentin meines Dads.«

»Gemma also.« Sie schenkt mir ein Lächeln, das ihre Augen nicht erreicht. »Was für ein hübscher Name. Wirst du Darren zukünftig öfter begleiten? Möchtest du ihn mal von der Arbeit abholen? Dann gib mir nur deine Handynummer und ich organisiere dir Zutrittsrechte zur Eingangshalle der L.I.F.E. Inc. Wenn Darren dich schon hierher mitbringt, scheint es ja etwas Ernstes zu sein.«

Mag sein, dass ihre Worte nur dazu dienen, abzuchecken, wie wichtig ich ihm bin, aber meine Aufmerksamkeit ist an etwas anderem hängengeblieben.

»Sekunde. Du arbeitest in der Firma deines Dads?«, frage ich – vielleicht eine Spur zu überrascht.

»Oh, das wusstest du noch nicht? Typisch, Darren. Er ist immer so überaus bescheiden.« Sie schlägt ihm spielerisch gegen den Oberarm, bevor ihre Aufmerksamkeit zu einem jungen Mann wandert. »Bürgermeister Caden war heute leider verhindert, aber er hat seinen Sohn Jesper geschickt.«

Ich folge ihrem Blick zu einem Typen Anfang zwanzig in dunkelblauem Jackett und beigefarbener Stoffhose. Er hat eine Hand in die Hosentasche geschoben und sieht abschätzig zu uns herüber, als hätte er seinen Namen gehört. Alles an ihm schreit förmlich: Seht wie lässig ich bin. Ich bin wichtig. Also stellt euch hinten an, wenn ihr mit mir reden wollt.

»Ihr entschuldigt mich? Ich habe den Auftrag bekommen, dafür zu sorgen, dass er sich hier wohlfühlt«, erklärt Kristen und tippelt auf Zehenspitzen zu ihm herüber.

»Okay«, murmelt Darren in mein Ohr. »Ich verstehe, wenn du mich jetzt hasst. Ich hatte verdrängt, wie ätzend die Veranstaltungen meines Dads sind und hätte dich vorwarnen sollen.«

»Vor allen Dingen, hättest du mir den Dresscode nennen können, damit ich hier nicht so auffalle«, erwidere ich und drehe mich zu ihm herum. Er steht so nahe, dass ich den Kopf leicht in den Nacken legen muss, um zu ihm aufzusehen.

»Willst du das denn?«, fragt er leise und streicht erneut über den Stoff an meiner Taille. »Aussehen wie alle anderen? Nichts von dem, was du hier siehst, ist real. Jeder ist nur freundlich zu

jedem, weil sie sich untereinander Geld und Privilegien zu-
schieben. Jeder in diesem Raum würde mit jedem ins Bett steigen, wenn es sein müsste. Nicht nur metaphorisch. Frag mich
besser nicht, woher ich das weiß.«

»Weil du mit der Assistentin deines Dads geschlafen hast?«,
vermute ich. Ist es das, was er sagen will? Es würde zumindest
den Spitznamen und ihre eigenartigen Blicke erklären. Da er
nicht widerspricht, verbuche ich es als ein weiteres stillschwei-
gendes Geständnis und ignoriere das unangenehme Gefühl,
das diese Erkenntnis in mir auslöst. »Mit wem noch?« Mein
Blick gleitet durch den Raum. Über all die Frauen und Männer
in Designerkleidung.

»Mit niemandem, Gem. Aber die Welt meines Dads ist so
düster wie die Wände um uns herum. Lass dich nicht täuschen.
Die gläsernen Fassaden sind nur Inszenierung. Sie sagen: *Seht
her, ich habe nichts zu verbergen*, damit niemand genauer hin-
schaut.«

Toxisch ist das erste Wort, das mir in den Sinn kommt. Aber
wer bin ich, darüber zu urteilen? »Die Menschen hier tun dasselbe wie ich auf meinem Kanal. Sie lächeln, weil ihnen vorgespielt wird, dass sie es müssen, um etwas zu erreichen.«

»Sag das nicht, du bist nicht wie sie. Du bist das einzig wirklich Lebendige in diesem Raum. Vergiss das nicht.« Sein Daumen reibt noch immer über den Stoff meines Kleids. »Und ich
kann mir kein Kleid vorstellen, in dem du besser ausgesehen
hättest.«

Flüchtig sehe ich zu Darren auf und sofort wieder weg, weil
ich seinen Blick nicht ertrage. So aufmerksam und einfühlsam,
als würde ihm dieser Moment etwas bedeuten. Als würde er
seine Worte ernst meinen und meine Nähe so genießen, wie
ich das Gefühl seiner warmen Hände an meiner Taille. Etwas
in mir rät mir zur Vorsicht. Er beherrscht schwarze Magie. Ich

weiß nicht, in welchem Umfang. Er ist nicht immer ehrlich und ein Meister darin, Worte zu verdrehen. Woher soll ich wissen, ob ich ihm vertrauen kann?

Dennoch: Ich schiebe meine Hand unter sein Jackett, weil es in der Rolle seiner Freundin wohl meine Aufgabe ist, seine Annäherungen zu erwidern. Und vielleicht weil seine Körperwärme mir gerade guttut. Mir ist auf eine Art und Weise kalt, die nichts mit der Temperatur in diesem Raum zu tun hat.

»Du arbeitest also bei der L. I. F. E. Inc.?«, frage ich leise.

»Nur für Aushilfstätigkeiten. Nichts, was mir Zugriff auf wirklich interessante Infos ermöglichen würde. Das Vertrauen meines Dads in mich ist beschränkt, und ich darf es nicht verspielen, indem ich irgendetwas tue, was ihn an meiner Loyalität zweifeln lässt.«

»Dinge, wie dich mit mir zu treffen?«

Darren schüttelt den Kopf. »Ich nehme an, er weiß, wer du bist. Vermutlich hat er einen Hintergrundcheck beauftragt, als ich dich auf die Gästeliste setzen ließ. Aber er wird dich für harmlos halten. Er hat keine Angst vor weißer Magie. Und schon gar nicht vor Mädchen mit rosafarbenen Haaren, die im Internet über die Wirkung von Heilsteinen philosophieren. Vielleicht gefällt ihm sogar der Gedanke, dass ich meine Freizeit mit dir verbringe, da ich währenddessen keinen anderen Unfug anstellen kann.«

»Unfug«, wiederhole ich. »Wie viele Geheimnisse hast du noch?«

»Vor dir? Wenn es mit dem Channeling klappt, bald keine mehr.« Darrens Blick wandert so eindeutig zu meinen Lippen, dass ich lächeln muss.

»Hätten wir über die Rahmenbedingungen meines Jobs als deine Begleitung verhandeln sollen?«, stichle ich. »Gehört küssen dazu?«

Von der ersten Begegnung an spüre ich diese Anziehung, die ich mir selbst nicht erklären kann. Alle mir bekannten Schutzzauber sind dagegen machtlos. Ich möchte einfach nur wissen, wie es sich anfühlt. Seine Lippen auf meinen. Mein Körper an seinem. Meine Hand in seinen Haaren. Nur ein einziges Mal.

»Du bist eine wandelnde Versuchung«, murmelt er, als würde er es ähnlich sehen. Zögerlich hebt er eine Hand und streicht mir über die Wange. Sein Blick ist noch immer auf meine Lippen gerichtet, während er langsam den Kopf zur Seite neigt. »Aber ich fürchte, dass du es bei der Fantasie belassen musst. Ich kann dich nicht küssen.«

»Warum nicht?«

»Ich wünschte, es wäre anders, doch ich kann es schlichtweg nicht«, haucht er gegen meine Lippen, und ich wünschte, es wäre mehr als sein warmer Atem, der mich berührt.

Unser Moment endet ziemlich abrupt, als jemand Darrens Namen ruft.

Er hebt den Kopf und stöhnt. »Vollpfosten auf drei Uhr.«

»Darren!«, ruft Jesper erneut und kommt mit ausgebreiteten Armen auf ihn zu, als wollte er ihn umarmen, aber dafür müsste Darren mich erst loslassen. Seine Hand ruht noch immer an meiner Taille und es wirkt nicht, als wolle er das ändern.

»Jesper Caden, jedes Mal eine Freude«, behauptet Darren und schenkt ihm das unechteste Lächeln, das ich bisher bei ihm gesehen habe.

»Du lügst so schlecht wie eh und je«, bestätigt Jesper meine Gedanken. Er nimmt die Arme herunter und mustert mich mit einer Mischung aus Amüsement und Arroganz. »Mal wieder eines dieser Pariser Models? Spricht dieses wenigstens Englisch?«

»Oui, je comprends tout. Merci pour votre question«, erwidere ich lächelnd. »Aber ich muss Sie enttäuschen. Ich war leider nie in Paris. Eine meiner Mütter kommt aus Québec.«

»Kanadierin also.« Er mustert mich, als wäre ihm überhaupt nicht bewusst – oder vollkommen egal –, dass er gerade versucht hat, mich komplett zu übergehen. »Wie nett.« Damit ist zwischen uns wohl alles gesagt, denn er schnalzt mit der Zunge und wendet sich wieder an Darren. Zumindest so halb, denn mit der anderen Hälfte seiner Aufmerksamkeit säubert er seine Fingernägel. »Wie läuft das Studium?«, fragt er beiläufig.

»Gut«, ist alles, was Darren hervorbringt.

»Kein Wunder. Es lässt sich sicher entspannt studieren, wenn Daddy einem den Abschluss in diesem Bio-Öko-Dingens-Studiengang erkauft.«

»Mhm. Ich mache übrigens ein Fernstudium in einem Bio-Öko-Dingens-Studiengang an einer privaten Hochschule«, erklärt Darren an mich gerichtet. »Was die Leute dazu bringt, anzunehmen, dass ich den Abschluss geschenkt bekomme, während ich mich eigentlich auf Partys vergnüge.«

»Hast du ihn mal gegoogelt?«, fragt Jesper, ohne mich eines Blickes zu würdigen. »Gibt ziemlich viele Fotos, auf denen er feiert oder betrunken auf irgendwelchen Sofas liegt. Halb nackt.«

»Wir waren alle mal jung«, antwortet Darren sichtlich unangenehm berührt und erntet ein Schnauben von Jesper.

»Ja. Jung. Zu jung, um Alkohol zu trinken, wenn du mich fragst. Aber das ist vermutlich der Unterschied zwischen dem Sohn einer neureichen Familie und einer Familie, die seit Generationen aus erfolgreichen Politikern besteht. Die einen wissen, wie man sich in Gesellschaft benimmt.«

Oh, dann wurdest du also schon mit diesem Stock im Arsch geboren. – Das würde ich zu gern sagen, aber kann mich gerade noch zusammenreißen. Es ist wohl keine gute Idee, sich mit dem Sohn des Bürgermeisters anzulegen.

Darren scheint es ähnlich zu sehen, zumindest entgegnet er nichts, obwohl ich mir sicher bin, dass er schlagfertig genug wäre.

»Wie auch immer. Lasst euch nicht stören, bei eurem *Was auch immer*.« Jesper verabschiedet sich mit einer so selbstgefälligen Geste, als wäre das hier sein Haus. Seine Familie. Seine Party.

»Charmanter Typ«, murmle ich, als er außer Hörweite ist.

»Er hat ja recht.« Darren sieht ihm nach. »Ich habe es auf einigen Partys übertrieben, weil ich mit meinem Leben nichts anzufangen wusste. Ich habe mit der Assistentin meines Dads geschlafen, weil sie sich Vorteile erhofft hat, die ich ihr nicht geben konnte. Ich habe Existenzen zerstört, weil ich mir eingeredet habe, dass es so besser wäre. Manchmal, wenn ich zu lange hier raus war, vergesse ich es.«

»Was vergisst du? Wie man sich am besten wie ein Arschloch verhält?«

»Dass ich gut darin bin, eines zu sein.« In seinen Worten liegen so viel Schmerz und Orientierungslosigkeit, dass ich ihn am liebsten in den Arm nehmen würde, aber mir fehlen noch immer Hinweise, um dieses Rätsel namens Darren endgültig zu lösen.

»Darren?«

Als er mich ansieht, muss ich die Frage einfach stellen.

»Du hast gesagt, du bist mit deinen Eltern hergezogen. Wo ist deine Mom?«

Darren wirkt für einen Moment so überrumpelt, als hätte ich ihn mit meinen Worten geohrfeigt, bevor er mir den Ansatz eines nachsichtigen Lächelns schenkt. »Möchtest du sie kennenlernen? Persönlich meine ich.«

Ich nicke und greife nach seiner Hand. »Sehr gern.«

»Ich bin mir sicher, dass sie dich auch gern treffen würde. Komm mit mir nach oben, wenn du magst«, fügt er an und streicht mit seinem Daumen über meinen Handrücken.

Unwillkürlich frage ich mich, warum sie sich im Obergeschoss aufhält, während hier unten eine Feierlichkeit stattfindet. Möchte sie sich erst noch zurechtmachen? Zieht sie es vor, allein zu sein? In Darrens Erinnerung schien sie mit der Entscheidung von Mr Hunter nicht einverstanden zu sein. Ist ihre Abwesenheit vielleicht ein Statement? Aber seitdem sind so viele Jahre vergangen, dass sie sicherlich längst geschieden wären, hätte sie ihm nicht vergeben.

Warum auch immer sie sich zurückgezogen hat: Ich bin gespannt darauf, sie kennenzulernen.

17. KAPITEL

»Weißt du zufällig, was die Runen auf dem Bild im Wohnzimmer bewirken?«, frage ich, während wir eine geländerlose, schwebende Treppe hinauf gehen, die jedem Menschen mit Höhenangst Albträume bescheren würde.

»Sie bekräftigen alle Arten von Zaubern, die in diesem Haus gewirkt werden.«

»Sie sind also nicht per se böse«, schlussfolgere ich.

»Nun … Sie manipulieren Menschen, also werden sie den dunklen Künsten zugeordnet. Ich glaube, die Magie an sich ist weder schwarz noch weiß. Sie ist das, was wir daraus machen.«

»Interessanter Ansatz.« Ich beschließe, bei nächster Gelegenheit ein Foto des Bildes zu schießen und mir die Formen der Runen zu merken. Vielleicht kann ich verstärkende Runen irgendwann mal brauchen.

Wir folgen einem Flur mit gläserner Außenfassade. Die Aussicht auf den Wald ist beeindruckend.

»Ein Teil des Waldes ist übrigens Privatbesitz«, plaudert Darren, als wäre er meinem Blick gefolgt. »Nur falls du doch mal bei Vollmond nackt über eine Lichtung tanzen möchtest, könnte ich da vielleicht etwas arrangieren.«

»Und du machst mit?«, frage ich schmunzelnd, weil ich die Vorstellung noch immer etwas absurd finde.

»Muss nicht sein, aber ich könnte im Pool auf dich warten, bis du damit fertig bist.«

»Du Langweiler«, ziehe ich ihn auf, obwohl ich die Vorstellung davon, wie Darren mich nachts in einem Pool erwartet, alles andere als *langweilig* finde.

Seufzend bleibt er vor einer Tür stehen und bedeutet mir, hier auf ihn zu warten. »Ich schaue kurz, wie es Mom geht.«

Wie es ihr geht, hallen seine Worte in meinem Kopf nach. Wie soll ich das verstehen?

»Mom?« Er klopft an, betritt mit großen Schritten den Raum und lässt die Tür offen stehen. Trotz der gläsernen Zimmerdecke herrscht im Inneren eine dämmrige Stimmung. Ich erkenne ein Bett, auf dessen Kante Darren sich setzt, während ich auf der Schwelle warte.

Ein leichter Wind kommt auf und lässt dunkle Äste über das Glasdach kratzen, als wären sie Krallen. Langgliedrige Schatten tanzen durch das Zimmer. Auch wenn ich Natur mag, hat sie in diesem Moment etwas Beängstigendes an sich.

»Mom?«, wiederholt Darren und greift vorsichtig nach der Hand einer Frau, die friedlich schläft.

Ich will gerade sagen, dass er sie nicht extra zu wecken braucht, da bewegt sie sich.

»Darren.«

Es ist nur ein Wort, aber es klingt so kraftlos und matt, dass ich mir augenblicklich fehl am Platz vorkomme. Ich sollte nicht hier sein und sie stören, nur weil ich gehofft habe, Darren besser zu verstehen, wenn ich seine Familie kennenlerne.

»Hi, Mom. Wie geht es dir?« Darrens Tonfall ist mir vollkommen fremd. Leise und einfühlsam, ohne jeglichen Spott.

»Seitdem ich wusste, dass du kommst, etwas besser.«

»Tut mir leid, dass ich es erst heute schaffe, ich hatte in letzter Zeit viel um die Ohren. Aber ich würde dir gern jemanden vorstellen.« Er dreht sich zu mir herum und sieht mich auffordernd an.

Verunsichert betrete ich das Zimmer, schließe die Tür hinter mir und gehe zu ihm hinüber. Selbst das Rascheln meines Kleides klingt mit einem Mal unnatürlich laut. Als würde ich die Ruhe in diesem Raum allein durch meine Anwesenheit stören. Meine Haare leuchten in dem gräulichen Licht umso farbenfroher, beinahe aufdringlich.

Ich gehöre hier nicht her.

»Mrs Hunter.« Ich lege die Hände ineinander und neige den Kopf. Sie scheint zu schwach zu sein, um sich aufzusetzen, aber ihr Blick ist wach und aufmerksam. Ich kann mich nicht daran erinnern, jemals einen so blassen Menschen gesehen zu haben. Ihre Haut wirkt durchscheinend und schimmert so fahl, als würde kein Blut durch ihre Adern fließen. Die Strähnen ihrer blonden Haare umrahmen ihr kantiges Gesicht, als wären sie die Schlangen der Medusa. Sie ist auf eine klassische Art und Weise schön, aber unverkennbar schwer krank.

Mit einer knochigen Hand tastet sie nach Darrens, vorsichtig erwidert er ihren Griff, als hätte er Angst, ihr wehzutun. »Das ist sie?«, fragt Mrs Hunter leise und dreht mir langsam den Kopf zu. Sie schenkt mir ein schwaches Lächeln. Kurz schließt sie die Augen und neigt leicht den Kopf zur Seite, als würde sie auf etwas lauschen.

»Guten Tag, Mrs Hunter. Ich bin Gemma. Gemma Stone, wie der Edelstein. Meine Mom hat wohl eine besondere Art von Humor.« Sie sieht so zerbrechlich aus, dass ich mich nicht traue, sie zu berühren, stattdessen lege ich meine Hand auf Darrens Schulter. »Es freut mich, Sie kennenzulernen.«

»Ich weiß bereits, wer du bist«, erwidert seine Mom vollkommen ruhig. »Die Schatten haben es mir verraten. Und sie sagten, sie hätten Interesse an dir.«

»Schatten? Weswegen?«, frage ich verwirrt und sehe Darren an, doch er zuckt nur mit einer Schulter, als wüsste er auch nicht, worüber sie spricht. Ob sie die Wahrheit sagt und tatsächlich mit Schatten kommunizieren kann? Flüchtig blicke ich mich um. Noch nie habe ich jemanden getroffen, der behauptet hat, dass es möglich wäre, aber eines habe ich bei meinem Umzug vom Land in die Großstadt gelernt: Die Welt ist bunter und faszinierender, als ich es mir je hätte vorstellen können.

»Sie sagen, ihr könntet gemeinsam Großes vollbringen«, erklärt sie und klingt beinahe vergnügt.

Ich hingegen bin eher verwirrt. Bisher habe ich noch nie etwas über Schatten gehört. »Wie soll ich mir das vorstellen?«

»Oh, das weiß ich nicht. Von Hexerei verstehe ich leider nichts.«

»Mom, das ist vielleicht ein etwas seltsames Thema für ein erstes Treffen«, wirft Darren ein, als könnten mich ihre Worte mehr abschrecken als die Erkenntnis darüber, wer sein Dad ist.

»Es gibt keine seltsamen Themen, wenn man nicht weiß, ob es ein nächstes Treffen geben wird«, antwortet sie und sieht seufzend zu mir auf. »Die Liebe bedeutet unseren Tod, doch das ist ein Schicksal, das wir Sirenen gern in Kauf nehmen. Lieber ein kurzes, glückliches Leben, als gar nicht geliebt zu haben.« Sie streicht über Darrens Hand und schenkt ihm ein Lächeln, er sieht sie jedoch nur weiterhin an, als wäre ihm das Thema unangenehm.

»Mom? Vielleicht solltest du deine Medizin nehmen.«

»Aber wenn Gemma schon hier ist, sollte sie die Wahrheit erfahren.«

»Welche Wahrheit?«, frage ich interessiert. Dieser Vormittag wird minütlich besser.

»Jeder Tag, den ich Darren auf seinem Weg begleiten durfte, war für mich ein Geschenk. Aber die Kosten dafür sind zu hoch.« Sie streicht mit dem Daumen über Darrens Handrücken. »Was dein Dad tut, ist nicht richtig. Und das weißt du.«

»Mom, bitte. Du solltest wirklich deine Medizin nehmen«, wiederholt Darren mit mehr Nachdruck.

Mrs Hunter zeigt den Ansatz eines Kopfschüttelns. »Darren, bitte. Mach es ihm begreiflich. Es gibt kein ewiges Leben ohne den ewigen Tod. Er kann die Naturgesetze nicht außer Kraft setzen. Niemand kann das. Er wird in seinem Wahn gewaltiges Unheil anrichten.«

»Ewiges Leben?«, frage ich zweifelnd. Darren hat es bereits erwähnt – aber was soll es damit auf sich haben? Ewig zu leben ist nicht möglich. Sollte zumindest nicht möglich sein. Unser aller Zeit ist endlich – ob mit oder ohne Liebe.

Unwillkürlich wandert mein Blick zu der Phiole auf dem Nachttisch. Die milchig-weiße Flüssigkeit in ihrem Inneren scheint zu glimmen. Was auch immer darin ist, sieht nicht gesund aus. Mehr noch: Sie wirkt magisch. Die leichte Aura, die sie umgibt, verrät es, denn normalerweise verfügen Gegenstände über nichts dergleichen. Auren sind Lebewesen vorbehalten. Lebendigen Lebewesen wohlgemerkt.

»Darren.« Mrs Hunter drückt sacht seine Hand. »Bitte. Niemand kann den Tod überlisten. Nicht auf Dauer. Erkläre es deinem Dad.«

»Du weißt, dass er mir nicht zuhört«, antwortet er ausweichend.

»Aber der Weg, den ihr alle zu beschreiten im Begriff seid, endet in Chaos.« Mrs Hunter verstummt und schließt die Augen, als würde sie auf irgendetwas lauschen. Oder als hätten die paar Worte ihr alle Kraft geraubt.

»Mom, bitte. Für ein besseres Morgen – nimm jetzt deine Medizin.« Darren streift ihre Hand ab, greift nach dem Fläschchen auf dem Nachttisch, schraubt es auf und überreicht es ihr.

Folgsam nimmt sie es entgegen und trinkt die samtig schimmernde Flüssigkeit, während ich mich frage, was für ein komischer Tick es ist, den Werbeslogan der Firma seines Dads im Alltag zu verwenden.

»Ich wünschte, ihr würdet eine friedliche Lösung wählen. Der Magie ist egal, ob ihr Feder oder Schwert nutzt. Am Ende siegt sie so oder so«, ist alles, was Mrs Hunter sagt, nachdem sie das Fläschchen geleert hat. Sie lässt es auf ihr Bett fallen und dreht demonstrativ den Kopf weg. Damit ist das Gespräch für sie offensichtlich beendet.

Ihre Worte haben für so viele neue Fragen gesorgt, dass ich mich gern noch mit ihr unterhalten würde, doch augenscheinlich ist es nicht der richtige Moment.

»Es hat mich ehrlich gefreut, Sie kennenzulernen. Ich wünsche Ihnen gute Besserung.« Zögerlich strecke ich die Hand aus und überlege, ihr zum Abschied über den Arm zu streichen, doch Darrens Mom schüttelt den Kopf.

»Die einzige Besserung wäre der Tod.«

Sie sagt es so kalt und direkt, dass mir kurz der Atem stockt. Zu gern würde ich noch irgendetwas Hoffnungsvolles erwidern, aber finde nicht die passenden Worte.

»Lass uns gehen«, bittet Darren.

Als ich mich zu ihm herumdrehe, weichen all die Fragezeichen in meinem Kopf einer aufkommenden Wut. Von einer Sekunde auf die andere spüre ich das Verlangen, nach der Ampulle auf dem Bett zu greifen und sie ihm gegen den hübschen Kopf zu werfen. Denn was auch immer hier vor sich geht, ist eindeutig nicht richtig. Es ist abgrundtief falsch. Und zu wissen, dass er da irgendwie mit drinsteckt, ändert alles. Schon wieder.

· · ✦ · ·

Kaum haben wir das Zimmer verlassen und Darren die Tür hinter uns geschlossen, dränge ich ihn gegen eine Wand. Unsanft bohre ich ihm meinen Zeigefinger in die Brust und sehe zu ihm auf. Ich bin so wütend, dass mir das Herz bis zum Hals schlägt.

»Mom ist schwer krank, sie redet wirres Zeug«, sagt er kraftlos und versucht, meine Hand beiseitezuschieben, aber so leicht lasse ich mich nicht besänftigen.

Ich erhöhe den Druck meines Fingers. »Das soll ich dir glauben? Keines ihrer Worte klang verwirrt. Sie weiß Dinge. Und wenn du denkst, dass ich mich so einfach beschwichtigen lasse, scheint die Durchblutung deines Gehirns in meiner Nähe sehr unzureichend zu sein.«

»Gut. Okay. Aber du tust mir weh.« Vorsichtig greift er nach meiner Hand und schiebt sie leicht von sich, also verschränke ich die Arme vor der Brust. »Sieh mich bitte nicht wieder so an.«

»Wie denn? Als wäre ich wütend auf dich, weil du mich ohne Vorwarnung hierher mitgenommen hast? Weil du zufällig vergessen hast, zu erwähnen, dass deinem Dad die beschissene L.I.F.E. Inc. gehört? Dass deine Mom todkrank ist? Obwohl es laut ihrer Aussage eher keine Krankheit, sondern eine Art von Fluch ist. Was soll das überhaupt heißen: Sirenen müssen sterben, wenn sie sich verlieben? Und was bedeutet es vor allem für dich?« Während ich nach Luft schnappe, weil die Wörter nur so aus mir herausgesprudelt sind, mustert Darren mich ausdruckslos. »Wie also soll ich dich nicht ansehen?«, frage ich. »Wütend? Enttäuscht? Verwirrt? Weil … ich bin alles davon.«

Das alles und noch so viel mehr.

»Ich …« Statt sich auszusprechen, ringt Darren einen Moment mit sich selbst. »Mit verwirrt und wütend kann ich leben. Aber das Letzte, was ich will, ist, dich zu enttäuschen.«

Bevor ich realisiere, was passiert, geht ein Ruck durch seinen Körper. Ich hebe den Kopf, um zu ihm aufzusehen. Und in der nächsten Sekunde? Ist ein Feuer in Darrens Augen entfacht, das mich sofort ansteckt.

Er vergräbt die Hand in den Haaren an meinem Hinterkopf und … Für einen Sekundenbruchteil denke ich, er würde mich an sich ziehen und küssen. Stattdessen verharrt er so nah vor mir, dass ich die Wärme seiner Lippen auf meinen spüren kann. Ein Teil von mir würde ihn gern wegschieben und ihn anschreien, doch er verliert gegen denjenigen, der sich von der ersten Sekunde an zu ihm hingezogen gefühlt hat.

»Ich bin noch immer wütend auf dich«, wispere ich, aber mein Wunsch, ihm nahe zu sein, ist übermächtig. Ich will seine Lippen endlich berühren, doch als ich mich ihm nähere, zuckt er kaum merklich zurück.

Ohne mich loszulassen, tritt er einen Schritt nach hinten, lässt sich gegen die Wand fallen, und ich stolpere mit ihm. Wie von selbst schlinge ich mein Bein um ihn, als könnte ich ihm dadurch näher sein.

Betont langsam schiebt er den Rock meines Kleides höher, seine warmen Finger gleiten verheißungsvoll über meine Haut, bevor er seine Hand an meinem Hintern ruhen lässt. Er presst mich an sich, als wollte er mich spüren lassen, wie sehr ihn dieser Moment erregt.

Mir geht es genauso. Ich will ihm nahe sein.

»Darren«, bettle ich um den Kuss, der eindeutig in der Luft liegt. Die Spannung zwischen uns ist greifbar. Ein Funke reicht, und wir beide würden in Flammen aufgehen.

Doch von einer Sekunde zur anderen lehnt er den Hinterkopf gegen die Wand, lässt resigniert die Hände sinken und schließt tief durchatmend die Augen.

Was ist los?

Verwirrt trete ich zurück.

Ein paar Herzschläge lang rührt er sich nicht. Als er die Augen öffnet und mich ansieht, weicht das Verlangen, das noch vor einer Sekunde in ihnen getobt hat, stummer Resignation. Er wirkt so tief enttäuscht, dass sich mein Herz schmerzhaft zusammenzieht.

»Wie ich sagte: Ich kann dich nicht küssen. Manchmal wünschte ich, ich könnte es. Es ist nichts Persönliches.« Er stößt sich von der Wand ab und wendet sich zum Gehen. »Mach dir keine Sorgen. Es hat nichts mit dem Sirenen-Gen zu tun. Ich komme eindeutig nach Dad, sonst wäre ich längst tot. Und was diesen ganzen Vormittag betrifft: Ich habe dir Antworten versprochen, aber nicht, dass sie dir gefallen werden.«

Überfordert sehe ich ihm nach, wie er den Gang entlangläuft und die Treppe hinuntersteigt. Was war das? Ich würde ihn gern fragen, doch er wartet nicht auf mich. Vergewissert sich nicht, ob ich ihm folge. Er lässt mich hier allein zurück. Schlimmer noch: Es fühlt sich an, als hätte er einen Teil von mir mitgenommen. Und ich bin mir nicht sicher, ob er dazu geeignet ist, gut darauf aufzupassen.

Seufzend lasse ich mich gegen die Wand sinken und schließe die Augen.

»Verdammt.«

In was bin ich hier hineingeraten? Worauf habe ich mich eingelassen? Und warum habe ich gerade das Gefühl, aus der Sache nicht mehr unbeschadet rauszukommen?

TAGEBUCHEINTRAG

Ich habe es verkackt. So richtig amtlich.

Dieser ganze Vormittag ist ein Desaster. Vielleicht hätte ich mich in Bezug auf Dad noch irgendwie herausreden können. Dass sein Fluch mich daran gehindert hat, Gemma zu sagen, wer er ist. Irgendetwas in der Art. Obwohl es eiskalt gelogen gewesen wäre. Wenn der Fluch dermaßen umfassend wirken würde, hätte er mich in einen finsteren Keller sperren, statt mich zur Schule schicken müssen – und so grausam ist nicht einmal Dad. (Zumindest nicht zu mir.)

Aber damit endet der Vormittag noch nicht. Mom musste Gemma unbedingt von den Schatten erzählen. Warum auch nicht? Sie kennen sich kaum fünf Minuten und Mom fühlt sich dazu berufen, erst mal ihre Schauermärchen weiterzugeben. Grandios. Ich weiß bis heute nicht, ob diese Stimmen in ihrem Kopf wirklich existieren oder Mom halluziniert. Beides wäre denkbar. Nichts davon eignet sich für das erste Gespräch mit einer potenziellen Schwiegertochter. Aber was zählt schon meine Meinung?

Um dem Ganzen dann noch die Krone aufzusetzen, musste ich über Gemma herfallen, als hätte ich keinerlei Selbstbeherrschung. Das Timing war absolut miserabel und mein Verhalten eine weitere Kurzschlussreaktion. Ich weiß auch nicht, was mit mir nicht stimmt, dass ich ehrlich darauf stehe, wenn sie mich zurechtweist. Allein daran zu denken, wie sie meinen Namen gewispert und ihren perfekten Körper an mich geschmiegt hat, bringt mich fast um den Verstand. Immerhin wirkte es, als würde ihr unsere Nähe gefallen. Vermutlich wird sie mir also verzeihen. Aber macht es das besser? Nein. Vor allem muss ich aufhören, ihr Hoffnungen auf etwas zu machen, das nie geschehen wird. Nicht solange Dad lebt. Ich kann sie nicht küssen. Ich kann niemanden küssen.

Oh, Mann. Was habe ich meine Verzweiflung darüber früher mit seelenlosem Sex kompensiert … Hat es mir geholfen? Nein. Nicht auf Dauer. Manchmal nicht mal bis zum nächsten Morgen. Und jetzt? Bleibt mir nichts anderes übrig, als mich zusammenzureißen, die verwirrenden Gefühle für Gemma zu unterdrücken und unsere Zusammenarbeit professioneller anzugehen. Ich brauche ihre Hilfe. Ich kann es mir nicht erlauben, sie mit meinen Eskapaden zu verschrecken. Ich … Keine Ahnung. Ich bin einfach verwirrt und überfordert. Vielleicht habe ich von Dad tatsächlich das Talent geerbt, mich in die falsche Frau zu vergucken.

Nicht, dass an Gemma irgendetwas falsch wäre. Ich bin hier derjenige mit den Problemen. Das weiß ich auch ohne Tarot-Session.

18. KAPITEL

Irgendwie bin ich erleichtert, als ich die Treppe hinabsteige und Darren am unteren Treppenabsatz auf mich warten sehe. Die Aussicht darauf, mich allein den Menschen in diesem Raum zu stellen, war alles andere als verlockend.

Darren schaut zu mir auf, aber seine Miene ist unergründlich. »Möchtest du etwas essen?« Er schiebt die Hände in die Hosentaschen und nickt in Richtung eines Buffets. »Oder einen Kaffee? Wenn wir die Küche meiner Eltern in Chaos stürzen und in den hintersten Ecken der Schränke suchen, finden wir vielleicht noch ein paar Krümel Kürbisgewürz.«

Obwohl ich Hunger habe, spüre ich keinen rechten Appetit. Die vergangenen Minuten gehen mir nicht aus dem Kopf. Der Nicht-Kuss. Darrens Mom. Die Anwesenheit seines Dads, der hier plaudernd durch den Raum schlendert, während seine Frau oben krank im Bett liegt. Oder ist sie nicht krank, sondern verflucht? In jedem Fall ist sie dem Tode geweiht. Was war das nur für eine eigenartige Medizin, die Darren ihr gegeben hat? Was sollte das Gerede über Schatten und Sirenen?

»Entschuldigst du mich? Ich gehe kurz zur Toilette«, meint er angespannt und verabschiedet sich in den angrenzenden Flur, bevor ich auch nur dazu komme, ihm zu antworten.

Und so finde ich mich doch allein unter Fremden in dem weitläufigen Wohnzimmer wieder. Mein Blick gleitet haltlos über die dunklen Wände, das unheilvolle Bild in Rot und dann zur großen Fensterfront hinaus. Die Aussicht auf den

Wald zieht mich an, und so gebe ich dem Drang nach, stelle mich hinter die Scheibe und schaue nach draußen. Nur aus dem Augenwinkel nehme ich wahr, dass sich mir jemand anschließt.

»Du wirkst nicht so glücklich und entspannt, wie ich es nach eurem Ausflug ins Obergeschoss erwartet hätte«, stichelt Kristen, überreicht mir eines der Champagnergläser in ihren Händen und stößt ihres sachte dagegen.

»Darren hat mich seiner Mom vorgestellt«, antworte ich wahrheitsgemäß.

»Oh.« Sie zeigt den Ansatz eines Naserümpfens und nippt an ihrem Glas, als müsste sie einen schlechten Geschmack herunterspülen. »Da hätte ich auch miese Laune. Ich meine, es ist traurig, dass sie krank ist. Wirklich. Aber das, was sie führt, ist kein Leben. Ich würde es an ihrer Stelle beenden.« Sie drückt sich einen ihrer perfekt manikürten Fingernägel gegen die Schläfe.

»Ich denke nicht, dass irgendjemand Außenstehendes das Recht dazu hat, darüber zu urteilen, welches Leben lebenswert ist und welches nicht«, erwidere ich entschieden, da mich ihr abfälliger Tonfall anwidert.

»Ich hatte auch nicht vor, ihr diese Entscheidung abzunehmen. Aber eines muss ich Mr Hunter lassen: Er ist seiner Frau treu ergeben. Ich habe schon oft genug versucht, ihn abzulenken. Vergebens.«

Abzulenken. So nennt man das also, wenn man verheiratete Männer verführt?

Widerwillig nippe ich an dem Getränk und sehe in den Wald hinaus, weil Kristens gestylter Anblick mich mehr einschüchtert, als ich zugeben sollte. Alles an ihr wirkt perfekt, einzig eine kleine Narbe unter ihrem linken Auge bezeugt, dass auch sie ein Mensch mit Ecken und Kanten ist. »Ich hörte, bei

Darren hattest du mehr Erfolg«, gestehe ich und weiß wirklich nicht, was Leute an Champagner mögen. Er schmeckt widerlich.

»Erfolg«, wiederholt sie abfällig und spielt erneut mit dem Kettenanhänger, dessen Rot unheilvoll funkelt. »Wenn du damit eine schnelle Nummer auf einem Schreibtisch meinst, dann kann man es wohl so nennen. Eine kurze Bedürfnisbefriedigung war allerdings nicht ganz das, was ich mit Darren langfristig im Sinn hatte.«

Wow. Das ist mehr Information als ich haben wollte. Ich frage mich unwillkürlich, wie viel Champagner sie wohl getrunken hat, um ihre Zunge dermaßen zu lockern. Oder erzählt sie jeder Fremden derart bereitwillig von ihrem Sexleben?

»Eine Sache noch. Nur zwischen uns beiden.« Kristen sieht sich lächelnd im Raum um, doch als ihr Blick mich fixiert, gefriert ihre Miene zu Eis. Täuscht es oder ändert sich die Atmosphäre zwischen uns? Warum wirkt diese zierliche Frau mit einem Mal so bedrohlich? »Ich weiß, wer du bist. Ich folge dir auf *WitchTok* und sehe mir all deine possierlichen Videos über Tarotkarten und Kristalle an. Süß. Mach gern damit weiter. Aber ich hoffe sehr für dich, dass du deine hübsche Nase nicht in Angelegenheiten steckst, die dich nichts angehen.«

»Was soll das heißen?« Es kostet mich all mein schauspielerisches Talent, mein Pokerface aufrechtzuerhalten, obwohl ihre Worte mir sämtliche Haare zu Berge stehen lassen.

»Muss ich deutlicher werden? Wenn du tatsächlich hier bist, weil Darren einen Narren an dir gefressen hat, hast du nichts zu befürchten. Falls ich euch allerdings dabei erwische, dass ihr eure Finger in andere Dinge als das Höschen des Gegenübers steckt, wird es sehr ungemütlich. Ich hoffe, das war klarer verständlich für unschuldige Mädchen vom Land, die in ihrer Freizeit Videos davon drehen, wie sie lächelnd Steine am Strand sammeln.«

»Kristalle«, antworte ich ebenso automatisch wie überfordert. Wenn ich einen Beweis dafür gebraucht hätte, dass hier illegale Machenschaften stattfinden, habe ich ihn spätestens jetzt. Warum sonst sollte sie mir offen drohen?

»Wie auch immer.« Sie fährt kaum merklich auf. Innerhalb einer Millisekunde verzieht sich ihre Miene wieder zu einem Lächeln, als wäre es eine Maske, die sie nach Belieben auf- und absetzen kann.

Ich zucke erschrocken zusammen, als mir jemand einen Arm um die Taille legt.

»Wer teilt denn hier Alkohol an Minderjährige aus? Wie wäre es, wenn ich dir stattdessen einen Orangensaft hole?«, bietet Darren an und nimmt mir das Glas ab. »Oder wenn wir jetzt fahren, bevor Dad …«

Er wird unterbrochen, als Mr Hunter mit einem Löffel gegen sein Glas klopft. Ein schwingendes Klingen erfüllt den Raum und lässt alle Gespräche verstummen.

»Gemma, wir sollten …«, beginnt Darren, doch wird von Mr Hunters Räuspern unterbrochen.

»Für ein besseres Morgen, wenn ich einen Moment um Ihr Gehör bitten dürfte.« Offensichtlich will er eine Rede halten und entlockt Darren ein genervtes Knurren.

Erneut legt er seinen Arm um meine Taille, aber meine gesamte Aufmerksamkeit gilt der Rede seines Dads.

Ich weiß gar nicht, was Darren hat. Schon nach wenigen Worten hat Mr Hunter mich vollkommen für sich eingenommen und das eigenartige Gespräch mit Kristen ist fast vergessen. Er ist humorvoll, eloquent, unterhaltsam und weiß, wie man Menschen in seinen Bann zieht.

»Gemma«, murmelt Darren nahe meinem Ohr.

Ein Teil von mir möchte zu ihm aufsehen, aber meine Aufmerksamkeit zuckt sofort zurück zur Ansprache seines Dads.

»Gemma. Wie viel von dem Champagner hast du getrunken?«

Ich höre seine Frage, doch sie ist zu absurd, um darauf zu antworten. Was interessiert es ihn? Bin ich ihm Rechenschaft schuldig?

»Gemma Stone, sieh mich an.« Er sagt es so eindringlich, dass ich seinem Wunsch gern folgen würde, aber ich kann es irgendwie nicht. Egal wie sehr ich mich bemühe, sobald ich den Kopf zu drehen versuche, fühlt es sich an, als würde eine unsichtbare Hand ihn sofort zu Mr Hunter zurückdrehen. Eigenartig.

»Gem, bitte. Wie viel hast du davon getrunken, während ich weg war?«

Kaum etwas, nur ein paar Schlucke. Trotzdem fühlen sich meine Gedanken so ungewohnt träge an. Eingehüllt in klebrige Zuckerwatte, undurchdringlich und zäh. Vielleicht war Alkohol auf leeren Magen keine gute Idee?

Leise fluchend drückt Darren Kristen mein Glas in die Hand, das sie ohne zu murren entgegennimmt.

Er schiebt sich vor mich, versperrt mir die Sicht auf seinen Dad.

»Gem? Ich entschuldige mich vorweg für das, was ich gleich tue, aber: Für ein besseres Morgen – wir gehen jetzt.« Er greift nach meiner Hand und zieht mich hinter sich her.

Blinzelnd stolpere ich ungeschickt hinter ihm her, fühle mich benommen und unfähig, meine Füße zu koordinieren. Sie kommen mir so schwer vor. Als wären sie kein Teil mehr von mir. Irgendetwas stimmt hier nicht. Mein Herz beginnt schneller zu schlagen, und für einen Moment spüre ich das Kribbeln einer nahenden Panikattacke.

Doch mit jedem Schritt, den wir uns aus dem Raum entfernen, fühle ich mich wieder leichter. Als wäre ich in Beton gegossen, der Stück für Stück von mir abbröckelt. Kaum haben wir den Flur betreten, erinnern sich meine Beine daran, wie man läuft – und das betäubende Kribbeln verebbt.

Erst als Darren mir kommentarlos meinen Mantel in die Arme drückt und mich in Richtung der Haustür schiebt, wird mir bewusst, dass wir uns gerade vollkommen unhöflich verhalten.

»Sollten wir uns nicht noch verabschieden?«, frage ich mit träger Zunge. Was auch immer in dem Glas war, war nicht nur Alkohol. Ich bin vielleicht noch minderjährig, aber ich war schon einmal betrunken und es fühlte sich ganz anders an.

Als mein Fuß den Waldboden vor der Haustür berührt, fühle ich mich, als würde das Gewicht der Welt von mir abfallen und ich wieder Herrin meiner Sinne sein. Erst einige Atemzüge an der kühlen Luft klären meine Gedanken vollkommen.

Was war das?

»Es war ein Fehler, mit dir hierherzukommen«, erwidert Darren aufgebracht, als hätte er meine Gedanken gehört. Oder habe ich sie in meiner Verwirrung ausgesprochen? Er geht voran zu seinem Auto, während ich meinen Mantel überziehe.

»Was ist eigentlich los mit dir?«, rufe ich ihm überfordert hinterher und setze ihm nach. »Du … Erst küsst du mich – fast. Aber nur fast. Dann lässt du mich allein im Wohnzimmer stehen und jetzt … Dein ganzes Verhalten ist vollkommen … *Argh!*« Mir fällt kein passenderes Wort ein. Auch dann noch nicht, als er mir die Beifahrertür öffnet und mir bedeutet einzusteigen. Statt mich hinzusetzen, bleibe ich vor ihm stehen und versuche irgendetwas aus seinem Gesicht abzulesen. Einen Hinweis darauf zu finden, was hinter seiner Stirn vor sich geht, aber in seinen Augen toben so viele Emotionen, dass es mir unmöglich ist, sie zu deuten. »Was ist los mit dir?«, wiederhole ich meine Frage leise, da sie die Essenz all meiner Gedanken ist.

»Mit mir ist gar nichts los. Wir fahren jetzt.«

Das ist alles. Mehr bekomme ich von ihm nicht.

»Wie du meinst.« Widerwillig lasse ich mich auf den Beifahrersitz gleiten, ziehe meine Stiefeletten aus, winkle die Beine an und lege die Arme darum.

Die gesamte Fahrt über schweigt Darren, während die Fragen in meinem Kopf kreisen, als säßen sie in einem Karussell.

Irgendwann halte ich die Stille nicht mehr aus.

»Ich verstehe, dass du mit mir über gewisse Sachen nicht reden kannst, aber umfasst der Fluch auch deine Mom? Denn ich mache mir ehrlich Sorgen um sie. Meine Moms haben mir früher mal etwas über alle Ausprägungen von Magie in Menschen vermittelt, doch sie meinten, Sirenen wären so gut wie ausgestorben. Ich weiß ja, dass jede Form von Magie ihren Preis hat, aber dass Sirenen sterben müssen, wenn sie sich verlieben, klingt … grausam.« Ein besseres Wort fällt mir nicht ein.

Darren streicht mit den Daumen über das Lenkrad und gibt sich sichtlich einen Ruck, bevor er antwortet. »In den meisten Lehrwerken steht nur, dass Sirenen nicht für die Liebe geschaffen sind. Nicht auf Dauer. Tatsächlich steckt dahinter nichts anderes als Biochemie. Sie sind den Pheromonen, die sie absondern, um Menschen in ihrer Nähe zu betören, ebenfalls ausgesetzt. Küssen sie immer wieder dieselben Menschen, wirken ihre eigenen Lockstoffe irgendwann wie Gift auf sie. Ab einer gewissen Konzentration setzt es eine Reaktion in Gang, die nicht aufgehalten werden kann. Ähnlich einer Autoimmunerkrankung. Manche Sirenen verschenken dennoch ihr

Herz und bekommen sogar Kinder, doch die meisten überleben es nicht. Nicht lange. Das Gen, das ihnen ihre spezifischen Fähigkeiten verleiht, wird rezessiv vererbt. Es ist also alles in allem kein Wunder, dass es nur noch so wenige von ihnen gibt und die meisten Menschen sie für einen Mythos halten. Manchmal dauert es Jahrzehnte, bis mal wieder ein außergewöhnliches musikalisches Talent entdeckt wird. Aber wenn es der Fall ist, ist gemeinhin das Sirenen-Gen im Spiel. Und vom *Forever 27 Club* muss ich wahrscheinlich gar nicht erst anfangen.«

Meine Gedanken zucken zu Darrens Klavierspiel. »Du bist dir ganz sicher, dass das Gen dich übersprungen hat? Als du musiziert hast, hatte es schon etwas Magisches an sich.«

Darren schüttelt lächelnd den Kopf. »Ich habe Moms Liebe zur Musik und vielleicht ein wenig Talent geerbt, aber das ist auch alles. Denkst du, jemand wie Dad hätte mich nicht gleich nach meiner Geburt einem Gentest unterzogen?«

»Und es gibt keinen anderen Weg, diese Art der Begabung festzustellen?«

»Keinen sicheren. Früher hat man versucht, Begabungen an äußeren Merkmalen festzumachen. Ein Leberfleck an der Lippe als Zeichen für silberzüngige Wesen. Ein Schönheitsfleck am Auge für jene, die ihre Gestalt ändern können. Feuermale für die, die die Elemente beherrschen. Solche Dinge eben. Aber mit der zunehmenden Verwässerung von Genen, wurden auch diese Merkmale zu unsicheren Identifikatoren.«

»Dann ist die Sirenen-Sache definitiv nicht der Grund dafür, dass du mich vorhin im Flur abgewiesen hast?«

»Nein. Es … Ich hatte einfach nur einen kurzen Aussetzer.« Er schenkt mir einen raschen Seitenblick und atmet tief durch. »Und wenn ich gerade ruppig zu dir war, tut es mir leid. Ich war nicht wütend auf dich, sondern auf Dad. Er hat mir etwas versprochen und sich nicht daran gehalten. Meine Enttäuschung hätte ich nicht an dir auslassen dürfen. Ich könnte es auf den Fluch, eine schwierige Kindheit oder eine ungünstige Genkombination schieben, aber … Ich glaube, ich bin einfach ein schwieriger Mensch.«

Schweigend betrachte ich sein Profil und wie er unruhig mit den Händen über das Lenkrad streicht. Was macht es wohl mit einem Menschen, in dem Wissen aufzuwachsen, dass der eigene Vater einen verflucht hat? Dass die Mutter dem Tode geweiht ist? Dass man selbst vielleicht schon ein Produkt der Liebe, aber trotzdem ihr endgültiges Todesurteil ist? Darren ist ganz anders aufgewachsen als ich. Meine Moms haben mich immer behütet, mich beschützt und unterstützt. Manchmal mehr, als mir lieb war. Auch Dad und Taro haben mich sofort aufgenommen. Es gibt dort draußen viele Menschen, die mich seltsam finden, doch meine Familie war stets für mich da. Ein sicherer Hafen. Mein Safe Space.

»Viola sagt immer, einen anderen Menschen um Hilfe zu bitten, ist die mutigste Sache, die man tun kann. Hier bin ich und bin für dich da. Und ich halte dich nicht für schwierig.« Eher für verloren. Vieles an Darren erinnert mich an Taro – an seinen schlechten Tagen. An den Tagen, an denen er denkt, dass er mit seinem Problem allein und von der Welt unverstanden ist. Und genau wie bei meinem Bruder spüre ich das Verlangen, Darren in den Arm zu nehmen.

»Das sagst du jetzt, aber es gibt weitere Dinge, die ich dir gern zeigen würde. Hast du heute noch Zeit, um es mit einer Channeling-Session zu probieren?«, schlägt Darren unvermittelt vor. »Vielleicht änderst du dann deine Meinung über mich.«

»Geht es um Dinge, die mir erklären können, was es mit dem eigenartigen Champagner und der Wut auf deinen Dad zu tun hat?«, rate ich ins Blaue hinein. Denn auf diese Frage, habe ich noch keine Antwort gefunden.

»Unter anderem.«

»Dann bin ich dabei.«

Und ich glaube nicht, dass ich meine Meinung über ihn so schnell ändern werde.

19. KAPITEL

»Lass uns in mein Zimmer gehen«, schlägt Darren vor und schließt uns die Tür zur WG auf.

Ich betrachte währenddessen einen Türkranz aus Lavendel, Salbei und Rosmarin, der beim letzten Mal noch nicht hier hing. »Ein Schutzzauber?«

»Beryl hat sich neulich am Telefon mit irgendwem gestritten und den danach hier aufgehängt. Keine Ahnung, wovor er schützen soll. Vielleicht einem unangenehmen Ex-Freund«, erklärt er schulterzuckend und bedeutet mir einzutreten, als Beryl ihren Lockenkopf in den Flur streckt.

»Damenbesuch?«, fragt sie grinsend und hebt eine Augenbraue. »Leihst du mir dann deine geilen Noisecancelling-Kopfhörer, bevor ihr euch zurückzieht? Du weißt ja: dünne Wände.«

Darren verdreht die Augen, gibt dennoch nach und geht in das erste Zimmer auf der rechten Seite. Auf eine erneute Einladung hin betrete ich sein Reich, während er die Kopfhörer vom Schreibtisch greift und sie Beryl hinüberbringt.

Die Einrichtung von Darrens Zimmer liegt irgendwo zwischen meinem Chaos und Taros Ordnung. Auf der Fensterbank stehen Pflanzen, an seinem Schreibtisch lehnt ein Geigenkoffer und in eines der Bücherregale ist ein Aquarium eingebaut, das alles in bläuliches Licht taucht. Wie magisch angezogen stelle ich mich davor und betrachte den Inhalt, aber sehe nur Algen, die im sanften Strom des Wasserfilters treiben. Es dauert einen Moment, bis ich eine Bewegung aus dem Augenwinkel wahrnehme. Darrens Mitbewohner überrascht mich.

»Du hältst dir ein Seepferdchen?«, frage ich, als Darren zurückkommt und die Tür hinter sich schließt.

»Zwei«, korrigiert er. »Seepferdchen müssen als Paare gehalten werden, um sich wohlzufühlen.« Er stellt sich neben mich und deutet flüchtig auf eine Koralle.

Tatsächlich. Bei genauerem Hinsehen erkenne ich, dass sich eines der Tiere dort versteckt hat.

»Falls du mit dem Gedanken spielen solltest, dir ein Aquarium zuzulegen, fang nicht mit Seepferdchen an. Sie sind sensibel. Und schwierig. Und teuer.«

»Du meinst, wie die meisten Menschen?«, scherze ich.

»Das hast du gesagt.« Schulterzuckend wendet er sich von mir ab. »Ich kann dir nur den Schreibtischstuhl oder mein Bett als Sitzgelegenheit anbieten.«

»Dein Bett?«, vergewissere ich mich, da keine Tagesdecke darauf liegt. »In meiner Straßenkleidung?« Taro würde durchdrehen, also setze ich mich auf Darrens Schreibtischstuhl und betrachte die Unterlagen, die auf dem Tisch ausgebreitet liegen. Es sind Bücher und Notizen, die sehr nach seinem Studium aussehen. Obwohl ein iPad auf einem aufgeschlagenen Lexikon liegt, ist Darren offensichtlich ein Mensch für farbige Post-its und altmodische Karteikarten. Sehr sorgsam beschriftete Karteikarten, wie ich feststellen muss. Irgendwie mag ich Menschen, die eine schöne Handschrift haben. Vielleicht weil ich selbst zu einer fürchterlichen Sauklaue neige.

»Ich hätte dich übrigens für vieles gehalten, aber nicht für einen Biologen«, gestehe ich und drehe mich auf dem quietschenden Stuhl herum. Ich sehe mich im Zimmer um, doch bleibe an nichts hängen.

»Suchst du was Bestimmtes?«, fragt Darren schmunzelnd, setzt sich auf sein Bett und legt Jackett und Krawatte ab.

»Keine Ahnung. Einen Kalender mit Mondphasen? Ein Buch mit dem Titel *Flüche für Dummies?* Kristalle? Irgendwas, was mir das Gefühl gibt, nicht die Einzige zu sein, die ...« Ich zögere, weil ich Angst habe, ihm zu viel von mir preiszugeben und tue es dann doch. »Viola sagt immer, dass man weiße Magie einladen muss. Dass es wichtig ist, zu ihr und zu sich selbst zu stehen. Aber manchmal habe ich das Gefühl, dass der Preis dafür ist, von den meisten Menschen als seltsam betrachtet zu werden.«

»Warum ist dir wichtig, was andere über dich denken könnten?«

»Weil ...« Um seinem Blick auszuweichen, betrachte ich erneut das Aquarium. »Wenn du in Michigan auf dem Land bei zwei Hexen aufwächst, gibt es jede Menge Kinder, die sich dazu berufen fühlen, sich über dich lustig zu machen. Meine Kindheit war nicht immer nur behütet. Es gab viele traurige Tage. Irgendwann kam der Punkt, an dem sich mein Leben geändert hat. Ich hatte genug Follower auf *TikTok*, um plötzlich cool zu sein. Meine Highschool-Zeit war im Grunde schön. Ich war beliebt, hatte in der Theater-AG jede Menge Spaß und wurde von den lässigsten Typen zu Dates eingeladen. Mir ist bewusst, dass mir ohnehin egal sein sollte, was die Leute über mich denken oder sagen, aber ein Teil von mir fühlt sich manchmal noch immer wie das kleine Mädchen, das man lachend in den eiskalten See geschubst hat, um ihm den Kopf zu waschen.« Auch wenn ich ihn zu unterdrücken versuche, fließt mir bei der Erinnerung ein kalter Schauer den Rücken hinab.

»Verstehe. Dann oute ich mich hiermit ebenfalls als seltsam.« Darren lässt sich rücklings auf sein Bett fallen und öffnet sehr umständlich eine Nachttischschublade, bevor er hineingreift und mir etwas zuwirft.

Instinktiv fange ich den Gegenstand auf und betrachte ihn. Er ist ein faustgroßer, schwarzer Kristall mit langnadeligen Strukturen und metallischem Glanz auf den Oberflächen. Vorsichtig streiche ich mit den Fingerspitzen darüber, aber dieser Kristall ist definitiv kein Handschmeichler. »Ist das ein Betechtinit?« Sie gelten als sehr selten, ich kenne sie bisher nur von Fotos.

»Nicht schlecht geraten«, versichert Darren und setzt sich wieder auf. »Das, was du da in den Händen hältst, kommt ebenfalls in Schiefergestein vor, ist aber noch seltener.«

Ich schließe die Augen und versuche die Energie des Kristalls einzuordnen, ihn zu erfühlen. Doch da ist nichts. Er ist komplett entladen.

»Es ist ein extrem rarer Kristall namens Aequalit. Mehr kann ich dir darüber nicht sagen, weil es mit Dads Arbeit zu tun hat. Aber vielleicht kann ich es dir zeigen, falls wir herausfinden, wie das Channeling beim letzten Mal funktioniert hat.«

»Gute Frage. Was hast du denn getan, während du im Bad warst?«

»In der Wanne entspannt und an dich gedacht. Sonst nichts. Zumindest nichts, dessen ich mir bewusst wäre. Denkst du, wir brauchen Kristalle oder Kerzen für irgendeine Art von Ritual? Wenn ja, müssten wir Beryl fragen. Wie du siehst, bin ich echt schlecht ausgerüstet.«

»Um ehrlich zu sein, war es kein richtiges Ritual. Es war eher eine Art begrenzter Freifahrtschein für die Magie, falls du verstehst, was ich meine. Aber eine schwarze Kerze, Salz, ein Amethyst, Rosmarin. Reinigende oder schützende Zutaten können eigentlich nie schaden, falls ihr irgendetwas davon in der Wohnung habt.« Ich setze mich neben Darren auf die Bettkante,

überreiche ihm seinen Kristall und umfasse den Bergkristallanhänger meiner Kette. Er ist nicht mehr völlig aufgeladen,
aber für einen kleinen Zauber dürfte die Energie noch reichen.

»Salz sollten wir in jedem Fall haben, nach dem Rest frage
ich Beryl«, schlägt Darren vor, erhebt sich von seinem Bett und
zögert. »Ich bin gleich zurück. Nicht, dass du denkst, ich wäre
vor dir geflohen.«

»Ich habe mich nicht für dermaßen Furcht einflößend gehalten«, versichere ich und lasse mich der Länge nach auf sein
Bett fallen. Ich versinke förmlich in seiner weichen Bettdecke,
die auf die bestmögliche Art und Weise nach ihm duftet. Ob
es mir zu denken geben sollte, dass ich mich hier wohlfühle,
obwohl dieser Tag jetzt schon mehr als genug absurde Wahr-
heiten ans Licht gebracht hat?

· · ✦ · ·

»Wie sollen wir anfangen?«, fragt Darren unsicher, als er eine
von Beryl ausgeliehene Kerze auf dem Schreibtisch entzündet.

»Wie wäre es, wenn du mir etwas auf deiner Geige vor-
spielst?«, folge ich meiner Intuition. Beim letzten Mal war es
eine Melodie, ähnlich der des Schlafliedes von Darrens Mom,
die mir die Tür zu seiner Erinnerung eröffnet hat. »Vielleicht
noch ein Lied, das du von deiner Mom kennst?«

»Willst du das wirklich? Ich bin ganz schön aus der Übung.«

»Ja, ich will«, bekräftige ich und mache es mir auf dem Bett
gemütlich, da es Darren tatsächlich nicht zu stören scheint,
dass ich mitten auf seiner Decke sitze.

Während Darren seine Geige auspackt und stimmt, umfasse
ich meinen Kettenanhänger und überlege, was ich uns von der
weißen Magie wünschen soll. Hilfe bei der Herstellung einer
Verbindung?

Noch bevor ich eine Antwort gefunden habe, setzt Darren seine Geige an und erzeugt eine Tonfolge, die mich sofort gefangen nimmt. Eine warme Gänsehaut rieselt meinen Rücken hinab, während ich mich in seine Welt entführen lasse. Sie ist zart und ruhig, denn viele der Noten, die er spielt, wirken blau auf mich. So wie seine Augen. So wie der Nachthimmel. So wie die Unendlichkeit.

Während ich ihn betrachte, begreife ich, was er über das Verhältnis zu seiner Geige sagen wollte. Darrens Körper ist eins mit der Musik. Er braucht kein Notenheft, sondern wiegt sich zu seinem eigenen Lied. Streicht über die Saiten, als wollte er sie liebkosen. Greift mit den Fingern so präzise, als hätte er nie etwas anderes getan. Als wäre er dafür geboren worden – und vielleicht ist ein Teil von ihm genau das. Auch ohne Sirenen-Gen.

Mit geschlossenen Augen umfasse ich den Kettenanhänger fester und bitte die weiße Magie um Unterstützung. Meine Stimme ist nur ein Wispern, um Darren nicht zu stören. Ich spüre, wie meine Finger warm werden, während mein Puls sich beruhigt. Die Welt um mich herum versinkt in tiefes Blau, ein Ruf vertreibt den Nebel.

»Dad?«

Die Stimme klingt eindeutig nach Darren. Es hat funktioniert!

Der blaue Nebel der Erinnerungen lichtet sich. Ich sehe ein Büro, folge Darren zu einem riesigen, gläsernen Schreibtisch hinüber. Die Szene kann noch nicht allzu lang her sein, denn als Mr Hunter den Kopf hebt, erkenne ich ihn dieses Mal eindeutig. Er sieht kaum jünger aus als heute.

»Darren. Sind wir verabredet?«, fragt er desinteressiert, beinahe arrogant. »Oder wie kommt es, dass du dich an einem Montagmorgen so früh hierher verirrst?«

»Seit wann braucht dein Sohn einen Termin, um dich zu sprechen?«

Mr Hunter antwortet nicht, lehnt sich lediglich in seinem Stuhl zurück und sieht Darren auffordernd an. »Wenn du zum Reden hier bist, dann tu es auch und strapaziere meine Geduld nicht.«

»Ich war eben bei Mom. Dafür, dass sie bei meinem Besuch am Samstag im Sterben lag, sah sie heute erstaunlich fit aus.«

»Du klingst darüber nicht erfreut.«

»Natürlich freue ich mich, wenn es ihr besser geht. Dass ich skeptisch klinge, liegt daran, dass sie meinte, du hättest ihr eine neue Medizin erstellt. Keine Medizin dieser Welt kann den Tod aufhalten.«

»Keine, die du kennst«, antwortet Mr Hunter überheblich und deutet auf einen großen, schwarzen Kristall, der auf seinem Schreibtisch liegt. Er ähnelt dem, den Darren mir gegeben hat.

»Was ist das?«

»Sie nennen sich Aequalit. Man fand sie vor ein paar Jahrzehnten in Schiefergestein. Es sind die mächtigsten Kristalle der Erde.«

»Und ihre Energie ist stark genug, um den Tod zu überwinden?«, fragt Darren skeptisch.

»Sie ist stark genug, um das Unmögliche möglich zu machen«, antwortet sein Dad ausweichend.

»Tatsächlich? Also hast du das wahre Ziel der L. I. F. E. Inc. erreicht?«

Darrens Dad legt die Hände ineinander und betrachtet den Kristall. »Ich fürchte, der Tod ist zäh. Er wird sich nie geschlagen geben. Wir brauchen mehr von diesen Kristallen. Mehr Energiereserven. Mehr Geld für ihre Bergung.«

»Was soll das heißen?«

»Wir müssen größer denken. Wir werden expandieren. Brauchen liquide Mittel und Unterstützung der Politik. Vielleicht können wir die Fähigkeiten deiner Mom nutzen, um Verbündete zu finden.«

»Sekunde«, unterbricht Darren ihn. »Du willst Moms Sirenenfähigkeiten einsetzen, um Leute von deiner Unternehmung zu überzeugen? Sie ist noch immer viel zu schwach für so etwas. Außerdem würde sie es nie gutheißen, ihre Gaben zur Manipulation von Menschen zu nutzen, nur damit sie dein wahnsinniges Vorhaben unterstützen.«

»Da magst du recht haben, aber sie ist nicht die einzige Sirene, deren Blut wir verwenden können.«

»Sekunde. Blut? Du redest von Blutmagie? Sie ist nicht grundlos verboten. Wie genau stellst du dir das überhaupt vor? Es gibt kaum noch Sirenen. Wo willst du welche finden und sie dann auch noch dazu überreden, dir Blut für deine Zwecke zu spenden?«

Mit einer fahrigen Bewegung deutet Mr Hunter auf seinen Laptop. »Da, wo man heutzutage alles findet: im Internet. *YouTube, TikTok.* Es gibt sicherlich irgendwo auf der Welt unentdeckte Gesangstalente. In Ländern, wo man sie nicht groß vermissen wird, wenn man den Familien regelmäßig einen kleinen Obolus überweist.«

»Sag mir, dass du nicht von Menschenhandel redest.« Auch ohne ihn zu sehen, höre ich, wie Darren sich die Haare rauft. Wie er mit jedem Wort ungläubiger und verzweifelter klingt.

»Was die Geschäfte angeht, kommst du eindeutig nach deiner Mom. Du bist zu weich, um in dieser Welt zu bestehen.«

Darren zögert, bevor er doch noch etwas antwortet. »Im Gegensatz zu dir besitzen wir nur einfach noch ein Herz.«

Ich fahre auf, als die Geigenmelodie verstummt und die

Erinnerung endet. Blinzelnd sehe ich zu Darren hinüber, der schweigend seine Geige auf dem Schreibtisch ablegt.

»Es hat funktioniert«, teile ich das Offensichtliche mit, aber Darren erscheint eher niedergeschlagen als euphorisch. Jede seiner Bewegungen wirkt angespannt.

Er lehnt sich gegen seinen Schreibtisch und weicht meinem Blick aus. »Das hat es wohl.«

»Was ist los?«, frage ich besorgt, stehe vom Bett auf und gehe zu ihm hinüber. »Du siehst darüber nicht glücklich aus. Sprich mit mir«, bitte ich, da er die Zähne zusammenbeißt, statt mir zu antworten.

»Keine Ahnung. Irgendwie hatte ich mir wohl eingebildet, dass es mir besser geht, sobald ich diese Dinge mit jemandem teilen kann. Aber eigentlich bin ich nur wütend auf Dad, wegen Sachen, die ich lange verdrängt hatte. Auf Mom, weil sie ihn all das für sie tun lässt. Auf mich, weil ich nicht in der Lage bin, ihn aufzuhalten.«

»Hey.« Ich zögere, bevor ich eine Hand nach ihm ausstrecke. Soll ich nach seiner greifen? Ihm wie einem kleinen Jungen über die Wange streichen? Stattdessen lege ich meine Hand an seine Brust, an die Stelle, unter der sein Herz schlägt.

Darren zuckt zusammen, doch weist mich nicht ab.

»Sieh mich an. Ihr tragt keine Schuld an den Entscheidungen deines Dads. Die trifft er allein. Egal, wie grausam sie sein mögen. Von wann war die Erinnerung eigentlich? Hat er mittlerweile andere Sirenen gefunden?«

Schweigend legt Darren einen Arm um meine Taille. »Ich denke, es war vor etwa zwei Jahren. Kurz bevor ich selbst damit angefangen habe, im Internet nach Hilfe zu suchen. Es hat eine Weile gedauert, dich zu finden.« Er mustert mich und räuspert sich, ehe er seinen Arm zurückzieht und auf dem Schreibtisch abstützt. »Entschuldige. Ich meinte, jemanden wie dich …

eine *Eclectic Witch*, die bereit ist, sich auf diese Sache einzulassen.«

Rasch nehme ich meine Hand herunter, trete einen Schritt zurück und ignoriere den dumpfen Schmerz, den seine erneute Abfuhr in mir auslöst. »Nur für mein Verständnis: Dass du heute Vormittag meine Nähe gesucht hast, war also nur Teil deiner Notlüge?«, frage ich geradeheraus, weil ich unausgesprochene Sachen hasse. Dank des Fluchs gibt es schon genug Rätsel zwischen uns. »Nicht, dass ich dir deswegen böse wäre. Ich möchte nur einfach wissen, woran ich bei dir bin. Ist das hier eine reine Arbeitsbeziehung?«

Darren weicht mir aus, indem er sich vom Schreibtisch abstößt, an mir vorbeidrängt und in seinem Zimmer auf und ab geht. Er greift sich in die Haare und sieht mich an, als würde ihm meine Frage Zahnschmerzen bereiten. »Es ist kompliziert. Das, was ich dir gezeigt habe, war längst nicht alles.«

»Okay«, antworte ich gedehnt. »Worauf *es ist kompliziert* auch immer die Antwort war – ich habe Zeit. Wenn du für heute eine Pause von den Erinnerungen brauchst, hilf mir nur, kurz zu sortieren, was ich bisher erfahren habe.«

Seufzend lässt Darren sich auf sein Bett fallen und stemmt sich auf die Unterarme, um mich besser ansehen zu können.

»Also: Dein Dad ist ein Hexer. Deine Mom ist eine Sirene, die längst gestorben wäre, wenn dein Dad nicht die mächtigsten Kristalle der Welt nutzen würde, um ihr eine magische Medizin herzustellen. Er ist davon überzeugt, dass er den Tod besiegen kann, wenn er expandiert, und um dafür Unterstützung zu bekommen, manipuliert er einflussreiche Menschen mit Sirenenblut – also Blutmagie.« Da mir der Kopf schwirrt, setze ich mich neben Darren auf das Bett und betrachte ihn im Schein der Aquariumbeleuchtung. »Lass mich raten: Es ist kein Zufall, dass die Firma deines Dads Fracking wieder einführen will und die Aequalite ausgerechnet in Schiefergestein gefunden werden. Wahrscheinlich ist nicht einmal der Name Zufall. L.I.F.E. Inc., weil dein Dad für deine Mom den Tod zu überwinden versucht.«

Darren lässt den Kopf in den Nacken sinken, starrt einen Moment an die Zimmerdecke, bevor er mich wieder ansieht. Sein Mund verzieht sich zu einem Lächeln, das seine Augen nicht erreicht. Das verbuche ich als Zustimmung.

»Ich weiß nur immer noch nicht, was es mit dem neuen S.P.E.L.L.-Projekt auf sich hat. *Super Powerful Energy – lasts a lifetime.* Lebenslang. Wie ein Blutfluch. Aber wer würde einen Zauber mit Ventilen in Wasserleitungen kombinieren? Und wozu? Um eine Stadt zu verzaubern? Was hat man davon?«

»Denk weniger wie du, sondern mehr wie das egoistischste Arschloch, das du kennst.«

»Wenn du deinen Dad wirklich derart verachtest, kannst du es gut verbergen, während du vor ihm stehst.«

»Jahrelange Übung. Wenn wir unter Leuten sind, würde Dad alles tun, um zu kaschieren, dass er den Tag meiner Geburt verflucht.«

»Ich hoffe, das ist nicht wörtlich gemeint, aber okay. Also, wenn ich der Meinung bin, dass ich tun und lassen kann, was ich will, dann …« Ich reibe mir mit den Fingerspitzen über die Schläfen, doch komme einfach nicht darauf. Was habe ich davon, eine ganze Stadt zu manipulieren? Vor allem müsste es irgendwem auffallen. Meine Gedanken zucken zur Demo gegen die L.I.F.E. Inc. Die Demo, die sich bemerkenswert schnell und einstimmig aufgelöst hat. Aber warum? Ob wir einem kollektiven Zauber unterworfen waren? Sofort habe ich Hazels enttäuschtes Gesicht vor Augen. Wie sie sich umsieht, während die Menschen um sie herum sich verhalten haben, als hätten sie ihr Anliegen vergessen. Was ist, wenn es wirklich einen Zauber gab? Wenn er uns nicht erreicht hat, weil ich uns die Zaubersäckchen vorbereitet hatte. Oder was hat uns sonst von den anderen unterschieden? Nun … Wir waren fast die Einzigen, die das Gratiswasser der L.I.F.E. Inc. abgelehnt haben.

»Wasserleitungen«, murmle ich. »Dein Dad sagte, sie bauen neue Ventile in die Wasserleitungen ein. Das tun sie bestimmt nicht grundlos. Und sie haben am Tag der Demo damit begonnen, das Gratis-Wasser in der Stadt zu verteilen.« Von meiner inneren Unruhe angetrieben, springe ich vom Bett auf. »Sie machen also irgendetwas mit Wasser und Wasserleitungen. Vorhin warst du wütend auf deinen Dad, weil er eine Absprache gebrochen hat.« Da war definitiv etwas im Champagner. Vielleicht etwas, was in Kombination mit den Runen auf dem geheimnisvollen Bild einen Zauber entfaltet hat? Nein, Sekunde. Darren hat den Werbeslogan der L.I.F.E. Inc. gesagt, bevor er mich aus dem Raum gezerrt hat. Genauso wie sein Dad zu Beginn der Rede.

»Für ein besseres Morgen …«, murmle ich. Jede Ansprache von Darrens Dad beginnt mit diesen Worten. Ich hielt es für eine penetrante Marketingmaßnahme. Aber was ist, wenn mehr dahintersteckt? »Dieses S.P.E.L.L.-Projekt … Also die neuen Ventile in den Wasserleitungen, das Gratis-Wasser, der Werbeslogan, der ständig durch die Stadt hallt. Sag mir, dass es kein Zauber für eine Massenmanipulation ist«, sage ich aufgebracht.

Aber Darren schließt nur erschöpft die Augen und lässt den Kopf hängen.

»Sekunde. Ist das dein Ernst? Dein Dad hat einen Weg gefunden, um mit einem verbotenen Zauber und der Indoktrination einer Befehlsformel unbemerkt eine ganze Stadt zu verzaubern? Das ist … krass.«

»Das beeindruckt dich mehr als die Überwindung des Todes?«, hakt Darren nach und setzt sich wieder auf.

»Es liegt beides sehr weit außerhalb meiner Vorstellungskraft«, gestehe ich und stutze. »Aber was hat dein Dad damit
vor? Dient der S.P.E.L.L.-Zauber einzig und allein dazu, dass
wir das Fracking tolerieren? Dass er alle Proteste im Keim ersticken kann, so wie er es bei der Demo getan hat? Dass seine
Mitarbeitenden keine Nachfragen stellen, wenn sie im Namen
eines Energiekonzerns Kristalle bergen sollen? Oder sind seine
Pläne in Wahrheit weitaus umfassender?«

»Das könnte ich dir selbst ohne Fluch nicht beantworten,
weil ich es nicht weiß.«

»Sekunde. Eine Sache noch: Als du vorhin deiner Mom gesagt hast *Für ein besseres Morgen, nimm deine Medizin* hast du
sie manipuliert?«

»Und ich bin nicht stolz darauf«, gesteht er.

»Ich weiß nicht, was ich von all dem halten soll, doch die
Fähigkeiten deines Dads sind beeindruckend. Unfassbar men-
schenverachtend, aber eindrucksvoll. Ich meine: Sobald alle
Ventile ausgetauscht sind, wird jeder Einwohner New Yorks
täglich mit dem verzauberten Leitungswasser in Berührung
kommen. Und bis dahin? Versorgt er die Menschen mit den
manipulierten Wasserflaschen, damit niemand sein Vorhaben
hinterfragt.«

Seufzend streckt Darren mir eine Hand entgegen.

Unschlüssig, was diese Geste bedeuten soll, ergreife ich
sie und bin milde überrascht, als er mich auf seinen Schoß
zieht.

»Was wird das?«, frage ich amüsiert, ignoriere das kurze
Aufbegehren der Schmetterlinge in meinem Bauch und setze mich rittlings auf ihn. »Waren wir nicht eben noch bei *es ist
kompliziert?*«

»Ist es definitiv«, bestätigt er und schlingt seine Arme um meine Taille. Nicht besitzergreifend, sondern als wollte er mich beschützen. »Du hast da ein Funkeln in den Augen, das mir Sorgen bereitet. Schwarze Magie bietet dir unvorstellbare Macht, aber immer auf Kosten anderer.«

»Das brauchst du mir nicht zu sagen, *DarkDuke*. Ich kenne die Regeln der Magie«, versichere ich und lege meine Unterarme auf seinen Schultern ab. »Sei ehrlich: Hast du Angst, dass ich zu deinem Dad überlaufe, wenn du mich nicht mit deiner Nähe köderst? Das musst du nicht. Ich bin ein großes Mädchen und komme damit klar, wenn wir nur *Partners in Crime* sind.« Dass seine Nähe ein warmes Kribbeln in meinem Körper auslöst, muss er ja nicht unbedingt wissen.

Darren löst eine Hand von meiner Taille und streichelt sacht mit der Rückseite seiner Finger über meine Wange. Spielerisch streicht er mir eine Haarsträhne hinter das Ohr, das sicherlich ebenso verräterisch glüht wie mein Gesicht. Ich erwarte beinah, dass er sich über mich lustig macht. Dass er mich erneut an sich zieht, um mich fast zu küssen und in der letzten Sekunde von sich zu stoßen, aber er sieht mich einfach nur schweigend an.

»Was?«, wispere ich, als ich die Ungewissheit nicht länger ertrage. Wie soll ich sein widersprüchliches Verhalten deuten? Oder seinen Blick, der zwischen Bewunderung und Sorge schwankt.

Doch gerade als Darren zu einer Antwort ansetzt, erklingt der Nachrichtenton meines Handys und lässt mich erschrocken auffahren. Etwas ungeschickt angle ich nach der Handykette, um einen Blick auf das Display zu werfen.

»Wow, muss das wichtig sein«, stichelt Darren. »Ich versuche, dir mein Herz auszuschütten und du ...«

Der Rest seines Satzes rauscht leider an mir vorbei.

Hazel hat mir geschrieben. Sofort meldet sich mein schlechtes Gewissen. Ich brauche die Nachricht gar nicht zu lesen, um zu wissen, worum es geht.

»Es tut mir leid, aber ich muss wieder rüber«, gestehe ich kleinlaut. »Ich habe Hazel zugesagt, bis morgen eine Liste mit möglichen Eventlocations für ein Theaterstück zu erstellen. Und natürlich habe ich es bei dem Chaos total vergessen.«

Als ich das Handy wegstecke, zieht Darren sich zurück und wendet seufzend den Blick ab. »Na dann, lauf. Du viel beschäftigter Mensch.«

»Wenn du mir noch etwas zu sagen hast, warte ich gern auf deine Antwort.« Ich sehe ihn forschend an, aber Darren winkt ab.

»Pass einfach auf dich auf und lass dich weder von Dad noch Schatten bekehren.«

»Wird nicht passieren. Keines von beidem«, verspreche ich, küsse ihn flüchtig auf die Wange und weiß noch immer nicht, ob diese Geste nun zu viel oder zu wenig ist.

Dass er heute Vormittag meine Nähe gesucht hat, war ganz klar ein Teil der Inszenierung für seinen Dad. Aber warum hat er mich dann eben auf seinen Schoß gezogen, obwohl wir allein waren?

20. KAPITEL

Kaum zu Hause angekommen, melde ich mich kurz bei Hazel und lasse mich mit meinem Laptop auf dem Bett nieder.

Gemma: Sorry, ich schaffe es jetzt erst, mich an die Liste zu setzen, aber ich schicke sie dir heute noch. War bis eben bei Darren und hatte sie vergessen. Mea culpa.

Hazel: Kein Problem. Ich mache gerade eine Lernpause und surfe gleich mal auf dem Handy. Falls ich dabei auf was Interessantes stoße, schicke ich dir die Links. – Aber bis jetzt bei Darren? Seit dem Frühstück? Ui. Seine angekündigte Überraschung scheint ja gut gewesen zu sein.;)

Gemma: Seine Überraschung hatte es zumindest in sich.

Ich zögere und überlege, was ich Hazel schreiben soll. Natürlich habe ich ihr erzählt, dass Darren und ich verabredet sind. All die Erkenntnisse des heutigen Tages kann und werde ich nicht ausplaudern, doch eine Sache muss ich trotzdem loswerden.

Gemma: Es hat sich herausgestellt, dass DarkDuke alias Darren Hunter der Sohn von Mr L. I. F. E. Inc. Hunter ist. Der Typ ist mir privat übrigens genauso unsympathisch wie seine ganze Firma.

Hazels einzige Reaktion ist ein: *WTF?*

Es dauert ein paar Sekunden, bis ihr Status wieder zu »schreibt …« wechselt.

Hazel: Okay, das ist krass. Man weiß zwar, dass Mr Hunter einen Sohn hat, aber ich hätte jetzt echt nicht erwartet, dass es ausgerechnet unser Darren ist. War er als eine Art Maulwurf auf der

Demo oder findet er die Firma seines Dads auch kacke? – Ich mei-
ne: Für seine Familie kann er ja nichts, für seine Einstellung hin-
gegen schon.

Gemma: Er und sein Dad verstehen sich nicht besonders.

Wenn ich mir vor Augen halte, was er ihm angetan hat,
dürfte es fast noch eine Untertreibung sein.

Hazel: Gut, dann ändere ich meine Meinung über ihn nicht und
finde ihn immer noch sympathisch. Seht ihr euch wieder?

Gemma: Ich denke schon.

Die Pläne seines Dads zur Manipulation der Einwohner
New Yorks gehen mir nicht mehr aus dem Kopf. Unter anderem deshalb, weil ich mir nicht vorstellen kann, welches Ziel
er mit all seinen Mühen verfolgt. Aber ich bin so oder so fest
entschlossen ein Gegenmittel gegen das verzauberte Wasser
zu suchen, auch wenn mein letzter Versuch, die Magie seines
Dads zu brechen, zu einem anderen Ergebnis geführt hat, als
ich erwartet hätte. Verdammte Blutflüche.

Während ich also für morgen eine Präsentation mit verfüg-
baren Locations vorbereite, schreibe ich nebenbei mit Hazel.

Ich bin dankbar dafür, dass sie Darren eine Chance gibt,
statt ihn als den Sohn allen Übels zu verteufeln. Ihre Loyalität
ist einer von tausend Gründen, wegen denen ich sie mag.

· · ✦ · ·

Da ich nach diesem Tag voller Erkenntnisse und verwirrender
Momente nicht einschlafen kann, gebe ich seufzend meiner
Neugierde nach und googele nach Aequaliten – vergebens.

Um diese Uhrzeit dürfte Laura bereits zu ihrer Schicht in
der Klinik aufgebrochen sein, aber Viola ist vielleicht noch
wach. Es dauert keine zwei Sekunden, bis sie an ihr Handy
geht.

»Babywitch«, flötet es aus dem Hörer. Eigentlich wird das Wort für Hexen verwendet, die auf ihrem magischen Weg gerade die ersten Schritte gemacht haben, doch ich bin den Spitznamen bis heute nicht losgeworden. In ihren Augen werde ich vermutlich nie ausgelernt haben.

»Hey, Mom.«

»Oh, den Tonfall kenne ich. Was ist los? Hast du wieder versehentlich dein Lieblingstarot-Set verbrannt, weil du zu faul warst, das Licht einzuschalten und dachtest, du hältst die Karte einfach über eine Kerze?«

Ich verdrehe stumm die Augen und lasse mich auf mein Kopfkissen fallen. »Es war nur ein Mal, ich war acht Jahre alt – und nein. Meinen Karten geht es gut. Ich wollte nur mal fragen, ob du rein zufällig schon mal etwas von Aequaliten gehört hast. Das sind wohl Kristalle, nur der Name sagt mir gar nichts.«

»Spontan fällt mir dazu auch nichts ein, aber wozu haben wir Tante Hattys Grimoire?«

Ich höre, wie sie die Treppen nach oben steigt, dann das typische Knarzen der Dachbodendielen.

Viola plaudert über all die Dinge, die ich in den letzten Wochen verpasst habe, während sie lautstark in einem Buch blättert. »Aequalit sagtest du? Es gibt einen kurzen Beitrag aus den Fünfzigerjahren des letzten Jahrhunderts. Ich lese ihn dir vor, wenn du willst.«

»Sonst hätte ich nicht angerufen.«

»Was übrigens höchst bedauerlich ist.« Mom seufzt. »Aequalite. *Man sagt, dass in der Erde geborgene Kristalle die bei der Entstehung der Welt in sie gefahrene Energie gespeichert haben, und somit hochenergetisch sind. Aequalite bilden keine Ausnahme, doch bewegt sich ihre Energie auf einem anderen Level. Frisch geborgene Aequalite sollen eine Aura besitzen, die der von Lebewesen recht ähnlich ist. Mehreren Quellen zufolge liegt die Intensität der Energie so nah an purer Magie, dass es manchen Hexenden möglich gewesen sein soll, dank der Kristalle direkt mit ihr zu kommunizieren. Leider verfielen die meisten nach der Anwendung dem Wahnsinn, sodass eine valide Überprüfung der Überlieferung bisher nicht möglich war.* – Hier ist noch ein Vermerk, die Magie dieser Kristalle unter keinen Umständen zu nutzen. Sie wurde als bedenklich eingestuft. Angeblich herrscht darüber in der Hexenwelt ein Konsens.«

»Angeblich«, murmle ich. Angeblich besteht ja auch ein Konsens darüber, keine Blutmagie anzuwenden. (Und vor allem nicht, um seine eigenen Kinder damit zu verfluchen.)

»Warum interessierst du dich für solche Sachen?«, will Viola argwöhnisch wissen.

»Es gibt keinen bestimmten Grund. Einfach nur, weil mir heute jemand von diesen Kristallen erzählt hat und ich mich gewundert habe, dass ich von ihnen noch nie gehört hatte.«

»Wir geben keine Dinge weiter, die von unseren Vorfahrinnen als bedenklich eingestuft wurden«, erinnert sie. »Wir lernen aus den Fehlern vorangegangener Generationen und wiederholen sie nicht, Babywitch.«

»Ich weiß, Mom.« Meine Gedanken schweifen zu den Runen im Wohnzimmer von Darrens Eltern. Offensichtlich wurden sie von meinen Vorfahrinnen ebenfalls ausgemustert. Ich wüsste zu gern, weswegen oder wie man aus den Fehlern der letzten Generationen lernen soll, wenn man sie einfach totschweigt.

»Gemma? Müssen wir uns Sorgen um dich machen?«, hakt Viola nach.

»Nicht mehr als sonst«, gebe ich neckend zurück, da sie sich ohnehin immer sorgen. Ja, sie lassen mir Freiraum, aber vermutlich befragt Viola jeden Tag ihre Karten, um sicherzugehen, dass ich noch lebe. So ist sie einfach. Und auch, wenn ich wirk-lich gern wüsste, ob in ihren Aufzeichnungen noch etwas über Schatten steht, verkneife ich mir die Frage und verschiebe sie auf ein anderes Mal. Meistens vermisse ich meine Moms, mo-mentan bin ich allerdings ganz froh, dass sie so weit weg sind und ich möchte nicht provozieren, dass sie doch noch eines Tages vor meiner Tür stehen, um mich nach Michigan zurück-zuholen.

TAGEBUCHEINTRAG

Es ist kompliziert. – *Mehr habe ich nicht herausbekommen und konnte mich danach (wieder einmal) nicht dazu überwinden, Gemma zu schreiben, obwohl ich mein Handy im Laufe der Woche oft genug in der Hand hatte und auf ihren Namen gestarrt habe. Dieses Mal zögere ich aus einem anderen Grund.*

Ich halte sie objektiv betrachtet immer noch für die perfekte Wahl, weil sie eine vielseitig interessierte Hexe ist. Sie ist kreativ und liebt es, Neues auszuprobieren oder ungewöhnliche Dinge miteinander zu kombinieren. Doch ihre Reaktion auf Dads Enthüllungen gibt mir zu denken. Ich hätte erwartet, dass sie schockierter ist. Angewiderter. Aber sie wirkte vor allem neugierig und fasziniert. Vielleicht täusche ich mich in ihr, misstraue ihr zu Unrecht und sollte auch Moms Halluzinationen weniger Beachtung schenken. Nur was ist, wenn sie recht hat? Wenn Schatten existieren? Wenn sie ein Interesse an Gemma haben? Und wenn ich durch all meine Handlungen dazu beitrage, dass sie und Gemma zusammenfinden? Irgendwie habe ich ein zunehmend schlechtes Gefühl bei der Sache. Ich versuche, Gemma zu vertrauen. Wiederhole in Gedanken immer wieder, dass sie gefestigt genug ist, um Moms Worte als Spinnerei abzutun. Versichere mir, dass sie erkennt, dass Dad alles andere als faszinierend ist. Und trotzdem ist da das Flüstern des Zweifels: Was ist, wenn nicht?

Wenn ich diesen Eintrag in einem Satz zusammenfassen müsste, wäre es: Ich habe Angst, sie zu verlieren.

Aber ich weiß auch, wie absurd es sich liest. Wie soll ich sie verlieren, wenn ich sie noch nicht einmal für mich gewinnen konnte?

Und vermutlich nie gewinnen kann. Nicht auf die Weise, nach der mein Körper sich sehnt.

Vermutlich, *weil ich in manchen Momenten immer noch die naive Hoffnung habe, dass Gemma irgendwie dazu in der Lage sein könnte, über mein Defizit hinwegzusehen.*

Vielleicht sollte ich ihr morgen einfach die Wahrheit sagen und ihr offen zeigen, worauf sie sich bei mir einlassen würde. Dann wäre es ihre Entscheidung, wie es mit uns weitergeht. Oder auch nicht.

Ich bleibe dabei: Es ist kompliziert.

21. KAPITEL

Freitag, 7.10.

»Das hier fühlt sich irgendwie nicht richtig an«, murmelt Darren und sieht sich flüchtig im Gewächshaus um.

»Tatsächlich? Mit einem Mädchen bei Sternenlicht und Kerzenschein unter einem Glasdach zu sitzen und sie zu Dingen zu überreden, klingt nicht nach einer gelungenen Abendbeschäftigung?« Ich blinzle mehrmals kokett mit den Wimpern und greife nach einer der Wasserflaschen, die die L.I.F.E. Inc. in den letzten Tagen überall in der Innenstadt verteilt hat. Kein Versuch ohne Kaninchen, also nehme ich einen großen Schluck davon.

Wenn es einen Weg gibt, sich dem verzauberten Wasser zu entziehen, will ich ihn finden. Auf dem Brunch von Darrens Dad habe ich zu spüren bekommen, wie beängstigend es ist, nicht die Herrin über die Gedanken oder den eigenen Körper zu sein. Und das als Dauerzustand? Ständig in dem Wissen zu leben, dass mir jemand Befehle erteilen könnte, gegen die ich mich nicht wehren kann? Auf keinen Fall! Falls wir ein Gegenmittel finden sollten, werde ich mir etwas einfallen lassen, um es möglichst vielen Menschen zur Verfügung zu stellen. Die Betonung liegt auf *falls*.

Ich habe in den letzten Tagen ein paar Dinge besorgt, die als Universalmittel zur Aufhebung von Flüchen und Tränken gehandelt werden: verschiedene Kräuter, Öle und Kristalle. Ich habe alles organisiert, was mir hilfreich erschien, aber ohne Darrens Unterstützung kann ich die Wirksamkeit der Zutaten nicht testen.

»Mir würde bestimmt etwas Besseres einfallen als das hier«, bestätigt Darren nachträglich.

»Was genau?«, frage ich übertrieben verführerisch.

»Bring mich nicht in Versuchung.« Darren weicht meinem Blick aus.

»Warum nicht? Es klang bei Jesper so, als wärst du dieser Art von Dingen generell nicht abgeneigt«, stichle ich und weiß selbst nicht, warum es mir solchen Spaß macht, ihn zu reizen.

»In der Theorie ja. In der Praxis ist es etwas schwierig. Ich könnte dir zeigen, was ich meine, wenn du es wirklich willst.«

»Zeig es mir.«

Darren atmet tief durch, setzt sich auf und legt seine warme Hand an meine Taille, als wäre es eine Einladung.

Ich folge ihr, bette meine Unterarme auf seine Schultern und setze mich rittlings auf seinen Schoß. Auf seinem Bett waren wir uns ebenfalls nahe, aber es war nur ein kurzer Moment nach einem verwirrenden Tag. Eine Situation, die alles und nichts bedeuten konnte. Dieses Mal ist es anders. Eindeutig. Darrens Nähe sorgt für ein nervöses Kribbeln in meinen Fingerspitzen. Als könnten meine Hände es gar nicht erwarten, erneut durch seine Haare zu streichen, an seinem Nacken entlangzugleiten und den obersten Knopf seines Hemdes zu öffnen. Wir sind allein in diesem gläsernen Rückzugsort, ein Zustand, der meine Fantasie ebenso beflügelt wie die Aussicht auf den Kuss, den er mir versprochen hat. Der Kuss, den er mir bei unserem letzten Treffen noch vorenthalten hat.

Darren hebt leicht den Kopf und betrachtet mich mit sanfter Faszination. Seine Fingerspitzen gleiten an meiner Wirbelsäule entlang und bescheren mir eine wohlige Gänsehaut.

Ich öffne den Mund, um etwas zu sagen, und weiß doch nicht, was. Dass mir seine Nähe gefällt? Dass *er* mir gefällt?

Darrens Blick hängt an meinen Lippen. Er schluckt hart und gibt ein Geräusch von sich, das ich nicht einordnen kann. War es ein Seufzen oder ein Stöhnen?

Als ich dichter an ihn heranrutsche, gleiten seine Hände auf meinen Po hinab und ziehen mich an sich, als wollte er mich spüren lassen, dass meine Gegenwart ihn nicht kaltlässt.

Seinem Impuls folgend drücke ich mich gegen die Härte in seiner Jeans. Dieses Mal bin ich mir sicher, dass er leise stöhnt, als würde ihn meine Berührung quälen. Aber warum? Wir sind erwachsen, Singles und allein zu Hause. Theoretisch können wir alles tun, was wir wollen.

»Du hast letztens gesagt, wir können uns nicht küssen. Warum?«, flüstere ich leise und streiche mit dem Daumen sanft über seinen Nacken, bis er erschaudert.

»Weil ...« Sein Satz endet in einem Keuchen, als ich meine Hüfte erneut gegen ihn presse. Es ist Aufforderung und Einladung zugleich. »Ich kann nicht«, wispert er atemlos.

»Du kannst nicht – oder du willst nicht? Das ist bei dir manchmal schwierig einzuschätzen.«

»Soll ich es dir zeigen?«

»Ja.« Meine Antwort ist nur ein Hauchen.

Darren hebt eine Hand und ballt sie zur Faust, bevor ein Ruck durch seinen Körper geht. In der nächsten Sekunde vergräbt er seine Hand in meinen Haaren, seine Lippen prallen auf meine – und ich fahre erschrocken auf. Es fühlt sich an, als hätte ich einen Stromschlag bekommen – und das nicht im romantisch-metaphorischen Sinn, sondern sehr schmerzhaft. Erschrocken drücke ich einen Finger auf meine pochende Lippe.

»Hast du mich gerade gebissen?«, frage ich ungläubig.

»Nein!« Resigniert lässt er die Hände sinken. »Das ist es, was ich dir die ganze Zeit erklären will.« Er stößt die Luft durch die Nase aus, bevor er mit zwei Fingern nach seiner Unterlippe greift, sie hinabzieht und etwas offenbart, das aussieht, als hätte man ihm eine Rune auf die Innenseite seiner Unterlippe tätowiert. Eine, deren Bedeutung ich nicht kenne.

»Was ist das?«, frage ich verwirrt.

Frustriert lässt er sich der Länge nach auf die Kissen der Sitzbank fallen. »Der beschissene Schweigefluch. Als wäre er nicht schon ätzend genug, hat er den netten Nebeneffekt, dass ich Menschen auch keine anderen Lippenbekenntnisse zukommen lassen kann. Gar keine. Noch nie. Jedes einzelne Mal, wenn ich einen anderen Menschen mit den Lippen berühre, fühlt es sich mindestens so an, als würden wir beide einen Stromschlag bekommen. Bedauerlicherweise stehe ich nicht auf Schmerzen. Und die meisten anderen tun es auch nicht.«

»Oh«, ist alles, was mir dazu einfällt. Das ist also sein Geheimnis?

»Ja. Oh.« Darren legt die Unterarme über sein Gesicht, als könnte er sich dadurch vor der Welt verstecken. »Wenn ich mich dem Fluch mit aller Macht zu widersetzen versuche, passiert übrigens genau dasselbe. Ich spüre Schmerzen. Je angestrengter ich mich bemühe, Dinge auszusprechen, umso unerträglicher werden sie.«

Sein Geständnis überfordert mich, aber noch mehr macht mir sein Anblick zu schaffen. Er, der sonst so stolz und unnahbar wirkt, der der Welt nie sein Gesicht zeigt, sieht aus, als würde er eine Umarmung brauchen.

Da man dafür keine Lippen benötigt, gebe ich ihm genau die. Ich lasse mich neben ihn in die Kissen sinken, bette meinen Kopf auf seiner Brust und lege die Arme um ihn. So heftig, wie er unter meiner Berührung zusammenzuckt, war es wohl nicht die Reaktion, mit der er gerechnet hat, doch er weist mich nicht ab.

Zögerlich legt er seine Arme um mich.

»Danke«, murmle ich.

»Wofür? Den schlechtesten Kuss deines Lebens?«

»Eigentlich für deine Ehrlichkeit, aber sehen wir es positiv: Wenn das der schlechteste war, kann es von nun an nur noch besser werden«, scherze ich.

»Nur eben nicht mit mir.«

Sein resignierter Tonfall fühlt sich an, als würde er mir etwas Stumpfes direkt ins Herz stoßen. Ich könnte ihm sagen, dass es viele andere Möglichkeiten gibt, einander nahe zu sein, auch ohne sich zu küssen, aber in diesem Moment kommt es mir falsch vor, weil ich seine Gefühle nicht kleinreden will.

Ich rücke leicht von ihm ab und stütze mich auf meine Unterarme, um ihn anzusehen. »Das ist eine der vielen schlechten Seiten an Flüchen: Wenn man sie unachtsam formuliert, bringen sie unerwünschte Nebeneffekte mit sich. Ich kann mir zumindest nicht vorstellen, dass dein Dad ein ehrliches Interesse daran hat, dass du niemandem nahekommen kannst.«

Darren dreht den Kopf weg und betrachtet den flackernden Schein einer Kerze. »Wenn du mich fragst, ist er vollkommen paranoid. Ich weiß nichts. Zumindest nicht viel mehr als du und nichts Genaues. Auch in der Firma habe ich keinen Zugriff auf sensible Daten. Er hält alles unter Verschluss. Ich aktualisiere nur Geschäftsberichte und halte langweilige Präsentationen über erwartete Gewinne im Energiesektor. Wenn er mich nicht verflucht hätte und unser Verhältnis besser wäre, hätte ich vielleicht nie das Bedürfnis verspürt, ihn und seine Firma überhaupt zu hinterfragen.«

»Ursache und Wirkung«, murmle ich.

Nickend wendet Darren sich von der Kerze ab und betrachtet erneut mein Gesicht. Vorsichtig streckt er eine Hand aus, legt sie an meine Wange und streicht mit dem Daumen über meine Unterlippe, als wollte er mich quälen. Vielleicht ist seine Geste auch nur Ausdruck seines eigenen Verlangens, denn in seinem Blick entdecke ich sowohl Sehnsucht als auch Verunsicherung.

Falls er sich fragt, was das zwischen uns ist, habe ich ebenfalls keine Antwort für ihn. Wir liegen im Kerzenschein nebeneinander und tun nichts, außer das Gegenüber zu betrachten. Ist es seltsam? Vielleicht. Aber angeblich ist *seltsam* ja ohnehin mein zweiter Vorname. Und wenn ich ehrlich sein soll, genieße ich seine Nähe. Ich könnte Stunden damit verbringen, sein hübsches Gesicht im Kerzenschein zu betrachten.

»Wir haben letztes Semester einen Vortrag über Filmküsse gehört«, durchbreche ich die Stille. »Wenn ich mich richtig erinnere, hat die Dozentin in einem Nebensatz erwähnt, dass nicht in allen Kulturen geküsst wird. Manche streichen einander über die Wange, um Zuneigung auszudrücken. Und ich meine, sie hätte sogar von einem Volk erzählt, in dem das gegenseitige Abknabbern der Wimpern ein Liebesbew…« Ich stolpere über das Wort und spüre, wie Darren kaum merklich seine Hand zurückzieht.

Wow, Gemma. Ihr kennt euch fast gar nicht und du sprichst schon von Liebe. Da würde ich dich auch so verstört ansehen.

»Ich meinte nicht, dass wir …« Peinlich berührt setze ich mich auf. »Wir kennen uns ja kaum. Ich meinte nur, dass es okay ist, wenn wir uns nicht küssen. Und nur falls wir zukünftig noch einmal ein Pärchen spielen, sollte ich ja wissen, wie diese Sache zwischen uns läuft. Rein hypothetisch. Es ist wirklich kein Problem. Ich danke dir, dass du dich mir anvertraut hast. Das bedeutet mir viel.«

Super. Deine gestammelte Erklärung macht den ganzen Moment gleich weniger unangenehm. Nicht.

Langsam lässt Darren die Hand sinken und egal, wie ich mich zu erklären versuche, irgendwie bewirken meine Worte nur, dass alles noch schlimmer wird.

»Wir sind eigentlich zum Arbeiten hier, richtig?«, wechsle ich das Thema und deute auf den Tisch, auf dem sich noch immer die Zutaten aneinanderreihen, die ich ausprobieren wollte. Ob etwas davon die Wirkung des verzauberten Wassers der L.I.F.E. Inc. aufheben kann, wird sich zeigen. Wobei es nicht hilft: die Situation zu retten.

»Arbeiten. Sicher.« Darren setzt sich auf und weicht meinem Blick aus.

Eilig greife ich nach einer Phiole, träufle mir einen Tropfen des Öls auf den Finger und lecke ihn ab.

»Mir gefällt übrigens immer noch nicht, was wir hier tun«, versichert Darren, als ich ihn auffordernd ansehe.

»Tatsächlich? Dann wünsch dir doch etwas von mir, das dir besser gefällt. Für ein besseres Morgen ... – Such dir was aus.«

»Es ändert alles nichts daran, dass du von mir verlangst, dich zu manipulieren, Ms *Wir-kennen-uns-ja-kaum.*«

»Komm schon, Mr *Ich-sehe-immer-nur-das-Schlechte*«, gebe ich wenig schmeichelhaft zurück, »nutz die Gelegenheit. Fordere, was auch immer du willst. Ich wäre dir nur dankbar, wenn du mich nicht vom Dach springen lässt.«

»Das hatte ich sicher nicht vor, aber woher soll ich wissen, was für dich okay ist und wo ich eine Grenze überschreite? Wann ein Punkt gekommen ist, an dem du etwas tun sollst, was du wirklich nicht möchtest?«

»Finden wir es heraus. Besser hier und jetzt, als wenn dein Dad mich zu Dingen auffordert, die niemand will. Sind wir ehrlich: Kein Mensch macht sich die Mühe, einen Zauber dieser Größenordnung umzusetzen, wenn er ihn nicht früher oder später nutzen will. Und ich nehme nicht an, dass er es bei: *Für ein besseres Morgen, hören Sie mir zu ...* belassen wird.«

Darren ringt einen Moment mit sich selbst, bevor er nachgibt. »Okay. Für ein besseres Morgen, sing mir ein Lied vor.«

»Dein Wunsch ist mir Befehl.« In dem Fall leider wirklich. Mein Körper übernimmt die Kontrolle über meinen Geist und folgt Darrens Anweisung. Allein die Vorstellung davon, dass das S.P.E.L.L.-Projekt dafür missbraucht werden kann, um fast alle New Yorker gleichzeitig zu lenken, lässt sich mir sämtliche Nackenhaare aufstellen. Jetzt gerade ist mir bewusst, dass es nicht meinem Wunsch entspringt, Darren ein Ständchen zu bringen, aber bei Darrens Dad habe ich es nicht gemerkt. Ich war ein dankbares Opfer seiner Witze. Und allein diese Erkenntnis sollte eigentlich dazu ausreichen, um mich voll und ganz auf unser Vorhaben zu konzentrieren.

Offensichtlich war das Öl ein Reinfall, also will ich nach der nächsten Phiole greifen, aber Darren hält mich davon ab.

»Warte. Wir ändern die Spielregeln.«

»Wie das? Willst du auch von dem Wasser trinken und dann fordere ich dich zu Mutproben heraus? Funktioniert das denn so einfach?«, frage ich verblüfft. »Kann jeder Hexende, der den Slogan nutzt, Menschen manipulieren, wenn sie zuvor mit dem verzauberten Wasser in Berührung gekommen sind?«

»Nein. Soweit ich weiß, geht das nur bei Blutsverwandten desjenigen, der den Spruch gewirkt hat. Aber das hindert uns nicht daran, hieraus eine Runde Wahrheit oder Pflicht zu machen. Für jede Sache, um die ich dich bitte, darfst du im Gegenzug eine Frage stellen oder dir etwas wünschen. Ich finde, das ist nur fair.« Darren zwinkert mir zu.

Wenn es ihm damit besser geht, können wir uns gern abwechseln. Es gibt ohnehin nur wenig, das ich nicht zu tun bereit wäre, um ein Gegenmittel gegen den S.P.E.L.L.-Zauber zu finden.

Doch am Ende des Abends spielt es keine Rolle. Denn egal welches der Öle und Kräuter wir auch probieren, welche Kristalle wir zur Unterstützung nehmen, welche Sprüche wir uns einfallen lassen: Nichts davon zeigt eine Wirkung. Ich bin jedem von Darrens Wünschen ausgeliefert. Da hilft es auch nicht, dass ich nun unter anderem weiß, dass Darren Himbeeren hasst, Schokolade Gummibärchen vorzieht und im Alter von sechzehn Jahren das erste Mal mit einer Frau geschlafen hat.

»Weißt du, wann sie dieses Viertel mit den neuen Ventilen ausstatten wollen?«, frage ich resigniert, ziehe die Beine an und schlinge die Arme darum. Die Kerzen sind mittlerweile so weit heruntergebrannt, dass sie jede Sekunde erlöschen werden. Die Aussicht darauf, jeden Tag mit dem verfluchten Wasser duschen zu müssen, macht mich nervös, denn von da an sind wir alle Marionetten in Standby. Aber nicht zu duschen ist natürlich keine Option. Nicht auf Dauer. Und selbst wenn es sich noch länger hinziehen sollte, bis dieses Viertel ausgebaut wird: Was ist mit dem, in dem Hazel wohnt? Oder all meine anderen Kommilitonen? Es ist utopisch, sich einzureden, dass man sich dem auf Dauer entziehen kann. Und dann? Was ist der große Plan hinter allem?

»Ich habe keine Ahnung«, unterbricht Darren die Stille. »Aber ich werde versuchen, es herauszufinden.«

»Weißt du, was mir auch Sorgen bereitet?«, gestehe ich und schalte die Lichterketten ein, als die erste Kerze erlischt. »Mal angenommen, wir finden tatsächlich ein Gegenmittel – was soll dann passieren? Wir können nie im Leben genug für alle herstellen. So oder so werden wir einen Verbündeten brauchen. Jemand Mächtigen, der uns bei der Produktion eines Antidots helfen oder besser noch die Arbeiten der L.I.F.E. Inc. untersagen kann.«

»Jemanden wie Bürgermeister Caden?«, schlägt Darren vor.

»Zum Beispiel. Weißt du denn, ob er wirklich mit deinem Dad und der L.I.F.E. Inc. sympathisiert? Vielleicht ist er auch nur manipuliert, damit dein Dad hier schalten und walten kann, wie er will. Ich meine: Wer vor seinem Sohn nicht zurückschreckt, würde sicher auch andere Menschen beeinflussen. Oder nicht?« Ist es nicht das, was er in Darrens Erinnerung angedeutet hat? Dass er vorhat, Sirenenmagie einzusetzen, um Partner zu finden?

»Keine Ahnung. Das ist das Schwierige an der Welt meines Dads. Man weiß nie, warum die Menschen um einen herum nett zu einem sind oder ob sie es überhaupt sind und nicht nur so tun. Wenn ich wüsste, wem ich vertrauen kann, hätte ich wahrscheinlich keine zwei Jahre gebraucht, um dich zu finden.«

Ich sehe ihn auffordernd an, aber er blickt nur verwirrt zurück. »Das ist jetzt die Stelle, an der du versichern solltest, dass sich das Warten absolut gelohnt hat.«

»Wir wissen beide, dass es gelogen wäre.«

»Hey.« Ich schlage ihm spielerisch gegen das Bein. »Könntest du nicht wenigstens kurz so tun, als wäre das hier irgendwie etwas Besonderes für dich?«

»Ich meinte, dass es gelogen wäre, dass ich auf dich gewartet habe«, erklärt er und reibt sich das schmerzende Bein. »Nicht, dass es sich nicht gelohnt hätte.«

»Sicher«, schnaube ich.

»Warum machst du das?«, fragt Darren so leise und interessiert, dass ich ihn irritiert anblinzle.

Wovon spricht er?

»Ist dir das nie aufgefallen? Du tust hier das Gleiche wie im Internet. Wann immer eine Situation droht, unangenehm zu werden, versuchst du, dich ihr mit Witzen zu entziehen. Ich verstehe das, aber ich habe dir soeben den schlechtesten Kuss in der Geschichte aller Küsse beschert. Du brauchst dich vor mir nicht zu verstellen.«

Nachdenklich lege ich den Kopf in den Nacken und starre zum Dach hinauf. »Darüber habe ich nie nachgedacht. Ich glaube, ich will einfach nicht, dass Menschen die Macht haben, mich zu verletzen.«

»Sagst du deswegen so oft, dass du allein zurechtkommst?«, vermutet er. »Du möchtest keine Schwäche zeigen, dich nicht angreifbar machen. Auch das verstehe ich. Aber warst du nicht diejenige, die meinte, dass um Hilfe zu bitten eines der mutigsten Dinge ist, das man tun kann?«

»Es gibt Sätze, die mir meine Moms immer wieder auf den Weg mitgegeben haben, und ich bin gut darin, sie wiederzugeben. Doch ich fürchte, ich habe nicht alle davon verinnerlicht«, gestehe ich und versuche aus Darrens Gesicht abzulesen, was er darüber denkt, aber er sieht seinerseits zum Dach hinauf.

»Weißt du, was du noch gesagt hast?«, fragt er nach einer Weile. »Dass du für mich da bist. Vielleicht klingt es komisch, weil ich dich um Hilfe gebeten habe … aber wenn du mich lässt, bin ich an deiner Seite. Und ich glaube, dass es hier schöner wäre, wenn du das Licht wieder ausmachst.« Er klopft neben sich auf das Polster.

Also folge ich seinem Wunsch, schalte die Lichter aus, lege mich neben ihn und schaue mit ihm gemeinsam zu den Sternen hinauf.

Noch immer geistern seine Worte durch meinen Kopf: *Wenn du mich lässt, bin ich an deiner Seite.* Wie schön es klingt und wie bedeutungsschwer.

Ich spüre Darrens Körperwärme neben mir, wahrscheinlich war ich mir seiner Nähe noch nie so bewusst. Zugleich weiß ich nicht, was ich tun soll. Der Nicht-Kuss hat mich mehr ver-unsichert als ich zugeben sollte.

»Manchmal habe ich das Gefühl, die Nacht verändert etwas. In mir«, murmelt Darren. »Wenn die Welt stiller wird, höre ich meine Gedanken umso lauter. Dann kann ich erst einschlafen, wenn ich sie in mein Tagebuch verbannt habe.«

»Du bist eben doch ein kleiner Poet«, ziehe ich ihn auf und taste vorsichtig nach seiner Hand. Mein Herz schlägt einen anderen Takt an, als Darren seine Finger zwischen meine schiebt und sacht mit dem Daumen über meinen Handrücken streichelt.

Ich traue mich nicht zu hinterfragen, was dieser Augenblick bedeutet.

Wir sagen kein Wort, lauschen lediglich dem Wind, der um die Dächer New Yorks weht, und ab und an die Melodie einer Großstadt bei Nacht mit sich bringt. Wenn ich mir ein Wort aussuchen müsste, um diesen Moment in einem Tagebuch zu beschreiben, wäre es vielleicht *friedlich*.

· · ✦ · ·

Erst als Darren mich weckt, wird mir bewusst, dass ich an sei-ner Seite eingeschlafen bin.

»Es wird langsam kalt hier draußen«, erklärt er. »Ich sollte besser rübergehen, damit du ins Bett kannst.«

Kurz bin ich versucht, ihn in meines einzuladen, aber be-sinne mich eines Besseren. Also bringe ich ihn noch zur Woh-nungstür, um mich von ihm zu verabschieden, doch er zö-gert.

»Darf ich eine Sache ausprobieren?«, bittet er so leise, als wollte er Taro nicht wecken.

»Sicher.«

Gespannt sehe ich zu ihm auf und beobachte, wie er näher tritt, bis seine Zehenspitzen beinahe an meine stoßen. Zögerlich beugt er sich zu mir hinab und neigt den Kopf zur Seite.

Seine Nasenspitze berührt meine. Noch während ich mich frage, ob er mich erneut küssen will, hebt er eine Hand, legt mir zwei Finger an die Lippen und haucht einen Kuss darauf. Bevor ich reagieren kann, zieht er sich kopfschüttelnd zurück. »In meiner Vorstellung war das schöner als in der Realität.«

»Sei nicht so streng mit dir, es war ein sehr schöner Gedanke«, versichere ich und hauche ihm einen Abschiedskuss auf die Wange. Anfangs hat es sich seltsam angefühlt, doch mittlerweile ist mir Darren so vertraut wie sein Duft, der noch immer an mir haftet, als ich mich wenig später ins Bett lege.

Was auch immer wir sind: Mit Sicherheit sind wir keine Fremden mehr.

Da ich nicht einschlafen kann, greife ich nach meinem Handy und schreibe Darren eine Nachricht.

Gemma: *Wenn es für dich okay ist, werde ich weiterhin nach einem Gegenmittel für den S. P. E. L. L.-Zauber suchen. Falls dir etwas in den Sinn kommt, meldest du dich?*

Seine Antwort kommt so prompt, als hätte er sein Smartphone ebenfalls in der Hand gehabt.

Darren: *Ist es okay, wenn ich mich auch bei dir melde, obwohl es nicht um den S. P. E. L. L.-Zauber geht?*

Natürlich ist es das. Ich freue mich, von ihm zu hören. Dass ich ihn nicht küssen kann, ändert daran gar nichts.

22. KAPITEL

Sonntag, 9.10.

Die Nacht von Sonntag auf Montag verbringe ich überwiegend mit dem Aufladen meiner Kristalle. Darren hat mir seinen Aequalit ausgeliehen, weil ich herauszufinden versuche, wie er sich wieder mit Energie versorgen lässt. Da das Wenden von Kristallen und mit Wasser gefüllten Phiolen keine abendfüllende Beschäftigung ist, nutze ich den Rest dieser besonderen Nacht für Online-Tarot-Sessions, um meinen Kontostand aufzubessern. Dabei ignoriere ich alle Fragen, die mir über *DarkDuke* gestellt werden. Ich kann zwar verstehen, dass die Leute nach unserem gemeinsamen Livestream neugierig sind, aber warum kontaktieren sie nicht ihn, um ihn zu fragen, wie es ihm geht? Es gibt auf *TikTok* eine Reihe von Videos zu dem Song *Oh No* von *Capone*. Der ist zwar nicht mehr im Trend, dennoch nutze ich ihn für ein kurzes Statement, in dem ich verdeutliche, dass ich niemals Geheimnisse der Menschen ausplaudern werde, die meine Hilfe suchen – ganz egal, um wen es sich dabei handelt. Ich hoffe, dass die Botschaft ankommt, und verdränge den Gedanken daran, dass Kristen mir folgt. Und wer weiß, wer noch …

Irgendwann ertappe ich mich dabei, wie ich auf meiner Fensterbank sitze und gedankenverloren ein Mobile anstarre, das sich im Zug der Heizungsluft dreht. Hin. Und her. Hin. Und her. Es hat etwas Hypnotisierendes an sich. Eine sanfte

Bewegung im völligen Gleichklang. Yin und Yang. Männlich und weiblich. Licht und Dunkelheit. Leben und Tod.

Apropos Leben und Tod: Wie kann es sein, dass wir mit dem Gegenmittel zum S. P. E. L. L.-Zauber kein bisschen vorankommen? Den gesamten gestrigen Tag haben Darren und ich gemeinsam Ideen zur Aufhebung des Zaubers ausprobiert, doch nichts hat funktioniert. Alle Tipps aus dem Netz: wirkungslos. Wie denkt jemand, der bereit ist, die Naturgesetze zu umgehen? Jemand, der den Tod zu überlisten versucht? Jemand, der bereit ist, seinen eigenen Sohn zu verfluchen, nur um ihn zum Schweigen zu zwingen?

Von meiner eigenen Untätigkeit genervt, hole ich mein aktuelles Notizbuch auf die Fensterbank und blättere all unsere bisherigen Versuche durch, nur um eines festzustellen: Die Zutaten entsprechen dem, was ich kenne. Sie sind harmlos. Meine Gedanken zucken zu dem Schmerz, den Darrens Kuss verursacht hat. Das ist die Richtung, in die ich denken muss. Wie jemand, der es offensichtlich akzeptabel findet, wenn sein Sohn dafür bestraft wird, dass er sich nach Nähe sehnt. Wie jemand, der Leute unterwirft und Geschäftspartner manipuliert, um seine Ziele zu erreichen.

Genervt lasse ich das Notizbuch zuschnappen, erhebe mich von der Fensterbank und hole eine Flasche des L. I. F. E.-Wassers aus dem kleinen Vorrat, den ich für Recherchezwecke angelegt habe. Ich fasse selbst nicht, dass ich das tue, aber ich nehme meine frisch mit Energie versorgte Kette ab und versuche damit die Zutaten des Wassers zu erpendeln.

»Könnte mir die Kraft eines Bergkristalls helfen, um deine Wirkung aufzuheben?«

Nein.

Obwohl ich schon einige Dinge getan habe, die andere Leute schräg finden, kann ich auch nicht fassen, dass ich stundenlang auf dem Bett sitze und mit einer Wasserflasche rede. Doch egal, welche Frage ich stelle, die Antwort des Pendels lautet immer: *Nein. Nein. Nein.*

Die Zeit verstreicht unaufhörlich, aber ich trete auf der Stelle. Frustriert greife ich nach meinem Handy und schreibe mal wieder in den Gruppenchat unseres Zirkels.

Gemma: Wie würdet ihr vorgehen, wenn ihr einen unbekannten Zauber/Fluch aufheben/brechen wollt? Ich komme einfach nicht voran.

Melissa: Meine Antwort bleibt die vom letzten Mal. Du könntest den Verflucher umbringen. Andernfalls ... Keine Ahnung, dürfte schwierig werden, wenn die gängigen Reinigungsrituale nicht greifen. P. S.: DarkDuke hat echt einen zweifelhaften Einfluss auf dich.

Gemma: Ich weiß nicht, wovon du redest.

Melissa: Sicher. Keine von uns weiß das. Es ist reiner Zufall, dass er dich kontaktiert, ihr beide seitdem kaum noch online seid und du plötzlich solche – für dich vollkommen untypischen – Fragen stellst.

Gemma: Gut, dass wir uns da einig sind.;-)

Aber sie hat ja recht: Momentan muss ich mich regelrecht dazu überwinden, mich um meine *Social-Media*-Kanäle zu kümmern, weil mir das Aufnehmen lustiger Videos so banal vorkommt, während uns auf der anderen Seite die Zeit davonläuft. Jeden Tag, wenn ich das Haus verlasse oder den Fernseher einschalte, erinnert mich die omnipräsente Werbung daran, dass die L. I. F. E. Inc. mit ihrer Arbeit voranschreitet. Trotzdem ermahnt mich meine Kalender-App, dass ich noch einen Review über Wassersteine schuldig bin, der spätestens morgen online gehen sollte, wenn ich den Kooperationspartner nicht verärgern will. Das Video ist wahrscheinlich die perfekte Sache, um mich abzulenken. Auch davon, dass ich mich viel zu oft frage, was Darren wohl heute treibt. Er sagte nur, dass er keine Zeit hat, und nachdem er nicht von sich aus mit der Sprache rausgerückt ist, kam es mir falsch vor, ihn danach zu fragen, was er vorhat, schließlich ist er mir keine Rechenschaft schuldig.

· · ✦ · ·

Der Nachrichtenton meines Handys lässt mich auffahren, nur damit ich in der nächsten Sekunde mein schmerzendes Genick verfluche. Wie viele Stunden habe ich schon so in meinen Laptop versunken auf dem Bett gesessen? Mein Körper ist alles andere als dankbar für diese wenig ergonomische Sitzposition.

Mit einer Hand greife ich nach dem Telefon und reibe mit der anderen über meinen Nacken, während ich die Nachricht lese.

Darren: Was machst du gerade? Können wir reden?

Ohne zu zögern, rufe ich ihn an, stelle auf Lautsprecher und lege das Telefon neben mir ab, damit ich die Hände frei habe, um das Video für die Kooperation fertig zu schneiden.

»Hey«, dringt Darrens tiefe Stimme aus dem Hörer, kaum dass er den Anruf entgegengenommen hat.

»Hey«, erwidere ich lächelnd. »Was deine Frage betrifft: Ich schneide gerade ein kleines Video für *WitchTok*. Bedauerlicherweise geht das Leben auch dann weiter, wenn skrupellose Hexer die Übernahme der Stadt planen. Im Hintergrund läuft eine Podcastfolge, in der drei Hexen darüber diskutieren, welche die stärksten Universalfluchbrecher sind. In der Folge davor sprachen sie übrigens über das Phänomen *DarkDuke*. Sie halten dich für ein arrogantes Arschloch, das entweder wahnsinnig gutaussehend oder verdammt hässlich sein muss, um nie sein Gesicht vor der Kamera zu zeigen.«

»Wie überaus charmant. Ich fühle mich geschmeichelt. Auch davon, dass du dir das angehört hast. Warum kommt eigentlich niemand darauf, dass ich Internet und Privatleben gern trenne?«

»Weil diese Einstellung nicht sehr weit verbreitet ist?«, vermute ich. »Und was treibst du heute so?«

Statt einer Antwort dringt ein Seufzen aus dem Hörer. »Mom besuchen. Dad ist verreist, und jetzt übernachte ich hier und habe ein Auge darauf, dass sie in regelmäßigen Abständen ihre Medizin nimmt. Dad könnte sich zwar Pflegepersonal leisten, aber dafür müsste er sich ja auf andere Menschen verlassen. Du kannst dir das Problem vorstellen. Wahrscheinlich ist sein Mangel an Vertrauen in jeden außer sich selbst auch der Grund dafür, dass er sich nie einem Zirkel angeschlossen hat.«

»Du meinst, er hat wirklich keine Vertrauten? Niemanden, mit dem er sich austauschen kann?«, frage ich überrascht. »Er hat sich alles allein erarbeitet? Und alle, mit denen er bei der L.I.F.E. Inc. zusammenarbeitet, sind durch Zauber und Flüche manipuliert? Es gibt niemanden, der ihm zur Seite steht?«

»So sieht es aus. Nicht einmal Kristen weiß von seinen Nebengeschäften.«

»Dann passt der S.P.E.L.L.-Zauber natürlich perfekt ins Bild. Es ist das passende Werkzeug, damit keiner seiner Angestellten infrage stellt, warum neben dem Erdgas auch Kristalle geborgen werden sollen. Das ist nur konsequent. – Aber was für ein anstrengendes Leben.«

»Anstrengend und einsam«, bestätigt Darren. »Apropos einsam: Ich stehe übrigens gerade unten im Wohnzimmer, an der Terrassentür, und habe an dich gedacht.«

»Wie lieb von dir.«

»Ich sagte nicht, dass es nette Gedanken waren«, wirft er ein.

»Dann nehme ich es zurück.«

»Hör zu …« Ich höre vor allem Schritte, eine Schiebetür aufgleiten und wie Darren tief durchatmet. Das Geräusch von raschelnden Blättern im Wind lässt mich vermuten, dass er soeben das Haus verlassen hat. »Was ist, wenn wir das Gegenmittel nicht finden – und nicht finden können –, weil Dad eben Dad ist. Er denkt anders als wir, löst Probleme auf seine Art. Weiße Magie in allen Ehren, aber damit werden wir vielleicht nicht weiterkommen. Dad ist vorsichtig und skrupellos. Intelligent. Ein brillanter Hexer. Ich glaube … Wenn es einen Weg gibt, den S.P.E.L.L.-Zauber zu brechen, werden wir mehr als einen Generalschlüssel brauchen. Etwas Gezielteres.«

Seufzend schaue ich auf mein Handy. Wahrscheinlich hat er recht. Der Gedanke ist mir auch schon gekommen. »Aber für ein gezieltes Gegenmittel benötigen wir eine Blaupause des Tranks oder Zaubers. Oder was auch immer er mit dem Wasser genau anstellt. Im Moment fischen wir diesbezüglich echt im Trüben. Fischen – weil Wasser, du verstehst.«

»Ja, ich verstehe, aber hier im Haus ist nichts, und natürlich liegen diese Informationen auch nicht im Intranet der Firma. Wenn überhaupt, finden wir sie vielleicht in Dads Büro.«

»Sag mir bitte, dass du nicht daran denkst, bei deinem Dad einzubrechen, um an diese Informationen zu gelangen.«

»Ich habe nicht vor, dich zu belügen. Und ich habe noch mehr Infos, die dir nicht gefallen werden. Ich habe die Ausbaupläne für die Wasserleitungen der nächsten Wochen gefunden und sage nur so viel: Wenn du nicht mit dem manipulierten Wasser in Kontakt kommen willst, solltest du das Baden in spätestens zwei Monaten einstellen. Nur so als Tipp. Manchmal habe ich das Gefühl, dass …« Darren verstummt, bevor er irritiert aufschreit. »Mom, verdammt! Was tust du?«

In der nächsten Sekunde ist das Gespräch abgebrochen. Er hat mich einfach weggedrückt. Irritiert greife ich nach dem Handy und schreibe ihm eine Nachricht.

Gemma: *Was ist los? Alles gut bei dir? Bitte melde dich.*

Aber er tut es nicht.

· · ✦ · ·

Auch wenn ich in Vollmondnächten oft lang aufbleibe, gehe ich irgendwann ins Bett – und kann dann doch nicht einschlafen. Aus Sorge um Darren und seine Mom, aber auch weil mir seine Worte nicht aus dem Kopf gehen. Was ist, wenn er recht hat und wir die Sache falsch angehen? Wenn ich nicht stark genug bin oder es mir an Erfahrung und Kreativität mangelt, um den S.P.E.L.L.-Zauber aufheben zu können. An irgendetwas muss es doch liegen, dass wir absolut gar nichts gegen die Magie seines Dads ausrichten können.

Frustriert greife ich mein Journal aus dem Nachttisch und notiere alles, was ich in Darrens Erinnerungen gesehen habe. Alles, was ich bisher weiß. Am Ende bleibe ich an einem Wort hängen: *Sirenenblut.*

Darrens Dad wollte es nutzen, um Geschäftspartner auf seine Seite zu ziehen. Was ist, wenn er es nicht dabei belassen hat? Einer Eingebung folgend greife ich nach der Wasserflasche und meinem Pendel.

»Letzter Versuch für heute: Braucht man für deine Herstellung Sirenenblut.«

Ja.

Vollkommen irritiert starre ich das Pendel an, wiederhole die Frage, aber die Antwort bleibt dieselbe. Dabei erscheint es mit einem Mal so logisch: Sirenen sind quasi dafür geschaffen, Menschen zu manipulieren. Wer vor dunkler Magie nicht zurückschreckt, kann ihr Blut sicher hervorragend für eigene Zwecke missbrauchen. Es ist ebenso simpel wie genial. Wieso habe ich die Verbindung nicht gleich gesehen? Wahrscheinlich, weil in meinem Kopf immer noch fest verankert ist, dass Blutflüche verboten gehören.

Hastig greife ich nach meinem Handy und suche im Internet, nur um kurz darauf zu fluchen. Was habe ich auch erwartet?

Bekannte Gegenmittel für Sirenenblut: *Keines.*

Natürlich nicht. Zauber mit Sirenenblut fallen in den Bereich der schwarzen Künste und gelten als sündhaft, daher ist die Forschung nach Gegenmitteln nicht vorangetrieben worden.

Wütend werfe ich mein Journal zu Boden und ärgere mich über meine mangelnde Selbstbeherrschung, als es bei der Bruchlandung ein Blatt verliert.

Wieso kann aber auch nicht irgendetwas, was im weitesten Sinne mit Darren zu tun hat, mal einfach sein?

Da ich jetzt noch viel weniger einschlafen kann, gebe ich den Versuch auf und gehe zu Taro hinüber, um nicht allein zu sein. Zumindest habe ich die Hoffnung, dass er sich in seinem Zimmer aufhält, doch als ich anklopfe, erklingt kein Miau.

Ich atme tief durch, betrete sein Reich und bin kurz überrascht. Von Taro fehlt jede Spur, aber der Fußboden ist in einem Meer aus Fotos versunken. Manche von ihnen sind zerknüllt und auf seinem Schreibtisch stapeln sich Bücher und Notizen. Auf einem schiefen Bücherstapel thront sein Laptop. Wenn ich mich nicht irre, liegt hier sogar ein Paar dreckiger Socken herum. Für seine Verhältnisse gleicht der Anblick einem gewaltigen Chaos.

Da ich das Buch-Laptop-Gebilde vor meinem geistigen Auge bereits in sich zusammenfallen sehe, lege ich das Notebook behutsam auf seiner Fensterbank ab. Anschließend hebe ich eines der zerknüllten Bilder vom Fußboden auf. Vorsichtig streiche ich es glatt und stutze. Warum hat Taro ein Foto von Hazel in der U-Bahn vernichtet? Von meiner Neugierde getrieben, hebe ich eine weitere Papierkugel auf. Hazel mit einem Protestschild. Und noch eine. Hazel vor der L.I.F.E. Inc. Hazel beim Sushi-Essen. – Alle verworfenen Motive zeigen meine beste Freundin. Ob zwischen den beiden etwas vorgefallen ist, das sie mir verschwiegen haben? Hazel sagte, dass Taro sich ihr gegenüber seltsam benimmt, aber am Anti-Taro-Zauber kann es definitiv nicht liegen. Zumindest nicht direkt.

Sorgsam drücke ich die Papiere wieder zusammen, bevor ich Taros Zimmer verlasse und nun erst recht nicht einschlafen kann. Jetzt mache ich mir Sorgen um Darren *und* Taro. Denn dass es meinem Bruder nicht gut geht, ist ziemlich offensichtlich, und Darren hat noch immer nicht auf meine Nachricht geantwortet.

Wie gut, dass mein blauer Calcit mittlerweile wieder aufgeladen ist, denn ich kann jetzt wirklich einen beruhigenden Kristall unter meinem Kopfkissen brauchen, um in dieser Nacht überhaupt noch ein Auge zuzutun.

23. KAPITEL

Montag, 10.10.

Die ganze Nacht über wache ich immer wieder auf, nur um einen Blick auf mein Handy zu werfen und enttäuscht zu werden. Keine Antwort.

Als ich bereits vor dem Sonnenaufgang beschließe, aufzustehen, schweift mein Blick zum schwarzen Kristall, der nach wie vor auf meiner Fensterbank liegt. Von meiner Neugierde angelockt gehe ich hinüber und nehme den Aequalit in die Hände. Wenn ich die Augen schließe, spüre ich ihn vibrieren, höre ihn beinahe vor Energie summen. Vielleicht täusche ich mich, vielleicht hat er tatsächlich eine leichte Art von Aura, so wie es in Tante Hattys Buch steht. Es ist wirklich ungewöhnlich. So etwas habe ich bei einem Kristall noch nie gesehen. Aber eine komplette Aura besteht aus mehreren Schichten und diese hier ist unvollständig. Darren hatte recht: Dieser Kristall ist ein herausragender Energiespeicher, allerdings reicht die Kraft des Mondes offensichtlich nicht, um ihn vollkommen aufzuladen. Mit diesem Vorrat an Energie dürfte es nicht möglich sein, die Naturgesetze zu überwinden. Zumindest nicht auf Dauer. Nicht in dem Maße, das es braucht, um den Tod zu überlisten.

Schnell ziehe ich mich an, stecke den Stein in meine Collegetasche und mache auf dem Weg zur Akademie einen Abstecher ins *Beans&Herbs*. Ungeduldig warte ich in der Schlange am Tresen, bis ich an der Reihe bin.

»Ich hätte gern das Gleiche wie immer und eine Info«, begrüße ich Beryl und überreiche ihr meinen Thermobecher.

»Falls die gewünschte Info etwas mit meinem Mitbewohner zu tun hat, der erst vor fünf Minuten nach Hause kam und aussah, als hätte er die ganze Nacht durchgemacht ...« Sie deutet flüchtig auf die Hintertür zum Treppenhaus und widmet sich der Zubereitung meines Kaffees. »Durch die Tür, durchs Lager, ins Treppenhaus. Das Stockwerk kennst du ja. Frag ihn selbst, was mit ihm los ist. Mir hat er nicht geantwortet.«

»Er hat auch auf keine meiner Nachrichten reagiert«, werfe ich ein. »Ist es da nicht etwas aufdringlich, einfach vor seiner Tür aufzukreuzen?«

Beryl unterbricht ihre Tätigkeit, um mich zu mustern, und hebt skeptisch eine Augenbraue. »Sag du es mir, ich habe kein aktuelles Update über euren Beziehungsstatus bekommen. Was übrigens ein Jammer ist, wenn du mich fragst.«

Vielleicht würde ich ihr eine Antwort geben, wenn ich sie hätte. Was genau sind wir? Arbeitskollegen, Freunde, Verbündete? Meine Gedanken zucken zu dem Abend im Gewächshaus zurück, aber es ändert nichts: Seit dem improvisierten Abschiedskuss hat er sich sehr zurückhaltend benommen. Da ich mir allerdings den ganzen Vormittag Sorgen um ihn machen werde, wenn ich nicht bei ihm klingle, nehme ich meinen Kaffee und beschließe, wenigstens kurz bei ihm vorbeizuschauen.

Kaum habe ich meinen Vorsatz in die Tat umgesetzt, bereue ich es, als Darren mir die Tür öffnet. Er sieht vollkommen übernächtigt aus. Tiefe Schatten liegen unter seinen Augen, seine Haare sind verwuschelt, und rasiert hat er sich auch noch nicht.

»Gemma?«, fragt er so verwundert, als hätte er jeden außer mir vermutet. Gähnend fährt er sich durch die Haare und bedeutet mir einzutreten.

»Ich will dich nicht lange stören, die Akademie wartet«, versichere ich und trete dennoch ein, da es im Hausflur unangenehm zieht und Darren nur Boxershorts trägt.

»Ich habe vergessen, dir zu antworten«, murmelt er, als ihm dämmert, warum ich frühmorgens in seinem Flur stehe. »Tut mir leid. Ich war …« Er atmet tief durch. »Während ich auf der Terrasse stand und mit dir telefoniert habe, ist Mom aufgestanden. Keine Ahnung warum. Sie wollte die Treppe runter und ist auf halbem Weg gestürzt. Ich …« Er reibt sich mit der Hand über die Stirn. »Sie hat sich nicht gerührt und für einen Moment dachte ich, dass sie tot wäre. Ich schäme mich dafür, aber ein Teil von mir war fast erleichtert darüber, dass ihr Leid ein Ende hat – auch wenn Dad mich sicher umgebracht hätte, wenn Mom stirbt, während ich mit ihr allein im Haus bin.«

Das ist der Grund für seine Funkstille?

»Darren.« Hilflos schaue ich zu ihm auf, während er mit sich ringt, mir von seinen Gefühlen zu erzählen. Ich kann nachvollziehen, dass er ein schlechtes Gewissen dabei hat, seiner Mom den Tod zu wünschen. Wer würde das schon tun? Aber ich habe auch mit eigenen Augen gesehen, was zu leben für sie bedeutet. Es ist einer dieser Momente, der eine Aufteilung in Schwarz und Weiß schwierig macht.

»Auf jeden Fall lebt sie und dank Dads Medizin geht es ihr gut. So gut es ihr eben gehen kann. Es hat mich einige Überredungskünste gekostet, sie dazu zu bringen, ihre Arznei zu nehmen. Dad war außer sich, als er heute Morgen nach Hause kam und festgestellt hat, dass eine Flasche aus Moms Vorrat fehlt. Er hat mir unterstellt, dass ich sie geklaut hätte, also musste ich ihm alles beichten. Er hat mich angeschrien, dass ich ein nutzloser, undankbarer Taugenichts wäre.« Er verstummt und weicht meinem Blick aus, als gäbe es einen Teil des Streits, den er mir verschweigt.

»Hat er dich verletzt?«, frage ich besorgt. Wer Menschen verflucht und unterwirft, schreckt vielleicht vor körperlicher Gewalt nicht zurück.

»So ist Dad nicht«, versichert Darren halbherzig.

»Okay«, murmle ich wenig überzeugt und betrachte ihn eingehend. Darren sieht vollkommen erschöpft aus und gehört dringend ins Bett, doch davon abgesehen, scheint es ihm gut zu gehen. »Dann bin ich ja beruhigt. Ich muss gleich zu meinem Seminar, aber ich habe noch etwas für dich.« Ich ziehe seinen Kristall aus der Tasche und gebe ihn zurück. »Ich habe mein Bestes gegeben, allerdings reicht die Energie des Mondes nicht aus, um diese Art von Kristallen aufzuladen.«

»Soll heißen?«, fragt Darren und wiegt den Kristall in den Händen.

»Entweder birgt dein Dad diese Kristalle voll aufgeladen, entzieht ihnen ihre spezifische Energie und sie sind danach nicht viel mehr als ein schöner Briefbeschwerer, weil sie mit irdischen Mitteln nie wieder vollständig aufgeladen werden können. Oder aber er nutzt eine andere Ressource, um die Macht des Kristalls zu reaktivieren.«

»Eine, die wir nicht kennen.«

»Enttäuschend, jedoch nicht überraschend. Wir denken wohl immer noch zu sehr wie wir und zu wenig wie dein Dad. Eine der Hauptzutaten des L.I.F.E.-Wassers ist übrigens Sirenenblut. Noch etwas, was mir Kopfzerbrechen bereitet. Angeblich gibt es dafür kein Gegenmittel.«

Darren wirkt nicht wirklich überrascht von meiner Erkenntnis. »Das hätten wir uns vermutlich denken müssen. Wenn du es jetzt sagst, klingt es logisch. Ich meine, wir wussten, dass er vorhatte … na ja, du weißt schon.«

»Er hat Sirenen gesucht, um Menschen zu manipulieren, nur den Umfang habe ich unterschätzt«, gestehe ich.

»Geht mir auch so. Aber ich bin mir sicher: Falls irgendjemand auf dieser Welt ein Gegenmittel finden kann, dann du.«

»Ich werde es versuchen, nur versprechen kann ich nichts. Wenn du mich fragst, sollten wir dringend noch mal überlegen, wo wir Verbündete finden können, um deinen Dad zu stoppen. Jetzt muss ich erst mal los. Ich kann es mir nicht erlauben, zu spät zu kommen. Ruh dich gut aus.«

»Würde ich gern, aber ich habe auch ein Seminar. Zum Glück online.« Er wirft einen flüchtigen Blick in den Flurspiegel, zupft sich die Haare zurecht und lacht. »Ich sehe heute echt scheiße aus.«

»Müde siehst du aus«, korrigiere ich. Da meine Nacht ebenfalls nicht besonders erholsam war, würde ich mich am liebsten mit ihm zusammen in sein Bett kuscheln und eine Runde schlafen, doch so muss es der Kaffee in meiner Hand richten. »Wir sehen uns.« Ich küsse ihn zum Abschied auf die Wange und reiße mich von ihm los, bevor ich es mir anders überlegen kann.

»Wann?«

Irritiert verharre ich in der Bewegung. »Was wann?«

»Wann sehen wir uns?«

»Ich weiß nicht. Hast du zufällig heute Abend Zeit? Ich muss für die Akademie eine mögliche Event-Location besichtigen und Hazel kann mich nicht begleiten, weil die Tierarzthelferin ihrer Mom krank geworden ist und sie im Notdienst einspringt.« Vielleicht sollte ich das nicht vor Außenstehenden ausplaudern, aber Hazel hilft schon seit einiger Zeit in der Praxis aus und geht ihrer Mutter zur Hand, wann immer die Hilfe braucht. Rechnungen schreiben, OP-Besteck desinfizieren, Sachen anreichen. Natürlich verarztet sie keine Tiere, dennoch bin ich mir unsicher, wie offiziell Hazels Tätigkeiten sind.

»Schick mir die Adresse und eine Uhrzeit, und ich werde da sein.« ·

»Ich freue mich«, versichere ich lächelnd und wende mich erneut zum Gehen. Allerdings komme ich nur einen Schritt weit, ehe Darren seine Arme um mich schlingt und mich an sich zieht. Seine stoppelige Wange reibt über meine Schläfe, bevor er leise flüstert: »Ich zähle die Stunden.« Sein vertraulicher Tonfall beschert mir eine wohlige Gänsehaut.

Mir gefällt diese Seite an ihm. Die Momente, in denen ich das Gefühl habe, dass er sich von seiner Spontanität leiten lässt.

Lächelnd lege ich meine Arme über seine und lehne mich leicht zurück. Vielleicht habe ich diese Umarmung vor allem seiner Übermüdung zu verdanken, denn irgendwie verstehe ich immer noch nicht, warum er mir gegenüber so oft so zurückhaltend ist. Die Härte, die herausfordernd gegen meinen Rücken drückt, versichert mir, dass zumindest die körperliche Anziehung zwischen uns auf Gegenseitigkeit beruht. Dank Jesper weiß ich, dass er alles andere als schüchtern und zurückhaltend sein kann. Sonst hätte er sich wohl kaum dazu hinreißen lassen, sich mit Kristen auf einem Tisch zu vergnügen. Was ist es dann? Redet er sich ein, dass sein Fluch alles verkompliziert? Dass wir uns aus irgendwelchen Gründen besser zusammenreißen sollten? Ich habe mich gestern schon dabei ertappt, dass ich darüber nachgedacht habe, ob das hier für ihn ein Taktikspiel ist. Mich mit seiner Nähe zu ködern und dann abzuweisen. Aber seiner Körpersprache nach steht er ständig davor, den nächsten Schachzug gegen mich zu verlieren. So oder so wäre es gelogen, zu behaupten, dass mir seine Geste nicht gefällt. Seinen Körper an meinem zu spüren ist in etwa ebenso beruhigend wie aufregend. Vermutlich würde er mich darauf hinweisen, dass diese Worte nicht zusammenpassen, doch ich finde es seltsam beruhigend, dass er meine Nähe sucht – und aufregend ist so ziemlich alles andere an diesem Moment. »Das hier ist ebenso süß wie verführerisch, aber wenn wir nicht vorhaben, unsere Seminare zu schwänzen, sollte ich jetzt besser gehen.«

»Was für große Worte von jemandem, für den ich nur ein Fremder bin.«

Irritiert löse ich mich aus seiner Umarmung und drehe mich zu ihm herum. »Ich sagte: *Wir kennen uns kaum.* Nicht, dass du mir fremd bist, du Meister der Worte. Wir sehen uns nachher.«

Ich muss dringend los, bevor ich mich ebenfalls bis auf die Unterwäsche ausziehe und irgendetwas tue, das sicherlich nicht förderlich für meinen Notendurchschnitt ist, obwohl ich bei jedem unserer Treffen versuchter bin. Während ich die Treppe hinabsteige, frage ich mich, ob Darren überhaupt dazu bereit wäre, diese Grenze zu überschreiten. Ab und an gibt es da diese kleinen Momente zwischen uns, in denen wir uns näher sind als Freunde. Auch dann – gerade dann –, wenn wir allein sind. Aber das muss noch lange nicht bedeuten, dass er dem Verlangen seines Körpers nachgeben würde. Wäre mir das überhaupt genug? Sofort habe ich Kristens Worte darüber im Sinn, dass gegenseitige Bedürfnisbefriedigung nicht das war, was sie von Darren wollte. Wäre es etwas, das mir reichen würde?

Ich weiß es nicht.

24. KAPITEL

»Wir danken Ihnen für Ihre Zeit«, versichert Darren höflich, nachdem wir gemeinsam den *Olive*-Club besichtigt haben. Er ist bei Studierenden zurzeit sehr beliebt, aber für unsere Zwecke wenig geeignet. Die Räumlichkeiten sind so beengt, dass wir bei der Inszenierung einige Abstriche machen müssten, und auch die Atmosphäre ist nicht perfekt für ein Spendenevent. Alles hier ist eine Spur zu düster und riecht zu sehr nach einer eigenartigen Mischung aus all den Sachen, die dafür sorgen, dass meine Schuhsohlen jetzt bei jedem Schritt am Boden kleben. Menschen, die der Akademie Geld spenden, sind Typen wie Darrens Dad. Ich kann ihn mir hier nur schwer vorstellen, wenn Darren schon nicht hereinpasst. Dennoch habe ich ein paar Fotos für die Unterlagen gemacht, um sie morgen Hazel und meinen Mitstudierenden zu zeigen.

Nachdem ich mich ebenfalls bei der freundlichen jungen Frau verabschiedet habe, die sich die Zeit für eine Führung genommen hat, verlassen wir gemeinsam den Club.

Seite an Seite gehe ich mit Darren die Straße hinunter in Richtung seines Autos. Ich will mir gerade ein Herz fassen und ihn fragen, ob er noch mit zu mir kommt, als sein Handy klingelt.

»Entschuldige«, bittet er und zieht sein Handy aus der Hosentasche hervor. »Bürgermeister Caden. Ich muss da eben rangehen.« Ohne zu zögern, nimmt er das Telefonat an und stellt auf Lautsprecher um, als wollte er demonstrieren, dass er vor mir keine Geheimnisse hat. »Mr Caden, was für ein unerwarteter Anruf. Was kann ich für Sie tun?«

»Darren, mein Guter. Bedauerlicherweise habe ich es letztens nicht zum Brunch deines Dads geschafft. Es war wirklich unhöflich von mir, so kurzfristig abzusagen. Aber ich rufe dich nicht an, um mich zu entschuldigen. Ich wollte dich gern persönlich zu meiner Geburtstagsfeier einladen. Ich hoffe, du hast am 29. Oktober noch keine anderweitigen Verpflichtungen. Es wird schrecklich langweilig. Viele alte Menschen in Maßanzügen. Du kennst das ja.«

»Ich würde mir nie anmaßen, Sie alt zu nennen«, erwidert Darren höflich.

»Natürlich würdest du das nicht. Du bist ja schließlich nicht mein Sohn. Oh, ich hörte von Jesper übrigens, du hättest mittlerweile eine Freundin? Bring sie gern mit. Wir können immer junge, engagierte Menschen brauchen, die den Altersdurchschnitt nach unten ziehen. Es würde mich freuen, deine Begleiterin kennenzulernen.«

»Ich werde sie fragen«, versichert er mit einem kurzen Seitenblick und schneidet eine Grimasse, die ich nicht deuten kann. Gilt sie der Aussicht auf die Veranstaltung oder meiner Anwesenheit?

»Bevor ich es vergesse: Auf der Einladung steht, dass der Dresscode weiß-golden ist. Ich kann dir versichern, dass es nicht mein Wunsch war – erinnert mich zu sehr an die unsäglichen Toga-Partys während meiner Studentenzeit –, aber irgendwer aus meinem PR-Team hielt es wohl für eine ansprechende Idee.«

»Daran soll es nicht scheitern.«

»Perfekt. Weißt du was? Ich schicke dir die Daten gleich noch mal und du sagst mir Bescheid, ob deine Freundin dich begleitet. Es wäre mir eine Freude.«

»Das sagten Sie bereits.« Während Darren und der Bürgermeister sich voneinander verabschieden, frage ich mich, wie er und Jesper miteinander verwandt sein können. Denn zumindest am Telefon klingt dieser Mann sympathisch und freundlich, wenn auch wie jemand, der sich gern selbst reden hört. Immerhin das scheinen sie gemeinsam zu haben, denn er lässt Darren fast nicht zu Wort kommen.

Kaum hat er aufgelegt, reibt sich Darren seufzend über die Stirn. »Du hast es gehört: Wenn du dazu bereit bist, dich erneut mit mir in der Öffentlichkeit zu zeigen, fühl dich zum Geburtstag des Bürgermeisters eingeladen. Überleg es dir in Ruhe«, schlägt Darren vor, aber das muss ich gar nicht.

»Ich sehe die Einladung als Wink des Schicksals. Wo sonst sollten wir uns nach einflussreichen Verbündeten umsehen? Wir können deinen Dad nicht allein aufhalten. Es kann nur von Vorteil sein, die High Society New Yorks kennenzulernen.«

Darren atmet tief durch. »Wir müssen wirklich vorankommen, aber fühl dich gewarnt: Es wird bestimmt schrecklich langweilig.«

»Wie kann es denn in deiner Gesellschaft langweilig werden?«, stichle ich.

»Falls du ein Kleid brauchen solltest …«

»Werde ich eins kaufen«, sage ich entschieden. Denn jetzt, wo er im Begriff ist, mir seine Hilfe anzubieten, fühlt es sich nicht richtig an. Ich will mir nicht vorkommen, als würde ich aus seiner Notlage Kapital schlagen. Es gibt in New York genug Secondhand-Läden und außerdem diverse Apps, in denen man gebrauchte oder reduzierte Designerkleidung zu erschwinglichen Preisen kaufen kann. Irgendwo werde ich schon fündig werden.

»Ich werde mir selbst ein Kleid kaufen«, wiederhole ich mit Nachdruck. »Wenn du meine Gesellschaft denn willst.«

»Sonst hätte ich dich nicht eingeladen.«

»Eigentlich war es der Bürgermeister.«

»Du kleine Klugscheißerin«, tadelt Darren schmunzelnd. Er hebt langsam eine Hand und streichelt hauchzart über meine Wange. Irgendetwas an seinem Blick ändert sich, und obwohl wir mitten auf dem Gehweg stehen, fühlt es sich in diesem Moment an, als gäbe es nur uns zwei auf der Welt. »Sag mir, woran es liegt: Jedes Mal, wenn ich dich ansehe, möchte ich dich bitten, auf dich aufzupassen.«

Ein Lächeln stiehlt sich auf mein Gesicht, während er mit dem Daumen über meine Unterlippe streicht, als wollte er mich ärgern. Augenrollend weise ich seine Hand ab und kann ein Grinsen dann doch nicht unterdrücken. Ich habe ihm schon einmal gesagt, dass ich nicht noch einen großen Bruder brauche, trotzdem berührt seine Sorge mein Herz. »Weil *Dark-Duke* im echten Leben eben doch ein Poet ist«, ziehe ich ihn auf und werde schlagartig aus unserer Blase gerissen, als mich ein Passant im Vorübergehen unsanft anrempelt.

»Nehmt euch ein Zimmer!«, knurrt er unwirsch.

»Du hast ihn gehört. Kommst du noch mit zu mir?«, schlage ich vor.

Darren zögert, bevor er nickt. »Falls es für dich okay ist, dass ich noch jemanden mitbringe.«

»Wen?«, frage ich überrascht und spüre plötzlich kribbelnde Nervosität in mir aufkeimen. Mir wird jetzt erst bewusst, dass ich ihn nie gefragt habe, ob er zurzeit vielleicht noch jemand anderen datet.

»Meine Arbeit. Also vielmehr meinen Laptop. Im Gegensatz zu den Gerüchten bekomme ich meinen Abschluss bedauerlicherweise nicht geschenkt.«

»Dann lass uns ein Pärchendate daraus machen«, willige ich ein und fühle mich unangemessen erleichtert. »Du, ich, unsere

Laptops, Pizza vom Lieferservice und die verzweifelte Suche nach einem vermutlich nicht existierenden Gegenmittel.«

»Und so etwas nennt sie ein Date.« Seufzend wendet sich Darren von mir ab.

Ich bin kurz versucht, ihn aufzuhalten, um ihm zu sagen, dass er mich nur um eines bitten müsste. Doch ich kann es nicht. Ich verbringe gern Zeit mit ihm, aber immer öfter glimmt in seinem Blick etwas auf, das mich irritiert. Wenn ich es nicht besser wüsste, würde ich behaupten, dass er sich ehrlich um mich sorgt. Es gibt vieles, mit dem ich umgehen kann, nur nicht, wenn er mich so ansieht wie seine todkranke Mom. Ich habe es ihm schon einmal gesagt und meine es ernst: Ich kann auf mich selbst aufpassen.

25. KAPITEL

Dienstag 11.10.

Die zweite Event-Location, die ich mit Hazel besichtigt habe, war ein ehemaliges Schwimmbad – und ebenfalls ein Reinfall. An sich war das Gebäude beeindruckend, aber wer will schon ein Theaterstück besuchen, bei dem die Schauspieler in einem trockengelegten Schwimmbecken agieren, während man nur ihre Köpfe von oben sieht? Also werde ich wohl oder übel weitersuchen müssen, weil auch noch kein anderer im Komitee eine Location gefunden hat, in der wir so kurzfristig ein Theaterstück über mehrere Ebenen aufführen können. Die Welt der Menschen und die Unterwelt dramaturgisch voneinander zu trennen, soll ein elementarer Teil der Inszenierung werden, aber die meisten möglichen Örtlichkeiten sind schlichtweg schon ausgebucht oder sprengen unser Budget.

Bevor Hazel zu einer Probe muss und ich nach Hause gehe, um für unsere Dozierenden einen Zwischenbericht über das Location-Scouting zu verfassen, machen wir einen Abstecher ins *Beans&Herbs*. Mit zwei Hafermilchkaffees setzen wir uns an den Tresen, da alle anderen Plätze um diese Uhrzeit von Lerngruppen belegt sind.

Ich wärme meine durchgefrorenen Hände an dem Becher, denn für Mitte Oktober ist es momentan wirklich kalt und regnerisch.

»Der Bürgermeister hat Darren und mich übrigens zu seinem Geburtstag eingeladen. Wahrscheinlich aus Höflichkeit, weil er mit Darrens Dad befreundet ist«, plaudere ich.

»Tatsächlich?«, fragt Hazel gedehnt und wickelt sich eine Haarsträhne um den Zeigefinger. »Und das wäre dann das wievielte Date? Nach dem gemeinsamen Frühstück und dem Sonnenuntergang am Wasser und der Mittagspause, zu der er dich abgeholt hat, und der Location-Besichtigung, zu der er dich netterweise begleitet hat. Oh, und vergessen wir nicht den Freitag, an dem du nicht mit zum Feiern konntest, weil du mit ihm in eurem Gewächshaus abhängen wolltest. Ich will ja nicht klingen, als wäre ich eifersüchtig, aber entweder arbeitet ihr wirklich hart daran, sein ominöses Problem zu lösen, oder euch verbindet mehr als die Gabe, viele Follower zu sammeln. Du kannst es mir ruhig sagen. Nur weil ich dir die Ohren vollgejammert habe, dass mein Liebesleben zurzeit echt unbefriedigend ist, heißt es nicht, dass ich dir dein Glück nicht gönnen würde.«

Mist. Als Darren die Sache mit der Fake-Beziehung vorgeschlagen hat, habe ich keine Sekunde darüber nachgedacht, ihn zu fragen, wie er sich das genau vorstellt.

Wenn ich ihn weiterhin als seine Freundin zu offiziellen Anlässen begleite, werden dort vermutlich Pressefotos gemacht. Was wiederum bedeutet, dass diese Sache sehr viel größere Ausmaße annimmt, als mich nur mal kurz mit ihm auf einem Brunch zu zeigen.

Soll ich Hazel die offizielle Variante erzählen? Oder die Wahrheit? Aber wenn ich ihr sage, dass wir eine Fake-Beziehung vortäuschen, um an seinen Dad heranzukommen, bringe ich sie dann vielleicht in Gefahr? Das Letzte, was ich will, ist sie zu einer Mitwisserin zu machen. Sie anzulügen, kann ich ebenfalls nicht mit meinem Gewissen vereinbaren. Wie wäre es also, wenn ich ihr einfach gar nicht direkt antworte?

Schweigend starre ich ins Leere.

»Das waren jetzt aber ganz schön viele Sekunden Bedenkzeit, um mir zu versichern, dass nichts zwischen euch läuft«, wirft Hazel ein und klimpert liebreizend mit ihren Wimpern.

»Es ist nicht *nichts*, es ist nur … kompliziert«, wiederhole ich Darrens Worte und ignoriere Hazels triumphierendes »*Ha!*«. »Ich mag ihn und manchmal denke ich, dass es auf Gegenseitigkeit beruht, aber dann sieht er mich wieder so seltsam an.«

»Definiere *seltsam*. So als wäre alles nur Show und Manipulation, weil er dich ja um Hilfe gebeten hat – bei dieser Sache, über die du mit mir nicht reden willst. Oder geht es eher in Richtung überheblich, weil er sich aufgrund des Geldes seiner Familie einbildet, er wäre besser als du? Oder wirkt er wie jemand, der heimlich Kameras aufstellt und euch nackt streamt? Über welche Art von *seltsam* reden wir hier?«

»Nichts in die Richtung und ein paar deiner Ideen geben mir echt zu denken, aber ich meinte eher besorgt. Als hätte er Angst vor irgendetwas. Er sagt ständig, dass ich auf mich aufpassen soll.«

Hazels irritiertem Blinzeln nach war das nicht ganz die Antwort, mit der sie gerechnet hat. »Besorgt«, wiederholt sie gedehnt. »Im Sinne von: Er hat übermäßige Besitzansprüche? Oder besorgt, weil er ein schlechtes Gewissen hat, dich in die zwielichtigen Dinge hineingezogen zu haben, bei denen er Hilfe braucht? Weil, entschuldige, das sagen zu müssen, in Letzterem seid ihr euch ziemlich ähnlich. Wenn sein Problem wäre, dass er den Schlüssel zu seinem Fahrradschloss nicht wiederfinden kann, hättest du mir längst davon erzählt. Weil du mir sonst alles erzählst. Also muss sein Problem wesentlich größer sein. Vermutlich okkulter Natur. Weil immer, wenn ich dich darauf anspreche, hast du genau diesen betroffen-besorgten Gesichtsausdruck wie jetzt im Moment. Dieses ›*Ich sage Hazel nicht die Wahrheit, um sie nicht in diese Dinge hi-*

neinzuziehen‹-Gesicht. Vielleicht sollte ich dir ein Foto machen und dann sagst du mir, wie richtig ich liege.«

»Mal angenommen, du liegst richtig«, beginne ich und ignoriere ihr erneutes »*Ha!*«, weil ich mir nicht einmal die Mühe mache, ihre Schlussfolgerungen abzustreiten. »Dann kann ich es trotzdem nicht leiden. Es nervt mich schon bei meinen Moms, dass sie sich ständig um alles sorgen. Insbesondere, wenn sie mich noch dazu wie ein Kind behandeln und mir Wissen vorenthalten, das ihrer Meinung nach nicht gut für mich ist. Als könnte ich nicht selbst auf mich aufpassen.«

»Komm schon, Gem. Du kannst den Menschen um dich herum nicht verbieten, sich Sorgen um dich zu machen. Das ist unser gutes Recht.«

Und es ist mein gutes Recht, es ätzend zu finden.

»Jetzt sei uns nicht böse, nur weil wir dich liebhaben, und genieß den Ausflug in die Upper Class«, schlägt sie vor. »Wenn Darren sich wirklich seltsam benimmt, schick ihn gern jederzeit zu mir. Aber dich in einer Stadt wie New York zu bitten, vorsichtig zu sein, ist allein noch nicht unbedingt ein Grund dafür, ihn von der Bettkante zu stoßen.«

Vielleicht hat sie recht, und ich reagiere in dem Punkt zu empfindlich. »Ich habe übrigens nicht vor, ihn meines Bettes zu verweisen, sollte er sich jemals dorthin verirren. Aber was mache ich mit ihm, wenn seine Signale nicht wirklich eindeutig sind?«

»Ihn darauf ansprechen?« Sie zuckt mit einer Schulter. »Ist ja nicht so, als wären wir darauf angewiesen, dass uns ein Prinz errettet. Und solltest du zufällig mal darüber reden wollen, wobei *DarkDuke* Hilfe braucht, habe ich immer ein offenes Ohr für dich.«

»Ich weiß, aber momentan könnte ich klischeehafterweise eher eine Beratung in Kleiderfragen brauchen.«

Ich bestelle bei Beryl noch zwei Cookies und zeige Hazel weiße Kleider, die ich in einer Shopping-App gefunden habe. Zum ersten Mal in meinem Leben habe ich tatsächlich Pinterest als Quelle der Inspiration für ein Outfit genommen, weil ich nicht weiß, was man für gewöhnlich bei einer Abendveranstaltung des Bürgermeisters trägt. Gemeinsam suchen und speichern wir Favoriten, bis Beryl uns mit einem Tee Gesellschaft leistet. Da für sie gerade wenig zu tun ist, gönnt sie sich offensichtlich einen Moment Pause, stützt ihre Unterarme auf den Tresen und tunkt gelangweilt ihren Teebeutel unter.

»Also wenn ihr mich fragt, stammt der Dresscode direkt aus der Hölle«, erklärt sie ungefragt. Entweder hat sie uns belauscht oder Granny hat es für sie übernommen und ihr alle wichtigen Details zugetragen, zumindest scheint sie vollkommen im Bilde zu sein. »Weiß ist bei Kleidung so eine richtige Unfarbe.«

»Hör nicht hin«, beschwichtigt Hazel. »Du wirst wundervoll aussehen – oder heiß. Darren wird kaum seine Finger von dir lassen können. Und dann heiratet ihr, du wirst super-reich und gehst ausschließlich auf Events mit schrecklichem Dresscode.«

»Aha. Also stimmst du mir zu und findest Weiß auch schrecklich«, erwidert Beryl mit einem Zwinkern. »Kauf doch das Kleid da, mit der Spitze und dem Tüll könnt ihr das mit der Hochzeit gleich erledigen.«

»Ihr zwei seid echt keine Hilfe«, murmle ich, mache Screenshots meiner favorisierten Kleider und schicke sie Darren. Da er sicher schon auf diversen Events dieser Art war, kann er vielleicht besser einschätzen, was man dort trägt. Die Antwort kommt prompt.

Darren: Stecke in einem langweiligen Meeting über den Werbeetat fest. Jetzt habe ich wenigstens etwas zu tun: Mir vorzustellen wie umwerfend du in jedem dieser Kleider aussehen würdest.

Gemma: Wirklich sehr professionell. ;-) Und danke für dein echt hilfreiches Feedback. Jetzt kann ich mich schon viel besser entscheiden.

Darren: Es ist mein Ernst. Ich freue mich darauf, dich in einem dieser Kleider ausführen zu dürfen.

Da ich noch immer nicht beurteilen kann, wie ich sein Verhalten einschätzen soll, gebe ich mir einen Ruck und wage einen Flirt-Vorstoß.

Gemma: Wenn du artig bist, darfst du es nach dem Ausführen vielleicht sogar ausziehen.

Darren: Dann werde ich selbstredend sehr artig sein. ;-)

Hazel lacht neben mir so laut auf, dass mir vor Schreck das Telefon aus der Hand rutscht. Ich kann es gerade noch vor einem unfreiwilligen Bad in meinem Kaffeebecher retten.

»Was?«

Demonstrativ deutet sie auf mein Smartphone und lässt keinen Zweifel daran, dass sie mitgelesen hat. Sie sieht Beryl an und schenkt ihr einen theatralischen Augenaufschlag. »Darren hat versprochen, ein artiger Junge zu sein, damit Gemma mit ihm unartige Sachen anstellt.«

»Ist ziemlich offensichtlich, dass er auf sie steht«, stimmt Beryl schulterzuckend zu. »Erstens geht er neuerdings bemerkenswert oft kalt duschen und zweitens starrt er häufig auf sein Handy, nur um dann nichts zu schreiben. Klarer Fall von akuter Überforderung.«

»Sag ich's doch.«

Ich traue meinen Augen kaum, als die zwei ein Highfive austauschen, als hätten sie sich soeben miteinander verschwestert.

»Ihr seid echt unmöglich«, tadele ich halbherzig, schicke Darren noch einen anzüglichen Smiley und bestelle eines der reduzierten Designerkleider. Da bereits ein goldener Gürtel dazugehört, brauche ich mir über passende Accessoires dann auch keine Gedanken mehr zu machen. »Wie geht es Granny?«, frage ich an Beryl gewandt, weil die zwei nicht damit aufhören, ihre Fantasien über den anstehenden Abend auszutauschen.

Beryl zuckt zusammen, taucht erneut ihren Teebeutel unter und wirft einen flüchtigen Blick neben sich. Sie zögert, bevor sie antwortet. »Nun, sie ist tot und hat hier noch unerledigte Dinge zu tun, aber davon abgesehen, ist vermutlich alles bestens.«

»Tot?« Hazel blinzelt Beryl fragend an, während ich mich unwillkürlich frage, was für Dinge das sein mögen.

»Du musst wissen, dass Beryl nicht nur die besten Scones der Stadt backt, sondern auch mit Geistern reden kann«, erkläre ich.

Hazel fährt so abrupt auf, dass ihr beinahe der Kaffee über den Becherrand schwappt. »Ernsthaft? Das ist so cool.«

»Meistens ist es eher lästig«, erwidert Beryl und nippt an ihrem Tee. »Aber Gemma kennt es vielleicht. Sobald die Menschen erfahren, dass man etwas Ungewöhnliches beherrscht, stehen sie vor der Tür Schlange. Manche mit einem Strauß Rosen und einer Schachtel Pralinen, um einen zur Zusammenarbeit zu überreden, andere mit Mistgabel und Fackel, um einen aus der Stadt zu jagen.«

»Ich hoffe, du meinst das metaphorisch?« Hazel hebt die Augenbrauen.

»Natürlich«, erwidert Beryl rasch und schenkt Hazel ein Lächeln, das ihre Augen nicht erreicht. »Aber manchmal ist es schwierig, auf den ersten Blick zu erkennen, wer ein aufrichtiges Interesse an einem hat und wer einen nur ausnutzen will.«

»Also meine Bewunderung für eure Begabungen ist auf jeden Fall aufrichtig«, versichert Hazel und wirkt dabei so zuckersüß, dass ich sie am liebsten umarmen würde.

»Nun … Das freut mich.« Beryl spielt erneut mit ihrem Teebeutel, bevor sie den Becher erhebt. »Sag mal … Haben wir nicht gerade festgestellt, dass mein Mitbewohner und deine beste Freundin irgendwas am Laufen haben? Wenn du mich fragst, macht uns das automatisch ebenfalls zu Freundinnen.«

»Gefällt mir«, bestätigt Hazel lächelnd und stößt ihren Becher gegen Beryls.

»In Ordnung, Mädels«, werfe ich dazwischen. »Dann lasst uns wenigstens beschließen, dass diese Freundschaft unabhängig von meinem Beziehungszustand zu Darren existiert.«

»Einverstanden«, fallen Hazel und Beryl ein. Das Geräusch unserer aneinanderstoßenden Becher besiegelt den Pakt.

Dies ist einer der Momente, in denen ich froh bin, nach New York gekommen zu sein, denn andernfalls hätte ich die beiden nie getroffen. Obwohl Beryls Familie ein Geheimnis zu haben scheint und ich sie noch nicht allzu lang kenne, spüre ich, dass ich mich auf sie verlassen kann. So wie sie wusste, dass sie mir vertrauen kann, als sie mit ihrer Vermutung über Darrens Fluch zuerst zu mir gekommen ist.

26. KAPITEL

Auch wenn ich morgen früh raus muss, bin ich um Mitternacht noch immer wach. Mir geht zu vieles durch den Kopf, das mich nicht zur Ruhe kommen lässt. Sachen fürs Studium, alles rund um Darren und seinen Dad und natürlich die anstehende Veranstaltung mit dem Bürgermeister. Ein Kleid zu finden war noch die leichteste Aufgabe. Seit Stunden versuche ich zu googeln, wer als potenzieller Verbündeter in Frage kommen und zu Cadens Geburtstag eingeladen sein könnte. Wer gilt in dieser Stadt als einflussreich? Und wie sollen wir auf diese Leute zugehen? Wir können sie schlecht direkt auf Aequalite und Sirenenblut ansprechen, sondern brauchen ein anderes Anliegen. Eines, das die Menschen nicht sofort mit okkulten Inhalten abschreckt. Vielleicht probieren wir es zunächst mit dem Naturschutzaspekt? Wenn wir jemanden finden, der bereit wäre, sich für ein erneutes Frackingverbot einzusetzen, wäre es immerhin ein Teilerfolg. Ohne Aequalite dürfte Mr Hunter eine wichtige Energieressource für seine Projekte fehlen.

Als ich Darren eine Liste mit Namen von Personen schicke, die mir interessant erscheinen, antwortet er nur, dass er nicht einschätzen kann, wer in dieser Stadt wirklich mit seinem Dad sympathisiert, bereits dem S.P.E.L.L.-Zauber verfallen ist oder aber offen für unser Anliegen sein könnte.

Seufzend lade ich eine kostenlose Ouija-App herunter, weil mich eine meiner Followerinnen gefragt hat, ob die seriös ist.

Da die Geisterwelt nicht wirklich mein Fachgebiet ist, erhoffe ich mir von der App nichts, außer einer Ablenkung. So folge ich der Anweisung, entzünde fünf Kerzen in meinem Zimmer und platziere den Zeigefinger auf der Planchette des virtuellen Ouija-Boards. Offensichtlich startet das Berühren des Zeigers das Mikrofon für die Spracherkennung. So weit, so gut.

»Ist jemand hier?«, frage ich. Mit diesen Worten beginnt man laut der Anleitung im App-Store eine Online-Séance. Einige Sekunden lang geschieht nichts, bevor der Bildschirm flackert und sich der Zeiger bewegt. Netter Effekt.

Die Antwort lautet: *Ja.*

»Verrätst du mir deinen Namen?«, frage ich den vermeintlichen Geist. Nachdem ich letztens mit einer Wasserflasche gesprochen habe, kommt es mir fast gar nicht mehr seltsam vor, das auch mit meinem Handy zu tun.

Der Zeiger huscht über den Bildschirm und markiert Buchstaben, die ein Wort ergeben: *John.*

»Hallo, John.« Laut der App gibt es eine Reihe festgelegter Fragen, die man stellen kann. Die Nächste lautet: »Bist du ein guter Geist?«

Die Planchette bewegt sich. *Nein.*

»Also hältst du dich für böse?«

Nein.

Wow. Wenn er weder gut noch böse ist, haben die App-Entwickler wohl irgendwo gepfuscht.

Irritiert beobachte ich, wie sich die Planchette von allein über den Bildschirm bewegt, obwohl ich keine Frage gestellt habe. Eigentlich sollte sie das nicht tun.

Ich bin ich. Aber wir sind viele.

»Okay.« Was soll das bedeuten? Ich komme nicht dazu, meine Frage zu stellen, denn erneut bewegt sich der Zeiger und bildet zwei Worte: *Hilf uns.*

»Das klingt zwar eher nach einem Job für Beryl, aber sicher«, scherze ich. »Wie kann ich euch helfen?«

Die Antwort lautet erneut: *Hilf uns.*

»Sei mir bitte nicht böse, aber wie soll ich euch helfen, wenn du mir nicht sagen kannst, wie ich das tun soll?«

Hilf uns.

»Das ist keine Antwort.«

Hilf uns.

In Ordnung. Offensichtlich hat die App sich aufgehängt. Was auch immer ich frage, die Reaktion ist stets gleich: *Hilf uns.*

Laut der Anleitung soll man den Zeiger auf den *Goodbye*-Schriftzug bewegen, um die Sitzung zu beenden, aber es funktioniert nicht. Statt mich auf den Startbildschirm zurückzuleiten, lautet die Antwort erneut: *Nein.*

Die Sitzung lässt sich nicht beenden. Irgendwie nervt mich die App jetzt schon. Ob das ein Teil des Konzepts ist?

»Okay«, seufze ich. »Ich soll also nicht gehen, sondern euch helfen. Das habe ich verstanden. Aber wie kann ich euch behilflich sein?«

Hilf uns.

Das ist mir zu doof. Genervt ziehe ich den Zeiger erneut auf *Goodbye*. Wieder lautet die Antwort *Nein*. Mein Handy vibriert in der Hand, als wollte es der Absage Nachdruck verleihen. Mir wird das zu viel. Kurzerhand schließe ich die App, ohne die Sitzung beendet zu haben, und will sie gerade vom System löschen, als eine neue Nachricht in der Messenger-App eintrifft.

Absender: JOHN.

Dabei bin ich mir sehr sicher, unter dem Namen keinen Kontakt eingespeichert zu haben. Irritiert öffne ich sie und kann eine Gänsehaut nicht unterdrücken, als ich die zwei Worte lese:

Hilf uns.

Was soll das?

Noch während ich auf den Bildschirm starre, trifft die nächste Mitteilung ein. Noch eine. Und noch eine.

Hilf uns.

Hilf uns.

Hilf uns.

Im Sekundentakt ploppen neue Nachrichten auf. *Pling. Pling. Pling. Pling. Pling.*

Ich versuche den aufdringlichen Ton auszuschalten, als würde sich dadurch irgendetwas ändern, aber es hört einfach nicht auf.

Entweder hat sich mein Handy einen Virus eingefangen – oder ich mir einen technikaffinen Geist.

Nur keine Panik, rede ich mir Mut zu, obwohl meine Hand verräterisch zittert. *Selbst wenn es einen Geist namens John geben sollte: Da er Hilfe sucht, wird er kein böser Geist sein. Er kann dir nichts tun.*

Ich versuche, mein Handy herunterzufahren, doch es reagiert nicht. Was auch immer ich probiere, es hört einfach nicht auf, mich mit Nachrichten zu tyrannisieren. Überfordert lasse ich es auf das Bett fallen und springe auf, als würde es helfen, mehr Distanz zwischen mich und das Gerät zu bringen.

Pling. Pling. Pling. Pling. Pling.

Nervös weiche ich weitere Schritte zurück, greife mit einer Hand in meine Haare und beginne in meinem Zimmer auf und ab zu laufen.

Es ist alles gut.

»Was willst du von mir?«, frage ich schließlich gereizt in Richtung meines Handys, als könnte es antworten.

Prompt beginnt es zu klingeln.

Mein Herz rutscht mir in die Hose.

Es ist sicher nur ein Zufall, versuche ich mich zu beruhigen. *Vielleicht ist es Darren, der dir sagen will, dass er eine bahnbrechende Idee bezüglich des S. P. E. L. L.-Problems hatte.*

»Okay.« Ich nehme einen tiefen Atemzug und dränge mein Unwohlsein zurück, gehe aufs Bett zu und werfe einen Blick auf das Display.

Erschrocken schreie ich auf.

Eingehender Anruf von JOHN. Wie kann das sein?

»Taro!«, rufe ich aus einem unsinnigen Impuls heraus, da es einfach nicht zu klingeln aufhört.

Fast alles in mir strebt danach, den Anruf wegzudrücken, doch am Ende siegt meine verfluchte Neugierde. Gerade als Taro die Tür öffnet, drücke ich mit zittrigen Fingern den grünen Button.

»Hilf uns«, krächzt eine Männerstimme aus dem Hörer. Sie klingt verrauscht und gebrochen.

Mein Herz setzt einen Schlag lang aus, bevor es doppelt so schnell weiterschlägt. Ob es ein Scherz der App-Entwickler sein soll? Wenn ja, geht er eindeutig zu weit.

»Wie kann ich dir helfen?«, wiederhole ich meine Frage und sehe zu Taro hinüber, der mich skeptisch betrachtet, wie ich vor meinem Bett stehe und meine Hände in dem Saum meines Hoodies vergrabe.

»Hilf uns!«, wiederholt die Stimme.

Ein erstickter Aufschrei ertönt.

Ich zucke erschrocken zusammen, das Telefonat bricht ab – auf einen Schlag erlöschen alle Kerzen. Der beißende Gestank von Rauch steigt mir in die Nase, während ich mit rasendem Herzen das Telefon auf meinem Bett anstarre. Das Display ist ebenso dunkel wie der Rest des Zimmers.

Zumindest bis Taro nach dem Lichtschalter tastet und die Deckenbeleuchtung einschaltet.

Gegen die plötzliche Helligkeit anblinzelnd greife ich nach meinem Handy. Es fühlt sich ungewöhnlich warm an. Um nicht zu sagen: heiß.

Nur am Rand meiner Wahrnehmung spüre ich, dass meine Schulter bei jeder Bewegung schmerzt, als hätte ich mich vor Schreck vollkommen verspannt.

»Was war das?«, fragt Taro verwundert.

»Ich weiß es nicht. Ich weiß es wirklich nicht.« Verwirrt tippe ich auf das Display, doch es reagiert nicht. Das Handy ist aus und lässt sich nicht wieder einschalten. Kurz blinkt ein Batterie-Icon auf, das mich darauf hinweist, dass der Akku leer ist. Aber wie kann das sein? Ich habe das Telefon doch gerade erst aufgeladen.

»Das war angeblich ein Geist, der Hilfe braucht«, erkläre ich, als Taro zu mir hinüberkommt und mir das Handy abnimmt.

»Und seit wann telefonieren die?«, fragt er skeptisch.

Auch das weiß ich nicht. Wenn ich wenigstens eine Ahnung hätte, warum sich momentan alle an mich wenden, nur um mich bei Sachen um Hilfe zu bitten, mit denen ich mich nicht auskenne.

Zum Glück bin ich neuerdings mit jemandem befreundet, der selbst ohne Ouija-App mit Geistern kommunizieren kann. Vielleicht ist Beryl dazu in der Lage, etwas Licht ins Dunkel zu bringen.

Wir sind viele. – Was sollte das nur bedeuten?

Und warum kommt im Leben immer dann alles zusammen, wenn man es am wenigsten brauchen kann?

· · ✦ · ·

Da ich nach dem eigenartigen Zwischenfall nicht allein sein möchte, gehe ich mit Taro in sein Zimmer hinüber und lade

mein Handy dort auf. Es dauert eine Weile, bis es wieder an-
springt, doch nachdem es hochgefahren ist, gibt es keine bizar-
ren Überraschungen mehr. Weder Nachrichten noch Anrufe.
Es ist, als wäre nie etwas gewesen. Auch in der Messenger-App
tauchen keine Mitteilungen von John mehr auf.

Es kann sein, dass die Ouija-App nur herumgesponnen hat,
aber erklärt das die Nachrichten und den Anruf? Oder das Erlöschen der Kerzen? Was ist, wenn es wirklich einen John gibt,
der Hilfe sucht? Dann fühlt es sich wie meine Pflicht an, ihn
an Beryl zu vermitteln.

Ich neige den Kopf zur Seite und massiere meine Schulter,
die noch immer schmerzt. Aber wie ich mich auch setze und
dehne, irgendwie hilft es nicht. Es wird einfach nicht besser.

TAGEBUCHEINTRAG

Fuck. Was für eine Nacht.

Eigentlich neige ich nicht zu Albträumen. Und wenn ich welche habe, geht es darin für gewöhnlich um mich. Mein Unterbewusstsein ist da recht egoistisch.

Aber dieser Traum war anders. Er spielte in einer Vollmondnacht und aus irgendeinem Grund hat mich Gemma zum Haus meiner Eltern begleitet. Wir waren allein und haben den Moment genutzt, um nackt im Pool zu schwimmen. Wenn ich es aufschreibe, klingt es kitschig, aber in dem Augenblick fühlte es sich vor allem heiß an. Zu dem Zeitpunkt war ich mir sicher, dass er enden würde, wie erstaunlich viele Träume in letzter Zeit.

An dieser Stelle viele Grüße an mein späteres Ich, falls es diesen Beitrag noch einmal liest: Oh ja, ich hatte wilde Fantasien.

Zurück zum Wesentlichen: In diesem Traum war es Gemma, die irgendwann vorgeschlagen hat, sich in mein Zimmer zurückzuziehen und dort weiterzumachen, womit wir im Pool begonnen haben. Es klang zu gut, um wahr zu sein – und tatsächlich ist mir an der Stelle alles entglitten. Ich fand mich allein in meinem Zimmer wieder. Erregt und verwirrt. Von Gemma fehlte jede Spur.

Das Flüstern einer fremden Stimme hat mich ins mondbeschienene Bad gelockt. Selbst in meiner Erinnerung bekomme ich an dieser Stelle eine Gänsehaut, weil sich alles an diesem Moment so falsch anfühlte. Gemma stand vor dem Waschbecken und hielt etwas in der Hand. Es war klein, schimmerte milchig im Zwielicht der Vollmondnacht. Vielleicht war es ein Kristall, vielleicht eine Phiole.

»Gemma?« – Ich habe nach ihr gerufen, doch sie hat nicht reagiert.

Mein Herzschlag beschleunigte sich, ich spürte, dass etwas nicht stimmte. Es hat mich Überwindung gekostet, zu ihr hinüberzugehen, weil ich ahnte, dass dieser Traum nicht damit enden würde, dass wir zusammen in meinem Bett landen. Dieses Mal würden wir nicht zusammenkommen. Auf keine Art und Weise. Denn das, was auch immer sie in ihrer Hand hielt, hatte sie gefangen genommen. Vollkommen reglos starrte sie es an.

»Gemma?« Erst als ich sie am Arm berührte, sah sie auf und schenkte mir ein schmales Lächeln. »Was ist los? Was tust du hier?«

»Es tut mir leid«, wisperte sie und umfasste den Gegenstand in ihrer Hand fester.

»Was ist los? Was tut dir leid?«

Statt mir zu antworten, sprach sie einen Zauber. Einen, der nicht zu ihr passte, denn er beschwor etwas Finsteres herauf.

»Magic of death and all the things rotten, make everything undone and well forgotten.«

Schatten krochen aus den Ecken, nahmen Gestalt an, fesselten mich und raubten mir den Atem. Egal, wie ich versuchte, mich dagegen zu wehren, es war vergebens. Ich konnte mich nicht losreißen. Jeder Zauber versagte. Die Schatten ließen mich mitansehen, wie sie nach Gemma griffen.

Und dann? Zerriss ihr Schrei die Nacht.

Auch wenn ich es nicht mehr mitangesehen habe, weiß ich, dass die Schatten Gemma getötet haben. Sie haben sie mit sich gerissen – und ich stand nur dort und konnte nichts tun. Ich war vollkommen machtlos.

Rational weiß ich, dass Träume keine Bedeutung haben. Ich habe vorm Einschlafen an Gemma gedacht und der Rest entstammt garantiert Moms Erzählungen darüber, dass die Schatten ein Interesse an Gemma haben. Trotzdem habe ich eben mit immer noch

zitternden Fingern nach meinem Handy gegriffen und Gemma geschrieben.

Darren: Du fehlst hier.

*Nicht sehr kreativ, aber ich wollte einfach nur, dass sie mir ir-
gendetwas antwortet, damit ich weiß, dass es ihr gut geht. Oder
besser noch: Dass sie rüberkommt, damit ich sie beim Schlafen im
Arm halten kann, so wie letztens im Gewächshaus auf ihrer Dachterrasse.*

27. KAPITEL

Donnerstag, 13.10.

Als ich am nächsten Morgen, viel zu früh und nach sehr wenig Schlaf, aufwache, habe ich noch immer heftige Schmerzen in der Schulterpartie. Stöhnend greife ich nach dem Handy auf dem Nachttisch. Es zeigt glücklicherweise keine weitere Nachricht von John an, dafür eine von Darren.

Darren: *Du fehlst hier.*

Gemma: *Wo bist du denn?*

Darren: *In meinem Bett.*

Ich kann nicht anders, als laut aufzulachen.

Gemma: *Sehr subtil. Wirklich.*

Darren: *Nur ehrlich. – Ich wollte dir gestern eigentlich noch antworten, aber nach der Arbeit und den Sachen für die Uni bin ich einfach eingeschlafen.*

Unter anderen Umständen wäre ich vielleicht auf seine Flirterei eingegangen, aber meine Nacht war nicht gerade erholsam. Also spare ich mir anzügliche Wortwitze und quäle mich aus dem Bett. In der Hoffnung, dass eine warme Dusche meiner Schulter guttun wird, wanke ich ins Bad, aber die Schmerzen bleiben.

So sollte kein Morgen beginnen. Das Einzige, was ihn minimal besser machen könnte, ist ein Besuch im *Beans&Herbs*. Also ziehe ich mich an, packe meine Sachen, gehe hinüber und setze mich an den Tresen.

»Kann ich mich hier hinsetzen und du hörst mir mit einem Ohr zu?«, bitte ich an Beryl gewandt. Das Café hat seit kaum fünf Minuten geöffnet und sie bestückt noch die kleinen Vitrinen mit frischen Backwaren.

»Sicher.« Sie sieht kurz auf und blinzelt irritiert. »Du hast da übrigens irgendwas an der Schulter.«

Irgendwas? Ich hoffe doch sehr, dass es kein Insekt ist. Verwirrt drehe ich den Kopf und ignoriere den Schmerz, der bei der Bewegung meinen Arm hinabschießt, aber ich sehe nichts.

»Ich meinte etwas Metaphysisches«, erklärt Beryl, stellt die frischen Blaubeermuffins ab, beugt sich über den Tresen und tastet an meiner Schulter nach etwas, was ich nicht wahrnehmen kann. Ihre Bewegung wirkt, als würde sie etwas abpflücken.

Ich weiß nicht, was sie dort tut, aber der lästige Schmerz ist augenblicklich verflogen, kaum dass sie es beendet hat.

»Danke.« Erleichtert rolle ich die Schulter zurück. Es war definitiv eine gute Idee, herzukommen.

Verwundert betrachtet Beryl ihre Finger – oder was auch immer sie da gegriffen hat – und hebt eine Augenbraue. »Brauchst du diese Hand noch?«

»Hand?« Was meint sie damit?

»Ja. Da hatte sich eine Geisterhand an dich geklammert. Aber nur die Hand. Als hätte sich jemand an dir festgekrallt und dann wäre der Kontakt abgerissen – und mit ihm der Rest des Körpers.«

Obwohl Beryl so entspannt darüber spricht, als wäre es das Normalste der Welt, schaudert es mich.

»Sekunde. Du willst mir sagen, dass ich mit einer abgerissenen Hand an meiner Schulter geschlafen habe?«, vergewissere ich mich.

»Was deine Augenringe erklärt«, stimmt sie zu und macht eine Geste, als würde sie die Hand ihrer Grandma zum Entsorgen überreichen. »Du brauchst sie sicher nicht mehr?«

»Nein, aber John vielleicht. Deswegen bin ich hier. Ich wollte eine Ouija-App testen, doch irgendwie ist die Sache etwas aus dem Ruder gelaufen.«

»Sie ist dir aus den Händen geglitten?«, neckt sie mich.

»Sie war offensichtlich sehr packend«, stimme ich zu. »Wie auch immer. Er hat mich um Hilfe gebeten, und ich wollte nur wissen, ob er wirklich existiert oder die App ein Scherz ist.«

»Ah. Dann behalten wir diese Hand wohl besser noch«, kommentiert sie und sieht kurz auf, als ein Kunde das Café betritt. Sie arbeitet seine Bestellung ab, und ich habe zumindest die Gewissheit, dass ein Geist namens John wirklich existiert und nicht nur ein Bug in einer unseriösen App ist.

»Also funktioniert diese App?«, hake ich nach, als der Kunde mit seinem Getränk gegangen ist.

»So gut oder schlecht wie jedes andere Ouija-Brett«, stimmt Beryl zu. »Vielleicht eher besser. Ich habe mir sagen lassen, dass es für metaphysische Wesen tendenziell einfacher ist, elektronische Impulse zu senden als Holzgegenstände über Bretter zu schieben. Aber wie gut es funktioniert, liegt letzten Endes auch am Anwender. Hexen sind allgemein empfänglicher für Energien und bekommen präzisere Antworten. Skeptiker verschließen sich vor ihnen und werden die Existenz von Geistern nicht einmal dann in Erwägung ziehen, wenn die ihnen das Ouija-Brett vor den Kopf hauen.«

»Du meinst, der Kontakt zur Geisterwelt funktioniert ähnlich wie die Arbeit mit den Kristallen?«, frage ich. »Für manche besser, für andere gar nicht?«

»Ähnlich. Mom sagte immer, jede von uns ist besonders empfänglich für eine bestimmte Art von Energiebereich. Wie ein Radio, das vom Werk aus auf eine feste Frequenz eingestellt ist. Wir wissen, dass noch viele andere Sender parallel laufen, aber bekommen nicht alle gleich gut rein.«

»Interessanter Vergleich. Heute wäre ich sehr dankbar dafür, den Sender auf Geisterempfang wechseln zu können«, gestehe ich und reibe mir mit einer Hand über die Schulter. Allein die Vorstellung davon, dass sich über Nacht eine herrenlose Hand an mir festgehalten hat, verursacht immer noch ein mulmiges Gefühl in meiner Magengegend. Zumindest bis ich Beryls Worte noch einmal Revue passieren lasse. »Hast du gerade gesagt, deine Mom *sagte* das immer? Das heißt, sie lebt nicht mehr?«

»Schon seit ein paar Jahren nicht.«

»Ich nehme an, du möchtest nicht darüber reden?«, frage ich vorsichtig. Denn auch wenn der Tod ihrer Mom länger zurückliegt, sehe ich, wie sich ein dunkler Schleier über ihre Augen legt, als würde sie sie noch immer vermissen.

Beryl räuspert sich. »Es ist eine lange, unglückliche Geschichte. Sie war quasi Teil einer Glaubensgemeinschaft, die ihren Austritt nicht akzeptieren wollte.«

»Du meinst, man hat sie umgebracht?« Ob das der Grund für Grannys Anwesenheit ist? Dass sie den Tod ihrer Tochter rächen möchte? Ich traue mich nicht, Beryl danach zu fragen.

Sie starrt noch einen Moment vor sich hin, bevor sie eine wegwerfende Geste macht und mich anlächelt. »Der Tod ist kein Grund für Trauer. Irgendwann werde ich sie wiedersehen. Auch wenn ich sie manchmal vermisse, muss es so schnell nun auch wieder nicht sein. – Wenn du magst, kümmern wir uns heute Abend gemeinsam um diesen John.«

Dankend nehme ich den Vorschlag und einen Hafermilchkaffee an.

»Weißt du, was mich wundert?«, fragt Beryl und betrachtet mich erneut. »Warum wendet sich dieser Geist ausgerechnet an dich? Warum glaubt er, dass du die Richtige bist, um ihm zu helfen?«

Das ist eine gute Frage, auf die ich leider keine Antwort habe. »Ich wünschte, ich wüsste es.«

»Wir finden es schon heraus«, erklärt Beryl zuversichtlich.

Ich hoffe sehr, dass sie recht behält. Für John, seine Hand – und weil ich wirklich nicht noch mehr unerledigte Punkte auf meiner To-do-Liste brauchen kann.

· · ✦ · ·

Ich weiß nicht, weshalb mich jedes Mal wieder diese naive Hoffnung überkommt, dass Tage, die doof beginnen, nur besser werden können.

Während ich mit Hazel in der Mensa sitze, kostet es mich einige Mühe, die Unruhe in meinem Inneren zu unterdrücken. Da ist das Studium, das nicht gut läuft. Die Location-Suche, die mich in den Wahnsinn treibt. Darrens Dad, dessen Machenschaften ich noch nicht vollständig durchschaue. Der Geist, der mich um meinen Schlaf gebracht hat. Und die unbeantworteten Nachrichten auf meinen *Social-Media*-Kanälen häufen sich obendrein. Momentan habe ich das Gefühl, dass mir alles über den Kopf wächst. Auf eine Art und Weise, bei der auch kein Calcit unter dem Kissen mehr hilft.

Mit Gedanken an die bevorstehende Séance fällt mir eine andere Sache wieder ein, die ich längst erledigen wollte. Ehe ich es wieder vergessen kann, greife ich nach meinem Handy, überfliege den Gruppenchat unseres Zirkels und beantworte kurz eine Frage übers Umtopfen von Pflanzenablegern, bevor ich Dawns Nummer raussuche. Sie wohnt in New Orleans und keine von uns kennt sich besser mit den Grenzbereichen der schwarzen Magie aus als sie.

Gemma: Kurze Frage, weil du die Einzige bist, die das wissen kann: Hast du schon einmal etwas von Schattenwesen gehört? Sind sie so etwas wie Geister? Wenn ja, wo ist der Unterschied?

Es dauert ein paar Minuten, bis mein Handy eine Antwort anzeigt.

Dawn: Sag mir erst, was du mit dem Wissen vorhast. Ehrlich, Gemma. Wir alle machen uns Sorgen um dich. Diese Art von Zauberei bewegt sich jenseits des Pfades der weißen Magie.

Gemma: Du verlässt ihn doch selbst ab und an. Seit wann bist du mein Gewissen?

Dawn: Du bist bereits eine Koryphäe auf deinem Gebiet, es wird diversen Leuten nicht gefallen, wenn du deine Fühler jetzt auch noch in andere Richtungen ausstreckst. Vor allem nicht, wenn du diese Sachen dann im Netz teilst.

Ich kann mir denken, worauf sie anspielt: Es gibt diverse Hexenzirkel, die es ohnehin sehr kritisch sehen, im Internet über unsere Künste zu reden. Sie tolerieren es, solange ich relativ bedeutungslose Kenntnisse weitergebe, aber das Verständnis wird enden, sollte ich die mächtigen, düsteren Zauber zugänglich machen.

Gemma: Ich habe nicht vor, öffentlich darüber zu sprechen, falls dich das beruhigt.

Dawn: Gut, dann sage ich dir Folgendes: Geister sind die Seelen Verstorbener, die aus irgendwelchen Gründen noch in unserer Existenzebene verweilen. Zum Beispiel, weil sie eine Aufgabe haben, die sie daran hindert, auf die andere Seite hinüberzuwechseln. Weil sie verflucht wurden. Weil sie ein Verbrechen sühnen wollen. Solche Dinge. Die Herkunft von Schatten ist nicht geklärt. Manche sagen, dass sie Wesen einer anderen Existenzebene sind, die nur von wenigen wahrgenommen werden können. Vielleicht aus einem

Paralleluniversum, dem Totenreich, einfach einer Ebene, die unseren Sinnen verschlossen sein sollte. Man weiß es nicht genau, weil alle, die die Schatten erforschen wollten, dem Wahnsinn verfallen sind.

Gemma: *Sie sind also keine Geister, aber beide Erscheinungen können nicht von allen Hexenden wahrgenommen werden?*, hake ich mit Gedanken an Darrens Mom nach. Denn wenn ich ehrlich sein soll, klingen ihre Schilderungen über Schatten für mich ebenso unvorstellbar wie Beryls Einsichten in die Geisterwelt.

Dawn: *Korrekt. Merk dir einfach: Geister sind ein körperloser Teil unserer Existenzebene. Etwas Lästiges, was eigentlich nicht hier sein sollte, aber trotzdem zu uns gehört. Nervig, nur in aller Regel ungefährlich. Schatten sind es nicht. Es gibt Erzählungen, laut denen sie Zugriff auf eine Magie fernab unserer Vorstellungskraft haben, die sie dir versprechen, wenn du dich auf einen Deal mit ihnen einlässt. Was auch immer du planst: Tu das nicht. Es sei denn, du hängst weder an deinem Verstand noch deinem Leben.*

Ich habe nicht vor, mich auf sie einzulassen, aber viel klüger bin ich nun auch nicht. Stattdessen habe ich eine weitere Frage, die mich beschäftigt: Sind es wirklich Schatten, die Darrens Mom sieht? Und wenn ja: Was bedeutet das? Warum sprechen sie zu ihr, obwohl sie laut ihren eigenen Worten keinen Zugang zur Magie hat? Es bleibt mir ein Rätsel.

»Geht es dir gut?«, reißt mich Hazel aus meinen Gedanken.

Ich war so mit meinen Überlegungen beschäftigt, dass ich beinahe vergessen habe, dass wir noch in der Mensa der Akademie sitzen und langsam aufessen sollten, weil das nächste Seminar ruft.

»Alles gut«, versichere ich rasch und stecke mein Handy ein. Hoffentlich kann Beryl mir heute Abend zumindest mit der

John-Sache weiterhelfen, aber bis dahin sollte ich mich auf mein Studium konzentrieren.

· · ✦ · ·

Beryl hat mir gerade kaum die Tür geöffnet, da klingelte ihr Handy. Eine Entschuldigung murmelnd hat sie sich in ihr Zimmer zurückgezogen, seitdem sitze ich im Wohnzimmer auf dem Sofa und warte darauf, dass sie ihr Telefonat beendet. Sie hatte recht: Diese Wohnung ist wirklich schlecht schallisoliert. Nun höre ich sie in einer Tour murmeln, dass alles gut ist und sie alles im Griff hat. Da ihre Mom und ihre Grandma bereits verstorben sind, tippe ich auf einen überfürsorglichen Dad oder besorgten Ex-Freund.

Nach kaum fünf Minuten ist sie wieder zurück.

»Alles gut?«, erkundige ich mich.

Beryl zögert sichtlich, bevor seufzend nickt. »Es war nur meine Chefin.«

»Ich dachte, dir gehört das *Beans&Herbs*?«, frage ich verwirrt.

»Ich bin zwar die Geschäftsführerin, aber die eigentliche Inhaberin ist manchmal etwas … anstrengend. Kümmern wir uns lieber um deinen Geist«, schlägt sie vor, als ihr Handy erneut zu klingeln beginnt. Sie wirft einen Blick auf das Display, laut dem dieses Mal jemand namens *Eric* anruft. Ein paar Sekunden lang ringt sie mit sich, ehe sie den Anruf wegdrückt. »Das kann warten.«

»Danke, dass du dir nach der Arbeit überhaupt noch Zeit für mich nimmst!«, rufe ich ihr nach, da sie gerade erneut in ihrem Zimmer verschwindet. Als sie mit einem Ouija-Board und drei Kerzen zurückkehrt und alles auf dem Wohnzimmertisch abstellt, kommen eine Reihe unangenehmer Gefühle in mir hoch.

Erinnerungen an die Überforderung, als John mein Handy übernommen hat, an die Schulterschmerzen, an die Geisterhand. Ein Teil von mir hat sich wohl gewünscht, dass Darren heute Abend hier sein würde, doch natürlich muss er wieder länger arbeiten. Wie sollte es an diesem Tag auch anders sein?

Das einzig Gute: So haben Beryl, ich und das Ouija-Board die Wohnung für uns.

Beryls Fragebrett wirkt alt. Aber nicht auf die Weise, wie in den Horrorfilmen, in denen schwarze Bretter mit goldenen Lettern von längst vergangenen Zeiten zeugen. Dieses Brett sieht einfach aus, als wäre es jahrelang im Einsatz gewesen.

»Normalerweise brauche ich zwar kein Hilfsmittel, um mit Geistern zu reden, doch da du ja sicher auch Fragen hast …« Sie zuckt mit einer Schulter, entzündet die Kerzen, kniet sich vor das Sofa und bedeutet mir, es ihr gleichzutun. »Man sagt, dass man zu den Geistern immer höflich sein soll, nie den Finger von der Planchette nehmen darf und es gut ist, jede Sitzung artig zu beenden. Und in der Regel stimmt das. Aber wenn du jemanden an deiner Seite hast, der direkt mit den Geistern kommunizieren kann, musst du das nicht so eng sehen. Ich kann das meiste auch so geraderücken.«

»Hattest du eigentlich nie Angst? Vor den Geistern oder weil du Dinge gesehen hast, die anderen verborgen sind?«

Beryl sieht mich irritiert an. »Nein. Alle Frauen in meiner Familie können mit den Toten kommunizieren. Ich bin damit aufgewachsen, als wäre es das Normalste der Welt. Niemand hat da ein großes Ding draus gemacht. Das wäre, als würde ich dich fragen, ob du Angst vor Kristallen oder dem Mond hast, weil du Energie aus ihnen ziehen und nach deiner Vorstellung formen kannst – und andere nicht. Ich bin mir sicher, dass es Menschen gibt, die auch vor Schöpferkraft Angst haben. So ist das mit allem Unbekannten.«

»Ja, vielleicht, aber Kristalle sind keine rastlosen Seelen. Bist du nie einem Geist begegnet, der dir gegenüber unangenehm wurde?«

»Wir leben in New York City. Du fährst doch sicher ab und an U-Bahn. Bist du dort nie jemandem begegnet, der dich grundlos angepöbelt hat, weil du ihm angeblich gerade im Weg standest?«

»Doch.«

»Eben. Und du hast dich davon nicht abschrecken lassen, sondern fährst noch immer U-Bahn. Was ich übrigens mutig finde. Mir persönlich machen lebende Menschen sehr viel mehr Angst als Tote. Denn was den Teil mit dem tot sein betrifft: Das sind wir alle irgendwann. Die einen früher, die anderen später. Wir sollten aufhören, da so ein großes Ding draus zu machen.«

Vielleicht hat sie recht. Meine Gedanken zucken zu Darrens Mom. Den Tod als etwas Normales und Unvermeidbares zu akzeptieren, würde ihr sicher helfen. Oder zumindest seinem Dad, der bereit ist, für sie alle Naturgesetze zu umgehen.

»Was würdest du darüber denken, wenn jemand versucht, den Tod zu überlisten?«, hake ich vorsichtig nach.

»Ziemlich sinnloses Unterfangen, wenn du mich fragst. Komm schon. Ich möchte auch nicht gleich morgen sterben, aber hast du Bock darauf, ewig hier festzusitzen? Irgendwann hast du jeden Ort besucht, jede Speise gekostet und alle Sexstellungen ausprobiert. Und dann? Was hält dich noch hier? Eben. Nichts. Was denkst du, warum so viele Geister Hilfe suchen, um hier endlich wegzukommen? – Sollen wir dann anfangen?«, schlägt Beryl vor und legt ihren Zeigefinger auf die Planchette. »Grandma hat Johns Hand für uns aufbewahrt, das sollte es leichter machen, ihn anzulocken. Es ist immer etwas schwierig, aus allen toten Johns den Richtigen zu herauszufiltern, da helfen persönliche Dinge ganz gut bei der Identifikation.«

»Und eine Hand ist ein sehr persönliches Ding«, vermute ich.

Beryl zwinkert bestätigend, und ich platziere meinen Zeigefinger neben ihrem.

Sie räuspert sich und setzt sich aufrechter hin. »Wir suchen den John, dem diese Hand gehört. Er hat Gemma um Hilfe gebeten – und das würden wir gern tun. Ihm helfen. Also John, falls du hier bist, kommunizier bitte über das Ouija-Board mit uns. Auch wenn es sich so anfühlt, als würden wir im selben Raum sitzen und uns gegenseitig Textnachrichten schicken. Bist du hier, einhändiger John?«

Ich blinzle überrascht, als eine der Kerzen flackert, bevor die Planchette unter meinem Finger ruckelt.

»Nur locker auflegen«, ermahnt mich Beryl.

Kaum nehme ich den Druck von dem Zeiger, bewegt er sich. Ich fahre vor Schreck so heftig auf, dass ich Beryl mit dem Ellbogen anstoße. Eine Entschuldigung murmelnd, reiße ich mich zusammen, aber diese Art von Hexerei ist mir so fremd, dass es sich ein wenig unheimlich anfühlt, zu sehen und zu spüren, wie sich das Holzstück zielstrebig auf das Wort *Ja* zubewegt.

Eine eisige Gänsehaut kriecht meinen Rücken hinab. Das hier ist nicht meine Welt, aber ich bin fest entschlossen, mich nicht zu gruseln.

»Hallo, John. Schön, dass du hier bist. Falls du deine Hand vermissen solltest, lass sie dir gern von Granny überreichen. Wir wollen dich nur kurz fragen, warum du dich mit deinem Hilfegesuch ausgerechnet an Gemma gewandt hast.«

Ich beobachte angespannt, wie sich die Planchette erneut unter meinem Finger bewegt. Dieses Mal reiht sie Buchstabe an Buchstabe, bis sich daraus Wörter ergeben.

Weil. Sie. Mich. Kennt. – Ich. Vertraue. Ihr.

Irritiert schüttle ich den Kopf. Es ist kein ungewöhnlicher Name, aber ich kann mich trotzdem an niemanden namens John erinnern.

»Woher kennen wir uns?«, stelle ich die erste Frage, die mir in den Sinn kommt und hoffe, dass sie nicht zu indiskret war. Wieder bewegt sich der Zeiger.

Du. Hast. Mir. Das. Leben. Gerettet.

Was? Wäre es mir nicht im Gedächtnis geblieben, jemals jemanden gerettet zu haben? Würde man sich so etwas Wichtiges nicht merken?

»Wann und wo soll das gewesen sein?«, frage ich verwirrt.

Vor. Einem. Jahr. Nahe. Der. Kent. Ave.

Die Kent Ave muss ich überqueren, wenn ich von unserer Wohnung aus zum Charlotte Beach möchte. Ich passiere sie daher relativ regelmäßig, dennoch kann ich mich nicht entsinnen, dass mir auf dem Weg je etwas Spannendes passiert wäre.

Erschrocken fahre ich auf, als sich der Zeiger bewegt, ohne dass wir zuvor eine Frage gestellt haben.

Ohne. Dich. Wäre. Ich. Vielleicht. Verhungert.

Verhungert?

»Entschuldige, dass ich das so direkt wissen will, aber bist du der Mann, dem ich damals die Bratnudeln gegeben habe?«

Ja.

»Oh.« Dann erinnere ich mich doch. Ich habe mich nie nach seinem Vornamen erkundigt. Zu wissen, dass es ihm damals tatsächlich so übel ging, dass er beinahe gestorben wäre, bereitet mir ein schlechtes Gewissen. Und ich habe mich gefragt, ob er einfach nur dreist ist? Das tut mir augenblicklich leid.

»Ich erinnere mich an dich und ich bedaure, dass du heute dennoch tot bist.« Das tue ich wirklich. »Woran bist du gestorben?«

Ich. Weiß. Es. Nicht. – Ich. War. Krank. – Man. Bot. Mir. Hilfe. An. – Ich. Erinnere. Mich. An. Einen. Raum. – Und. Eine. Stimme. – Sie. Sagte. Ich. Sei. Schwach. – Dann. Endete. Es.

»Was endete?«

Alles.

Ich sehe Beryl an, die zustimmend nickt. John starb.

»Wer hat dir Hilfe angeboten?« Ich folge meiner Intuition und spüre, wie sich jede Faser meines Körpers anspannt, während die Planchette Buchstaben zu einem Wort formt: *Die. Le...*

Beryl und ich fahren erschrocken auf, als sich die Wohnungstür öffnet, etwas laut rumpelt und ein Fluch durch die Wohnung schallt.

»Verdammt, Beryl! Räum nächstes Mal deine Rollschuhe weg, sonst werde ich dich als Geist auf ewig heimsuchen, weil ich mir deinetwegen mein beschissenes Genick gebrochen habe!«

»Sorry!«, ruft sie halbherzig, sieht sich um und verdreht die Augen. »Danke, Darren! Wir waren mitten in einer Séance, und dein Gezeter hat den Geist verjagt. Jetzt ist er weg. Mit seiner Hand. Den finden wir doch nie wieder.«

»Freut mich, wenn das euer größtes Problem ist!« Noch immer fluchend kommt Darren ins Wohnzimmer.

Ich sehe zu ihm auf, wie er in Hemd, Anzughose und mit zerzausten Haaren durch den Raum humpelt und sich noch immer den Hinterkopf reibt.

»Soll ich dir vielleicht ein Schild kaufen? *Bitte nicht stören. Kontaktiere gerade Verstorbene.* Das kannst du dann draußen an die Tür hängen. Gleich unter den Kranz«, schlägt er sarkastisch vor. Er lässt seine Arbeitstasche auf den Küchentresen fallen und sieht mich mit einem Blick an, den ich nicht deuten kann. Er öffnet den Mund, als wollte er etwas sagen und überlegt es sich anders. »Macht euch einen schönen Abend. Ich gehe ins Bett.«

»Allein?«, stichelt Beryl.

»Ich hatte einen echt ätzenden Tag und habe bestimmt eine Gehirnerschütterung. Wenn sich jemand in diesem Raum dennoch dazu berufen fühlt, Zeit mit mir zu verbringen, ist sie herzlich eingeladen.« Fluchend zieht er sich in sein Zimmer zurück und knallt die Tür zu.

»Tja, da der Geist ohnehin verschwunden ist, sollte eine von uns ihn vielleicht fragen, was mit ihm los ist«, schlägt Beryl vor. »Und diejenige bin sicher nicht ich.«

»Ich habe schon verstanden«, murmle ich. Gern hätte ich John geholfen, denn sein Schicksal geht mir nicht aus dem Kopf. Noch immer weiß ich nicht, was er mit *wir sind viele* gemeint haben könnte oder was ihm wohl zugestoßen ist. Doch für den Moment stehe ich auf, um stattdessen herauszufinden, was Darrens Tag *echt ätzend* gemacht hat.

28. KAPITEL

Ich klopfe an Darrens Zimmertür und öffne mir dann doch selbst. Unaufgefordert trete ich ein, schließe die Tür hinter mir und lehne mich mit dem Rücken dagegen.

Darren hat sein Jackett ausgezogen und achtlos aufs Bett geworfen. Kurz sieht er auf, als hätte er zur Kenntnis genommen, dass ich ins Zimmer gekommen bin, und widmet sich seinem Hemd, das er schweigend aufknöpft. Offensichtlich ist ihm mittlerweile egal, ob ich ihm dabei zusehe.

»Verrätst du mir, was mit dir los ist?«, frage ich.

»Nichts«, behauptet er stumpf. Aber die Art, wie er sich mit halb offenem Hemd auf sein Bett setzt und die Unterarme auf den Oberschenkeln abstützt, sagt etwas anderes. Er reibt sich mit der Hand über die Stirn. »Dad meint, ich kann das Fernstudium überall fortsetzen und sieht keinen Grund dazu, warum es hier in New York sein sollte.«

»Oh. Okay«, antworte ich nicht sehr eloquent und weiß selbst nicht, weshalb sich seine Niedergeschlagenheit auf mich überträgt. Es dauert einen Moment, bis die Bedeutung seiner Worte ganz zu mir durchgedrungen ist.

Er kann das Studium überall fortsetzen. – Das heißt, er wird diese Stadt verlassen.

»Wohin geht die Reise?«, frage ich leise.

»Pittsburgh.«

»Du wirst dorthin zurückziehen?« Das ist es zumindest, was ich zwischen den Zeilen lese. Und er widerspricht nicht.

Mit einem Seufzen lässt er das Kinn zur Brust sinken. »Dad will, dass ich die Stadt verlasse und mich zurück in die Zweigstelle versetzen lasse. Spätestens Ende des Jahres bin ich wieder in Pittsburgh. Für die nächsten zwei Wochen schickt er mich schon einmal auf Dienstreise, um mir einen Überblick über die dortigen Betriebsabläufe zu verschaffen.« Er schnaubt, bevor er bitter fortfährt. »Wir haben uns gestritten. Mal wieder. Er sieht keinen einzigen Grund, aus dem ich hierbleiben sollte. Immerhin besitzt er ja genug Geld, um mich jederzeit einfliegen zu lassen, wenn ich mal wieder ein Auge auf Mom haben soll. Ich bin echt nicht stolz darauf, aber ich habe sogar die ›Ich habe eine Freundin in der Stadt‹-Karte gezogen, damit er es sich anders überlegt.«

»Und was hat er dazu gesagt?«

»Dass dir schon nichts passieren wird. Und es gibt ja das Internet, Flugzeuge und notfalls genug andere junge Männer in dieser Stadt, um dich zu trösten.« Darren lässt sich der Länge nach auf das Bett fallen, flucht leise und reibt sich erneut den Hinterkopf, als hätte ihm der Flurunfall eine mächtige Beule beschert. Dass Darrens Dad ihn aus der Stadt schaffen will, ist kein gutes Zeichen. Vielleicht könnte ich mir einreden, dass ich mich deswegen so bedrückt fühle. Es klingt zumindest nach einer plausiblen Begründung, immerhin wird das die Suche nach einem Gegenmittel oder Verbündeten erschweren. Aber wenn ich in mich hineinhorche, ist da noch mehr. Die Vorstellung davon, dass er bald nicht mehr hier, sondern weit weg sein wird, fühlt sich komisch an. Auf eine Art und Weise falsch, die ich nicht benennen kann.

»Und ich dachte, mein Tag wäre doof gelaufen«, murmle ich.

»Was war los?« Darren hebt den Kopf, um mich anzusehen.

»Ich wurde von einem hartnäckigen Geist heimgesucht,

dessen Hand sich an mir festgeklammert hat, und ich finde einfach keine passende Location für unsere Aufführung. Solche Dinge eben.« Ich lasse mich an der Tür zu Boden gleiten und lege die Arme um die Beine. »Hat dein Dad gesagt, warum er dich aus der Stadt schaffen will?«

»Offiziell? Weil ich alt genug bin, um mehr Verantwortung zu übernehmen. Manchmal habe ich das Gefühl, dass er meinen Anblick einfach nicht erträgt, weil ich ihn ständig an Mom erinnere. Vielleicht hat er auch nur Angst, dass ich meine Nase zu tief in seine Angelegenheiten stecke, wenn ich noch länger hierbleibe.«

»Womit er gar nicht so falschliegt«, werfe ich ein. »Zumindest mit seinen Angelegenheiten. Was dein Aussehen betrifft, würde ich sagen, du bist eine Mischung aus beiden.«

»Fällt mir schwer, das als Kompliment zu sehen«, murrt er, erhebt sich und füttert seine Seepferdchen.

»Wer hat sich eigentlich um die zwei gekümmert, während du bei deiner Mom warst?«

»Beryl hat ein Auge auf sie, wann immer ich verreisen muss.«

»Trotz ihrer sehr entspannten Sicht auf den Übertritt zur anderen Seite?« Ich gebe dem Drang nach aufzustehen, gehe zu Darren hinüber und stelle mich neben ihn. Seite an Seite beobachten wir seine Mitbewohner.

»Ich denke nicht, dass sie mich vermissen«, murmelt er.

»Auch dann nicht, wenn sich niemand so gut um ihre Bedürfnisse kümmern kann wie du?«

»Wir reden noch über die Seepferdchen?«

»Vermutlich.« Was wäre die Alternative? Dass er sich um meine körperlichen Bedürfnisse kümmert? Allein bei der Vorstellung davon, zieht sich alles in mir sehnsüchtig zusammen. Ich sehe zu Darren auf – und er zurück. Dem aufgewühlten Ausdruck in seinen Augen nach, bin ich nicht die Einzige, deren Gedanken nicht mehr bei der Fütterung der Seepferdchen verweilen. »Sei ehrlich: Woran denkst du gerade?«

Er räuspert sich kaum merklich. »Ich bin nicht stolz auf die Antwort.«

»Das habe ich nicht gefragt.«

Darren hebt langsam eine Hand und legt sie an meine Taille, bevor er mich sacht an sich zieht, als würde er seinem Körper die Antwort überlassen. »Es tut mir leid, dass ich eure Séance gestört habe. Das wollte ich nicht. Ich wusste nicht, dass du hier bist.«

»Erinnerst du dich daran, dass ich dir von einem Obdachlosen erzählt habe? Der, dem ich mein Essen geschenkt habe? Sein Name war John und sein Geist hat mich aufgesucht. Anscheinend war er krank und ist gestorben. Er sagt, er sucht Hilfe. Und: *Wir sind viele.* Aber ich habe keine Ahnung, was das heißen soll.«

Darrens Mundwinkel zucken belustigt. »Und da sollte man meinen, dass du es mittlerweile gewohnt bist, wenn Menschen in Rätseln mit dir reden.«

»Witzig.« Aus witzig wird etwas anderes, als Darren seine Hände langsam an meinem Rücken hinabgleiten lässt. Als sie auf meinem Po angekommen sind, zieht er mich an sich, als wollte er mich spüren lassen, dass ein Teil seiner Gedanken noch immer bei der Bedürfnisbefriedigung hängt. Seine Härte drückt so auffordernd gegen mich, dass mir ein Laut zwischen Keuchen und Stöhnen entfährt.

»Ist dir das zu viel?«, fragt er beinahe schüchtern.

»Nein. Ich glaube, es ist mir zu wenig«, gestehe ich. Ich will es nicht bedauern, ihn nicht küssen zu können. Aber in Momenten wie diesen habe ich das Gefühl, dass es alles zwischen uns erschreckend uneindeutig macht. Ich genieße seine Nähe, doch es wäre leichter, meinen Wunsch nach *mehr* einordnen zu können, wenn ich ihn einfach gegen seinen Schreibtisch drängen und küssen könnte, bis er meinen Namen stöhnt.

»Darf ich etwas ausprobieren?«, bittet er, als hätte er meine Gedanken gehört.

»Sicher.« Ich weiß nicht, was er vorhat, aber ich vertraue ihm. Also schließe ich die Augen, als er sich mir nähert. Seine Zungenspitze gleitet über meinen Hals, über die Stelle, unter der mein Puls schlägt, bevor er sacht darauf pustet. Es ist ein Hauch, der einen Schauder durch meinen ganzen Körper laufen lässt.

»War das komisch?«, fragt er mit rauem Unterton.

»Nein. Es war interessant. Mir gefällt deine Kreativität«, begrüße ich seine Initiative. Als seine Zunge mein Ohr neckt, vergrabe ich meine Hand in seinen weichen Haaren und bereue es augenblicklich, als er zusammenzuckt. »Entschuldige. Die Beule. Ich wollte das nicht. Du hast vermutlich keinen Angelite hier?« Denn meines Wissens sind es die einzigen Kristalle, die tatsächlich in der Lage dazu sind, körperliche Wunden zu heilen.

»Leider nein«, gesteht er und zieht sich kaum merklich zurück. Offensichtlich hat er noch immer Schmerzen. Heute ist einfach kein guter Tag für gar nichts – außer dafür, seine Seepferdchen zu beobachten. Mit der Wange gegen seine Brust gelehnt, betrachte ich die zwei in dem Aquarium.

Ich genieße den Moment und versuche meine Gefühle zu sortieren – aber scheitere. Als ich Darren das erste Mal im Café gegenüberstand, habe ich mir vorgestellt, wie es wäre, ihn zu küssen. Irgendwie hatte ich die Vision, dass es umwerfend sein würde. Zu wissen, dass ich es nie ausprobieren kann, wirkt wie Ironie des Schicksals. Ich könnte mir einreden, dass es mich nicht frustriert. Dass wir ohnehin nur Freunde mit einer gemeinsamen Mission sind, die für die Öffentlichkeit eine Fake-

Beziehung führen. Aber dann kommen mir seine Mitteilungen von heute Morgen in den Sinn: *Du fehlst hier. In meinem Bett.*

Auch wenn Darren sich meist zurückhält, gibt sein Körper sehr eindeutige Hinweise darauf, was er sich von einer gemeinsamen Nacht erhoffen würde. Ich erinnere mich an unsere Nachrichten über den Geburtstag des Bürgermeisters. Darüber, dass ich ihm angeboten habe, mein Kleid auszuziehen. Und allein der Gedanke daran, erfüllt mich mit einer kribbeligen Vorfreude. Zumindest bis mir wieder einfällt, dass Darren mir gerade gestanden hat, dass er die Stadt verlassen wird. Wieso fühlt es sich an, als würde ich etwas finden und zugleich verlieren?

Darren legt seine Arme um mich und für einen Augenblick erlaube ich mir trotz aller Verwirrung, mich geborgen und beschützt zu fühlen. Eingehüllt in seine Wärme und seinen Duft wirkt alles andere so unwichtig. Aber es ist eine Illusion. In nicht einmal zwei Monaten wird er wegziehen.

Und dann? Trennen uns etwa vierhundert Meilen – und die Tatsache, dass er frei ist, während ich eventuell dazu gezwungen sein werde, das zu tun, was sein Dad von mir verlangt. Ob er mir mithilfe des S.P.E.L.L.-Zaubers befehlen könnte, Darren zu vergessen?

»Du hast eben gesagt, du brauchst eine Location für eure Aufführung?«, fragt er nach einer Weile, in der wir nichts getan haben, außer einander festzuhalten. »Wie wäre es denn mit der L.I.F.E. Inc.? Sie hat ein weitläufiges Atrium, ein Lautsprechersystem, mehrere Stockwerke mit Balkonen, die zum Atrium hin ausgerichtet sind, eine Kantine. Und wenn wir ehrlich sind, fühlt sie sich bereits beim Betreten wie das Tor zur Hölle an.«

»Witzig«, murmle ich, weil ich seinen Vorschlag nicht ernst nehmen kann.

»Nicht so witzig. Eine turbulente Veranstaltung wäre eine gute Gelegenheit, um sich dort mal ein wenig umzusehen. Gemeinsam finden wir sicher die perfekte Ablenkung.«

»Wie meinst du das?«, frage ich verwirrt und ziehe mich zurück, um Darren besser ansehen zu können.

»Wie ich es sagte: Wir könnten eine Ablenkung kreieren. Ich weiß nicht, wie Dad es anstellt, die Leute in seinen Bann zu ziehen, aber stell dir vor, wir würden einen ähnlichen Zauber wirken. Etwas, was die Leute vollkommen fasziniert. Und dann? Durchforsten wir die L.I.F.E. Inc. und versuchen die Beweise zu finden, die wir brauchen, um Dad das Handwerk zu legen.«

Vielleicht hat Darren recht und ein quirliges Event wäre eine gute Ausgangsvoraussetzung, sich in der L.I.F.E. Inc. umzusehen. Aber die Art von Zauber, die sein Dad anwendet, beherrsche ich nicht. Es wird mich einiges an Kreativität kosten, auch nur etwas in der Richtung zu entwickeln.

»Pass auf. Ich schicke euch ein paar Fotos der L.I.F.E. Inc. zu und du klärst, ob sie als Location überhaupt infrage kommen würde. Ich bin mir sicher, dass Dad einverstanden sein wird, das Gebäude zur Verfügung zu stellen. Ein Spendenevent für eine hiesige Bildungseinrichtung ist immer gut fürs Image. Und uns läuft die Zeit davon. Wir werden so schnell keine weitere Chance für einen Einbruch bekommen.«

»Was wird dein Dad tun, falls er uns dabei erwischt, wie wir beispielsweise in seinem Büro herumschnüffeln?«

»Ich weiß es nicht. Es wäre besser, er täte es nicht.«

»Unbefriedigend. Aber mal angenommen, wir wären in der Lage dazu, all die Menschen abzulenken: Wie sind wir dann besser als dein Dad, wenn wir unsere Begabungen dazu nutzen, um andere zu manipulieren?«

»Wie klingt: Der Zweck heiligt die Mittel.«

»Du meinst, sie für einen Moment abzulenken, um herauszufinden, wie wir sie vor anderweitiger Manipulation schützen können, ist das geringere Übel?«

»Meine ich«, bestätigt er. »Die Frage ist: Was denkst du? Bist du dabei? Ich will dich zu nichts drängen, was sich für dich nicht richtig anfühlt.«

Ich verschränke die Arme vor der Brust und wende mich wieder seinen Seepferdchen zu, als könnten sie mir die Antwort geben.

Ich verstehe seine Sichtweise. Und mein Problem ist nicht, dass ich mir nicht einreden könnte, dass wir das Richtige tun. Im Gegenteil: Die Welt ist nicht nur schwarz und weiß, aber auch die Nuancen dazwischen sind alles andere als ein langweiliges Grau. Sie entwickeln einen Sog, dem ich mich kaum entziehen kann.

Was ist, wenn mein Zirkel recht hat, und Darren mich in Dinge verwickelt, die mir nicht guttun?

Und wie wichtig ist es überhaupt, gut zu sein, wenn es bedeutet, die Augen vor dem Bösen zu verschließen?

»Bin dabei«, murmle ich schließlich.

»Gut. Ich meine, das freut mich, aber ...« Darren verstummt und räuspert sich.

Fragend sehe ich zu ihm auf, als er nicht weiterspricht.

»Ich möchte, dass du diese Dinge nur tust, wenn du es wirklich willst. Es ist okay, wenn du aussteigst. Ich würde dich nicht wieder stehenlassen und gehen.«

Täuscht es oder zeigt sich auf Darrens Wangen ein rosafarbener Schimmer? Ist es ihm unangenehm, dass er damals einfach aus unserer Wohnung verschwunden ist? Oder fällt es ihm schwer, über seine Gefühle zu sprechen? Wenn ich mich daran erinnere, wie sein Dad mit ihm redet, wäre es eigentlich kein Wunder.

»Fürs Protokoll«, sage ich entschieden. »Ich mache generell nur Dinge, die ich wirklich will.«

Und heute will ich den restlichen Abend mit ihm verbringen. Wir tun nicht viel mehr, als Seite an Seite auf seinem Bett zu sitzen und zu reden. Nicht über seinen Dad, das Studium oder Hexerei, sondern Serien, Filme und Bücher, die wir gern mögen. Am Ende schlafe ich an ihn gekuschelt ein, während auf seinem Laptop eine Netflix-Serie läuft. Vielleicht liegt es daran, dass meine letzte Nacht dank John alles andere als erholsam war, vielleicht fühle ich mich in Darrens Nähe einfach geborgen.

Ich werde irgendwann davon geweckt, dass ein Schmerz durch meinen Scheitel zuckt.

»Entschuldige, ich bin kurz weggenickt«, gesteht Darren und setzt sich wieder auf. Offensichtlich hat er mich kurz mit seinen Lippen berührt.

Verfluchter Fluch.

»Schon okay«, murmle ich und rücke ein Stück von ihm ab. »Ich sollte wohl besser rübergehen.«

Sag, dass ich bleiben darf, bettelt eine Stimme in mir, aber Darren zögert, bevor er nickt.

»Pass auf dich auf.«

Noch nie klang seine Bitte so sehr wie ein Rauswurf. Rational betrachtet gibt es keinen Grund dafür, deswegen enttäuscht zu sein. Aber Gefühle interessieren sich selten für Logik.

Als ich kurz darauf ins Nachbarhaus hinübergehe und mir auf der Straße ein eisiger Wind entgegenschlägt, muss ich fast über mich selbst lachen. Habe ich vorhin noch behauptet, dass ich generell nur Dinge tue, die ich will? Ich bin eine verdammte Heuchlerin. Denn wenn es so wäre, würde ich jetzt in Darrens warmem Bett liegen, statt bibbernd den Kragen meines Mantels höher zu ziehen, weil ich erbärmlich friere.

29. KAPITEL

Gleich am nächsten Tag schickt mir Darren die versprochenen Fotos der L. I. F. E. Inc. zu. Meine Kommilitonen sind von dem Gebäude genauso beeindruckt wie ich. Darren hat nicht untertrieben: Es ist perfekt für unsere Zwecke geeignet. Die L. I. F. E. Inc. verfügt über ein weitläufiges Atrium, in dem in der Vergangenheit bereits Bühnen für andere Veranstaltungen aufgebaut waren. Die meisten Wände sind, wie das Haus seiner Eltern, aus Glas, und eine offene Metalltreppe verbindet die fünf Stockwerke miteinander. Jedes von ihnen verfügt über einen Balkon, sodass es ein Leichtes werden dürfte, die Inszenierung auf mehreren Ebenen stattfinden zu lassen. Da der Hauptteil des Abends ohnehin in der Unterwelt stattfindet, ist die Größe der Balkone für kurze Szenen aus der Menschen- und der Götterwelt mehr als ausreichend. Wir dürfen Küche und Kantine nutzen, um die Gäste mit Häppchen und Getränken zu versorgen, nur der Zugang zu den abgeschlossenen Büroräumen ist tabu. Theoretisch wäre alles perfekt, hätte Darren die Aufführung nicht zur Ablenkung erklärt, um in genau ein solches Büro einzubrechen.

Nicht nur aufgrund der drängenden Zeit fällt die Abstimmung des Veranstaltungskomitees beinahe einstimmig für die L. I. F. E. Inc. als Location aus. Nur Hazel wirkt nicht komplett überzeugt.

»Das Gebäude an sich ist cool«, erklärt sie zögerlich, als sie alle Anwesenden fragend ansehen. »Ich mag Darren, denke ich. Und bestimmt würde die Location eine Menge Schaulustiger anlocken, die ganz scharf darauf sind, mal einen Blick in das Gebäude zu werfen. Auf den Fotos wirkt es wirklich imposant. Aber es ändert nichts daran, dass wir damit einer Firma eine Plattform bieten, deren Ansichten zum Thema Umweltschutz höchst fragwürdig sind.«

Ich kann Hazels Einwand verstehen, nicht umsonst habe ich sie zur Demo begleitet. Zu gern würde ich ihr die Wahrheit sagen, aber ich kann ihr unmöglich gestehen, dass wir das Event als Ablenkung für einen Einbruch nutzen wollen. Nicht nur, weil sie mir das Vorhaben garantiert ausreden würde, sondern weil ich sie nicht als Mitwisserin in diese Sache hineinziehen möchte. Ich hasse es, sie anzulügen. Aber noch mehr würde ich mich hassen, wenn Darrens Dad uns erwischt und Hazel dadurch in Schwierigkeiten gerät.

Wann immer ich sie ansehe, spüre ich den Stich meines schlechten Gewissens. Weil ich nicht ehrlich zu ihr bin. Und weil ich weiß, wie wichtig ihr dieser Abend ist. Sie steckt so viel Zeit und Herzblut in die Aufführung und deren Organisation. Ich möchte ihren großen Auftritt auf keinen Fall ruinieren, in dem ich erwischt und von der Polizei verhaftet werde. Doch im Moment sehe ich keine Alternative. Um sie vor größerem Unheil zu bewahren, brauchen wir die Informationen.

So ist es beschlossene Sache: Das Event wird in der L. I. F. E. Inc. stattfinden.

Kleinlaut packe ich am Ende der Sitzung meine Sachen zusammen, kaum dass das Meeting für beendet erklärt ist. Ich will Hazel gerade fragen, ob wir uns gemeinsam einen Kaffee holen, da verabschiedet sie sich zu einem anderen Termin.

»Warte«, bitte ich und setze ihr nach. »Ist zwischen uns alles okay? Ich möchte nicht, dass diese Sache zwischen Darren und mir …«

»Alles gut«, unterbricht sie mich. »Ich meine, ich mag seinen Dad und dessen Firma immer noch nicht, aber es hat ja nichts mit ihm zu tun. Oder mit euch.« Sie zieht einen Flyer aus ihrem Rucksack hervor und überreicht ihn mir. »Mir hat vorhin eine Wohltätigkeitsorganisation diesen Flyer in die Hand gedrückt. Eigentlich klingt die Sache interessant, nur habe ich momentan keine Zeit fürs Bloggen. Würdest du ihn Taro mitbringen? Vielleicht taugt die Sache für eines seiner Fotoprojekte? Er liebt doch alles, was im weitesten Sinne mit den Straßen New Yorks zu tun hat. Ich muss los, ich bin echt spät dran für die Besprechung des Anti-Mobbing-Projekts.« Sie haucht mir einen flüchtigen Kuss auf die Wange und lässt mich auf dem Flur der Akademie stehen.

Hoffentlich ist zwischen uns wirklich alles in Ordnung.

Und es ist kein Wunder, dass Hazel nicht mehr zum Bloggen kommt. Ihr Tag muss auch so mehr Stunden haben als meiner. Wie kann sie neben dem Studium und ihren tausend anderen Verpflichtungen überhaupt noch darüber nachdenken, Wohltätigkeitsorganisationen zu unterstützen?

Seufzend betrachte ich den Flyer in meiner Hand. Es geht darin um eine neue Initiative für Obdachlose, von denen es laut offiziellen Statistiken seit der Pandemie etwa achtzigtausend in dieser Stadt gibt. Eine unfassbar hohe Zahl. Ob John hätte gerettet werden können, wenn man sich rechtzeitig um ihn gekümmert hätte? Ich werde es wohl nie erfahren.

Da ich mit dem Flyer gerade nichts anfangen kann, verstaue ich ihn in meiner Umhängetasche.

Noch auf dem Weg zum anstehenden Bühnentraining fängt mich einer der Dozenten auf dem Flur ab.

»Ms Stone, Sie halten doch den Kontakt zur L.I.F.E. Inc.? Wir werden dort eine Ortsbegehung machen müssen. Die Studierenden, die das grundlegende Leitsystem erarbeitet haben, müssen sich die Örtlichkeiten schnellstmöglich ansehen, um es anzupassen. Kümmern Sie sich darum?«

»Sicher.« Ich habe das eine Wort kaum ausgesprochen, da eilt er schon weiter. Momentan fühlt sich die ganze Akademie an, als wäre hier jeder permanent auf dem Sprung. Vergleiche mit Ameisenhaufen oder Bienenkörben wären noch untertrieben, aber durchaus angebracht.

· · ✦ · ·

Während ich am Abend zu Fuß nach Hause gehe, richte ich Darren die Antwort des Organisationsteams aus. Unruhig klopfe ich mit dem Daumen gegen mein Handy und frage mich, ob ich ihn vielleicht zu mir nach Hause einladen soll. Es ist unser letzter gemeinsamer Abend, bevor er die Stadt für zwei Wochen verlässt. Oder wäre es aufdringlich? Immerhin sind wir ja bereits für seine Rückkehr miteinander verabredet, um gemeinsam zum Geburtstag des Bürgermeisters zu gehen.

Ich sehe irritiert von meinem Handy auf, als eine Stretchlimousine neben mir anhält. Es könnte ein Zufall sein, würde sie nicht hupen, während sich eine der hinteren Türen öffnet.

»Gemma Stone, auf ein Wort«, dringt eine tiefe Stimme aus dem Auto. Der Tonfall lässt keinen Widerspruch zu.

Ich umfasse den Riemen meiner Umhängetasche fester. Zu gern würde ich so tun, als hätte ich die Person nicht gehört – oder zumindest nicht erkannt. Aber ich habe die Befürchtung, dass es nur dazu führt, dass der nächste Satz mit »Für ein besseres Morgen« beginnt, also zwinge ich mich zu einem Lächeln und steige ein. Ledersitze, indirekte Beleuchtung, der Geruch von teurem Aftershave – ich ignoriere den Luxus und versuche auf der Rückbank möglichst viel Abstand zwischen mich und Darrens Dad zu bringen.

»Mr Hunter. Was für eine Überraschung. Haben Sie Darren besucht oder was tun Sie in unserer entzückenden Straße?«

Er übergeht meine Frage, indem er den Chauffeur anweist, uns einmal um den Block zu kutschieren, was bei dem Verkehr sicherlich eine Stunde dauern wird. Wenn ich nicht bereits geahnt hätte, dass er mich nicht aus purer Nettigkeit die letzten Meter nach Hause fahren möchte, hätte ich es spätestens jetzt verstanden.

Ich richte den Rock meines Kleids, setzte mich möglichst gerade hin und warte.

»Nun, Gemma«, beginnt Mr Hunter und erledigt nebenbei irgendwelche Dinge auf seinem Smartphone, als wäre meine Anwesenheit eigentlich lästig. »Wie geht es dir?«

»Gut«, antworte ich einsilbig.

»Wie schön.« Er sieht kurz auf und mustert mich, als wollte er meine Aussage überprüfen. »Wir wissen ja alle, dass Gesundheit das höchste Gut ist.«

»Dem möchte ich nicht widersprechen. Die Krankheit Ihrer Frau tut mir leid«, versichere ich aufrichtig.

»Ich denke, wir wissen beide, dass sie nicht krank ist«, erwidert er und senkt den Blick wieder auf das Telefon. »Zumindest so viel wird Darren dir doch gesagt haben?«

Bin ich deswegen hier? Soll dieser Ausflug ein Verhör werden? »Ich denke, wir wissen beide, dass Darren mir so gut wie gar nichts gesagt hat. Weil er es nicht kann.«

»Ah. Mir gefällt diese Konversation jetzt schon. Es geht doch nichts über einen ehrlichen Austausch.«

»Interessante Einstellung für jemanden, der seinen Sohn zum Schweigen zwingt«, sage ich trotzig, obwohl ich fest entschlossen bin, ruhig zu bleiben. Aber irgendetwas an Mr Hunters ignoranter Art macht mich wütend. Vielleicht liegt es auch an den Szenen aus Darrens Erinnerungen. Die Art und Weise, wie er mit ihm spricht, wenn sie allein sind. Dass er ihn aus der Stadt befohlen hat, ohne auf seine Gefühle Rücksicht zu nehmen.

»Gemma, ich mag dich und deine Videos über den Einsatz weißer Magie. Ja, mir gefällt sogar die Vorstellung, dass Darren und du Zeit miteinander verbringt. Es ist so wichtig, Gleichgesinnte zu finden und das Leben zu genießen. Aber hast du je darüber nachgedacht, dass es dort draußen Hexende gibt, die euch nicht so wohlgesonnen sind, wie ich? Dass der Fluch nicht dazu dient, Darren zu schaden, sondern ihn zu schützen? Dass es Hexenzirkel gibt, die ihn entführen könnten, um ihm unter Qualen meine Geheimnisse zu entlocken? Mein Sohn mag es anders sehen. Aber du bist sicher klug genug, um zu erkennen, dass ich *alles* tun würde, um meine Familie zu beschützen.«

»Ihr *alles* geht eindeutig zu weit«, erwidere ich mit allem Mut, den ich aufbringen kann, und wappne mich vor seinem Zorn, aber Mr Hunter bleibt erstaunlich ruhig. Er schenkt mir lediglich ein ebenso flüchtiges wie spöttisches Lächeln.

»Glaub mir, ich gehe nicht weiter, als es meine Feinde tun würden. Doch ich bin nicht hier, um dir zu drohen, falls es so klang. Im Gegenteil. Solange du Darren datest, droht dir keine Gefahr.«

»Wie soll ich das verstehen?«

»Was war daran missverständlich formuliert?«

Vermutlich nichts.

»Ich denke, wir haben alles geklärt. Möchtest du hier aussteigen?«, bietet er an. »Oder gibt es noch etwas, was dir auf dem Herzen liegt? Etwas, was ich für dich tun kann?«

Mein Blick aus dem Fenster bestätigt, dass wir kaum drei Meter weitergekommen sind. Zu Fuß bin ich definitiv schneller zu Hause. »Da Sie vermutlich nicht dazu bereit sind, Darren von dem Fluch zu erlösen, würde ich hier gern aussteigen.«

»Wie du wünschst.« Mit einem Handzeichen befiehlt Mr Hunter seinem Fahrer stehen zu bleiben. Gerade als ich die Tür öffne und aussteigen will, erhebt er noch einmal die Stimme. »Weißt du, Gemma. Ich hatte immer den Eindruck, dass Darren mir ein wenig böse ist, wegen dieser kleinen Nebenwirkung des Fluches. Aber ich habe ihm gesagt, dass die richtige Frau darüber hinwegsehen wird, ihn nicht küssen zu können.«

»Was es kein bisschen besser macht«, werfe ich ein.

»Vielleicht nicht. Doch zumindest kann ich mir so sicher sein, dass es dir ernst mit ihm ist und du nicht nur auf der Gästeliste gelandet bist, um in meinem Haus zu spionieren.«

Sein eiskaltes Lächeln. Der überlegene Tonfall. Er weiß es. Er hat längst durchschaut, dass das zwischen mir und Darren nur eine Scharade war. Zumindest damals war es das. Denke ich.

Blinzelnd suche ich nach der passenden Antwort, aber er winkt ab, bevor ich sie gefunden habe.

»Wie gesagt, es wäre unklug von dir, dich mit Informationen zu belasten, an denen böse Menschen Interesse haben. Und noch halte ich dich für ein intelligentes Mädchen. Enttäusch mich nicht.«

Zähneknirschend nicke ich und steige aus dem Auto. Der Benachrichtigungston meines Handys erklingt, als ich zurück in das Treiben der Großstadt hinaustrete. Während ich die Nachricht überfliege, zieht sich mein Herz wehmütig zusammen.

Darren: *Kluge Wahl. Ich habe Dad deine Antwort weitergeleitet. Die Firma hat meinen Flug auf heute vorverlegt. Sicher eine* *weitere Schikane, um mich zu ärgern. (Was soll ich das Wochenende über allein im Hotel?) Bin gerade auf dem Weg zum Flughafen. Pass auf dich auf. Ich zähle die Tage.*

Super. Ob es ein Zufall war, dass Mr Hunter mich just in dem Moment abgefangen hat, als er wusste, dass Darren nicht mehr zu Hause sein würde? Wenn er meine *Social-Media*-Aktivitäten hat verfolgen lassen, war es sicher ein Leichtes, herauszufinden, wann ich mich freitags auf den Heimweg mache und dann Darrens Flug so zu buchen, dass Mr Hunter mich in jedem Fall allein antrifft.

Oder werde ich einfach paranoid?

Eines steht zumindest fest: Auch Mr Hunters Warnung wird mich nicht davon abhalten, nach Beweisen für die Hintergründe des S.P.E.L.L.-Projekts zu suchen, um dem faulen Zauber ein Ende zu setzen.

30. KAPITEL

Freitag, 28.10.

Darren: *Noch eine Nacht.*

Darren macht es mir ganz schön schwer, ihn nicht zu vermissen. Fast jeden Morgen hat er mich in den vergangenen zwei Wochen mit einer Nachricht geweckt. In keiner einzigen ging es um unsere Mission, dafür ziemlich oft darum, dass er es kaum erwarten kann, mich wiederzusehen. Natürlich könnte ich den Ton meines Handys ausschalten, aber irgendwie gefällt es mir, sein erster Gedanke nach dem Aufwachen zu sein. Es gefällt mir sogar so sehr, dass ich den einen Morgen einen Stich der Enttäuschung gespürt habe, als ich nach dem Aufwachen zu meinem Handy gegriffen habe – und keine Nachricht auf mich gewartet hat. Noch während ich auf das Display gestarrt und mich gefragt habe, ob ich einfach ihm schreiben soll, traf sie ein.

Darren: *Akku war leer und ich habe verschlafen! Bin viel zu spät dran. Wünsch mir Glück, dass mich niemand bei Dad verpfeift.*

Das habe ich getan. Ein paarmal habe ich überlegt, ob ich ihm von meiner Begegnung mit seinem Dad erzählen soll, aber es fühlte sich nicht richtig an. Nicht während er so weit weg ist. Es gibt Dinge, über die redet man besser persönlich. Mr Hunters Warnung gehört meiner Meinung nach dazu. Und wenn wir dann schon einmal bei einem Vieraugengespräch sind, sollte ich mir vielleicht auch gleich ein Herz fassen und ihn endlich direkt danach fragen, wie er diese Sache zwischen uns nennen würde. Außer *kompliziert*. Warum er mir diese Nachrichten schreibt, obwohl seine Annäherungen immer an einem bestimmten Punkt enden. Ob das zwischen uns für ihn nur ein harmloser Flirt ist, der ihm leichter fällt, wenn er nicht vor mir steht. Oder ob er sich vorstellen könnte, dass das zwischen uns mehr als körperliche Anziehung ist. Sein könnte. Sobald er es sich erlaubt, sich bei mir so gehen zu lassen, wie bei den Frauen, mit denen er laut Jesper wilde Partys gefeiert hat. Was unterscheidet mich von ihnen? Ich bin mir in Bezug auf Darren so unsicher, dass es mich in den letzten Tagen viel zu oft beschäftigt hat. Denn da ist noch eine Option, die mir in den Sinn kam und mir seitdem keine Ruhe lässt. Vielleicht ist das, was zwischen uns steht, gar nicht der Fluch. Oder zumindest nicht nur. Vielleicht sind es auch unsere Erfahrungen mit anderen Menschen. Wenn ich an meine Kindheit denke, dann daran, dass Liebe erdrückend werden kann, wenn sie an zu viel Sorge gekoppelt ist. Und in Darrens Fall? Ich habe schon den Eindruck, dass seine Mom ihn liebt. Aber er ist in dem Bewusstsein aufgewachsen, dass sie todkrank ist und er sie jeden Moment verlieren kann. Dass Liebe die Angst vor Verlust bedeutet. Was ist, wenn er mich tatsächlich einfach mag und seine Bitte, auf mich aufzupassen, sein Weg ist, mir das zu sagen? Theoretisch klingt es logisch, und es ist ja nicht seine Schuld, dass ich jedes Mal laut schreien will, wenn mich jemand so sorgenvoll ansieht. Doch um dieses Gedankenkarussell zu verlassen, hilft nur eines: Ich muss mit ihm reden und Gewissheit haben. Ich gehe nicht davon aus, dass das zwischen uns gleich Liebe ist, aber zu wissen, wo er uns sieht, würde mir schon helfen.

Immerhin etwas Gutes ist während seiner Abwesenheit passiert: Das Kleid für den Geburtstag des Bürgermeisters wurde mittlerweile geliefert und passt so verdammt perfekt, dass es fast absurd ist. Somit habe ich wenigstens eine Sache, über die ich mir keine Sorgen mehr machen muss. Als Kontaktperson zur L.I.F.E. Inc. habe ich mit Kristen einen Termin zur Besichtigung des Gebäudes abgesprochen. Eigentlich fällt das Planen von Firmenführungen wohl nicht in ihren Aufgabenbereich, aber sie hat darauf bestanden, sich persönlich darum zu kümmern. Jedes Mal, wenn mein Postfach in den vergangenen Tagen eine neue E-Mail von ihr angezeigt hat, zuckten meine Gedanken zu unserer letzten Begegnung zurück – und vor allem zu ihrer Warnung, uns nicht in Dinge einzumischen, die uns nichts angehen. Ob sie ahnt, dass Darren das Event als Ablenkung für einen Einbruch plant? Hat sie nur deswegen darauf bestanden, sich persönlich um alles zu kümmern? Oder hat Mr Hunter sie auf uns angesetzt?

Mit einer unterschwelligen Unruhe im Bauch begleite ich am späten Freitagnachmittag acht Studierende zur L.I.F.E. Inc., die sich unter anderem um das Leitsystem, das Catering und den Sound für die Veranstaltung kümmern wollen.

Letztes Mal endete mein Weg vor der Tür der L.I.F.E. Inc., dieses Mal betreten wir sie durch die Drehtür.

Wow, was für ein Anblick.

Was auf den Fotos schon beeindruckend wirkte, wird von der Realität noch übertroffen. Das Atrium ist unverschämt riesig für ein Gebäude mitten in Manhattan. Echte Bäume wachsen in Kiesbetten, die durch eine Art Flusslauf miteinander verbunden sind. Wir werden von Wasserplätschern und Vogelgezwitscher begrüßt, das anscheinend vom Band kommt. Vier Stockwerke über uns thront eine gläserne Kuppel. Ob beim Bau dieser Immobilie derselbe Architekt beteiligt war, wie bei der Planung von Darrens Elternhaus? Auch beim Gestalten dieses Gebäudes hat sich jemand wirklich Mühe gegeben, fast allen Elementen gerecht zu werden. Erde, Wasser, Luft – nur offenes Feuer gibt es im Foyer nicht, vermutlich wäre es brandschutztechnisch bedenklich. Über dem Infotresen läuft eine Art Newsticker, der in Großbuchstaben verkündet: *Für ein besseres Morgen, vergessen Sie nicht, immer ausreichend Wasser zu trinken. Sie finden Gratisflaschen in der Kantine.*

»Krasse Scheiße«, entfährt es einem meiner Kommilitonen, während er sich umsieht.

Ich kann nachvollziehen, was er fühlt. Dieses Gebäude ist imposant und entgegen Darrens Worten erinnert auf den ersten Blick nichts an das Tor zur Hölle. Weder die kühle Brise, die um unsere Köpfe streicht, noch der dezente Geruch von Blumen, der in der Luft liegt. Dennoch ist da wieder dieses Gefühl unsichtbarer Tentakel, die nach mir tasten, als würde die Magie um meine Aufmerksamkeit betteln. Hinter dem Tresen hängt ein impressionistisch anmutendes Landschaftsgemälde, dessen grüne und blaue Tupfen einen See darstellen. Hübsch, geradezu harmlos sieht es aus, bis ich die Augen leicht zusammenkneife und die Formen vor meinem Sichtfeld verschwimmen. Wie bei einem »*Das magische Auge*«-Bild treten Formen hervor, die durch das unruhige Tupfenbild zunächst überlagert waren. Runen. Und wieder welche, deren Wirkung ich nicht kenne.

Verdammt!

Ich versuche, mir ihre Formen einzuprägen, um ihre Bedeutung zu recherchieren. Dieses Bild könnte noch zu einem echten Problem werden, wenn seine Wirkung unseren Faszinationszauber negativ beeinflusst.

Ein Ruf, der durch das gesamte Foyer schallt, reißt mich aus meinen Gedanken.

»Gemma Stone!« Kristen kommt mit wiegenden Hüften auf mich zu – perfekt gekleidet in einem blutroten Etuikleid und High Heels, die jeden ihrer Schritte akustisch untermalen. Sie muss sich aller Blicke bewusst sein, doch ignoriert sie gekonnt. »Wie schön, dass du hier bist.« Bevor ich reagieren kann, ergreift sie meine Hand und begrüßt mich mit drei Wangenküsschen. »Meine Kollegin kümmert sich gleich um deine Freunde und zeigt ihnen alles Wichtige. Wirst du dabei gebraucht oder kannst du mich kurz auf einen Kaffee begleiten?«

Nur zu gut erinnere ich mich an unser letztes Gespräch. Auch an das mit Mr Hunter. Was auch immer sie mit mir besprechen möchte, hat bestimmt nichts mit der Raumplanung zu tun.

Kristen legt mir eine Hand zwischen die Schulterblätter und führt mich in Richtung eines Raums, der laut Beschilderung die Cafeteria ist. Mein Einverständnis? Obsolet.

Es hätte mich wohl gewundert, wäre die Kantine der L.I.F.E. Inc. weniger eindrucksvoll als das Atrium gewesen, aber auch hier dominieren Glas und glänzende Granitfliesen. Statt eines simplen Getränkeautomaten gibt es einen Barista, der die Kaffeewünsche vor unseren Augen erfüllt.

»Schön, dich wiederzusehen«, setzt Kristen ihren Monolog fort, kaum dass uns unsere Becher überreicht wurden. »Ich dachte, du begleitest Darren mal hierher, aber das war bisher nicht der Fall. Ihr seid doch noch zusammen?«

»Soweit ich weiß«, antworte ich ausweichend und nippe zögerlich an meinem Kaffee. Er schmeckt gut, trotzdem kann ich den Gedanken an den Newsticker im Atrium nicht abschalten. Was ist, wenn auch dieser Kaffee mit manipuliertem Wasser zubereitet wurde? Ich würde es Darrens Dad durchaus zutrauen, seine Angestellten zu beeinflussen.

»Ihr seid immer so bescheiden«, tadelt Kristen und schlägt mich spielerisch, aber überraschend schmerzhaft, auf den Arm. »Du und Darren habt zauberhaft zusammen ausgesehen. Richtig niedlich, wie er dich vergöttert. Oh, jetzt schau doch nicht so finster. Solange ihr euch nicht in unsere Angelegenheiten einmischt, bin ich durchaus auf eurer Seite. Was denkst du, was Damian dazu gebracht hat, diese Veranstaltung zu erlauben? Darrens Plädoyer vor dem versammelten Vorstand oder ein Vieraugengespräch mit seiner treuen Assistentin?« Sie blinzelt mich liebreizend an und nimmt einen Schluck von ihrem Latte macchiato. Langsam leckt sie sich den Milchschaum von der Oberlippe und sieht sich flüchtig im Raum um, aber am späten Freitagnachmittag ist niemand hier. Ihre Finger spielen wieder einmal mit dem roten Anhänger der Kette, die sie schon bei unserem letzten Treffen trug. »Weißt du, Gemma, diese Sache zwischen uns muss nicht unangenehm sein.« Sie nähert sich mir, bevor ich ihre Worte auch nur ansatzweise verarbeitet habe. Sie küsst mich auf die Wange und streicht mit ihren Lippen in Richtung meines Ohres. »Du hast die Wahl«, wispert sie und zieht sich zurück. Ihr Blick gleitet durch die gläserne Wand ins Atrium. »Ich will dich nicht länger aufhalten, ich glaube, du wirst erwartet. Und soweit ich weiß, sehen wir uns ja morgen beim Geburtstag von Bürgermeister Caden. Nicht wahr?«

Mit einem letzten Lächeln und einer Geste, die vage an ein Winken erinnert, lässt sie mich allein zurück. Mit dem Kaffee in der Hand stehe ich in dieser riesigen Kantine und versuche ihre Worte zu verarbeiten. Sie hat sich für unsere Aufführung eingesetzt? Aber warum? Und was hat sie mir gerade angeboten? Waffenstillstand? Eine Freundschaft? Diese kurze Begegnung verwirrt mich mehr als sie sollte.

Verunsichert stelle ich meinen Becher auf einem der Tische ab und gehe ins Atrium zurück, wo ich mich meinen Kommilitonen anschließe.

Während der Führung bekomme ich ein immer präziseres Bild davon, wie wir das Theaterstück hier inszenieren können. Einige der Ruheräume eignen sich, um sie zu Umkleideräumen umzufunktionieren, auch einen Teil der Kantine stellt man uns unter anderem zum Lagern der Getränke für die Besuchenden zur Verfügung. Ich notiere mir Szenen und Orte, an denen wir sie aufführen können und stimme mich dabei mit den Studierenden der Tontechnik ab. Ein paar Dinge muss ich allerdings noch herausfinden. Ganz oben auf meiner Rechercheliste rangiert die Bedeutung der Runen im Foyer. Mit ihnen steht und fällt die Ablenkung. Ich muss außerdem wissen, wann und durch wen wir die Ablenkung starten. Soll Darren einfach die Aufführung crashen lassen, indem er ein Geigensolo anstimmt? Kann ich es riskieren, Hazel einzuweihen? Etwas in mir sträubt sich noch immer entschieden dagegen.

Meine unterschwellige Sorge macht kurz einem anderen Gefühl Platz, als wir die Balkone besichtigen und dabei an einem Büro mit dem Türschild *Darren Hunter* vorbeilaufen.

Er fehlt mir, durchzuckt mich die Erkenntnis, obwohl jetzt nicht der richtige Moment ist, um ihn zu vermissen. Wir sehen uns morgen ohnehin und vielleicht ergibt sich dann eine Gelegenheit dazu, um ihn unauffällig darauf anzusprechen, in welchem Stadium von *Es-ist-kompliziert* wir uns befinden.

Während wir uns am Ende der Führung im Atrium verabschieden, läuft Kristen erneut an mir vorbei. Vielleicht ist es ein Zufall, doch was sicher keiner ist, ist die Geste, mit der sie mir andeutet, mich im Auge zu behalten.

Nervosität keimt in mir auf, aber Zweifel kann ich mir nicht erlauben.

Wir brauchen dringend Verbündete, die uns dabei helfen, Darrens Dad zu stoppen. Und Beweise, um ihm das Handwerk zu legen. Mit unseren Vermutungen allein können wir weder zum Bürgermeister gehen noch an die Öffentlichkeit treten. – Ich wiederhole diese Sätze wieder und wieder, bis ich mir selbst glaube, dass wir keine andere Wahl haben.

Kaum habe ich einen Fuß vor das Gebäude gesetzt, hole ich mein Notizbuch aus der Tasche und skizziere die Runen aus dem Gedächtnis. Ein Foto davon sende ich an unseren Gruppenchat.

Gemma: Weiß jemand, was diese Runen bewirken?

Noch auf dem Heimweg habe ich eine Antwort von Dawn.

Dawn: Wenn ich mich nicht irre, verstärken sie positive Gefühle. Glück, Ruhe, Zufriedenheit …

Maya: Fast richtig. Habe Nate gefragt. Sie verstärken positive Gefühle und *unterdrücken negative. Je häufiger du den Runen ausgesetzt bist, desto stärker wird der Effekt.*

Gemma: Na, was für eine schöne Manipulation am Arbeitsplatz.

Was will ein Chef mehr, als glückliche Angestellte, die positive Energien verteilen und vielleicht sogar süchtig nach dem Glücksgefühl auf der Arbeit werden? Aber mir soll es recht sein. Es ist das erste Mal, dass uns Mr Hunters Manipulation in die Hände spielt. Wenn diese Runen in der Lage dazu sind, Faszination und Bewunderung zu verstärken, kann es nur gut für uns sein.

31. KAPITEL

»Ich sehe aus wie eine Mischung aus griechischer Göttin und Brautjungfer«, ist meine Reaktion beim Blick in den Spiegel.

»Ich hoffe doch, etwas mehr griechische Göttin. Ich habe nicht zwei Stunden damit verbracht, dich zu frisieren und zu schminken, damit du einer anderen das Feld überlässt«, mahnt Hazel, während ich das Resultat ihrer Arbeit im Spiegel betrachte. Ihr Maskenbildnerkurs im letzten Semester hat sich gelohnt und auch die Art wie sie meine Haare um ein goldenes Band gewickelt hat, sieht vollkommen professionell aus.

»Ehrlich, Hazel. Es ist wundervoll geworden.« Ich richte den goldenen Taillengürtel meines Kleids und streiche mit den Fingerspitzen über das Tattoo an meinem Unterarm. »Denkst du, wir sollten es verdecken? Der Rest sieht dank dir so makellos aus, dass die schwarze Tinte umso mehr auffällt.«

»Na und? Das Tattoo gehört zu dir. Das alles bist du. Und wenn die Leute damit ein Problem haben, sind sie deine Anwesenheit nicht wert. Egal, wie großartig sie sich vielleicht finden, am Ende sind wir alle Menschen.«

»Witzig, dass das etwas ist, was ich auch sagen würde – aber immer nur zu anderen.«

»Ich weiß, deswegen hast du ja mich«, erwidert sie lächelnd und richtet vorsichtig eine Haarsträhne, die meinem Haarband entschlüpft ist.

Ich weiß, dass sie noch immer skeptisch wegen des Events in der L. I. F. E. Inc. ist, darum bin ich ihr umso dankbarer dafür, dass sie für mich da ist und mir die letzten Stunden beim Styling für Cadens Geburtstag geholfen hat.

Wir zucken beide gleichermaßen zusammen, als es an der Tür klingelt.

»Der Moment der Wahrheit«, murmle ich und kann mir immer noch nicht vorstellen, was mich heute Abend wohl erwarten wird. Ich habe versucht, zu googeln, wie die letzten Geburtstage des Bürgermeisters gefeiert wurden, aber außer langweiligen Fotos von schick gekleideten Menschen vor einer Blumenwand habe ich nichts gefunden.

Mit viel zu schnell schlagendem Herzen gehe ich in den Flur hinüber und betätige den Summer der Haustür. Ungeduldig öffne ich die Wohnungstür und warte, bis ich Schritte auf der Treppe höre. In meinem Körper kribbelt es so unruhig, als könnte er gar nicht erwarten, Darren endlich wiederzusehen. Bei seinem Anblick muss ich unwillkürlich lächeln. Sein Anzug ist weiß und das einzig Goldene sind seine Haare und die kleine Creole, die er heute als Ohrring trägt.

»Hey.« Ich hauche ihm zur Begrüßung einen Kuss auf die Wange. Statt darauf zu reagieren, sieht Darren mein Gesicht so aufmerksam an, dass es mich irritiert. »Stimmt etwas nicht?«

»Doch, sicher. Ich brauche nur einen Moment, um mich an deinen Anblick ohne Sommersprossen zu gewöhnen. Und an die falschen Wimpern.«

»Hast du etwas gegen mein Kunstwerk?«, fragt Hazel und verschränkt die Arme vor der Brust.

Darren zögert, bevor er abwehrend die Hände hebt. »Wisst ihr was? Vielleicht gehe ich noch mal raus und komme wieder rein. Weil egal, was ich jetzt sage, es wird falsch klingen. Und ich habe keine Lust darauf, dass die schönste Frau der Welt den ganzen Abend wütend auf mich ist, weil mich ihr Anblick kurz überfordert hat.«

»Diplomatisch aus der Affäre gezogen«, behauptet Hazel gönnerhaft.

»Wenngleich eine Spur zu dick aufgetragen«, werfe ich ein.

»Gilt in deinen Augen auch für das Make-up. Ich habe schon verstanden.«

Warum sollte ich ihm wegen seiner Meinung böse sein? Hazel hat es wirklich gut mit mir gemeint. Da ich sonst kaum Make-up trage, empfinde ich die künstlichen Wimpern auch als ungewohnt schwer.

»Was meinst du? Können wir so gehen?« Ich zupfe mein Kleid zurecht und sehe Hazel auffordernd an, während Darren seinen Arm um meine Taille legt, als hätten wir vor, gemeinsam den Schulabschlussball zu besuchen.

Sein Duft, seine Körperwärme und seine Nähe erinnern mich daran, dass ich ihm letztens angeboten habe, dass dieser Abend nicht nach der Feier enden muss. Und auch wenn mich die Aussicht auf eine gemeinsame Nacht mit ihm unterschwellig nervös macht, freue ich mich darauf, weil mir irgendetwas sagt, dass dieser Abend unvergesslich sein wird. Sein würde. Wenn er denn geschehen würde. Nach Jespers Erzählungen wäre ich davon ausgegangen, dass Darren kein Problem mit unverbindlichem Sex hat. Aber er hat mich bisher nichts dergleichen spüren lassen.

»Als die Künstlerin dieses überaus unterschätzten Meisterwerks«, unterbricht Hazel meine abschweifenden Gedanken und deutet auf meine Haare, »bin ich befangen. Also fragen wir das Publikum.« Sie zückt ihr Handy und macht ein Foto von uns. Sie schreibt irgendwem, nur um kurz darauf zufrieden zu nicken. »Beryl sagt, dass sie sich gar nicht entscheiden könnte, wen von euch sie zuerst ablecken würde, um ihr Revier zu markieren. Also könnt ihr wohl so gehen.«

»Klingt nach Beryl«, stimmt Darren zu. »Bevor ich es vergesse, ich habe noch etwas für dich.«

»Ich bin aber nicht diejenige, die Geburtstag hat«, bemerke ich überrascht.

Darren zieht eine kleine Schachtel aus seiner Jackettasche hervor. Statt sie mir zu überreichen, öffnet er sie und zeigt mir deren Inhalt.

»Was ist es?«, fragt Hazel neugierig.

Wenn ich es richtig sehe, liegt auf einem weißen Kissen eine feingliedrige Goldkette mit einem tropfenförmigen Kristallanhänger. Ich bin mir recht sicher, dass es sich bei dem hellblauen Stein mit Perlmuttglanz um einen Angelite handelt. Er ist wunderschön, verkörpert Liebe und Heilung – und wie wir an unserem letzten gemeinsamen Abend festgestellt haben, fehlt er mir noch in meiner Sammlung. Vorsichtig strecke ich die Hand danach aus und verharre in der Bewegung. Den Schwingungen nach scheint es ein hochwertiger Kristall zu sein und im Gegensatz zu dem meisten anderen Schmuck, den man bei Juwelieren kaufen kann, wurde dieser energetisch gereinigt und bei Vollmond aufgeladen. Alles in mir wünscht sich, Darrens Geschenk anzunehmen, aber ich kann es nicht. Nicht so einfach. Ich meine: Er hat mir jeden Tag geschrieben, dass an mich denkt – und es hat mir gefallen. Sehr sogar. Doch diese teure Kette in seiner Hand fühlt sich für mich an, als hätte auch er vor, an diesem Abend mehr als nur eine Grenze zu überschreiten. Als wäre sie die Einladung zu einem richtigen Date. Aber was ist, wenn ich zu viel in seine Geste hineininterpretiere? Im Grunde könnte es mir egal sein. *Könnte.* Doch allein der Gedanke daran, dass seine Nachrichten vielleicht keine tiefere Bedeutung haben, bereitet mir ein flaues Gefühl. Die Erkenntnis raubt mir kurz den Atem, denn die Wahrheit ist: Ich *will* ihm wichtig sein. Ich wünsche mir, dass er mich um ein Date bittet. Und dass irgendwann der Tag kommt, an dem er sich mehr erlaubt als auf meine Haut gehauchte Küsse.

»Ich habe den Anhänger in Pittsburgh in einem Laden für Hexerei-Zubehör gesehen und musste an dich denken«, erklärt er beinahe schüchtern, als er mein Zögern bemerkt.

»Das ist so süß«, gluckst Hazel. Sie wendet sich von Darren ab und gibt mir mit Gesten zu verstehen, dass sie sich gerade in ihn verliebt hat. Und ich glaube manchmal, damit ist sie nicht die Einzige in diesem Raum.

»Würdest du sie annehmen? Soll ich sie dir umlegen?«, bietet Darren an. »Oder ist es irgendwie zu viel?«

In mir kämpfen diverse Emotionen gegeneinander. Ja, irgendwie ist die Kette zu viel. In meinem Kopf spielen sich Dutzende *WitchTok*-Videos ab, die zeigen, wie aufgeregte Babywitches ihrem Highschool-Schwarm Rosenquarze in den Rucksack oder Spind schmuggeln, weil sie damit hoffen, verborgene romantische Gefühle ans Licht zu bringen. Rosenquarze und Angelite stehen beide für die Liebe, allerdings unterschiedliche Facetten davon. Wenn Darren einfach nur hätte kommunizieren wollen: *Hey, ich freue mich schon darauf, mit dir ins Bett zu steigen*, wäre ein Rosenquarz die bessere Wahl gewesen. Aber so ist Darren nicht und Hazel hat recht: Die Geste ist süß und es gibt keinen rationalen Grund dafür, sie abzulehnen. Außer meinen etwas durcheinandergeratenen Gefühlen.

»Sie ist absolut perfekt, ich danke dir«, überwinde ich mich schließlich und drehe ihm den Rücken zu. Ein Schauer durchläuft meinen Körper, als er mit seinen warmen Fingern über meinen Hals gleitet. Ich bin mir sicher, dass er die Gänsehaut bemerkt, die jede seiner vorsichtigen Berührungen in mir auslöst, denn kaum hat er die Kette geschlossen, streicht er erneut hauchzart über den Ansatz meiner Wirbelsäule, als wollte er mich ärgern.

Ich möchte mich bei Darren bedanken, doch als ich mich zu ihm umdrehe, bekomme ich nicht mehr als ein Wispern heraus.

Darrens Finger gleiten sacht über den Kettenanhänger, an der Kette entlang, über meinen Unterkiefer. Sein verschleierter Blick hängt an meinen Lippen. Ich spüre beinahe körperlich, wie viel Selbstbeherrschung es ihn kostet, sein Verlangen nach Nähe zu unterdrücken. Es ist gemein, aber mir gefällt die Sehnsucht in seinem Blick. Wie er die Hand an meinen Hals gleiten lässt, als hätte er vergessen, dass dieser Kuss nicht passieren wird. Dass er mich betrachtet, als wäre ich die Antwort auf all seine Fragen.

Als ich ein Lächeln nicht länger unterdrücken kann, bricht der Bann. Blinzelnd sieht er in meine Augen.

»Mach ruhig weiter«, necke ich ihn. Ein Teil von mir erinnert sich noch gut daran, wie schmerzhaft es war, als er es zuletzt versucht hat, aber in diesem Moment wäre ich fast dazu bereit, einen kurzen Schmerz zu riskieren, um seine Lippen noch einmal auf meinen zu spüren.

Räuspernd zieht er seine Hand zurück. »Du siehst wunderschön aus.«

»Ihr seht beide wunderschön aus«, versichert Hazel lächelnd. »Und ich wünsche euch viel Spaß.« Sie bedeutet mir, dass ich sie nachher anrufen soll.

Ich schreibe dir, gebe ich ihr mit Gesten zu verstehen und greife meinen Mantel von der Garderobe.

»Ich räume noch mein Make-up weg und fahre dann nach Hause«, erklärt sie, verschränkt die Arme vor der Brust und sieht sehnsüchtig zu Taros Zimmertür hinüber.

»Er ist zu Hause«, sage ich knapp, doch sie schüttelt so entschieden den Kopf, als wollte sie mich und sich selbst davon überzeugen, dass sie nicht den Wunsch dazu verspürt, mit ihm zu reden. Mir kommen all die zerknüllten Fotos auf Taros Fußboden in den Sinn und irgendwie habe ich das Gefühl, dass ich aufgrund des irreführend beschrifteten Selbstliebezaubers Mitschuld an der Situation trage. Aber Darren schaut so demonstrativ auf die Uhr, dass es wohl nicht der richtige Moment ist, um das zu klären. Also schenke ich ihr nur eine letzte Umarmung, bevor wir ins Ungewisse aufbrechen.

In Darrens Auto angekommen, zögere ich. Ein Teil von mir würde ihm gern von der Unterredung mit seinem Dad erzählen, aber ich bin mir sicher, dass sie ihn aufregen wird. Es ist egoistisch, doch dieser Abend hat gerade erst so vielversprechend begonnen, dass ich ihn nicht jetzt schon ruinieren will. Später ist immer noch genug Zeit, um ihm von der Warnung seines Vaters zu berichten.

Also greife ich lediglich nach seiner Hand und drücke sie leicht. Zum Dank schiebt er seine Finger zwischen meine, führt sie an seinen Mund und haucht mir einen Luftkuss auf den Handrücken.

Lächelnd sehe ich aus dem Beifahrerfenster. Nein. Das hier ist definitiv nicht der richtige Moment, um ihn mit Sorgen zu betrüben. Vor uns liegen immerhin noch einige anstrengende Stunden. Stunden, in denen wir die Augen und Ohren nach Verbündeten offen halten müssen. Wie sagt man so schön? Erst die Arbeit, dann das Vergnügen. Oder in unserem Fall: Erst die Arbeit, dann ein klärendes Gespräch – und eventuell danach das Vergnügen.

32. KAPITEL

Vermutlich sollte es mich nicht wundern, dass der Bürgermeister seinen Geburtstag in einem Luxushotel an der Upper East Side feiert. So fühle ich mich schon zu Beginn des Abends, als wäre ich in einen Film geraten. Welches Genre? Noch offen.

Vor dem Hotel nimmt man Darren die Schlüssel seines Autos ab, um es für ihn zu parken. Ein roter Teppich führt auf ein Gebäude mit imposant gestalteter Außenfassade zu. Über dem schwarz-goldenen Namensschild des Hotels räkeln sich zwei überlebensgroße Steinengel, die einander an den Fingerspitzen berühren. Manche Gebäude in New York versprühen eine Art Aura der Macht, sie wirken alt und ehrwürdig – dieses gehört definitiv dazu.

Ich sehe zu Darren auf, als er um das Auto herumkommt und mir eine Hand zwischen die Schulterblätter legt.

»Nach dir«, sagt Darren und deutet auf den Teppich, der vor einer Drehtür mit goldenen Beschlägen endet.

»Und ich dachte, ein Gentleman geht stets voran«, erwidere ich trocken.

»Um dich vor den Tigern und Haien dort drinnen zu beschützen? Ich denke, das kannst du selbst besser als ich.« Zwinkernd bietet er mir seinen Arm an. Als ich ihn ergreife, beugt er sich leicht zu mir hinab. »Mir war nicht bewusst, dass du auf gutes Benehmen stehst. Aber ich bleibe dabei: Wenn du es wünschst, kann ich heute Abend ein sehr artiger Junge sein.«

»Oh, ich stehe auf so ziemlich alles, was dich betrifft«, antworte ich so geradeheraus, dass er kurz aus dem Tritt gerät. Als ich fragend zu ihm aufsehe, schüttelt er den Kopf.

»Das wird ein langer Abend«, murmelt er und bringt mich zum Lachen.

»Komm schon. So lang doch sicher auch wieder nicht.«

»Ehrlich, Gem. Das war kein Witz. Es wird dreizehn Gänge und dazwischen schrecklich langweilige Reden geben.«

»Wir werden die Zeit schon überbrücken, schließlich haben wir eine Mission«, erinnere ich, weswegen wir hier sind. Und das ist eben nicht, um einander mit Anspielungen anzustacheln, sondern die Augen nach Verbündeten offen zu halten.

Beim Betreten der imposanten Eingangshalle wirkt es, als hätten wir soeben eine Zeitreise absolviert. An der über und über mit Stuck verzierten Decke hängen Kronleuchter, vor uns tut sich eine zweigeteilte Treppe auf, und an jedem Durchgang gibt es Torbögen mit Säulen. So weit das Auge reicht, sind überall Marmorpodeste verteilt; mit goldenen Vasen und weißblühenden Blumenbouquets, deren süßlicher Duft in meiner Nase kitzelt. Ich weiß, dass New York eine Stadt der Extreme und Parallelwelten ist, aber hier zu stehen und die schiere Größe und Weite dieser prunkvollen Halle auf mich wirken zu lassen, beeindruckt mich. Der Anblick berührt mich – und das auf so ganz andere Art und Weise als die nächtliche Beleuchtung Manhattans. Alles hier erzählt von Geld und Dekadenz, während meine Gedanken zu John und dem Flyer zucken, den Hazel mir letztens überreicht hat. Jenseits der goldenen Drehtür leben achtzigtausend obdachlose Menschen in dieser Stadt.

Ich werde aus meinen Überlegungen gerissen, als ein freundlicher Angestellter an unsere Seite eilt.

»Mr Hunter Junior? Ms Stone? Der Bürgermeister erwartet Sie bereits. Sollen wir Ihnen die Mäntel abnehmen?«

Da ist sie wieder: die Überforderung. Ich ziehe meinen bestickten No-Name-Mantel aus und bin froh, dass niemand Kommentare darüber abgibt.

»Woher kennt er unsere Namen?«, frage ich leise, als Darren seinen Mantel ebenfalls überreicht hat und wieder meine Hand ergreift.

»Wahrscheinlich hat das Personal Namenslisten mit Fotos bekommen, damit jeder Gast persönlich angesprochen werden kann. Das gehört in vielen Hotels dieser Preisklasse zum guten Ton.«

»Mhm«, ist alles, was mir spontan einfällt. Ich möchte wohl eher nicht wissen, wie viel eine Übernachtung hier kostet.

Wir folgen den dezenten Aufstellern mit Pfeilen, die den Weg zum Festsaal weisen. Schweigend gehe ich neben Darren her und sehe auf, als sich uns einige Fremde in weiß-goldener Kleidung anschließen. Offensichtlich sind sie ebenfalls Gäste von Bürgermeister Caden. Sie verwickeln Darren in ein so zwangloses Gespräch über Außenpolitik, als würden sie über das Wetter plaudern. Eine Frau in weißem Hosenanzug macht mir ein Kompliment für mein Kleid, doch als wir den Festsaal betreten, bin ich von dem Anblick dermaßen überwältigt, dass ich eine Antwort schlichtweg vergesse. Draußen – vor den Türen dieses Gebäudes – fahren gelbe Taxis, das Leben pulsiert und ich weiß, dass wir uns im New York der Neuzeit befinden, aber hier drinnen erinnert mich alles an eines der europäischen Schlösser, das ich nur von Fotos kenne. Ein junger Mann spielt auf einem weißen Cello, während die Gäste so langsam durch den Saal schlendern, als hätte jemand das Leben auf Zeitlupe gestellt. Wenn Zeit Geld ist, haben diese Menschen bereits genug davon. Und wenn es nicht so ist, haben sie den Takt eines Nine-to-five-Lebens gemeinsam mit ihrem Mantel an der Rezeption abgegeben.

Ich zucke unwillkürlich zusammen, als Darren einen Arm um meine Taille legt und mit dem Kinn über meine Schläfe reibt.

»Ich wäre ehrlich ein wenig enttäuscht gewesen, wenn dich das hier nicht zumindest ein bisschen beeindruckt hätte. Viel mehr schönen Schein hat die Welt meines Vaters nicht zu bieten.«

Mit einem Nicken drehe ich mich zu Darren herum und lege meine Unterarme auf seinen Schultern ab, während seine Hände auf meinen unteren Rücken gleiten und sanften Druck ausüben, als wollte er mir näher sein.

»Ich bin durchaus ein wenig beeindruckt, aber nicht so sehr, dass ich unser Vorhaben vergesse. Hast du eine Idee, wie wir vorgehen sollen?«

»Mhm?« Darrens Blick zuckt von meinen Lippen zurück zu meinen Augen. »Entschuldige. Ich war kurz abgelenkt.«

»Und ich bin sehr gern deine Ablenkung Nummer eins, aber flirten hilft uns vermutlich nicht dabei, weitere Verbündete zu suchen. Also: Wer auf der Gästeliste erscheint dir interessant?«

Widerwillig wendet Darren den Blick von mir ab und sieht sich im Saal um. »Ganz oben auf meiner Liste steht noch immer der Gastgeber. Mit Bürgermeister Caden hätten wir jemanden an der Seite, der Dads Pläne recht einfach durchkreuzen könnte.«

»Bleibt die Frage, wie wir ihn vom Unrecht in seiner Stadt überzeugen könnten, wenn dein Dad ihn bereits mit verzaubertem Wasser manipuliert hat.«

»Ob das der Fall ist, sollten wir in einem persönlichen Gespräch herausfinden«, stimmt Darren zu. »Hoffen wir mal, dass wir ihn irgendwann im Laufe des Abends allein erwischen.«

»Vielleicht könnten wir damit anfangen, ihm zu gratulieren«, schlage ich vor, da es mir wie eine unverfängliche Option erscheint. Ich ergreife Darrens Hand, doch schon nach wenigen Schritten werden wir abgefangen und ausgebremst. Ich verliere den Bürgermeister aus den Augen, weil wir ständig von mir unbekannten Menschen angesprochen werden. Mir war zwar bewusst, dass die L.I.F.E. Inc. in kurzer Zeit zu einer der einflussreichsten Firmen New Yorks aufgestiegen ist, trotzdem habe ich unterschätzt, was das auch für Darren bedeutet. In diesem Moment vor allem von sehr vielen Menschen umgarnt zu werden, die sich durch ihn irgendwelche Vorteile erhoffen. Ich bewundere ihn für die Geduld, mit der er lächelnd Small Talk zu allen möglichen Themen hält, die nicht unterschiedlicher sein könnten: Auslandspolitik, das Wetter, Autos, Football, die Speisenabfolge, Studium, Krankheiten, Fotos von Schoßhunden. Allein vom Zuhören schwirrt mir nach einer halben Stunde der Kopf. Entweder besitzt Darren ein hervorragendes Pokerface und die Gabe Interesse vorzuheucheln, wo keines ist, oder aber er verfügt über ein beeindruckendes Allgemeinwissen zu allen Themen, die im Laufe des Abends an ihn herangetragen werden. Lächelnd führt er ein Gespräch nach dem anderen, während er meine Hand hält oder sie unauffällig an meiner Wirbelsäule entlanggleiten lässt, als wollte er mich wissen lassen, dass er in Gedanken dennoch die ganze Zeit bei mir ist. Vielleicht ist es auch nur sein Versuch, mich zu besänftigen, denn ich bin definitiv längst nicht so geduldig wie er und werde zunehmend unruhig. Er spricht mit so vielen Menschen, doch mit keinem über unser Anliegen. Es wirkt fast, als hätte er vergessen, weswegen wir hier sind.

»Du interessierst dich also für Football?«, frage ich sarkastisch, als man alle Gäste zu Tisch bittet. Dank der handbeschrifteten Namensschilder auf dem blütenweißen Tischtuch bleibt einem zumindest die Platzsuche erspart.

»Ich weiß, dass meine Freundin ursprünglich aus Michigan

stammt und eine der dortigen College-Footballmannschaften letzte Saison sehr erfolgreich war. Sagen dir die *St. Clair Otters* was?« Er zieht mir den Stuhl zurück und bittet mich mit einer Geste, mich zu setzen, doch stattdessen bleibe ich vor ihm stehen.

»Wenn du mich so fragst, sollten sie das wohl«, antworte ich ausweichend, bevor ich leise ergänze: »Es gäbe allerdings Gesprächsthemen, die uns bedeutend weiterbringen würden als Sportanekdoten über irgendwelche Collegemannschaften.«

Darren schenkt mir ein nachsichtiges Lächeln. »Das weiß ich, aber jetzt war nicht der Moment für diese Art von Gespräch. Es ging nur darum, Leute zu begrüßen, die sich in Erinnerung rufen wollten. Zeit für tiefgründigere Gespräche mit weitaus wichtigeren Menschen bleibt uns zwischen den Gängen.«

Widerwillig nicke ich, bis mir auffällt, dass Darren immer noch so eigenartig lächelt. »Was?«

»Nichts. Aber wenn du dich über mich aufregst, läuft deine Nasenspitze rot an. Das ist niedlich.«

»Soll das so etwas wie ein Kompliment sein?«

»So etwas wie.«

Kopfschüttelnd setze ich mich und finde es ein wenig unangenehm, mir dabei helfen zu lassen, den Stuhl wieder an den Tisch zu rücken, als könnte ich es nicht allein. Aber etwas Gutes haben die weiß gepolsterten Stühle: Sie sehen nicht nur gut aus, sondern sind glücklicherweise auch recht bequem.

Darren nimmt ebenfalls Platz und stöhnt leise auf, als uns Jesper und seine Begleitung am Tisch Gesellschaft leisten. Ich habe in diesem Raum noch niemanden gesehen, der schon zu Beginn des Abends derartig gelangweilt aussieht, wie die junge Frau an seiner Seite. Dem Namensschild auf ihrem Platz nach heißt sie Cara.

»Sieh einer an. Noch immer das französische Model. Scheint dir ja ernst mit ihr zu sein«, stichelt Jesper an Darren gewandt und ignoriert vollkommen, dass ich zwischen ihnen sitze.

»Immer noch Kanadierin«, werfe ich ein und werde missachtet. Wieder einmal.

Ich sehe zu Cara hinüber, die desinteressiert das Muster der Stuckdecke betrachtet. Jesper übergeht auch sie so gekonnt, dass sie irgendwann gelangweilt die Gabel anschnipst. Da Jesper immer noch sehr engagiert auf Darren einredet, würde ich ihm gern vorschlagen, die Plätze zu tauschen, um mich mit ihr zu unterhalten, aber Darren hält meine Hand so fest, als bräuchte er seelischen Beistand, um Jespers Gegenwart zu ertragen. Vielleicht hatte Darren recht und es wird wirklich ein langer Abend. Seufzend ergebe ich mich der Situation. Vier weitere junge Menschen leisten uns am Tisch Gesellschaft, damit ist unsere Runde voll. Allerdings ist das opulente Blumengesteck in der Mitte des Tisches so hoch und ausladend, dass es quasi unmöglich ist, mit dem Gegenüber zu reden.

Ich weiß, dass wir vor allem hier sind, um uns umzusehen und Kontakte zu knüpfen, aber ich hatte vollkommen unterschätzt, wie viel Aufmerksamkeit und falsches Lächeln es erfordert, in diesem Sumpf nicht unterzugehen. Ich fühle mich, als wäre ich es Darren schuldig, mindestens so eloquent und geistesgegenwärtig wie er zu sein, doch schon beim zweiten Gang pocht es unangenehm hinter meinen Schläfen. Schwer zu sagen, ob es an dem Geräuschpegel in dem großen Saal, der zunehmend essensgeschwängerten Luft oder Jespers Dauergeplapper liegt. Er hat es bei all seinen gesprochenen Worten nicht geschafft, auch nur eine Nettigkeit zu finden. Es gibt wohl niemanden in dem Saal, der vor seinen Lästereien sicher ist. Nicht einmal Cara, die er in einem Nebensatz darauf hinweist, nicht zu viel zu essen, weil es in dem Kleid sonst unvorteilhaft aussieht und er sich keine Fragen über eine eventuelle Schwangerschaft anhören möchte.

»Wovor hast du Angst, Jesper?«, scherzt der junge Mann ihm gegenüber. »Wenn du Cara geschwängert hättest, hättest du in deinem Leben wenigstens etwas Produktives vollbracht.«

Beim Versuch, ein Lachen zu unterdrücken, entfährt mir ein Schnauben, für das ich mich umgehend entschuldige. Das war nicht nett. Aber offensichtlich bin ich nicht die Einzige, die Jesper unsympathisch findet. So oder so – er kommt als Verbündeter nicht infrage. Dafür ist er nicht nur zu selbstverliebt, ich kann mir auch beim besten Willen nicht vorstellen, dass er sich für Umweltschutz interessiert. Wahrscheinlich würde er uns nicht einmal wirklich zuhören, wenn wir versuchen, ihm von unserem Anliegen zu erzählen. Hoffentlich täuscht mein erster Eindruck von seinem Dad nicht und er mag Darren tatsächlich so gern, wie es beim Telefonat letztens den Anschein hatte. Denn selbst wenn wir bei ihm auf offene Ohren stoßen, bleibt uns immer noch zu klären, wie Cadens Verbindungen zur L.I.F.E. Inc. sind und ob er vielleicht nur mit Mr Hunter sympathisiert, weil er die Hintergründe der L.I.F.E. Inc. nicht kennt. Oder ist er längst das Opfer einer Manipulation geworden? Hat Mr Hunter ihn mit einem Fluch bekehrt? Was wäre die Alternative? Dass Caden über das S.P.E.L.L.-Projekt Bescheid weiß und es unterstützt, weil er sich selbst Vorteile davon erhofft? Beim Grad von Mr Hunters Paranoia halte ich es für sehr unwahrscheinlich, dass er irgendjemanden wirklich einweiht, um ihn auf seine Seite zu ziehen. Ich wünschte, ich könnte Bürgermeister Caden einfach etwas von Beryls Wahrheitsserum in den Champagner kippen und ihn nach all diesen Dingen fragen. Aber selbst wenn ich eines dabei hätte, würde ich mich das in einem Saal mit Hunderten Menschen nicht trauen. Und es bleibt das Problem: Wir haben noch kein

Mittel gegen den S.P.E.L.L.-Zauber gefunden. Also können wir heute nur einen Köder auswerfen und schauen, ob Caden anbeißt. Wenn er es nicht tut, spielt es vermutlich keine Rolle, was der Grund dafür ist. Solange wir den S.P.E.L.L.-Zauber nicht brechen können, würde Caden als potenzieller Verbündeter ausscheiden.

Und dann?

Darren sagte, dass zwischen den Gängen Zeit für Gespräche bleibt und laut der weiß-goldenen Menükarte auf dem Tisch hat er nicht übertrieben. Es liegen tatsächlich dreizehn Gänge vor uns. Dreizehn winzige kulinarische Kunstwerke, zwischen denen immer wieder Pausen eingelegt werden, um Gespräche zu führen, Reden zu halten und sich die Beine zu vertreten. Offensichtlich war Darren so aufmerksam, uns vegetarisches Essen zu bestellen, weil ich sonst schon bei der kalten Vorspeise (Rindercarpaccio) an meine Grenzen geraten wäre.

Während des zweiten Gangs wandert mein Blick durch den Raum mir unbekannter Menschen. Ich sehe zu Darren auf, als er seine Hand auf meine Stuhllehne legt und sich zu mir hinüberbeugt.

»Sag mir, wen du ansiehst, und ich sag dir, wer es ist«, schlägt er vor.

»Du weißt, dass ich im Moment dich ansehe?«

»Du weißt, wer ich bin. Vermutlich besser als jeder andere Mensch auf der Welt«, behauptet er schmunzelnd und mit diesem neckischen Funkeln in den Augen, das ich so an ihm mag. Doch es erlischt, während er sich kaum merklich zurückzieht und wieder seinem Essen widmet.

»Was ist los? Woran hast du gerade gedacht?«, frage ich, weil ich verstehen möchte, was in seinem Kopf vor sich gegangen ist.

»Nichts.«

Es ist nur ein Wort, aber ich weiß, dass er lügt. Ich habe genau gesehen, dass irgendein Gedanke ihn gefangen genommen hat.

»Es war nur die Erinnerung an einen Albtraum«, gesteht er. »Er verfolgt mich schon seit ein paar Nächten.«

»Möchtest du darüber reden?«, biete ich an, doch er lehnt mit einem Kopfschütteln ab.

· · ✦ · ·

Sobald man uns die erste Pause zwischen den Gängen gönnt, erheben wir uns. Ich greife nach Darrens Hand, während er nach Caden Ausschau hält.

Mit einem Lächeln im Gesicht blockt er alle Gesprächsgesuche ab und steuert zielstrebig auf Bürgermeister Caden zu. Die Traube, der ihn umgebenen Menschen ist so groß, dass ich beinahe alle Hoffnungen aufgebe, heute überhaupt noch mit Caden reden zu können. Zumindest bis der uns erblickt, sein momentanes Gespräch pausiert und mit erhobenen Armen auf Darren zukommt, als wollte er ihn umarmen. In der letzten Sekunde überlegt er es sich anders und ergreift stattdessen meine Hand. Was soll ich sagen? Er sieht wie ein typischer Politiker aus. Kurze, grau melierte Haare, Maßanzug und ein Lächeln so breit, dass man bis zu seinen gebleachten Backenzähnen gucken kann.

»Immer zuerst die Dame«, tadelt er sich selbst und drückt so fest zu, dass es sich anfühlt, als wollte er mir die Knochen brechen.

»Es ist mir eine Freude, Sie kennenzulernen. Ich wünsche Ihnen nur das Beste zum Geburtstag«, bringe ich irgendwie lächelnd hervor und kann nur mühevoll ein erleichtertes Aufatmen unterdrücken, als er meine Hand endlich wieder loslässt. Man kann einen kräftigen Händedruck auch übertreiben.

Zumindest Darren kommt darum herum, da Caden ihn herzlich umarmt. Allerdings klopft er auch ihm so fest auf den Rücken, dass Darren kurz keucht.

»Wie schön, dass ihr es einrichten konntet, herzukommen.« Caden macht eine ausholende Geste. »Und? Wie gefällt es euch? Ein bisschen viel Gold hier überall, wenn ihr mich fragt.«

Ich versuche immer noch unauffällig meine schmerzende Hand zu reiben, komme allerdings auch zu keiner Antwort, da Caden unbeirrt weiterredet.

»Darren, mein Guter. Was gibt es Neues in deinem Leben? Außer deiner bezaubernden Freundin natürlich.« Er schlägt mir spielerisch gegen den Arm, viel zu fest. Das gibt sicherlich einen blauen Fleck. »Bei unserer letzten Begegnung erzähltest du etwas von einem sehr interessanten Projekt zur Erforschung von … Was war es noch? Es hatte etwas mit Seepferdchen und ihrer Fähigkeit sich durch Farbwechsel der Umgebung anzupassen zu tun. Nicht wahr?«

Darren sieht ihn überrascht an und nickt. »Dass Sie sich daran noch erinnern können …«

»Natürlich.« Caden lacht. »So etwas vergesse ich doch nicht. Umweltschutz hat für mich nicht nur laut meinem Wahlprogramm oberste Priorität. Und wenn wir ehrlich sein wollen, ist Tarnung auch in meinem Metier überlebenswichtig.« Er zwinkert mir zu, als hätte er gerade einen Witz gerissen, also schenke ich ihm ein Lächeln.

»Wenn Umweltschutz Ihnen so wichtig ist, wieso setzen Sie sich dann für das Fracking ein?«, wage ich zu fragen. »Ich meine, sind Sie sich absolut sicher, dass die L.I.F.E. Inc. …«

»Wenn man vom Teufel spricht«, unterbricht mich Darren, als sein Dad zu uns herüberkommt.

Bürgermeister Caden sieht ihm lächelnd entgegen. »Nun. Wie wäre es, wenn wir diese Unterhaltung ein anderes Mal fortsetzen? In einem ruhigeren Rahmen? Nur wir drei? Ich interessiere mich immer sehr für die Bedenken und Sorgen meiner Bürger. Und Bürgerinnen.« Er schlägt mir erneut gegen den Arm, als würde es ihm insgeheim Spaß bereiten.

»Wir wären sehr erfreut, wenn Sie sich demnächst die Zeit für uns nehmen würden«, versichere ich gerade, als Mr Hunter sich zu unserer Runde gesellt.

»Damian«, ruft Caden enthusiastisch. »Apropos interessante Projekte. Wie wäre es, wenn wir den Menschen nun dein neustes Baby vorstellen?«

Das Gespräch endet sehr abrupt, da Bürgermeister Caden sich in die Mitte des Raumes stellt und sachte mit einem Löffel gegen sein Champagnerglas schlägt. Offensichtlich möchte er eine Rede halten.

»Neues Baby?«, fragt Darren irritiert an seinen Dad gewandt. Offensichtlich weiß er darüber ebenso wenig wie ich, doch das wird sich in den nächsten Sekunden ändern.

33. KAPITEL

»Meine lieben Gästinnen und Gäste – sagt man das heute so?«, erhebt Caden die Stimme und erntet ein nervöses Lachen einiger Anwesender. »Ich danke Ihnen für Ihr zahlreiches Erscheinen und die vielen Glückwünsche, die mich zumindest hoffen lassen, dass Sie nicht nur wegen des guten Essens erschienen sind.«

Jesper lacht laut auf – damit ist er immerhin einer im Saal.

»Wir alle hassen lange Reden, deswegen will ich mich kurzfassen. Einige von Ihnen waren so freundlich, meiner Bitte zu folgen, und statt teuren Geschenken Geld an eine neue Stiftung zu überweisen, die mir sehr am Herzen liegt. Wer das noch nicht getan hat, würde es möglicherweise gern nachholen, denn im Grunde profitieren wir alle von der Arbeit der *Less-Homeless*-Foundation, nicht wahr? Möchtest du vielleicht ein paar Worte darüber sagen, Damian?«, fragt er an Mr Hunter gewandt, der ihn überrascht ansieht, bevor er ein Lächeln aufsetzt. »Es wäre eine gute Gelegenheit. Die Stiftung ist immerhin dein Baby. Und wir wären alle erfreut, mehr darüber zu erfahren. Ein Applaus für Mr Hunter, bitte.«

Unter dem Beifall der Anwesenden richtet Darrens Dad seine Anzugjacke, tritt neben Caden und nimmt ein Mikrofon entgegen, obwohl man seine durchdringende Stimme auch so im ganzen Saal hören würde.

Mir fällt jetzt erst auf, dass er allein hier zu sein scheint. Dass Darrens Mom ihn nicht begleitet, habe ich mir beinahe gedacht, aber dass Kristen nicht anwesend ist, verwundert mich. Hat sie nicht gestern noch angekündigt, wir würden uns hier sehen? Offensichtlich ist ihr etwas dazwischengekommen.

»Nun, wenn es unser geschätzter Gastgeber so wünscht, berichte ich natürlich gern von meinem neuen Baby, wie du es genannt hast«, beginnt Mr Hunter mit der Eloquenz und Gelassenheit eines Menschen, der oft vor Leuten spricht. »Die *Less-Homeless*-Foundation ist eine Stiftung, die wir von der L.I.F.E. Inc. vor Kurzem ins Leben gerufen haben, denn unser Profit soll auch ihr Gewinn sein. Also nehmen wir uns der Obdachlosen New Yorks an, kümmern uns darum, sie von den Straßen zu holen, und zu einem wertvollen Teil unserer Gesellschaft zu machen.«

Wie sie das genau anstellt, lässt er offen, aber meine Gedanken zucken zu John. Theoretisch würde ich die Stiftung als eine gute Sache bezeichnen, wären da nicht die Tatsachen, dass sie von Darrens Dad gegründet wurde und mich der Geist eines Obdachlosen heimgesucht hätte, der unter mysteriösen Umständen verstarb.

Natürlich muss das alles nichts bedeuten, sagt mein Herz.

Sei doch nicht so naiv, mahnt mein Verstand.

Es wäre einfältig anzunehmen, dass die *Less-Homeless*-Foundation nicht ein weiteres Zahnrad im Gesamtgefüge der L.I.F.E. Inc. ist.

Mir kommt erneut der Flyer über die Obdachlosen in den Sinn. Achtzigtausend in New York City. So viele Menschen ohne Zuhause. Wie will die L.I.F.E. Inc. sie alle in die Gesellschaft eingliedern? Mein Blick wandert durch den Raum, über die zahlreichen Menschen in Designerkleidung. Potenzielle Kunden einer Firma, die den Tod überwinden will. Die das Fracking wieder eingeführt hat, nur um seltene Kristalle zu bergen. Für welche Art von Zauber nutzt man sie, wenn ihre Magie doch eigentlich verboten ist? Und womit lädt man die Aequalite wieder auf, wenn nicht einmal die Energie des Mondlichts dafür ausreicht?

Darrens Dad ist ein herausragender Hexer. Er muss wirklich sehr viel kreativer sein als ich, um Energiequellen zu finden, die mir nicht in den Sinn kommen. Sie sind mir genauso ein Rätsel wie die Medizin von Darrens Mom. Dass man dafür verbotene Magie benötigt, ist ja schön und gut. Aber die Aequalite dienen bei ihrer Herstellung höchstens als Katalysator. Was ist der eigentliche Schlüssel zum Überwinden des Todes? Welches sind die Zutaten? Jeder Zauber erfordert Opfer – das sagt Viola immer. Doch in dieser Gleichung gibt es zu viele Unbekannte, um sie zu lösen.

Lebensenergie. Wie soll man sie wieder aufladen, wenn sie verbraucht ist? Ich begreife es nicht. Was könnte das Pendant zu der einzigartigen Magie des Lebens sein?

Was hat John noch gesagt? Dass er krank war. Und schwach.

Wer hat dir Hilfe angeboten?, habe ich ihn gefragt.

Die. Le…

Was ist, wenn er mir damals schon sagen wollte, dass mit der *Less-Homeless*-Foundation etwas nicht stimmt? Wenn sie es war, die sich seiner angenommen hat?

Was ist, wenn …

Mir läuft es abwechselnd heiß und kalt den Rücken hinunter, denn mit einem Mal macht es *Klick.* Alle Zahnräder der riesigen L.I.F.E.-Maschinerie greifen ineinander.

Die *Less-Homeless*-Foundation.

Der S.P.E.L.L.-Zauber.

Die L.I.F.E. Inc.

Mein Puls schlägt mir bis zum Hals, und ich schlucke trocken, weil ich das Gefühl habe, an dem Kloß in meiner Kehle zu ersticken.

Die Zutat, die ich all die Wochen gesucht habe.

Die wundersame Medizin, die Darrens Mutter am Leben erhält.

Sie ist das Leben selbst.

Der einzige Weg, den Tod zu überlisten, ist den Tod anderer Menschen billigend in Kauf zu nehmen.

Das ist es, was die L.I.F.E. Inc. tut. Menschen ihre Lebensenergie zu stehlen, um sie anderen zu schenken. Ist es das? Die Obdachlosen, die zu einem wertvollen Teil der Gesellschaft werden sollen. Sie opfern sie. Sie rauben ihnen die Lebensenergie und nutzen die besondere Kraft der Aequalite, um sie auf die Medizin zu übertragen. Und dann? Sind ihre Seelen an die durch Magie gewonnene Medizin gebunden? Sind das die Stimmen der Schatten, die Mrs Hunter hört? Die Seelen der Opfer, die für die Medizin ihr Leben lassen mussten? Was auch immer die L.I.F.E. Inc. den Leuten antut, hat nichts mit dem natürlichen Lauf der Dinge zu tun.

Ihr werdet ein gewaltiges Unheil anrichten – sagte Darrens Mom das nicht?

Mir wird schlagartig übel, und ich schaffe es gerade noch, herumzuspringen und in eine der prächtigen Toiletten zu laufen, bevor ich mich übergeben muss. Wie gut, dass die Gänge des Menüs so winzig waren, denn ich kann nichts bei mir behalten.

Zitternd und weinend breche ich vor der Toilettenschüssel zusammen und habe nicht einmal mehr die Kraft dazu, mich dafür zu schämen.

Wie widerwärtig muss eine Person sein, andere Menschen zu opfern und dann noch zu behaupten, sie würden dadurch zu einem wertvollen Teil der Gesellschaft werden?

Ich fahre auf, als ich Schritte höre.

»Gemma?«

Darren.

Meine Hände sind feucht, das Herz schlägt mir bis zum Hals und meine Knie fühlen sich an, als würden sie jede Sekunde unter mir nachgeben, dennoch stehe ich auf, betätige die Spülung und verlasse die Toilettenkabine.

Darren mustert mich – aufmerksam, fast als wäre er auf der Hut.

»Sag mir, dass ich falschliege«, bitte ich, während er die übrigen Kabinen überprüft, doch wir sind allein. »Sag mir, dass die L. I. F. E. Inc. keine Menschen umbringt, um mithilfe ihrer Lebensenergie anderen Menschen das Leben zu schenken. Dass das S. P. E. L. L.-Projekt nicht dafür gedacht ist, Menschen zu kontrollieren, damit sie bloß niemals zu genau hinsehen, was in ihrer Umgebung passiert. Oder sie vielleicht sogar dazu zu bringen, es gut zu finden, wenn die Obdachlosen von den Straßen verschwinden. Sag mir, dass sie John nicht umgebracht haben, weil sie sein Leben als wertlos erachtet haben. Dass der S. P. E. L. L.-Zauber nicht dafür eingesetzt wird, dass Streetworker keine Nachforschungen darüber anstellen, wohin ihre Schützlinge verschwinden.«

Als Darren mich ansieht, setzt mein Herz einen Schlag lang aus. Ich spüre den Stich der Enttäuschung körperlich, weil ich weiß, was er sagen wird. Oder vielmehr: Was er *nicht* sagen wird. Er greift sich in die Haare und ringt mit sich selbst, ehe er sich mit dem Rücken gegen die Tür lehnt. Seine Anspannung weicht Resignation. »Ich kann es nicht.« Darren sieht mich hilflos an. »Ich wünschte, es wäre anders. Ich meine … Ich habe keine konkreten Beweise – weder dafür noch dagegen. Deswegen ist mir der Einbruch in die L. I. F. E. Inc. so wichtig. Verstehst du? Wir brauchen Beweise, für die Verbindungen zwischen Dads Unternehmungen, um ihm das Handwerk zu legen.«

»Seit wann weißt du es? Seit wann weißt du, dass dein Dad Menschen tötet, um deine Mom am Leben zu erhalten?« Allein es auszusprechen, widert mich zutiefst an. Warum wirkt er so abgeklärt, wohingegen ich das Gefühl habe, dass die Welt um mich herum zersplittert? Ich wusste, dass sein Vater kein guter Mensch ist, aber dass er so weit gehen würde ... Das hätte ich mir nicht einmal in meinen Albträumen vorstellen können. »Warum hast du deinen Verdacht nie erwähnt? Warum hast du mich nicht um eine weitere Channeling-Session gebeten? Mir deine Vermutungen nicht gezeigt? Warum hast du mich all die Wochen so blind durch die Gegend laufen lassen?« Ich bin überfordert – von der Situation und meinen Gefühlen.

»Meine Erinnerungen sind keine Schubladen, in denen ich mal eben nach Belieben wühlen kann«, erwidert er mit einem Anfall von Trotz, der sofort wieder abebbt. »Von der *Less-Homeless*-Foundation habe ich eben zum ersten Mal gehört. Und ich verstehe, dass du wütend auf mich bist, aber bisher sind die Zusammenhänge von Dads Unternehmungen nur eine Vermutung. Ich habe sie schon länger, weil er kein Mensch für halbe Sachen ist. Doch das hier – eine öffentliche Toilette – ist wirklich nicht der richtige Ort für ein solches Gespräch.«

Vielleicht hat er recht, aber es ändert nichts daran, dass mich seine Gleichgültigkeit schockiert. Wir reden über Menschenleben!

»Dass dein Dad bereit ist, Menschen für seine Zwecke zu manipulieren, ist widerlich. Sie allerdings zu opfern, ist Mord. Kaltblütiger, berechnender Mord. Meintest du das damals, als du sagtest, es geht um Leben und Tod? Den Tod vieler. Du hast es die ganze Zeit gewusst.«

»Ich habe es *geahnt*, aber bis eben hätte ich mir selbst nicht erklären können, wie Dad es anstellt, Menschen verschwinden zu lassen, ohne dass sie vermisst werden. Um ihm das Handwerk zu legen, fehlen mir Beweise. Beweise, an die ich allein nicht herankomme, sonst hätte ich es längst versucht. Meinetwegen hass mich, aber ich brauche noch immer deine Hilfe.«

Blinzelnd sehe ich ihn an, doch er wirkt mir plötzlich so fremd. So schön, kalt und unnahbar. Alles, was er gesagt und getan hat, wird von der einen Erkenntnis überschattet: Er war nicht ehrlich zu mir. Nicht eine Minute.

»War das dein ursprüngliches Anliegen? Du hast gar kein Mittel gegen den S.P.E.L.L.-Zauber gesucht? Sondern eine Hexe, die dir bei einem Einbruch helfen kann? Die deine Beweise beschafft? … Bei all den Sachen, die du mir gezeigt hast … Du hast mir die wichtigste Information vorenthalten.«

»Ich wollte dich nicht unnötig mit Dingen belasten, die ich vielleicht falsch verstanden habe. Ich bin wirklich kein Heiliger, aber selbst ich liege nachts sehr oft wach, weil ich Albträume habe. Weil dieses lähmende Gefühl, nichts gegen Dad ausrichten zu können, mich erstickt.«

»Ah. Dann bist du also doch nicht an deinen undurchsichtigen Erinnerungen gescheitert, sondern hast mir absichtlich Erkenntnisse vorenthalten, um meine arme Seele zu schonen?«, frage ich bitter. »Und in keiner deiner Erinnerungen habe ich gesagt, dass ich auf Mitleid verzichte? Dass diese Sache zwischen uns auf Augenhöhe stattfinden sollte? Nein?«

Mein Herz, das gerade dabei war, sich ihm zu öffnen, zerbricht in zwei Teile. Ich höre es förmlich knirschen, knacken und auf dem Boden der Tatsachen zerbersten.

Hier stehe ich – in diesem weißen Kleid, auf einer Luxus-Toilette –, gekommen, um Verbündete zu suchen. Doch alles, was ich denken kann, ist: *Du hast mich die ganze Zeit belogen.*

Um nichts in der Welt werde ich dort wieder hinausgehen und so tun, als wäre alles in Ordnung. Ob Schauspielstudentin oder nicht – das kann ich nicht.

»Gemma.« Darren tritt einen Schritt auf mich zu, ich weiche instinktiv zurück. Seine Nähe, die mir vorhin noch verführerisch vorkam, ist mit einem Mal unerträglich. »Ich verstehe, dass du wütend auf mich bist. Damit muss ich leben. Aber ich brauche deine Hilfe dringend. Auch wenn ich gerade für dich gestorben bin, die Menschen in den Straßen New Yorks können dir nicht egal sein.«

Mir entweicht ein Laut zwischen Schnauben und bitterem Lachen. »Die Menschen New Yorks sind mir nicht egal, aber du bist ...« Mir fehlen die Worte für das Gefühlschaos in meinem Inneren.

Eine Mischung aus Wut und Ekel wütet durch meine Eingeweide. Und Schmerz. Eine unfassbare Art von Schmerz, die mir bisher fremd war. Noch nie hat ein Mensch, der behauptet hat, ich würde ihm etwas bedeuten, mich dermaßen enttäuscht.

Ich raffe den Rock meines Kleides zusammen und gehe an Darren vorbei. Nur aus dem Augenwinkel sehe ich, dass er nach meinem Handgelenk greifen will, und funkele ihn an. »Wage es nicht, mich anzufassen.« Früher hätte ich es nie auch nur in Betracht gezogen, ihn zu verfluchen, aber da wusste ich noch nicht, dass man einen Menschen dermaßen verachten kann.

»Gem.«

Mit Tränen in den Augen sehe ich zu ihm auf. Mir ist egal, was er über mich denkt. Dass er sich darin bestätigt sieht, dass ich schwach bin. Ich empfinde zu viel Leid, um es zu unterdrücken. »Ich werde darüber nachdenken, dir zu helfen, aber versprechen kann ich nichts. Nicht mehr.«

War ich vor wenigen Stunden noch versucht, ihm meine Gefühle zu offenbaren? Es fühlt sich an, als würde der Mensch, mit dem ich diese Nacht verbringen wollte, nicht mehr existieren. Vielleicht hat er recht, und er ist soeben für mich gestorben.

Wahrscheinlich bin ich nicht die erste Person, die in einem wehenden, weißen Kleid weinend durch ein Hotelfoyer rennt. Meinen Mantel lasse ich an der Garderobe hängen, ich will hier nur noch schnellstmöglich raus. Weg von Darren. Weg von seinem Dad.

Ich fühle mich so naiv. Ich habe Dinge gesucht, die Darren längst wusste. Ich habe mit jemandem geflirtet, der mich die ganze Zeit im Dunkeln hat tappen lassen. Erst als meine Lunge unerträglich brennt und mich meine Seitenstiche zum Innehalten zwingen, sehe mich um. Irgendwo in New York stehe ich im einsetzenden Nieselregen, zittere am ganzen Körper, habe kein Geld dabei und kann nicht einmal behaupten, dass das Schlimmste an diesem verfluchten Tag ist.

34. KAPITEL

Sonntag, 30.10.

»Gewächshaus?«, schlägt Hazel vor, weil wir dort unsere Ruhe
haben, und drückt mir einen To-go-Becher mit Hafermilchkaffee in die Hand.

Nickend gehe ich voran und so kuscheln wir uns mit unseren Kaffees auf die Sofalounge. Regen prasselt auf das gläserne Dach und die Aussicht auf die bleifarbenen Wolken unterstreicht meine düstere Laune perfekt.

Die Tatsache, dass ausgerechnet Hazel zwei Kaffees in Weg-
werfbechern gekauft hat, lässt mich vermuten, dass es ihr heute
ebenfalls nicht gut geht. Ich hätte sie längst fragen sollen, wie
der Stand zwischen ihr und Taro ist. Was habe ich stattdessen
gestern getan? Ich bin durch den Regen geirrt, vollkommen
durchnässt und verweint in dem Pseudo-Brautkleid mit der
U-Bahn gefahren und habe die ganze Nacht in mein Kopfkissen geschluchzt. Die Mischung aus Wut, Enttäuschung, Ekel
und Sehnsucht wurde irgendwann so überwältigend, dass ich
meinen Gefühlen nachgegeben und Hazel um einen Mädels-
tag gebeten habe, um mich davon abzulenken. Ich habe lediglich angedeutet, dass Darren nicht ehrlich zu mir war, aber das
hat gereicht, um sie sofort herkommen zu lassen.

»Hast du gestern noch mit Taro gesprochen?«, frage ich vorsichtig und nippe an meinem Kaffee.

»Ich wollte es, aber er nicht.« Sie zuckt mit den Schultern, doch ich nehme ihr die gleichgültige Geste nicht ab. Hazel gehört zu den Menschen, die nie Augenringe haben, egal wie wenig sie schlafen. Es sind eher Kleinigkeiten wie die Kaffeebecher, die verraten, dass sie etwas beschäftigt. »Ich habe bei ihm angeklopft und ihn gefragt, was mit ihm los ist. Er hat mich sehr unfreundlich darauf hingewiesen, dass es mich nichts angeht. Wenn ich es nicht besser wüsste, würde ich sagen, dass dein Anti-Liebeszauber in beide Richtungen wirkt. Er war sonst nie so. Ich meine, er hat mich immer zurückgewiesen, aber nie so unfreundlich, als wäre ich ihm tatsächlich egal.« Meinem Blick ausweichend nippt Hazel an ihrem Kaffee.

»Du wirkst nicht glücklich darüber«, sage ich vorsichtig.

»Wie gesagt, ich hatte wohl gehofft, wir würden wenigstens Freunde bleiben.« Sie seufzt und deutet mit einer fahrigen Bewegung auf die Kette um meinen Hals. »Aber egal. Erzähl mir lieber von Darren. Was ist gestern passiert? Hier saht ihr noch ziemlich süß zusammen aus.«

Wie soll ich ihr das nur erklären?

Wir fahren beide auf, als mein Handy zu klingeln beginnt.

Darren. – Allein seinen Namen zu lesen, beschert mir eine eiskalte Gänsehaut am ganzen Körper.

»Oh, perfekt. Als hätte er gehört, dass wir gerade über ihn reden. Stell auf Lautsprecher und gib mir das Telefon.« Hazel macht eine auffordernde Geste und schon zwei Sekunden später bereue ich es, ihrer Bitte nachgegeben zu haben. »Okay, du verlogener Sohn eines umweltzerstörenden Ignoranten. Bevor du deine mickrige Entschuldigung vorbringst, lass mich eines klarstellen: Gemma wird …«

»Guten Morgen, Hazel. Sehr erfreut, deine bezaubernde Stimme zu hören«, unterbricht er ihren Vortrag. »Reden wir kurz darüber, dass Gemma offensichtlich beschlossen hat, mich mit ihrer Assistentin abzuspeisen, ohne mir die Chance zu geben, noch einmal mit ihr zu sprechen? Ist das nicht ein wenig kindisch?«

»Lieber kindisch als ein Arschloch. Denn Menschen zu betrügen, ist das Allerletzte. Auch wenn man erst seit Kurzem zusammen ist, gibt es Dinge, die man erst fragt, bevor man sie tut. Vor allem, wenn man gemeinsam auf einer Veranstaltung ist. Das ist echt einfach nur widerlich!«

Offensichtlich hat Hazel ihre eigenen Schlüsse aus meiner Andeutung bezüglich seiner Unehrlichkeit gezogen, aber ich werde sie nicht unterbrechen, um sie zu korrigieren.

»Okay, ihr zwei«, dringt Darrens Stimme aus dem Lautsprecher. »Danke für diese Lektion. Dürfte ich vielleicht mit Gemma reden? Sie hat ihren Mantel im Hotel vergessen, und ich möchte ihn ihr zurückgeben. Ich verstehe, dass sie enttäuscht von mir ist, aber ich würde gern versuchen, diese Sache mit ihr zu erklären. Persönlich.«

»Er klingt aufgebracht«, wirft Hazel ein.

»Ich *bin* aufgebracht! Sie ist verschwunden und hat nicht gesagt, ob sie unversehrt zu Hause angekommen ist. In ihrem Zimmer brannte den ganzen Abend kein Licht. Sie wäre nicht die erste Person, die in New York spurlos verschwindet.«

Und vermutlich auch nicht die erste im Umfeld seines Dads.

»Das muss ich ihm lassen: Er wirkt selbst dann noch nett, wenn er sich wie ein Arschloch verhält«, wirft Hazel schulterzuckend ein.

»Hazel«, stöhnt Darren. »Bis eben mochte ich dich noch, aber bei allem ›*Beste Freundinnen müssen zusammenhalten*‹-Verständnis: Ob sie es glaubt oder nicht, ich wollte Gemma nie schaden. Auf keine Art und Weise. Und wenn sie es so will, werde ich es ihr beweisen.«

Wie er das zu tun gedenkt, lässt er offen und beendet das

Gespräch. Irritiert sehe ich auf mein Handy hinab, als die Displaybeleuchtung erlischt. Er hat einfach aufgelegt. Was hat er vor?

· · ✦ · ·

Am Abend sitze ich mit Taro auf dem Sofa und schaue eine Netflix-Serie auf meinem Laptop, um mich von meinem Gefühlschaos abzulenken. Es funktioniert nicht wirklich. Meine Gefühle – allen voran mein verletzter Stolz – konkurrieren mit meinem moralischen Kompass, der mich immer wieder darauf hinweist, dass es Menschen in dieser Stadt gibt, die meine Hilfe brauchen.

Ein Klingeln an der Wohnungstür lässt uns beide erschrocken zusammenzucken. Während ich die Folge pausiere, geht mein Bruder zur Tür.

»Ist Gemma zu Hause? Ich würde ihr gern ihren Mantel wiedergeben und kurz mit ihr reden«, sagt eine Stimme, die ich wohl für den Rest meines Lebens nicht mehr vergessen werde.

Ich weiß nicht, ob ich mit Darren sprechen möchte. Klein und naiv – so fühle ich mich in seiner Gegenwart. Ein Teil von mir würde ihm gern aus dem Weg gehen, doch hier geht es nicht um meine Befindlichkeiten. Zumindest nicht nur. Menschenleben hängen davon ab, Darrens Dad aufzuhalten. Das sollte wichtiger sein als meine verletzten Gefühle. Oder nicht? Aber das heißt noch lange nicht, dass ich Darren vergeben muss.

»Du kannst mir den Mantel anvertrauen«, schlägt Taro vor. »Ich frage sie, ob sie dich sehen will.«

»Nicht nötig«, rufe ich herüber und folge ihm in den Flur.

Taro sieht mich fragend an, aber es ist in Ordnung. Er hat sich den ganzen Tag über nicht danach erkundigt, was mit mir los ist, doch dass es mir nicht gut geht, ist selbst ihm aufgefallen. Ich bin ihm dafür dankbar, dass er für mich da war, aber das hier kläre ich allein.

»Ich schaffe das schon«, versichere ich an ihn und mich gleichermaßen.

Nach einem letzten abschätzenden Blick an Darren, zieht er sich wieder auf das Sofa zurück.

»Können wir in dein Zimmer?«, bittet Darren ohne Umschweife.

Nickend nehme ich meinen Mantel entgegen, hänge ihn im Vorübergehen an die Garderobe und bedeute Darren, mir zu folgen.

Ich gehe voran in mein Refugium, das Darren beim Betreten ein Lachen entlockt, für das er sich sofort entschuldigt.

»In echt ist dein Urwald noch beeindruckender als in deinen Videos«, lautet sein Urteil, während er von meinem Bücherregal zu der Fensterbank streift und mit den Fingern über die Blätter einer Monstera gleitet.

»Ja«, ist alles, was ich hervorbringe. Mein Zimmer ist ein Chaos an Besonderheiten, aber mir ist nicht nach Small Talk. »Was genau willst du von mir? Was erwartest du? Dass ich eine Nacht über alles schlafe und dir heute wieder vergebe? Bist du hier, um mir eine Moralpredigt darüber zu halten, dass ich egoistisch bin, weil ich deine Nähe nicht ertrage, während da draußen ahnungslose Obdachlose von der *Less Homeless* entführt werden?«

»Wir wissen beide, dass ich nicht in der Position für Moralpredigten bin«, antwortet er ausweichend und sieht aus dem Fenster.

Allein die Art, wie er einfach nur dasteht, macht mich wütend. Vollkommen entspannt, frisch geduscht und kein bisschen so, als hätte er letzte Nacht ebenfalls kein Auge zugetan.

Warum auch? Er wusste ja schon seit Wochen – oder Monaten? – was dort draußen vor sich geht.

»Hast du einen Zettel und einen Stift?«, bittet er unvermittelt.

»Sicher. Möchtest du mir vielleicht ein Gedicht schreiben?«, frage ich zynisch, greife das Notizbuch aus dem Nachttisch und einen der Kugelschreiber vom Schreibtisch. Beides überreiche ich ihm und bedeute ihm, dass er sich gern hinsetzen kann, wo auch immer er einen freien Platz findet.

»Danke dir.« Ohne weitere Erklärung setzt er sich an meinen Schreibtisch, schiebt ein paar Dinge beiseite und atmet tief durch, bevor er zu schreiben beginnt.

Genervt lasse ich mich auf mein Bett fallen. »Ganz ehrlich, Darren. Ich habe keine Ahnung, was du da machst.«

Er räuspert sich, trotzdem klingt seine Stimme belegt, während er antwortet: »Du wirst es sehen. Schenk mir nur fünf Minuten deiner Zeit.«

»Sicher.« Seufzend lasse ich meinen Kopf auf das Kissen sinken und starre stumpfsinnig an die Zimmerdecke, bis Darren ein eigenartiges Geräusch von sich gibt. Irritiert mustere ich ihn, aber er atmet nur erneut tief durch, umfasst den Stift fester und schreibt weiter. Sehr langsam. Als würde es ihn große Mühen kosten, den Stift über das Papier zu ziehen. Seine Hand beginnt zu zittern, als müsste er gegen einen unsichtbaren Widerstand ankämpfen.

»Was tust du da?«, frage ich und setze mich auf.

Ihm entweicht ein Keuchen, aber eine Antwort bleibt er mir schuldig. Darren lockert kurz seine Hand, hält sich mit der anderen am Schreibtisch fest, als wäre ihm schwindelig.

Täusche ich mich oder zittert sein Körper vor Anstrengung, als er erneut den Stift ansetzt?

In dem Moment siegt meine Neugierde über meinen Stolz.

Stirnrunzelnd steige ich aus dem Bett, gehe zu ihm hinüber und schaue über seine Schulter. Er schreibt mir einen Brief?

Liebe Gemma,

ich verstehe, dass du das Gefühl hast, dass ich nicht ehrlich zu dir war. Und ich habe kaum etwas zu meiner Verteidigung vorzubringen.

Ich kann dir nur versichern: Von der Less-Homeless-Foundation *wusste ich bisher so wenig wie du, aber es erscheint mir durchaus logisch, dass Dad eine sichere Quelle für seine Opfer benötigt. Verlorene Menschen, die niemand zu vermissen scheint. Und wenn einzelne Streetworker oder Familienangehörige es doch tun, können sie mit dem* S.P.E.L.L.*-Zauber dazu gebracht werden, keine Fragen zu stellen und mit ihrem Leben fortzufahren. Es ist widerwärtig und verachtenswert – ich weiß.*

Als ich letzte Nacht nicht schlafen konnte, habe ich versucht, mit ihm noch einmal über den S.P.E.L.L.*-Zauber zu reden. Aber er sagte das Gleiche wie immer: Dass ich mich nicht in Dinge einmischen soll, die mich nichts angehen. Dass ihm bewusst ist, dass er ein mächtiges Werkzeug geschaffen hat. Dass es nicht sein Ziel ist, ganz New York zu unterwerfen, solange ihm niemand in die Quere kommt. Dass es für uns keinen Grund gibt, uns unnötig in Gefahr zu bringen. Dass ich es ihm zu verdanken habe, dass Mom noch lebt. Dass ich einsehen soll, dass er nur mein Bestes will. …*

Ich befürchte, dass er außerdem irgendeine Unternehmung hat, die sich der Gewinnung des Sirenenblutes widmet, denn für den S.P.E.L.L.*-Zauber wird mehr Blut benötigt, als es eine einzelne Sirene spenden kann. Aber auch hier fehlen mir Beweise. Und wenn es noch eine letzte Sache gibt, die ich loswerden will, dann dass ich …*

Verwirrt überfliege ich die Zeilen erneut und begreife, dass das, wogegen Darren ankämpft, der Fluch ist. Ich erinnere mich daran, dass er erzählt hat, dass er Schmerzen verspürt, wenn er sich ihm widersetzen will. Warum also tut er sich das an?

»Wenn das da eine Entschuldigung sein soll, habe ich sie zur Kenntnis genommen«, versichere ich. »Du kannst jetzt mit dem Unfug aufhören.«

Aber Darren reagiert nicht. Als hätte er mich nicht gehört, kämpft er weiter gegen seinen Körper. Reiht Buchstabe an Buchstabe.

Ich lege ihm eine Hand auf die Schulter, spüre, dass sein Hemd bereits feucht vor Schweiß ist.

»Hör auf mit dem Quatsch«, wiederhole ich, aber Darren streift lediglich meine Hand ab, als wäre ich ihm lästig. »Ich habe verstanden, dass es dir leidtut und sehe, wie der Fluch wirkt. Danke für diese eindringliche Demonstration. Könntest du jetzt bitte den Stift weglegen?«

Es macht mich wahnsinnig, dass er mich einfach ignoriert.

»Okay. Ich gebe zu, ich habe mich heute Vormittag wie ein trotziges Kleinkind benommen, das nicht mit dir reden wollte. Geschenkt. Könntest du jetzt damit aufhören, dich ebenfalls wie ein sturer Esel zu verhalten?«

Offensichtlich tut er es nicht. Es macht mich wütend und panisch zugleich. Ich sehe, wie es ihm sekündlich schlechter geht. Dass er Schmerzen leidet. Dass sein ganzer Körper gegen den Fluch rebelliert. In Beryls Unterlagen stand, dass es keinen Weg gibt, einem Blutfluch zu trotzen – und dass es mit dem Tod bestraft wird, wenn man es zu entschieden versucht.

»Darren Hunter!«, rufe ich irgendwo zwischen Vorwurf und Angst und greife nach dem Stift in seiner Hand. Ich bekomme ihn zu fassen, doch offensichtlich zu spät.

Darrens Körper sackt in sich zusammen, unsanft schlägt er mit dem Kopf auf meinem Schreibtisch auf.

»Darren?« Ich lasse den Stift fallen, streiche ihm durch die Locken, aber er ist nicht mehr ansprechbar. Erschrocken rüttle ich an seiner Schulter. Keine Reaktion. Atmet er noch? Ich weiß es nicht! Ich taste nach seinem Handgelenk, doch alles, was ich fühle, ist mein eigener, rasender Puls.

Wieso habe ich nie einen Erste-Hilfe-Kurs besucht? Was soll ich jetzt tun?

Der Angelite!

Mit zittrigen Fingern umfasse ich den Kristall an meiner Kette.

Ein Angelite steht für Liebe und Heilung. Selten war mein Wunsch an die weiße Magie einfacher formuliert: *Rette Darren, lass ihn nicht sterben.*

»*Dear white magic, timid and shy, please save Darren, don't let him die.*«

Eine Hand lege ich um sein Handgelenk, dorthin, wo ich seinen Puls fühlen sollte. Die andere lasse ich um den Anhänger geschlossen.

Ich bin wütend. Enttäuscht. Aber vor allem zerrissen. – Weil mir in diesem Moment bewusst wird, dass ich Darren nicht verlieren will. Auf keine Art und Weise.

Meine Hände werden erst warm, dann heiß. Die Hitze ist beinahe unerträglich schmerzvoll, aber ich kann den Zauber nicht abbrechen, bevor er seine Wirkung entfaltet.

»Wage es nicht, mich zu enttäuschen«, murmle ich an mich, Darren und die weiße Magie gewandt.

Meine Finger fühlen sich an, als stünden sie in Flammen. Ein beißender Geruch steigt in meine Nase.

»Gemma!«, ruft Taro und berührt mich unsanft an der Schulter.

Mir war nicht bewusst, dass er mein Zimmer betreten hat. Vermutlich ist er meinem Schrei gefolgt, doch ich habe gerade keine Nerven dazu, ihm alles zu erklären.

»Hör auf«, mahnt er.

Aber ich kann nicht. Darren rührt sich noch immer nicht.

»Lass ihn nicht tot sein«, flehe ich, denn dann wird ihn keine Magie dieser Welt zurückholen können.

»Gemma, deine Hand.«

Mit zusammengebissenen Zähnen sehe ich auf meine Finger hinab. Die Kuppen sind schwarz, als wären sie tot oder verkohlt, dunkle Linien wachsen meinen Unterarm hinauf, als würden die Adern von innen verbrennen. Und genauso fühlt es sich an: Als würden sich heiße Flammen durch meine Blutbahn fressen. Mir entweicht ein Schmerzschrei, laut und animalisch. Die Energie des Angelites ist verbraucht, dennoch erhalte ich die Verbindung aufrecht – wohlwissend, dass ich der Magie gerade meine eigene Lebensenergie als Quelle anbiete.

In der nächsten Sekunde werde ich mit dem Rücken gegen eines meiner Bücherregale gestoßen. Taro drückt meine Schulter gegen eines der Regalbretter. Schmerzhaft.

»Ich weiß nicht, was hier vor sich geht, doch niemandem ist damit geholfen, wenn du dich umbringst!«

»Aber was ist, wenn er meinetwegen stirbt?«, frage ich hilflos und versuche vergeblich, Taro von mir zu schieben.

Taro greift nach meiner Hand, hebt sie vor mein Gesicht. »Was auch immer du getan hast: Das hier ist keine weiße Magie. Sie wendet sich nicht gegen die Hexe, die sie anwendet. Was Darren geschadet hat, warst nicht du.«

Es war der Fluch und trotzdem … Ich greife nach dem Angelite an meinem Hals, doch er ist und bleibt vollkommen entladen.

»Legen wir ihn auf den Fußboden und rufen einen Krankenwagen«, schlägt Taro vor und gibt mich endlich frei.

Auf zittrigen Beinen trete ich an Darren heran, streiche durch seine Haare, doch er rührt sich immer noch nicht.

Wie in Trance befolge ich Taros Anweisungen, zu überfordert, um einen klaren Gedanken zu fassen.

Als er auf dem Boden liegt, streiche ich erneut durch Darrens Haare, mustere sein regloses Gesicht. So blass. Noch nie hat er mich dermaßen an seine Mom erinnert.

»Wage es nicht, mich in diese Dinge hineinzuziehen und dann allein zu lassen«, flehe ich und zögere, bevor ich meine Lippen auf seine presse. Kalt und weich fühlen sie sich an. So vollkommen falsch. Eine Träne läuft meine Wange hinab, tropft auf sein Gesicht.

Irritiert blinzle ich, als ich ein leichtes Kribbeln auf meiner Haut spüre. Ich intensiviere die Berührung und kann ein Lächeln nicht unterdrücken, als ein Gefühl wie ein Stromschlag meine Lippen durchzuckt. Ich hätte nie gedacht, für Schmerzen jemals so dankbar zu sein. Aber ich bin es.

Darren stöhnt leise, also lasse ich rasch von ihm ab. Vermutlich ist es unangebracht, jemanden ohne sein Einverständnis zu küssen, doch der rationale Teil meines Gehirns hatte eben Sendepause.

»Willkommen zurück unter den Lebenden«, necke ich ihn, als er blinzelnd die Augen öffnet.

Er streckt eine zitternde Hand nach mir aus und streicht über meine Wange, während er sich sortiert. »Wow. Das war intensiv«, sagt er heiser.

»Mach das nie wieder. Du hast mir wirklich Angst eingejagt. Auch wenn ich immer noch wütend auf dich bin.«

»Vor allem bist du verletzt«, mischt Taro sich ein, lässt sein Handy sinken und deutet auf meine Hand.

Ich betrachte sie, bewege die Finger, reibe meine Hände aneinander. Auch wenn eine von ihnen so schwarz wie Ruß ist und sich feine Verästelungen meinen halben Unterarm hinaufziehen, spüre ich keinen Schmerz mehr. Meine Haut fühlt sich noch immer warm, aber intakt an. Ich streiche mit den Fingerspitzen über das Tattoo an meinem Unterarm. Das Tattoo, das nun in die feinen Verästelungen des Fluchmals verwoben ist. Irgendwie habe ich das Gefühl, dass es genauso permanent sein wird.

Darrens Handgelenk sieht nicht viel besser aus. Dort wo meine Finger ihn berührt haben, trägt auch er ein dunkles Mal.

»Mit mir ist alles gut«, versichere ich.

»Und das soll ich euch glauben? Wenn ihr nicht wollt, dass ich euch beide ins Krankenhaus einweisen lasse, erwarte ich eine echt überzeugende Erklärung hierfür.« Taro hält sein Handy in der Hand, verschränkt die Arme vor der Brust und sieht mich auffordernd an.

Darren nickt widerwillig und leckt sich über die trockenen Lippen. »Er hat die Wahrheit verdient.«

»Kannst du aufstehen? Dann lass uns ins Gewächshaus gehen«, schlage ich vor. »Ich koche uns allen einen Tee und erzähle Taro, was ich weiß.«

Taro mustert Darren, seufzt ergeben und steckt sein Handy weg. »Du siehst aus, als könntest du zuerst eine Dusche vertragen. Soll ich dir ein paar Klamotten leihen?«

»Ich wäre dir dankbar«, erwidert Darren und setzt sich auf.

Taro reicht ihm eine Hand, hilft ihm zurück auf die Füße. Einen Moment lang sehen sie einander in die Augen, zeigen den Ansatz eines Nickens. Vielleicht irre ich mich, vielleicht haben sie gerade beschlossen, einander eine Chance zu geben.

Während Darren duschen geht, richtet Taro das Gewächshaus für uns her, und ich koche Tee.

Am Ende des Abends sitzen wir gemeinsam in Wolldecken gekuschelt auf den Palettenmöbeln, ich zwischen den beiden und jeder von uns mit einem Becher in den Händen. Im Schein der Kerzen erzähle ich Taro alles, was ich weiß.

»Ihr plant also, in der L.I.F.E. Inc. einzubrechen?«, hakt Taro nach.

»Das war zumindest der Plan«, gesteht Darren. »Vor unserem Streit.«

Ich spüre seinen intensiven Blick auf meiner Haut kribbeln, als würde er eine unausgesprochene Frage stellen. »Der gestrige Abend war alles in allem ein ziemlicher Reinfall. Wenigstens hat Bürgermeister Caden angeboten, sich noch mal privat mit uns zu treffen. Ich meine, wir brauchen dringend Belege für die Machenschaften deines Dads. Aber wir brauchen auch jemanden, dem wir sie geben können.«

»Wie wäre es mit der Polizei oder der Presse?«, schlägt Taro vor.

»Dann könnten wir auch gleich im Netz verbreiten, dass ein irrer Hexer in dieser Stadt sein Unwesen treibt«, werfe ich ein. »Du weißt, wie die Menschen ticken: Wenn wir öffentlich von magischen Wesen erzählen, die die Weltherrschaft an sich reißen könnten, werden sie uns entweder kein Wort glauben und irgendwo einweisen lassen oder starten die nächste Hexenjagd, wofür wir zum Dank auch noch vom Rest der magischen Gesellschaft geächtet werden. Wenn Darrens Dad erst Wind davon bekommt, dass wir Belege für seine Verbrechen sammeln, wird er mich alles vergessen lassen, bevor ich auch nur Pustekuchen sagen kann.«

»Heißt das, du bist noch dabei?«, fragt Darren hoffnungsvoll.

Mein Nicken entlockt Taro ein Seufzen.

»Ich weiß nicht, was ich von dieser ganzen Sache halten soll, aber ich würde mir wünschen, dass ihr mich von nun an auf dem Laufenden haltet.« Er deutet flüchtig auf meinen Unterarm und Darrens Handgelenk. »Ich hoffe, dass man sich nicht erst mit dem Tod anlegen muss, um ein Teil eurer Crew zu werden. Was gedenkt ihr jetzt eigentlich damit zu tun?«

»Mit dem Mal? Das, was ich immer tue, wenn ich nicht weiterweiß: meinen Zirkel danach fragen.« Ich stelle den Becher ab, betrachte kurz meine Finger, und sende dem Gruppenchat unseres Zirkels ein Foto davon.

Gemma: Hat so was schon mal jemand von euch gesehen?

»Das war nicht meine Absicht«, sagt Darren leise, sein Blick ruht auf meiner Hand. »Ich wollte dir nicht schaden. Ich musste nur sichergehen, dass du weißt, dass du mir vertrauen kannst.« Er sieht noch immer eher tot als lebendig aus. Seine Haut wirkt so fahl, dass sämtliche Adern bläulich hindurchschimmern, tiefe Schatten liegen unter seinen Augen. Es hat nicht viel gefehlt und ich hätte ihn für immer verloren.

Der Nachrichtenton meines Handys zieht meine Aufmerksamkeit auf sich.

Dawn: Gemma Stone! Hast du mir letztens nicht zugehört? Genau so was passiert, wenn man sich mit dem Jenseits anlegt. Sieh es als Warnung. Nach der Gelben Karte folgt der Platzverweis. Ein zweites Mal kommst du dem Tod nicht lebendig davon. Und herzlichen Glückwunsch: Das geht nie wieder weg. Zur Strafe für deine Dummheit bist du zum Rest deines Lebens gezeichnet.

Noch während ich die Worte lese, loggt sich auch Melissa ein.

Melissa: Sieh es positiv: Jeder Insider hat jetzt Angst vor dir, weil du offensichtlich wahnsinnig genug bist, dich mit dem Tod anzulegen.

Wie tröstlich. Ich habe fast befürchtet, dass dieses Mal nicht mehr weggeht – und es wäre vielleicht nicht so schlimm, wenn ich nicht beschlossen hätte, ausgerechnet Schauspielerin werden zu wollen. Das Aussehen meiner Hand dürfte mich zumindest für einige Rollen disqualifizieren. Oder nicht? Und Melissa hat recht: Es wird auch Auswirkungen darauf haben, wie man mich in der Hexenwelt wahrnimmt. Die Gemma, die ich bisher in den sozialen Medien verkörpert habe, würde sich nicht mit dem Tod anlegen.

Aber was wäre die Alternative gewesen? Darren nicht zu helfen? Ihn vielleicht sogar sterben zu lassen? Ich ärgere mich darüber, dass ich nicht sofort bemerkt habe, was er tat. Dass ich nicht vehementer versucht habe, ihn davon abzuhalten.

Mit einem Seufzen betrachte ich meine Hand und versuche, mich an den neuen Anblick zu gewöhnen. Es wird leichter, als Darren nach ihr greift und die feinen Verästelungen an meinem Unterarm nachzeichnet. Ich bin hier immerhin nicht die Einzige, die vom Tod ermahnt wurde, sich an die Regeln zu halten.

»Es soll ja Menschen geben, die sich den Pfotenabdruck ihres Haustieres tätowieren lassen«, sagt Taro mit dem eigenwilligen Unterton, den er stets anschlägt, wenn es um Tiere geht.

»Wir könnten es den Leuten als ein etwas eigenwilliges Pärchentattoo verkaufen«, stimmt Darren zu.

Es ist noch immer netter als meine Assoziation, denn mich erinnert der Anblick an eine Krankheit, die sich durch unsere Körper frisst. Aber ist das Leben nicht genau das? Immerhin kommt keiner von uns hier lebend raus.

Apropos Leben …

»Denkst du, der Bürgermeister weiß, was in seiner Stadt vor sich geht? Ich meine nicht das Fracking, sondern dass dein Vater Menschen opfert. Stell dir vor, Caden macht groß Werbung für die Stiftung, und am Ende kommt die Wahrheit raus. Die Schlagzeilen würden um die ganze Welt gehen. Hältst du ihn für so skrupellos?«

»Nun, wir kennen eine Hexe, die mit Vorliebe Wahrheitsseren braut, um sie ihren Freunden unterzumogeln. Wir könnten sie um eines bitten und versuchen, es mit dessen Hilfe herauszufinden.« Er schenkt mir ein Lächeln, das mich vermuten lässt, dass er bereits einen Plan hat.

Es dauert einen Moment, bis ich seinem Gedankengang folgen kann. »Du meinst, du willst versuchen, Caden Beryls Wahrheitsserum bei unserem nächsten Treffen unterzuschieben?«

»Das wäre die Idee.«

»Denkst du denn, dass es stark genug wäre, um den S.P.E.L.L.-Zauber zu umgehen?«

»Es war stark genug, um selbst den Blutfluch herauszufordern. Es hat mir unendliche Kopfschmerzen bereitet, Beryl nicht auf ihre drängenden Fragen zu antworten. Am Ende bin ich aus der Wohnung geflüchtet, weil ich dachte, mein Kopf würde zerspringen, wenn ich noch eine ihrer Nachfragen ertragen muss. Ich weiß, es ist moralisch sicher eine Grauzone …«

»Aber trotzdem eine naheliegende Option«, stimme ich zu. Und wenn ich ehrlich sein soll, ist mir das Schicksal der Menschen dieser Stadt mittlerweile wichtiger als die Funktionalität meines moralischen Kompasses. Es ist ja auch nicht so, dass mir der Gedanke an das Wahrheitsserum nicht ebenfalls schon gekommen wäre. Mit Blick auf meine Hand nicke ich. »Ich bin dabei.«

»Wenn ihr meine Hilfe braucht, lasst es mich wissen«, schlägt Taro vor.

»Danke dir«, antwortet Darren knapp, ohne den Blick von meiner Hand zu lösen. Es sind nur zwei Worte, aber ich habe dennoch den Eindruck, dass dieser Abend etwas zwischen den beiden verändert hat.

· · ✦ · ·

Da keiner von uns allein sein möchte, schlage ich Darren vor, bei mir zu schlafen.

Nach der miesen letzten Nacht und dem aufregenden Abend reicht unsere Energie ohnehin nur noch dafür, uns in das Kissenmeer meines Betts zu kuscheln. Mein Kopf ruht auf Darrens Brust, und ich lausche seinem Herzschlag, als könnte er jeden Moment verstummen. Als könnte die Wirkung des Zaubers schlichtweg verfliegen und ich ihn doch noch verlieren.

»Gem?«, murmelt er leise und klingt eher schläfrig als wach. Träge streichelt er durch meine Haare. »Am achten November ist der nächste Vollmond. Es ist außerdem eine totale Mondfinsternis. Mein Dad ist in der Woche verreist, um in der Zweigstelle in L.A. mal wieder nach dem Rechten zu sehen und hat mich gebeten, ein Auge auf Mom zu haben. Würdest du mich dort besuchen? Wir könnten … Ich weiß nicht. Tun, was du sonst bei Vollmond tust. Gemeinsam.«

»Klingt gut«, stimme ich zu und schmiege mich in seine Arme. Kurz bin ich versucht, einen weiteren Witz darüber zu machen, dass wir nackt im Wald tanzen könnten, aber ich möchte diesen Moment nicht zerstören. Ich überlege, mir endlich ein Herz zu fassen und ihn zu fragen, was das hier für ihn ist, doch als ich den Kopf hebe und ihn ansehe, ist er bereits eingeschlafen. Und ich bringe es nicht über mich, ihn zu wecken.

35. KAPITEL

Montag, 31.10.

Darren verabschiedet sich früh, da er morgens bei einem Meeting erwartet wird und vorher noch etwas fürs Studium erledigen muss, das er gestern nicht mehr geschafft hat.

Nach einer schnellen Dusche gehe ich ins Wohnzimmer hinüber, wo Taro bereits am gedeckten Esstisch sitzt. Also hole ich mir einen Becher mit Kaffee, gebe einen Schuss Hafermilch hinzu und leiste ihm Gesellschaft.

Er widmet sich gerade der Tageszeitung, deren digitale Ausgabe er aufgrund der Papierknappheit auf seinem iPad liest, obwohl er sich ständig darüber beschwert, dass es einfach nicht dasselbe ist wie ein physisches Exemplar. »Ich lese hier übrigens gerade einen Artikel, in dem von Cadens Geburtstag und dem Wohltätigkeitsprojekt berichtet wird, das er neuerdings unterstützt.«

»Wie gesagt, sobald irgendjemand herausfindet, dass für *Less Homeless* Menschen ermordet werden, wirft das ein sehr schlechtes Bild auf ihn«, wende ich ein.

»Sie schreiben noch was. Dass die Unterstützung des Projekts allein nicht bemerkenswert wäre, weil Caden in dieser Stadt schon immer beliebt war und als engagiert galt, aber … Oh. Anscheinend hat er vor zwei Jahren seine Frau verloren. Seitdem glänzt er immer häufiger mit Abwesenheit, weswegen sie ihm eine Affäre unterstellen. Sie halten sein neuerdings gestiegenes Engagement für eine Art Ablenkung von seinem Privatleben.«

Eine Affäre. Ob jemand wie Caden wirklich der Typ dafür ist? Ich kenne ihn zu schlecht, um das einschätzen zu können. Es wird Zeit, dass Darren und ich ihn privat treffen und mehr über ihn herausfinden.

Als hätte er meine Gedanken gehört, schickt Darren mir just in dem Moment eine Nachricht.

Darren: Der Bürgermeister hat eingewilligt, mit uns essen zu gehen. Er sagte, es wäre ihm eine Freude. Passt es dir zufällig nächsten Samstagmittag?

Wenn man seine private Handynummer besitzt und der Sohn eines Geschäftspartners ist, ist es offensichtlich absurd einfach, den Bürgermeister zu einem Treffen einzuladen.

Gemma: Wenn Beryl bis dahin das Wahrheitsserum fertig hat, kann ich es sicher einrichten.

Darren: Ich kümmere mich darum. –
Sehen wir uns eigentlich heute Abend?

Gemma: Tut mir leid, aber ich bin anderweitig verabredet. Unser Zirkel feiert Halloween schon seit Jahren zusammen – wenn auch rein virtuell. Steht unsere Vollmond-Verabredung noch?

Darren: Wenn du noch immer dazu bereit bist, mich zum Haus meiner Eltern zu begleiten – dann gern.

Ich bin mir noch nicht sicher, was ich in Bezug auf Darrens Mom fühlen soll. Sie hat Darren in meinem Beisein darum gebeten, die Machenschaften seines Dads zu beenden. Bedeutet das, dass sie nur ein wehrloses Opfer im Gesamtgefüge ist? Jemand, den man mit Zaubern dazu zwingt, gegen seinen Willen Medizin zu nehmen? Es sah fast danach aus. Wie viel weiß sie wohl über die Herkunft der Arznei? Oder die Beschaffenheit der Schatten? Aber all diese Fragen ändern nichts an meiner Antwort.

Gemma: *Sehr gern sogar.*

Nach dem Schock von gestern Abend brauchte ich die Nacht, um mich halbwegs zu sortieren. Aber Fakt ist: Obwohl Darren nicht vollkommen ehrlich zu mir war, will ich ihn nicht verlieren.

36. KAPITEL

Halloween-Nacht

»Happy Halloween!«, rufe ich in die virtuelle Runde.

Beim Anblick meines kitschigen Haarreifes mit Minikürbis schenkt Dawn mir einen skeptischen Blick, bei dem sie eine Augenbraue so hochhebt, dass sie unter ihrem grauen Pony verschwindet. Sie kratzt sich nachdenklich am Hals, an genau der Stelle, an der sie sich ein Kreuz hat tätowieren lassen. »Seit wann feiern wir das Fest auf diese Weise?«

»Oh, jetzt verdirb ihr doch nicht die Laune«, bittet Melissa mit französischem Akzent und wickelt sich eine ihrer roten Haarsträhnen um die Finger. »Schau, wie fröhlich sie aussieht. Und der orangefarbene Kürbis beißt sich auch fast gar nicht mit ihrer Haarfarbe.«

»Danke. Und ich bin nicht fröhlich, sondern voller Tatendrang«, korrigiere ich. Meistens verbringen wir Halloween in einer virtuellen Runde, um gemeinsam an besonderen Ritualen zu arbeiten, uns gegenseitig die Karten zu legen oder tatsächlich Gruselfilme per Stream zu sehen und uns darüber lustig zu machen. Da wir alle in verschiedenen Zeitzonen leben, loggt sich ein, wer gerade mag und Zeit hat.

»Somiya schläft übrigens längst und lässt euch ganz lieb grüßen. Und Maya ist schon wieder weg, weil sie von ihrem Freund entführt wurde«, berichtet Melissa.

»Ent- oder verführt?«, witzelt Dawn.

»Ich sehe keinen Unterschied«, behauptet Melissa und bringt mich und Dawn gleichermaßen zum Lachen – bis Dawn übertrieben ernst in die Kamera sieht und sich räuspert.

»Also Mädels, wofür wollen wir diese besondere Nacht nutzen? Recherchen? Rituale? Austauschen von Filmtipps?«

»Wo wir schon bei Recherchen und Ritualen sind: Ich könnte tatsächlich eure Hilfe brauchen«, gestehe ich. »Ich suche eine Art ... Faszinationszauber. Es geht darum, dass jemand etwas tut – zum Beispiel musizieren –, was dermaßen einnehmend wirken soll, dass die Zuschauenden sich dem nicht entziehen können und alles um sie herum vergessen. Ich habe Runen gesehen, die Zauber verstärken können und in dem Raum, in dem der Zauber gewirkt werden soll, befinden sich außerdem die Runen, die ich euch letztens geschickt habe. Oh, und derjenige, der musiziert, ist der Sohn einer Sirene. Falls uns das irgendwie weiterhilft. Angeblich hat er das Sirenengen nicht geerbt, aber irgendwie schafft er es trotzdem jedes Mal, mich mit seiner Musik zu verzau...«

»Aha!«, unterbricht mich Dawn und hebt triumphierend den Zeigefinger. »*DarkDuke* ist also der Sohn einer Sirene?«

»Somit ist er mindestens reich oder gut aussehend«, schlussfolgert Melissa. »Oder sogar beides.«

»Wie kommst du darauf?«, frage ich verwirrt und verpasse den Moment, abzustreiten, dass es um Darren geht.

»Es ist doch völlig logisch. Weil Sirenen die Macht dazu haben, jeden Menschen zu bekehren, der sie interessiert. Jeden. Auf der ganzen Welt. Das bedeutet: freie Auswahl. Und wenn sie schon ihr Herz verschenken, dann meist an extrem gutaussehende Menschen oder Menschen, die so viel Geld besitzen, dass man ihnen die Welt zu Füßen legt. Ist doch selbstverständlich. Wer würde es anders machen?« Melissa zuckt mit den Schultern, als wäre es selbsterklärend und greift nach einem Tarot-Deck, das sie mischt. »Ich ziehe dir eine Impuls-Karte für die heutige Nacht.«

»Siehst du Gemmas verwirrten Blick? Irgendwas stört sie an deiner Sirenen-Theorie.«

»Ich frage mich nur gerade, was eine Sirene davon abhält, sich in jemanden zu verlieben, der einfach nur nett ist«, erwidere ich.

»Hast du mir nicht zugehört?« Melissa zieht die Augenbrauen zusammen. »Du hast freie Auswahl, also suchst du so lange weiter, bis du jemanden findest, der nett *und* gut aussehend ist.«

»Und dann kommt Gemma und schnappt ihn dir vor der Nase weg«, lästert Dawn.

Aber Melissa zuckt lediglich mit einer Schulter. »Wenn ich eine Sirene wäre, könnte ich ihn dank meiner Magie trotzdem jederzeit haben. Aber würde ich es in diesem Fall denn wollen?« Sie klimpert liebreizend mit den Wimpern. »Verrätst du uns irgendetwas über diesen mysteriösen Typen? Auf einer Skala von 1 bis 10: Sieht er gut aus? Und wie macht er sich im Bett?«

»Er ist nett, attraktiv, seine Familie hat Geld und ich weiß nichts über seine Qualitäten im Bett. Er hat zwar bei mir übernachtet, aber es ist nichts passiert, weil er nämlich obendrein anständig ist. So anständig, dass er niemals das Aussehen von Menschen benoten würde, weswegen ich es auch nicht tun werde. Reicht euch das als Information?« Ich bemerke jetzt erst, dass ich die ganze Zeit mit der Hand über meinen Unterarm reibe, als könnte ich Darren durch die Berührung des Mals näher sein. An ihn zu denken, erfüllt mich mit einer Mischung aus Wärme und Sehnsucht, die ich zu unterdrücken versuche. Er hat mich gefragt, ob wir diese Nacht zusammen verbringen wollen, ich war es, die abgelehnt hat.

»Imaginär. Du hast imaginär vergessen. So jemand kann unmöglich existieren«, flachst Dawn.

»Oder sie hat sich ernsthaft in ihn verguckt. Verliebte Menschen behaupten alle solche Sachen«, entgegnet Melissa mit einem Augenrollen. »Sag stopp.« Auf mein Signal hin zieht sie eine Karte und hält sie in die Kamera. »Wie wenig überraschend ist es *Die Königin der Stäbe*. Also entweder wirst du heute Nacht mit unserer Hilfe einen grandiosen Zauber entwickeln oder hast in eurer Beziehung die Hosen an. Ich war beim Mischen gedanklich ein bisschen abgelenkt. Ich meine: Sie hat *DarkDuke* gerade anständig genannt. Das zerstört mein Weltbild.«

»Ich mag ihn und würde ihm gern helfen. Wenn ihr dabei seid, bin ich euch dankbar, ihr könnt aber auch einen Gruselfilm laufen lassen und ich schau nebenbei zu.«

»Wir helfen dir«, sagt Dawn entschieden. »Und lassen trotzdem parallel dazu eine Hexenserie laufen. So zur Inspiration.«

Nachdem Melissa und Dawn ausgiebig darüber diskutiert haben, welche Serie ihrer Meinung nach die beste für diesen Anlass ist, recherchieren wir gemeinsam. Die Veranstaltung findet im November statt, der Stein des Monats ist der Turmalin und das Kraut des Monats Basilikum. Das alles sind Zutaten, die wir uns zunutze machen können, um den Ablenkungszauber zu verstärken. Aber wie soll er aussehen?

»Wenn ich es richtig sehe, hast du nicht viele Möglichkeiten«, fasst Dawn zusammen. »Wenn es eine Veranstaltung in einem fremden Gebäude werden soll, kannst du schlecht unbemerkt Runen auf den Fußboden zeichnen. Du könntest versuchen, den Gästen etwas in Getränke oder Snacks zu schmuggeln, aber auch dann kannst du nicht sichergehen, dass alle Anwesenden zugreifen. Immer noch riskant, aber am realistischsten wären meiner Meinung Zaubergläser oder Säckchen, die du an fünf strategischen Punkten im Gebäude verteilst. Oder was meinst du? Erde an Melissa?«

Melissa sieht blinzelnd auf. »Entschuldigt, es ist hier schon spät, und ich fasse immer noch nicht, dass wir dabei sind, *Dark-Duke* zu helfen. Aber ja. Ich bin ganz bei dir. Gibt es irgendetwas, das ihr vor Ort verteilen könnt, was niemandem verdächtig vorkommen wird? Ihr braucht etwas, was zumindest für die Dauer des Zaubers von niemandem entfernt wird.«

Irgendwo habe ich eine E-Mail vom Organisationsteam mit Ideen für die Dekoration der Unterwelt, aber vielleicht ist das schon zu kompliziert gedacht. Oft sind die simpelsten Dinge die wirkungsvollsten.

»Die Firma verteilt Gratis-Wasserflaschen. Hier überall in der Stadt und auch dort in der Kantine. Vielleicht nehmen wir einfach einige von denen und schreiben mit Edding irgendwelche Namen darauf. Es ist ja nicht unwahrscheinlich, dass an einem langen Abend ein paar der Statisten des Theaterstücks ihre Flasche irgendwo am Rand abstellen.«

»Gut. Also wird Darren musizieren. Hast du jemanden, der dir dabei hilft, die Flaschen zu verteilen? Und was genau soll dann passieren?«

»Taro kann mir helfen.« Vielleicht würden auch Beryl und Hazel mich unterstützen, aber ich kann sie nicht fragen. Ich will nicht, dass sie sich als Komplizen eines Einbruchs schuldig machen. Und genau das ist auch der Grund dafür, dass ich Melissa und Dawn eine Antwort schuldig bleibe. Das, was passiert, sobald alle Darren lauschen, ist etwas, das ich nicht einmal meinen besten Freundinnen erzählen kann.

Erst als im Hintergrund von Melissas Livestream die ersten Sonnenstrahlen den neuen Morgen in Paris ankündigen, verabschiedet sie sich ins Bett.

Kaum hat sie sich ausgeloggt, sieht Dawn mich forschend an.

»Du weißt, dass du für diesen Zauber einen Zweig der Magie anzapfen musst, der im besten Fall dunkelgrau ist? Den Geist von Menschen auf diese Weise zu beeinflussen, zählt nicht mehr als harmlos.«

»Weiß ich«, bestätige ich. Immerhin soll der Zauber den eigenen Willen der Anwesenden zumindest für eine kurze Zeit unterwandern.

»Okay. Aber ich mache mir noch immer Sorgen um dich. Es gibt Zirkel dort draußen – mächtige Zirkel –, denen es nicht gefallen wird, wenn sich jemand so Talentiertes und selbst bei Laien Bekanntes wie du von der weißen Magie abwendet.«

»Ich habe nicht vor, meinen Plan öffentlich zu kommunizieren«, versichere ich erneut. »Ich bin mir bewusst, dass ich viele junge Followerinnen und eine Vorbildfunktion habe.«

»Und du weißt, dass ein paar von deinen treuen Followerinnen echt unanständige Enemies-to-Lovers-Fanfictions von dir und *DarkDuke* geschrieben haben?«, wechselt sie grinsend das Thema und schickt mir den Beweis via Chat. Es ist ihre Art, mir zu sagen, dass sie mir trotz allem vertraut.

Neugierig folge ich dem Link und bereue es kurze Zeit später. Ein paar der Geschichten sind wirklich schräg, aber irgendwie so unterhaltsam, dass ich sie mit Darren teilen muss.

Dass er sie gelesen hat, weiß ich, als er mir mitten in der Nacht schreibt.

Darren: *Für jedes Mal, dass ich meinen* üppigen Zauberstab *in deinem* samtenen Schmuckkästchen *versenke, sollten wir eigentlich Schmerzensgeld bekommen. Ehrlich. Wie soll ich das jemals wieder aus meinem Kopf löschen?*

Wenn du in einer Zauberstab-Schmuckkästchen-Situation noch Zeit hast, darüber nachzudenken, läuft etwas falsch, behaupte ich grinsend und meine es genauso.

Manche Menschen haben wirklich unanständige Fantasien,

aber ich kann nicht behaupten, dass es mich stört. Oder dass ich einige davon nicht selbst schon gehabt hätte.

Darren: *Ich habe übrigens mit Beryl gesprochen. Sie war skeptisch, aber hat eingewilligt, uns ein Wahrheitsserum vorzubereiten.*

Das ist gut, denke ich. Auch wenn mein Gewissen noch immer leise Zweifel an unserem Vorhaben anmeldet.

37. KAPITEL

Samstag, 5.11.

Unruhig rutsche ich auf dem Beifahrersitz von Darrens Auto hin und her und streiche meine feuchten Hände am Rock meines Kleides ab. Wir sind auf dem Weg zum Mittagessen mit dem Bürgermeister, auch wenn ich vor Nervosität keinen Appetit verspüre. Beryl hat uns ein Wahrheitsserum gebraut. Angeblich das stärkste, das sie kennt. Einen Teil davon transportiere ich nun klischeehafterweise in einem Giftring durch die Stadt, der sich seit Generationen in meiner Familie befindet. Da ich ihn hübsch finde, trage ich ihn auch so manchmal, aber bisher nie, um ihn für seinen eigentlichen Zweck zu benutzen. Wenngleich ein Wahrheitsserum wenigstens nicht dazu dient, Menschen zu ermorden. Darren hat zusätzlich etwas von dem Serum in einen silbernen Flachmann abgefüllt, der in der Innentasche seines Sakkos steckt. Angeblich reichen wenige Tropfen in einem beliebigen Getränk, um die volle Wirkung zu entfalten. Ich hoffe, dass wir einen unauffälligen Weg finden werden, sie dem Bürgermeister unterzujubeln. Was passiert, wenn man uns dabei erwischt, jemandem etwas in sein Getränk zu träufeln, möchte ich mir lieber nicht ausmalen.

»Entspann dich«, bittet Darren, tastet nach meiner Hand und haucht einen Kuss auf meinen Handrücken. »Es wird schon alles gut werden. Notfalls probieren wir es bei einem der

Kellner mit einem: *Für ein besseres Morgen, geben Sie dem Bürgermeister den Inhalt dieses Flachmanns in sein Getränk.*«

»Sehr witzig«, erwidere ich wenig amüsiert, weil ich mir fast sicher bin, dass es kein Scherz war. Allein zu wissen, dass Darren die Möglichkeit dazu hat, Menschen auf diese Weise zu manipulieren, nährt mein Unwohlsein nur noch mehr.

Dennoch erkläre diesen Spruch zu meinem heutigen Mantra: *Es wird schon alles gut werden.*

Da die Kette mit dem Angelite bis Vollmond unbrauchbar ist, trage ich wieder einmal den Bergkristall. Er hat keine besonders beruhigende Wirkung, ist allerdings universell einsetzbar. Notfalls auch dafür dem Bürgermeister einzureden, dass er auf die Toilette muss, damit sein Getränk unbeaufsichtigt ist. Darren hat wohl recht: Es wird schon funktionieren. Vielleicht ist es auch gar nicht die Durchführung, die mich so nervös macht, sondern das Vorhaben an sich. Weil es einfach nicht richtig ist, Menschen zu manipulieren. Ich weiß noch, wie enttäuscht Darren von Beryl war, als sie ihm das Serum heimlich zu trinken gegeben hat.

Was wir tun, ist moralisch falsch. Aber der Zweck heiligt die Mittel. Oder nicht?

Das Restaurant, in das uns der Bürgermeister eingeladen hat, verfügt über einen Parkservice und entspricht auch sonst nicht dem, was ich mir ausgesucht hätte, aber hier geht es nicht um mich und meine Befindlichkeiten. Mit einem Fahrstuhl müssen wir ins oberste Stockwerk des Gebäudes am East River, und schon als sich die Türen des Aufzugs öffnen, weiß ich, dass die Aussicht von hier oben beeindruckend sein wird.

Mittlerweile ist es mir egal, ob ich in meinem Kleid neben Darren aussehe, als hätte ich mich an einer Altkleidersammlung bedient. Ich weiß nicht, was passiert ist, aber als ich an seiner Seite an den Empfangstresen herantrete, um unsere Reservierung zu nennen, perlt das Gerede der Menschen vollkommen an mir ab. Zum ersten Mal muss ich nicht so tun, als würden mich die Blicke der anderen nicht interessieren, sie tun es wirklich nicht.

Das Leben ist zu kurz und zu kostbar, um es anderen Menschen recht machen zu wollen. – Jahrelang habe ich das auf meinen Kanälen gepredigt und mir immer und immer wieder aufgesagt, aber erst jetzt habe ich die Worte selbst verinnerlicht. Es ist fast, als hätte ich in den sozialen Medien einen Avatar von mir erschaffen. Ein Idealbild, das nie ganz ich selbst war. Erst hat es sich wie ein schützender Kokon um mich gelegt, um die Verletzungen meiner Kindheit ausheilen zu lassen. Doch mit den Jahren wurde das Gespinst dicker und dicker, bis ich selbst nicht mehr fühlte, was ich täglich predige. Und erst jetzt, wo mein aufgebautes Image (unter anderem durch das Mal an meinem Arm) zu bröckeln anfängt, beginne ich mich wieder zu fühlen. Wahrscheinlich ist es ein seltsamer Moment für diese Selbsterkenntnis, aber besser in diesem Sternerestaurant als nie.

Man nimmt uns unsere Mäntel ab und begleitet uns zu einem Tisch am Fenster, an dem Bürgermeister Caden bereits auf uns wartet. Kaum erblickt er uns, erhebt er sich lächelnd.

»Gemma, Darren, welche Freude euch wiederzusehen, nachdem ihr auf meiner Geburtstagsparty so schnell verschwunden wart.« Er greift nach meiner Hand, aber nicht, um sie zu schütteln, sondern um mich energisch an sich zu ziehen und auf jede Wange zu küssen. Dabei steigt mir ein schwerer, süßlicher Geruch in die Nase, ähnlich dem eines teuren Frauenparfüms. Ungewöhnliche Wahl für einen Mann seines Alters.

Bei Darren beschränkt er sich auf einen so festen Händedruck, dass der die Zähne zusammenbeißt, als hätte er Schmerzen.

»Setzt euch. Erzählt mir, was die jungen Leute in der Stadt heute so beschäftigt.«

Darren fragt mich mit einer Geste, ob ich am Fenster sitzen möchte. Vermutlich war er schon einmal hier und weiß, dass mir die Aussicht auf den East River gefällt. Vielleicht ahnt er auch, dass mich der Anblick des Wassers ein wenig besänftigt. Dankend nehme ich an und streiche mit den Fingern über die gestärkte, weiße Tischdecke, als hätte die raue Haptik irgendetwas Beruhigendes.

Ein Kellner gießt uns Wasser ein, während Caden auf meine Hand deutet.

»So etwas habe ich schon einmal gesehen, bei einem jungen Mann, den ich im Krankenhaus besucht habe. Ein Blitz hatte ihn getroffen. Schreckliche Sache. Und die verästelten Narben bleiben ein Leben lang, habe ich mir sagen lassen. Aber es ist dennoch immer wieder erstaunlich, was der menschliche Körper alles leisten kann, nicht wahr? So überaus anpassungsfähig.« Er sieht auf, als der Kellner sich zu ihm hinabbeugt und ihm etwas zuflüstert. Nickend fährt er auf, als hätte er eine wichtige Prüfung zu absolvieren. »Selbstverständlich komme ich kurz mit.« Er erhebt sich und richtet sorgsam sein Jackett. »Nur für ein Foto. Ich bin sofort wieder zurück. Sucht euch doch schon einmal etwas zu essen aus, ja?« Kaum hat er die Worte ausgesprochen, folgt er dem Kellner zu einer Wand hinüber, die über und über mit Bilderrahmen dekoriert ist. Die gesamte Belegschaft versammelt sich, offensichtlich um ein Foto für die hauseigene *Wall Of Fame* zu schießen.

Ich nutze den Moment der allgemeinen Ablenkung und gebe den Inhalt meines Rings in Cadens Wasserglas.

Aufstehen, Ring öffnen, Inhalt im Glas ausleeren.

Das war es.

Mit viel zu schnell schlagendem Herzen lasse ich mich wieder auf meinen Stuhl sinken und sehe mich hastig im Restaurant um. Wenn jemandem etwas aufgefallen sein sollte, reagiert er nicht. Niemand kommt und macht Anstalten, mich zu verhaften.

»Entspann dich«, raunt Darren nicht zum ersten Mal an diesem Tag, doch obwohl ein Teil unseres Vorhabens damit erledigt ist, verschwindet die Anspannung nicht.

Wenig später kehrt Caden zurück, entschuldigt sich mehrfach für die Unterbrechung und nimmt einen großen Schluck Wasser. Auch wenn ich die weiße Magie bereits vor unserer Abfahrt um Unterstützung gebeten habe, war das hier beinahe zu einfach. Laut Beryl wirkt das Wahrheitsserum sofort, dennoch müssen wir einen günstigen Moment abpassen, um das Gespräch in eine passende Richtung zu lenken, schließlich ist es ein Wahrheitsserum und kein Vergessenszauber. Wenn wir uns zu ungeschickt anstellen, machen wir uns verdächtig.

»Und, Darren?«, fragt Caden im besten Plauderton. »Wie stolz bist du auf das neueste Projekt deines Dads? Obdachlosen von der Straße zu helfen, ist ein ehrenwertes Ziel. Nicht jeder Unternehmer spendet so viel seines Privatvermögens für soziale Zwecke.«

Irritiert sehe ich Darren an. Der Bürgermeister schneidet dieses Thema von sich aus an? Selbst mit der Unterstützung der weißen Magie erscheint mir das wie ein etwas zu glücklicher Zufall. Diese ganze Sache hier läuft irgendwie zu glatt.

»Apropos Obdachlosen von der Straße helfen: Was wissen Sie darüber, wie genau dieses Ziel erreicht werden soll?«, fragt Darren geradeheraus, mit einem unverbindlichen Lächeln im Gesicht und spielt an seinem Ohrring, wie er es immer tut, wenn er nervös ist. So viel zu: *entspann dich.* Gut zu wissen, dass seine Ruhe auch nur Fassade ist. »Hat Dad Ihnen etwas darüber erzählt? Denn auf der Webseite der Stiftung steht nichts Genaues, und ich erwische ihn so gut wie nie. Sie kennen ihn ja: Immer beschäftigt, immer auf dem Sprung.«

»Oh.« Caden zuckt gleichgültig mit einer Schulter und winkt einen der Kellner heran. »Darüber weiß ich nichts. Er sagte, die obdachlosen Menschen werden zu einem wertvollen Teil der Gesellschaft, also nehme ich mal an, dass es ein Wiedereingliederungsprogramm gibt. Vielleicht auch etwas mit Drogenentzug und medizinischer Erstversorgung. So genau haben wir uns darüber noch nicht ausgetauscht. – Ich hätte gern das Tagesmenü mit den Scampi und meine jungen Gäste bestellen selbst«, ordert er vollkommen nebensächlich und wartet darauf, bis wir uns das einzige vegetarische Gericht aus der sehr kurzen Speisekarte ausgesucht haben, bevor er fortfährt. »Du kennst deinen Vater besser als ich, er redet nie über die Details seiner Unternehmungen, aber der Erfolg gibt ihm für gewöhnlich recht. Obwohl es mir natürlich eine Freude wäre, mehr darüber zu erfahren.«

»Also ist Ihnen nie etwas zu Ohren gekommen über … verschwundene Obdachlose?«, hakt Darren nach. Seine Hand verkrampft sich auf seinem Schoß, als hätte er Schmerzen.

Ich weiß nicht, wie umfassend der Fluch seines Dads ist, also übernehme ich an dieser Stelle das Gespräch. Noch einmal kann ich ihn nicht retten, sollte er versuchen, mehr preiszugeben als er darf. Behutsam lege ich meine Hand auf seine, bis er sich merklich entspannt.

»Verschwundene Menschen? In meiner Stadt? Sollte ich da etwas Bestimmtes gehört haben?«, sagt Caden irritiert. »Im Prinzip verschwinden in New York tagtäglich jede Menge Menschen. Was bringt euch zu der Annahme, dass sich dahinter etwas verbirgt, wovon ich als Bürgermeister Kenntnis haben sollte?«

»Wir haben keine Beweise, nur Gerüchte, laut denen mehrere Obdachlose starben, nachdem sie Kontakt zur *Less-Homeless*-Foundation aufgenommen haben«, erkläre ich leise und versuche Cadens Reaktion abzuschätzen.

Er sieht uns abwechselnd an, zeigt den Ansatz eines Kopfschüttelns. »Das muss ein Zufall sein.« Er streicht unruhig mit dem Zeigefinger über sein Glas und klopft mit dem Fingernagel dagegen. *Pling. Pling. Pling.* »Es wäre ungeheuerlich, etwas anderes anzunehmen. Obdachlose Menschen werden oft jahrelang nicht medizinisch versorgt. Vielleicht wäre ihre Existenz – oder ihr Versterben – niemandem aufgefallen, hätte die *Less-Homeless*-Foundation sie nicht zuvor aufgenommen.«

»Aber wenn es keiner wäre?«, frage ich vorsichtig.

Caden sieht zum Fenster hinaus und zieht die Augenbrauen zusammen. »Nun, das sind gewaltige Anschuldigungen. Menschen verschwinden zu lassen. Sie vielleicht sogar umzubringen. Zu welchem Zweck sollte man das tun? Was hätte man davon?«

Irgendetwas hält mich davon ab, ihm zu sagen, dass es das Ziel der L.I.F.E. Inc. ist, sich Lebenszeit mit dem Opfern von Menschen zu erkaufen. Ohne Beweise kommt es mir falsch vor, darüber zu reden, denn Caden wirkt tatsächlich, als wüsste er davon nichts. Und es ist kein Thema für ein Mittagessen in der Öffentlichkeit. Er und Darren haben recht: Zuerst brauchen wir Beweise.

»Nun, ihr zwei. Wenn ihr irgendwelche Belege für diese schrecklichen Anschuldigungen habt, wäre es mir eine Freude, wenn ihr sie mir anvertraut. In dem Fall sähe ich mich gezwungen, eine Untersuchung einzuleiten und Konsequenzen zu ergreifen. Aber solange es sich dabei nur um einen urbanen Mythos handelt, den ihr irgendwo aufgeschnappt habt, werde ich meinem Freund vertrauen.«

Fragend sehe ich Darren an – und er nickt.

Dann wollen wir mal hoffen, dass wir die benötigten Beweise tatsächlich auftreiben können. Nicht einmal mehr drei Wochen trennen uns von dem Tag, der alles entscheiden wird.

· · ✦ · ·

Darren begleitet mich noch bis nach Hause, wo ich ihm auf meinem Bett sitzend von allem erzähle, was ich in der Halloweennacht mit Dawn und Melissa erarbeitet habe. Es fällt mir schwer, seinen Gesichtsausdruck zu deuten. Ist er mit dem Plan zufrieden? Besorgt? Hat er eine bessere Idee? Er nickt, schüttelt den Kopf und streicht sich mit der Hand durch die Haare.

»Und? Was sagst du?«, frage ich, als ich meine innere Anspannung nicht länger aushalte.

»Der Plan klingt gut. Riskant, aber gut. Hast du deinen Bruder schon eingeweiht?«

Nein, denn das wollte ich nicht tun, bevor ich nicht Darrens Einverständnis für die Durchführung habe. Doch mir ist ebenfalls bewusst, dass wir Taros Hilfe brauchen werden. »Als Studierender an der *Allbright* wird er ohnehin vor Ort sein. Vermutlich wurde er dafür eingeteilt, den Abend fotografisch zu begleiten, dann kann er bestimmt unauffällig zwei der fünf Flaschen irgendwo im Atrium platzieren, während ich die übrigen drei verteile.«

Darren lässt sich erneut mein Notizbuch geben und skizziert den Grundriss des Atriums, damit wir gemeinsam überlegen können, an welchen Orten wir die Zauberflaschen positionieren, damit ihre Anordnung ein gedachtes Pentagramm ergibt. Es gibt viele Theorien über dieses magische Symbol. Fakt ist, dass dieses Schutzzeichen bereits im alten Ägypten bekannt war – und bis heute funktioniert.

»Wusstest du, dass das Pentagramm seinen Ursprung im Seestern hat und man die schon in der Steinzeit den Toten beigelegt hat?«, fragt Darren, während er sich mit dem Rücken gegen den Kissenberg am Kopfende meines Bettes lehnt.

»Das ist mir tatsächlich neu«, gestehe ich und zögere kurz, bevor ich an ihn heranrutsche. »Aber als Sohn einer Sirene und Vater von zwei Seepferdchen weiß man so etwas vermutlich.«

Als er seinen Arm um meine Taille legt, schmiege ich meine Wange an seine Brust und lausche erneut seinem Herzschlag. Vielleicht wird er zu meiner neuen Lieblingsmelodie.

»Eine Frage noch«, wende ich ein. »Mal angenommen, der Faszinationszauber wirkt, alle Blicke sind auf dich gerichtet, niemand bemerkt mich oder behält die Überwachungskameras im Auge. Es gibt doch Kameras?«

»Welche Firma dieser Größenordnung hat keine?«, antwortet Darren rhetorisch.

»Eben. Wo soll ich nach den Beweisen suchen? Kristen hat mir zwar eine Führung gegeben, und ich habe einen groben Überblick über den Aufbau des Gebäudes, aber wir werden nicht allzu viel Zeit haben.«

»Ich kann dir vielleicht Erinnerungen zeigen, die dir den Weg zu Dads Büro weisen und dir helfen, dich dort zurechtzufinden, doch ich kann dir nicht versichern, dass dir alle davon gefallen werden.«

»Das Risiko gehe ich ein.« Vorsichtig schiebe ich seine Hand beiseite und setze mich auf. »Zeig mir, was ich wissen muss.«

Darren beißt sich kurz auf die Unterlippe, streicht mit seinen Fingern über meinen Handrücken. »Bist du dir sicher?«

Nickend erhebe ich mich aus dem Bett, sammle drei Kerzen zusammen und sehe ihn auffordernd an. »Bereit für eine Pianosession?«

»Eigentlich nicht«, murmelt er, erhebt sich dennoch aus meinem Bett und folgt mir ins Wohnzimmer hinüber. Dort entzünde ich die Kerzen, lasse mich ins weiche Polster unseres Sofas sinken und warte darauf, dass Darren ein Lied anstimmt.

Er zögert. Vielleicht kommt ihm kein Lied in den Sinn, vielleicht hat er tatsächlich Angst davor, dass mir seine Erinnerungen nicht gefallen werden.

Er atmet tief ein und stimmt eine Melodie an, die mich sofort gefangen nimmt. Noch bevor ich die Magie um Hilfe bitten kann, entführen mich die blauen Wolken vor meinem inneren Auge ins Reich von Darrens Erinnerungen. Mit jedem Mal erscheint es mir leichter, es zu betreten.

An Darrens Seite gehe ich durch einen Flur, der mir dank der Führung durch die L.I.F.E. Inc. bekannt vorkommt. Er hält vor einer Tür, auf deren Schild *Damian Hunter* steht. Es ist das Büro seines Dads. Nach einem Anklopfen wird er hereingebeten.

»Können wir los?«, fragt er ohne Umschweife.

Sein Dad sitzt noch hinter dem Schreibtisch, schenkt ihm einen flüchtigen Blick und nickt. »Ich bin gleich so weit.« Es sieht aus, als würde er nach einer schwarzen Festplatte greifen. Mit ihr in der Hand erhebt er sich, tritt an die Wand und entfernt ein gerahmtes Porträt von Darrens Mom. Dahinter kommt ein Tresor zum Vorschein, in dem er kurz darauf die Festplatte ablegt.

»Wir können«, verkündet er, als das Bild sanft wieder an seinen Platz an der Wand zurückschwingt.

Als mich die blauen Erinnerungswolken einhüllen, frage ich mich, was an dieser Erinnerung unangenehm sein sollte. Ein Tresor hinter einem Bild. Eine Festplatte. Nicht sehr kreativ und vor allem nicht erschütternd. Warum hat Darren so gezögert, mich in diese Erinnerung einzuweihen?

Irritiert nehme ich zur Kenntnis, dass sich die Wolken lichten. Noch immer befinden wir uns im Büro von Darrens Dad. Er ist nicht hier, wir sind dennoch nicht allein.

Kristen sitzt auf der Kante des Schreibtisches und starrt Darren auffordernd an.

Mein Herz zieht sich schmerzhaft zusammen, als mir erneut auffällt, wie makellos schön sie ist. Das sieht offensichtlich auch Darren so.

Sein Blick fährt ihre Kurven nach. In seinen Augen liegt ein Hunger, den ich von ihm nicht kenne.

Ein Teil von mir würde sich gern abwenden, nicht mit ansehen, wie Darren seine Hände an ihre Taille legt. Wie sie ihre Hände in sein Hemd vergräbt.

»Du bist dir sicher, dass dies der richtige Ort ist?«, fragt Darren grinsend und rafft den Rock ihres hautengen Etuikleids höher.

Die Eindeutigkeit der Situation ruft eine Menge unangenehmer Gefühle in mir hervor, die ich unterdrücke. Unterdrücken muss, um dem Geschehen zu folgen. Darren hat mich vorgewarnt, aber hierfür war ich emotional nicht gewappnet. Es fällt mir schwer, den Druck auf meiner Brust wegzuatmen.

Ich will das nicht sehen. Ich will das nicht sehen. Ich will das nicht sehen.

Kristen, die sein Hemd aufknöpft, während Darren ihre nackten Beine begutachtet. Kristens Finger an seinem Gürtel. Sein Atem, der immer schwerer geht.

»Dieser Ort ist perfekt«, versichert sie mit überlegenem Lächeln und kratzt mit ihren perfekt manikürten Fingernägeln über seine Brust. So fest, dass es rote Striemen auf seinem durchtrainierten Oberkörper hinterlässt.

Es ist nur eine Erinnerung, ermahne ich mich.

»Hier bewahrt dein Dad all seine Geheimnisse auf.«

»Nicht alle«, widerspricht Darren schmunzelnd.

»Aber die, die wir brauchen.«

»Wie meinst du das?«

Kristen greift in Darrens Haare und schlingt ein Bein um ihn. »Dein Dad ist ein brillanter Mann, doch ihm fehlt die Weitsicht. Seine Visionen sind … kleingeistig. Stell dir vor: du, ich und die Informationen auf der Festplatte.«

»Sind wir deswegen hier?« Darren hebt provozierend eine Augenbraue. »Weil du dir von mir Informationen erhoffst?«

»Nicht nur die … Ich hoffe auf eine längerfristige Fusion.«

»Bedaure, doch daraus wird nichts«, erwidert Darren freundlich, aber bestimmt und bringt Kristen dazu einen Schmollmund zu ziehen.

»Ich meinte, dass aus deinen Visionen zur Firmenübernahme nichts wird. Diese Schreibtischsache hat allerdings durchaus ihren Reiz.«

Dankenswerterweise kehren die blauen Wolken zurück, bevor ich Sachen mitansehen muss, die mir Übelkeit bereiten. Mir liegt nichts daran, herauszufinden, ob man sich in den Erinnerungen anderer übergeben kann.

Fast wünschte ich, Darren würde einfach zu spielen aufhören, doch erneut finde ich mich im Büro seines Dads wieder. Darren ist allein, hat das Porträt abgehängt und betrachtet den Tresor.

»Durch einen Zauber geschützt. Wie interessant«, murmelt er, bevor der Nebel seiner Erinnerungen mich endlich freilässt.

Ich atme tief ein und sehe zur Zimmerdecke hinauf, schmiege mich ans kühle Leder der Couch.

Es waren nur Erinnerungen, wiederhole ich immer wieder, aber der heiße Blick, mit dem Darren Kristen bedacht hat, hat sich in mich eingebrannt. Sein schwerer Atem. Die Striemen auf seiner Brust. Diese Szene war real. Irgendwann einmal war sie das. Ich wünschte, Darren hätte sie übersprungen, aber so funktionieren Erinnerungen vermutlich nicht. Sie sind miteinander verwoben und nicht klar voneinander zu trennen.

Als ich mich aufsetze und zu Darren hinübersehe, sind all die unangenehmen Emotionen noch immer präsent.

Was hast du damals empfunden?, würde ich gern fragen. Warum hat er Kristen so angesehen? Hungrig, herausfordernd, stolz. Ganz anders als mich. Wieso sind wir nach all unseren Treffen noch keinen Schritt weiter, obwohl er gewillt war, sein Leben in meine Hände zu legen?

»Ist alles okay?«, fragt Darren leise.

Ich beschließe, dass es das ist. Ich hasse es, Schwäche zu zeigen. Und noch bin ich nicht dazu bereit, meine für ihn einzugestehen, wenn er mir nicht anvertraut, was mich von Kristen unterscheidet.

»Während du die Leute ablenkst, werde ich mich also in das Büro deines Dads schleichen und versuchen, eine Festplatte aus einem Safe zu stehlen, der durch einen Zauber geschützt wird. Ist es etwa das, was du mir zeigen wolltest?«, fasse ich zusammen.

Darren dreht sich zu mir herum, stützt die Unterarme auf seinen Oberschenkeln ab und nickt. »So ungefähr. Mir ist eine Erinnerung dazwischengerutscht, die du nicht unbedingt hättest sehen müssen.«

Ich hätte auch darauf verzichten können, obwohl es albern und emotional ist. Jeder von uns hat eine Vergangenheit, und es nicht fair, deswegen von Darren enttäuscht zu sein.

»Wie geht es dir damit?« Er hebt den Kopf, sieht mich unverwandt an. Verunsichert und einfühlsam.

Gut. – Das ist es, was ich sagen will. Aber als ich den Mund öffne, kriege ich kein Wort heraus. Hinter meinen Augen beginnt es verräterisch zu brennen, weil es sich anfühlt, als würde er anderen Frauen das geben, was ich mir von ihm wünsche. Es ist kindisch. Die Erinnerung ist nicht aktuell, und er sitzt vor mir, statt bei Kristen zu sein, trotzdem sehe ich vor meinem inneren Auge, wie er sie berührt. Und es geht mir damit nicht gut. Nicht annähernd.

Ich richte den Blick auf meine Finger und schlucke. »Auf einer Skala von 1 bis 10, wie albern ist es, auf eine Erinnerung eifersüchtig zu sein?«, springe ich über meinen Schatten.

Darren antwortet nicht. Auf meine Frage folgt eine Stille, die so laut ist, dass sie in meinen Ohren dröhnt. Schließlich halte ich es nicht mehr aus und sehe zu ihm hinüber, aber er betrachtet das Mal an seinem Handgelenk.

»Gibt es darauf eine richtige Antwort?«, murmelt er.

Das war sie auf jeden Fall nicht. So viel verrät mir der dumpfe Schmerz in meinem Inneren.

»Vergiss, was ich gesagt habe«, bitte ich und erhebe mich vom Sofa, um noch mehr Abstand zwischen uns zu bringen. Da ich gerade nicht weiß, was ich mit mir anfangen soll, gehe ich zur Küchenzeile hinüber und nehme zwei Wassergläser aus einem der Oberschränke.

»Gem, ich …«, höre ich Darren, doch er beendet den Satz nicht.

»Ist okay«, versichere ich, obwohl es sich nicht so anfühlt. »Ich meine … Ich versuche seit Wochen herauszufinden, in welchem Stadium von *es-ist-kompliziert* wir uns bewegen, aber …« Dieses Mal bin ich es, der die Worte fehlen. »Wenn du keine Antwort für mich hast, ist es auch in Ordnung.«

Darren zögert, bevor er aufsteht und zu mir herüberkommt.

Ich hasse es, wie er mich in aller Seelenruhe mustert, statt die Sache auf sich beruhen zu lassen.

»Du bist eifersüchtig?«, fragt er schließlich. »Auf Kristen?«

»Nicht auf sie direkt, sondern auf die Art, wie du sie angesehen hast. Darauf, dass du bei ihr den Mut hattest, dich fallen-zulassen. Darauf, dass du sie an dich herangelassen hast.«

»Du warst gerade in meinen Erinnerungen. Ich denke nicht, dass ich jemals irgendeinen Menschen näher an mich heran-gelassen habe als dich.« Darren sieht mich so unschuldig und verständnislos an, dass ich mich frage, ob er wirklich nicht be-greift, worum es mir geht.

»Das ist nicht dasselbe«, antworte ich schließlich und höre selbst, wie frustriert ich klinge.

Darren betrachtet mich noch einen Augenblick, dann die Küchentheke hinter mir und schluckt hart. »Dann bittest du mich gerade darum, dich auf einem Tisch zu vögeln?« Seine Hand zuckt, als würde er kurz darüber nachdenken, mich zu packen und auf den Tresen zu heben, doch offensichtlich ver-wirft er den Gedanken sofort wieder.

»Ich will einfach nur wissen, woran ich bei dir bin.«

»An jemandem, der dich nicht küssen kann«, erwidert er ausweichend.

»Sag mir bitte, dass das nicht der Punkt ist, der für dich alles kompliziert macht.«

»Aber es *ist* kompliziert.« Beinahe resigniert legt er eine Hand an meine Taille, zeichnet mit der anderen meine Unter-lippe nach. »Ich kann dich nicht küssen. Niemals.« Hauchzart fährt er an meinem Unterkiefer entlang, streift mir behutsam eine Haarsträhne hinter das Ohr. Er lehnt sich vor, und sein warmer Atem streicht über meine Haut, während er verhei-ßungsvoll flüstert. »Und es gibt andere Dinge, die ich ebenfalls nicht mit dir tun kann. Ich kann niemals an deinem Ohr knab-bern. Und ziemlich viele der wirklich verlockenden Sachen aus den Fan-Fictions werde ich auch nicht für dich tun können, ohne Gefahr zu laufen, dir Schmerzen zuzufügen.« Darren zieht sich kaum merklich zurück und fährt mit seinem Blick die Rundungen meines Körpers nach, als wollte er sichergehen, dass ich ihn verstehe.

Ich habe die Texte ebenfalls gelesen und kann mir vorstellen, wovon er spricht. In ziemlich vielen der Geschichten erkundet er mit seiner Zunge meinen Körper.

»Wenn du meinst, dass du auf all das verzichten kannst, steht meine Vollmondeinladung noch immer.«

»Also ist die Einladung ins Haus deiner Eltern ein Date?«, vergewissere ich mich.

»Ein Date?«, wiederholt Darren schmunzelnd. »Wenn du es so nennen willst.«

»Und Dates dieser Art muss man bei dir immer so weit im Voraus anmelden?«

Darren schnaubt leise und zeigt den Ansatz eines Kopfschüttelns. »Ich will nur nicht, dass du denkst, ich könnte mich nicht zusammenreißen oder würde unsere Notlage ausnutzen. Was ich nach Jespers Ausführungen durchaus nachvollziehen könnte.«

»Also hältst du dich ehrenhaft zurück, weil du anständig sein willst?«

»Wenn es so wäre?«

»Würde ich dich bitten, damit aufzuhören.«

Darren lacht. Dieses offene, herzliche Lachen, das ich bei ihm viel zu selten sehe und das mich vergessen lässt, dass ich eben noch eifersüchtig auf eine Erinnerung war. Ein Teil von mir wünscht sich noch immer, dass er mich einfach packt, auf den Tresen hebt und mir versichert, dass ich nicht dabei bin, mich in eine hoffnungslose Sache zu verrennen. Aber wenn es ihm so lieber ist, werde ich bis Vollmond warten.

38. KAPITEL

Dienstag, 8.11.

Die Aussicht auf eine Nacht in Darrens Elternhaus macht mich auf mehrere Arten nervös. Auch wenn sein Dad nicht dort sein wird, ist es dennoch sein Haus. Wir werden auf seinem Sofa sitzen, seine Küche nutzen und uns um Darrens Mom kümmern. Einerseits hoffe ich, dass es ihr gut geht, doch mit dem Gedanken an diese eine Zutat, die in ihrer Medizin steckt, hat selbst dieser Wunsch einen schalen Beigeschmack.

Das mulmige Gefühl begleitet mich durch den Tag, auch dann noch, als ich am Dienstagabend zu Darren in sein Auto steige und wir in Richtung des Nationalparks fahren. Mit angezogenen Beinen zupfe ich am Saum meiner Leggings und starre aus dem Fenster. Ich beobachte, wie der Regen wirre Muster auf die Scheiben zeichnet und versuche, die Unruhe zu unterdrücken, die sich zu immer höheren Wellen in mir auftürmt.

»Geht es dir gut?«, fragt Darren, nachdem wir uns eine Weile angeschwiegen haben. »Du wirkst nervös. Wenn es an der Date-Sache liegt, über die wir letztens gesprochen haben, kannst du es jederzeit sagen. Wir tun nichts, was du nicht möchtest.«

»Das ist es nicht«, gestehe ich ehrlich. »Momentan habe ich immer öfter das Gefühl, dass mir alles über den Kopf wächst. Ich versuche, es positiv zu sehen, dass ich im Theaterstück nur eine winzige Nebenrolle habe, und bin froh, dass ich die Location-Suche endlich von der To-do-Liste streichen konnte. Aber dann fallen mir all die anderen Dinge wieder ein: dass du wegziehst. Uns die Zeit davonläuft. Der Ablenkungszauber funktionieren muss. Wir einen Einbruch planen. Caden Beweise fordert. Menschenleben von uns abhängen. Und dann habe ich das Gefühl, dass mir die Luft wegbleibt und ich ertrinke.«

Ich fahre überrascht auf, als Darren den Blinker setzt und rechts ranfährt.

Er schaltet die Innenbeleuchtung des Wagens an, da die Sonne längst untergegangen ist. Leise prasselt der Regen auf das Autodach, untermalt vom gelegentlichen Quietschen der Scheibenwischer.

»Sieh mich an«, sagt er mit sanfter Stimme.

Tief durchatmend lockere ich meinen Gurt und drehe mich zu ihm herum.

Er zögert, bevor er nach meiner Hand tastet und einen kleinen Kreis auf meine Handinnenfläche zeichnet. »Ich weiß, dass ich viel von dir verlange. Und mit der Fake-Beziehung von der ersten Sekunde an viel verlangt habe. Aber ich war mir immer sicher, dass du die Richtige bist. Für diesen Job, für diese Aufgabe und für alles, was noch kommt. Wir müssen Dad aufhalten, und es tut mir leid, dass ich dir keine so große Hilfe bin, wie ich es gern wäre, nur ...« Darren streicht mit dem Zeigefinger an meinem Unterarm hinauf, fährt die Linien des Tattoos nach. Es ist nur der Hauch einer Berührung, dennoch konzentrieren sich sofort all meine Sinne darauf und schicken ein elektrisierendes Kribbeln durch meinen Körper. »Ich weiß, dass uns die Zeit davonläuft, aber vielleicht kannst du eine kleine Auszeit brauchen. Nur diese eine Nacht lang.«

»Wie soll mir die helfen? Wenn ich wieder zurück bin, hat

sich nichts geändert. Die Welt, die mich erwartet, ist noch immer die gleiche.«

Darren mustert schweigend mein Gesicht. »Dann gib mir die Chance dazu, sie wenigstens für diese eine Nacht auf den Kopf zu stellen.« Er verstummt und schluckt, bevor er fortfährt. »Das war nicht der Plan, okay? Nichts hiervon. Nicht einmal, dass ich dich meinem Dad als meine Begleiterin vorgestellt habe. Ich war fest entschlossen, diese ganze Sache professioneller anzugehen.«

»Wann hast du dir überlegt, deine ehrenwerten Ziele zu verwerfen?«

»Ich weiß nicht.« Darren starrt einen Moment vor sich hin und zuckt mit einer Schulter. »Spätestens als du mir von deinem Kuchen abgegeben hast. Ich stehe wirklich sehr auf Schokokuchen.«

»Also werden wir diese Nacht nutzen, um herauszufinden, ob es noch mehr Dinge gibt, auf die wir beide stehen?«

»Wir tun, was auch immer du willst«, verspricht er und stutzt. »Außer nackt im Wald zu tanzen. Und wir erwähnen die Worte Zauberstab und Schmuckkästchen nicht. Auch Fleischpeitsche und Lustperle sind tabu.«

»Deal«, willige ich ein und kann ein Lächeln nicht unterdrücken. Zumindest für diesen einen Ausflug lang werde ich versuchen, mich von meinen Sorgen nicht ins Meer des Zweifels herunterziehen zu lassen, auch wenn ich sie nicht einfach abschütteln kann.

· · ✦ · ·

»Ich schaue nur kurz nach, ob Mom wach ist, und sage ihr, dass wir hier sind«, verabschiedet sich Darren die Treppe hinauf.

Mit einem Seufzen stelle ich meine Tasche im Wohnzimmer ab und sehe mich um. Jetzt, wo niemand hier ist, spüre ich die Besonderheit dieses Ortes umso intensiver und kann auch die pulsierende Energie des Gemäldes besser einordnen. Darren hat recht. Wenn ich die Augen schließe und versuche, mich auf die Runen des Bildes einzulassen, sorgen sie dafür, dass der Bergkristall an meiner Kette nach meiner Aufmerksamkeit lechzt, als könnte die darin gespeicherte Energie es nicht erwarten, genutzt zu werden. Von einem inneren Drang getrieben, nehme ich mein Tarot-Deck aus der Tasche, steige zu der Sitzecke in der Mitte des Raumes hinunter und schaue durch das Glasdach zum Sternenhimmel hinauf. Die architektonische Verbindung zwischen kosmisch und irdisch ist wirklich einzigartig. Einem Impuls folgend lasse ich mich zu Boden sinken, dorthin, wo bei anderen Leuten vermutlich ein Wohnzimmertisch stehen würde. Normalerweise nutze ich Kristallenergie, damit sie mich bei der Legung leitet, doch heute probiere ich es mit dem Licht des Vollmonds, das auf mich hinabscheint.

Ich wünsche mir von der weißen Magie einen Impuls für diese Nacht und muss lachen, als ich ausgerechnet *Die Lieben-den* ziehe. Wie klischeehaft. Als ob ich nicht längst wüsste, warum ich hier bin.

Darren lenkt meine Aufmerksamkeit auf sich, als er die Treppe hinabsteigt. »Mom schläft, aber sie hat ihre Medizin bereits genommen.« Er verharrt in der Bewegung, fährt sich mit einer Hand durch die Haare. Schweigend betrachtet er mich. »Darf ich ein Foto von dir machen? Du, in dem Kleid, wie du in dem Mondschein sitzt. Ich weiß nicht, wann ich zuletzt etwas Schöneres gesehen habe.«

»Sehr charmant«, erwidere ich und bedeute ihm, das Bild zu machen. »Wie geht es deiner Mom heute?«

»Schwer zu sagen.« Noch einen Moment mustert er mich, bevor er tatsächlich ein Foto schießt und mir per Messenger-

App schickt. »Möglicherweise solltest du das Bild auf deinen Kanälen veröffentlichen und *DarkDuke* als Fotograf verlinken. Dann hören die Leute vielleicht damit auf, mich mit privaten Nachrichten zu tyrannisieren.«

»Ja, aber es gibt bereits Gerüchte darüber, dass ich Darren Hunter date. Ich denke, die Leute können eins und eins zusammenzählen.« Ich erhebe mich und fächere den Kartenstapel auf, als Darren auf mich zukommt. »Zieh eine Karte.«

»Wie du wünschst.« Er schaut mir tief in die Augen und wählt scheinbar achtlos eine Karte, deren Motiv er mir zeigt, ohne es sich vorher anzusehen.

Die Gehängte. – Wie sollte es anders sein? Es hat sich nichts an seiner Situation geändert. Natürlich nicht.

Am liebsten würde ich ihm zusammen mit der Karte alle Lasten abnehmen, die daran hängen, doch so einfach funktioniert das Leben nicht.

»Ich beginne diese Illustration zu hassen«, murmle ich, nehme sie wieder an mich und lege den Stapel auf dem Sofa ab.

»Als wir das letzte Mal hier waren, war ich mir ziemlich sicher, dass du *mich* hasst«, gesteht Darren und blickt über meine Schulter hinweg zur großen Terrassentür nach draußen. »Weil ich wollte, dass du dich als meine Begleitung ausgibst. Weil ich wollte, dass du die Wahrheit erträgst. Weil ich wollte, dass du mich magst. Und mich gleichzeitig dafür verachtet habe, wie gern ich dich geküsst hätte.«

»Ich habe dich nie gehasst, auch *DarkDuke* nicht. Und wenn ich es könnte, hätte ich dich längst geküsst.«

»Es klingt komisch, wenn ich dir jetzt anbiete, ob du dir mein Zimmer angucken möchtest, oder?«

»Solange du mir nicht deine Briefmarkensammlung zeigst«, scherze ich. »Aber falls du zufällig eine Kristallsammlung besitzt, wäre ich nicht abgeneigt.«

»Ich zeig dir, was auch immer du willst.«

»Gut, dann fangen wir tatsächlich mit deinem Zimmer an«, schlage ich vor, gehe zu meiner Tasche hinüber und folge Darren ins Obergeschoss hinauf.

Darrens Zimmer ist das letzte am Ende des gläsernen Gangs und sieht vollkommen anders aus als der gemütliche Raum in der WG. Hier gibt es weder Pflanzen noch ein Aquarium, dafür einen Einrichtungsstil, den ich nicht einordnen kann. Es ist eine spezielle Mischung aus schweren, schwarzen Vorhängen an den bodentiefen Fenstern und filigranen Metallskulpturen. Vor der Fensterfront steht eine Sitzecke mit kantig-modernen Sofas, die äußerst unbequem aussehen. Durch eine geöffnete Schiebetür kann ich ein Badezimmer erahnen. Ich sehe Stehlampen mit quadratischen Stoffschirmen, daneben Steinpodeste mit moderner Kunst. Aber alles – inklusive eines schwarzen Flügels in der Zimmerecke – wird überschattet von der Übereck-Aussicht. Die bodentiefen Fenster gewähren einen Blick auf den mondbeschienenen Wald, alles wirkt wie in flüssiges Silber getaucht. Und auch wenn ich fest entschlossen bin, mich von dem Luxus nicht blenden zu lassen, bringt der beinahe magische Anblick mein Herz zum Klopfen.

»Ich liebe die Aussicht auf Hochhäuser bei Nacht, aber der Wald hat auch was«, gestehe ich, stelle meine Tasche neben einem breiten Bett ab, trete an die Fensterfront heran und schaue nach draußen. Äste wippen im Novemberwind wie knochige Finger, die über eine Klaviatur tanzen. Fallende Regentropfen gleichen schillerndem Kristallglas.

»Und es ist hier etwas weniger kalt als am Charlotte Beach«, stichelt Darren, wirft sein Jackett aufs Bett und zieht seine Schuhe aus, während ich nickend nach draußen sehe.

»Aber nicht weniger magisch.«

»Und vergiss den Vollmond nicht.«

Ein wohliger Schauer durchläuft mich, als Darren an mich herantritt, seine Hände an meine Taille legt und mir sacht auf den Hals pustet. Nur ein Hauch, wie ein Kuss. Sofort richten sich all meine Sinne auf die Stelle, an der mich sein Atem streift. »Sag mir, wenn ich heute Nacht auf dem Sofa schlafen soll.«

»Bekommst du etwa kalte Füße?«

»Nein, ich wollte nur ein letztes Mal den Anschein von Anstand und Höflichkeit erwecken.« Mit seinen Fingerspitzen gleitet er neben meiner Wirbelsäule hinab. Es ist eine weitere Berührung, die ein angenehmes Kribbeln verursacht – auf meiner Haut und in meinem Inneren. »Und es war mein Ernst: Wir tun nichts, was du nicht willst.«

»Dann lass uns doch bei den Dingen anfangen, die ich will. Du hast mir beim letzten Besuch angeboten, im beheizten Pool auf mich zu warten. Wie wäre es, wenn wir bei diesem Punkt starten?«

Irgendetwas an meinen Worten scheint falsch gewesen zu sein, denn Darren verharrt angespannt in der Bewegung. Sein Atem stockt, bevor er ihn zitternd ausstößt.

Irritiert drehe ich mich zu ihm herum und mustere sein Gesicht. Wie soll ich diesen Ausdruck deuten? Noch bevor ich dazu komme, ihn nach seinen Gedanken zu fragen, schenkt er mir den Ansatz eines Lächelns.

»Ich habe nur einen wiederkehrenden Albtraum, der so beginnt. Entschuldige. Ich wollte dich nicht verunsichern.«

»Du hast einen bösen Traum, der damit beginnt, dass ich dich bitte, gemeinsam in den Pool zu steigen?«, frage ich überrascht. »Ist das der Traum, von dem du mir letztens erzählt hast? Was passiert darin als Nächstes?«

»Nichts von Bedeutung, es ist nur ein Traum.« Er schenkt mir noch immer dieses Lächeln, das seine Augen nicht erreicht.

»Wie kann er unwichtig sein, wenn er dich selbst jetzt verfolgt?«

Statt mir zu antworten, weicht er kaum merklich zurück, greift sich in die Haare und weicht meinem Blick aus. »Ich weiß es nicht. Wahrscheinlich sollte ich ihn einfach vergessen. Es ist nur nicht so leicht, da er sich ständig wiederholt. Nacht für Nacht. Manchmal habe ich Angst, dass er vielleicht mehr sein könnte. Eine Art Warnung.«

»Eine Vision?«, vergewissere ich mich und erkenne den Ansatz eines Nickens. »Und sie beginnt damit, dass wir in den Pool gehen?«

»Genau genommen beginnt sie damit, dass wir dort äußerst unanständige Dinge tun«, korrigiert er.

»Dann tun wir diese unanständigen Dinge eben hier«, erwidere ich das Erste, was mir in den Sinn kommt, weil ich nicht möchte, dass nun auch noch seine Albträume zwischen uns stehen.

Als er seine Hand an meine Wange legt und mit dem Daumen über meine Unterlippe streicht, kehrt das schelmische Funkeln in seine Augen zurück. Das Lächeln, das Darren mir dieses Mal schenkt, ist ehrlich. Und dankbar. »Wie du wünschst.«

Doch in diesem Moment geht es nicht um mich und meine Wünsche. Nicht nur. Es gibt kein Ich in diesem Wir.

39. KAPITEL

Erwartungsvoll sehe ich zu Darren auf, doch seine Finger nesteln unschlüssig an der Verschlussschleife meines Wickelkleides, bevor er sich einen Ruck gibt und sie endlich öffnet.

Ich schlüpfe aus meinen Schuhen und lasse das Kleid achtlos zu Boden gleiten. Mir ist, als könnte ich Darrens Blick warm auf meiner Haut prickeln spüren, doch als ich zu ihm aufsehe, schaut er mir in die Augen.

»Nur damit du es weißt, du bist perfekt«, sagt er ebenso leise wie eindringlich.

»Kein Mensch ist perfekt«, erwidere ich schmunzelnd.

»Oder aber wir alle sind Perfektion«, murmelt Darren.

Wir alle sind Perfektion.

Was für ein schöner Gedanke.

»Von wegen Pessimist. Du bist und bleibst ein Poet«, ziehe ich ihn auf.

Seine Aufmerksamkeit folgt jeder meiner Bewegungen, während ich meine Hände zu seiner Brust gleiten lasse und langsam die Knöpfe seines Hemds öffne. Dieses Mal bin ich es, die sich die Zeit nimmt, ihn im Mondschein zu betrachten.

»Wenn ich könnte, würde ich dich küssen«, brummt er nicht zum ersten Mal und streicht sacht mit den Fingern über meine Unterlippe.

»Ich weiß.« Ich will es nicht vermissen, aber manchmal tue ich es. Ich möchte wissen, wie sich seine warmen, weichen Lippen auf meinen anfühlen. Wie er schmeckt. Ob ein inniger

Kuss reichen könnte, um ihm den letzten Rest seiner Selbstbeherrschung zu rauben. Stattdessen streife ich seine Hand ab, presse meine Wange gegen seine Brust und lausche seinem Herzschlag. Ich schlinge die Arme um ihn, als sollte er mich beschützen.

Behutsam erwidert er die Geste. Nichts an diesem Moment ist sexy – und irgendwie ist es das doch.

Ich habe mich schon lange nicht mehr so sicher gefühlt. Angenommen und wahrgenommen. Ich lausche seinem Herzschlag, seinem Atem und spüre seine Körperwärme an meiner nackten Haut.

»Es macht mich wahnsinnig«, murmelt er.

Fragend hebe ich den Kopf und spiegle seine Berührung, als er mit den Fingerspitzen sanft meinen Unterkiefer entlangfährt.

»Vor ein paar Jahren habe ich Dad gefragt, ob er den Fluch nicht zurücknehmen kann, weil er unangenehme Nebenwirkungen hat. Er war der Meinung, es wäre überflüssig. Ich würde mich lächerlich aufführen, so darum zu betteln, ein Mädchen küssen zu dürfen. Es wäre nichts Besonderes. Meine damalige Freundin sah es anders. Sie hat nicht verstanden, warum ich mich so ziere. Danach hatte ich nur noch Sex mit Frauen, denen es egal war. Die es für einen schrägen Tick hielten, dass ich mich jedem Kuss entzogen habe, als wäre es ein Machtspiel.«

Darren klingt so verbittert, dass sich mein Herz schmerzhaft zusammenzieht.

Vorsichtig streiche ich durch seine Haare. »So viel Schmerz wegen einer Unachtsamkeit.«

»Denkst du das? Dass Dad einfach einen Fehler gemacht hat, den er nicht korrigieren kann? Manchmal frage ich mich, ob es vielleicht Absicht war, als Strafe dafür, dass ich ihm Mom genommen habe.«

»Du hast sie ihm nicht weggenommen. Sei nicht so hart zu dir. Sollen wir uns ins Bett kuscheln und darüber reden? Es wäre okay. Wie sagtest du? Wir tun nichts, was du nicht willst. Und wir müssen nicht …«

Ein Schauer durchläuft mich, als Darrens Finger sacht neben meiner Wirbelsäule entlanggleiten. Sofort schießt mir eine angenehme Hitze zwischen die Beine und lässt mich meinen Vorschlag vergessen. Darrens warme Hand schiebt sich unter meinem Slip, auf meinen Hintern und zieht mich an sich.

Der dünne Stoff seiner Anzughose kann nicht verbergen, dass ich nicht die Einzige bin, deren Körper sofort für einen Themenwechsel bereit ist.

»Ich dachte, es wäre klar, was ich will«, streichen Darrens Worte über meinen Kopf. Vorsichtig gleitet seine freie Hand an meinem Hals entlang und schiebt den BH-Träger von meiner Schulter.

Ungeduldig streife ich ihm das Hemd ab, sofort finden meine Hände den Weg auf seine warme Haut. Ich weiß, wie Darren nackt aussieht, aber seinen flachen, harten Bauch zu berühren ist anders. Noch aufregender.

»Was für Sport machst du?«, flüstere ich, fahre mit den Fingerspitzen die Berge und Täler seiner Muskelstränge entlang.

»Ich habe vor vier Jahren mit einem Homeworkout begonnen und ziehe das bis heute durch.«

»Beeindruckend.«

»Du bist zu leicht zu begeistern.«

»Ich bin …« Den Rest des Satzes vergesse ich, als Darren mit einem leisen Klicken den BH öffnet, den ich achtlos abstreife. Seine warme Hand schließt sich um meine Brust, und sein Daumen neckt meine Brustwarze. Ich schließe die Augen, lasse meinen Kopf in den Nacken sinken und genieße die Berührung, die das sehnsüchtige Pochen zwischen meinen Beinen verstärkt.

»Wohin würdest du gern geküsst werden?«, fragt Darren mit rauem Unterton.

»Die Stelle gefällt mir schon ziemlich gut«, gestehe ich und lasse meine Hände zum Bund seiner Hose gleiten, aber er weist mich vorsichtig ab.

»Später.«

Er streicht mit seiner Nase an meinem Hals entlang, zu der Stelle, unter der mein Puls pocht. Ein wohliger Schauer durchläuft mich.

»Wie wäre es hier?«, schlägt er vor.

»Perfekt«, versichere ich und blinzele irritiert.

Darren leckt mit der Zungenspitze über die Stelle und haucht sanft darauf. »Ist das okay?«

»Mehr als okay.« Ich klinge so bedürftig, wie ich mich fühle. Mir entweicht ein Keuchen, als Darren sich langsam an meinem Körper nach unten arbeitet und mich über die Brustwarze leckt, die er gerade nicht streichelt. Das ist vielleicht kein Kuss, aber mindestens genauso aufregend.

»Wohin würdest du noch gern geküsst werden?«, wiederholt er seine Frage, doch unter seinen Liebkosungen fällt es mir sekündlich schwerer, ihm zu antworten.

Meine Knie beginnen zu zittern, das Blut rauscht in meinen Ohren und das Pulsieren zwischen meinen Beinen wird mit jedem Herzschlag intensiver.

Erneut tasten meine Hände nach Darrens Gürtel. Als er mich auch dieses Mal abweist, räche ich mich, indem ich über seine Härte reibe. Er keucht – und ich liebe dieses Geräusch.

»Lass mich nicht betteln«, dränge ich, obwohl ich genau das gerade tue.

»Du bekommst von mir alles, was ich dir geben kann«, raunt er und lässt seine Hand in meinen Slip gleiten.

Instinktiv verlagere ich mein Gewicht, bitte förmlich darum, dass er mich dort berührt, wo mein Körper es braucht.

Ein Stöhnen kommt ihm über die Lippen, als sein Finger über meine feuchte Mitte gleitet.

»Darren, bitte …« Ich lege meine Unterarme auf seinen Schultern ab, weil ich Halt brauche. Sein Finger neckt mich, bis ich nicht mehr anders kann, als mich rhythmisch im Takt seines Streichelns und Reibens zu bewegen. Die Anspannung in meinem Inneren wird sekündlich unerträglicher. Ich lasse zu, dass er den lästigen Slip abstreift und lege ein Bein um ihn, um ihm näher zu sein.

»Ich will dich.« Meine Worte sind kaum mehr als ein verzweifeltes Keuchen, denn alles in mir verlangt nach alles an ihm.

»Du hast mich die ganze Nacht.«

Das ist nicht genug.

»Gemma?«

Fragend sehe ich zu ihm auf.

»Du hattest schon mal Sex, richtig?«

Irritiert blinzle ich ihn an. Ich dachte, das hätten wir geklärt. Das Timing seiner Frage erscheint mir etwas seltsam, zumindest bis ich nicke und er einen Finger in mich gleiten lässt.

Verstehe.

Für einen Moment genieße ich seine Hingabe, bevor ich seine Hand abweise. Ich stehe so verdammt kurz vor dem erlösenden Höhepunkt, dass es mich all meine Selbstbeherrschung kostet, dennoch schüttle ich den Kopf.

»Ich will nicht ohne dich kommen. Nicht dieses erste Mal«, erkläre ich mich und öffne seinen Gürtel.

Er lässt mich gewähren, kurz darauf fällt seine Hose zu Boden.

Ein Schmunzeln huscht über mein Gesicht, als ich ihm die engen Boxershorts ausziehen will. Mein Blick gleitet auf seine Erektion, die sich bereits deutlich unter dem Stoff abzeichnet.

Entschieden streife ich die Boxershorts ab und weiß nicht, ob mich jemals etwas so erregt hat, wie die Reaktion von Darrens Körper auf meine Nähe.

Allein der hungrige Ausdruck in seinen Augen sorgt dafür, dass sich die Muskeln in meinem Inneren sehnsuchtsvoll zusammenziehen.

»Hast du Kondome hier?«, vergewissere ich mich.

»Ich müsste nur einmal kurz ins Bad«, antwortet er auf die Schiebetür deutend.

»Wie klingt Sex im Mondschein?«, schlage ich vor, warte nicht auf eine Antwort, sondern gehe zum Bett und greife eine der Decken, die ich anschließend über das kühle Leder des breiten Sofas der Sitzecke werfe.

Derweil zieht sich Darren ins Badezimmer zurück.

Ich lege mich auf das Sofa. Mein Blick gleitet zum Fenster hinaus, über die Baumkronen und zum Mond hinauf, während ich auf Darren warte. Die vorbeiziehenden Wolken offenbaren, dass die Mondfinsternis gerade beginnt. Ein magischer Moment.

Als Darren zu mir herüberkommt, fällt es einem Teil von mir noch immer schwer zu glauben, dass das hier passiert.

Hier sind wir. Zusammen. Bei Vollmond. Und ich spüre die Magie des Mondlichts sacht auf meiner Haut kitzeln.

Ich lege ein Bein über die Lehne und komme mir ebenso sehnsüchtig wie begierig vor, als Darren zu mir auf das Sofa steigt. Das schwindende Mondlicht bricht sich in seinen goldenen Haaren und zeichnet die Konturen seines perfekten Körpers nach. Bisher war mir nicht einmal bewusst, dass man einen Menschen auf verschiedene Arten zugleich begehren kann. Körperlich, aber auch emotional. Weil ich mit ihm über alles reden kann. Jede Facette meines Daseins. So wie auch er sich darauf verlassen kann, dass seine Geheimnisse bei mir gut aufgehoben sind.

Als Darren mit seiner Erektion über meine Mitte gleitet, kann ich nicht anders, als mich ihm auffordernd entgegenzustrecken. Wir haben die ganze Nacht, aber für den Moment möchte ich einfach nur erlöst werden.

»Können wir tauschen?«, bitte ich aus einem Impuls heraus.

»Sicher.«

In einer fließenden Bewegung lässt sich Darren auf das Polster nieder, während ich mich auf ihn sinken lasse. Seine Härte drückt herausfordernd gegen mich, aber ich will, dass er mich anbettelt, so wie ich es getan habe.

Mit einer Hand streiche ich durch seine Haare, beuge mich zu ihm hinab und liebkose sein Ohrläppchen, während ich mich auf ihm zu bewegen beginne.

Keuchend legt er seine Hände an meine Taille, drückt den Hinterkopf ins Kissen und flucht leise.

»Gemma …«

»So heiße ich. Sag mir, was du willst«, kokettiere ich und lasse meine Bewegungen dem Takt seiner Hände folgen. »Ich will dich. Tief in mir. Jetzt.«

Statt mir zu antworten, vergräbt Darren seine Hand in den Haaren an meinem Hinterkopf und zieht mich energisch an sich. In der nächsten Sekunde spüre ich seine Lippen auf meinen – und unfassbare Schmerzen. Es ist, als würde jeder einzelne Knochen meines Körpers gebrochen.

Nach Luft ringend fahre ich auf und nehme erleichtert zur Kenntnis, dass der Schmerz augenblicklich nachlässt. Mit jedem Herzschlag nimmt er ab, bis er allmählich versiegt.

»Entschuldige. Das wollte ich nicht«, keucht Darren und setzt sich auf. »Es war ein dummer Reflex. Es tut mir leid. Es tut mir leid. Es tut mir leid.«

»Schon okay.« Flüchtig lecke ich mir über die Lippen. Noch immer schlägt mein Herz wild gegen meine Rippen, aber der Schmerz ist bereits verebbt. »Kann es sein, dass es mit jedem Kuss schlimmer wird?«

»Ich glaube, es wird schlimmer, je mehr ich es will.«

»Dann küss mich das nächste Mal, wenn du es eigentlich gerade nicht willst«, schlage ich vor und lasse den Kopf gegen seine Schulter sinken.

Er legt die Arme um mich, als wollte er mich beschützen. Vor der Welt oder vor sich selbst?

»Das hier läuft nicht gut«, murmelt er.

»Doch«, widerspreche ich sanft und gebe mir noch einen Moment, um mich zu sammeln, bevor ich ihn ansehe. »Wenn du mich fragst, geht es im Leben um mehr als Höhepunkte. Es sind die Tiefpunkte, die unseren wahren Charakter offenbaren.«

»Dass du diesen Moment Tiefpunkt nennst, sagt schon alles.«

Lachend schüttle ich den Kopf. »Du denkst viel zu pessimistisch, Darren Hunter. Schließ die Augen. Gut so. Und jetzt konzentrierst du dich auf das Mondlicht auf deiner Haut.« Zärtlich streichle ich mit den Fingerspitzen über seine Brust und langsam an seinem Bauch hinab. »Einatmen. Ausatmen.« Behutsam beginne ich erneut, mich auf ihm zu bewegen und spüre, dass es seine Wirkung nicht verfehlt. Darren legt seine Hände wieder an meine Taille und passt sich meinem Rhythmus an. Es dauert nur Sekunden, bis der Schmerz vollkommen vergessen und das drängende Pulsieren zurück ist. Dieses Mal necke ich Darren nicht, sondern vertraue auf mein Gefühl. Auf seinen Atem, der immer unruhiger geht. Sein schneller schlagendes Herz unter meinen Fingerspitzen. Das leise Stöhnen, das er nicht zurückhalten kann. Dem fordernden Druck seiner Hände. Die pulsierende Härte an meiner Mitte.

Ich zögere es hinaus, solange ich kann, aber irgendwann wird das Gefühl der Leere in mir übermächtig.

»Ich brauche dich«, keuche ich, als ich es kaum noch aushalte.

Darren scheint es ähnlich zu gehen. Vorsichtig verlagere ich mein Gewicht und nehme ihn in mir auf. Endlich. Mein Körper hat sich so danach gesehnt ihn zu spüren, dass mir ein erleichtertes Seufzen entfährt.

»Du fühlst dich so gut ...«, beginnt Darren, aber der Rest seines Satzes geht in einem Stöhnen unter, als ich die Beckenbodenmuskulatur anspanne. Er drückt den Hinterkopf gegen die Seitenlehne des Sofas und zieht mich fester an sich.

Er braucht nichts zu sagen. Wir beide wollen alles. Schneller. Tiefer. Inniger.

Unsere Bewegungen werden ungestümer, während die Anspannung in meinem Inneren zunimmt.

Ich greife nach seinen Händen, löse sie von meiner Taille und verschränke meine Finger mit seinen. Warum ist mir vorher nie aufgefallen, wie perfekt unsere Hände ineinanderpassen?

Als ich den Beckenboden das nächste Mal anspanne, entweicht Darren ein kehliges Stöhnen, das mich alles vergessen lässt. Ich spüre seine Hitze durch das Kondom und schließe die Augen, kurz bevor auch in mir eine Supernova explodiert und durch meinen Körper schießt. Heiß, laut und bunt. Es dauert einen Moment, bis die kleinen Funken verglühen. Erschöpft lasse ich meinen Kopf auf Darrens Brust sinken, lausche seinem Atem und seinem rasenden Herzschlag.

Wir sind in völlige Dunkelheit gehüllt.

»Vergiss das Tanzen auf Waldlichtungen. Das hier sollte unser Vollmond-Ritual werden«, murmelt er nach einigen Sekunden und bringt mich zum Lachen. Noch immer grinsend reibe ich meine Wange an seiner Brust und genieße den Moment.

Ich schmiege mich in seine Arme und wir beobachten gemeinsam, wie die Mondfinsternis voranschreitet, bis wir wieder in silbriges Licht gehüllt sind.

Keiner von uns sagt ein Wort, bis Darren die Stille durchbricht.

»Gemma?« Er streicht mir durch die Haare.

»Mhm?«

»Wir haben noch nie offen darüber gesprochen, aber wenn es nach mir geht, könnten wir das hier wiederholen.«

»Du meinst den Sex?«, vergewissere ich mich.

»Den – und einfach Zeit miteinander zu verbringen«, wirft er ein.

Vielleicht ist jetzt ein guter Moment, um erneut über meinen Schatten zu springen. Vorsichtig setze ich mich auf und betrachte sein von Mondschein erhelltes Gesicht. »Diese Sache zwischen uns ... Was bedeutet sie dir? Ist das hier für dich Sex und Arbeit? Oder mehr?«

Irritiert blinzelnd tastet Darren nach meiner Hand. Behutsam schiebt er seine Finger zwischen meine und räuspert sich. »Zeit mit dir hat sich für mich nie wie Arbeit angefühlt. Ich vermisse dich, wenn du nicht da bist. Und kann kaum meine Finger von dir lassen, sobald du vor mir stehst. Letztens wärst du meinetwegen fast gestorben – und ich dachte, es wäre offensichtlich, dass auch ich mein Leben für deines geben würde.«

Mein Herz zieht sich zusammen. »Ich will nicht, dass du dich für mich in Gefahr bringst«, versichere ich.

»Das weiß ich. Darauf wollte ich auch gar nicht hinaus. Ich wollte sagen: Ich habe mir wohl eingebildet, dass das alles eindeutig genug ist. Dass ich dir nicht erklären muss, dass …« Darren streicht vorsichtig über meine Hand und weicht meinem Blick aus.

»Sag es. Bitte.« Ich will nicht betteln, aber ich muss es von ihm hören.

»Macht es dir Angst, wenn ich feststelle, dass sich das hier nicht wie eine Fake-Beziehung anfühlt?«

Darrens scheuer Blick bringt meine Wangen zum Glühen. Vielleicht ist es auch die Mischung aus Zuneigung und Erleichterung, die mein Herz schneller schlagen lässt.

»Du hast mir noch nie Angst gemacht«, versichere ich, streife seine Hand ab, setze mich rittlings auf ihn und lege meine Hand an seine Wange. Vorsichtig fahre ich mit den Fingern seinen Wangenknochen entlang, über sein Ohr und an seinem Hals hinab. Ich senke meine Lippen auf seinen Hals und bringe ihn zum Stöhnen.

»Warte«, keucht er. »War das alles? Ist das deine Antwort?«

Lächelnd sehe ich auf ihn hinunter, genieße die Mischung aus Unsicherheit und Verlangen in seinem Blick. Eine Verletzlichkeit, die sich nicht vortäuschen lässt. »Viola sagt immer, dass nichts in diesem Universum ohne Grund geschieht. Würde es dir Angst machen, wenn ich dir sage, dass ich unsere Begegnung für Schicksal halte?«

»Nein.« Darren legt eine Hand an meinen Nacken und beißt seine Zähne zusammen.

Ich sehe, dass es ihn all seine Selbstbeherrschung kostet, mich nicht erneut an sich zu ziehen und zu küssen. Aber es geht nicht.

»Wir sind mehr als das. Und wir sind stärker als das. Okay?«, wispere ich. Eigentlich meine ich nur die Tatsache, dass wir uns nicht küssen können, doch als ich es ausspreche, klingt es so viel bedeutungsvoller.

40. KAPITEL

Mittwoch, 9.11.

Ich werde vom Klang einer Klaviermelodie geweckt, die mir bekannt vorkommt, schon bevor Darren die ersten Worte von *Rather Be* anstimmt. Verschlafen strecke ich mich und blinzle gegen das fahle Tageslicht an. Es muss noch vor Sonnenaufgang sein. Lächelnd drehe ich mich auf die Seite und betrachte Darrens Silhouette, die sich dunkel vom Fenster abhebt. Ich liebe es jedes Mal wieder, ihm beim Musizieren zuzuhören und mich von seinen Melodien verzaubern zu lassen. Zu beobachten, wie er sich fallenlässt und sich sein Körper der Musik hingibt, wie er es sonst nur bei mir tut.

Meine Augen werden immer schwerer, bevor ich dem Drang nachgebe und sie schließe. Die Farbeindrücke, die seine Musik heute in mir hervorruft, sind weder blau noch grün. Ich fühle keinen See, kein Meer, keine Kälte, sondern sehe eine wärmende Mischung aus Rosa und Orange. Wie Zuckerwatte auf der Kirmes. Wie eine aufgehende Sonne über dem See. Wie eine Pumpkin Spice Latte am Kaminfeuer.

Ich höre ein Lachen, das mich mit sich nimmt. Zu einem Stein am Charlotte Beach, auf dem wir sitzen und nach Manhattan hinüberschauen. Einen Moment lang halte ich die Szene für einen Traum, aber vielleicht ist es auch eine Erinnerung – nur nicht meine. Ich sehe mich, durch Darrens Augen, wie ich lächelnd zu ihm aufschaue und mir eine Haarsträhne hinter das Ohr streiche. Es ist ein eigenartiges Gefühl, mich so zu betrachten. Als würde ich durch einen Filter blicken, der mich schöner, stärker und zugleich zerbrechlicher macht. Fast als wäre ich kein Mensch, sondern ein ätherisches Wesen. Ich spüre, wie mein Lächeln Darrens Herzschlag beschleunigt, eine Woge der Zuneigung – und einen Schmerz, als mein Blick zu Darrens Lippen wandert.

Ich kann sie nicht küssen, höre ich seine Stimme in meinen Gedanken. Oder bin ich in seinen? Es spielt keine Rolle. *Wie kann ein Mensch so süß, klug und sexy auf einmal sein? Das gehört verboten.*

Als hätte ich geblinzelt und eine Sekunde verpasst, wechselt die Szene. Ich sehe mich in Darrens Badezimmer, wie ich vor ihm hocke, mich vorbeuge und ihm Worte zuwispere. Spüre, wie meine weichen Lippen und mein warmer Atem sein Ohr streifen und eine Welle der Erregung durch seinen Körper jagen.

»Nur falls ich in einem deiner positiven Gedanken auftauchen sollte … geh davon aus, dass es mir gefällt.« Es ist eigenartig, mich selbst zu hören, aber fast noch eigenartiger zu spüren, wie sehr er mich in dem Moment begehrt hat. Ich sehe, wie ich das Bad verlassen will und zögere. Spüre, dass Darren kurz davor ist, mich zurückzuhalten. Ich erinnere mich daran, dass ich in dem Augenblick eine Vision davon hatte, was passieren würde, wenn ich nicht gehe. Doch mir war nicht bewusst, wie viel Selbstbeherrschung es auch Darren gekostet hat, der Anziehung zwischen uns nicht einfach nachzugeben. Damals schon.

Ich sehe weitere Momente, spüre Darrens Verlangen – aber da ist noch etwas anderes. Etwas Sanfteres, Innigeres. Manchmal ist es der Wunsch, mich im Arm zu halten, um mich vor der Welt zu beschützen. Ab und an eine tiefe Ruhe und Zufriedenheit, wenn wir zusammen Zeit verbringen. Vielleicht hätte ich es ahnen können, aber Darren ist anders als ich. Während ich seine Nähe so oft als aufregend empfinde, fühlt es sich an, als könnte er nur abschalten und seine Sorgen einen Augenblick vergessen, wenn ich bei ihm bin.

Er hat nicht gelogen, das zwischen uns fühlt sich auch für ihn nicht nach einer Fake-Beziehung an. Und hat es in keiner Sekunde.

Ich öffne die Augen, als die Melodie verstummt.

»Was für eine nette Art mich zu wecken«, necke ich ihn und setze mich im Bett auf.

»Ich habe eine Münze geworfen. In einem Paralleluniversum wurdest du davon geweckt, dass meine Finger dort weitergemacht haben, wo wir heute früh aufgehört haben«, antwortet er, ohne sich zu mir herumzudrehen.

»Nur deine Finger?«, frage ich und ignoriere das sehnsüchtige Ziehen in meiner Mitte. Wenn ich ehrlich sein soll, hätte ich auch dagegen nichts gehabt. Nach all seinen Erinnerungen voller Zuneigung und Erregung allerdings noch viel weniger.

Da ich noch immer nackt bin, schwinge ich die Beine über die Bettkante und lege mir die Bettdecke um die Schultern. Auf dem Weg zum Flügel ziehe ich sie wie eine Schleppe hinter mir her, nur um sie dort angekommen raschelnd zu Boden gleiten zu lassen. »Wieso kannst du eigentlich auch noch singen?«, murmle ich, schlinge ihm von hinten die Arme um die Schultern und bette mein Kinn auf seinen Locken. »Das ist echt nicht fair.«

»Weswegen?«, fragt er leise und streicht vorsichtig mit einer Fingerspitze über meinen Unterarm. Sofort stellen sich all die Härchen an meinem Körper auf.

»Wie soll ich jemandem widerstehen, der so verdammt perfekt ist?«, flüstere ich und bringe ihn zum Lachen.

»Lass uns das ein anderes Mal klären. Sag mir lieber, was du heute tun willst. Wenn ich dich zur Akademie fahren soll, müssen wir langsam los. Ich habe Mom bereits ihre Medizin gegeben und uns Brötchen für die Fahrt aufgebacken.«

»Oh, so vernünftig. Ich spiele gerade mit dem Gedanken, heute ausnahmsweise zu schwänzen. Taro tut das quasi jeden Monat.«

»Und was genau möchtest du an deinem rebellischen Tag tun?«, neckt er, dreht sich zu mir herum und legt seine Hände an meine Taille. Als wollte er seine Worte untermalen, zeichnet er mit seiner Zunge einen Kreis um meinen Bauchnabel und lässt sie langsam tiefer gleiten, stets darauf bedacht, mich nicht mit den Lippen zu berühren.

»Das ist schon ein guter Anfang«, versichere ich. Mein Körper lechzt nach einer Fortsetzung des gestrigen Abends und ich weiß, dass Darren einverstanden sein wird. Er hätte diese Sache nicht begonnen, wenn er nicht bereit wäre, sie zu beenden. Also greife ich nach seiner Hand und ziehe ihn zurück zu seinem Bett. Alternativ hätte ich mich einfach auf seinen Schoß gleiten lassen, aber ich will jede Sekunde mit ihm auskosten. Man sagt zwar, dass alle guten Dinge drei sind, doch es gibt Ausnahmen. Sex mit Darren gehört dazu, denn jedes Mal, wenn wir uns so nahe sind, fühlt es sich besser an. Vertrauter. Auf eine Art und Weise, die mich süchtig machen könnte, wenn ich nicht aufpasse.

· · ✦ · ·

Als ich das nächste Mal aufwache, schläft Darren tief und fest.

Ich habe noch nie jemanden gesehen, der so entspannt auf dem Rücken liegt, die Hände neben dem Kopf, und mit einem Lächeln im Gesicht – außer den Babys in Windelwerbungen.

Was so ziemlich der unpassendste Vergleich ist, den es für Darren gibt, denn nichts an ihm ist weich und unschuldig.

»Gem?«, reißt mich Darrens Stimme aus den Gedanken. Er schlägt die Augen auf, als hätte er gespürt, dass ich ihn betrachte, und fährt sich durch die Haare. »Wieso bist du schon wieder wach?«

»Hast du vorhin nicht gesagt, du hättest uns Brötchen aufgebacken?«, frage ich, als mein Bauch lautstark knurrt. So sehr ich Darrens Nähe auch genieße, ich brauche dringend eine Stärkung.

»Also duschen und anziehen?«, fragt er verschlafen und streckt sich.

»Klingt perfekt.« Nickend stehe ich aus dem Bett auf und warte darauf, dass er mir zur Dusche folgt. Mein Blick bleibt an den Baumkronen hängen, denn als die Sonnenstrahlen durch das Blätterdach des Herbstwaldes fallen, sieht es für eine Weile so aus, als würde alles in Flammen stehen. Beeindruckend. Es ist nur eine weitere Momentaufnahme dieses Ausflugs, der sich unwiderruflich in mein Gedächtnis brennt.

41. KAPITEL

Die kleine Phiole mit milchigem Inhalt schimmert sanft im Tageslicht. Sie verleitet mich viel zu sehr dazu, sie einfach zu stehlen, um dem Rätsel ihres genauen Inhalts näherzukommen, aber ich könnte es nicht mit meinem Gewissen vereinbaren, wenn Darrens Mom aufgrund meiner Neugierde leiden muss. Davon abgesehen erinnere ich mich noch gut daran, dass Darren sich vor seinem Dad für eine fehlende Phiole rechtfertigen musste, also ist sie verschwinden zu lassen aus mehreren Gründen keine Option.

Noch während ich bei Darrens Mom anklopfe, bereue ich es fast, angeboten zu haben, ihr die Medizin zu bringen. Da es schon recht spät ist, kocht Darren für uns drei Mittagessen, also wollte ich ihm einen Gefallen tun und ihm etwas Arbeit abnehmen, doch beim Öffnen der Zimmertür komme ich mir fehl am Platz und ziemlich übergriffig vor.

»Mrs Hunter?«, frage ich leise und trete erst ein, als sie sich im Bett aufsetzt.

Ob sie tatsächlich den Großteil der Tage dort verbringt?

»Ich hoffe, ich störe Sie nicht allzu sehr. Ich wollte Ihnen nur Ihre Medizin bringen.«

Erst auf ihr Nicken hin gehe ich zu ihr hinüber und stelle die Phiole mit weißer Flüssigkeit auf ihrem Nachttisch ab.

»Setz dich doch einen Moment zu mir«, bittet sie und klopft neben sich auf die Matratze. »Falls ich bei deinem letzten Besuch unhöflich war, tut es mir leid. Mir ging es an dem Tag nicht so gut. Ich meine, nicht nur körperlich. Es gibt Tage, da sind die Stimmen der Schatten beinahe unerträglich laut. An dem Morgen war es so.«

Zögerlich nehme ich auf ihrer Bettkante Platz und sehe mich im Zimmer um. »Was wissen Sie über diese Schattenwesen?«

»Schattenwesen trifft es gut«, stimmt sie zu und schenkt mir ein schwaches Lächeln. Ihre eiskalte Hand streicht über meine schwarzen Finger. »Aber mach dir keine Sorgen, man gewöhnt sich an ihre Gesellschaft.«

»Man gewöhnt sich daran? Das heißt, Sie konnten sie nicht schon immer sehen? Eine Freundin von mir kann mit Geistern kommunizieren und sagte, es wäre von Geburt an so gewesen.«

»Tatsächlich? Dann richte ihr mein Beileid aus. Es ist keine der schöneren Gaben«, lautet ihre einzige Antwort. »Gemma?« Darrens Mom drückt meine Hand, bevor sie sie loslässt und mir behutsam die Haare von der Schulter streicht. Es ist eine eigenartige Geste, zu vertraut für diese Situation. »Die Schatten, sie sehen alles. Ich weiß, weswegen du eigentlich hier bist.«

Irritiert ziehe ich die Augenbrauen zusammen und kann ein nervöses Blinzeln nicht unterdrücken. Wovon spricht sie?

»Wenn die Schatten *alles* sehen, hoffe ich, dass sie Ihnen keine Details von letzter Nacht berichtet haben«, antworte ich unbehaglich.

»Das meinte ich nicht«, widerspricht sie milde. »Ich weiß, was ihr sucht. Lass mich dir eines sagen: Vieles von dem, was wir tun, ergibt rational betrachtet keinen Sinn, da das Herz eine Sprache spricht, die der Verstand nicht versteht.«

Nicht nur ihr Tonfall jagt mir eine Gänsehaut über den Körper. Sind das nicht genau die Worte, die ich Hazel gesagt habe? »Was soll das heißen?«

»Dass ich dir vielleicht deine Fragen beantworte, wenn du mir zuvor meine beantwortest.«

»Natürlich«, willige ich ein, ohne darüber nachzudenken. Ich würde noch weitaus mehr tun, um Antworten auf meine Fragen zu bekommen. Vor allem, wenn sie mich davor bewahren können, eine Straftat zu begehen.

»Die Frage ist simpel: Liebst du meinen Sohn?«

»Was?« Mein Körper fühlt sich an, als würde sich jeder einzelne Muskel versteifen. Ich brauche Luft, doch kann nicht atmen. Ihre Frage trifft mich vollkommen unvorbereitet mitten ins Herz.

Du bist Schauspielstudentin. Sag einfach Ja, mahne ich mich. *Es wird später dein Job sein, Liebe zu heucheln, wo keine ist. Und dass du etwas für Darren empfindest, wäre ja nicht einmal gelogen.* – Doch ich kann es nicht. Wenn Darren nicht da ist, vermisse ich ihn. Sobald er mir nahe ist, will ich alles von ihm.

Als ich heute Morgen neben ihm aufgewacht bin, habe ich mich wohlgefühlt. Begehrt. Angebetet. Aber zwischen Anziehung und Liebe und auch zwischen Verliebtsein und Liebe besteht ein großer Unterschied. Woher soll ich jetzt schon wissen, ob ich Darren wirklich liebe oder ob meine Eindrücke nur von meinen Hormonen beeinflusst werden? Mir wird bewusst, dass ich noch immer schweige.

»Wieso ist das wichtig?«, frage ich ausweichend.

»Weil in meiner Brust zwei Herzen schlagen. Würdest du dein Leben für Darren geben? Alles, was du hast und was du bist? Deine gesamte Existenz, all dein Streben und dein Sein? Denn andernfalls werde ich auf keinen Fall den Menschen verraten, der all das für mich tun würde.«

Unruhig wische ich meine feuchten Hände am Rock meines Kleides ab und reibe mir über die schwarzen Finger. »Verstehe«, ist alles, was ich herausbringe. Das tue ich wirklich. Es war wohl naiv, mir Hilfe von ihr zu erhoffen, ohne eine Gegenleistung zu erbringen. Davon mal abgesehen, hat Mr Hunter Darren verflucht. Ob er auch sie auf irgendeine Art und Weise dafür zahlen lassen würde, wenn sie ihn verrät?

»Die Schatten sagen, du denkst über meinen Mann nach? Mach dir keine Sorgen«, erklärt sie leichthin. »Ich werde ihm nichts von diesem Gespräch erzählen und kann dir versichern, dass du von Darrens Dad nichts zu befürchten hast. Er wird dir kein Haar krümmen, solange unser Sohn es so wünscht.«

Solange Darren es wünscht, hallen ihre Worte in meinem Kopf nach. Vielleicht würde ich mir Sorgen über die Flüchtigkeit der Sicherheit machen, aber sie bedeutet mir ohnehin nichts, solange ich nicht weiß, wie ich Damian Hunter aufhalten kann.

»Sei mir nicht böse, aber ich bin müde«, wendet Darrens Mom ein, greift nach der Phiole und lässt sich in ihre Kissen sinken, kaum dass sie das Fläschchen geleert hat.

»Ist es okay, wenn ich die alten Flaschen entsorge?«, frage ich einem Impuls folgend.

Erst als Darrens Mom zustimmend nickt, greife ich zwei fast leere Phiolen vom Nachttisch. Winzige Reste der eigenartigen Flüssigkeit schimmern noch darin. Wenn ich die Flaschen einfach einstecke, wird Mr Hunter sicher ihr Fehlen bemerken und eins und eins zusammenzählen, aber diese Chance kann ich mir dennoch nicht entgehen lassen. Bevor ich weiß, was ich tue, gehe ich in Darrens Zimmer hinüber und greife meine Flasche mit Make-up-Entferner aus meiner Kulturtasche. Da ich mich so gut wie nie schminke, ist es ein erträglicher Verlust. Achtlos entsorge ich den Inhalt im Waschbecken des angrenzenden Badezimmers, spüle die Flasche gründlich aus und fülle sorgsam den Rest der Medizin von Darrens Mom hinein. Es mag nicht viel sein, doch momentan greife ich nach jedem

Strohhalm, um voranzukommen. Was Darren davon hält? Das kann ich nicht abschätzen, aber werde ihn sicher nicht um Erlaubnis bitten.

Gerade als ich den Deckel auf das Fläschchen schrauben will, höre ich ein Flüstern. Eine Stimme, die zugleich viele ist und meinen Namen wispert. Erst denke ich, dass ich sie mir eingebildet habe, aber dann höre ich sie erneut.

Gemma.

Irritiert sehe ich mich um. Doch hier ist niemand, und die Stimme gehörte eindeutig nicht Darrens Mom.

Ich schüttle eine aufkommende Gänsehaut ab und verstaue die zugeschraubte Flasche wieder in meiner Tasche, bevor ich die Phiolen schnellstmöglich zu Darren herunterbringe und auf dem Küchentresen abstelle.

42. KAPITEL

Als ich in die Küche hinunterkomme, hat Darren bereits den großen Esstisch an der Fensterfront gedeckt.

Dass er kochen kann, wusste ich ja schon, aber zu sehen, wie viel Mühe er sich mit dem Essen gegeben hat, berührt mich dennoch. Ich wünschte, ich könnte es genießen, stattdessen nagt mein schlechtes Gewissen an mir.

»Möchtest du einen Kaffee?« Darren nimmt, ohne auf meine Antwort zu warten, zwei Becher aus dem Schrank, während ich mich auf einen der Stühle fallenlasse. Der Duft frischen Basilikums, mit dem er die Pasta dekoriert hat, steigt mir in die Nase. Normalerweise liebe ich den Geruch von Kräutern, doch in dem Moment sorgt er eher für Übelkeit. »Geht es dir gut?«, hakt er nach.

»Ja zum Kaffee«, sage ich knapp. Wie es mir geht, weiß ich nicht. Noch immer habe ich das eigenartige Flüstern im Ohr und auch die Begegnung mit Darrens Mom hängt mir nach. Ich murmle ein Dankeschön, als sich Darren kurz darauf mit zwei Kaffeebechern zu mir setzt und mir einen davon zuschiebt.

»Was ist oben vorgefallen?«, fragt er ohne Umschweife. »Und jetzt sag nicht *nichts*. Du siehst nicht nach nichts aus.«

Ertappt. Wie soll ich ihm das erklären?

»Deine Mom hat angedeutet, dass ich unter deinem Schutz stehe«, gestehe ich. »Oder vielmehr unter eurem. Und um ehrlich zu sein, hat dein Dad letztens Ähnliches zu mir gesagt.«

Darren sieht mich verwirrt an. »Du hast mit Dad gesprochen? Wann war das?«

»Er hat mich abgefangen, als du nach Pittsburgh geflogen bist. Ich hätte dir wahrscheinlich längst davon erzählen sollen, aber nach der Sache mit …«, unruhig reibe ich über meine geschwärzte Hand, »… unserem Streit und dem Fluch habe ich es irgendwie vergessen.«

»Was genau wollte Dad von dir?« Darren neigt seinen Kopf zur Seite, zieht die Augenbrauen zusammen.

»Mir unter anderem sagen, dass wir uns aus seinen Angelegenheiten heraushalten sollen, weil sie gefährlich sind.«

An seinem Getränk nippend denkt Darren über meine Worte nach, bis sich ein Grinsen auf sein Gesicht stiehlt. »Offensichtlich hat dich seine Warnung ebenso wenig beeindruckt wie meine.« Darren streckt mir eine Hand entgegen, als ich sie ergreife, haucht er auf meinen Handrücken, als wäre es ein Kuss. Er verschränkt seine Finger mit meinen, also füge ich mich meinem Verlangen nach Nähe und lasse mich auf seinen Schoß gleiten.

»Ich sage doch, ich bin ein großes Mädchen und treffe meine eigenen Entscheidungen.«

»Du bist ganz schön frech, Gemma Stone.«

»Und du stehst drauf, Darren Hunter.«

Lachend lehnt er seinen Kopf gegen meinen. Es dauert ein paar Atemzüge, bis er sich wieder unter Kontrolle hat, dabei mag ich es, wenn er so offen lacht. Denn Fakt ist, dass ich den Nachmittag mit ihm genieße.

Wir essen gemeinsam und sitzen plaudernd auf seinem Sofa, bis er sich seinem täglichen Workout widmet. Während er dafür auf die Terrasse neben dem Pool hinausgeht, setze ich mich an den Esstisch. Eigentlich möchte ich auf meinem iPad zeichnen, doch am Ende ziehe ich mein Handy hervor und betrachte das Foto, das Darren gestern Abend von mir geschossen hat.

So sieht Perfektion aus, lautete sein Messenger-Text dazu, als er es mir geschickt hat.

Vielleicht hat Darren recht und wir sind alle perfekt.

Viola hingegen sagt immer: *Perfekt ist, was wir mit Liebe betrachten.* Und während ich Darren dabei beobachte, wie er seine Liegestütze absolviert, frage ich mich, ob sie recht hat.

Vielleicht bin ich dabei, mich aufrichtig in ihn zu verlieben. Doch wenn ich meine schwarze Hand mit dem Mahnmal des Todes ansehe, kann ich mir nicht vorstellen, dass die Sache zwischen uns für die Ewigkeit gemacht ist. Spätestens Ende des Jahres werden sich unsere Wege ohnehin trennen. Und dann? Wie soll diese Sache zwischen uns weitergehen?

43. KAPITEL

»Enthältst du die gleiche Grundzutat wie das L.I.F.E.-Wasser?«

Nein. – Ich kann selbst nicht fassen, dass ich spät abends wieder einmal auf meinem Bett sitze und versuche Zutaten zu erpendeln. Darren hat mich nach Hause gebracht und meine erste Handlung ist es, mich mit der gestohlenen Medizin seiner Mom auseinanderzusetzen. Sie enthält also kein Sirenenblut. Immerhin etwas.

»Aber man braucht für deine Herstellung Lebensenergie?«

Ja.

Wenigstens ein Treffer, wenn auch kein schöner.

Einem Impuls folgend schraube ich den Deckel von der Plastikflasche und gebe einen Tropfen des Inhalts auf meinen Finger. Er riecht dank des Aufenthalts in der Flasche vielleicht nach einer Spur Make-up-Entferner, hat aber keinen eigenen Geruch.

»Im Dienste der Wissenschaft«, murmle ich mir selbst zu und atme ein letztes Mal tief durch, bevor ich die Medizin von meinem Finger lecke. Kein wirklicher Geschmack. Ich schlucke ihn herunter, blinzle – und schreie erschrocken auf. Mein Herz klopft wild in meiner Brust und die Flasche entgleitet meiner Hand. Der Rest der Flüssigkeit ergießt sich über mein Bett.

Mir gegenüber – mitten auf meinem Bett – sitzt ein gesichtsloses Phantom. Ein Geist. Oder vielmehr: ein Schatten. Blinzelnd betrachte ich ihn. Er ist zierlich, hat am ehesten die Kontur einer Frau, aber gleicht nichts, was ich bisher gesehen habe.

Ein Teil von mir will aufspringen und wegrennen, doch meine Neugierde siegt. Sind Halluzinationen also Nebenwirkungen der Medizin? Oder steckt mehr dahinter?

Es wird garantiert kein Zufall sein, dass die Schattenkreatur gerade jetzt aufgetaucht ist.

»Hey«, sage ich leise und winke zaghaft.

Hallo, Gemma, sagt eine Stimme, die zugleich wie Hunderte klingt. Ebenso jung wie alt. Es wirkt, als wäre sie direkt in meinem Kopf, ohne zuvor den Umweg über meine Ohren zu nehmen.

»Woher kennst du meinen Namen?«, frage ich möglichst ruhig, obwohl meine Hände noch immer verräterisch zittern.

Wir alle kennen dich.

»Wer seid ihr?«

Wir sind viele.

Blinzelnd betrachte ich den Schatten. Waren das nicht auch Johns Worte?

»Was soll das bedeuten?«, hake ich nach.

Der Schatten schweigt.

»Was wollt ihr von Darrens Mom?«, wage ich einen Vorstoß, um Licht ins Dunkel zu bringen.

Leben.

Was für eine mehrdeutige Antwort.

»Heißt das, dass ihr ihr Leben haben wollt oder dass ihr leben wollt?«

Erneut bekomme ich nur Schweigen als Antwort. Schatten gehören offensichtlich nicht zu den gesprächigsten Wesen.

»Eine Freundin von mir sagte, ihr hättet Zugriff auf eine unvorstellbare Macht. Stimmt das?«

Unvorstellbar nur für diejenigen ohne Fantasie. Aber wir kön-

nen vieles. Wir können dir geben, was du willst, wenn du uns gibst, was du hast.

»Ich will nichts«, antworte ich entschieden, weil ich mich zu gut an Dawns warnende Worte erinnere, um mich auf einen Pakt mit Schatten einzulassen.

Du wirst es wollen, wenn du es verlierst.

»Alles, was ich vorerst von euch will, sind Antworten«, versichere ich mit Nachdruck.

Dann stell uns zuvor die richtigen Fragen.

»Was seid ihr?«

Wir sind das Alles. Der Anfang und das Ende. Das Licht und die Dunkelheit. Die Magie und die Leere.

»Das ergibt keinen Sinn.«

Dass du es nicht verstehst, enttäuscht uns.

»Okay. Dann helft mir doch, es zu verstehen.«

Wir sind der Gleichmut und die Ungeduld. Das Feuer im Wasser. Das Leben, das den Tod bringt.

»Das ergibt in meinen Ohren auch nicht mehr Sinn«, gestehe ich.

Irgendetwas an der Antwort war offensichtlich falsch, denn ein spitzer Schrei zerreißt die Stille der Nacht. Hoch, laut und beinahe animalisch kreischt der Chor aus Stimmen; wie mit einem Dolch sticht mich der Ton in den Kopf. Instinktiv presse ich mir die Hände auf die Ohren.

»Hört auf«, bitte ich und erhebe mich aus dem Bett. Doch mehr Abstand zwischen uns zu bringen, hilft nicht. Die Stimme in meinem Kopf wird dadurch nicht leiser. Ich stolpere über ein herumliegendes Kissen. Der Schmerz in meinem Kopf schwillt an, raubt mir die Sinne. Auf dem Weg zur Zimmertür strauchele ich gegen meinen Kleiderschrank. Wenn es scheppert, kann ich es nicht hören. Der Schrei weicht einem Tinnitus-artigen Fiepen.

Ich muss hier weg, ist alles, was ich denken kann. Meine zitternden Knie versagen mir den Dienst, unsanft falle ich zu Boden und fürchte, ohnmächtig zu werden, da stößt Taro die Zimmertür auf. Nur am Rande meines Bewusstseins nehme ich zur Kenntnis, dass Mitternacht verstrichen sein muss.

»Gemma?« Verwirrt starrt mein Bruder mich an.

Der Schrei verstummt.

Nach Luft ringend bleibe ich auf dem Boden liegen, nehme langsam die Hände herunter und wage einen Blick in Richtung meines Bettes. Der Schatten ist verschwunden.

»Was war los?« Taro hockt sich vor mich, legt mir eine Hand auf die Stirn, als würde ich fiebern.

»Ich weiß nicht«, bringe ich irgendwie hervor, meine Stimme gehorcht mir kaum.

»Du hast wie von Sinnen geschrien.« Noch immer betrachtet Taro mich skeptisch. »Normalerweise mische ich mich nicht in deine Angelegenheiten ein, aber in letzter Zeit machst du mir Angst.«

»Ich habe vielleicht etwas angerührt, von dem ich hätte die Finger lassen sollen«, gestehe ich. Da Taro mich schon das zweite Mal vollkommen aufgelöst in meinem Zimmer auffindet, beschließe ich, ihm von den neuesten Erkenntnissen zu berichten. Wir setzen uns Seite an Seite vor mein Bett, lehnen uns mit dem Rücken dagegen und Taro tut eine der Sachen, in denen er besonders gut ist: zuhören.

»Du hättest mir längst davon erzählen können«, lautet sein Fazit. »Auch wenn ich manchmal sage, dass mich Hexerei nicht interessiert, weil sie mir nicht dabei helfen kann, mein Wertierproblem zu lösen, bin ich noch immer dein Bruder. Ich bin immer für dich da, okay?« Er stößt mich mit dem Ellbogen an. »Und wenn es sein muss, auch für Darren.«

Ich nicke und bereue es augenblicklich, da mein Kopf noch

immer vor dumpfem Schmerz pulsiert, als hätte ich gerade eine Migräneattacke überstanden.

»Was sagt dein Zirkel zu dieser ganzen Sache?«

»Du meinst, zu den Schatten? Dass ich mich in Dinge einmische, von denen ich besser die Finger lassen sollte«, gestehe ich.

»Dann hör auf sie«, erwidert Taro und sieht mich eindringlich an. »Und vielleicht solltest du mit Darren darüber reden. Jetzt.«

»Es geht nicht, er ist den Rest der Woche bei seiner Mom. Und irgendwie ist das kein Fall fürs Telefon.«

»Na, wie praktisch«, ist alles, was er dazu sagt. Ich sehe, dass ihm meine Antwort nicht gefällt, aber er spart sich jeden weiteren Kommentar.

»Wenn wir schon einmal hier sitzen: Darf ich dich etwas fragen?«, bitte ich. »Es geht um etwas anderes. Etwas Privates.«

»Klar.«

»Ich bin nicht stolz darauf, aber ich war neulich in deinem Zimmer. Da lagen zerknüllte Fotos von Hazel. Und sie meinte, du warst in letzter Zeit ziemlich unfreundlich zu ihr. Ich wollte nur fragen, ob es dir gut geht.«

»Klar«, wiederholt er schulterzuckend, bevor er seufzt. »Ich bin nicht dumm. Ich habe schon verstanden, was es mit dem Anti-Taro-Zauber auf sich hat. Mir liegt nichts daran, ihr das Leben absichtlich schwer zu machen.«

»Und da dachtest du, du bist unfreundlich zu ihr, um ihr die Sache zu erleichtern?«

»So könnte man es wohl sehen. Es ist für alle besser so.« Er erhebt sich und zögert, als wollte er noch etwas dazu sagen, stattdessen schüttelt er den Kopf. »Du bist dir sicher, dass es dir wieder gut geht?«

»Alles bestens. Oder zumindest wird es das nach einer Kopfschmerztablette sein.«

Erst nachdem ich mehrfach versichert habe, dass es mir besser geht, will Taro mein Zimmer verlassen, bevor er erneut in der Bewegung verharrt. »Ich habe dich vorgestern nicht mehr erwischt, um es dir zu sagen, aber es ist ein Paket aus New Orleans für dich angekommen. Da es seltsam roch, habe ich es im Gewächshaus abgestellt.«

Ich würde es gern darauf schieben, dass Taros Nase kurz vor Vollmond immer etwas empfindlich ist, doch es könnte durchaus sein, dass es tatsächlich stinkt. Dawn wollte mir ein paar Zutaten für den Faszinationszauber schicken. Da er dazu dient, Menschen zu manipulieren, haben wir in die Entwicklung des Rituals ein paar Elemente der dunklen Künste eingewoben – und ich fürchte, schwarze Magie unterscheidet sich auch in den Ausgangszutaten von der weißen. Kein Lavendel, keine Orange, keine Kristallsplitter. Dafür brauche ich stattdessen unter anderem geronnenes Lammblut und die Knochen eines Unheiligen. Letztere lassen sich eher nicht in den Hexenläden in der Innenstadt auftreiben, aber es hat ja auch niemand gesagt, dass dunkle Künste anzuwenden, ein Spaß werden würde. Als ich aufstehe, fällt mein Blick auf das Plastikfläschchen und die kleine Lache, die die verschüttete Medizin auf meiner Bettdecke hinterlassen hat. Vielleicht ist es Verschwendung, doch an der Stelle hätte selbst meine Neugierde gestreikt und wäre nicht dazu bereit, dieses Experiment noch einmal zu wiederholen, um dem Geheimnis der Schatten auf die Spur zu kommen. Zumindest nicht so. Stattdessen folge ich Taros Rat und lade Darren fürs Wochenende ein, um mit ihm über mein Erlebnis zu sprechen.

44. KAPITEL

»Du hast mir gefehlt«, raunt Darren nahe meines Ohrs und legt seine Hände an meine Taille, kaum dass ich ihm die Wohnungstür geöffnet habe.

»Ja, du mir auch, aber vielleicht könnten wir die Feier unseres Wiedersehens auf später verschieben, ich würde gern mit dir reden.«

»Reden?«, fragt er so überrascht, als wäre die Bitte vollkommen abwegig.

»Vielleicht in meinem Zimmer? Taro ist noch unterwegs, aber ich möchte ungern, dass er uns unterbricht, wenn er vom Einkaufen zurückkommt.«

»Sicher.«

Ich gehe voran, lasse mich auf die Bettkante gleiten und streiche mit den Füßen über den bunten Flickenteppich, der davor liegt.

»Was ist los?«, fragt Darren einfühlsam, schließt die Tür hinter sich, kommt herüber und kniet sich vor mich. Vorsichtig legt er eine Hand auf meinem Knie ab und streicht mit dem Daumen darüber. »Du siehst blass aus und weichst permanent meinem Blick aus. Geht es dir nicht gut? Ich hätte mich gern öfter bei dir gemeldet, doch ich musste einige Dinge fürs Studium aufholen und Dad in der Firma vertreten. Falls du bereust, was wir getan haben, dann sag es. Ich könnte dir nie böse sein.«

»Nein, ich bereue nichts, aber ich muss dir etwas gestehen.«

»Was kommt jetzt?« Alarmiert zieht er seine Hand zurück.

»Als ich deiner Mom ihre Medizin gebracht habe, enthielt die Phiole noch einen winzigen Rest. Aus Neugierde habe ich ihn probiert und …«

»Du hast was?« Darren starrt mich fassungslos an. Täuscht es oder wird seine Gesichtsfarbe eine Nuance blasser?

»Ich schwöre, es war nur ein Schluck. Ich würde nie etwas tun, was die Gesundheit deiner Mom gefährdet.«

»Aber deine eigene ist dir egal, oder wie soll ich das verstehen? Wir wissen noch immer nicht, was diese Medizin genau enthält. Was ist, wenn sie potenziell giftig ist? Man nimmt doch auch keinen Betablocker, wenn man ihn nicht benötigt.«

»Ja, aber darum geht es nicht. Nachdem ich sie genommen habe, habe ich einen Schatten gesehen. So wie deine Mom es immer sagt.«

»Entschuldige, doch ich hänge nach wie vor an dem Punkt, an dem du ungeprüfte Medizin zu dir nimmst. Und dann wunderst du dich, wenn du halluzinierst?«

»Es war keine Halluzination!«, erwidere ich mit Nachdruck. »Ich weiß, was ich gesehen habe.«

»Was du gesehen hast, nachdem du dich mit Moms Medizin abgeschossen hast. Gemma, ehrlich. Das war grob fahrlässig.« Darren erhebt sich und beginnt unruhig in meinem Zimmer auf und ab zu laufen. »Ich will, dass du damit aufhörst, ständig Dinge an dir selbst zu testen.«

»Du hast nicht über mich zu bestimmen«, sage ich mit Nachdruck.

»Es war kein Befehl, sondern eine Bitte. Ich habe dich um Hilfe gebeten, aber das, was du tust, ist das Gegenteil davon.«

»Wie sollen wir Dinge herausfinden, wenn ...«

»Wenn du dich selbst umbringst, werden wir gar nichts mehr herausfinden, weil es dann kein *Wir* mehr gibt!« Er verharrt in der Bewegung. Verschiedenste Emotionen huschen über sein Gesicht, aber ich kann keine davon greifen. »Du hättest es mir wenigstens sagen können. Wer hätte den Notarzt gerufen, wenn etwas schiefgelaufen wäre?«

So weit habe ich nicht gedacht.

»Du hast mir nicht Bescheid gesagt, weil du genau wusstest, dass ich dagegen sein würde.«

Vielleicht war es so, aber darum geht es nicht.

»Auf das alles wollte ich gar nicht hinaus«, unterbreche ich ihn. »Ich wollte nur sagen, dass deine Mom nicht verrückt ist. Es gibt eine Verbindung zwischen der Medizin und den Schatten. Das Wundermittel, das das ewige Leben bringen soll, arbeitet nicht nur mit Lebensenergie, sondern auch einer Art von Zauber, die selbst unter Hexenden der schwarzen Magie als gefährlich gilt. Schatten sind kein neues Phänomen. Eine Freundin von mir hat bereits von ihnen gehört und mich vor ihnen gewarnt.«

Darren reibt sich mit Daumen und Zeigefinger über die Nasenwurzel. »Das überrascht mich fast weniger als dein Grad an Lebensmüdigkeit.«

»Mehr fällt dir nicht ein?«, hake ich nach.

»Was soll ich denn deiner Meinung nach dazu sagen? Ich weiß gar nicht mehr, was ich dir noch anvertrauen kann, ohne dass du dir den nächsten Weg suchst, um dich in Gefahr zu bringen. Ehrlich, Gemma, es reicht. Ich wusste von Anfang an, dass es keine gute Idee ist, dich in diese Sache hineinzuziehen, aber ...« Er beißt die Zähne so fest aufeinander, dass ein Muskel in seiner Wange zuckt. Offensichtlich fehlen ihm die Worte.

»Also sind wir mal wieder an dem Punkt, an dem du unsere Zusammenarbeit beenden willst?«, vergewissere ich mich gereizt.

Er schweigt. Und das ist eindeutig kein Nein.

»Du kannst jederzeit gehen«, erinnere ich, aber Darren schüttelt den Kopf. Seine Wut weicht etwas anderem.

»Ich bin nicht gekommen, um zu gehen«, sagt er schlicht.

»Und ich habe nicht vor, irgendetwas zu beenden. Ich mache mir nur einfach Sorgen um dich. Aber wenn meine Worte bei dir nicht ankommen, sollte ich mir vielleicht etwas anderes einfallen lassen, das dich davon überzeugt, besser auf dich aufzupassen.« Er schenkt mir ein Lächeln, das mich viel zu sehr reizt.

Seufzend erhebe ich mich vom Bett und gehe zu ihm hinüber. »Wie soll ich das verstehen?«, hake ich nach und lege den Kopf in den Nacken, um zu ihm aufzusehen.

»Ich finde deine Art, dich aufzuopfern, noch immer besorgniserregend«, gesteht Darren und legt seine Hände an meine Taille. Er drückt mich an sich, als wollte er mich spüren lassen, wie sehr er mich begehrt. Statt seine Gedanken mit Worten auszuführen, rafft er langsam den Rock meines Kleides höher.

»War das gerade ein Streit? Bietest du mir hiermit Versöhnungssex an?«, hake ich nach.

»Vielleicht.«

»Dann gib dir Mühe, Hunter«, weise ich ihn vorsichtig ab, verschließe meine Zimmertür und lasse Darren seine Lederjacke auf meinem Schreibtisch ablegen, bevor ich wieder an ihn herantrete.

»Zieh dich aus«, drängt er. Mit einer Hand rafft er erneut den Rock meines Kleids höher, als könnte er es gar nicht erwarten, seine Ankündigung in die Tat umzusetzen.

Ohne darüber nachzudenken, folge ich seiner Bitte, und schlüpfe aus Kleid und Leggings.

»Alles.«

»Und was ist mit dir?« Ich zupfe an seinem T-Shirt, aber er schüttelt den Kopf.

»Später. Du bist hier diejenige, die eine Versöhnung gefordert hat.«

Seine Entschlossenheit irritiert mich kurz, doch ich streife auch meine Unterwäsche ab, bevor ich mich auf mein Bett zurückziehe.

Darren zieht nur seine Schuhe aus, ehe er mir folgt.

Ich lasse mich in die Kissen sinken und schließe die Augen, als Darren meinen Körper mit seinen Fingerspitzen erkundet. Begonnen bei meinen Rippenbögen, über den Bauch, bis zu meinem Oberschenkel. Mit einer Hand greift er danach, bedeutet mir, ihm zu vertrauen. Und ich tue es. Ich spreize die Beine, damit er dazwischen Platz nehmen kann.

Okay. Er verschwendet wirklich keine Zeit.

Mit seiner Nase streicht er an der Innenseite meiner Oberschenkel entlang. Ohne Vorwarnung beginnt er mich mit seinen Fingern zu verwöhnen.

Irgendwie ist es süß, dass er es kaum erwarten kann, mir Glücksgefühle zu bescheren. Zumindest bis süß durch vollkommen andere Emotionen ersetzt wird.

Ich weiß, dass dies eine eigenwillige Form der Versöhnung ist, aber meine drängende Körpermitte spricht ihre eigene Sprache. Jede Berührung, sein leises Stöhnen, als er seine Finger sanft in mich gleiten lässt – es ist Perfektion. Ich kann nicht anders, als mich dem Drängen meines Körpers hinzugeben. Ich kralle die Hände in meine Bettdecke und überlasse meinem Körper die Kontrolle. Fordernd bewege ich die Hüften im Takt des Pulsierens zwischen meinen Beinen und keuche leise auf, als Darren eine seiner Hände an meine Brust legt, um über meine harte Brustwarze zu streichen.

Obwohl ich Darrens Berührungen genieße, ist da diese Leere in mir, die mich nahezu wahnsinnig macht.

»Darren, bitte …«, keuche ich und weiß selbst nicht genau, worum ich ihn anflehe. Mehr Nähe. Mehr Innigkeit. Einfach mehr von allem. Oder mehr von ihm?

»Sag mir, was du willst«, bittet er.

»Dich.«

Einfach nur dich. Tief in mir.

Mein Körper verlangt nach ihm.

Mir entfährt ein Stöhnen, als er zwei Finger in mich gleiten lässt. Während er sie krümmt, als würde er mich locken, spüre ich, dass ich es nicht mehr lange aushalte. Ich werde kommen. Jetzt.

Und gleichwohl ich es sehr mag, wie sich meine inneren Muskeln rhythmisch um seine Finger schließen, ist es mir zugleich nicht genug. Dieser Höhepunkt fühlt sich absolut bedeutungslos an.

Mit einem Seufzen lasse ich mich in die Matratze sinken, öffne die Augen und starre an die Zimmerdecke. Während mein Herzschlag sich langsam beruhigt, lasse ich die Erkenntnis zu, dass es mir beim Sex mit Darren um mehr als die Befriedigung meiner eigenen Wünsche geht. Ich will ihm nahe sein. Alles mit ihm teilen. Das hier war nichts davon.

Als er sich neben mich legt, wende ich ihm den Kopf zu und probiere zu lächeln. Ich sollte glücklich sein, aber irgendwie fühle ich mich eigenartig schwermütig. Vielleicht, weil ich weiß, dass es Dinge gibt, bei denen wir uns nie einig werden und dass diese Ablenkung nur von kurzer Dauer war.

»Glaub es oder nicht, aber du hast mir gefehlt,« murmelt er und streicht vorsichtig durch meine Haare. »Alles an dir.«

»Auch wenn ich manchmal eine taktlose Klugscheißerin bin, die nur so tut, als wäre sie mit sich und der Welt im Einklang?«

»Gerade das«, bestätigt er und lacht kurz auf. Dieses Lachen, das nach meiner Heimat klingt.

Statt noch etwas zu sagen, rutsche ich dichter an ihn heran und lausche seinem Herz, das im Gleichklang zu meinem schlägt.

»Stört es dich wirklich so sehr, wenn ich dich bitte, besser auf dich aufzupassen?«, brummt er.

»Ja, weil es mir das Gefühl gibt, als wäre ich ein kleines Mädchen, das man zur Vorsicht ermahnt.«

»Was ist, wenn ich dich einfach nur nicht verlieren will?« Mit einer Hand greift er nach meiner und schiebt behutsam die Finger zwischen meine, als bräuchte ich eine Erinnerung daran, dass meine Tage gezählt sind.

Unser Gespräch wird durch ein Klopfen an der Zimmertür unterbrochen.

»Gemma? Hast du kurz Zeit?« Es ist Taro.

»Sekunde«, rufe ich, springe aus dem Bett und ziehe mein Kleid über. »Ich habe Besuch.«

»Was du nicht sagst. Das war kaum zu überhören.«

Hastig schlüpfe ich in meine Leggings und werfe einen flüchtigen Blick in den Spiegel, bevor ich meinem Bruder die Tür öffne. Dass ich bei seinen Worten hochrot angelaufen bin, versuche ich zu ignorieren.

Er nickt Darren zu und lehnt sich gegen den Türrahmen.

»Ich wollte nur sagen, dass ich wieder zu Hause bin. Damit ihr nachher nicht behauptet, ihr hättet es nicht gewusst.«

»Hast du alles bekommen? Soll ich uns etwas zu Abend kochen?«, schlage ich vor, um mein schlechtes Gewissen ein wenig gutzumachen.

»Du willst kochen?«, hakt Taro nach und wirft Darren einen mitleidigen Blick zu. »Ich hoffe, du besitzt einen zähen Magen und keine Geschmacksnerven.«

»Komm schon. So schlecht koche ich auch nicht«, erwidere ich und klinge wenig überzeugt.

»Du hast letztes Mal Salz mit Zucker verwechselt.«

»Es gab dem Curryhuhn eine interessante Note«, verteidige ich mich.

»Wenn man auf Hauptspeisen steht, die auch als Nachtisch dienen könnten.« Mit einem Schulterzucken wendet er sich zum Gehen und ich kann ihm nicht einmal böse sein, weil ich weiß, dass er recht hat.

»War das jetzt ein Ja?«, vergewissere ich mich.

»Es war ein: Tu, was du nicht lassen kannst«, lautet seine resignierende Antwort. »In Gedanken bestelle ich uns schon einmal Pizza.«

· · ✦ · ·

Zehn Minuten später sitze ich auf einem Hocker am Küchentresen, weil Darren und Taro mir das Messer und sämtliche Zutaten abgenommen haben.

»Eigentlich wollte ich euch einen Gefallen tun«, erinnere ich und nippe an meinem Wasser.

»Und das tust du, indem du einfach dasitzt und deine Hände vom Essen lässt«, versichert Taro. »Ehrlich, Hunter. Sie kann weder kochen noch Ordnung halten.«

»Ich hatte nicht vor, sie als Haushälterin einzustellen«, erwidert er zwinkernd und schneidet die Paprika in schmale Streifen.

»Möchtest du sonst noch etwas ausplaudern?«, frage ich genervt, weil Aufräumen so ein typisches Taro-Ding ist, bei dem wir uns nie einig sein werden.

»Ich will nur, dass er weiß, worauf er sich bei dir einlässt.«

»Es klingt eher, als wolltest du ihn vergraulen.«

»Mit der Wahrheit? Wenn er die nicht verträgt, dort ist die Tür.« Er deutet vage mit dem Messer in Richtung des Flurs.

»Was ist nur los mit dir? Du bist doch sonst nicht so …« Mir fehlt ein Wort. Eklig? Gemein? Abweisend? »Kann ich bitte den anderen Taro wieder zurückhaben? Den, der nicht all meine Freunde vergrault?«

Seufzend legt Darren sein Messer auf dem Brett ab. »Nur damit du es weißt«, sagt er an Taro gewandt, »mir sind diese Dinge aufgefallen. Und sie ändern nichts daran, dass ich deine Schwester sehr mag. Das gilt übrigens auch für Hazel, trotz ihrer sehr deutlichen Ansage letztens.«

»Was willst du damit sagen?«, fragt Taro scheinbar teilnahmslos, aber ich sehe, wie ein Muskel unter seinem Auge zuckt.

Darren sieht ihn verwirrt an, als mein Bruder den Griff seines Messers fester umfasst. »Ich wollte sagen, dass ich sie auf eine rein platonische Weise sehr nett finde und verstehe, warum ihr sie mögt.«

»Das ist alles?«, hakt Taro nach.

»Wenn es nicht so wäre, würde ich es dir bestimmt nicht ins Gesicht sagen, während du bewaffnet vor mir stehst und uns deine Schwester zuhört.«

»Das ist keine Antwort.«

Darren hebt eine Augenbraue und sieht mich Hilfe suchend an, als wollte er fragen, was mit Taro nicht stimmt. Aber in Bezug auf Hazel versteht der keinen Spaß.

Manchmal, in Momenten wie diesen, habe ich ohnehin das Gefühl, dass da etwas ist, was unter Taros Oberfläche brodelt. Etwas, das er mit Mühe in Schach hält. Ab und an blitzt es durch. Dann fällt es mir nicht schwer, vorzustellen, wie er und Hazel leidenschaftlich im Flur übereinander hergefallen sind. Er hat sie, diese andere, wilde Seite, die er sich nicht erlaubt.

Auch jetzt atmet er tief durch und widmet sich wieder der Zubereitung unseres Abendessens, als wäre nichts gewesen.

»Bringt ihr mich auf den neusten Stand eurer Pläne?«, wechselt er das Thema.

Darren sieht ihn noch einen Moment verwirrt an und greift erneut nach seinem Messer.

Während die beiden uns Abendessen kochen, erzähle ich meinem Bruder alles über den geplanten Zauber, die Ablenkung, den Einbruch.

»Und ihr haltet es noch immer für die bessere Idee, die gestohlenen Daten Caden anzuvertrauen, statt sie öffentlich zu machen?«, hakt Taro nach. »Vielleicht würden euch manche Leute für verrückt halten, aber wenn wir aus Orpheus in der Unterwelt irgendetwas lernen, dann, dass man niemals die Macht der öffentlichen Meinung unterschätzen sollte.«

»Die öffentliche Meinung hielt es allerdings auch mal für eine super Idee, Hexende auf Scheiterhaufen zu verbrennen«, erinnere ich.

»Und ich bin dankbar, wenn wir möglichst wenig Menschen in das Chaos hineinziehen, das Dad verursacht hat«, stimmt Darren zu und atmet tief durch. An der Art, wie er Taro ansieht, weiß ich, dass er gleich das Thema wechseln wird. »Ich bitte dich nicht gern darum, aber vielleicht könntest du ein Auge auf deine Schwester haben, während ich versuche, Besuchende und Wachpersonal abzulenken. Nur für den Fall, dass sie jemand erwischt.«

»Wenn mich jemand *erwischt*«, wiederhole ich Darrens Wort, »sollte er kein Auge auf mich haben, sondern versuchen, an meiner Stelle die Festplatte zu stehlen.«

Darren wirkt, als wollte er etwas erwidern.

»Ich brauche niemanden, der auf mich aufpasst«, versichere ich mit Nachdruck und bringe Darren zum Seufzen.

»In diesem Punkt werden wir uns nie einig sein, aber wie du meinst …«

Meine ich. Glücklicherweise enthält sich auch Taro jeden Kommentars.

Erst als wir wenig später am Esstisch sitzen, stellt Taro doch noch eine Frage.

»Warum macht ihr es eigentlich nicht andersherum? Warum lässt du sie in das Büro einbrechen und machst dir nicht selbst die Hände schmutzig? Sie ist Schauspielerin. Meinst du nicht, sie könnte die Leute anderweitig ablenken?«

»Doch. Könnte sie sicher.« Darren schiebt mit der Gabel ein Stück geschmorte Paprika über seinen Teller. »Es scheitert eher an meinen Fähigkeiten. Mein Dad ist ein herausragender …« Er verstummt. Vielleicht hindert ihn der Fluch daran, das Wort vor Taro auszusprechen. »Ihr wisst schon. Ich bin es nicht. Er hat sich geweigert, mich irgendetwas zu lehren, also habe ich es mithilfe von Internet-Tutorials zu lernen versucht. Mit Büchern. Mit Wissen aus dem Darknet. Ich beherrsche ein paar Flüche, aber …« Den Kopf schüttelnd legt Darren sein Besteck aus der Hand, reibt mit dem Daumen über sein Handgelenk. »Ich kann nichts, was uns helfen würde. Mir fehlt das, was Gemma hat. Dieser besondere Zugang zur Magie. Die Art, wie sie Energien außerhalb ihres Körpers anzapfen und kanalisieren kann.«

»Sekunde«, bitte ich verwirrt. »Wie kannst du Menschen verfluchen, wenn dir nie jemand beigebracht hat, Energien zu …« Ich verschlucke mich beinahe an dem Rest des Satzes, als er erneut über sein Handgelenk reibt. »Sag mir, dass du nicht dein eigenes Blut benutzt hast. Du hast nicht deine Lebensenergie verschwendet, nur um im Internet Hochstapler zu entlarven.«

Darrens einzige Antwort ist ein etwas schiefes Lächeln.

Wut keimt in mir auf. Wut auf ihn und auf seinen Leichtsinn. Wie kann er seine eigene Lebenszeit verkürzen, für so einen Unfug?

Mein Herz schlägt wild in meiner Brust. Am liebsten würde ich ihn anschreien, weil es sich anfühlt, als hätte er mir etwas entrissen, das mir gehört. Als hätte er mir etwas vorenthalten. Mein Blick zuckt zu seiner Aura, die mir von Anfang an zu blass und trüb vorkam, für einen jungen Mann seines Alters.

Als würde Darren mir meine Gedanken aus dem Gesicht ablesen können, schenkt er mir ein erneutes Lächeln. Zaghafter dieses Mal.

»Jetzt weißt du, wie ich mich vorhin gefühlt habe«, sagt er und greift wieder nach seinem Besteck.

Vorhin? Als ich ihm davon erzählt habe, dass ich die Medizin seiner Mom gekostet habe? War er deswegen so aufgebracht? Weil er das Gefühl hatte, dass ich ... Was? Dass ich unsere gemeinsame Zeit aufs Spiel setze?

Blinzelnd greife ich nach meinem Wasserglas, um irgendetwas zu tun. Ich brauche einige Atemzüge, um meinen Herzschlag wieder zu beruhigen.

»Wisst ihr was?«, fragt Taro unvermittelt. »Mir ist gerade eingefallen, dass es eine gute Nacht ist, um bei einem Freund zu übernachten. Was auch immer ihr zu klären habt, tut es ohne mich.«

»Du musst nicht ...«, beginnt Darren, aber Taros Kopfschütteln unterbricht ihn.

»Ich habe heute schon einmal gehört, wie ihr euch vertragen habt. Das reicht für den Rest meines Lebens. Danke.«

Meine Wangen glühen, wenn ich auch nur daran denke, was Taro wohl mitbekommen haben mag.

Aber es hindert Darren und mich nicht daran, uns zwei Stunden später erneut zu versöhnen. Und jedes Mal, wenn wir uns in dieser Nacht vereinigen, lautet meine unausgesprochene Bitte an ihn: *Pass zukünftig besser auf dich auf.*

Nur damit seine Antwort heißt: *Und du auf dich.*

Als wir gemeinsam in meinem Bett liegen, streichelt Darren meinen Arm, während er zur Zimmerdecke hinaufstarrt. »In einer Woche ist eure Aufführung. Fühlst du dich dafür bereit?«

»Ja«, antworte ich. »Dawn und Melissa haben mir dabei geholfen, alle Zutaten zu besorgen, die wir für den Ablenkungszauber brauchen. Während du diese Woche bei deiner Mom warst, habe ich übrigens eine schwache Version davon an Taro ausprobiert. Er hatte an dem Abend eine sehr bemerkenswerte Faszination für Scheibenkäse aus dem Supermarkt«, gestehe ich und kann ein Grinsen nicht unterdrücken, während ich an Taros enthusiastische Vorträge über besagten Käse denke. Vor allem das Funkeln in seinen Augen war einmalig und lässt mich fast vergessen, dass mir die Arbeit mit Blut und Knochen doch sehr gewöhnungsbedürftig vorkam. »Ich wusste zwar in der Theorie, dass die Anwendung von schwarzer und weißer Magie identisch ist und nur in Zutaten und Wortwahl – na ja, und den Absichten – variiert, aber ich wollte sichergehen, dass es für mich funktioniert.«

»Freut mich, dass der Zauber wirkt, doch ich meinte eher, wie es dir damit geht. Mit der Gesamtsituation, nicht nur mit der Ablenkung. Nach allem, was ich mitbekommen habe, ist dieser Abend sehr wichtig für die Akademie, und ich zwinge dich dazu, ihn unserer Sache zu opfern.«

Das stimmt, die jährliche Theateraufführung ist für alle Studierenden eine große Sache. Vor allem Hazel hat unzählige Stunden damit verbracht, ihre Texte zu perfektionieren.

»Hatte ich dir schon erzählt, dass ich für den Abend zum Kellnern eingeteilt wurde? Ich bin also eine Mischung aus Requisite und Servicekraft. Sehen wir es positiv: Vermutlich wird niemandem mein Fehlen auffallen.« Ich hebe meine Hand, betrachte meine schwarz angelaufenen Finger sowie die feinen Verästelungen an meinem Unterarm und seufze. »Manchmal habe ich Angst. Nicht nur vor dem Einbruch oder deinem Dad, sondern der Zukunft. Mal angenommen, diese ganze Sache würde irgendwie gut ausgehen, sehe ich manchmal trotzdem keine Perspektive für mich. Ich liebe Hazel, aber wenn sie weiterhin alle Rollen ergattert und das Mal an meiner Hand nie wieder weggeht … Was soll ich dann tun?« Ich habe bisher mit niemandem über meine Zweifel gesprochen, doch dieses eine Mal müssen sie raus und ich weiß, dass sie bei Darren gut aufgehoben sind. »Taro ist unfassbar gut in seinem Studium. Ich bin es nur in der Theorie. Jetzt gerade bin ich dankbar für meine unbedeutende Nebenrolle, aber was meine Zukunft als Schauspielerin angeht, sieht es damit nicht so rosig aus.«

»Sag mir, dass deine Zukunftsängste kein Grund dafür sind, dich auf diese Sache einzulassen. Denn ich bin mir sicher, wir finden für dich eine Million Alternativen, die nicht im Gefängnis enden würden.«

Kopfschüttelnd schmiege ich meine Wange an seine nackte Brust und schließe die Augen. »Keine Sorge, ich helfe dir aus voller Überzeugung, nicht aus Verzweiflung.«

»Gut zu wissen. Und wenn ich dich beim Vorbereiten des Faszinationszaubers irgendwie unterstützen kann, sagst du Bescheid?«, bittet er.

»Das kannst du tatsächlich«, gestehe ich, ohne darüber nachzudenken. »Du könntest die Zutaten nach dem gewirkten Zauber für mich entsorgen. Sie stanken beim letzten Mal so abartig, dass ich mich beim Auswaschen der Schüssel beinahe übergeben musste. Schwarze Magie ist wirklich nicht mit dem zu vergleichen, was ich bisher getan habe. Falls die Zutaten zum Erstellen des Wahrheitsserums auch so gerochen haben, kann ich verstehen, dass Beryl auf extra Geschirr zum Zaubern besteht.«

Nicht, um ihre Seren nicht mit Spuren von Lebensmitteln zu verunreinigen, sondern weil einem beim Anwenden der dunklen Künste echt der Appetit vergeht.

45. KAPITEL

Es ist der Tag der Wahrheit, und ich bin so schrecklich nervös, dass es ein Wunder ist, dass mir nicht vor lauter Angstschweiß die komplette Schminke im Gesicht verläuft. Man hat den Kostümdesignern bei der Gestaltung der Dämonenkostüme freie Hand gelassen. Jeder durfte das Thema interpretieren, wie er wollte, immerhin sind wir Statisten kaum mehr als Dekoration. Und jetzt? Bin ich ein Reh mit blühendem Geweih und rosafarbenem Dienstmädchenkleid, auf dessen Brust groß »oh deer« aufgestickt ist. Irgendwie waren sich alle einig, dass das der perfekte Entwurf für mich ist, obwohl ich auch bereit gewesen wäre, etwas gruseliger auszusehen. Aber es ist noch immer besser, als das Kostüm zu tragen, das nur aus zerschnittenen Spielzeugen besteht und den Dämon, der unter dem Bett wohnt und Kindern ihre Lieblinge stiehlt, darstellen soll.

Als ich mit frisch geschminktem Rehgesicht aus der Maske entlassen werde, mache ich ein Selfie in einem der Standspiegel auf dem Flur und frage mich, ob es wohl mein letztes in Freiheit sein wird. Was ist, wenn ich erwischt und unehrenhaft aus der Akademie entlassen werde oder sogar im Gefängnis lande? Ich bin im Begriff geheime Firmendokumente zu stehlen! Meine aufgewühlten, düsteren Gedanken passen kein bisschen zu dem Reh mit Blüten im zuckerwattefarbenen Haar, das mich aus dem Spiegel anblinzelt.

Ich poste das Foto mit den Worten: *Let the show begin* und stecke das Handy in die Tasche meiner spitzenbesetzten Schürze. Dieses Kostüm hat eben auch seine Vorteile. – Wenn man davon absieht, dass es dazu geführt hat, dass Dämon Nummer 4 zum Kellnern eingeteilt wurde. Es ist, wie ich Darren gesagt habe: Den Großteil des Abends werde ich damit beschäftigt sein, den potenziellen Geldgebenden Snacks und Getränke anzubieten.

Nur eine Sache ist noch eigenartiger als mein Kostüm: Obwohl ich in den letzten Tagen öfter hier war, um bei Aufbau und Dekoration auszuhelfen, habe ich von Kristen nichts mehr gesehen. Nachdem sie anfangs so engagiert dabei war, uns bei der Organisation zu helfen, war ihr Friedensangebot das Letzte, was ich von ihr gehört habe. Merkwürdig.

Ich verdränge den Gedanken an sie und fokussiere mich auf das Hier und Jetzt. Eine Gegenwart, in der man für die Inszenierung die Pausen- und Ruheräume der L.I.F.E. Inc. in Garderobenräume und Maske verwandelt hat. Wohin man auch geht, überall laufen Studierende herum, teilweise in Kostüm und mit Maske, teilweise mit Zetteln in den Händen oder damit beschäftigt, die letzten Getränke in die Cafeteria zu schaffen.

Auf dem Weg ins Atrium begegne ich einigen Dozierenden, die mir knapp zunicken und *Viel Glück* wünschen, als wüssten sie, dass ich an diesem Abend mehr vorhabe, als nur lebendige Kulisse zu sein.

Mit Darrens Unterstützung habe ich unseren Zauber vorbereitet und das Wasser in den Flaschen energetisch aufgeladen. Taro weiß, wo er seine präparierten Wasserflaschen verteilen soll. Um meinen Hals trage ich eine Kette mit schwarzem Turmalin und eine mit einem Bergkristall. Beide sind vollständig aufgeladen und bereit mich zu unterstützen. Auch der

Zeitpunkt für die Ablenkung ist genau abgesprochen. Wir wollen Hazels großen Abend nicht ruinieren, also werden wir die Pause in der Mitte der Aufführung nutzen. Gleich im Anschluss an die letzte Szene, noch bevor alle auf die Idee kommen können, sich zum Rauchen oder auf die Toilette zurückzuziehen.

Wir haben versucht, alles in unserer Macht Stehende zu tun, um sämtliche Eventualitäten abzuwägen. Was geschehen wird, obliegt nun der Magie. Egal, welcher farblichen Nuance man sie zuordnen würde.

Tief durchatmend wische ich meine feuchten Hände an meiner Schürze ab und setze meinen Weg ins Atrium fort.

In der Eingangshalle nehmen einige Studierende, die beim Einlass für die musikalische Untermalung sorgen werden, letzte Anweisungen entgegen. Es ist unglaublich, was die Leute des Szenografiestudiengangs hier geleistet haben. Normalerweise sieht das Atrium der L.I.F.E. Inc. luftig und naturverbunden aus. Fast zu idyllisch, um wahr zu sein. Doch heute wirkt es, wie Darren gesagt hat: wie das Tor zur Hölle. Spotlights tauchen alles in orangerotes Licht, sorgen für verzerrte Schatten auf den spiegelnden Fliesen. Die Baumkronen sind mit flatternden Transparentpapierstreifen geschmückt, sodass es aussieht, als würden sie in Flammen stehen. Farbige Unterwasserlampen lassen die Bachläufe wie Lavaströme wirken. Der künstliche Gesang der Vögel, der normalerweise durch die Halle tönt, wurde abgestellt. Als die Studierenden ein letztes Mal die Eröffnung proben, erfüllt stattdessen eine gruselige Symphonie voller Missklänge das Erdgeschoss. Sie erzeugt in mir eine Farbmischung, die sich für mich ebenso unharmonisch anfühlt: grün, rot, violett.

Mein Blick schweift durch das dekorierte Atrium, zu einem der Balkone hinauf. Darren hat die Unterarme auf das Geländer gestützt und schaut zu mir hinab. Er schenkt mir ein Lächeln. Alles an seiner Körperhaltung wirkt so entspannt und zuversichtlich, dass sich mein Herzschlag kaum merklich beruhigt.

»Wir schaffen das«, murmle ich vor allem an mich selbst gewandt, doch Darren nickt, als hätte er es gehört.

· · ✦ · ·

Während ich dabei helfe, den Gästen – und potenziellen Sponsoren der *Allbright*-Stiftung – Getränke und Häppchen anzubieten, gehe ich in Gedanken immer wieder unseren Plan durch, der es kaum verdient, so genannt zu werden: Kurz vor der Pause platzieren Taro und ich die präparierten Flaschen. Sobald Darren mit seiner Geige in der Hand ins Atrium hinabschreitet, wirke ich mithilfe des Turmalins den Spruch, der den Faszinationszauber initiiert. Ich habe einen Schutzkristall gewählt, da der Zauber uns davor bewahren soll, entdeckt zu werden. Er verhindert zwar nicht, dass wir von den Überwachungskameras aufgezeichnet werden, aber sollte man uns erwischen, dürfte das noch unser geringstes Problem sein. Während dann alle gebannt Darrens Geigenspiel verfolgen, begebe ich mich schnellstmöglich in das Büro seines Dads, um die Festplatte zu stehlen, auf der sich hoffentlich genug Beweise finden lassen, um sie Caden auszuhändigen und dem Treiben der L.I.F.E. Inc. ein Ende zu bereiten. – So lautet zumindest unsere Absprache. Ich habe jeden mir bekannten Schutzzauber gewirkt. Wirklich jeden. Es muss einfach gelingen. Wir haben für diesen Einbruch keinen Plan B. Keine zweite Chance. Wenn wir erwischt werden, ist es aus.

Mit jeder Minute, die verstreicht, werde ich nervöser. Ständig schaue ich auf die Uhr, bis der Einlass endet und die erste

Szene anfängt. Das Licht im Atrium der L.I.F.E. Inc. wird gedimmt und die Scheinwerfer richten sich auf den Balkon im ersten Stock. Als das allgemeine Gemurmel verstummt, beginnt die Inszenierung.

»Sie müssen die Geige behandeln wie Ihre Geliebte!«, ermahnt Felix in der Rolle des Orpheus seine Schüler. Seine Stimme dringt aus allen Lautsprechern bis ins Atrium hinab.

»Geliebte oder Frau?«, fragt einer der Schüler und wird dafür mit einem Geigenstock geschlagen.

Ein Chor aus Dutzenden Stimmen ertönt aus allen Ecken des Atriums. Es ist die öffentliche Meinung, die Orpheus für sein Verhalten tadelt. Und so nimmt das Stück seinen Lauf. Ich wünschte, ich könnte es genießen. So viel Zeit und Energie steckt in der gesamten Inszenierung. Studierende, Dozierende und auch die Mitarbeitenden der L.I.F.E. Inc. haben uns unterstützt, um alles aufzubauen. Jeder hat sich in den letzten Wochen überschlagen, um seinen Teil hierzu beizutragen. Es könnte ein perfekter Abend werden, stattdessen gleiten meine Gedanken und Ängste immer wieder zu unserem kriminellen Vorhaben.

Ich wünschte, ich könnte diesen unliebsamen Punkt der Abendplanung überspringen. Es fühlt sich wie einer dieser Arzttermine an, den man ewig vor sich herschiebt und am Ende doch wahrnehmen muss. Die Zeit vergeht zu schnell und zu langsam zugleich.

Ich habe genug der Proben besucht, um zu wissen, wann wir uns der Pause nähern. Jeden Dialog kenne ich auswendig.

Ich sehe mich nach Taro um, der sich geschickt mit seiner Kamera durch die Menge bewegt. Er hat sich eine Tasche umgehängt, in der er neben Wechselobjektiven auch unsere kleinen Wasserflaschen untergebracht hat. Mit dem Tablett in der Hand bewege ich mich auf ihn zu, stoße ihn sachte an.

»Willst du zufällig was loswerden?«, frage ich liebreizend blinzelnd und lasse ihn drei der Zauberflaschen auf meinem Tablett abstellen. Es ist das stumme Signal, auch seine Flaschen in Position zu bringen. Zum zweiten Mal an diesem Tag bin ich dankbar für das Kostüm – und dafür, keine wirkliche Rolle in dem Stück zu spielen. Mein Blick gleitet zu Hazel hinauf, die in ihrer Rolle brilliert. Sie hat die Zuschauenden vollkommen in ihren Bann gezogen. Es wäre ein Leichtes gewesen, den Faszinationszauber auf sie zu wirken, wenn ich mich dazu hätte durchringen können, sie in diese ganze Sache zu verwickeln. Aber so kann ich immerhin den Moment nutzen und unbemerkt die Flaschen verteilen. Da es wichtig ist, in welcher Reihenfolge sie aufgestellt werden (gegen den Uhrzeigersinn), behalte ich Taro im Blick. Doch er macht seine Sache gut. Zwischen Fotografien und Small Talk stellt er die erste Flasche zusammen mit seiner Jacke am Rand des Geschehens ab, als bräuchte er kurz die Hände frei. Die zweite lässt er hinter einem der Bäume ins Moos fallen. Es läuft gut. Eine meiner Flaschen platziere ich ebenfalls am Fuß eines Baumes, die andere im Kiesbett des künstlichen Flusslaufes. Dank der schummrigen Beleuchtung fällt sie gar nicht auf. Somit bleibt nur noch eine, die in der Nähe des Infotresens deponiert werden muss. Leider fehlt mir Taros Geschick. Gerade als ich die Flasche vom Tablett greife, berührt mich jemand an der Schulter. Erschrocken drehe ich mich herum und schaue in das Gesicht einer Kommilitonin.

»Hast du noch ein Wasser übrig? Nach dem Champagner brauche ich dringend was anderes.« Auffordernd streckt sie die Hand danach aus.

»Äh.« – *Super, Gemma. Sehr eloquent.* »Das Wasser gehört Cedric.« Ich drehe die Flasche mit dem Namen nach vorn zu ihr, aber es scheint sie nicht zu kümmern. »Ich bin mir sicher, dass du in der Cafeteria noch eine …« Den Rest des Satzes vergesse ich, als sich Mr Hunter aus der Menschenmenge löst – und auf uns zukommt.

Auch das noch.

»Gemma, mein Juwel.« Er schenkt mir ein Lächeln, zu überlegen für einen potenziellen Schwiegervater. Sofort stellen sich mir alle Nackenhaare auf. Weiß er, was wir hier tun? Was wir vorhaben? Mein Blick schnellt zu der Bühne hinauf. Die Szene nähert sich ihrem Ende. Mir läuft die Zeit davon.

»Mr Hunter. Ich würde mich ja verneigen, aber das Geweih …«

Meine Kommilitonin mustert mich, bevor sie sich in Richtung der Cafeteria verdrückt. Wenigstens etwas. Ein Problem weniger.

Rasch stelle ich das Tablett mit der Flasche auf dem Infotresen ab, als bräuchte ich die Hände frei, um meine Haare zu richten und zupfe meinen Haarreif zurecht.

»Was für ein … interessantes Kostüm«, erwidert Mr Hunter und beäugt mich schmunzelnd. »Dabei bin ich mir sehr sicher, dass du Möglichkeiten finden würdest, imposantere Rollen zu ergattern.«

»Keine Möglichkeiten, für die ich mich nicht schämen müsste.«

»So?« Er schnalzt mit der Zunge und sieht zum Balkon hinauf. »Wo wir gerade beim Thema sind: die Schauspielerin der Eurydike. Kennst du sie persönlich?«

»Hazel?« Irritiert folge ich seinem Blick. »Ja, sie ist eine gute Freundin von mir.«

Warum fragt er nach ihr?

»Wie interessant. Sie scheint eine überaus begnadete Darstellerin zu sein. Erinnert mich ein wenig an Darrens Mom, als sie noch jung war. Ich wünschte, ihr hättet sie mir einmal persönlich vorgestellt. Mir liegt viel an der Förderung junger Ausnahmetalente wie ihr.«

Etwas an seinem Tonfall beschert mir eine eiskalte Gänsehaut. Meine Gedanken zucken zu Darrens Erinnerung. Daran, dass Mr Hunter Sirenen gesucht hat, um ihnen Blut abzunehmen. Fällt das in seinen Augen unter Förderung?

Aufbrandender Applaus reißt mich aus meinen wandernden Gedanken.

Mist! Ich bin zu spät dran. Es wird Zeit für meinen Zauber, bevor sich alle Zuschauenden verstreuen. Aber ich kann ihn nicht wirken, solange Mr Hunter nicht einmal eine Armlänge entfernt vor mir steht. Was nun?

Magie, hilf!

Es ist ausgerechnet Kristen, die sich uns anschließt, als hätte die Magie einen Hörfehler. Worum auch immer ich gerade gebeten habe, war sicher nicht sie.

»Damian«, säuselt sie und legt ihm eine Hand auf den Oberarm, tätschelt ihn träge.

Sofort sind die Bilder zurück. Bilder davon, wie sie Darrens Brust zerkratzt, als wollte sie ihr Revier markieren.

»Dort ist ein junger Mann von der Presse, der gern mit dir über diesen Abend reden würde«, erklärt sie und zwinkert mir zu.

»Nun, denn.« Mr Hunter richtet sein Jackett und sieht mich ein letztes Mal an. »Denk an meine Worte. Die Welt ist ein gefährlicher Ort.«

Als er sich von mir abwendet und erneut zu Hazel hinaufsieht, verkrampft sich mein Magen. Ich habe sie nicht aus dieser Sache herausgehalten, nur damit Mr Hunter sie am Ende doch noch als Druckmittel gegen mich einsetzt. Es wird Zeit, ihm das Handwerk zu legen.

Rasch drehe ich mich zum Tresen herum, lege beide Hände

um den Kettenanhänger und bitte die Magie um Hilfe. Bevor sie meinen Wunsch wieder frei interpretiert, fokussiere ich ihn auf das Wesentliche: Darren mit einer faszinierenden Aura zu segnen.

Magic, bless him with all your might, make him alluring and shining bright.

Meine Hände werden warm, während die Initialisierung des Zaubers dem Kristall eine gute Ladung Energie entzieht. Ein untrügliches Zeichen dafür, dass es geklappt hat. Von nun an wird der Turmalin den Zauber aufrechterhalten, bis die in ihm gespeicherte Energie verbraucht ist. Die Zeit läuft.

»Danke«, murmle ich an die Magie gewandt.

Der Moment, in dem ich nach meinem Handy greife und Darren das Zeichen sende, ist nicht mehr perfekt. Die Menschen zerstreuen sich, steuern die Tür an, um rauchen zu gehen oder frische Luft zu schnappen. Stimmengewirr beherrscht das Atrium. Ich bezweifle, dass man eine einzelne Geige überhaupt hören wird.

Mit viel zu schnell schlagendem Herzen sehe ich zu einem der Balkone hinauf, als Darren in Erscheinung tritt.

Er setzt den Fuß auf die erste Stufe – und die Menge verstummt.

Alle Anwesenden betrachten ihn erwartungsvoll.

Obwohl ich vor meinem eigenen Zauber geschützt bin, kann ich nicht anders als Darren anzusehen. Er sieht so unfassbar gut aus, mit der selbstsicheren Ausstrahlung, die er ohnehin immer hat.

Langsam, mit hoch erhobenem Kopf, schreitet er mit der Geige in der Hand die Treppe hinab. Als hätte er alle Zeit der Welt. Ein Spotlight richtet sich auf ihn, verleiht ihm eine Aura goldenen Glanzes, als wäre er ein ätherisches Wesen. Er stellt sich in die Mitte des Atriums und setzt die Geige an. Die ersten Töne erklingen. Ich muss mich nicht erst umsehen, um zu wissen, dass der Zauber wirkt. Durch die bestärkenden Runen des Atriums sind alle Anwesenden so in Darrens Spiel gefangen, wie ich damals in der Rede seines Dads.

Den Kopf schüttelnd reiße ich mich von dem Anblick los und wende mich zum Gehen. Jetzt ist wirklich nicht der richtige Moment für Schwärmereien. Ich habe eine Mission.

· · ✦ · ·

Es gibt Fahrstühle, die prominente Treppe im Atrium – und ein paar Feuerschutztreppen in abgelegenen Treppenhäusern, die laut Darren selten genutzt werden. Heute stürme ich eine von ihnen in den vierten Stock hinauf. Darren hat mir sicherheitshalber noch einmal genau beschrieben, in welches Büro ich muss. Aus der Tür, links, die dritte Tür.

Mein Herz rast vor Aufregung – und aufgrund meiner mangelnden Kondition –, als ich die schwere Metalltür aufziehe und in den Flur hinausspähe. Er liegt verlassen vor mir. In beide Richtungen ist niemand zu sehen. Meine Aufmerksamkeit zuckt zu einer Überwachungskamera hinauf. Ich schicke ein Stoßgebet zum Himmel: Hoffentlich ist das Wachpersonal zu abgelenkt, um sie im Auge zu behalten. Aus dem Atrium dringt einzig die Melodie von Darrens Geigenspiel zu mir hinauf.

Jetzt oder nie. Also jetzt.

Mit viel zu schnell schlagendem Herzen trete ich in den schmucklosen Flur, zähle die Türen. Eins. Zwei. Drei.

Da ist es, das Türschild: *Damian Hunter.*

Ein letztes Mal wische ich meine feuchten Hände an meinem Rock ab und greife nach der Türklinke. Zu meiner Überraschung ist nicht abgeschlossen, also brauche ich keinen Zauber, sondern kann das Büro einfach betreten. Schnell schlüpfe ich hinein, schließe leise die Tür hinter mir, ziehe mein Handy hervor und starte die Taschenlampenfunktion. Mehr Licht traue ich mich nicht zu machen. Alles liegt vor mir, wie ich es in Darrens Erinnerungen gesehen habe: der Schreibtisch, die Bücherregale, die Fensterfront.

Ich schließe die Hand um den Turmalinanhänger und fluche leise. Seine Energie ist fast verbraucht. Lange wird der Faszinationszauber nicht mehr wirken.

Aus Darrens Erinnerungen weiß ich, dass sich der Safe in der Wand hinter dem Schreibtisch befindet – verdeckt durch ein Bild von seiner Mom. Und das Feld, das wie ein Fingerabdruckscanner aussieht, muss in Wirklichkeit mit Magie versorgt werden. Ich hatte in den vergangenen Tagen genug Zeit, mir einen Wunsch an die Magie zu überlegen. Es geht mir darum, dass ich sie um Hilfe bitte, um ein größeres Übel zu verhindern.

»Vertraue der Magie«, murmle ich mir selbst zu und umrunde den Schreibtisch. Für Zweifel ist es nun ohnehin zu spät. Ich lege mein Handy auf dem Tisch ab und entferne vorsichtig das Bild.

Alles klappt reibungslos, doch als ich meinen vorbereiteten Zauber ausprobiere, funktioniert er nicht. Verflucht! Der Tresor lässt sich nicht öffnen. Falls ein Alarm ausgelöst wurde, war er stumm, denn nichts passiert. Hastig sehe ich zur Tür, aber sie bleibt verschlossen.

Ob meine Formulierung zu sehr nach Gemma und zu wenig nach Mr Hunter klang? Was würde er sich wünschen? Dass seine Frau nicht stirbt, so viel ist klar.

Probieren wir es mehr wie Darren: Der Zweck heiligt die Mittel.

Erneut lege ich meinen Finger auf den Sensor.

»Magic of unfulfilled dreams, the end justifies the means.«

Ein leises Klicken ertönt. *Es klappt!*

Mir entfährt ein kleines Quieken, als die Tür des Safes tatsächlich aufschnappt.

Und da liegt sie: eine schlichte auf Samt gebettete Festplatte im erleuchteten Tresor. So wie die aus Darrens Erinnerung.

»Das war ja fast zu einfach«, flüstere ich und nehme sie heraus. Ohne länger darüber nachzudenken, schiebe ich sie in die Tasche meiner Schürze und tausche sie gegen ein von Darren gekauftes baugleiches Modell aus. Langsam weiß ich die Schürze meines Dienstmädchen-Outfits sehr zu schätzen.

Rasch schließe ich den Safe, hänge das Bild von Darrens Mom wieder an seinen Platz, drehe mich herum, greife nach meinem Handy – und blinzle gegen eine plötzliche Helligkeit an. Mein Herz macht einen erschrockenen Satz.

Jemand hat das Licht eingeschaltet.

Kristen schließt die Tür hinter sich, lehnt sich dagegen und verschränkt die Arme vor der Brust. »Gemma, wie wenig überraschend ausgerechnet dich hier zu treffen.«

»Kristen.« Ich klinge so erschrocken, wie ich mich fühle, und zwinge mich zu einem Lächeln. »Was tust du hier? Habe ich mich in der Tür geirrt? Ist das nicht Darrens Büro? Oder hat er dir ebenfalls gesagt, dass ihr euch in zwei Minuten an seinem Schreibtisch trefft? Mir war nicht bewusst, dass es ein Dreier werden soll.«

»Netter Versuch.« Sie lacht kurz auf. »Wenn du wirklich Darrens Büro gesucht hättest, hättest du dich im Stockwerk geirrt. Aber ich denke, das weißt du, nachdem ihr letztens eine besonders ausführliche Führung hattet.«

»Ich weiß gar nichts«, versichere ich und umrunde den Schreibtisch, aber Kristen hebt so entschieden eine Hand, dass ich in der Bewegung verharre. Diese Frau hatte von Anfang an etwas an sich, das mich eingeschüchtert hat. Noch immer kann ich nicht benennen, was es ist.

»Ich habe dich gewarnt und dir gesagt, dass ihr eure Nasen nicht in unsere Angelegenheiten stecken sollt«, erinnert Kristen.

»Und ich weiß wirklich nicht, wovon du redest«, behaupte ich und schiebe trotzig das Kinn vor.

Ihr Blick gleitet durch das Zimmer, als würde sie zu ergründen versuchen, was ich hier gewollt habe, bis ihr Blick am Porträt von Darrens Mom hängen bleibt. Sie schenkt mir ein Lächeln, als könnte sie hören, wie wild mein Herz in meiner Brust schlägt. »Nun, denn … Da ich mir beim besten Willen nicht vorstellen kann, was du in Damians Büro suchen könntest, werde ich dir mal glauben. Es sei denn, es gibt etwas, das du mir anvertrauen möchtest?«

»Ich wüsste nicht, was.«

»Wie überaus bedauerlich. Nur falls Darren dir tatsächlich vorgeschlagen haben sollte, dass ihr einen Quickie auf dem Schreibtisch seines Dads einlegen könntet, richte ihm aus, dass Wiederholungen nicht sehr kreativ sind. Ich bin enttäuscht. Von euch beiden.«

Ihre Worte versetzen meinem Herzen einen Stich, mein Blick zuckt unwillkürlich zum Schreibtisch. Jedes Mal, wenn ich an Darrens geteilte Erinnerung denke, fühlt es sich an, als würde sich alles in meinem Inneren verknoten.

»Oh, du wusstest es nicht«, säuselt Kristen. »Das tut mir ja fast leid.« Ihr überlegenes Lächeln straft sie Lügen. Sie öffnet mir die Tür und deutet hinaus. »Vielleicht möchtest du ihn zur Rede stellen?«

Ich lasse sie in dem Glauben, dass sie recht hat. Dass ich von nichts wusste. Vielleicht bin ich nicht die beste Schauspielstudierende der Akademie, aber eine Improvisation als gedemütigte Affäre bekomme ich gerade noch hin. Zumal zumindest ein Teil des Schmerzes in mir greifbar ist.

»Du entschuldigst mich?«, bitte ich und lege all meinen verletzten Stolz in diese Worte. »Ich habe mit Darren eine Kleinigkeit zu klären.«

»Ja, meine Süße. Kläre mit ihm, was ihr zu klären habt. Falls er danach getröstet werden muss, kennt er ja den Weg in mein Büro. Dasselbe gilt natürlich für dich.«

Auch wenn ich kaum glauben kann, dass Kristen mich tatsächlich laufen lässt, muss ich den Moment nutzen. Als ich an ihr vorbeigehe, steigt mir ein schwerer, süßlicher Geruch in die Nase, den ich irgendwoher kenne. Doch jetzt ist nicht der richtige Augenblick, um mir über Kristens Parfüm Gedanken zu machen. Die enttäuschte Freundin ist genau die perfekte Rolle, um wütend aus dem Zimmer zu stürmen, die Treppe hinunterzusteigen und Darren ausfindig zu machen. Als ich ihn in der Menge finde, greife ich unsanft nach seinem Arm. Alle starren uns an, just bevor der Faszinationszauber verfliegt.

»Wie verlogen bist du eigentlich?«, frage ich laut genug, damit uns ein paar Umherstehende hören. »Von wegen wir treffen uns in zehn Minuten auf einen Quickie im Büro deines Dads. Ich bin ja offensichtlich nicht die Erste, der du das anbietest.«

Darren sieht mich verwirrt an und lässt die Geige sinken.

Komm schon, spiel mit, drängen meine Gedanken.

»Kristen hat mich dort erwischt. Und laut ihr, hattet ihr dort bereits das Vergnügen.«

»Sie hat dich …«, beginnt Darren und sieht sich flüchtig um. »Wie wäre es, wenn wir das woanders klären?«

»Ich glaube nicht, dass wir noch etwas zu klären haben!«, sage ich mit fester Stimme. Meine Dozierenden wären sicherlich stolz auf diesen Brustton der Überzeugung. Ich mache auf dem Absatz kehrt und stürme aus dem Foyer.

»Gemma, warte!« Darren folgt mir, unter dem Getuschel aller Augenzeugen.

»Vergiss es!«

Unser Abgang ist vielleicht etwas theatralisch, aber niemand hält uns auf. – Und das ist fast mehr, als ich mir von diesem Abend erhofft habe.

Ich verlasse das Gebäude der L.I.F.E. Inc. – mit der geklauten Festplatte – und atme tief ein. Erst als die kühle Abendluft meine Lungen erfüllt, realisiere ich, dass es funktioniert hat. Gedankt sei der weißen Magie!

»Gemma!«, höre ich Darren hinter mir schreien.

Es ist ein Weckruf. Wir müssen hier weg und die Festplatte auslesen, bevor sie jemand vermisst. Also setze ich mich wieder in Bewegung und gehe mit großen Schritten zu Darrens Auto hinüber.

Niemand folgt uns. Nirgendwo höre ich Polizeisirenen. Noch nicht.

Darren entriegelt die Türen, und ich lasse mich auf den Beifahrersitz gleiten. Mir entfährt ein erleichtertes Seufzen. Wir haben es geschafft.

Irgendwo zwischen Unglauben und Erleichterung schwanken meine Gefühle, als Darren ebenfalls einsteigt und den Motor startet.

»Kristen hat dich erwischt?«, fragt er angespannt, während er uns aus der Parklücke navigiert.

»Ja, hat sie«, stimme ich zu und entlocke Darren ein leises Fluchen. Einen Moment lasse ich ihn zappeln, bevor ich ihn aufkläre. »Aber erst nachdem ich die Festplatte aus dem Safe genommen habe.« Mit einem Lächeln im Gesicht löse ich die Schleife der Schürze um meine Taille und nehme die Festplatte heraus.

Darrens Blick zuckt zwischen meinem Gesicht und dem

Speichermedium hin und her. Es dauert, bis er erleichtert auf-atmet und mir ein Lächeln schenkt. »Wir sind wie fucking Bonny und Clyde«, behauptet er. Seine Augen glänzen vor Stolz.

»Bitte nicht, die Geschichte der beiden ist echt nicht schön. Also konzentrier dich aufs Fahren, ich möchte nicht, dass unsere Flucht in einem Autounfall endet. Danke.«

Er nickt kurz und lenkt dann seine Aufmerksamkeit auf die Fahrbahn, während ich Taro schreibe. *Die Katze ist gefangen*, verkünde ich knapp und hoffe, dass es ihm gut geht. Erleichtert stecke ich mein Handy weg, nachdem ich seine Antwort gelesen habe.

Taro: Das hättest du wohl gern. ;-) Die Katze macht artig Fotos und sammelt nachher eure Flaschen wieder ein.

Es geht ihm gut. Und wir haben die Festplatte. Eine Welle von Glücksgefühlen rauscht durch meinen Körper, als mir bewusst wird, dass wir es tatsächlich geschafft haben. Diese Sache, vor der ich wochenlang Sorgen hatte, sie hat funktioniert.

Aber noch ist die Schlacht nicht gewonnen. Mir geht nicht aus dem Kopf, wie Mr Hunter Hazel angesehen hat, doch wenn wir es schaffen, ihm das Handwerk zu legen, dann wird alles gut. Sicher wird es das.

»Wohin fahren wir?«, hake ich nach und hole meinen Laptop aus dem Fußraum des Autos, um keine Zeit zu verlieren. Mit vor Adrenalin zitternden Fingern starte ich ihn und werde kurz darauf von dem Chaos meines virtuellen Schreibtisches begrüßt. Ich stecke die Festplatte ein und sie verbindet sich. Unzählige Dateien werden mir angezeigt, doch als ich die erste öffnen will, entfährt mir ein frustrierter Laut. »Sie sind verschlüsselt.« Natürlich sind sie das. Was habe ich auch erwartet?

Darren wirft einen flüchtigen Blick auf mein Display und stutzt. »Das ist keine Verschlüsselung. Das sind Strukturformeln.«

»Was?«

»Habe ich dir nie erzählt, dass Dad studierter Biochemiker ist? Vor der Gründung der L.I.F.E. Inc. hat er als Wissenschaftler gearbeitet.«

»Du meinst, ihr habt noch etwas gemeinsam? Also sind es chemische Formeln?«, vergewissere ich mich.

Als wir an einer roten Ampel halten müssen, überfliegt Darren die Dateien. »Ja, aber ich werde einen Moment brauchen, um das zu sichten. Die eine Verbindung dort müsste Hämoglobin sein. Aber der Rest?« Darren fährt sich durch die Haare.

»Was denkst du, wie viel Zeit uns bleibt?«

»Wenn Kristen meinem Dad sagt, dass du in seinem Büro warst? Nicht lange. Selbst wenn sie die falschen Schlüsse gezogen hat, wird Dad stutzig werden und in seinem Büro nach dem Rechten sehen.«

»Du hast mir noch immer nicht gesagt, wohin wir fahren.«

»Ein Motel etwas außerhalb, es ist angeblich eine beliebte Übernachtungsmöglichkeit bei jungen Paaren. Solange Dad nicht die Polizei alarmiert und uns zur Fahndung ausschreibt, dürfte uns dort niemand verdächtigen.«

Verdächtigen, weil wir geheime Dokumente einer Firma gestohlen haben. Ich möchte wohl lieber nicht wissen, mit wie vielen Jahren Gefängnis das für gewöhnlich bestraft wird.

46. KAPITEL

»Ich glaube, ich hab's«, murmelt Darren, aber wirkt alles andere als enthusiastisch. Mit finsterer Miene nippt er an einem eiskalten Kaffee, den wir aus einem Automaten am Empfang des Motels gezogen haben. Meinen habe ich schon vor zwei Stunden geleert, doch Darren war so in seine Arbeit versunken, dass er ihn glatt vergessen hat. Unter anderen Umständen wäre es vermutlich nett hier. Das omnipräsente Blumenmuster auf Bettwäsche, Lampenschirm und Tapeten wirkt etwas erdrückend, aber alles ist sauber und ordentlich. Darren sitzt auf einem geblümten Ohrensessel und hat die Füße auf dem Doppelbett abgelegt. Er balanciert meinen Laptop und einige vollgekritzelte Zettel mit dem aufgedruckten Logo des Hotels auf seinem Schoß.

Mittlerweile habe ich all die nervigen Teile des elendigen Rehkostüms abgelegt und trage nur noch das Unterkleid. Auch Haarreifen und Blüten habe ich aus meinen Haaren entfernt.

Die letzten vier Stunden kam ich mir ansonsten reichlich untätig vor und wusste nichts so recht mit mir anzufangen. Also habe ich mir zwischendurch seine Jacke geliehen, um nicht nur in Unterwäsche bekleidet zu einem nahegelegenen Diner zu laufen und uns eine Kleinigkeit zu essen zu besorgen. Leider hatten sie um diese Uhrzeit nur noch ein paar trockene Muffins und Donuts als vegetarische Speisen, aber alles ist besser als nichts.

Ich pausiere die Runde, die ich barfuß auf dem weichen Teppich des Zimmers gedreht habe, und sehe ihn fragend an. »Und? Kannst du mir sagen, was in den Unterlagen steht, ohne dich in Lebensgefahr zu bringen?«

»Ich kann bestätigen, dass es ist, wie wir vermutet haben«, formuliert Darren möglichst unverfänglich und sortiert seine Notizen.

»Alle Aktivitäten der L.I.F.E. Inc. hängen zusammen«, murmle ich. Darren blickt mich nur stumm an, doch ich kann die Zustimmung in seinen Augen erkennen.

Ich setze mich auf die Bettkante und mustere sein Gesicht. »Okay. Wie wäre es, wenn ich es zusammenfasse, und du unterbrichst mich, wenn ich falschliege?«

Darren nickt.

»Für den S.P.E.L.L.-Zauber wird das Blut einer Sirene gebraucht. Oder von mehreren. Was nicht so verwunderlich ist, wenn man bedenkt, dass sie angeblich dafür geschaffen sind, Menschen zu manipulieren.«

»Korrekt.«

»Dein Dad nutzt den S.P.E.L.L.-Zauber, damit ihm niemand in die Quere kommt. Aber Sirenen sind selten und sensibel, und um sie am Leben zu erhalten, benötigt man unter Umständen die Medizin, die er für deine Mom entwickelt hat. Um diese herzustellen, braucht man wiederum die Lebensenergie von Menschen«, fahre ich fort. »Zum Beispiel Obdachloser wie John, weil es wahrscheinlich schlicht und ergreifend nichts anderes gibt, was der Magie des Lebens nahekommt.« Darren schweigt. Das fasse ich als weitere Zustimmung auf. »Aber das bedeutet, dass dein Dad tatsächlich Menschen opfert.«

»Ich weiß.« Fluchend reibt sich Darren mit der Hand über die Stirn.

Ich betrachte ihn. Seine angespannte Körperhaltung, die Verzweiflung in seinem Blick. »Wie geht es dir damit?«, frage ich vorsichtig.

»Keine Ahnung. Irgendwie habe ich wohl immer noch gehofft, wir würden uns irren.«

»Verständlich.« Vermutlich wünscht sich niemand, dass der eigene Dad Menschen umbringt. »Ich frage mich nur, was dein Dad mit diesem ganzen Aufwand verfolgt. All die Arbeit, all die Mühe – und alles, was er bezweckt, dient am Ende einzig dafür, deine Mom am Leben zu erhalten? Oder gibt es Aufzeichnungen darüber, dass er noch andere Pläne hat? Dass er vielleicht gedenkt, die Medizin meistbietend zu verkaufen oder etwas in der Art?«

»Dads Liebe zu Mom grenzte schon, so lang ich mich erinnern kann, an Besessenheit«, antwortet er ausweichend, reicht mir den Laptop und starrt schweigend vor sich hin.

»Woran denkst du?«

Mit einem Seufzer lehnt Darren sich im Sessel zurück. »Ein Teil von mir drängt mich dazu, mit Dad über diese Dinge zu reden. Dass ich ihn mit diesen Sachen konfrontieren sollte und seine Seite hören muss, bevor ich ihn verrate.«

»Wieso überrascht mich das nicht?«, murmle ich. Denn das tut es wirklich nicht. Auch *DarkDuke* hat die Menschen nie einfach nur im Internet vorgeführt. Er hat sie immer in seine vermeintliche Bloßstellung einbezogen, ihnen die Chance dazu gegeben, ihm zu beweisen, dass er falschliegt.

Ich wünschte, ich könnte irgendetwas Kluges sagen, um ihm mit seinen Gewissensbissen zu helfen. Doch mir kommt nichts in den Sinn. »Ich verstehe, dass es nur fair wäre, deinen Dad zur Rede zu stellen. Alles andere ist feige. Aber …«

»Du hast Angst vor ihm.«

Meine Antwort ist kaum mehr als ein Hauchen. »Ja.«

Nicht unbedingt um meinetwillen. Nicht nur. Ich weiß, zu was er in der Lage ist. Dass er mich mit seinen Zaubern zu einer willfährigen Marionette machen kann, denn noch immer habe ich nichts gefunden, was den S.P.E.L.L.-Zauber aufhebt. »Mal angenommen, wir schaffen es, ihn mit den geklauten Daten zu konfrontieren – und ihm irgendwie zu entkommen. Was dann? Er bringt Menschen um. Er versklavt ihren Geist. Was ist, wenn er Taro oder Hazel entführen lässt? Wenn er sie als Druckmittel einsetzt? Oder wenn er den S.P.E.L.L.-Zauber nutzt, um jeden in der Stadt nach uns suchen zu lassen? Wenn wir Bürgermeister Caden die Unterlagen geben, ist unsere einzige Chance, dass er uns glaubt und schnell handelt. Dass er deinem Dad nicht die Möglichkeit lässt, sich herauszureden oder einen Zauber zu wirken.«

»Wir haben auf jeden Fall genug Beweise zusammen«, versichert Darren und rauft sich die Haare. »Wenn er hiervon weiß, kann er unmöglich die Augen vor Dads Machenschaften verschließen.«

»Hoffen wir, dass er uns glaubt«, murmle ich.

»Dir«, korrigiert Darren widerwillig. Demonstrativ deutet er auf meine Hand.

»Mir«, stimme ich zu. Wir erinnern uns daran, was beim letzten Mal geschah, als Darren gegen seinen Fluch angekämpft hat. Wir sind beide nicht gewillt, diese Erfahrung zu wiederholen, also muss ich da allein durch, denn ich bin nicht dazu bereit, andere in diese Sache hineinzuziehen.

»Darren?«, frage ich leise, während ich an all die Menschen denke, deren Schicksal mit unserem verwoben ist. »Was ist mit deiner Mom? Wenn wir das hier durchziehen und die Machenschaften deines Dads beendet werden, wird sie vielleicht sterben.«

»Nicht vielleicht, sondern mit Sicherheit. Und wenn wir es

nicht tun, werden stattdessen andere ihr Leben lassen«, antwortet er meinem Blick ausweichend. »Ich weiß, dass sie auf unserer Seite wäre.«

Wahrscheinlich hat er recht, dennoch fällt es mir schwer, mir vorzustellen, wie es ihm mit dieser Last gehen muss.

»Also verbringen wir die Nacht in diesem Zimmer, brechen morgen früh auf und fangen Caden vor seinem Büro ab?«, frage ich vorsichtig, weil ich kurz Angst davor habe, dass es am Ende ausgerechnet sein Gewissen ist, das uns den Plan vereitelt. Dass er doch noch darauf besteht, sich mit seinem Dad zu treffen.

Darren stellt den Laptop auf den Nachttisch und fährt sich erneut mit der Hand durch die Haare. Aber er nickt. »Ich könnte versuchen, Caden anzurufen, doch ich bezweifle, dass er nachts an sein Handy geht. Außerdem kopiere ich gerade den Inhalt der Festplatte auf deinen Laptop und er braucht noch etwa fünf Stunden, bis er damit fertig ist.«

Das sind fünf Stunden, in denen wir vielleicht schlafen sollten, nur bin ich zu unruhig, um die Augen zu schließen. Immer wieder werfe ich einen Blick auf mein Handy oder lausche, ob ich das Geräusch von sich nähernden Sirenen höre. Vielleicht bin ich vollkommen paranoid, aber diese ganze Situation macht mir zu schaffen.

Erschrocken zucke ich zusammen, als eine neue Nachricht auf meinem Handy eintrifft, doch sie ist nur von Hazel. Der Hazel, auf die Mr Hunter ein Auge geworfen hat.

Hazel: Geht es dir gut? Man hat mir erzählt, du hättest dich vorhin mit Darren gestritten und wärst dann verschwunden. Ich dachte, wir trinken zusammen noch etwas, um den Abend ausklingen zu lassen.

Gemma: Entschuldige, dass wir einfach abgehauen sind. Ja, wir haben uns gestritten – aber auch wieder vertragen. Ich verbringe die Nacht bei ihm, falls du verstehst. Sei mir nicht böse, wir holen die Feier nach und stoßen wann anders auf deine grandiose Aufführung an. – Ob ich mir schäbig dabei vorkomme, meine beste Freundin zu belügen? Oh ja, doch ich habe mir geschworen, sie nicht in gefährliche Dinge hineinzuziehen und bin noch immer fest entschlossen, mich an meinen Vorsatz zu halten.

Hazel: *Dann bin ich ja beruhigt. Es waren übrigens alle begeistert von Darrens Überraschungsauftritt. Er war so, so gut. Vielleicht sollte er doch mit uns an der* Allbright *studieren.*

Vielleicht sollte er das. Im nächsten Leben.

47. KAPITEL

Montag, 21.11.

Ich wünschte, ich hätte gestern daran gedacht, mir Wechselkleidung einzupacken, doch nun trage ich noch immer nur das Unterkleid meines Kostüms und darüber Darrens Lederjacke, weil mir das kitschige Rehkostüm für mein Vorhaben absolut fehl am Platz vorkommt.

»Pass auf dich auf«, bittet Darren, als ich aus seinem Auto steige. »Ich habe Caden geschrieben, dass du mit Informationen auf ihn wartest, damit er dich auf jeden Fall empfängt. Ich rühre mich hier nicht von der Stelle und habe mein Handy auf laut gestellt. Du weißt, dass ich dich lieber begleiten würde?«

»Ich weiß. Aber ich habe die Festplatte gestohlen, ich gebe die Informationen weiter. Wir werden nichts tun, was dein Leben gefährdet.«

»Ich wünschte, ich könnte dir wenigstens den Abschiedskuss geben, den du verdient hast.«

»Jetzt werde bitte nicht sentimental, das steht dir nicht«, erwidere ich zwinkernd und schlage die Autotür hinter mir zu. Ich umfasse die Festplatte in der Jackentasche fester. Außerdem brauche ich keinen Abschiedskuss. Zumindest werde ich versuchen, unbeschadet zu ihm zurückzukommen.

Ein letztes Mal richte ich den Kragen der Lederjacke und mache mich auf den Weg zu Cadens Büro. Ich wünschte, ich hätte einen Schal dabei, denn auch wenn es heute nicht regnet, kriecht mir die Novemberkälte bis in die Knochen. Auf dem kurzen Weg fühle ich mich, als würden mich alle anstarren. Als wüssten sie, dass ich Diebesgut in der Tasche bei mir trage. Daten, die beweisen, was für schreckliches Unrecht in dieser Stadt vor sich geht.

Es ist nicht schwer, das Büro des Bürgermeisters zu finden, denn jeder New Yorker kennt das imposante, weiße Gebäude mitten in Manhattan. Mit viel zu schnell schlagendem Herzen und zittrigen Knien steige ich die Steinstufen der Treppe hinauf, passiere die weißen Säulen des Vordachs und gehe auf eine der weißen Doppeltüren zu. Ich drücke die goldene Türklinke herunter, doch nichts passiert. Die Tür lässt sich nicht öffnen und die Eingangshalle jenseits davon ist noch in Dunkelheit gehüllt. Ich bin zu früh, und obwohl ich bereits erbärmlich friere, bleibt mir nichts anderes übrig, als hier zu warten.

Abwechselnd wärme ich meine Hände und meine Nasenspitze, bis ein Taxi vorfährt.

Bürgermeister Caden steigt aus, den Blick auf mich gerichtet und ohne sein übliches Lächeln im Gesicht. Mit großen Schritten erklimmt er die Treppe und sieht sich flüchtig um, bevor er bedeutet, dass er uns aufschließen wird.

»Ich nehme an, wir sind die Ersten im Gebäude«, erklärt er. »Da Darren mir schrieb, dass du Informationen für mich hast, wollte ich dich nicht unnötig warten lassen.«

Er öffnet die Tür gerade weit genug, damit ich hindurchschlüpfen kann, folgt mir und verschließt sie hinter sich.

»In mein Büro«, weist er knapp an und geht voran.

Die Steinfliesen, hohen Decken mit Stuckverzierung, teuren Blumenbouquets – normalerweise würden mich diese Dinge beeindrucken, doch heute habe ich vor Nervosität keinen Blick dafür. Ich will diese Sache nur schnellstmöglich hinter mich bringen und zu Darren zurück.

· · ✦ · ·

»Nun.« Caden bedeutet mir, sein Büro zu betreten und auf einem der gepolsterten Sessel an seinem Schreibtisch Platz zu nehmen.

Als ich über die Türschwelle trete, durchfährt mich ein Schauer. Es fühlt sich an, als würde ein Eimer eisiges Wasser über meinen Körper laufen. Eigenartig.

Reflexartig scanne ich den Raum, aber kann nichts Außergewöhnliches entdecken – außer einem voll aufgeladenen Aequalit auf dem Schreibtisch. Wer benutzt denn einen solch wertvollen Kristall als Briefbeschwerer? Außer einem Menschen, der keinerlei Zugang zu Kristallenergie hat vielleicht. Dieser Kristall hat eine so eindeutige Aura, dass es mich alle Selbstbeherrschung kostet, nicht meine Hände danach auszustrecken und ihn zu berühren. Zu gern wüsste ich, wie sich seine Macht anfühlt. Mir ist, als würde er meinen Namen flüstern.

Gemma.

Caden geht um seinen Schreibtisch herum und lässt sich auf seinen Schreibtischstuhl sinken. »Nun. Was gibt es zu dieser frühen Stunde so Dringendes zu besprechen? Es klang, als könnte es keine Sekunde länger warten.« Er verschränkt die Hände ineinander, bettet das Kinn darauf und sieht mich aufmerksam an.

Alles in mir sträubt sich dagegen, mit der Sprache herauszurücken. Aber deswegen bin ich doch hier. Wir brauchen seine Hilfe. Woher kommen nur meine plötzlichen Zweifel?

Zweifel, die ich mir nicht erlauben kann.

Ich gebe mir einen Ruck, folge ihm zu seinem Schreibtisch und lasse mich auf einen der Stühle sinken. Unruhig streiche ich den Rock meines Kleides glatt und räuspere mich, weil ich meiner Stimme nicht traue. Sie ist vor Nervosität so zittrig wie der Rest meines Körpers. »Sie sagten letztens, wir sollen uns melden, wenn wir Beweise für die Machenschaften von Mr Hunter haben. Hier sind sie.« Mit einem akuten Anfall von Unwohlsein greife ich in die Tasche, ziehe mit eiskalten Fingern die Festplatte hervor und lege sie auf dem Schreibtisch ab. Ich kann auch nicht fassen, dass ich das tue, doch ich schiebe ihm das Speichermedium zu.

»Ich weiß, dass das alles schwer zu glauben ist, aber die L.I.F.E. Inc. ist mehr als ein harmloser Energiekonzern.«

»Von was für Beweisen reden wir?«, fragt er seelenruhig und legt die Hände auf dem Tisch ab.

»Unter anderem geht es um die *Less-Homeless*-Foundation. Sie lockt Obdachlose von der Straße und opfert sie. Ermordet sie, um ihre Lebensenergie zu gewinnen. Die wird unter anderem dazu benutzt, um Sirenen am Leben zu erhalten. Das sind Wesen, deren Blut benötigt wird, um die Bürger New Yorks mit einem Zauber zu manipulieren.«

»Sirenen? Wesen? Zauber?«, hakt Caden nach und hebt eine Augenbraue. »Ich hatte mit etwas weniger originellen Anschuldigungen gerechnet. Vielleicht mit Steuerhinterziehung, Schwarzarbeit, meinetwegen auch Menschen- oder Organhandel. Alles schon einmal gehört. Aber Magie und Zauber?«

»Ich weiß, es klingt in Ihren Ohren womöglich befremdlich, doch für all meine Worte gibt es Beweise auf dieser Festplatte.«

Caden atmet tief durch und wendet den Blick ab. Es ist offensichtlich, dass er mir nicht glaubt. Er ist ein Skeptiker, so wie Hank es war. Was auch immer ich sage, wird ihn nicht überzeugen.

»Nun, ich danke dir für dein Vertrauen und möchte nicht den Eindruck erwecken, dass ich dir nicht abnehme, dass dir diese Sache wichtig ist. Aber ich hoffe, du hast Verständnis dafür, dass wir eure Vorwürfe erst überprüfen müssen. Vor allem die Echtheit der Daten auf dieser Festplatte. Heutzutage kann jeder beliebige Mensch alle möglichen Arten von Unfug in Umlauf bringen. Das gilt selbst für weniger fragwürdige Anschuldigungen.«

»Ich verstehe. Und ich schwöre, dass ich nicht lüge.« Diese Sache läuft nicht gut. Wenn ich Caden nicht überzeugen kann und er stattdessen seinen Freund Damian Hunter kontaktiert, um ihm diese vermeintlich lustige Anekdote zu erzählen, bin ich geliefert.

Caden bedeutet mir, dass ich sitzen bleiben soll, während er nach der Festplatte greift, seinen Rechner startet und das Speichermedium anschließt. »Es macht dir doch nichts aus, hier zu warten, bis ich die Informationen gesichtet habe? Es ist ja auch zu deiner eigenen Sicherheit.«

Überrascht nehme ich zur Kenntnis, dass er sich die Dateien selbst ansehen will. Ich hätte damit gerechnet, dass er dafür einen Spezialisten kommen lässt, dennoch nicke ich.

Als er wenig später nach seinem Handy greift und darauf tippt, fürchtet sich mein Unterbewusstsein davor, dass er eine E-Mail an Darrens Dad schreibt, um ihn über den Raub zu informieren. Und so warte ich nervös auf dem Stuhl und wippe mit einem Fuß.

»Möchtest du einen Kaffee?«, bietet Caden an. Ich lehne ab, denn ich fürchte, dass Koffein meine Unruhe ins Unermessliche steigern würde.

Die Minuten verstreichen. Immer wieder zuckt mein Blick zur Standuhr hinter dem Schreibtisch, deren Sekundenzeiger klingt, als würde er die Zeit totschlagen. *Tack. Tack. Tack.*

Meine Gedanken zucken zu Darren. Ich hoffe, es geht ihm gut.

Cadens Räuspern lässt mich auffahren. »Es sieht so aus, als hättet ihr gute Arbeit geleistet. Die Informationen sind brauchbar und valide.«

»Tatsächlich?« Irritiert setze ich mich auf. Sein Meinungswechsel erscheint mir etwas zu plötzlich. Hat er nicht eben noch an meinem Verstand gezweifelt?

»Ja, auch wenn ich wünschte, dass du sie mir gleich und auf direktem Wege anvertraut hättest. Ich sagte noch, diese Sache muss nicht unangenehm werden. Und nun ist sie es irgendwie doch.«

Irritiert horche ich auf.

Diese Worte – sie kommen mir bekannt vor. Aber nicht aus Cadens Mund. Mir sackt das Herz in die Hose. Caden sieht plötzlich nicht mehr wie Caden aus. Seine Statur wird graziler, weiblicher. Auch die Haare ändern ihre Farbe. Wenn Taro nicht mein Bruder wäre, hätte bei diesem Anblick selbst ich an meinem Verstand gezweifelt.

Ein Gestaltwandler, schießt es mir durch den Kopf. *Wenn auch kein Wertier.*

Ich erkenne, wessen Gestalt Caden annimmt. Es ist Kristen. Erschrocken springe ich vom Stuhl auf. Obgleich ich nicht begreife, was vor sich geht, ist eines offensichtlich: Das hier ist eine Falle.

Als hätte sie meinen Gedanken erraten, schenkt sie mir ein überlegenes Lächeln und macht eine beschwichtigende Geste.

»Nun, lang nicht mehr gesehen. Setz dich doch wieder. Oder willst du mich schon verlassen?«, säuselt sie und trommelt mit den Fingern auf die Schreibtischplatte. »Ich habe mir ja fast gedacht, dass du gestern nicht wirklich in Damians Büro warst, um dich dort mit Darren zu vergnügen. Diese rebel-

489

lische Phase scheint er glücklicherweise hinter sich gelassen zu haben. Er war zu der Zeit kein angenehmer Mensch.« Sie schnalzt mit der Zunge. »Aber wie schade, dass du nicht ehrlich zu mir warst. Ich meine, ich wusste, dass ich so oder so an diese Daten herankomme, doch der direkte Weg wäre mir sehr viel lieber gewesen. Was hat dieser alte Mann nur an sich, dass man ihm mehr vertraut als mir? Dabei war ich so offen zu dir.« Sie schüttelt bedauernd den Kopf.

Von ihrem Anblick überfordert, bringe ich kein Wort heraus.

Kristen ist Caden? Warum nur ist es mir nicht aufgefallen? Die Narbe unter ihrem Auge, an der sie sich vermutlich ein signifikantes Mal hat entfernen lassen. Der süßliche Duft ihres teuren Parfüms, das stets an Caden haftete. Einige Bewegungsabläufe, die sie immer gleich absolviert haben, wie mit dem Fingernagel gegen Gläser zu stoßen. *Pling. Pling. Pling.* Verdammt. Ich fühle mich wie ein unaufmerksames, naives Mädchen vom Land.

»Du siehst bedenklich blass aus. Hast du es wirklich nicht bemerkt? Darren auch nicht? Wieso wird keiner stutzig, wenn Caden und ich nie auf denselben Veranstaltungen auftauchen? Ach ja, weil die Welt viel zu oft auf die mächtigen Männer schaut, während wir nur schmückendes Beiwerk sind. Höchstens gut genug für eine Affäre. Und Damian ist so verdammt vernarrt in seine Frau, dass ihm ohnehin nichts auffällt. Sei es drum, wir alle haben wohl unsere blinden Flecken.« Sie deutet flüchtig auf meine schwarze Hand. »Das sieht übrigens nicht gut aus, aber ich will dich dafür nicht verurteilen, ich habe schließlich zu danken. Ohne deine Hilfe wäre ich nie an Damians wohlgehütete Festplatte gekommen. Bedauerlicherweise fehlen mir dazu gewisse Fähigkeiten und der Hexenzirkel, mit dem ich zusammenarbeite, war noch nicht bereit, sich die Hände dermaßen schmutzig zu machen. Zumindest nicht direkt. Es ist ja nicht so, dass sie ihre Leute nicht längst auf euch angesetzt hätten.«

»Du hast mich gestern nur laufen lassen, weil du wusstest, dass ich dir die Festplatte so oder so geben würde.« Meine Gedanken funktionieren nur noch in Zeitlupe. Ich konnte Kristen schon bei unserer ersten Begegnung nicht leiden, aber ... Was ist das Aber? Mir war doch klar, dass die Welt von Darrens Dad gefährlich und voller Lügner ist.

»Ich hatte nach unserem Mittagessen zumindest gehofft, dass ihr euch mir anvertrauen würdet«, stimmt sie zu und sieht mich schweigend an. »Willst du mich gar nicht nach dem Wahrheitsserum fragen? Das war übrigens eine grandiose Idee. Innerlich habe ich euch sehr dafür gefeiert, aber wie du dir vorstellen kannst, sind Gestaltwandler gegen simple Seren immun. Wäre schwierig zu überleben, wenn man uns so einfach dazu zwingen könnte, all unsere Geheimnisse preiszugeben. Manchmal ist die Genetik auf unserer Seite, manchmal spielt sie gegen uns.«

»Was meinst du mit simpel?«, hake ich nach.

»Weißt du, Gemma. Wenn jemand wie du das Serum zubereitet hätte, dann hättest du sicherlich versucht, alle Eventualitäten abzuwägen. Irgendwann einmal hast du ein sehr interessantes Video darüber veröffentlicht, wie deine Moms dir eingebläut haben, Kreuzzauber anzufertigen. Vielleicht hättest du tatsächlich ein Serum kreiert, das die Macht dazu besitzt, mich zu enttarnen. Das Risiko konnte ich unmöglich eingehen. Musste ich auch nicht. Wie soll ich es sagen? Du bist vorsichtig. Doch nicht vorsichtig genug.«

»Sekunde«, bitte ich und fühle mich, als würde sich in meinem Inneren ein Loch auftun. »Du willst mir nicht sagen, dass Beryl und Darren ...«

»Darren?« Kristen lacht auf. »Er ist hübsch, aber unwichtig. Denkst du, dass in Beryls Wohnung zufällig ein Zimmer für ihn frei war? Dass sie grundlos mit den Hinweisen auf den Blutfluch direkt zu dir kam? Du fandest es nicht seltsam, dass sie dich immer wieder dazu ermutigt hat, dich mit Darren zu treffen? Dass sie sofort bereit war, sich mit deiner besten Freundin anzufreunden? Gütige Göttin, diese Naivität müssen wir dir dringend austreiben.«

Beryl hat mich die ganze Zeit belogen? Meine Gedanken zucken zu Hazel. Was ist, wenn der Zirkel, mit dem Kristen kooperiert, auch vermutet, dass er das Blut meiner besten Freundin für ihre Zwecke missbrauchen kann? Wenn sie eine Freundschaft zwischen Hazel und Beryl forciert haben? Mein Magen – mein gesamtes Innerstes – verkrampft sich. Mir wird augenblicklich übel.

Gemma.

Irritiert fahre ich auf, als ich eine Stimme höre, die zugleich viele ist. Unwillkürlich zuckt mein Blick zum Aequalit. Das hier ist kein guter Moment für Ablenkungen. Dennoch ... Leide ich neuerdings an Wahnvorstellungen oder redet er mit mir?

»Nun ...« Kristen legt die Hand auf die Festplatte und trommelt mit den Fingern darauf. »Die Frage ist, was ich jetzt mit Damian anfangen soll, wo er so schrecklich überflüssig geworden ist. Es gab Dinge, die er bedauerlicherweise weder seiner Assistentin noch seinem besten Freund anvertrauen wollte, obwohl ich mich redlich bemüht habe. Dieser Mangel an Vertrauen macht eine Zusammenarbeit schwierig. Vor allem, wo ich nun alles weiß, was ich wissen muss, um seine Arbeit auch ohne ihn weiterführen zu können. Es ist nicht so, dass ich etwas gegen ihn habe. Er ist nur so verschlossen und engstirnig. Seine Visionen sind zu klein, zu fokussiert auf seine Frau.«

»Was soll das heißen? Was hast du vor?«

»Während du hier artig gewartet hast, habe ich die Zeit genutzt, um ein paar Freunden von mir einen Hinweis zu geben, dass sie Damian zu Hause besuchen sollen. Wir Gestaltwandler sind zwar sehr selten, aber es ist ja nicht so, als wäre ich die Einzige in New York. Was du natürlich weißt, immerhin ist dein Bruder quasi einer von uns.«

»Lass meinen Bruder hier raus«, fordere ich.

»Du hast ihn doch selbst auf dieses Schachbrett gestellt, nicht ich. Denkst du, ich bin so unaufmerksam wie ihr? Dann wäre ich längst tot. Wie dem auch sei, du kannst bestimmt nachvollziehen, dass Gestaltwandler ein gesteigertes Interesse am ewigen Leben haben. So viele Identitäten. So viele Möglichkeiten. Doch leider hat das ständige Verändern der molekularen Strukturen ihren Preis und begünstigt diverse Krebsarten. Man sagt, dass alles in der Natur seinen Preis besitzt, doch uns wäre es lieber, wenn ihn jemand anders zahlt. Was dich betrifft … Ich habe keinen Zweifel, dass du eine gute Hexe bist, aber ob der S.P.E.L.L.-Zauber auf Dauer ausreicht, um mir deine Solidarität zu sichern? Ich müsste wohl Darren zuerst ersetzen lassen. Mir gefällt nicht, dass er es geschafft hat, zu dir durchzudringen, obwohl die Dosis des S.P.E.L.L.-Serums in deinem Champagner beim Brunch absurd hoch war. Jede Champagnerkennerin hätte mir den ersten Schluck des gepantschten Zeugs angewidert ins Gesicht gespuckt.«

Meine Gedanken zucken zu Darren. Ich möchte ihm eine Nachricht schreiben, ihm sagen, dass er verschwinden soll. Dass er sich in Sicherheit bringen soll.

Gemma. – Da ist sie wieder, die eigenartige Stimme, doch ich ignoriere sie erneut.

»Willst du gar nichts dazu sagen?«

»Wozu? Dass du angedroht hast, mich zu versklaven? Dass du Darren und seinen Dad umbringen lassen willst? Dass du den Bürgermeister offensichtlich ebenfalls umgebracht hast, um seinen Platz einnehmen zu können?«

»Nicht ich persönlich. Ich bin nicht diese Art von Frau«, tadelt sie und schürzt die Lippen als hätten meine Worte sie tatsächlich verletzt. »Ich nutze meine Begabungen doch nicht, um wehrlose Menschen umzubringen. Dein Mangel an Vertrauen ist ebenso eklatant wie dein Mangel an Menschenkenntnis.«

Kopfschüttelnd öffnet sie ihre Schreibtischschublade.

Irritiert sehe ich sie an, als sie einen Revolver daraus hervorzieht. Erschrocken springe ich auf und weiche einen Schritt zurück.

Sie schenkt mir ein eiskaltes Lächeln. Noch während ich mich frage, ob sie mich tatsächlich erschießen will, greift sie erneut in die Schublade und stellt eine Wasserflasche mit der Banderole der L.I.F.E. Inc. auf den Tisch. »Sei so gut und trink dieses Wasser.« Sie deutet mit der Schusswaffe in ihrer Hand auf die Flasche. »Es ist ja nicht so, als könnte man Menschen nicht auch ohne Zauberserum beeinflussen, nicht wahr? Schusswunden sollen sehr schmerzhaft sein. Komplett austrinken.«

»Warum sollte ich das tun?«

»Weil du überleben willst? Sicher könntest du mir jetzt erzählen, dass du ohne Darren ohnehin nicht weiterleben möchtest – oder was auch immer –, aber ich kann dir versichern, dass ich dir einen Ersatz zur Verfügung stellen kann, der ihm in nichts nachsteht. An deiner Stelle würde ich das Angebot annehmen, ehe ich es mir anders überlege. Und bevor du darüber nachdenkst, dich frei zu zaubern: Bedaure. Treue Freunde von mir haben das Büro so präpariert, dass weiße Magie hier absolut wirkungslos ist. Es wäre dir sicher aufgefallen, hättest du beim Betreten nicht wie Espenlaub gezittert.«

Als wollte ich ihre Worte überprüfen, taste ich nach meinen Halsketten. Der schwarze Turmalin ist seit gestern ohnehin vollkommen entladen, aber auch der Bergkristall ist verstummt. Als hätte sich eine Mauer zwischen seine und meine Magie geschoben. Eine undurchdringliche Mauer, um die kein Weg herumführt.

Verdammt! Sie hat recht. In diesen vier Wänden bin ich nicht mehr als ein Opferlamm.

Gemma, flüstert die Stimme erneut. *Wir können dir helfen. Du musst uns nur darum bitten.*

Ich will sie nicht hören. Aber noch weniger möchte ich unterworfen oder erschossen werden. Oder dass man Darren oder seinen Dad aus der Welt schafft. Auch wenn ich Damian Hunter nicht leiden kann, fühle ich mich dazu verpflichtet, ihn zu warnen. Ich habe seine Daten gestohlen. Ich habe ihn überflüssig gemacht und das fragile Machtkonstrukt seiner Welt ins Wanken gebracht. Schlimmer: Ich habe es einstürzen lassen und nicht nur ihn, sondern auch Darrens Mom zum Tode verurteilt.

Aber um irgendjemanden warnen zu können, muss ich erst einmal lebend hier rauskommen. Ich kann nicht nach meinem Handy greifen, um eine Nachricht zu verschicken. Auf meine Magie habe ich ebenfalls keinen Zugriff. Was also soll ich tun? Das, was sie verlangt, bis mir etwas Klügeres einfällt?

»Okay.« Tief durchatmend wische ich die Hände am Rock meines Kleides ab und schlucke schwer. Ich zögere und weiß selbst nicht, ob ich meine Überwindung schauspielere oder tatsächlich fühle.

»Okay?«, wiederholt Kristen. »Du bist also ein artiges Mädchen?«

»Habe ich denn eine andere Wahl, wenn du eine Waffe auf mich richtest und meine Magie hier wirkungslos ist?«, frage ich trotzig, aber mit einer Stimme, die ebenso zittert wie meine Knie, als ich mich in Bewegung setze.

»Eigentlich nicht. Es sei denn, du ziehst tatsächlich den Tod als Wahlmöglichkeit in Betracht.«

Meine Hand kribbelt, während ich an den Schreibtisch herantrete und langsam die Finger nach der Wasserflasche ausstrecke. Die Energie des Aequalits tastet nach meiner Hand, streicht mit ihren unsichtbaren Tentakeln über meine Haut, aber ich ignoriere sie. Stattdessen berühren meine Finger den Verschluss der Flasche, streichen darüber. Aus dem Augenwinkel sehe ich, wie Kristen erneut eine auffordernde Geste macht.

»Komplett austrinken.«

Also gut.

Ich greife nach der Flasche, öffne sie und setze sie an meine Lippen.

»Es tut mir leid, Darren«, murmle ich. Das tut es wirklich. Aber wie sagt er immer? Der Zweck heiligt die Mittel.

»Braves Mädchen«, lobt Kristen und lässt kaum merklich die Waffe sinken.

Jetzt!

Einem Impuls folgend festige ich den Griff um die Flasche – und schütte Kristen den Inhalt ins Gesicht.

Sie fährt überrascht auf und blinzelt das Wasser aus den Augen. Die Sekunde der Verwirrung reicht mir, um nach dem Aequalit zu greifen, der schon die ganze Zeit um meine Aufmerksamkeit bettelt. Warum ich es tue? Keine Ahnung. Mein erster Impuls ist es, ihr den Stein gegen den Kopf zu werfen. Doch als ich die Hand um den Kristall schließe, spüre ich seine raue Oberfläche. Wie seine ungezügelte Energie unter meinem Griff pulsiert. Wie sie mich lockt und mir Freiheit verspricht, wenn ich sie entfessle. Mir kommen Violas Worte in den Sinn. Darüber, dass die Magie der Aequalite verboten ist.

Dass sie gefährlich ist. Aber hier – in diesem Zimmer, in dem weiße Magie keine Wirkung hat – ist sie vielleicht mein einziger Ausweg.

Ein Chor aus unzähligen Stimmen singt mir ein Lied, als wollte er mich unterstützen: *Wir helfen dir. Wenn du uns hilfst. Du musst uns nur fragen. Frag uns. Bitte uns. Befiehl uns.*

Und in dem Moment wird mir eines bewusst: Wenn ich die Wahl zwischen Leben und Tod habe, wähle auch ich das Leben.

Ohne darüber nachzudenken, spreche ich die Worte: »*Magic of afterlife and destiny, help me find security.*«

Ich wirke den Zauber so schnell ich kann. Noch immer habe ich keine Ahnung, wie ein Aequalit wirklich tickt, kenne seinen besonderen Charakter nicht, doch in diesem Augenblick ist es mir egal. Ich greife nach jedem Strohhalm, um hier rauszukommen und Darren zu warnen. Und Hazel. Und die ganze Stadt.

Kristen hat den Bürgermeister ersetzt.

Sie führt Menschen – eine ganze Stadt – hinters Licht.

Sie lässt zu, dass man einige von ihnen opfert.

Doch nach dem Aussprechen des Zaubers geschieht nichts. *Verdammt!* Es funktioniert nicht.

Kristen wischt sich das Wasser aus dem Gesicht, sieht mich spöttisch an und bricht in Gelächter aus.

»Was sollte das werden?«, fragt sie hämisch, als ich eine Veränderung der Atmosphäre wahrnehme.

Irgendetwas passiert hier. Es ist, als würde sich ein Gewitter ankündigen. Die Atmosphäre ändert sich, ein Knistern erfüllt die Luft. Als ich verwirrt auf den Kristall in meinen Händen blicke, sehe ich, dass schwarze Rauchschwaden aus ihm emporsteigen.

Mit einem erschrockenen Aufschrei lasse ich den Aequalit zu Boden fallen, doch die wabernde Dunkelheit breitet sich weiter im Raum aus, verschluckt nach und nach jede Lichtquelle. Oder sind es Schatten, die sich daraus befreien? Sie werden größer, nehmen beinahe menschliche Konturen an. Mir läuft es eiskalt den Rücken hinab.

Was habe ich getan? Was passiert hier?

Wir wussten, du würdest uns brauchen, wispern sie. *Lauf!*

Bevor ich den Anblick der Schattenwesen auch nur ansatzweise verarbeitet habe, stürzen sie sich auf Kristen. Nichts ahnend lacht sie noch immer, als könnte sie sich nicht sehen. Als würde sie nicht begreifen, was hier geschieht. Aber mir stockt der Atem. Wie ein Meer aus Dunkelheit hüllen die Schatten sie ein – und reißen sie zu Boden.

Sie stürzt, schreit auf und ein Schuss löst sich aus ihrem Revolver. Ich höre einen Knall, sehe, wie Putz von der Decke rieselt. Das Geräusch ist Startschuss und Weckruf in einem. Nur am Rande meiner Wahrnehmung registriere ich, dass sie mich verfehlt hat. Hastig springe ich herum.

Ein Teil von mir verspürt den Drang dazu, ihr zu helfen, stattdessen stürme ich aus dem Zimmer. Als ich auf einem Flur beinahe in eine junge Frau hineinlaufe, die mich ebenso freundlich wie verwundert grüßt, wird mir bewusst, dass mittlerweile Leben ins Gebäude eingekehrt ist. Menschen laufen mit Akten und Kaffeebechern in den Händen durch die Flure und auch der Empfang ist besetzt. Obgleich mir kalter Schweiß den Rücken hinabrinnt, zwinge ich mich zur Ruhe.

»Haben Sie das eben auch gehört?«, fragt die Frau und mustert mich, als würde sie überlegen, ob sie mich hier schon einmal gesehen hat.

»Nein, ich habe nichts gehört«, entgegne ich lächelnd und setze meinen Weg in Richtung Ausgang fort.

Bloß nicht auffallen.

Mehrere Menschen sehen mich an, als würden sie sich fragen, was ich hier zu suchen habe, dabei wünschte ich mir selbst, ich wäre nicht hergekommen. Hätte Kristen nicht die Daten gegeben. Hätte sie nicht angreifen müssen, um mich zu befreien.

Heiß spüre ich die Blicke der Menschen auf meiner Haut. Auf meinem ungewöhnlichen Outfit. Den nicht gekämmten Haaren. Ich passe hier nicht rein.

Noch zwanzig Schritte bis zum Ausgang. Zehn. Fünf. Geschafft.

Ich stoße die Tür auf und werde von einem tosenden New York begrüßt. Diese Stadt schläft vielleicht nie, aber um diese Uhrzeit pulsiert das Leben besonders heftig durch ihre geteerten Adern. Menschen eilen zur Arbeit, Taxis hupen unentwegt, irgendwo ertönt eine Sirene. Hier draußen wirkt es, als wäre nichts passiert. Als hätte sich die Welt – meine Welt – nicht in den letzten Stunden grundlegend verändert.

Mir bleibt keine Zeit, darüber zu philosophieren. Ich springe die Stufen vor dem Eingang mehr herunter, als dass ich sie gehe, und versuche mich durch den Menschenstrom zu schlängeln. Vorbei an Anzugträgern in Dauertelefonaten. Frauen, die sechs Coffee-to-go auf einem viel zu kleinen, instabilen Papptablett gestapelt haben. Hotdog-Verkäufern, die ihre Stände aufbauen. Ich angle mein Handy aus der Tasche, rufe Darren an, doch bei ihm ist besetzt.

Fluchend lasse ich das Telefon wieder in die Jackentasche gleiten und renne die Straße hinunter. Meine Lunge brennt aufgrund der kühlen Luft und meiner mangelnden Kondition, meine Seiten beginnen zu stechen, aber ich halte nicht an. Ein Mann im Anzug schreit mich an, als ich ihn versehentlich anremple.

»Es tut mir leid!«

Nur noch wenige Meter trennen mich von der Querstraße,

in der Darren vorhin geparkt hat, doch als ich sie betrete, ist der blaue Sportwagen nicht mehr da.

Für den Bruchteil einer Sekunde fürchte ich, dass auch Darren mit Kristen unter einer Decke steckt. Dass ich niemandem in dieser Stadt vertrauen kann. Doch dann sehe ich ihn an einer Hauswand lehnen.

Er hebt den Kopf und schenkt mir ein Lächeln. »Ich musste das Auto umparken.«

»Und wir müssen hier weg«, ist alles, was ich herausbringe. Offensichtlich ist mein Tonfall seltsam genug, um ihn aufhorchen zu lassen. Ich überwinde die letzten Meter zwischen uns. Mit einem flüchtigen Anfall von Misstrauen drücke ich meine Lippen auf seine und nehme erleichtert zur Kenntnis, dass es gewohnt schmerzhaft ist. Kein weiterer Gestaltwandler. Dieses Mal nicht.

»Wir müssen weg«, wiederhole ich auf seinen fragenden Blick hin.

Ohne zu zögern, ergreift er meine Hand und läuft vorweg. Ich verfluche meine lausige Kondition ebenso wie die Tatsache, dass meine Beine kürzer sind als seine. Es fällt mir schwer, mit ihm Schritt zu halten, ohne zu stolpern. Als ich in eine Pfütze trete, spritzt das dreckige Wasser an meine Beine, saugt sich vom Saum meines Kleides weiter den Stoff hoch, klebt unangenehm an meiner Haut.

Wir erreichen sein Auto. Dieses Mal fühle ich mich wirklich, als wären wir Bonnie und Clyde auf der Flucht.

Als ich mich auf den Beifahrersitz fallenlasse, sickert eine Erkenntnis zu mir durch: Ich habe Schattenmagie angewandt. Und ich weiß nicht, was sie bewirkt hat.

Darren startet den Automotor.

»Die Schatten«, bringe ich atemlos hervor. »Sie scheinen den Aequaliten zu entspringen oder zumindest mit ihnen zusammenzuhängen. Dein Dad hat sie vielleicht befreit, als er die Kristalle zum Energiespeicher umfunktioniert hat. Keine Ahnung.«

»Was bedeutet das?«, fragt Darren verwirrt.

»Keine Ahnung«, wiederhole ich und reibe unruhig über das schwarze Mal auf meinem Unterarm. »Und Caden ist Kristen. Oder Kristen ist Caden. Sie ist eine Gestaltwandlerin. Wie Taro, nur ganz anders. Ich habe ihr all die Daten ausgehändigt, die dein Dad ihr nicht anvertrauen wollte. Sie sagte, er wäre nun überflüssig. Wir müssen ihn warnen. Ich weiß nicht, was die Schatten mit ihr gemacht haben, aber sie wollte ihn aus dem Weg räumen. Und dich. Ich hatte keine Wahl. Und es klang, als wäre sie gut vernetzt. Unter anderem mit Beryl. Sie hat irgendwen auf deinen Dad angesetzt. Vielleicht jemanden, der ihn in Kristens Gestalt aufsucht. Verdammt! Ich habe vor Schreck die Festplatte vergessen, aber sie hatte eine Waffe. Und …« Die Worte sprudeln nur so aus mir heraus. Viel zu hastig, im Takt meines rasenden Herzens.

»Sekunde«, bittet Darren. »Du überforderst mich.«

Das glaube ich ihm gern, ich fühle mich auch überfordert, obwohl ich es selbst erlebt habe.

»Kristen ist nicht auf unserer Seite. Sie wird die Infos gegen deinen Dad verwenden und sie für ihre eigenen Zwecke einsetzen«, fasse ich zusammen. »Wir sollten deinen Vater anrufen und ihn warnen«, dränge ich. Habe ich Angst vor seiner Reaktion? Definitiv. Aber was ist die Alternative? Zu wissen, dass jemand mit finsteren Absichten auf dem Weg zu ihm ist und es zu verschweigen?

Unruhig klopft Darren gegen das Lenkrad, ehe er sich einen Ruck gibt. Per Sprachbefehl ruft er seinen Dad an. Das Tuten der freien Leitung dröhnt unnatürlich laut in meinen Ohren.

Ein leises Knacken ertönt, bevor die Stimme von Darrens Dad aus der Leitung dringt. »Darren.« Mr Hunter klingt kühl und distanziert, ohne jede gespielte Freundlichkeit. »Lass mich raten. Dein Anruf zu früher Stunde hat nicht zufällig etwas mit der Festplatte zu tun, auf der eigentümlicherweise nur ein zwanzig Jahre altes Weihnachtsfoto unserer Familie gespeichert ist? Das Eisbärenkostüm stand dir wirklich hervorragend.«

»Ja«, antwortet Darren gedehnt. »Indirekt. Hör zu. Wir haben Mist gebaut. Ein Gestaltwandler ist auf dem Weg zu dir. Er arbeitet mit Kristen beziehungsweise Caden zusammen. Sie besitzen nun all deine Daten und haben gedroht ...«

»Gestaltwandler also«, unterbricht ihn Mr Hunter. Ihm entfährt ein abfälliges Schnauben. »Das erklärt in der Tat so einiges. Auch wenn ich mir immer noch nicht erklären kann, was dich dazu gebracht hat, meine Festplatte zu stehlen. Oder vielmehr deine angebliche Freundin. Denn ich bin mir sehr sicher, dass du nicht die notwendigen Kenntnisse besitzt, um den Schutzzauber zu umgehen.«

»Weil du mir mutwillig Wissen vorenthalten hast«, presst Darren zwischen zusammengebissenen Zähnen hervor.

»Ich habe dir Wissen vorenthalten, um dich vor genau diesen leichtsinnigen Handlungen zu bewahren. Ich dachte, das hätte ich in der Vergangenheit deutlich kommuniziert. Auch gegenüber deiner Freundin. Es ist ja nicht so, dass ich mir nicht bereits gedacht hätte, dass du sie nur angeheuert hast, um deine Drecksarbeit zu erledigen. Ich hoffe, sie war so klug, eine Menge Geld dafür zu verlangen, ihr Leben in Gefahr zu bringen. Aber vielleicht waren wir beide naiv genug, dir zu vertrauen.«

Darren umschließt das Lenkrad fester. »Du verdrehst gerade alle Tatsachen. Du bist hier derjenige, der Menschenleben opfert.«

»Für ein höheres Ziel. Genau wie du. Oder denkst du, dass ihr unbeschadet aus dieser Sache herauskommt? Ihr habt uns mit deiner Gefühlsduselei alle in Lebensgefahr gebracht.« Das Klingeln an der Haustür ist selbst im Lautsprecher zu hören. »Wenn man vom Teufel spricht. Das dürfte wohl das Exekutionskommando sein. Ich hoffe, ihr seid wenigstens so klug, aus der Stadt zu verschwinden und irgendwo unterzutauchen. Diese Leute werden nicht ruhen, bis ihr tot oder ihre willenlosen Untergebenen seid. Aber wieso sage ich dir das, wenn meine Warnungen ohnehin auf taube Ohren stoßen? Ich wusste immer, worauf ich mich einlasse, wenn ich die schwarze Magie in mein Leben lasse – und bereue nichts. Ich hätte mir nur gewünscht, einen etwas weitsichtigeren Sohn zu haben.«

Als es erneut an der Tür klingelt, legt Mr Hunter auf, bevor Darren die Chance dazu erhält, etwas zu erwidern. Noch nie hat Stille dermaßen bedrohlich geklungen.

Ich mag mir gar nicht vorstellen, was im Haus von Darrens Eltern jetzt passiert, aber irgendwie zwingt mich mein Kopfkino dennoch dazu. Mit wem könnte Kristen zusammenarbeiten? Welche Art von Magie beherrschen die Hexenden des kooperierenden Zirkels? Kann Mr Hunter dem irgendetwas entgegensetzen?

»Ich könnte dich irgendwo absetzen, bevor ich zu meinen Eltern fahre«, bietet Darren unvermittelt an. »Aber ich fühle mich schuldig. Ich kann ihn und Mom nicht so einfach im Stich lassen und aus der Stadt verschwinden.«

»Und du denkst, dass für mich jetzt der richtige Moment gekommen ist, um aus dieser Sache auszusteigen?«

»Ich will nur, dass du weißt, dass Dad unrecht hat«, sagt er zögerlich. »Ich wollte dich nie ausnutzen.«

»Dein Dad hat in vielerlei Hinsicht unrecht«, stimme ich zu. »Du bist weder eine Enttäuschung noch gefühlsduselig.

Du hast nur einfach ein Herz – und das ist nichts Schlechtes.«

»Nur für den Fall, dass uns etwas zustößt, solltest du vielleicht Taro und Hazel schreiben und sie warnen«, fügt er an und navigiert uns sicher in Richtung der Interstate, aber ich merke seinem Fahrstil an, wie sehr ihn diese Sache aufwühlt.

Ich ziehe daraufhin mein Handy hervor und eröffne einen Gruppenchat, um sie beide zeitgleich kontaktieren zu können, nur um dann vollauf überfordert auf das Display zu starren. Was auch immer ich in meinen Gedanken formuliere, klingt so wirr, wie sich mein Innerstes anfühlt.

Gemma: Die DarkDuke-*Sache ist vollkommen aus dem Ruder gelaufen. Taro weiß Bescheid. Trefft euch. Hütet euch vor Beryl. Vertraut ihr nicht. Vertraut vorerst niemandem – außer einander. Ich melde mich wieder bei euch, sobald ich kann. Falls ich kann.*

Ich bereue es schlagartig, Hazel von nichts erzählt zu haben. Meine Nachricht muss für sie vollkommen kryptisch klingen. Aber sie ist klug. Die beiden werden ihre Differenzen sicher beiseiteschieben. Taro wird Hazel alles erzählen und dann werden sie sich in Sicherheit bringen. – Hoffe ich.

Ich versuche noch immer das Geschehene zu verarbeiten, als mich Darrens Handy auffahren lässt.

»Breaking News«, erscheint der Nachrichtentext auf dem Monitor des Bordcomputers. »Anschlagsversuch im Büro des Bürgermeisters. – Haupttatverdächtige: Internethexe Gemma Stone.«

Fassungslos starre ich die Mitteilung mehrere Sekunden an. Was soll das heißen: Anschlagsversuch. Wie in Trance ziehe ich mein Handy hervor und rufe ein beliebiges New Yorker Newsportal auf. Das ist nicht gut, denn auch hier lautet die erste Schlagzeile: Anschlag auf Bürgermeister im Rathaus gescheitert. Haupttatverdächtige: Okkult-Influencerin Gemma Stone.

Es gibt ein Statement-Video, bei dessen Vorschaubild mir zugleich leichter und schwerer ums Herz wird, denn ausgerechnet Caden spielt darin die Hauptrolle. Die Schatten haben Kristen also nicht umgebracht. Das ist etwas Gutes. Oder nicht? Zumindest für mein Gewissen ist es das.

»Es ist eine Tragödie«, versichert er kopfschüttelnd. »Aber wir hätten wohl wissen müssen, dass es schlecht um Gemmas geistige Gesundheit steht. Ich hörte, sie und Mr Hunters Sohn Darren haben am gestrigen Abend eine Wohltätigkeitsveranstaltung gestört, die in der L.I.F.E. Inc. – der Firma seines Vaters – stattfand.« Sie spielen eine Videoaufnahme davon ein, wie Darren mitten im Atrium steht und Geige spielt. »Es stellte sich heraus, dass die beiden dort sensible Daten gestohlen haben. Kein Mensch weiß, was sie damit vorhaben. Wenn Sie mich fragen, klingt es nach Öko-Terrorismus.« Er bricht ab, lässt den Blick in die Ferne schweifen und seufzt schwer. »Ich habe diese Gemma nur wenige Male getroffen, aber ihr geistiger Zustand hat mich von Anfang an besorgt. Sie nennt sich selbst eine Hexe. Seit Jahren postet sie diesen Unsinn öffentlich im Internet und war in vorderster Front bei der Demo gegen die L.I.F.E. Inc. dabei. Ich hatte gehofft, Darren würde einen guten Einfluss auf sie haben. Nicht, dass sie ihn wieder mit sich in den Abgrund reißt.« Sie zeigen vollkommen aus dem Kontext gerissene Ausschnitte aus meinen Livestreams, aber auch Fotos von Darren, wie er betrunken und halb nackt auf der Sofalounge eines Clubs liegt. Jesper hatte irgendwann erzählt, dass diese Fotos existieren, aber ich habe sie mir nie angeschaut. Sie sehen wirklich übel aus. Es gibt Aufnahmen von uns, wie wir Seite an Seite auf der Demo gegen die L.I.F.E. Inc. gehen, und wie ich heute Morgen Cadens Büro verlasse. Darren hat mich damals gewarnt, dass die ganze Stadt voll stummer Spione ist, aber nie hätte ich damit gerechnet, dass man die Kameras, die für die Sicherheit der New Yorker sorgen sollen, mal gegen mich verwenden würde.

»Laut meinen Informationen, befinden sich Gemma Stone und Darren Hunter derzeit auf der Flucht. Hoffentlich werden sie bald gefasst. Ich mache mir wirklich Sorgen um die Sicherheit New Yorks.«

Damit endet das Video. Die Anzahl der bisherigen Views lässt mich schwer schlucken. Offensichtlich verbreitet sich das Video schnell. Wenn ich diesen Nachrichten irgendetwas Positives abgewinnen sollte, dann, dass Hazel und Taro sich nun ganz sicher zusammenschließen werden, um darüber zu reden.

»Eines muss man ihnen lassen«, murmle ich und stecke mein Handy weg. »Sie sind wirklich effizient.«

Und sehr viel besser organisiert als wir. Meine Gedanken zucken zu dem Klingeln an der Haustür. Ich habe keine Ahnung, was uns erwarten wird, sollten wir Darrens Elternhaus erreichen. Aber nichts ist schlimmer als die Ungewissheit.

· · ✦ · ·

Anderthalb Stunden später parkt Darren auf dem knirschenden Kies vor seinem Elternhaus und springt aus dem Auto, kaum dass er den Motor abgestellt hat. Eine Gänsehaut kriecht eiskalt meinen Rücken hinab, als ich Darren folge. Ich spüre es: Irgendetwas stimmt nicht. Doch das Haus sieht unberührt aus. Kein fremdes Auto steht vor der Tür, nichts deutet darauf hin, dass hier etwas passiert sein könnte.

An der Haustür angekommen, legt Darren einen Finger auf den Scanner, der seinen Abdruck erkennt und die Tür entriegelt.

»Offensichtlich haben sie die Zutrittsrechte noch nicht geändert«, sagt er leise.

»Warum sollten sie auch, wo wir doch so artig freiwillig in die Falle laufen?«, frage ich.

Darren mustert mich besorgt. Der Ausdruck in seinen Augen gefällt mir nicht.

»Jetzt sieh mich nicht so an«, sage ich. »Ich bin nicht wehrlos.«

Er schenkt mir ein schmales Lächeln, hebt zögerlich die Hand und streicht mir sanft über die Wange. »Ich vergesse wohl manchmal immer noch, dass dein Äußeres darüber hinwegtäuscht, dass ich einer der mächtigsten Hexen unserer Zeit gegenüberstehe.« Bevor ich begreife, was passiert, beugt er sich zu mir hinab – und küsst mich. Seine warmen, weichen Lippen berühren meine. So verlockend und verheißungsvoll, dass ich beinahe vergesse, wie falsch alles hieran ist.

Irritiert weiche ich zurück. »Keine Schmerzen«, wispere ich.

Darren nickt knapp und schluckt hart. »Und es liegt ganz sicher nicht daran, dass ich dich nicht begehre.«

Das lässt nur eine Schlussfolgerung zu: Sein Dad ist bereits tot. Wir sind zu spät. Als wollte er meine Worte bestätigen, zieht er die Unterlippe hinab. Und tatsächlich: Die Rune des Fluchmals ist verschwunden.

»Tut mir leid«, sind die ersten Worte, die mir in den Sinn kommen, obwohl sie nicht annähernd meine Bestürzung über diesen Augenblick zum Ausdruck bringen können.

»Mir auch. Irgendwie habe ich es auf der Fahrt hierher schon gespürt. Jetzt werde ich bis zum Ende meiner Tage damit leben müssen, dass Dads letzte Worte an mich ein Vorwurf waren.« Seine ohnehin raue Stimme klingt so belegt, dass er sich räuspert. »Ich muss wissen, was mit Mom ist. Bist du dir ganz sicher, dass du reinkommen willst?«

Ich nicke stumm, und so betreten wir gemeinsam den Flur, wo uns eine beängstigende Stille begrüßt.

Ich ertappe mich dabei, mich nicht nur umzusehen, sondern auch zu riechen, ob irgendwas in diesem Haus auf das Wirken eines Zaubers hindeutet – aber da ist nichts. Kein Geruch verbrannter Kräuter, kein elektrisiertes Kribbeln in der Luft, wie es die Verwendung großer Mengen von Magie manchmal hinterlässt. Nichts deutet darauf hin, dass hier ein Kampf stattgefunden haben könnte. Oder vielleicht sogar ein Mord?

So oder so mahnt mich meine Intuition zur Wachsamkeit. Und sie behält recht. Schon auf dem Weg ins angrenzende Wohnzimmer kann ich Mr Hunter durch die gläserne Wand erkennen. Er steht am Fenster, hat die Arme hinter dem Rücken verschränkt und sieht nach draußen. Nur dass er nicht Mr Hunter ist. Nicht Mr Hunter sein kann, wenn Darrens Fluch gebrochen wurde.

»Dad?«, fragt Darren und drückt leicht meine Hand, als wir den Raum betreten.

Sofort tasten die Runen des roten Gemäldes nach meiner Magie, als wollten sie mich wieder begrüßen. Aber irgendetwas stimmt hier nicht. Instinktiv greife ich nach den Kristallen an meinen Ketten, doch entweder sind sie vollkommen entladen oder wir sind in eine Art von Bannkreis gelaufen, der den Zugriff auf die Kraft der Kristallenergie verhindert. Keine optimalen Bedingungen, um sich einem Gestaltwandler zu stellen.

»Darren.« Mr Hunter dreht sich zu uns herum – und mir läuft es eiskalt den Rücken hinunter. Obwohl ich Taro schon so oft in seiner tierischen Gestalt gesehen habe und weiß, dass ihn an Vollmond absolut nichts von einer richtigen Katze unterscheidet, fühlt sich diese Begegnung falsch an. Die Anwendung von Magie ist die Neuanordnung von Atomen; in diesem Fall handelt es sich um eine morphologische Anpassung. Aber im Gegensatz zu Taros Verwandlung ist diese keine Laune der

Natur, sondern dient einzig und allein dazu, Menschen zu täuschen. Zum Glück erlangt ein Gestaltwandler dabei nicht auch die Fähigkeiten der Person, deren Äußeres er annimmt.

Schweigend sehen Darren und sein vermeintlicher Dad einander an. Wenn wir einen weiteren Beweis dafür gebraucht hätten, dass Mr Hunter ersetzt wurde, dann wäre es diese Stille. Sein echter Vater hätte uns längst mit neuerlichen Vorwürfen konfrontiert.

»Wie geht es Mom?«, fragt Darren schlicht.

»Willst du nach ihr sehen?« Mr Hunter schenkt ihm ein eiskaltes Lächeln und deutet auf die Treppe. »Ihr könnt gerne nach oben gehen.«

Darren wendet sich unschlüssig der Treppe zu, als würde er überlegen, der Einladung zu folgen.

»Nicht nötig«, erklingt eine fremde Stimme vom Treppenabsatz. »Ich werde mich darum kümmern, die Familie wieder zu vereinen.«

Schritte erklingen auf den Stufen und bringen mich dazu, mich ebenfalls herumzudrehen.

Ich weiß nicht, womit ich rechne, aber nicht damit: Ein junger Mann in schwarzem Anzug schreitet die Treppe herab, sorgsam zupft er seine Lederhandschuhe zurecht. Stilvoll sieht er aus – und zugleich vollkommen klischeehaft mit dieser silbernen Kette samt Pentagramm-Anhänger. Oder dem massiven Silberring mit rotem Edelstein, den er über dem Handschuh trägt. Alles an ihm schreit: *Ich bin ein Hexer.* Er muss dem Zirkel angehören, von dem Kristen sprach. Dem gleichen Zirkel, bei dem auch Beryl Mitglied ist.

»Du solltest jetzt gehen, Eric«, weist er den Gestaltwandler an. »Ich übernehme ab hier.«

Eric? Wie der Eric, dessen Anruf Beryl letztens weggedrückt hat?

»Oh, und ich dachte, das hier ist jetzt mein Haus«, wirft Eric ein und lässt keinen Zweifel daran, dass er mit der Order nicht zufrieden ist.

»Keine Sorge, es wird dein Haus sein, sobald wir hier fertig sind. Kristens Anweisungen sind diesbezüglich eindeutig: Keiner von euresgleichen mischt sich in diese Dinge ein. Ihr bringt eure kostbaren Hintern in Sicherheit und überlasst dem Zirkel die Drecksarbeit.«

»Drecksarbeit«, wiederholt Eric grinsend. »Jeder weiß doch, dass solche wie du richtig auf den Tod stehen.«

Der Hexer beißt sichtlich die Zähne zusammen und deutet auf die Haustür. »Rede nicht von Dingen, die du nicht verstehst. Du kannst wiederkommen, sobald ich dich anrufe. Diese Sache sollte schnell erledigt sein.«

Ich spüre Darrens besorgten Blick auf meiner Haut, aber etwas lenkt mich ab.

Ein Flüstern.

Gemma.

Irritiert sehe ich mich im Raum um. Vorhin im Büro des Bürgermeisters dachte ich, diese Stimme stamme vom Aequalit, aber hier entdecke ich keinen. Überhaupt spüre ich nichts, was uns helfen könnte. Keine Kristalle, keine Topfpflanzen. Da ist nichts, dem wir Energie entziehen könnten, um sie für unsere Zwecke einzusetzen. Unruhig reibe ich mit dem Daumen über das Gelenk der anderen Hand, streiche über das Tattoo.

Sei sanft zu dir, höre ich die Stimmen meiner Mütter. Aber ich fürchte, mit Nachsicht werden wir hier nicht lebend herauskommen. Erneut scanne ich den Raum nach irgendetwas Hilfreichem ab. Das Einzige, was ich spüre, ist die Magie der Runen auf dem Bild. Ja, sie können Zauber verstärken, doch sie allein können nichts für uns tun.

»Liebe Grüße von deinem Dad«, durchbricht der Hexer das eingetretene Schweigen, während der Gestaltwandler das Haus verlässt. Vollkommen gelangweilt zieht er etwas aus seiner Jackentasche hervor, das wie eine der Medizin-Phiolen von Darrens Mom aussieht. Er schüttelt sie sacht. »Er war übrigens sehr einsichtig, was seine Fehler angeht. Die Gegenwehr hielt sich in Grenzen.«

»Und du findest es nicht leichtsinnig, hier einen Mord zuzugeben?«, hakt Darren nach und bringt den Fremden zum Lachen.

»Ihr müsstet dieses Zusammentreffen überleben, um zu entkommen und mich zu verraten. Stellt sich allerdings die Frage, bei wem. Und ich bezweifle sehr, dass ihr dieses Haus lebendig verlassen werdet.« Mit einer flüchtigen Bewegung deutet er auf mich. »Kristen erzählte mir, wie du aus ihrem Büro entkommen bist. Ich wäre äußerst schlecht in meinem Metier, wenn ich keine Vorkehrungen getroffen hätte, um Kristallenergie zu unterbinden. Jede Art von Kristallenergie.«

An dieser Stelle sollte ich vermutlich Angst verspüren, aber da ist nichts. Keine aufkommende Panik. Kein Fluchtinstinkt. Nur die Frage, wie er vorhat, uns zu beseitigen. Sein eng anliegender Anzug sieht nicht so aus, als könnte er darunter eine Schusswaffe verstecken, um uns zu erschießen. Wenn er allerdings plant, uns mit Magie anzugreifen, muss es in seinem Schutzzauber ein Schlupfloch geben. Aber welches?

»Ich weiß nicht, ob es euch interessiert, doch man hat mich gebeten, einen Blick auf seine Mom zu werfen, weil sie sich nicht sicher waren, ob sie eher lebendig oder tot ist. Ich habe ihnen geraten, sie am Leben zu erhalten, auch wenn mehr Magie als kostbares Blut durch ihren Körper geflossen ist. Aber ...« Er schüttelt erneut gelangweilt die Phiole in seiner Hand. »Sie hat sich aus freien Stücken für den anderen Weg entschieden. Ich schwöre, dass niemand von uns Hand an sie gelegt hat.«

»Und der freiwillige Tod meiner Mom soll mich darüber hinwegtrösten, dass ihr meinen Dad ermordet habt?«, schnappt Darren, seine Finger zucken, als würde es ihn alle Selbstbeherrschung kosten, die Hände nicht zu Fäusten zu ballen.

»Tröstet es dich, wenn ich dir verspreche, dass ihr euch sehr bald wiedersehen werdet? Gemma hingegen bevorzugt mein Zirkel lebend.« Der Fremde atmet tief durch und lehnt sich gegen das Sofa, schließt die Hand fester um das Fläschchen. »Ich bin hier, um euch erneut einen Handel vorzuschlagen. Kristen sagte, sie wäre vorhin etwas vorschnell gewesen, dabei ist sie euch wirklich verbunden für eure Hilfe. Also bessert sie ihr Angebot nach: Wir wären bereit, Darren zu verschonen. *Ihr beide* dürft leben, und man wird davon absehen, euch mit dem S.P.E.L.L.-Zauber zu unterwerfen, solange ihr euch fügt.«

»Was ist, wenn wir kein Interesse an diesem Deal haben?«, hake ich nach.

Er deutet erst auf Darren, dann mich. »Tod und Unterwerfung. Es gibt Pläne, bei deren Erreichung du eine große Hilfe sein könntest. Wir würden ein so fähiges Energiemedium wie dich wirklich ungern opfern, aber wir sind dazu bereit, wenn du uns keine andere Wahl lässt.«

»Ich bin garantiert nicht dem einen Fluch entkommen, nur um mich gleich danach freiwillig dem nächsten zu unterwerfen«, sagt Darren entschieden. »Vor allem arbeite ich nicht für Menschen, die andere ermorden.«

»Wie schade.« Der Fremde zuckt mit den Schultern, als wäre es ihm egal. Mit einer eleganten Bewegung schnipst er den Deckel von der Flasche. Was hat er damit vor? »Wie sieht es mit dir aus, Gemma Stone? Bevorzugst du ebenfalls den

Tod? Es mag dir im Moment nicht so vorkommen, aber wir haben dir einiges zu bieten.«

Erneut ist da dieses Wispern.

Gemma.

»Bekomme ich einen Moment Bedenkzeit?«, frage ich.

Erneut zuckt er mit einer Schulter, als würde diese ganze Situation ihn schrecklich langweilen. »Nimm dir ruhig eine Minute, bevor ich deinen Freund vor deinen Augen foltere, um dich zu motivieren.«

Mein Blick fällt auf ein goldgerahmtes Foto, das auf einem Beistelltischchen steht. Wie magisch angezogen, schlendere ich darauf zu und stutze. Es ist ein kitschiges Weihnachtsfoto von Familie Hunter, sicher zwanzig Jahre alt. Darren ist darauf noch fast ein Baby und trägt ein drolliges Eisbärenkostüm. Ob es das Foto ist, das Darren seinem Dad auf der Festplatte gespeichert hat?

Ich würde es als Zufall abtun, wenn Viola mir nicht mein ganzes Leben lang vorgebetet hätte, dass nichts in diesem Universum ohne Grund geschieht.

Das Bild scheint schon mindestens ein Mal heruntergefallen zu sein, denn die Glasscheibe ist zersprungen, eine kleine Ecke aus dem Glas herausgeschlagen. Alles in diesem Haus ist verflucht perfekt. Wie kommt es dann, dass hier ein kaputter Bilderrahmen steht? Oder gab es vorhin vielleicht doch einen Kampf, nach dem man nur notdürftig alles wieder in den Ursprungszustand versetzt und dieses Foto übersehen hat? Behutsam streiche ich mit dem Zeigefinger über die Rillen im Glas. Rau fühlen sie sich an. Und abermals ist da diese Stimme, die meinen Namen wispert. Räuspernd schaue ich zu Darren hinüber. »Ich weiß nicht, wie du es siehst, aber wenn du mich fragst, ist Vertrauen das Wichtigste auf der Welt.«

Darrens Blick ist auf meinen Zeigefinger geheftet, der erneut die Rillen entlangstreift. Er stutzt, schüttelt kaum merklich den Kopf, als wüsste er, was ich vorhabe, noch bevor ich es weiß. *Tu es nicht*, scheint er zu flüstern.

»Deine Minute ist fast um«, behauptet der Fremde und leert in einem Zug die gesamte Phiole.

Blinzelnd sehe ich ihn an. Warum tut er das?

»Dein Vater war ein wahres Genie«, erklärt er an Darren gewandt und lässt das Fläschchen achtlos auf das Sofa fallen. »Eine Medizin zu kreieren, die fast aus reiner Magie besteht, ist, als hätte er den Stein der Weisen geschaffen. Dieses Zeug kann ein Mittel für ewiges Leben sein – oder aber Instantmagie. Keine Kristalle, kein Umweg, reine Magie-to-go. Noch nie waren wir den Göttern so nahe.«

»Was soll das heißen?«, hakt Darren nach.

»Die Gestaltwandler haben ihre Vorteile von dieser Kooperation, wir unsere. Nun.« Er sieht mich an. »Die Minute ist um. Wie lautet deine Antwort?«

Autsch. Ein scharfer Schmerz durchzuckt meinen Finger, als ich mich an einer Kerbe im Glas schneide. Warum nur tun Schnittwunden dermaßen weh? Hastig stelle ich das Bild zurück an seinen Platz und balle die Hand zur Faust.

»Man sagt ja: Genie und Wahnsinn liegen oft nah beieinander, aber meine Antwort ist und bleibt Nein«, sage ich entschieden.

Der Fremde seufzt. »Ich fürchte, mit dieser Antwort kann ich mich so nicht zufriedengeben.« Er schließt die Augen, deutet mit einer Hand auf Darren. »Leide.«

Ich schreie erschrocken auf, als Darren zu Boden sackt, sich krümmt und vor Schmerzen keucht. Sein Anblick überfordert mich, ebenso wie die Tatsache, dass der Fremde keinen Zauber wirken musste. Es war nur ein einziges Befehlswort – und die Magie ist ihm gefolgt. Er nannte es Instantmagie, doch so

etwas habe ich noch nie gesehen. Ist das die Art von Kooperation, die die Schatten mir angeboten haben?

Darren leiden zu sehen, tut mir in der Seele weh, aber ich
brauche noch ein paar Sekunden. Irgendeinen Wunsch an die
Magie, der mir vor Überforderung gerade nicht in den Sinn
kommt.

Konzentrier dich, Gemma, ermahne ich mich, lasse mich neben Darren auf die Knie sinken und streiche beruhigend durch
seine Haare. Die Zähne zusammenbeißend balle ich die andere Hand fester, ignoriere den Schmerz und spüre die Wärme
meines Blutes meinen Unterarm hinablaufen. Ich fühle meine
eigene Lebensenergie pulsieren, wo das Rinnsal meine Haut
berührt. Das Ironische an dieser Situation ist: Hätte ich den
Zirkel des Fremden nicht kennengelernt, wären wir seiner Magie hilflos ausgesetzt gewesen. Aber es war ausgerechnet Beryl,
die mir ein Werkzeug gezeigt hat, das ich nie verwenden wollte. All die Recherchen über Blutmagie ... Ihr Einsatz ist verboten, doch unser Gegenüber hält sich nicht an Regeln. Wie
sollen wir es dann? Diese Art von Zauber habe ich noch nie
angewandt, aber er erscheint mir mit einem Mal so selbsterklärend wie Atmen.

»Du stehst also darauf, deine Freunde leiden zu sehen?«,
fragt der Fremde amüsiert. Seine Stimme klingt so selbstgefäl-
lig, dass mir übel wird. Eine Woge aus Hass erfasst meinen
Körper – und auf einmal verlassen Worte meinen Mund, bevor
ich mir ihrer Bedeutung vollkommen bewusst werde. »*Magic of
blood and wounds so deep, let him forget and fall asleep.*«

Die Augen des Fremden weiten sich vor Schreck, während
das feuchte Blut in meiner Hand erst warm, dann heiß wird.
Es beginnt auf meiner Haut zu kochen und Blasen zu bilden.
Schmerzhaft. Aber niemand hat jemals behauptet, dass es an-
genehm wäre, Menschen zu verfluchen. Und diese Art der

Magie ist nicht umsonst, sie hat ihren Preis. In diesem Fall zahle ich mit meiner Lebensenergie, das ist es mir wert, wenn ich uns dadurch retten kann.

Als der Fremde bewusstlos zu Boden sackt, entspannt sich Darren, doch mir wird mit einem Mal schwummerig. Mir ist, als würden die roten Runen des Bildes vor meinen Augen auf und ab tanzen. Das Bild. Die Runen. Sie verstärken jeden Zauber, der in diesem Haus gewirkt wird.

Wie konnte ich das vergessen?

Was bedeutet das für die Wirkung von Blutmagie?

Der Raum dreht sich um mich herum, verschlingt Zeit und Farben. Ich fühle mich, als würde der Boden unter mir jegliche Substanz verlieren, um ein Loch zu formen, in das ich falle. Tiefer und tiefer. Mir wird schwarz vor Augen.

Artige Gemma, wispert die Stimme, die zugleich viele ist, bevor ich das Bewusstsein verliere.

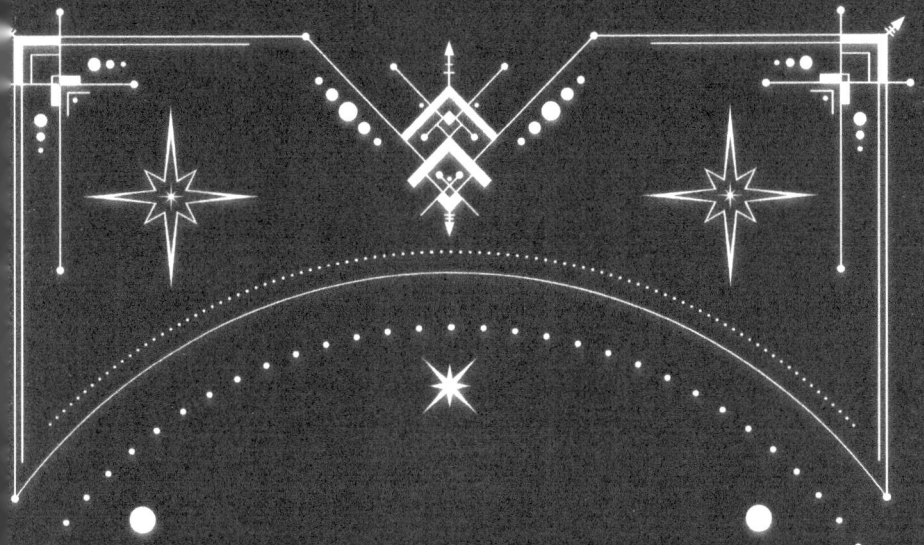

MAGIC

&

MOONLIGHT

GRIMOIRE

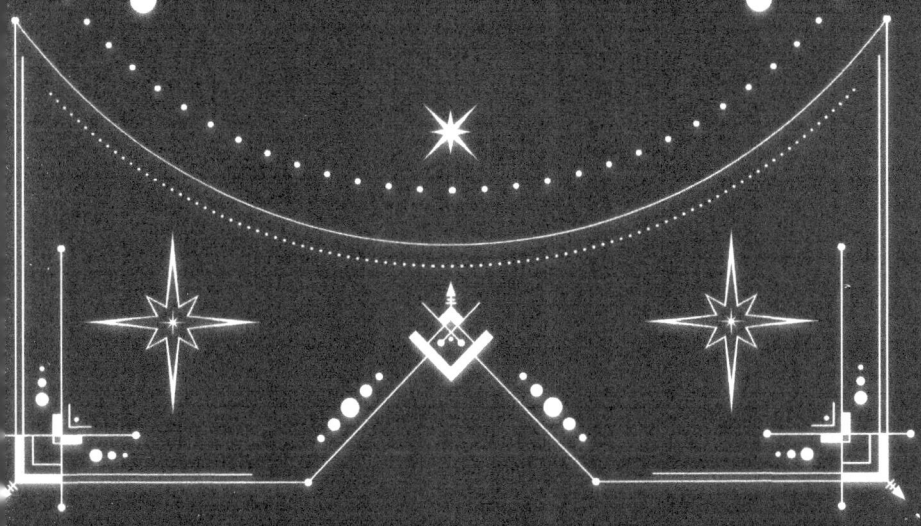

Allgemeine Grundlagen für Babywitches

Vorweg eine Notiz: Zauberei ist eine Kunst, *keine* Religion. Je-
de:r kann sich an ihr versuchen – ganz gleich, welcher Welt-
anschauung sich eine Person zugehörig fühlt. Natürlich können auch nicht-religiöse Menschen Magie anwenden.

In der Zauberei gibt es viele verschiedene Wege, denen man
folgen kann. Und auch *keinem* vorgezeichneten Weg zu folgen,
ist eine Wahl, die man treffen kann. Es gibt kein Richtig oder
Falsch – jedes Ritual, jede Praktik, jeder Spruch hat seine Be-
rechtigung.

In dem Moment, in dem du entscheidest, dem Ruf der Magie zu folgen, wirst du ein fester Bestandteil der arkanen Gemeinschaft. Du musst nicht erst einer Zeremonie beiwohnen
oder einen Aufnahmeprozess bestehen.

Ob du dich einem Zirkel anschließen möchtest oder das
Anwenden der Magie für dich allein praktizierst, ist deine
eigene Entscheidung.

Möglich ist alles.

Begriffserklärungen

MAGIE:
Für manche Hexende stellt Magie eine undefinierte Wesenheit dar, andere betrachten sie als eine unendliche Quelle kosmischer Kraft. Es existieren verschiedene Theorien, deren Kernthesen sich teilweise diametral gegenüberstehen. So berichten einige Überlieferungen von zwei Quellen der Magie, die sich ergänzen (Stichwort: Dualismus; siehe Notiz über helle und dunkle Künste), andere gehen von einer einzelnen Quelle aus (Stichwort: Gaia). Einigkeit herrscht einzig bezüglich der Annahme, dass sie denselben Ursprung wie das Universum hat, da eine eindeutige Korrelation zwischen Magie und den Naturwissenschaften nachgewiesen werden konnte. Ferner steht fest, dass jeder Einsatz von Magie seinen Preis hat: Hexende opfern bei unsachgemäßem und/oder übermäßigem Gebrauch von Magie Lebensenergie in Form von Lebenszeit.

You are magic.

HELLE UND DUNKLE KÜNSTE (in manchen Quellen auch weiße und schwarze Magie genannt):
Vereinfacht lässt sich sagen, dass die Hellen Künste Menschen heilen und stärken, wohingegen die Dunklen Künste vorrangig zum Erreichen egoistischer Ziele eingesetzt werden. Dabei nimmt der Adept billigend in Kauf, anderen Menschen zu schaden. Die Grenzen zwischen Zaubern der Weißen Magie und der Dunklen Künste gelten als fließend, da die Absichten der Hexenden nicht immer ganz eindeutig zugeordnet werden können. Es lässt sich allerdings beobachten, dass sich die Zauber oftmals schon in Wortwahl und Opfergaben unterscheiden.

Zauberei:

Als Zauberei bezeichnet man die Anwendung von Magie. Sie wird unter anderem dafür genutzt, Atome neu anzuordnen und somit entweder die Wahrnehmung der Realität zu verändern oder sogar die Realität selbst zu beeinflussen.

Wird Magie spontan eingesetzt, um kurzfristige Eingriffe in die Realität vorzunehmen, so spricht man von einem Zauber. Beliebte Energiequellen hierfür sind Kristalle oder Pflanzen, da sie im Alltag mit geringem Aufwand zur Verfügung stehen.

We are the children of the witches they could not burn.

Ein Ritual hingegen ist ein geplanter Zauber, der mithilfe besonderer Vorkehrungen und Opfergaben für weitreichendere und/oder längerfristige Manipulationen der Welt genutzt wird. Hierbei kommt oftmals eine Kombination mehrerer Energieträger zum Einsatz, um eine größere Wirkung zu erzielen. So können beispielsweise die Energien von Kristallen, Pflanzen und des Mondes gemeinsam in ein Ritual einfließen. Es ist möglich, dass mehrere Hexende zusammenkommen, um ein Ritual abzuhalten.

Fluch:

Jede Art von Zauber, der Menschen Leid zufügt, wird als Fluch bezeichnet. Der Ehrenkodex der magischen Gemeinschaft verbietet es, Menschen (einschließlich sich selbst) zu schaden. Es gibt keine übergeordnete Institution, die den Kodex überwacht. Die definierten Regeln sind somit eher Richtlinien. Alle Hexenden sind vor allem ihrem Gewissen und der Wahrung des allgemeinen Friedens verpflichtet.

Die magische Gemeinschaft der arkanen Wesen

HEXE:R:

Person, die dazu in der Lage ist, die Existenz von Magie als so selbstverständlich wahrzunehmen wie andere die Wärme von Sonnenlicht auf ihrer Haut. Mithilfe von Energien und ausreichend Übung kann diese Person mit der Magie in Kontakt treten, um Manipulationen der Welt vorzunehmen. Es wird immer wieder versucht, Hexende in Kategorien einzuordnen, doch scheitern die restriktiven Rubriken oftmals an der Komplexität der Realität.

Preis für den unsachgemäßen oder übermäßigen Einsatz von Magie: *Lebensjahre in Form von Lebensenergie.*

WERTIERE:

Menschen, die ihr Erscheinungsbild in das eines Tieres verwandeln können. In der Populärkultur werden Wertiere häufig mit Werwölfen gleichgesetzt und daher mit Stigmen belastet.

Die besondere Genetik dieser Menschen erlaubt einen recht spezifischen und daher beschränkten Zugriff auf Magie (Stichwort: Gestaltwandlung), sofern keine weiteren Begabungen vererbt wurden. Auch wenn die Variabilität der Erscheinungen im Allgemein recht hoch ist (es sollen schon Werkäfer gesichtet worden sein, obwohl es lange Zeit hieß, dass nur das Nachahmen der Optik von Säugetieren möglich sei), ist sie bei jedem Menschen auf *ein* tierisches Erscheinungsbild limitiert. Dieses ist nicht frei wählbar, sondern genetisch vorbestimmt. Wertiere sind nicht mit Gestaltwandlern zu verwechseln.

Preis für die Magie, die durch die Adern der Wertiere fließt: Jedes Wertier unterliegt dem Mondzyklus, ist bei Vollmond ganz dem tierischen Teil seines Ichs unterworfen, hat bei Neumond hingegen keinen Zugriff auf seine Magie.

GESTALTWANDELNDE:

Personen, die ihr äußeres Erscheinungsbild in das einer beliebigen anderen Person verwandeln können. Die Anpassung erfolgt vor allem optisch, Fähigkeiten und Kenntnisse der kopierten Person werden somit nicht übernommen. Die perfekte Nachahmung des Habitus (Gestik, Einsatz der Stimme, Umgangsformen) müssen einstudiert werden. Um eine glaubwürdige Replik erstellen zu können, ist daher eine außerordentliche Auffassungsgabe nötig. Im Gegensatz zu Wertieren können Gestaltwandelnde sich jedoch nicht in Tiere verwandeln. Sie sollen allerdings über übermenschliche physische Kräfte verfügen.

Preis für die morphologische Anpassung: Das häufige Wechseln der Gestalt fördert bösartige Mutationen in den transformierten Zellen und verkürzt somit häufig die Lebenszeit.

VAMPIRE:

Existieren. Auch wenn Diskriminierung unter den arkanen Wesen verpönt ist, empfiehlt es sich aufgrund des gesunden Menschenverstands, jemandem aus dem Weg zu gehen, der einen als potenzielle Nahrungsquelle ansieht.

Preis für die Magie: Keine Angaben.

SIRENEN UND TRITONEN:

Es besteht kein Konsens darüber, ob die geschlechtliche Unterscheidung in Sirenen und Tritonen noch zeitgemäß ist. Da sie heutzutage als so gut wie ausgestorben gelten, ist das Durchführen einer repräsentativen Studie eher schwierig. Sirenen und Tritonen werden allgemeinhin als außerordentlich begabt in musischen Dingen beschrieben und verfügen über eine passive Magie namens Glamour, die dazu dient, Menschen zu umgarnen oder sogar gefügig zu machen.

Preis für die Magie: Sterben, sobald sie zu tiefe Gefühle für andere Menschen entwickeln.

Der Mondzyklus

Alles ist ein Entstehen, ein Werden, ein Vergehen, ein Warten und ein Neubeginn. Wir alle sind ein Teil der Natur und unterliegen somit deren Einfluss. Im Fall der Wertiere ist die Verknüpfung von Wesen und Mondzyklus mehr als offensichtlich, doch selbst Menschen ohne arkane Verbindung können oftmals seinen Einfluss spüren und leiden beispielsweise in Vollmondnächten unter Schlaflosigkeit.

Grundlagenwissen über die Mondphasen

NEUMOND:
Jeden Monat haben wir die Chance dazu, neu anzufangen. Alles steht am Anfang, denn mit dem Neumond beginnt ein neuer Zyklus. Der Neumond steht daher für den Neubeginn. Es ist der perfekte Zeitpunkt Altes loszulassen und sich auf neue Ziele zu fokussieren. Am Abend des Neumondes bietet es sich an, eine Kerze zu entzünden und einen Wunsch an das Universum zu senden. Auch Reinigungsrituale sind in dieser Mondphase besonders effektiv.

ZUNEHMENDER MOND:
Diese Phase eignet sich besonders zum Kraftsammeln. Man sagt, auch Pflanzen, die zu Neumond gesät wurden, wachsen während des zunehmenden Mondes außerordentlich gut.

VOLLMOND:
An Vollmond ist das Energielevel des Mondes auf dem Höhepunkt und bietet Hexenden die Möglichkeit, besonders starke Zauber zu wirken. Es ist ein Aufbäumen vor der Zeit des Loslassens.

ABNEHMENDER MOND:
Die durch den Vollmond aufgebaute energetische Spannung löst sich im abnehmenden Mond. Diese Zeit des Monats eignet sich besonders gut für Ausmist-Aktionen. Es ist auch die perfekte Gelegenheit, um Kristalle weiterzugeben, die man selbst nicht mehr benötigt.

Rituale

Bestimmte Rituale lassen sich besonders gut an Vollmond (aktiver Abschied von blockierenden Energien) oder Neumond (Fokussierung auf den Neustart) durchführen.

JOURNALING UND VERBRENNEN:
Um dieses Ritual durchzuführen, gilt es alle destruktiven Gedanken und negativen Glaubenssätze aufzuschreiben – und diese anschließend zu verbrennen. Das Verbrennen besitzt eine mächtige, reinigende Symbolkraft. Auf diese Weise kann man persönlichen Ballast nicht nur auf energetischer Ebene loslassen und gestärkt in die nächste Mondphase starten.

VERGEBUNGSRITUAL:
Nicht vergebene Taten belasten die menschliche Seele, ohne etwas an der Situation zu ändern. Um sich vom Groll zu befreien, kann man alle Personen und deren Taten auf einen Zet-

Stop doubting yourself. You got this, witch.

tel schreiben – und diesen verbrennen. Man stelle sich dabei die Person, der man vergeben möchte, vor, und baue ein positives Gefühl auf. Zum Abschluss dieses Rituals werden die Worte »Ich vergebe dir« ausgesprochen. Ist es nicht ein gutes Gefühl, etwas loszulassen?

SELBSTLIEBE-MANIFESTATION:

Es geht in diesem Ritual darum, in ein tiefes Gefühl der Liebe zu kommen. Man manifestiere Dinge, für die man dankbar ist und führe sich vor Augen, was sie einen gelehrt haben. Die Manifestation lässt sich auch mit dem Vergebungsritual kombinieren: Was möchte man gehenlassen? Was war trotz aller Widrigkeiten ein erster Schritt zu sich selbst? Nach einiger Zeit der Besinnung wird sich ein Gefühl tiefer Wärme und Dankbarkeit einstellen. Was nach dem Ritual bleibt, ist Liebe – für sich selbst, das Leben und das persönliche Umfeld.

Saying NO is a protection spell.

HERSTELLUNG VON MONDWASSER:

Die Herstellung von Mondwasser ist denkbar simpel: Man fülle Wasser in ein verschließbares Glasbehältnis ab und setze es der reinigenden Energie des Neumondes oder der kräftigenden Einflüsse des Vollmondes aus. Das Wasser kann anschließend mit Kristallen angereichert werden.

Achtung: Sollte das Wasser zum Verzehr gedacht sein, beachte dringend die Hygieneregeln für Wassersteine, bevor du Kristalle hinzugibst!

DANKESWORTE

Anderthalb Jahre begleiten Gemma und Darren mich bereits. Unsere gemeinsame Reise ist an dieser Stelle natürlich noch nicht beendet. (Ja, ihr könnt aufatmen: In *A Spell Unspoken* geht die Geschichte weiter.) Aber dennoch ist es ein Zeitraum, in dem so einiges passiert ist. Ursprünglich hatte ich eine sehr viel düsterere Version dieser Geschichte im Sinn, doch Corona-Pandemie, Ukraine-Krieg und Klimawandel haben dafür gesorgt, dass ich meine Meinung geändert habe. Für mich sollte sich diese Flucht aus dem Alltag trotz der ernsten Hintergründe ein wenig mehr wie eine warme Decke anfühlen, in die man sich am Abend gern einkuschelt.

Während des Entstehungsprozesses dieser Geschichte hatte ich viele wundervolle Menschen an meiner Seite. Menschen, die quasi mein virtueller Zirkel waren. Und ich möchte diese Gelegenheit nutzen, um mich bei einigen von ihnen zu bedanken.

Bei Nina (der Geowissenschaftlerin meines Vertrauens) fürs Brainstormen über Fracking und Kristalle im Schiefergestein.

Bei Eva für ebenso kompetente wie liebevolle Beratung in allen Belangen, die mit Tarot zu tun haben.

Bei Mounia für ihre Hilfe bei der New-York-Recherche. Vor allem für ihre Fotos, Videos und Berichte über Gerüche und Geräusche von den Originalschauplätzen. (Wer hätte gedacht, dass der *Charlotte Beach* so touristisch ist?)

Bei Melissa aus Paris fürs Testlesen. (*Touchy, flirty, quirky* und *cosy* waren ihre Schlagworte. Und ich denke, die treffen es noch immer ganz gut.) Es war mir eine Freude, deinen Namen einzubauen.

Bei April, Kim und Nicole für die gegenseitige Motivation – und natürlich die Podcast-artigen Sprachnachrichten, die mich immer daran erinnert haben, dass man mit seinen Gedanken nie allein ist.

Bei Asuka für ihre Zeichnung von Gemma, die beim Schreiben zur Inspiration über meinem Schreibtisch hing.

Bei Anika für ihren Wunsch, doch mal eine Geschichte zu lesen, in der der erste Kuss nicht perfekt ist. (Ich hoffe, du hast jetzt ein schlechtes Gewissen Darren gegenüber …)

Bei Ava, Marie und Kyra für die Wette, dass man unmöglich die Worte *Fleischpeitsche* und *Lustperle* in einem Manuskript unterbringen kann. (Ich denke, man hat nichts verpasst, wenn man es lässt.)

Bei Sabrina und Ulli. (Den zauberhaften Lektorinnen, die mit einer magischen Mischung aus Geduld und Humor dabei geholfen haben, Gemma und Darren zusammenzubringen.)

Und natürlich bei dir. Dafür, dass du dieses Buch jetzt in den Händen hältst und Internethexe Gemma und Phantom *Dark-Duke* eine Chance gegeben hast.

Ich hoffe, wir lesen uns im zweiten Band wieder.
Eure Yvy